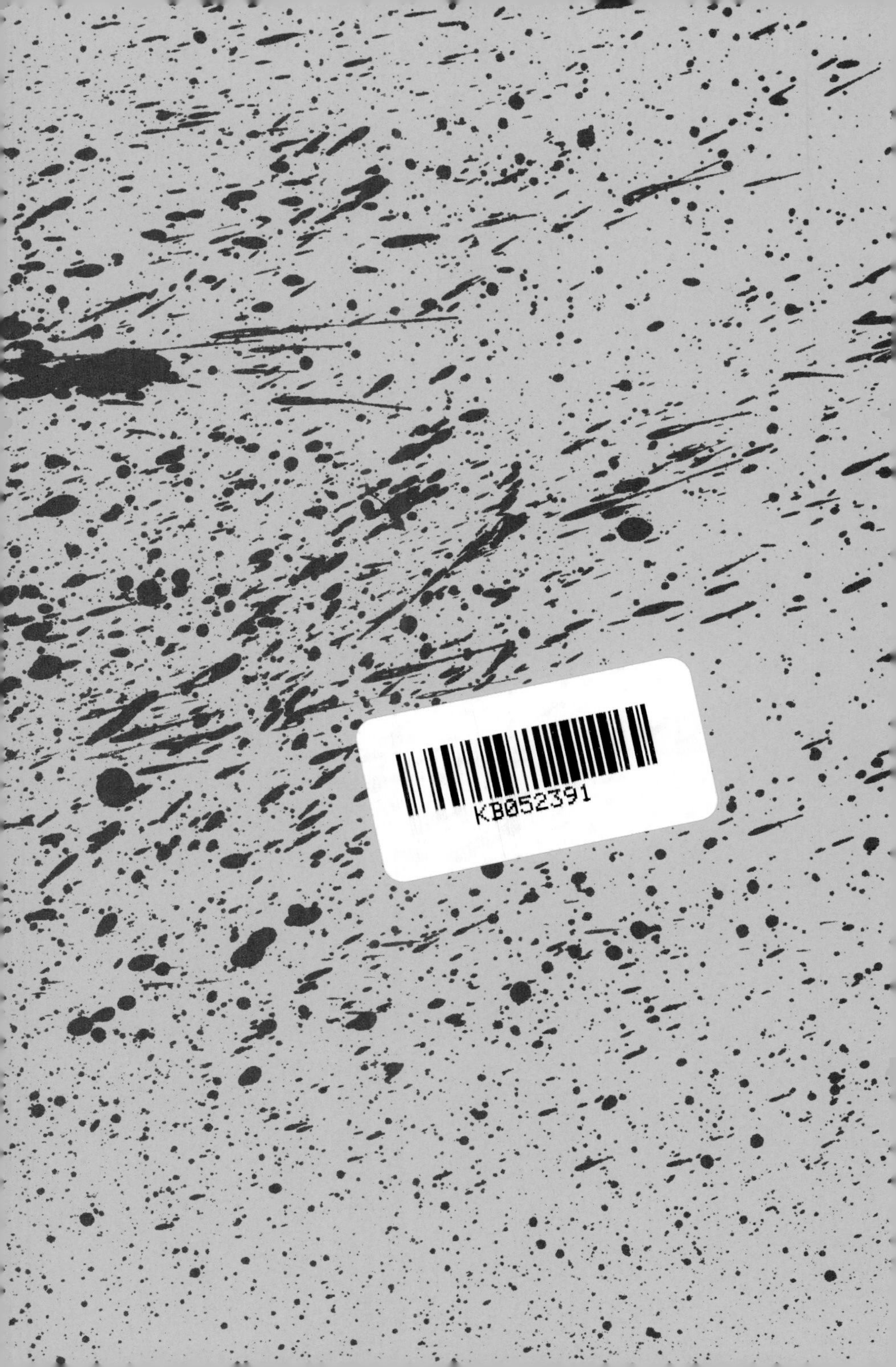

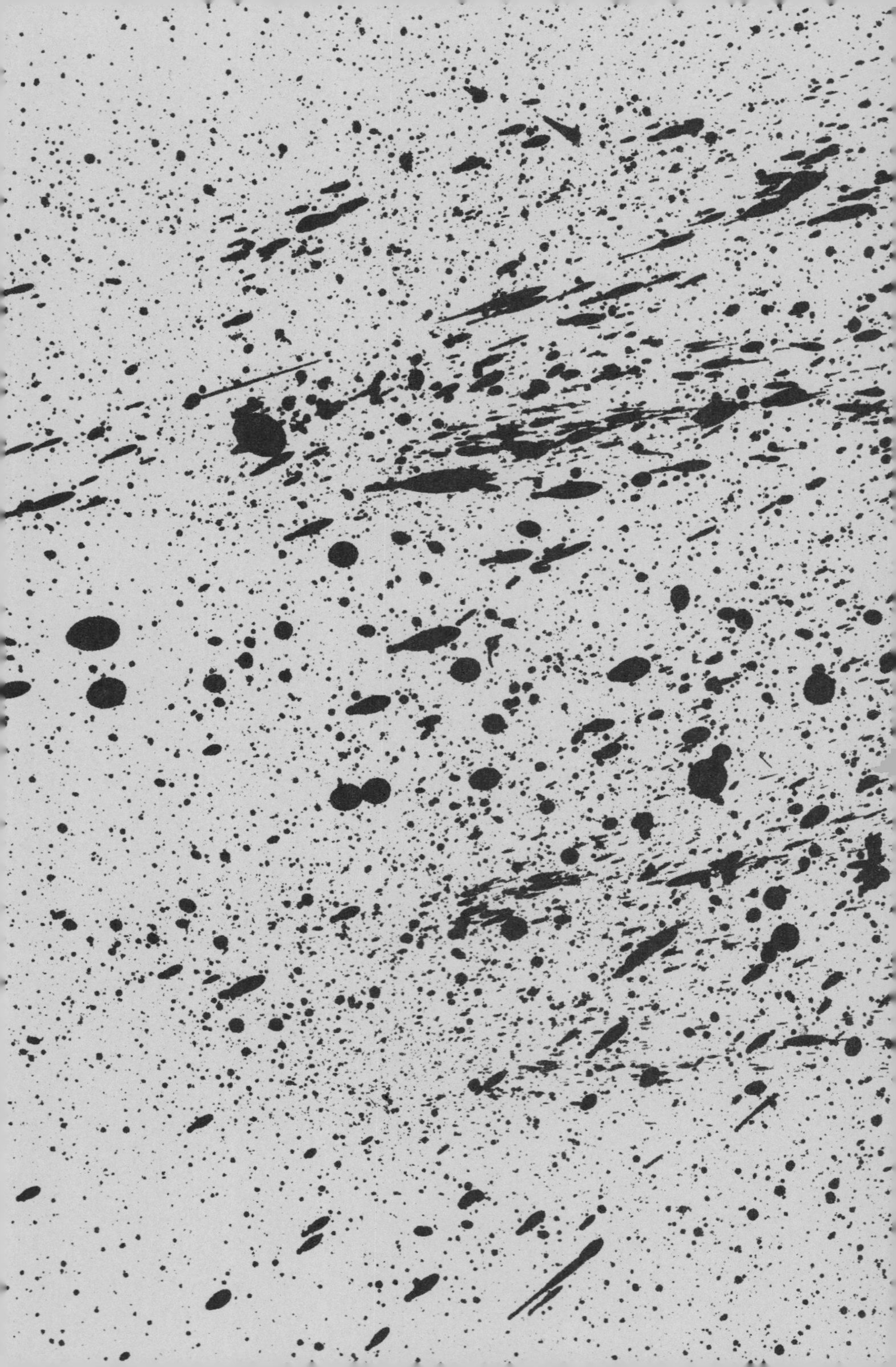

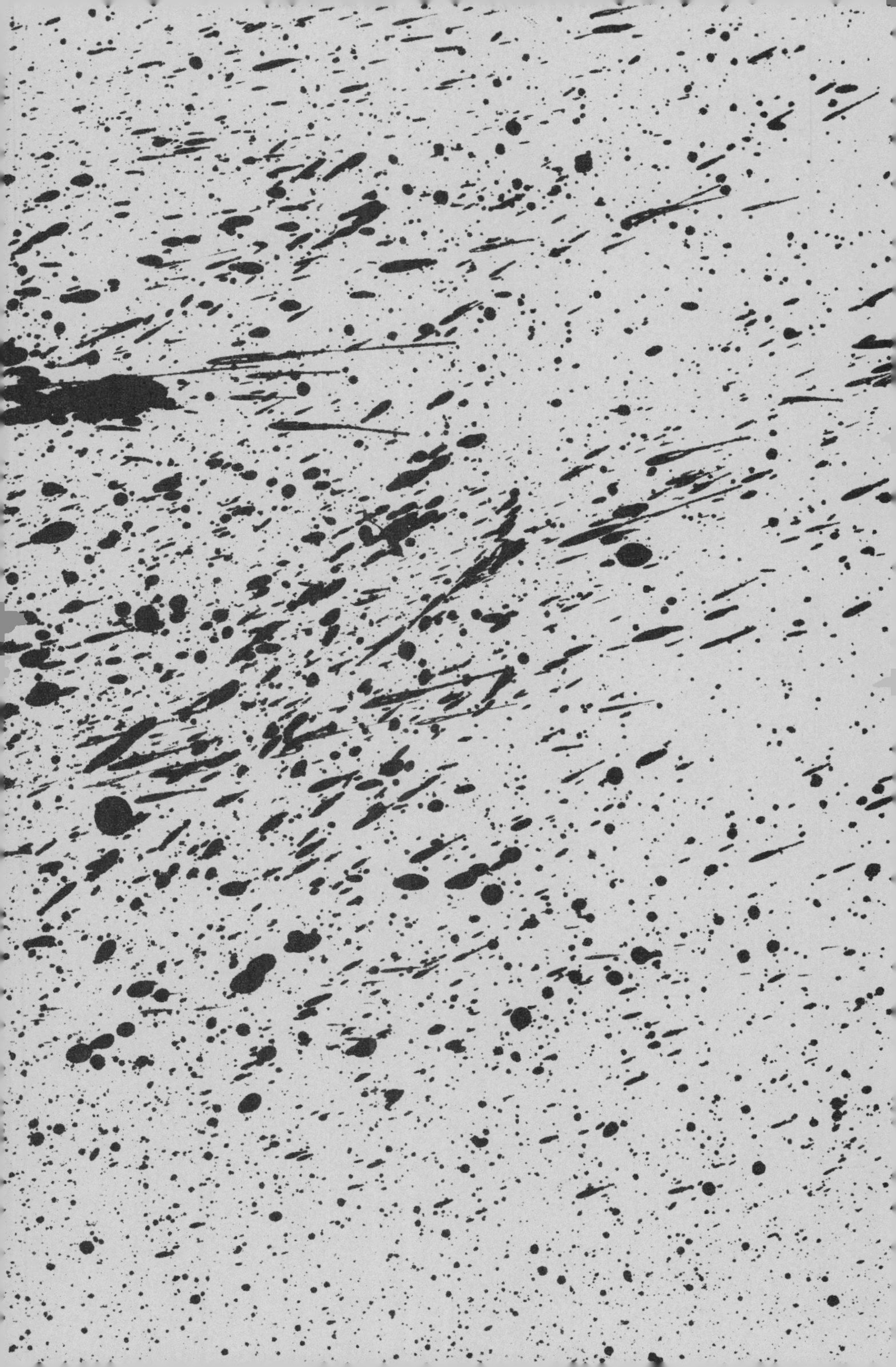

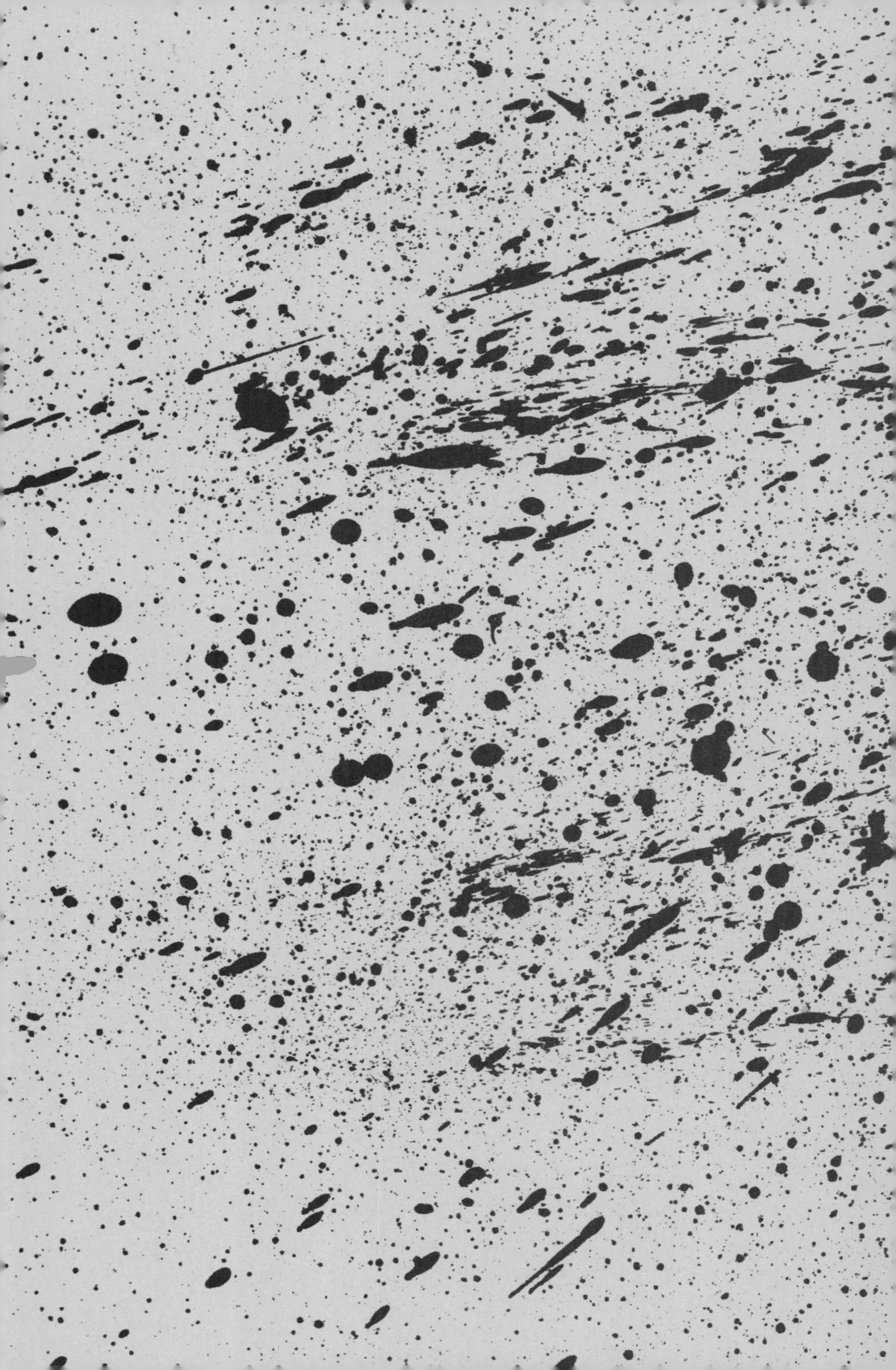

암보스

수상한 서재

암보스

ambos

김수안 장편소설

황금가지

일러두기

1. 각 챕터는 시간별로 정리되어 있으며, 0은 과거를 배경으로 하고 있습니다.
2. 암보스(Ambos)는 '양쪽의'라는 뜻을 가진 스페인어입니다.
3. 본문의 사체(斜體)는 생각이나 특정 과거 대사를 표기할 때 사용되었습니다.

차례

프롤로그

그것은 아주 좁은 틈이었다.

세로로 길쭉한 그 틈은 79제곱미터 네모난 공간 안에 놓여 있는, 가로 1미터, 세로 0.6미터, 높이 0.9미터의 또 다른 네모 구조물 안에서 입구를 살짝 밀었을 때 만들어진 것이었다. 문은 잠겨 있지 않았다. 손발도 자유로이 움직일 수 있었다. 그런데도 아이는 몇 시간이고 상자 안에서 나갈 생각을 못 했다. 쪼그려 앉은 채 좁은 틈으로 밖을 관찰할 뿐이었다. 부엌을 지나, 거실의 소파를 지나, 안방의 문을 지나, 침대까지 이어지는 시선. 그 시선의 끝에는 붉은 물감을 뒤집어쓴 엄마가 있었다.

전날 저녁부터 비가 내렸고 아이는 새벽부터 열이 올랐다. 원래 1박 2일로 유치원 어린이 캠프에 가기로 돼 있었지만 비 때문에 일정이 취소됐다. 다른 날과 똑같이 등원하라는 전화에, 엄마는 아이가 열이 많이 나 하루 쉬어야 한다고 답했다. 유치원에 가지 않아도 된다니. 아이는 아픈 와중에도 내심 기뻤다.

"엄마도 안 가면 안 돼?"

모두에게 좋은 일이건만 어른들의 세계는 어린이에겐 좋게 돌아가지 않는 것 같았다. 엄마가 이불을 단단히 덮어주며 말했다.

"신애 아줌마가 점심, 저녁 다 챙겨주실 거야. 밥 먹고 약도 먹어야 해. 너, 아줌마 몰래 약 뱉으면 안 돼."

"응."

"창문도 열면 안 돼. 그냥 계속 누워 있어. 알았지?"

"응."

"모르는 사람이 오면 어떻게 해?"

"문 열어주면 안 돼."

"최대한 빨리 올게."

"응. 엄마 안녕!"

볼에 닿는 입술에선 온기가 느껴지지 않았다. 다가왔다가 멀어지는 두 눈에는 눈물이 고였다. 엄마의 시선이 잠시 침대 머리 쪽에 머물렀다. 아이는 엄마가 뭘 봤는지 알았다. 세 사람이 찍힌 사진. 이런 날이면 늘 그랬다. 비가 오는 날, 아이가 아픈 날. 어른들이 하는 얘길 들어 알고 있었다. 아빠는 아이가 태어나고 1년이 채 안 된 어느 비 오는 날, 뺑소니 교통사고로 죽었다.

점심을 먹고 다시 잠들었던 아이는 해가 질 무렵 눈을 떴다.

"엄마가 지금 오고 있어." 죽 그릇을 치우며 신애 아줌마가 약봉지를 열어젖혔다. "한 시간 정도 걸릴 거야. 아줌마도 이제 일하러 가야 해. 그동안 혼자 있을 수 있지?"

아이는 신애 아줌마가 좋았다. 아줌마는 옆집에 살았는데 엄마보다 나이가 여덟 살 더 많았고 엄마에 엄마를 한 번 더 합친 만큼 컸다. 호랑이만큼 목소리가 우렁찼고 사슴만큼 빨랐으며 개미만큼 부지런했다. 함께 산책이라도 나가면 이곳저곳에서 쉴 새 없이 인사를 건네 오는 이 동네의 유명인사. 전혀 닮지 않았지만, 엄마와 신애 아줌마가 친해진 결정적인 이유는 둘이 같은 곳에서 태어났기 때문이었다. 어릴 적 나고 자란 곳에 얽힌 추억을 나누며 즐거워하는 두 사람 옆에서, 아이는 가 본 적도 없는 곳의 풍경을 스케치북에 그리며 놀곤 했다. 사람을 그리고 집을 그리고 학교를 그렸다. 학교 위에는 태극기도 꽂았다. 서투른 솜씨였지만 아줌마는 잘 그렸다는 칭찬을 잊은 적이 없었다.

엄마가 바쁠 때면 아이는 신애 아줌마의 보살핌을 받았다. 물론 오늘처럼 시간이 어긋나는 경우도 가끔 있긴 했다. 아줌마의 직업은 사장님. 근처 야시장에 가게가 있었다. 아이의 작은 주먹에 불끈, 힘이 들어갔다. *네, 할 수 있어요. 앞으로 한 시간, 저 혼자서 집 지킬 수 있어요!* 용감한 아이는 약을 꿀꺽 삼키고는 씩씩하게 고개를 끄덕였다.

아이는 창 앞에 섰다. 고요한 세상 속, 네모난 유리 너머의 빗소리가 작은 방과 작은 가슴을 채우고 있었다. 약간의 망설임이 일었다. 창문을 열었다는 사실을 알면 엄마는 화를 낼 테니까. 잠시 후, 나름의 잔머리와 일말의 양심이 손을 잡았다. 잔머리는 아이를 옷장 앞으로 이끌었고, 양심은 눈에 제일 먼저 들어온 얇은 긴팔 점퍼를 가리켰다. '이거면 충분하지!'라고 외치는 둘에게 아이는 끄덕임으로 화답했다.

엄마 말이 틀렸다. 비가 내릴 뿐, 전혀 춥지 않았다. 내내 더운 날들 사이에 한 번씩 찾아오는 조금 시원한 날씨 정도랄까. 그래도 얼른 그려야지 하며 아이는 스케치북을 넘겼다. 하늘은 하늘색이 따로 있었지만 오늘은 회색이어서 회색으로, 빗방울은 꽃잎처럼 예쁘게 떨어지고 있으니까 분홍색으로 그렸다. 주차장에서는 하얀 승용차 한 대가 비 웅덩이를 가르고 있었다. 촥! 하며 튀어 오르는 물방울들! 녀석들은 참새처럼 날아올랐으니까 갈색이 좋을 것 같았다. 아이의 시선은 승용차를 따라갔다. 저건 그냥 흰색이고.

주차장을 빠져나간 흰 고양이는 우산 하나를 가뿐히 피한 후 부드럽게 미끄러지며 사라졌다. 급한 리듬으로 골목길을 올라오는 우산이 낯익었다. 아이가 좋아하는 보라색 물방울무늬. 엄마가 돌아오고 있었다.

놀라게 해 줘야지!

서둘러 창문을 닫은 아이는 점퍼와 스케치북과 크레파스를 옷장에 대충 구겨 넣고선 거실로 쪼르르 달려나갔다. 집 안을 살피던 시선이 어느 지점에 멈추자, 아이의 입가에 노란색 미소가 걸렸다.

'저기 숨으면 엄마는 절대 못 찾아.'

현관문 열리는 소리가 들려왔다. 툭툭, 물건 내려놓는 소리도. 쿡쿡 터지는 웃음을 억지로 참으며, 아이는 살며시 밖을 내다봤다. 작은방으로 들어가는 엄마의 모습이 보였다. 자, 시작! 아이가 건 놀이에 엄마는 오늘도 걸려들었다.

그녀는 곧 알아차렸다. 애가 또 어디 숨었나 보다.

"열은 많이 내렸어. 밥 먹이고, 약도 먹여놨어."

그 전화를 받고서야 그녀는 겨우 가슴을 쓸어내렸다. 두 사람에게는 늘 죄를 짓는 심정이었다. 눈물을 꾹 참으며, 걷는지 뛰는지 모를 걸음으로 집에 돌아온 참인데 이렇듯 평소처럼 놀자고 드는 환영 인사가 기다리고 있었다니. 고마운 마음과 함께 안도감이 차올랐다.

곁눈질로 부엌을 흘끔거렸다. 싱크대 개수대 아래 칸 문이 아주 조금 열려 있고, 그 사이로 꼼틀대는 작은 발이 보였다. 풋, 웃음이 터졌다. 이젠 거기가 좁을 법도 하건만. 다 컸다 싶다가도 이럴 때 보면 애는 또 애였다. 아이가 장난을 걸어오면 그녀는 기쁘기도 했지만, 한편으로는 걱정스럽기도 했다. 엄마한테만이 아니라 유치원의 다른 아이들과도 이렇게 장난 치고 놀면 얼마나 좋을까.

아이는 항상 그곳에 숨었으므로 찾는 것은 일도 아니었지만, 그녀는 오늘도 작은 장난에 장단을 맞춰 주기로 했다. 아무것도 모른다는 듯 과장된 몸짓으로 집 안 곳곳을 누비며 당황한 시늉을 하면 되는 것이다.

"어쩜 좋아, 우리 귀염둥이가 없어졌어어! 혹시 어디 숨은 걸까?"

그녀는 노래하듯 일부러 음을 길게 늘였다.

"화장실에 있나?"

화장실 문을 열었다.

"어없네. 엄마 방에 있나?"

안방 문을 열었다.

"여기도 어어없네. 어디 숨었을까? 엄마는 저엉말 모르겠어."

아이는 양손으로 입을 막았다. 웃음소리가 새면 안 됐다. 역시 여기 숨길 잘했다. 조금만 더 있다가 짠, 하고 나갈 것이다. 엄마는 "어머! 여기 있었네!"라고 외치며 꼭 안아주겠지? 숨바꼭질의 결말은 항상 그것이었다. 셋까지 세고 나가면 끝이다. 하나, 둘…….

"우리 귀염둥이, 혹시 부엌에 있나?"

엄마가 갑자기 획 돌아서서, 아이는 숫자를 세다 말고 숨을 죽였다. 조용한 걸음이 부엌을 향해 왔다. 한 발, 두 발, 세 발……. 꼴깍, 침 넘어가는 소리가 머리를 울렸다. 기척이 더욱 가까워지자 심장이 개구리처럼 팔딱댔다. 문 틈새로 아이의 것보다 크고 동그란 발이 보였다. 위를 올려다봤다. 예쁜 손가락이 천천히 다가오고 있었다. 아이는 눈을 꼭 감았다. 그때였다. "딩동."

엄마가 뻗었던 손을 거둬들였다.

"누구세요?"

목소리가 멀어졌다. 아이는 참았던 숨을 토해냈다. 긴장감이 누그러지자 관심은 밖을 향했다.

"네? 무슨 말씀……."

엄마의 목소리에서 주저하는 기색이 느껴졌다.

"아, 네. 잠깐만요."

현관문 열리는 소리. 아이는 잠시 고민했다. 아까 그린 그림을 보여줄까 말까. 손님은 신애 아줌마가 분명했다. 우리 집에 오는 건 아줌마뿐이었으니까. 그림을 내어놓으면 칭찬이 돌아오겠지만, 그러면 창문을 열었다는 걸 엄마에게 들키고 말 텐데…….

그 순간, 아이의 몸이 크게 움찔했다. 턱, 하는 둔탁한 소리가 들려온 까닭이었다. 지금까지 한 번도 들어본 적 없는 소리. 작은 심장을 바닥으로 내려앉게 만드는 괴상한 소리. 곧이어 쿵, 했고 세상은 별안간 고요해졌다. 아무도 말을 안 했다. 엄마도, 신애 아줌마도. 쫑긋, 귀를 세워보았지만 아이에겐 몇 겹의 벽을 뚫은 빗소리만이 아스라이 들려올 뿐이었다.

정적을 깬 것은 어떤 발걸음이었다. 저벅저벅, 낮게 깔리는 음. 한껏 죽인 채였지만 분명 크고 무거운 사람의 것인 발소리가 집 구석구석을 훑었다. 문 여는 소리가 세 번 났다. 무슨 일이 벌어지고 있는 건지 알 수 없었다. 아이는 싱크대 문을 완전히 닫고 가만히 숨소리를 줄였다.

슥슥슥. 이어, 처벅.

거기까지였다. 그때부터 시간을 가늠할 수 없는 고요가 이어졌다. 가슴이 겪어본 적 없는 리듬으로 뛰었다. 엄마에게 혼날 때의 기분은 '무서움'이란 낱말로 표현하면 된다는 사실은 이미 몇 년 전에 배웠다. 지금의 기분은 그것과는 달랐다. 비슷했지만 차이가 났다. '공포'나 '불안'은 뜻이야 알았지만, 그 의미를 피부로 느껴본 적은 없는 단어였다. 모든 게 이상했다. 숨바꼭질할 때 이런 일은 한 번도 없었다. 손님이 온 적 없었고, 있었다고 해도 엄마가 이토록 이상한 장난을 칠 리가 없었다.

시간은 열심히 달렸다. 좁디좁은 상자 속, 두려움과 호기심이 아이의 곁에 다가와 앉았다. 두려움은 이대로 잠잠히 있으라 했고 호기심은 문을 살짝만 열어보라고 보챘다. 두 녀석은 오래도록 싸웠고 전투는 호기심의 목소리가 점차 커지며 형세가 기울었다. 아이는 승자의 명령에 따랐다. 그렇게 얻은 건 손가락보다 가는 틈이었지만 밖의 상황을 확인하기에는 충분했다.

엄마가 소파에 앉아 있었다. 눈을 꼭 감은 걸로 보아 자는 듯했다. 평소와 다른 점이라면 머리에서 흘러내린 피가 어깨를 적시고 있었다는 것과 엄마 옆에 어떤 아저씨가 앉아 있었다는 거였다. 아저씨도 눈을 감고 있었는데 엄마는 그의 어깨에, 그는 엄마의 머리에 기댄 모습이었다. 이상했다, 정말로. 얼마 안 되는 분량이기는 하나, 아이의 기억에 지금까지 집에 낯선 이가 찾아온 적은 한 번도 없었거니와 엄마 곁의 아저씨는 집 밖에서도 본 적 없는 사람이었다.

'아는 아저씨야? 그래서 문을 열어준 거지? 모르는 사람한테는 문 열어주는 거 아니야, 그치? 근데 왜 갑자기 자? 엄마, 머리에서 피가 나. 아파? 엄마, 엄마. 엄마, 나 다리 아파. 오줌 마려. 밖으로 나가도 돼?'

당장에라도 묻고 싶은 것을 꼽자면 양 손가락이 모자랐다.

0

나는 잠에서 깼다. 하얀 네모와 막대기의 형상이 눈앞에서 흩어졌다. 또 깼다. 새하얀 통나무가 빙글빙글 돌며 안개를 뿌려대고 있었다. 뿌연 시야 한쪽, 붉은색 숫자들이 꽃처럼 피어나 사방으로 번져나가는 모습을 바라보며 나는 습기 냄새도, 꽃향기도 아닌 옅게 쏘는 소독약 냄새를 맡았다.

여기…… 병원인가?

기관을 긁는 듯한 숨소리가 거칠었다. 입은 텁텁했고 목은 뭔가로 고정된 듯 뻣뻣했다. 몸통에서 분리되어 멀고 먼 어딘가에 떨어져 있는 듯 팔과 다리에는 감각이 느껴지지 않았다.

나는 천천히 주변을 살폈다. 아이보리색 천장에 가 닿았던 시선은 잠시 후 불 꺼진 형광등으로, 뒤이어 생소한 색상의 블라인드로 옮겨갔다. 그 틈새로 새어든 투명한 빛이 깁스를 한 사람 다리 위에 내려앉고 있었다. 블라인드 반대편, 그러니까 내 왼편에는 커다란 바둑판무늬의 커튼이 쳐져 있었다. 어렴풋이 들려오는 기계 소리, 사람 발소리……. 어떤 공간의 모습이 그려졌다. 중환자실 또는 집중치료실. 침상에 누운 사람들, 그들의 몸에 연결된 온갖 기기들, 제일 오른쪽 침상, 누워 있는 나……. 벽에 걸린 전자시계가 보였다. 붉은 숫자들은 내 기억으로부터 3일 후의 낮을 표시하고 있었다.

그리고 나는, 나는 살아 있었다.

'살아 있다.'

관자놀이를 타고 흘러내리는 열기가 느껴졌다. 우는 이유야 명백했다. 바보 같은 짓을 했다는 후회 때문에. 죽지 않았다는 안도감 때문에. 어차피 현실은 변하지 않을 것이다. 그래도 살아 있어서 다행이라며 스스로를 다독이던 나는 어느 순간, 또 잠이 들었다.

다시 깨어났을 때는 어느덧 밤이었다. 나는 일이 어떻게 된 건지에 생각이 미쳤다. '이제 끝이야.'라고 말하는 목소리가 머릿속에서 공명했다. 내 음성이었다. 그 순간을 함께했던 것들이 몸 곳곳에서 되살아났다. 코를 찌르는 냄새, 매캐한 연기, 빛을 뿜는 눈, 발에 걸리는 단단하고 물컹한 감촉, 생수병, 전화, 어둠, 초록색, 열기, 그리고…… 그리고…….

생각이 이어지지 않았다. 기억이 흐려서가 아니라, 정체 모를 뭔가가 계속 신경을 건드려대며 훼방을 놓는 까닭이었다. 나는 다시 한 번 주변을 둘러봤다. 평범한 병원의 모습. 딱히 눈에 거슬리는 건 없었지만 어색하고 거북한 느낌은 사라지지 않았다. 뭐지. 뭘까. 뭐가 이상한 걸까. 겨우 짚어낸 건 우습게도, 이거 딱 하나였다.

다리가 왜 부러졌지?

진짜 수상쩍은 건 따로 있었다. 뭐라 콕 짚을 수 없는 위화감이 주위를 휘감고 있었다. 나는 어렴풋이 알아챘다. 뭔가가 변했다는 걸. 그게 모든 의문의 정답이라는 걸. 문제는 무엇이 변했는지 알 수가 없다는 점이었다. 갑갑함과 함께 두통이 엄습했고 생각은 또 끊어졌다.

나는 공중에 매달린 링거 봉지를 바라봤다. 똑똑똑. 규칙적인 패턴. 똑똑똑. 다시 뛰고 있는 내 심장과 비슷한 리듬. 떨어지는 물방울에 집중하자 두통이 서서히 잦아들었다. 눈동자가 천천히, 부드럽게 굴렀다. 시선이 링거 줄을 타고 내려와 손등의 주삿바늘에 착륙했다.

이상하다.

"환자분, 정신 드세요?"

간호사로 보이는 여자가 말을 걸어왔다. 이어 달려온 몇 사람이 바삐 움직이기 시작했다. 나는 그들의 말과 손길을 모두 무시하고, 쥐었던 손을 풀어 어디든 지탱할 곳을 찾았다.

"상체 일으켜 드려요?"

내가 끄덕이고 잠시 후, 침상 머리가 올라오는 느낌이 들었다. 몸 구석구석 느껴지는 무자비한 통증에 절로 신음이 났다. 당장에라도 토할 것 같은 기분을 억지로 참았다. 그러기를 한참, 나는 겨우 반쯤 일어나 앉을 수 있었다.

나를 완전히 사로잡은 건 곁에 선 사람들도, 주변에 놓인 온갖 기기들도 아니었다. 오른편의 창문이었다. 검은색의 유리, 그 안에 여자가 있었다. 붕대를 칭칭 감은 머리, 보호대를 두른 목, 여기저기 거즈가 붙은 살갗, 퉁퉁 부은 볼, 터져서 피딱지가 진 입술. 여자는 크게 다쳐서 보기에 좋지 않았다. 그러나 보기에 나쁜 건 다음 일이었고 다른 문제가 있었다. 그것도 대단히 심각한 문제가.

검은 유리 속 여자는 처음 보는 사람이었다.

눈에서 섬광이 튀었다. 예리한 날에 베인 순간처럼, 식은땀이 솟구치며 정신이 번쩍 들었다.

창문까지의 거리는 2미터가 채 되지 않았다. 재차 봐도 의료진들 중 머리에 붕대를 두른 이는 없었다. 나는 무슨 말이든 하고 싶었지만 말이 기억나지 않았다. 검은 유리 속 여자 역시 입을 몇 번 달싹였을 뿐, 아무 말 하지 않았다.

여자가 넋이 나간 얼굴을 하자 내 머릿속이 텅 비었다. 여자가 실눈을 떴다가 다시 크게 뜨기를 반복하자 내 시야 속 낯선 얼굴이 또렷해졌다가 흐려지기를 반복했다. 여자가 고개를 갸웃거리자 내 목이 뻐근해 왔다. 어느 순간, 뭔가가 잘못됐다는 느낌이 확신으로 바뀌었다. 머리끝에 전기가 일었다.

얼른 고개를 숙였다. 왼손을 봤다. 모르는 손이었다. 내가 아는 것보다 작고 말랑말랑해 보였다. 오른손은? 왼손과 똑같이 생겼다. 나는 허리까지 덮여 있던 이불을 걷어냈다. 바지를 당겨 올리자 하얗고 크고 물렁한 뭔가가 모습을 드러냈다. 그 끝에는 내가 아는 것보다 작고 두꺼운 발이 붙어 있었다. 짧고 동글동글한 발가락까지.

단 한 번도 본 적 없는 것들이었다.

얼마간의 시간이 흘렀다. 다시 고개를 들었을 때, 아까 봤던 멍한 얼굴은 온데간데없었다. 검은 유리 속 여자의 낯은 흉하게 일그러져 있었다. 나는 몸부림치기 시작했고, 유리에 비친 여자는 비명을 지르기 시작했다.

주변의 움직임이 분주해졌다. 나는 계속 소리를 질렀다.

"저거 뭐예요? 저 사람 누구예……."

문장을 끝맺을 수 없었다. 목소리도 처음 들어보는 것이었기 때문이었다. 별안간, 병실 안에 어둠이 내려앉았다. 정전된 세상 속, 누구의 것인지 모르는 목소리가 무슨 뜻인지 모를 괴성을 토해내고 있었다.

"환자분, 제발 진정하세요."

다른 음성이 섞여 듦과 동시에 큰 벌레 몇 마리가 붕붕 대며 어깨에, 다리에 달라붙었다. 그 압력을 느끼는 촉각마저 낯설었다. 떼어내야겠다는 생각뿐이었다. 팔에 묵직한 통증이 느껴지고 나서야 나는 저항을 멈췄다. 서서히 밝아지는 시야 한가운데, 흰 가운을 입은 여자가 서 있었다. 그 손에 들린 주사기의 형상이 부옇게 흐려졌다.

몸을 살짝 비틀었다. 귓가에 사각거리는 베개 소리가 좋았다. 나는 침대에 누워 있었다. 이불 속이 따뜻했고 출근하기가 싫었다. 일어나기 싫어, 잠투정을 할 찰나, 조금 전 꾸었던 악몽이 되살아나 포근한 기운을 단숨에 앗아가 버렸다. 꽤나 선명했다. 정말로 있었던 일처럼. 하지만 그건 꿈이었으니까 너무 마음 쓰지 않아도 됐다. 눈을 뜨면 이곳은 그 이상한 병원이 아닌, 익숙하고 편안한 내 방일 테니까.

실내는 조금 어두웠다. 밖에서 스며드는 빛이 없는 것으로 미루어 밤이나 새벽 시간인 듯했다. 흰 천장과 형광등, 커다란 바둑판무늬의 커튼이 어쩐지 익숙했다. 몰칵 풍기는 소독약 냄새가 정신을 일깨웠다. 심장이 빠르게 달리기 시작했다. 아는 곳이었다. 흡사 꿈에서 보았던 바로 그 곳과 같았다. 왼쪽 다리를 움직여봤다. 발치, 하얀 통나무가 살짝 흔들렸다. 설마.

오른편에 창문이 있었다. 나는 몸을 일으켰다. 작은 추가 달린 낚싯바늘을 온몸에 수없이 꿰어놓은 듯한 기분 나쁜 무게와 통증마저도 기시감을 끌어냈다. 창틀이 낯익었다. 그 유리 안의 상(像)도 그랬다. 매일 만나는 얼굴이어서가 아니었다. 조금 전 꿈에서 본 여자가 여전히 그곳에 있었기 때문이었다. 그녀가 믿을 수 없다는 표정으로 나를 보고 있었다.

이것도 꿈일까?

저 검은 유리는 누굴 비추고 있는 걸까?

***

나는 일반 병실로 옮겨졌고, 거기에는 거울이 있었다.

거울 속 여자는 사라지기는커녕 점점 더 선명해졌다. 상대는 나와 분리된 존재가 아니었다. 내가 울면 그녀도 울었고, 내가 식사를 거부하면 그녀도 밥을 먹지 않았다. 내가 보기에 그녀는 나와 같은 행동을 했고, 남이 보기에 우리는 한 사람이었다. 내가 거울에 비친 형상을 보면 흥분한다는 사실을 눈치챈 간호사가 곧 거울을 치워버렸지만, 나는 잠시 조용해졌다가 또 울음을 터뜨렸다.

하루가 더 지났을 때, 누군가가 말을 걸어왔다.

"이제 좀 진정이 되셨나요."

다른 사람에게는 그리 보였을까. 사실은 그렇지 않았다. 피가 용암처럼 끓어오르고 가슴에는 태풍이 휘몰아쳤다. 그걸 밖으로 드러낼 기력조차 남지 않은 나는 정확히 말해, 본의 아니게 진정된 환자였다.

"환자분, 말씀하실 수 있나요?"

이마에 '의사'라고 적어 놓은 인상의 남자가 침상 옆에 앉아 있었다. 나는 길게 내쉰 숨 끝에 답을 붙였다.

"네."

남자가 부드럽게 웃었다. '자, 가볍게 시작합시다.'의 의미였다.

"환자분 성함이 어떻게 되시죠?"

적혀 있을 텐데…… 침상에도, 팔목에 두른 환자인식표에도.

"이한나입니다."

그가 머뭇거렸다.

"음…… 환자분 몇 년생이시죠?"

"1986년이요."

"네, 사는 곳은요?"

"중앙동이요."

그가 차트를 봤다. 고개가 왼쪽으로 약간 기울어졌다.

"가족은 안 계신가요?"

"부모님이랑 동생 있어요. 근데 다들 왜 안 오죠?"

의사는 또 차트를 봤고 나는 확연히 굳어지는 얼굴을 봤다.

"저, 환자분. 혹시 병원에 왜 오셨는지 아세요?"

"화재요. 동대문 제일빌딩."

병실 전체에 당혹감이 일렁였다. 나는 의사와 간호사를 번갈아 봤다. 빤히 쳐다보는 눈 네 개가 묘하게 소름 끼쳤다.

"음…… 혹시 키와 체중이 어떻게 되죠?"

이번엔 10초쯤 잠자코 있었다. 난데없이 날아온 이상한 질문. 약물 사용량을 정하기 위함이 아니란 건 건 바로 알아차렸다. 그의 어조 때문이었다. 의사에게 필요한 통상적인 질문으로 가장했지만 짙은 의심이 드리워진 물음이었다. 의도야 빤했다. 내 얼굴이 이한나의 얼굴이 아닌 게 원인인 것이다. 또 한 번, 나는 망설였다. 내가 아는 대로 답할까, 이들에게 보이는 대로 답할까. 야속하게도, 생각은 금방 뒤죽박죽 되고 말았다. 둘 중 적당한 것이 알아서 튀어나오겠거니 하며, 나는 갈등의 끈을 놓았다.

"170, 53 정도요."

주사위는 던져졌다. 몇 번이 나왔는지는 모르겠지만 최소한 지금까지의 모든 답변에 대한 일관성은 얻었으리라. 의사는 더 이상 차트를 보지 않았다.

"네. 지금 특별히 아픈 곳은요?"

"머리랑 목이요. 특히 머리는 너무……."

"그렇군요."라며 의사가 미소 지었다. 이름을 묻기 전과는 다른 미소였다. 입은 웃었지만 눈은 웃지 않았다.

"알겠어요. 환자분, 편히 쉬고 계세요. 다시 올게요."

편히 쉬라는 지시와는 대조적으로 나는 그리 편치 못했다. 그날 오후, 검사가 시작됐다. 제일 먼저 기계 장치가 내 머릿속을 들여다봤고, 이어 의사도 비슷한 시도를 했다. 그들이 내게서 무엇을 읽었는지는 모르겠지만 나는 그들에게서 흔하디흔한 정신질환자를 대하는 태도를 읽었다. 아무도 내 말을 믿지 않았다. 상황이 나쁘게 돌아가고 있었다. 나는 조용히 입을 다물었다.

며칠 후, 몇 가지 소견을 들을 수 있었다. 일단, 몸 상태는 크게 심각하지 않았다. 왼쪽 다리 경골과 비골이 골절됐다. 수술은 잘됐지만 경과를 지켜볼 필요가 있어 한동안은 병원에서 지내야 하며 향후 최소 6주간은 깁스를 한 채 생활해야 한댔다. 깁스를 푼 후로도 2개월 이상 재활과 물리치료가 필요하다는 설명도 붙었다. 다른 곳들의 상태는 훨씬 나았다. 두통이 심했지만 가벼운 뇌진탕 이외의 이상은 없었다. 머리 왼쪽 터진 상처와 목 뒤쪽 찢어진 상처는 잘 아물고 있었고 수혈에 따른 부작용도 없었다. 전체적으로 경과는 좋았다.

중요한 건 그 다음이었다.

정신의학과에서는 납득 가는 소견을 들을 수 없었다. 다행인 점은 내가, 아니 이 낯선 여자가 알코올 의존 상태이지도, 영양 결핍이지도, 뇌손상을 입은 것도 아니었다는 점이었다. 치매는 물론이거니와 다중인격 같은, 단어만으로도 기함하게 만드는 질환도 언급되지 않았다. 결국은 정신, 심리적인 문제란 건가. 의사의 질문들에, 나는 일관적인 답을 내어놓았다. 전엔 꿈과 현실이 뒤섞여서 아무 말이나 한 듯하다고. 지금은 아무런 기억이 없는 상태라고.

기사로 나가면 대중적 관심을 끌 사례이긴 했으나 내 일로 받아들이기는 힘들었다. 기억을 몇 번이나 되짚었지만 순서가 맞지 않거나 논리적인 비약이 있거나 현실성 떨어지는 내용은 없었다. 이쯤 되니 무슨 수든 둬야 했다. 불안을 뒤집는 수는 믿음이었다. 일이 이렇게 된 데는 명확한 원인이 존재한다는 믿음. 탈출로는 분명히 있다는 믿음. 나는 미치지 않았다는 믿음. 확신을 담은 응수는 아니었다. 그것 말고는 선택의 여지가 없었을 뿐.

그날부터 나는 내게 무슨 일이 벌어졌는지를 캐기 시작했다.

"담당 선생님을 뵙고 싶어요. 여쭤볼 게 있어서요."

의사가 병실로 오겠다고 했지만 나는 사양했다. 간병인이 휠체어를 가지고 왔다. 바퀴가 복도를 달리는 동안, 나는 거듭 생각을 점검했다. 우선적으로 확인할 사항은 네 가지였다.

반가워하는 의사 앞에서 나는 최대한 여유 있는 척 웃어보였다.

"그러니까…… 어제 정신의학과 선생님을 뵀어요. 제 상황은 아시죠? 저에 대해 알고 싶어서 찾아왔어요."

의사의 분위기가 심각해졌다.

"꽤 충격적일 수도 있습니다. 시간이 더 필요하지는 않으신가요?"

염려하는 말에 나는 거짓말로 응수했다.

"작은 일이라도 기억해 내려는 시도를 하라고 하셨어요. 밤새 고민해 봤는데 맞는 말씀 같아요. 이제 두통도 거의 사라졌으니 어서 해보려고요."

"좋습니다. 그럼 어디서부터 할까요?"

첫 번째 질문.

"제가 누군가요?"

"음…… 제가 처음 환자분께 이것저것 여쭤봤을 때 하신 대답, 기억하세요?"

나는 끄덕였다.

"이름은 이한나. 29세. 가족은 어머니, 아버지, 동생. 키는 170이라고 했었죠."

"확인된 바로 환자분의 나이는 스물아홉이 맞습니다. 다만 키는 160대 초반이에요. 경찰이 찾은 결과, 가족은 없고요."

눈꺼풀이 아래로 떨어졌다. 예상은 했지만 다른 이의 입으로 확인하고 나니 일순 현기증이 일었다. 이윽고 그가 어떤 단어를 하나 일러줬다. 그 단어를 다시 듣자, 온몸이 털이 순식간에 곤두섰다.

치료 초기, 병원 사람들은 나를 부를 때 그 소리를 냈다.

"성함이 어떻게 되시죠?"

거즈를 갈아주러 온 간호사가 물었다. 그들은 처치 전 항상 환자의 이름부터 확인했는데, 내가 답을 않자 간호사는 "강유진 님 아니신가요?" 했다. 묵묵부답. 그녀는 내 팔목에 둘린 환자인식표를 읽었다. 나도 읽었다. 분명 그리 적혀 있긴 했다.

"강유진 님 맞으시죠?"

가만히 있었다. 내 것이 아니므로 맞는다고 할 수 없었고 분위기상 틀렸다고도 할 수 없었다. 간호사는 나와 눈을 맞추고서는 재차 그 이름을 또박또박 발음했다. 나는 투명인간이 된 심정이었다. 그녀의 시선이 나를 꿰뚫고 다른 이를 향하는 듯 느껴졌다. 뒤를 돌아봤다. 베개와 침대 헤드뿐이었다. 다시 앞을 봤다. 간호사가 미소했다. 얼마 지나지 않아 난 그냥 '환자분'이 됐다. 약속이 됐는지, 이후로는 누구도 내게 이름을 묻지 않았다.

그러던 것이, 방금 전을 기점으로 더는 못 들은 척할 수 없게 된 것이다. 낯선 세 글자. 익숙하지 않은 발음. 강유진.

두 번째 질문.

"제가 어쩌다 입원했죠?"

"환자분께서는 화재 때문이라고 말씀하셨죠?"

"네."

"그게 또, 그렇지가 않습니다. 환자분께서는 9일 전, 그러니까 11월 30일 새벽, 내곡동에 있는 폐건물 7층 옥상에서 떨어졌어요. 다행히 금방 발견돼서 119를 통해 저희 병원에 오셨고요. 잠깐만요. 주머니에서 이런 것들이 나왔어요."

그가 서랍에서 봉투 하나를 꺼내 내게 건넸다. 쉽게 구할 수 있는 우편 봉투였는데 무게감으로 미루어 작은 플라스틱 카드 같은 게 들어 있는 듯했다. 입구를 열고 뒤집었더니 뭐가 툭, 떨어졌다. 주민등록증이었다.

거기 적힌 이름은 조금 전 의사가 알려준 그것이었다. 강유진과 이한나는 나이가 같았고 생일은 달랐다. 사진 속 강유진은 거울 속 여자와 닮았지만 앳됐다. 주소 역시 꺼림했다. 서울 알짜배기 땅, 고급 주택이 즐비한 동네, 누구나 집을 갖고 싶어 하는 지역, 내가 단 한 번도 살아본 적 없는 곳.

단편적인 기억조차 떠오르지 않았다.

봉투에는 종이 네 장도 들어 있었다. 천만 원짜리 수표 세 장, 쪽지 하나. 수표는 10일 전, 주소지와 같은 지역의 은행에서 발행됐다. 쪽지에는 '죄송합니다. 이 돈은 사후 처리에 사용해 주십시오. 천만 원은 저를 발견한 분께 전해 주세요. 정말 죄송합니다.'라고 적혀 있었다.

내가 이걸 썼다고?

쪽지에서 눈을 못 떼는 내게 의사가 말했다.

"딱 그것뿐이었어요. 편지 같은 건 없고. 그래서 왜 그러셨는지 아무도 모릅니다."

그는 유서, 자살 같은 단어를 직접 사용하지 않으면서도, 내가 스스로 뛰어내렸음을 완곡하게 알려왔다. 머리가 지끈거리기 시작했다.

"선생님, 종이랑 펜 좀 주시겠어요?"

쪽지의 내용을 따라 써 봤다. 글씨체가 같았다.

세 번째 질문.

"건물 7층에서 떨어지면 죽거나, 최소한 이것보다는 크게 다치지 않나요?"

그는 내가 의식이 돌아오기 전 경찰이 다녀갔었다며 11월 30일 새벽의 상황을 대략적으로 알려주었다.

"강유진 씨가 추락한 시간은 새벽 2시에서 4시 사이로 추정됩니다. 그 건물은 상당히 외진 곳에 있어요. 주변 지역이 공공주택지구로 지정되면서 기존의 오래된 건물 몇 채를 허물기로 했는데 그중 하나입니다. 근처 가로등은 폭주족이나 불량 학생들이 자주 깨뜨리는데 그날도 깨져 있었다고 하네요. 그 때문에 아래를 제대로 못 보신 게 아닐까요? 건물 아래 큰 나무가 있었습니다. 나무에 걸리면서 충격이 줄었고 전날 놓고 간 물건을 찾으러 일찍 현장에 나간 철거 작업 인부에게 발견되는 운까지 더해져서 목숨을 건지신 듯합니다. 병원에 도착했을 때 가장 큰 문제는 부러진 나뭇가지에 베인 목 뒤쪽 상처였어요. 출혈이 심했거든요. 조금 더 늦었으면 큰일 났을 수도 있습니다. 즉시 수술에 들어갔고 결과도 좋았죠."

투신과 과다출혈이라……. 가만히 눈을 감았다. 잠시 후, 나는 상상 속의 폐건물 옥상에 서 있었다. 멀리 반짝이는 야경, 목을 휘감는 서늘한 공기, 홀가분했을 기분, 중력, 차가운 바닥, 볼에 박힌 흙, 온몸이 피로 범벅되던 순간. 무엇이든 기억해 보려 했지만 죽기로 결심했던 심정 말고는 아무것도 떠오르지 않았다.

"누가 절 떠밀었을 가능성은 없나요? 목의 상처는 칼에 의한 것이라든가요."

"음…… 형사분 말씀으로는 환자분 차가 근처에 주차돼 있었는데 별다른 게 발견되지는 않았대요. 옥상 역시 마찬가지고요. 목 뒤쪽 상처는 깊이, 형태로 보았을 때 칼에 의한 건 아닙니다. 훨씬 뭉툭한 것에 베였어요. 작은 나무 조각이 박혀 있었고요. 직접 쓰신 쪽지도 나오고 해서 그런가, 다른 사람의 개입을 의심하는 눈치는 아니었습니다."

의사가 명함을 한 장 내밀었다. 형사의 것이었다.

"안정되면, 이쪽으로 연락 달라고 하셨습니다."

네 번째 질문. 지금 내 모습이 어떠한가.

진료실을 나왔다. 대기하고 있던 간병인이 휠체어 뒤로 돌아와 섰다. 병실로 돌아가다가, 나는 그동안 억지로 부인했던 현실과 제대로 마주하기로 결심했다.

"저쪽 화장실로 좀 가주시겠어요?"

밖에서 기다려달라고 부탁한 후, 나는 복도 화장실로 들어갔다. 한쪽 벽면에 대형 거울이 붙어 있었다. 간호사가 병실 것은 물론 병실에 딸린 화장실의 거울까지도 모조리 떼어버린 뒤로 며칠 만에 만나게 될 내 모습이었다. 나는 크게 심호흡을 했다. 바위 위에 내던져진 물고기처럼 불규칙적으로 팔딱거리는 맥박이 느껴졌다. 휠체어를 꽉 붙잡고, 부러지지 않은 오른쪽 다리로 몸을 지탱하며 천천히 일어섰다. 바닥이 유독 가까운 듯 보였다.

고개를 들었다.

맞은편에 여자가 있었다. 살이 많이 찐 여자였다. 정말로 많이. 얼핏 보아도 90킬로그램은 넘어보였다. 아니, 100킬로그램도 될 것 같았다. 키는 보통이었고 이목구비는 살에 묻혀 또렷하지 않았다. 핏기가 없고 낯빛도 좋지 않았으나 피부는 깨끗한 편이었다. 짙은 검은색 머리카락과 다듬지 않은 눈썹이 촌스러운 이미지를 풍겼다. 아무리 좋게 보려고 해도 전혀 예쁘지 않은 여자였다.

눈에서는 생기라곤 찾아볼 수 없었다. 살아 있는 사람 같지가 않았다. 덜컥 겁이 나기에 얼른 움직여봤다. 내가 손을 올리자 거울 속 여자도 손을 올렸다. 고개를 돌리자 여자도 고개를 돌렸다. "아." 하고 입을 벌렸더니 그녀도 "아." 했다. 동작 하나하나가 무겁고 둔해 보였다. 나는 손바닥으로 두 눈을 세게 비볐다. 몸 이곳저곳을 만지고 눌러도 봤다. 그런 후엔 거울 속 여자를 머리끝부터 발끝까지, 거듭해서 꼼꼼히 살폈다. 내 인지능력에는 이상이 없었고 의사 역시 그럴 것이다.

병실로 돌아왔다.

다른 이들은 틀리지 않았다. 내가 이한나가 아닌 강유진이란 사실은 명백했다. 그래도 의혹은 해소되지 않았다. 정말로 중요한 물음 두 가지는 여전히 내게 날카로운 이를 박은 채였다.

내 기억은 어떻게 된 걸까. 그리고……

내가 아는 나, 이한나는 실존하기는 하는 걸까.

1

와이퍼가 바쁘게 춤추고 있었다. 조수석에 앉은 송 형사가 말을 걸었다.

"비도 오는데, 운전 제가 한다니까."

"뭔 소리야? 나 운전 잘해."

"그게 아니라 이런 날에는 좀 쉬시라고요."

외근 갔다가 퇴근 시간을 넘기는 건 자주 있는 일이었다. 당직 순번이라 사무실로 되돌아가는 일도 마찬가지였다. 그 때문에 '이런 날' 운운하는 게 아니란 건 바로 알았다.

"뭐, 아님 말고. 저야 편하죠."

박 형사는 옆을 흘겨봤다. 녀석은 알고 떠드는 걸까, 대충 던지고 보는 걸까. 궁금해서 슬쩍 물었다.

"오늘 별일 없는데 내가 기분 안 좋을 게 뭐가 있어?"

송 형사의 왼쪽 입꼬리가 올라갔다. 볼에 붙은 반창고에 주름이 졌다.

"전 기분 안 좋으시다고는 안 했는데요?" 그러고는 아차, 하는 선배를 향해 덧붙였다. "말했잖아요. 비 온다고."

어쩐지 말려드는 것 같기에, 박 형사는 조용히 입을 닫았다.

사실이긴 했다. 그는 비 오는 날을 싫어했다. 몸과 마음이 나른하고 축 처지는 건 둘째 치고 묘하게도, 정말 묘하게도 유독 비 오는 날만 되면 이상하리만치 꼭 사건이 일어났다. 아니, 일어나는 것처럼 보였다. 평소 어디 숨어 있는지도 몰랐던 미친놈들은 비가 내리기 시작하면 "쇼 타임!"을 외치며 집 밖으로 튀어나와 사람들에게 엿을 물리며 돌아다녔고, 꼭꼭 숨어서 머리카락도 보이지 않던 시체는 약속이라도 한 듯 내리는 비를 흠뻑 맞은 채 발견되곤 했다. 아니, 그런 것처럼 보였다.

"이런 날 사건이 일어난다, 그건가?"

"비슷하겠네요."

"무슨 소리야. 기상청이랑 경찰청이 내놓은 자료에 따르면 여름철 기준으로 비 오는 날에는 맑은 날에 비해 강간사건이 17퍼센트 늘었지만 절도사건은 26퍼센트나 줄었다고. 5대 강력 범죄 전체를 봐도 비가 오면 7퍼센트가량 발생 건수가 줄었어."

"그런 걸 찾아보셨어요?"

"…… 신문에서 본 거야."

"아, 네."

박 형사는 다시 한 번 힐끗거렸다. 송 형사가 여전히 실실대는 것으로 보아 자신이 괜한 소리를 한 게 분명했다. 오히려 더 방어적으로 보였으리라. 한데 녀석은 어떻게 알았을까? 박 형사 본인도 모르는 사이에 티를 냈을까? 아니, 표정 때문이 아니란 건 100퍼센트 확신할 수 있었다. 감정이 드러나지 않는 얼굴이라는 얘길 정말로 많이 들어왔다. 사람들은 그가 기분이 좋은지, 화가 났는지조차 잘 구분하지 못했다.

"넌 좋냐? 이런 날씨?"

"뭐, 나쁠 거 있나요? 어차피 맑은 날에도 사건은 일어나잖아요. 그런데……."

송 형사가 갑자기 비장해졌다.

"오늘은 저도 박 형사님이랑 비슷한 것 같아요. 기분이 영 구려요."

기분 안 좋다고 한 적이 없는데…… 누구 마음대로 비슷하단 거냐고 물어보려다 그만뒀다.

"왜?"

그저께 경찰서 복도에서 봉산탈춤을 춘 어느 피의자의 작품으로, 송 형사의 왼쪽 볼에는 엄지손가락 두 개만 한 왕반창고가 붙었다. 사무실 출입문 옆 좌석 배치도는 박살이 났고, 송 형사는 춤사위에 놀아난 것도 억울한데 막내 짬밥에 복도 청소까지 했다. 이제 비 맞으면 상처가 덧난다는 소릴 할 차례였다.

"이거요, 이거." 좁아터진 승용차 안에서 송 형사가 요령 있게 오른발을 척, 들었다. "이 운동화요, 처음 신고 나왔거든요. 오늘 비 예보 없었단 말이에요. 이거 비싼 건데."

농담인 것 같기는 한데 아까워 죽겠다는 말투로 보아 농담이 아닌 것도 같았다.

"막일 뛰는 놈이 별……."

팔자 좋게 운동화 타령이나 하고 있는 후배는 일단 제쳐 놓고, 박 형사는 와이퍼 속도를 조정했다. 빗방울이 차를 부술 기세로 떨어지고 있었다. 후드득, 천장을 두들기는 소리가 어찌나 큰지, 실제로 머리를 두들겨 맞는 기분이었다. 송 형사가 쩝, 입맛을 다시더니 뒷좌석으로 손을 뻗었다. 부스럭대는 소리가 나고 잠시 후, 검은색 비닐봉지가 송 형사 무릎 위에 안착했다. 이어 "박 형사님, 힘내요." 하는 위로와 함께 캔 커피 하나가 불쑥 튀어나왔다. 박 형사는 도대체 무슨 힘을 내란 거냐고 물으려다 또 그만뒀다.

따르릉.

한 모금 쭉 들이켰던 송 형사가 급히 삼키고는 전화를 받았다.

"안녕하세요. 중앙경찰서 강력2팀 송, 칠, 범 형사입니다."

송 형사는 언제나 자기 이름을 또박또박 끊어 발음했다. 기억하기 쉬우라고 그러는 거라나. 그렇게까지 안 해도 자기가 눈에 띈다는 사실을 몰라서 저러는 걸까. 박 형사는 조용히 따라해 봤다.

"안녕하세요. 박, 선, 호 형사입니다."

자신은 굳이 그렇게 안 해도 되겠다는 생각이 들었다.

처음 칠범을 만났을 때 선호는 적잖이 당황했다. 형사가 부족한 시기, 지구대에 근무하던 괜찮은 녀석이 지원을 해서 데려왔다는데 생긴 것부터 영 마음에 들지 않은 탓이었다. 키만 크지 허여멀겋고 비리비리한 게, 전혀 신뢰가 가지 않았다(나중에 알게 된 사실이지만 칠범은 전국체전 고등부에 도 대표로 참가한 이력이 있는 태권도 선수 출신이었다.).

그 첫인상에서 신뢰를 못 느끼는 사람은 비단 선호만이 아니었다. 칠범은 생긴 것만 보면 어디 가서 "저 강력팀 형사입니다."라고 했다간 "네가 형사면 나는 CIA다, 이 새끼야." 하면서 한 대 얻어맞을 상이었다. 녀석은 칙칙한 아저씨들 사이에서 단연 돋보였다. 늘 깔끔하게 머리 정돈을 했고 깨끗하게 잘 차려입고 다녔다. 형사가 된 지 3개월 만에 경찰서 앞 세탁소 주인 부부의 VVIP 고객이 됐을 정도였다. 세탁소 아주머니가 녀석을 좋아하는 건 반드시 옷을 많이 맡겨서만은 아니었다. 칠범은 누가 봐도 잘생겼다. 키 크고, 팔다리 쭉쭉 뻗었고, 눈 시원시원하고, 콧날은 오뚝하고, 머리통은 작고, 피부는 찹쌀떡 같았다. 게다가 항상 뭐가 그리 좋은지 생글생글 잘도 웃었다. 출근 인사를 할 때도, 밥을 먹을 때도, 험악한 놈들 잡아넣고 싸구려 커피 한 잔에 마음을 추스를 때도 늘 웃었다. 사람을 기분 좋게 하면서도 한편으로는 홀리기도 하는 미소였다. 그래서 그런가, 여성 피의자나 참고인들은 나이고하를 막론하고 칠범 앞에서는 묻지 않은 것까지도 술술 털어놓곤 했다. 기왕이면 잘생긴 오빠가 얘길 들어주는 게 좋다나. 경찰서를 네일샵처럼 들락날락하는 여자들 중엔 손 씻으면 만나줄 거냐고 묻는 이들도 있었다. 그럴 때마다 칠범의 대답은 늘 같았다.

"그건 안 됩니다." 그러고선 '그럼 그렇지.' 하는 얼굴을 향해 넌지시 던지곤 했다. "하지만 진짜로 그렇게 하면 가끔 술은 같이 마셔 줄게요."

그러면 언니들은 잘도 떠들어댔다. "다신 안 그럴게요."의 7음절을 순도 90퍼센트의 콧소리로 발성해내면서. 그게 공수표라는 건 그중 그와 술을 마신 여자가 단 한 명도 없다는 통계가 증명하고 있었다.

반면에 선호는 이마에 '형사'라고 적혀 있었다. 가끔 '조폭' 혹은 '포주'로 잘못 읽고 겁부터 집어먹는 이도 있었다. "박 형사." 불러서 "네?" 하고 돌아보았을 뿐인데 "아, 놀랐잖아." 하며 기겁하는 일도 잦았다. 그는 키가 190이 넘었고 아령만큼 무겁고 단단한 근육으로 온몸을 둘렀다. 거북이 등만 한 손은 오랜 기간 해온 운동과 경찰 생활에서 얻은 굳은살에 덮여 진짜로 방금 포획된 거북이 두 마리가 들린 것처럼 보였다. 형형한 눈빛은 보는 이를 쪼그라들게 했다. 언젠가 "눈꼬리가 아래로 쳐져서 나름 순해 보이는 인상이지 않습니까?"라고 물어봤다가 "양심 없는 놈이 형사를 하네. 말세야, 말세."란 답을 들었다. 면도를 해도 새카만 수염 자국이 남은 볼은 거친 느낌을 더해줬다. 어차피 늘어지고 찢어질 거, 옷은 편한 걸로 대충 주워 입었고 머리는 다듬는 게 귀찮아 그냥 짧게 깎고 다녔다. 웃음이 없는 건 아니었지만 남들 앞에서는 자주 웃지 않았다. 웃으면 "너 무슨 꿍꿍이야." 소리를 들었다. 살인 미소가 아니라 살인자 미소라나 뭐라나.

그런 그들이 함께 다닌 지도 1년이 다 돼가고 있었다. 둘은 어떻게 봐도 어울리지 않았는데, 선호는 그게 다 옆에 앉은 이 녀석 때문이라고 생각하고 있었다.

"네, 네, 네."

낮게 깔리는 목소리에 선호는 정신을 차렸다. 칠범은 별말 않은 채, 수화기를 건너오는 소식을 경청하고 있었다. 심각한 일이 생긴 게 분명했다. 긴장감이 배 속에서부터 식도를 타고 올라왔다.

"네, 네, 바로 가겠습니다."

늘 보던 초승달 모양이 아닌, 아몬드 모양의 눈이 앞에 있었다.

"뭔데?"

"중앙천에서 변사체가 나왔답니다. 그리로 가야겠는데요."

팀장 목소리가 귓전에 되살아났다. "써노는 오늘 일진이 좋네." 그게 오늘 아침 일이었다. 스포츠 신문의 '오늘의 운세' 코너에서 그리 찍어 줬다고. 그럼 그렇지. 혹여 "일진이 좆됐네."를 잘못 들은 거라면 또 모르지만.

"신원은 나왔대? 어떤 상황이래?"

"누군지는 아직 모르고요. 20대 후반에서 30대 초반으로 보이는 여성인데, 머릴 맞았고 왼쪽 가슴을 찔렸고 양손이 없답니다."

오른손과 왼손 사이의 공간만큼, 두 사람 사이에 침묵이 흘렀다. 잠시 후, 선호가 물었다.

"오늘 며칠이지?"

"11월 6일이요. 2015년."

선호는 급히 핸들을 꺾었다. 창문 위 손잡이를 잽싸게 잡으며 칠범이 말했다.

"근데 박 형사님, 신기하네요. 비 오니까 진짜로 사건이 나잖아요. 굿이라도 한 판 해야 할까요? 저 어렸을 적에 시골 살았어서 굿판을 좀 봤는데요…….”

“망할 놈.”

도로 곳곳에 고인 물이 타이어에 짓이겨지며 높이 튀었다. 자동차는 빠른 속도로 과속방지턱을 넘었다. 두 사람의 몸이 붕 떠올랐다가 시트에 털썩 내려앉았다. 칠범의 손에 들린 커피도 이때다 싶어 튀어 올랐다가 바닥으로 떨어졌다. 내려다본 칠범이 울상을 지으며 구시렁거렸다.

“아, 내 운동화.”

0

담당 의사를 만난 다음 날, 날이 밝자마자 나는 병원 9층의 카페로 향했다. 벽을 빙 둘러 컴퓨터 십여 대가 설치되어 있었다. 음료를 주문하거나 사용료를 내면 컴퓨터를 쓸 수 있었다. 나는 환자복을 입은 중년 남자 옆에 자리를 잡았다.

인터넷 검색으로 몇 가지는 확인할 수 있을 것이다. 나는 포털 사이트 메인 화면을 한동안 노려봤다. 걱정스러웠다. 아무것도 못 찾으면 어쩌지. 이한나가 존재하지 않는 인물이면 어쩌지. 내가 진짜로 미쳐버린 거면 어쩌지. 애써 마음을 진정시킨 후, 나는 감각이 낯선 손가락을 움직여 검색창에 세 글자를 써넣었다.

이한나.

결과가 너무 많았다. 이번엔 '이한나'와 '신의일보'를 동시 검색한 후 신문 기사로 한정해 결과를 정렬했다. 맨 위의 기사는 오늘로부터 약 두 달 전의 것이었다. 의도하지 않았는데도 제목을 본 순간 첫 문장이 바로 떠올랐다. 소리 내어 외워봤다.

“직원 임금을 체불한 공공기관이 성과급 잔치를 벌여 논란이 예상된다.”

힐끔거리는 시선이 느껴졌지만 개의치 않았다. 기사를 클릭했다. 조금 전 내가 뱉어낸 문장이 토씨 하나 틀리지 않고 그대로 화면에 나타났다. 다른 기사들도 읽어 내려갔다. 모두 익숙했다. 아니, 익숙한 수준이 아니었다. 그걸 쓰기 위해 어딜 갔고 누굴 만났는지까지 기억났으니까. 특별히 심혈을 기울였던 뉴스 몇 개는 통째로 외울 수도 있었다. 그리고 그 모든 기사의 하단에는 ‘《신의일보》 이한나 기자’라고 적혀 있었다.

이래도 내가 이한나가 아닌가?

속단할 수 없었다. 나는 한 가지 가능성을 더 고려했다. 언론사 기자는 이름과 얼굴이 세상에 공개된다. 무슨 이유에선가 내가 그 사람을 동경하고 그가 되길 바라면서, 기사를 읽고 모으고 또 읽었다면 지금처럼 이한나가 쓴 글을 줄줄 꿰고 있는 것도 설명되지 않을까. 기사에 붙어 있는 건 정신질환자인 내가 만들어낸 가공의 기억들이고.

자, 그렇다면 이건 어떨까.

나는 신문사 웹사이트에 접속했다. 아이디와 비밀번호를 입력하자 로그인이 됐다. 화면 상단 좌측에 뜬 ‘이한나 님, 환영합니다.’라는 인사말이 익숙했다. 메일함은 외부에서 들어온 제보로 가득했는데, 11월 30일 이후 도착한 메일은 모두 미확인 상태였다. 나는 그 외에도 SNS, 포털 사이트, 통신회사 웹사이트, 쇼핑몰 등 개인 정보 확인이 가능한 온갖 곳에 접속했다. 모두 단번에 로그인됐고, 하나같이 이한나 님을 환영한다는 인사를 건네 왔다. 내가 한 사람의 개인 정보를 완벽하게 빼낼 수 있는, 무지막지한 능력의 정신질환자 같지는 않았다. 친구들과 동료들 SNS도 확인했다. 나는 이한나만이 아니라 김해빈, 성세영, 오경욱에 대해서도 정확히 알고 있었다. 덕분에 '동경하던 대상 가설'은 저만치 던져버릴 수 있었다. 망상으로 여기까지 올 수는 없으니까. 숨통이 트인 건 잠깐이었다. 키보드 위 내 것이 아닌 손가락 10개가 꼼지락대는 걸 보기 전, 딱 그때까지만.

도대체 어떻게, 왜 이런 일이 생긴 거지?

큰 그림을 봐야 했다. 나는 머릿속에 백지를 하나 펼치고 중요 키워드를 하나씩 채워 넣기 시작했다. 이한나, 강유진, 신의일보, 얼굴, 화재, 투신, 의사, 거울……. 한순간 뭔가가 반짝, 했다. 단어 두 개가 빛을 뿜고 있었다.

화재! 투신!

강유진이 투신한 날은 11월 30일이었다. 내 기억에 화재가 일어난 날도 11월 30일이었다. 강유진의 투신이 새벽 4시경, 화재가 오후 2시경. 만약 내가 강유진이라면? 새벽에 의식을 잃었으니 오후의 화재 사건은 몰라야 한다. 물론 그 화재가 실제로 발생했다는 전제 하에 말이다.

나는 급히 검색창에 '제일빌딩 화재'라고 입력했다.

보도가 되고 있었다. 내가 기억하는 날짜, 기억하는 정황 그대로.

안도의 숨이 터져 나왔다. 눈물도 터지려 했지만 참았다. 의심의 여지는 사라졌다. 나는 강유진일 수가 없었다. 꼬리를 무는 수수께끼를 따라나설 용기가 솟아났다. 일단 어찌어찌해서 이 모습을 하게 됐다고 쳤다. 그렇다면 진짜 나, 이한나의 몸은 어떻게 됐을까. 타 버렸을 거라고 짐작한 순간에는 잠시 앞이 보이지 않았다.

그날의 기사에 답이 있을 것이다. 검색 결과를 최신순으로 정렬했을 때였다. 나는 그대로 굳었다.

동대문 제일빌딩 화재, 당시 현장의 재구성

오늘자 기사. 난생처음 보는 글 하단에 '《신의일보》 이한나 기자'라고 적혀 있었다. 검색 결과 목록을 재확인해 봤다. 놀랍게도 오늘, 사흘 전, 화재 사건 다음 날에도 내 이름으로 기사가 나갔다. 가히 충격적이었다. 정리된 줄 알았던 머릿속은 다시금 난장판이 되어버렸고, 나는 한참을 더 헤맸다. 그런데 어느 순간, 뒤엉킨 타래의 실마리가 눈에 들어왔다. 목록을 타고 죽 내려오던 눈길이 화재 당일 뉴스의 제목에 닿았을 때였다.

거기, 주목할 만한 기사가 하나 있었다.

[동대문 제일빌딩 화재] 병원별 사망자·부상자 명단(17시 현재)

기사를 작성한 사람은 같은 부서의 최온규 기자였다. 이 뉴스가 검색 결과에 포함된 것은 부상자 명단에 이한나라는 이름이 있었기 때문이었다.

부상이라고?

그날의 일이 뇌리에서 살아났다.

***

무거운 걸음으로 향한 곳은 동대문 제일빌딩이었다.

동대문 종합시장 일대는 화재 사고가 1년에 5회가량 발생하는, 그야말로 화약고 같은 곳이다. 그중 제일빌딩은 지은 지 30년이 다 되어가는 4층짜리 건물로, 1층과 2층은 신발과 액세서리 등을, 3층과 4층은 원단을 주로 취급하는 매장들이 빼곡하게 들어서 있었다. 다른 소규모 점포들보다는 형편이 조금 더 낫긴 했다. 그럼에도 화재와 관련해 굳이 취재 대상으로 정한 것은 그 건물이 현행법상 스프링클러 의무설치 대상에서 절묘하게 벗어나 있었기 때문이었다.

관련 내용을 취재한 후, 나는 매장 한편에 마련된 벤치에 앉아 노트북을 꺼냈다.

그 남자의 모습이 눈에 들어온 것은 내가 대략적인 정리를 끝냈을 무렵이었다. 남루한 복장. 초점 없는 눈. 한쪽 어깨에 멘 커다란 배낭. 특별할 건 없었지만 동대문 원단 상가에서 쉽게 만날 수 있는 타입도 아니었다. 모습보다 더 이상한 것은 그의 행동이었다. 남자는 색색 원단에는 별 관심이 없는 듯 앞만 보며 매장을 돌고 있었다. 중간중간 걸음을 멈춰 주변을 한 번 쓱 둘러보고는 가방에서 작은 물건을 꺼내 바닥에 놓기도 했다. 생수병이었다. 그 기이한 행동이 반복됐다.

문득 불길한 예감이 엄습했다. 내가 급히 짐을 챙겨 자리에서 일어났을 때, 남자가 가방에서 뭘 또 꺼내더니 금세 주머니에 넣었다. 언뜻 보았는데, 유리병이었다. 나는 남자의 뒤를 따랐다. 거리는 약 15미터. 남자의 눈에 띄지 않도록 조심하며 나는 바닥에 놓인 생수병을 하나 집어 들었다. 500밀리리터짜리 플라스틱병 안에는 약간 노르스름한 액체가 들어 있었다. 물인가? 무슨 오일 종류인가? 열어보려 했지만 마치 접착제로 붙여놓은 것처럼 뚜껑은 꿈쩍도 하지 않았다.

남자는 어느새 비상구 근처에 서 있었다. 언제부터 거기 있었는지 모를, 원단이 든 것으로 추정되는 커다란 비닐봉지 두 개가 닫힌 문 앞에 놓여 있었고 그 위에 어떤 액체가 뿌려지고 있었다. 나는 얼른 손을 코에 갖다 댔다. 미세하게, 화학약품 냄새가 났다. 내가 소리를 지르려는 찰나였다. 어디선가 목소리가 들려왔다.

"이거 시너 냄새 아니야?"

그 말이 끝나기도 전에, 남자는 몇 걸음 물러서더니 주머니에 손을 집어넣었다. 이윽고 커다란 불길에 비상구가 모습을 감췄다. 그 광경에 압도된 나는 주춤하며 물러섰다. 휙, 몸을 돌린 남자가 내 쪽으로 다가오는 모습, 그의 손에서 이곳저곳으로 뻗어나가는 작은 불꽃의 형상이 모두 현실 속 장면이 아닌 것처럼 보였다.

옷감을 따라 불이 번졌다. 곳곳에서 들리는 비명 소리는 이곳이 곧 지옥으로 변하리라는 경고였다. 하지만 나는 점차 다가오는 얼굴에 완전히 붙들려 있었다. 은색 광이 번쩍이는 눈, 기이하리만큼 올라간 양쪽 입꼬리. 남자의 왼손에는 유리병이, 오른손에는 라이터가 들려 있었다. 가까이에서 보고서야 알았다. 유리병에는 종이 심지가 끼워져 있었다. 남자가 심지에 불을 붙였다.

설마, 나한테 던지려는 건가?

화염병은 근처 상가 안으로 날아갔다. 남자가 내 곁을 빠르게 지나치며 작은 바람을 일으켰고 나는 그제야 정신을 차렸다. 누군가 다급하게 말하고 있었다.

"119죠? 여기 동대문 제일빌딩인데요."

소방차가 도착하려면 5분은 걸릴 터였다. 그 전에 빠져나가야 했다. 연기가 삽시간에 피어나며 빠르게 시야를 흐렸다. 나는 112에 전화를 하려다가 마음을 바꿨다. 신호음을 들으며 비상구를 찾았다. 캡이 전화를 받았다.

"이한나입니다. 속보 내보내 주세요. 동대문 제일빌딩 화재 발생했습니다. 4층, 불이 빠르게 번집니다. 방화입니다. 방화범 직접 목격. 나이 40대 중후반, 베이지색 점퍼, 검정색 바지, 등산화. 오후 2시 20분경, 비상구 앞, 원단이 든 커다란 비닐봉지에 시너로 추정되는 액체를 뿌리고 라이터로 불을 질렀습니다. 이후 달려가며 곳곳에 화염병을 던졌고요. 그리고…… 아, 생수병. 불 지르기 전에 상가를 돌면서 500밀리리터짜리 생수병을 곳곳에 놓아뒀습니다. 누군가 119에 신고했습니다. 스프링클러 설치 안 돼 있습니다."

캡은 빨리 나오라고 소리쳤다. 건물 비상구는 총 세 곳이었다. 범인이 불을 지른 북쪽 비상구는 불길에 완전히 막혀 있었다. 동쪽 비상구도 마찬가지였다. 아마도 놈이 북쪽-동쪽 비상구 순으로 불을 놓아 퇴로를 막은 것 같았다. 곳곳에서 작게 펑펑 하는 소리와 함께 열기가 터져 나왔다.

"동쪽 비상구도 막혀 있습니다. 불이…… 번지기만 하는 게 아니라…… 새로 붙는 것 같습니다. 아까…… 남자가 이곳저곳에…… 놓아둔 생수병 안에도 인화물질이…… 페트병…… 녹으며……."

검은 연기가 몸을 휘감았다. 옷으로 입과 코를 막았지만 기침 때문에 말을 제대로 할 수 없었다. 어느덧 앞은 거의 보이지 않았다. 이제 남은 비상구는 하나, 남쪽이었다. 아까 거기가 북쪽이고 여기가 동쪽이니까…… 남쪽 비상구가 있음 직한 곳을 향해 달리던 나는 물컹한 뭔가에 걸려서 고꾸라졌다. 사람이었다. 한둘이 아니었다. 일으키려 했지만 다들 반응이 없었다.

"4층 중앙부, 바닥에…… 쓰러진…… 사람…… 다수."

다시 걸음을 더듬던 나는 쓰러진 사람에게 걸려 또 넘어졌다. 전화기를 떨어뜨렸지만 잡을 힘이 없었다. 몸을 가눌 힘조차 빠르게 빠져나갔다. 그때, 어떤 목소리가 들려왔다. 밖이 아니라, 내 안에서 들려오는 목소리였다.

남은 힘을 짜내어 고개를 들었을 때였다. 암흑 속 멀지 않은 곳, 초록색 등 같은 게 어슴푸레 빛나고 있었다. 나는 바닥을 기듯 그곳으로 향했다. 그러는 중에도 목소리는 점점 더 커졌고, 급기야는 메아리가 되어 사방에서 울려왔다.

'여기서 꼭 나가야 하나?'

그간 죽고 싶다는 생각을 여러 번 했었다. 그런데 용기가 없어서 실행 못 했다. 사람들 입에 오르내리고 싶지 않았고 기삿거리가 되고 싶지도 않았다. 하지만 여기서 죽는다면? 자살보다는 사고사가, 남은 가족들에겐 덜 충격적이리라. 내가 왜 죽었는지 이해 안 간단 소릴 할 인간도 없으리라. 희미해져 가는 의식 속, 익숙한 음성들이 매캐한 연기와 함께 공중을 떠돌았다.

어머니의 목소리. *"미안해. 아버지가 하도 해 달라고 사정해서…… 이번에는 문제 생길 일 없다고 했어. 정말이야."*

성재의 목소리. *"그래. 네 말대로 해 줄게. 이제 끝내자."*

황 선배의 목소리. *"이 직업이 원래 그래. 누구나 실수할 수 있는 거야. 너무 자책하지 마."*

살아야겠다는 의욕이 꺾이고, 어떤 결심이 섰다.

살면서 단 한 번도, 노력하지 않고 뭔가를 얻은 적이 없었다. 드디어, 처음으로, 가만히 있기만 해도 원하는 걸 손에 쥘 수 있게 됐다. 아이러니했다. 하필이면 죽는 순간에야. 잦아들던 기침이 허탈한 웃음으로 바뀌었다. 기자 생활 지겹다더니, 나 이 와중에 신문사에 특종 물어다 준 거야?

숨으로 뜨거운 공기가 밀려 들어왔다. 바닥에 닿은 볼에선 냉기가 느껴졌다. 앞은 아예 보이지 않았다. 어느덧 나는 무더운 여름의 태양 아래, 차가운 계곡물에 발을 담근 채 웃고 있었다. 편안했다. 아득히 먼 곳에서 사이렌 소리가 들려왔다.

***

그게 이 웃기지도 않는 상황에 처하기 전 내 마지막 기억이다.

기사 내용으로 미루어 알게 된 사실을 간추리면 다음과 같다. 이한나는 그날 화재 현장에서 구출되어 병원으로 옮겨졌고 바로 퇴원해서 내내 취재를 다녔다……. 나는 두 손에 얼굴을 파묻었다. 이게 어떻게 가능하지. 정돈됐던 심상들이 다시 표류하며 서로 부딪혔다. 거울 속 여자, 화재, 신문 기사, 의사의 말……. 일순 어딘가 앞뒤가 맞지 않는다는 생각이 강하게 치고 올라왔다. 파뜩 펼쳐지는 도식이 있었다. 기사 목록을 다시 읽어봤다. 확실했다. 계산이 안 맞는 건 이 부분이었다.

내 이름으로 올라온 뉴스는 화재 사건을 다룬 것뿐이었다.

열흘이나 지난 일이다. 그사이 다른 기사를 하나도 안 썼다고? 그럴 리가.

"죄송합니다. 혹시 전화를 좀 빌릴 수 있을까요?"

중년 남자는 어느덧 젊은 여자로 바뀌어 있었다. 여자가 흔쾌히 휴대폰을 건넸다. 나는 신문사 번호를 눌렀다.

"실례합니다. 혹시 이한나 기자와 통화할 수 있을까요?"

"아, 지금 자리에 안 계신데……."

상대는 말끝을 흐렸다.

"그럼 개인 연락처를 알려주실 수 있나요?"

"아, 그것도 좀 어려운데요. 제보하실 게 있으면 저한테 말씀해 주세요."

나는 단도직입적으로 물었다.

"혹시, 아직 입원 중인가요?"

상대가 잠시 머뭇거리더니 대답했다.

"네. 실은 그렇습니다."

"기사는 어떻게 나가고 있는 거죠?"

"저희 내부 사정으로 그리 됐습니다. 여하튼 지금 통화는 어렵습니다."

"네. 감사합니다."

한 통을 더 걸었다. 부상자 명단에 이한나는 은학 병원으로 옮겨진 것으로 돼 있었다.

"실례합니다. 11월 30일 입원하신 이한나 씨와 통화할 수 있을까요?"

"아, 그건 어려운데요."

"왜죠?"

"환자 측에서 원하지 않으셔서요."

"상태가 어떤가요?"

"그것도 알려 드릴 수 없겠는데요."

"찾아가면 만날 수 있나요?"

"아니요. 면회는 절대 불가합니다."

"알겠습니다. 감사합니다."

이한나는 사고 이후 내내 입원 중이었다. 신문 기사는 어떤 비공식적 사유 때문에 그 이름으로 나갔을 뿐, 실제론 다른 사람이 쓴 거고.

막연하게나마 상대방과 연결된 느낌이었다.

저쪽에 이한나가 있다. 누군가, 내가 돼 있다.

누구지?

해답은 의외로 쉽게 나왔다. 중간 논리가 모조리 생략됐지만 이것 말고는 답이 존재할 수 없었다.

여기 있는 게 이한나이니까, 거기 있는 건 강유진이겠지.

병실로 돌아온 나는 병실 전화 수화기를 들고는 내 휴대폰 번호를 눌렀다.

"고객님의 전화기가 꺼져 있어……."

휴대폰은 그날 불에 타 없어졌을 것이다. 잠시 고민하다가 집 번호를 눌러봤다. 아무도 받지 않았다. 나는 불안감을 애써 눌렀다.

조급해하지 말자. 서두른다고 달라지는 것은 없으니까.

***

멀뚱히 올려다봤다. 검푸른빛으로 물들어가는 하늘 아래, 입이 떡 벌어지는 최고급 빌라가 서 있었다. 할 일이 뭔지 잠시 잊고 우두커니 굳어 있다가, 나는 눈을 몇 번 깜빡였다.

저기 401호란 말이지.

높은 담을 어찌나 단단히 둘러놓았는지, 안을 들여다볼 시도조차 못 했다. 사람, 차량이 드나드는 곳 역시 거대한 대문으로 가로막혀 있었다. 나는 손에 쥔 종이를 펼쳤다. 주민등록등본이었다. 출입문 우측에 붙은 번지수를 확인했다. 제대로 찾아온 게 맞았다.

근처에 서서 무작정 기다렸다. 출입문 비밀번호를 몰라서였다. 번호를 훔쳐볼 작정이었건만, 30분 넘도록 빌라를 출입하는 사람이 없어서 여의치가 않았다. 나는 연신 입술을 깨물었다. 빌라에 들어가지 못해서가 아니었다. 다른 생각이 머릿속을 가득 채운 탓이었다.

제대로 하고 있는 건가?

누군가가 나, 이한나가 되어 다른 병원에 입원 중이란 사실을 알아낸 후, 나는 병원 밖으로 나갈 궁리만 했다. 그러나 기본적인 거동조차 어려웠기에 외출은 불가능했다. 최대한 빨리 퇴원하는 것 말고는 방도가 없어서, 나는 목발을 짚을 수 있게 되자마자 의사의 바짓가랑이를 잡고 퇴원을 구걸했다.

그런데 막상 움직이려고 하니 갈등이 일었다. 내가 너무 안일하게 생각했다는 후회 때문이었다. 나는 내가 되어 있을 누군가에게 무작정 연락을 하지도, 경찰에 도움을 구하지도 않았다. 저쪽에 연락하지 않은 이유는 마음에 걸리는 게 있어서였다. 상대방은 나보다 며칠 일찍 퇴원했다. 그런데도 날 찾지 않았다. 만나고 싶지 않은 건가? 왜?

경찰에 도움을 구하지 않은 건 그들에게선 얻을 게 별로 없다는 판단이 섰기 때문이었다. 형사 하나가 잠시 다녀가긴 했지만 나는 '아무것도 기억이 안 난다.'로 일관할 수밖에 없었고, 그가 물고 온 소식은 내가 이미 알거나 짐작하는 내용들이었다. 실종 신고가 들어오지 않는 것으로 보아 강유진은 직장 생활을 하지 않으며 친척이나 친구도 없는 사람인 듯했다. 내가 인터넷 상에서 강유진의 흔적을 찾아본 결과 역시 그 짐작을 뒷받침했다. 그녀는 마치 세상에 없는 사람과도 같았다. 어차피 상대가 누구인지는 만나면 다 해결

될 터, 나는 그보다는 우리에게 일어난 이 기이한 사건에 대해 연구하는 데 시간을 썼다.

퇴원 수속을 밟고 나서야, 내가 그녀에 대해 지나치게 모른다는 걱정이 발목을 잡았다. 해서 나는 계획을 약간 변경했다. 강유진을 찾아가는 일을 하루 미루고, 일단은 그녀의 집에 가 보기로. 가서 상대가 어떤 사람인지 조금이라도 살펴본 후 그녀와 대면하기로.

그 길로 택시를 탔다. 목적지로 단번에 돌격하지는 않았다. 그 전에 확실히 해둘 게 있었기 때문이었다. 나는 동주민센터에 들러 주민등록등본, 가족관계증명서, 혼인관계증명서를 신청했다. 내 얼굴과 강유진 신분증의 궁합이 어찌나 완벽했는지, 담당 공무원은 일말의 의심도 없이 개인 정보가 잔뜩 담긴 서류를 단 3분 만에 내 손에 쥐여 줬다.

강유진은 진짜로 혼자였다. 부모는 사망했고 형제자매는 없었다. 결혼한 적 없고 주소지에 다른 세대원도 없었다. 이쯤 되면 실제로도 혼자 사는 사람일 가능성이 높았다. 결심이 굳어졌다.

이런 이유로, 내가 생판 모르는 건물 앞에서 눈치를 살피며 서 있게 된 것이다. 빌라 입구와 약간의 거리를 둔 채 마냥 기다린 지 한 시간 남짓, 드디어 기회가 왔다. 한 남자가 출입문으로 다가가고 있었다. 나는 비밀번호를 훔쳐보려고 키패드와 손가락에 온 정신을 집중했는데, 남자는 대뜸 벨을 눌렀다. 방문객인 듯했다. 그렇다면 따라 들어가는 수밖에.

열린 문을 향해 나는 최대한 빠르게 움직였다. 문제는 몸이 마음을 따라가지 못했다는 데 있었다. 문이 닫히려는 찰나, 급한 마음에 팔부터 뻗어나갔다. 움직이던 문이 탁, 하고 목발과 부딪힌 후 다시 입을 벌렸다. 안도의 숨을 내쉬며, 나는 남자를 따라 안으로 들어갔다.

"어?"

인기척을 느꼈는지, 남자가 놀란 듯 돌아봤다.

"죄송합니다."

나는 태연한 척 가벼운 목례를 건넸다. 상황은 바로 무마되지 않았다. 놀란 남자는 그대로 서 있었다. 그 자리에 붙박인 듯 머무르며 한동안 날 빤히 쳐다보기까지 했다. 뒤통수에 시선이 와서 박혔다. *왜 저러지. 내 행동이 어색했나. 아니면, 설마.*

아는 사람인가?

다시 돌아보았을 때, 남자는 사라지고 없었다.

4층. 401호 앞. 조심스레 초인종을 눌렀다. 딩동. 반응이 없었다. 또 한 번, 딩동. 아무 응답도 없었다.

역시나 같이 사는 이는 없는 듯싶었다. 올라오기 전, 우편물을 보고 동거인 여부를 추가 확인하려 했지만 실패했다. 우편물 박스에도 키패드가 붙어 있었기 때문이었다. 숫자의 방해 공작은 계속 이어졌다. 이 빌라는 층별 엘리베이터가 따로 있었고, 역시나 비밀번호를 모르면 사용이 불가했다. 그럼에도 내가 여기 4층까지 올 수 있었던 건 때마침 날 수상히 여기며 다가온, 빌라 보안 요원으로 보이는 남자 앞에서 최대한 아픈 척 연기를 하며 도움을 구한 덕분이었다.

마지막 키패드 앞. 나는 도어록을 노려봤다. 내 생각이 맞았으면 좋겠는데.

힘을 주어 도어록 몸체를 위로 밀어 올리자, 딸깍 소리에 이어 숫자 버튼 아래에 감춰져 있던 지문 인식 장치가 모습을 드러냈다. 나는 망설임 없이 손을 뻗었다. 빰빰빰. 검지 테두리를 따라 붉은 빛이 세 번 반짝였다. 띠리링. 치익. 경쾌한 멜로디에 이은 기계장치 돌아가는 소리. 문이 열렸다.

진심으로 웃음이 났다. 병원에서 깨어난 이후, 처음으로 기쁜 순간이었다. 그래도 얼른 진정했다. 방금 남의 집 문을 땄으니까.

천천히 손잡이를 돌리며 온 신경을 집중해 집 안에 인기척이 있는지 살폈다. 실내는 어두웠고 무서우리만치 조용했다. 나는 도둑이라도 된 양 숨소리, 발소리를 줄여가며 슬금슬금 안으로 들어갔다. 센서등이 반짝 켜지자 매끈한 대리석 바닥의 양쪽으로 수백 켤레도 들어갈 법한 신발장이 산맥처럼 우뚝 서서 나를 맞았다. 그 아래 가지런히 놓인 딱 한 켤레 슬리퍼가 몹시 부자연스러워 보였다. 긴 복도를 지나자 드디어 트인 공간이 나왔다. 나는 조심스레 전등 스위치를 눌렀다.

"우와."

나도 모르게 탄성이 튀어나왔다.

과장 보태서, 축구장만 한 집이었다. 게다가 2층짜리였다. 계단을 오르던 시선이 천장에서 멈췄다. 층고는 못해도 6미터는 될 것 같았고, 은하수 조명으로 꾸며진 거대한 샹들리에에서는 반짝이는 빛이 쏟아져 내리고 있었다.

제일 가까운 문으로 다가가 열어봤다. 화장실이었는데, 내가 살던 집보다 넓었다. 다시 거실로 나와 이번에는 벽 한 면 전체에 드리워진 블라인드를 걷었다. 거대한 창 너머, 한강이 한눈에 들어오는 조망이 펼쳐졌다. 색색 조명이 밝혀진 다리 위, 노란색과 빨간색 불빛을 달고 줄지어 움직이는 차량들. 그 행렬이 검은 강물에 반사된 광경은 그 자체로 하나의 거대한 데칼코마니 작품이었다.

그 후로도 한참, 나는 1층을 둘러봤다. 기대와는 달리 감탄은 점차 사그라졌다. 고개를 갸웃거리게 만드는 요소들이 곳곳에 포진한 까닭이었다. 고급 제품으로 가득한 주방이었지만 냉장고와 선반을 가득 채운 건 인스턴트, 레토르트 식품이었다. 보자마자 눈살이 찌푸려졌다. 강유진이란 사람이 굳이 자살을 시도하지 않았더라도 이런 것만 먹다가는 머지않아 죽었겠구나 싶었다. 테라스 겸 정원에서는 잠시 넋을 놓았다. 대단해서가 아니었다. 사방을 둘러싼 나무와 꽃, 풀이 모두 말라 죽어 있는 탓이었다. 집 안 곳곳에 놓인 화분들도 마찬가지였다. 입원한 기간을 고려한다 해도 그사이 모든 식물이 이 지경이 될 리는 없었다. 최소 석 달은 물을 주지 않은 게 확실했다.

의문은 연이어 피어났다. 이 집에서는 묘한 부조화가 느껴졌다. 공간을 만들고 채운 소재, 인테리어, 가구, 가전 하나하나 최고급이 아닌 게 없었지만 이상하게도 사람 사는 집 같지 않았던 것이다. 자세히 보니 집 구조가 단순해서 실제보다 더 깔끔해 보이는 특징이 있었으나, 그와는 별개로 집주인이 꾸민 흔적이 거의 없었다. 거실만 봐도 그랬다. 빌트인 된 것 이외에 주인이 가져다 놓았음 직한 건 거대한 회색 가죽소파, 그 앞 검은색 원목 테이블 하나, 화분 몇 개가 고작이었다. 휑한 벽에는 그림 한 점 걸려 있지 않았다.

2층에는 침실, 파우더·드레스룸, 욕실, 서재, 그리고 잡동사니를 모아놓은 방과 빈 방 하나가 더 있었다. 침실이 농구코트만 했지만, 역시나 침대와 테이블 하나만 덩그러니 놓여 있어 황량하기 그지없었다. 주름 하나 없이 정돈된 침대는 2인용이었지만 방에는 두 사람이 지낸 흔적은 없었다. 침대에 누워봤다. 이불도 덮어봤지만 영 어색해서 금세 벌떡 일어나고 말았다.

침실과 연결된 파우더·드레스룸은 민둥산을 연상케 했다. 화장대 위엔 기초화장품 몇 개가 전부였다. 옷장에 옷은 몇 벌 걸려 있지 않았고 그마저도 무채색이거나 남색, 갈색, 온통 짙은 색들뿐이었다. 카디건을 한 벌 꺼내어 입어봤다. 촌스러웠다. 그리고 몸에 꼭 맞았다.

그즈음 나는 이 집의 기이한 요소를 또 하나 발견했다. 거울이 없었다. 2층 욕실을 제외하고는 그 어디에도. 1층 화장실은 물론 파우더·드레스룸에조차. 나는 고개를 갸우뚱대며 걸음을 옮겼다.

서재는 강유진이란 인물이 집 안에서 가장 많은 시간을 보냈음이 틀림없는 공간이었다. 벽을 빙 둘러가며 설치된 책장에 책들이 빼곡히 꽂혀 있었다. 목록을 빠르게 훑었다. 읽은 기억이 나는 책들이 몇 십 권 있었다. 그리고 읽었는지 확인해 볼 엄두조차 안 나는 책들이 수천 권 있었다. 한편에 놓인, 상당히 오래돼 보이는 마호가니 책상 위에서 사진을 발견했다. 보이는 곳에 내어놓은 유일한 사진이었다. 세 사람은 행복해 보였다. 사람 좋은 웃음을 짓는 남자, 우아한 미소를 짓는 여자. 두 사람 사이에서 천진하게 웃는 아이의 얼굴이 지금의 내 얼굴과 닮아 있었다.

나는 조심조심 1층으로 내려와 회색 소파에 앉았다. 한기가 돌았다. 집 안 온도가 낮아서는 아니었다. 생경한 장소에서 느껴지는 낯선 싸늘함이 공중을 맴돌았기 때문이었다. 크고 넓은 창 한가운데, 집주인의 얼굴을 한 침입자가 있었다. 그제야, 남의 집에 무단으로 들어왔다는 사실을 다시금 상기했다. 하지만 죄책감은 곧 밀어뒀다. 어쩔 도리가 없지 않은가. 이미 엎질러진 물인 것을. 내 행동을 억지로 합리화하며 나는 기어이 등을 대고 누웠다. 빛나는 샹들리에를 마냥 바라보며 생각에 잠겼다. 집을 둘러보고, 책 목록을 보고, 옷을 입어보고, 가족사진도 봤다. 짧게나마 강유진이란 사람 삶의 일부와 대면했지만 정말이지 아무것도 알 수가 없었다. 이렇게 좋은 집에서, 이토록 적막한 분위기를 만들어놓고 살다가, 어느 날 죽으려 했다고?

나는 내일의 계획을 점검했다. 아니, 계획이랄 것도 없었다. 애초부터 방법은 하나뿐이었던 것이다.

째깍째깍. 시계 초침 돌아가는 규칙적인 소리가 휑뎅그렁한 공간을 채웠다. 그 소리에 집중하자 최면에 걸리듯 마음이 편해지고 몸에 힘이 빠졌다. 처음 와 본 곳 치고는 집 안 냄새가 익숙한 것 같은 착각도 들었다. 스르륵, 눈이 감겼다.

딩동.

반짝, 눈이 뜨였다. 인터폰 화면이 빛나고 있었다. 시간은 10시를 넘어서는 중이었다. 나는 자리에서 일어나 목발을 집어 들었다. 의문이 뇌리를 스쳤다. 이 사람, 확실히 가족은 없다. 아는 사람이 찾아온 걸까? 보안 요원 말고는 얼굴을 봐도 누군지 모르는데 문을 열어줘도 될까?

불안한 마음으로 인터폰 화면 앞에 선 순간, 나는 두 손으로 입을 틀어막았다. 목발이 쓰러지며 나 대신 비명을 질렀다.

나는 문 밖의 사람을 알고 있었다.

2

한 무리의 남자들에게 둘러싸인 채 초조한 표정을 짓는 중년 남녀가 칠범의 눈에 들어왔다. 그들 맞은편에 선 이는 이마부터 정수리까지의 피부를 훤히 드러낸, 키가 아주 작은 남자였다.

"뒷모습만 봐도 우리 팀장님이네요."

반질거리는 머리 양쪽에 매달린 두 무더기의 곱슬머리는 까만색 브로콜리를 연상케 했다. 녀석들이 오늘 따라 유독 축 늘어져 보이는 건 아마도 습기와 스트레스 때문일 거라고, 칠범은 짐작했다.

팀장 곁에는 또 한 사람이 서 있었다. 중앙서의 보살. 어지간해서는 화를 내거나 흥분하지 않는 남자. 온화한 성격 덕은 아니었다. 갱년기 안면홍조로 고생 중인 탓이었다. 얼굴색을 지키기 위해 평소 그는 마음을 다스리는 노력을 게을리하지 않았는데, 오늘은 그럴 경황이 없는 듯싶었다. 마치 대형 성냥이 하나 서 있는 것 같았다.

"과장님도 나오셨네요."

두 상관은 닭처럼 목을 앞뒤로 흔들며 중년 남녀의 이야기를 듣고 있었다. 어느새 빗발은 가늘어졌다. 꽤 많은 곳에서 달려온 듯 여러 대의 방송사 차량이 곳곳에 세워져 있었고, 조금이라도 가까이 다가가려는 기자들과 막으려는 경찰의 대치로 한쪽에서는 실랑이가 벌어지고 있었다. 여기저기 바닥을 기는 자세로 뭔가를 찾거나 사진을 찍느라 분주한 과학수사팀원들의 모습도 보였다.

두 사람을 발견한 팀장이 턱 끝으로 현장을 가리켰다. 들어가 보란 소리였다.

현장에는 하늘색 텐트가 서 있었다. 곳곳에 조명도 설치됐다. 근처를 크게 빙 둘러가며 흙 속에 얇은 봉을 박아 세운 기둥에는 출입통제선이 둘러져 있었다. 관계자 외 출입금지. 저렇게 예쁘게 뽑아낸 개나리색이 이런 일에 쓰이다니, 참. 누군가는 저 색깔을 보면 화가 난다고 했고 누군가는 아무렇지도 않다고 했지만 칠범은 가슴이 쓰렸다. 오늘은 특히 더 그랬다.

저 노란 띠 안에 사람이 죽어 있다…….

현장을 지키고 있는 정복경찰에게 다가가 경례하자, 피로가 잔뜩 밴 인사가 되돌아왔다. 새로운 사건이 발생하면 다들 심각하고 분주하고 범인을 잡고야 말겠다는 의연한 결의를 뿜어낼 것 같지만 실상은 그렇지 않았다. 그곳에 모인 사람들을 훑어보니 하나같이 죽상이었다. 그도 그럴 것이 동일범의 짓이 맞는다면 세 번째 사건이 된다. 드디어 '연쇄살인' 딱지가 붙는 것이다. 언론에서는 더 크게 떠들어댈 것이고 윗선에서는 센 불로 들들 볶아 아랫것들의 속이 새카맣게 탈 게 빤한데, 피해자가 범인 이름이라도 어디 써놓지 않고서야 이번 역시 아무것도 찾지 못할 수도 있는 마당에, 망할 비까지 내려 현장을 깨끗하게 씻어 버렸으니 생각만 해도 지칠밖에.

현장 오염을 방지하는 몇 가지 조치 후, 칠범은 박 형사를 따라 조심스레 텐트 안으로 들어갔다. 피해자를 본 순간, 자신도 모르게 몸에 힘이 잔뜩 들어갔다. 어떤 모습일지 예상은 했지만 현실은 그보다 훨씬 끔찍했으므로. 괜찮으냐고 묻는 목소리에 겨우 몸이 풀렸다. 칠범은 반사적으로 "네." 하고는 공기 중에 용기의 성분이 떠다니기라도 하는 양 숨을 깊이, 아주 깊이 들이마셨다.

얕은 풀 위에 사람이 누워 있었다. 키가 큰 여자였다. 재킷, 티셔츠, 스키니 진을 걸치고 발목 위까지 오는 워커를 신었다. 진회색 티셔츠를 제외하고는 모두 검은색이었다. 정자세로 곧게 누워 양 팔목을 배 위에 얌전히 올린 채였는데, 두 손은 사라지고 없었고 비에 흐트러지긴 했으나 머리는 정돈돼 있었다.

"정말 비슷하네요. 같은 놈의 뻴이……."

얼른 옆을 봤다. 박 형사의 고개가 5도 정도 왼쪽으로 기울어져 있었다. 칠범은 말을 맺었다.

"오다가 마네요."

두 사람은 피해자의 곁에 쭈그려 앉았다.

"첫 번째, 양손이 없고, 두 번째, 왼쪽 가슴을 찔렸어요."

"세 번째, 여기. 머릴 맞았어."

박 형사의 큰 손이 피해자의 머리카락을 살짝 젖히고 있었다.

"이렇게 셋, 그리고……."

"어, 뭐야 이거."

두 사람의 시선이 부딪혔다.

"하아, 이게 무슨 난리래요."

누군가 말을 걸어왔다. 신윤주 검시관이었다. 평소 같았으면 벌떡 일어나 반갑게 맞았겠지만 지금은 그러기가 힘들었다. 칠범은 겨우 인사만 건넸다.

"나오셨네요."

"안녕, 쏭! 늦게 오셨네요, 박 형사님."

신윤주는 서울지방경찰청 과학수사계 소속의 경찰검시관이었다. 사망 사건이 발생하면 담당 경찰서에서 검시를 의뢰하는데, 현장에 출동해 시신과 주변 상황을 면밀히 조사하고 사인에 대한 의견을 제시하는 것이 그녀의 역할이었다. 박 형사가 말했다.

"요새 힘드시죠? 왜 이렇게 사람이 죽어 나가는지."

"휴…… 건당 돈을 받았으면 월세방 신세는 벌써 면했겠죠."

신윤주가 한숨과 함께 대답했다. 칠범은 절레절레했다.

"현장 상황으로 봐서 피해자는 사망 후 이곳에 옮겨졌을 가능성이 커요. 신원 확인할 만한 건 다 사라지고 없고요. 가방, 지갑, 휴대폰 전부요. 아, 양손도. 현장 주변을 뒤지고 있는데 아직 발견된 건 없어요."

"흉기는 이전과 같은 건가요?"

"글쎄요, 피해자를 옮겨서 더 자세히 봐야겠지만 일단은 비슷해 보여요. 맞은 곳, 찔린 곳 모두요."

신윤주는 이전 두 사건에서도 검시를 맡았었다. 그런 그녀가 보기에도, 칠범이 보기에도 곁에 누운 여자의 모습은 이전 피해자들과 흡사했다. 하지만 크게 달랐다.

“특이한 점이 있네요.”

“그렇죠?”

검지로 턱을 긁는 박 형사를 향해 신윤주가 어깨를 으쓱했다.

“손상이 네 군데네요.”

“맞아요. 저도 놀랐어요.”

신윤주는 오른쪽으로 고개를 돌려 피해자를 한 번 스윽 훑었다.

“여자가 곧은 자세로 누워 있다고 했어요. 양손도 없고요. 연락받고 설마 했죠. 야외에서 발견된 게 좀 이상했지만 여기 도착해서 현장 상황을 보자마자 812 사건의 연장선상에 있을 거라 판단했어요. 피해자가 짙은 색 옷을 입고 있어서 바로 보이지 않았거든요. 복부의 자창이요.”

이전의 두 피해자에게는 좌측 흉부 자창, 두부 손상, 양 손목 절단 외에 다른 손상은 없었다. 그런데 이번 피해자에게는 네 번째, 복부 자창이 추가된 것이다.

“복부 손상은 어느 정도인가요?”

“강한 힘으로 한 번에 찌른 것 같고, 대동맥이 파열된 걸로 보여요. 출혈이 엄청났을 거예요. 이것 때문에 사망했을 가능성이 크겠어요.”

“네? 가슴이 아니고요?”

이전 두 피해자는 왼쪽 가슴을 찔려 사망했다.

“네. 게다가…….” 뭐가 또 있었다. “흉부 자창에도 이상한 점이 있는데요, 아직 얘기할 단계는 아니라서…….”

비 때문에 사망 추정 시각의 폭이 커졌다. 그래도 신윤주는 최소 12시간 이상은 경과했으리라고 했다.

“그럼 오늘 새벽 이전에 사망했다는 건데…… 왜 이렇게 늦게 발견됐죠?”

“나와 보세요.”

칠범은 텐트 밖으로 나가는 박 형사와 신윤주를 따라갔다.

현장을 가운데 두고 왼쪽에는 작은 개천이, 오른쪽에는 낮은 산이 있었다. 개천을 따라 작은 길이 이어졌다. 현장은 도로에서 꽤 떨어진 곳이었는데 주변은 베어놓은 풀로 가득했다. 겨울철 화재 예방을 위해 마른 갈대와 잡초 등을 베는 작업을 한 후 모아놓은 것이었다.

“여기가 좀 외진 곳이에요. 아직 산책로 조성도 안 돼 있고. 당연히 평소에도 사람이 별로 없어요. 점심때부터는 비도 왔고……. 그래서 지나다니는 사람이 더 없었어요. 어제 오후에 제초 작업을 했었다나 봐요. 생각보다 치워야 할 풀의 양이 많아서 남겨뒀고 오늘 오후 실어갈 예정이었대요. 시신을 그 풀로 덮어두었기 때문에 더욱 눈에 안 띄었죠. 오후 6시경 구청 차량이 풀 치우러 왔다가 발견한 거예요.”

“그렇군요.”

칠범은 사방을 뒤살폈다. 평소 지나다니는 이가 별로 없다는 이곳이 지금은 갖가지 복장을 한 사람들과 빨강파랑노랑 빛을 뿜어내는 차량들로 북새통이었다. 그는 생각에 빠졌다. *이토록 사방이 탁 트*

인 현장이라니. 역시나 전에 없던 풍경인데.

“검시관, 이리 좀 와 봐요.”

형사과장이 손짓하자 신윤주는 반은 웃고 반은 우는, 묘기 같은 작별 인사를 남기고 뒤돌아 달려갔다. 두 형사는 텐트 안으로 되들어갔다.

“이제 가죠.”

꼼꼼히, 충분히 관찰했다. 먼저 밖으로 나온 칠범은 텐트 입구를 연 채로 잡고 기다렸다. 한참 동안 주변을 살피며 딴 생각에 빠져 있던 그는 어느 순간 자신이 괜한 수고를 하고 있다는 사실을 깨닫고는 텐트 안으로 머리를 들이밀었다. 멀뚱히 선 뒷모습이 보였다.

“뭐 하세요?”

반응이 없었지만, 개의치 않았다. 몇 걸음 걸으면 해결될 일이었다. 박 형사의 시선은 피해자의 얼굴에 꽂혀 있었다. 칠범은 두 지점을 번갈아 봤다. 감은 눈 두 개, 뜬 눈 두 개, 감은 눈 두 개, 뜬 눈 두 개. 박 형사의 미간이 구겨졌다 펴졌다 했다.

부를 수 있는 인원은 다 부른 덕인 듯, 혹은 비 때문에 나오는 게 없어서인 듯 현장 감식 절차는 마무리되는 분위기였다. 들것이 도착했다. 그제야 두 사람은 텐트를 빠져나왔다. 개나리색 출입통제선 밖으로 걸어 나오며, 칠범이 물었다.

“이상하죠?”

“어.”

“전혀 무관하진 않을 것 같아요. 그래도 이상한 건 이상한 거겠죠?”

"그래."

하지만 박 형사의 고민은 그것 하나만이 아닌 듯싶었다. 눈의 초점이 살짝 나가 있었다. 초점은 별안간 돌아왔다. 주변이 대낮처럼 밝아졌기 때문이었다. 멀리서 카메라 플래시가 한꺼번에 터지고 있었다. 피해자가 들것에 실려 옮겨지는 참이었다. 칠범의 이목은 들것을 따라가다가 팀장 일행 쪽으로 옮겨갔다. 우락부락 아저씨들이 우글우글 모인 모습. 이후의 수사사항을 논하는 중이리라. 하나 같이 심각한 표정들을 보고 있자니 덜컥, 숨이 막혔다. 사방을 휘감은 공포와 흥분과 분노가 목을 옥죄어오고 있었다.

넋을 빼고 있던 칠범은 화들짝 놀라 현실로 돌아왔다. 시커먼 형상이 획, 하고 갑자기 튀어나온 까닭이었다. 뭔가 싶어 보니 박 형사였다. 들것을 향해 성큼성큼 돌진하는 뒷모습이 마치 금강산을 향해 달리는 울산바위 같았다.

"죄송합니다. 피해자 얼굴 한 번만 더 보겠습니다."

카메라를 가리며 선 박 형사의 등에 파바박, 플래시가 꽂혔다. 보디 백 지퍼가 목까지 열렸다.

"왜 그러세요? 또 이상한 게 있어요?"

"아니야. 그런 건 아니고."

박 형사는 "감사합니다." 하고는 들것을 보냈다. 칠범은 팀장 쪽을 가리켰다.

"일단 저쪽으로 가요. 신원 확인할 만한 거 나왔나 물어봐야죠. 하아, 이제 우린 죽었다. 집에도 못 들어가고 잠도 못 자고……."

"아냐, 그럴 필요 없어."

뭐가 필요 없다는 걸까. 그럼 집에도 들어가고 잠도 자는가. 이 마당에? 어떻게? 칠범의 가슴이 의심 반, 기대 반으로 뚝딱이기 시작했다.

박 형사가 말했다.

"신원 확인 어쩌고 안 물어봐도 된다고. 피해자 이름 이한나. 신의일보 기자야."

0

“제 이름은 이한나예요.”

나는 마주 앉은 사람을 바라봤다. 상대는 자신을 누구라고 소개할까. 조용히 테이블 위에 시선을 붙이고 있는 여자에게 물었다.

“혹시 이미 알고 있어요?”

상대는 고개를 끄덕였다.

이십 분 전, 나는 떨리는 손으로 인터폰 수화기를 들었다. 내 목소리를 듣자마자, 상대는 날 밖으로 끌어냈다.

“차라도 마시면서 얘기해요.”

나는 홀린 듯 집을 나섰다. 도착한 곳은 한 블록 떨어진 곳의 카페였다.

마주 앉은 이는 미동조차 없었다. 나 역시 그랬다. 다른 점이라면 각자의 눈이었다. 테이블에 고정된 상대의 눈동자. 맞은편 얼굴에 붙들려버린 내 눈동자.

상대는 내가 기억하는 것보다 조금 야위어 있었다. 혈색 없이 창백한 얼굴에서는 통통한 입술만이 붉었다. 어깨까지 오는 단발머리는 대충 빗은 듯 부스스했지만 날렵한 턱 선과 오뚝한 콧날, 긴 목과 살짝 각이 진 어깨가 전체적으로 정돈된 인상을 만들어냈다. 무표정하게 있으니 약간 화가 나 보이기도 했는데, 아니란 사실은 내가 제일 잘 알았다. 시선이 느껴져서, 나는 주변을 살폈다. 멀리 앉은 이들이 내 맞은편 여자에게 호의적인 눈빛을 보내고 있었다.

눈앞에 이한나가 있었다.

동요하는 기색은 찾을 수 없었다. 상대의 눈이 움직였다. 유독 밝은 갈색 눈동자가 내게 초점을 맞춘 후 고정됐다. 카메라 조리개처럼 피사체를 이리저리 가늠하듯 하더니 이어 셔터가 열렸다 닫히듯 몇 번 깜빡였다. 소름이 올라왔다. 마치 그 시선이 겉껍질을 투과해 나의 내면을 관찰하는 것처럼 느껴졌기 때문이었다.

"저는 강유진입니다."

잠깐의 침묵 후에 설명이 붙었다.

"당신이 지금 사용 중인 몸의 주인…… 이지요."

기가 막혔다. 방금 이한나의 얼굴이 이한나의 목소리로 자기는 강유진이라고 말했다. 가슴에서 체증이 내려감과 동시에 뭔가가 올라와 턱, 하고 걸려버렸다.

다시금 상대를 뜯어봤다. 내 모습을 한 사람은 화재 사건이 있던 날 입었던 것과는 다른 내 옷을 입고 있었다. 그건 상대 역시 내 집에 갔었다는 증거였다. 집 안을 살펴보고, 사진을 찾아보고, 옷을 입어보았으리라. 내가 그랬던 것처럼. 상대가 누구인지, 무슨 일이 일어난 건지 확인하려 했을 것이다. 궁금했다. 답을 못 찾고 헤매다가 어쩔 수 없이 자기 집으로 온 걸까, 아니면 찾은 답을 가지고 또 다른 자신을 만나러 온 것일까.

간략한 자초지종을 들었다. 진짜 간략했다. 병원에서 깨어났다, 정신을 차리고 보니 이렇게 되어 있더라, 자신을 한나라고, 언니라고 부르는 사람들이 있었다, 누가 뭘 물어도 가만히 있었다, 친구라는 사람들과 회사에서 왔다는 사람들이 다녀갔다, 매일 찾아온 젊은 남자가 있었다, 며칠 지나 퇴원을 했고 어머니와 동생을 따라 집에 갔었다……. 세상은 요점만으로 이뤄져 있다는 투였다. 부연 설명이 전혀 없었다. 표정도 없었다. 과연 지난 며칠 놀라기는 했는지 궁금했다.

"여긴 어떻게 온 거예요?"

"음…… 그러니까……."

목소리가 너무 작았다.

"조금 크게 얘기해 주세요."

"아……." 그래도 여전히 작았다. 나는 몸을 조금 앞으로 내밀었다. "가족이라는 사람들이 하는 얘길 자세히 들어봤어요. 이한나 씨가 혼자 살았던 집도 살펴봤고요. 당연하게도, 전 이한나가 아니었어요. 겉모습이야 어찌 되었건 저는 강유진이니까요. 아시는지 모르겠지만……." 말을 멈추고 씰룩대던 입술이 아주 천천히 열렸다. "아시는지 모르겠지만, 사고…… 가 있었어요. 깨어나니 이렇게…… 진짜 제가 어떻게 됐는지 알고 싶었어요. 그래서 계속 찾아간 거예요."

"계속?"

"네. 며칠 됐어요."

"본인이 어떻게 됐는지는 경찰에 확인하거나 병원을 뒤져보면 되지 않았나요?"

그랬으면 그간 내가 머리를 덜 쥐어뜯어도 됐을 것이다.

"음……." 이한나의 얼굴에 처음으로 난처한 감정이 어렸다. "그 생각을 안 한 건 아니에요. 병원에서 뉴스를 찾아보긴 했어요. 근데 '투신자살 시도한 여성, 현재 위독'이라는 기사뿐이더라고요. 경찰에 연락을 해볼까 했는데…… 용기가 안 났어요. 만약 제가 죽었다고 하면 어찌해야 할지 몰라서……."

하긴, 그럴 수도 있었으리라. 나도 잠시 그 걱정을 했었다.

"무슨 일이 일어난 건지는 알죠?" 응답이 없었다. 결국 내 물음에 내가 답했다. "유진 씨와 저, 몸이 뒤바뀐 거예요. 아니, 인격이 뒤바뀌었다고 해야 하나?"

상대는 그제야 끄덕끄덕했다.

"이런 일이 가능하다니, 신기하네요."

나도 모르게 실눈을 떴다. 남 이야기하는 듯한 태도라니.

"가능하지 않으면 우리가 이러고 있지 않겠죠."

"아……."

순간, 잘못했다 싶었다.

"아, 미안해요. 일이 이렇게 되고 나서 좀 예민해져서요."

다시 한 번 무거운 침묵이 내려앉았다. 웃음소리가 우리 두 사람 사이를 가르며 지나갔다. 조금 떨어진 테이블에서 한 남자가 뭔가를 흉내 내는 듯 우스꽝스러운 제스처를 취하고 있었고 맞은편에 앉은 남녀는 큰 소리로 웃어대고 있었다. 나는 즐거움이란 감정이 어떤 건지 전혀 기억나지 않았다. 이 좁은 공간 안에 완전히 다른 두 개의 세계가 존재하는 것 같았다.

내가 물었다.

"혹시 몸에 흉터 같은 게 남지 않았나요?"

"아뇨, 전혀."

흠…… 이쪽은 아닌 건가.

"이제 어떡할 거예요?" 상대의 눈이 '어떡하긴 뭘 어떡해요.'라고 물어왔다. 내가 덧붙였다. "이 상황 말이에요."

"음…… 글쎄요."

또 남 얘기하듯 했다. 어떻게든 되지 않겠느냐는 투였다. 나는 잠시 긴가민가했다. 이 사람, 사태의 심각성은 인지하고 있는 건가?

"의문점이 많아요. 생각해 봤죠? 어떻게 이런 일이 가능한지, 왜 우리 두 사람인지, 앞으로는 어찌해야 하는지."

"……."

대화의 공백만큼이나 공감의 공백도 넓어졌다. 이 여자가 왜 이러는지 전혀 이해되지 않았다. 어쩌면 누군가가 먼저 의견을 내어놓아야 비로소 자신도 따라오는 부류의 사람은 아닐까. 나는 조심스레 물었다.

"'어떻게 이런 일이 가능한가.'는 우리 이해의 영역을 벗어나는 문제 같아요. 그쪽 생각은 어때요?"

"……."

"…… 그럼 이건 어때요? 전 모든 문제의 해결법은 그 문제의 원인에서 찾을 수 있다고 믿어요. 즉, 의문점 중 가장 중요한 건 두 번째 것, '왜 우리 두 사람인가.'라는 거예요. 혹시 아는 거 없어요? 짐작 가는 거라도?"

"……."

불붙은 성냥이 정수리에 떨어진 느낌이었다. 당장에라도 머리가 화르르 불타 버릴 것 같았다. 내 얼굴을 보며 인내심 시험을 하기는 또 처음이었다. 궁금했다. 정말 몰라서 이러는 건지, 아니면 원래 대화를 이런 식으로 하는 건지. 후자라면 앞으로 꽤나 답답하겠구나 싶었다. '항상 그렇게 말을 하다가 마나요?'라고 물으려다가 관뒀다. 그런 논쟁을 하고 있을 때가 아니었다. 도움 구할 곳을 찾아보자고 할까. 입원 중 나는 어떤 원인이 이런 결과를 불러올 수 있는가 찾아 헤맸다. 내가 잠든 사이 누가 날 성형수술 시킨 게 아닌가 하는 상상을 제일 먼저 해봤지만 겨우 사흘 만에 사람을 이렇게 만들어놓을 수는 없으므로 이건 바로 제외했다. 머리 왼쪽 터진 상처와 목 뒤쪽 찢어진 상처도 의심스러웠다. 내가 모르는 모종의 시술이나 수술이 남긴 흔적은 아닐까 해서. 파킨슨병 등을 치료하기 위해 뇌의 특정 부분에 전자파 또는 자기장 자극을 가하거나 칩을 삽입하는 방식이 사용되고 있었지만 이것들은 어디까지나 신경전달물질 분비를 조절하는 처치였다. 의식이나 기억 수정은…… 그야말로 SF적인 상상에 불과했다. 그럼에도 혹시 필요할지 몰라 나는 조금이라도 관련 있을 법한 온갖 분야의 전문가 명단을 꾸렸고, 비슷한 연구가 진행된 적 있는지도 확인해 봤다.

이후엔 각종 음모론부터 최근 해외의 철학자와 수학자, 과학자들 사이에서 논의되고 있는 새로운 이론들에 이르기까지, 별의별 것들을 다 읽었다. 하지만 기대를 걸어볼 법한 내용은 없었다. 인류는 곧 신체는 물론 의식까지 원하는 대로 조절할 수 있게 될 터인데, 사실 그 계획은 이미 은밀하게 진행 중이고 그 기술은 상당한 수준이랬다. 근데 누가 주도하는지는 모른댔다. 의식과 현실의 실체에 관한 동양의 유서 깊은 철학에 따르면 현실은 꿈이고 꿈은 현실이었다. '우리가 사는 세계가 현실이 아닐 가능성이 있다.'로 요약되는 모의실험가설 등을 적용하면 우리 두 사람은 고도로 발달한 어느 문명에 사는 누군가의 실험 대상이거나, 게임의 캐릭터이거나, 혹은 일종의 버그일 수 있었다. 이쯤 되자 나는 정말이지 울고 싶었다. 영혼이나 신이나 초자연의 존재에 기대는 것보다야 훨씬 낫다고 여겨지긴 했지만, 문제는 '그래서 어떡할 건데?'였으니까. 그중 하나라도 옳다 한들 우리가 뭘 할 수 있단 말인가. 그 외에도 비슷한 접근을 가능케 하는 이론들이 꽤 있었지만 나는 얼른 그것들에서 빠져나왔고, 최대한 실재적인 원인을 모색하려 애썼다. 그리고 얼마 후에는 이대로는 도저히 길을 찾을 수 없다는, 이미 알고 있던 당연한 사실을 다시 한 번 인정해야만 했다.

상황이 이토록 심각한 데 비해 동반자는 몹시 못 미더웠다. 의지도, 의욕도 보이지 않았다. 심지어는 천하태평 쪽에 가까워보였다.

어떡하면 좋을까 생각하는데, 상대가 갑자기 입을 뗐다.

"기다리면 될 것 같은데요."

"기다려요? 뭘……."

목적어가 나오기를 기다렸다. 누굴? 무엇을?

"원래대로 되돌아갈 때까지요." 말뜻을 이해하려 노력하는데, 설명이 붙었다. "어느 날 펑, 하고 바뀌었으니 또 어느 날 펑, 하고 되돌아가지 않을까……."

가슴속에서 펑, 하고 폭발이 일었다. 인내심, 희망 같은 것들이 산산조각 나 사방으로 튀었다. 나는 초인적인 힘을 발휘해 인내심 조각부터 주워 겨우겨우 끼워 맞췄다. 동시에 최대한의 의지를 발휘해 감정을 죽였다.

"그렇게 생각하는 이유가 있어요?"

맞은편 내가 고개를 꼬박였다. 무엇이냐고 물었지만 커피 홀짝이는 소리만 돌아왔다. 제2차 인내심 시험. 이번에는 졌다.

"이봐요, 아까부터 계속……." 나는 서둘러 흥분을 가라앉혔다. "원래 화법이 그런가 본데, 딴 데선 그랬다 쳐도 본인 얼굴을 앞에 두고까지 입 꼭 다물고 있을 필요는 없잖아요."

얼마 후, 상대가 꽤 긴 문장을 만들어냈다.

"우린 만난 적 없는 사이지만 알고 보면 큰 공통점이 있어요."

"그게 뭔데요?"

"죽다 살아났다는 거요." 기침도 아니고 한숨도 아닌, 짧은 숨이 터져 나왔다. 개의치 않는다는 듯 눈앞의 나는 말을 이었다. "물론, 그런 경험을 한 사람들이 다 이상한 일을 겪는 건 아니에요. 저는 초자연의 힘이든, 신의 장난이든 뭐든, 배후의 힘이란 존재는 늘 의도를 가지고 있고 어떤 의도로 우리 둘을 선택했다고 생각해요."

"의도? 배후의 힘은 뭐고, 그 의도란 건 또 뭔데요?"

이쯤 되니 우리 두 사람이 말하는 방식은 물론 사고하는 방식도 상당히 다르다는 것을 깨달을 수 있었다. 한 발 물러서서 봤다. 가장 먼저 싹이 튼 건 혹여 '내 시각이 매우 좁은 건 아닐까?'라는 우려였다. 나는 상대방에 대해 거의 몰랐다. 어쩌면 이 여자는 내 예상보다 훨씬 똑똑하고 집요한 사람일 수도 있었다. 게다가 이 사람은 내 주변인들을 통해 나에 대해 어느 정도 파악할 기회도 있었잖은가. 그렇다면 완전히 다른 각도에서, 월등히 거시적인 시각으로 상황을 바라봄으로써 나는 짐작조차 못 한 답을 이미 도출해 낸 건 아닐까. 기대감을 안고 기다렸다. 드디어 맞은편 입술이 움직였다.

"그건 저도 모르죠."

붕어가 된 기분이었다. 말이 나오지 않아서 입만 빠끔댔다. 이 사람, 지금 날 놀리는 건가?

그러거나 말거나, 상대의 태도는 한결같았다.

"하지만 우리 둘은 이번 일을 통해 분명 얻는 게 있을 거예요."

"뭘 얻을 수 있는데요?"

"음……." 또 음…… 이었다. 머릿속이 뜨거워지기 시작했다. 다행히 내가 제3차 인내심 시험에 들기 전에 상대의 입이 열렸다. "결론을 내리기 전에 먼저 서로 알아야 할 게 있어요."

"뭔데요?"

"우리가 왜 죽으려고 했는지요."

"그건 왜요?"

"모든 문제의 해결법은 그 문제의 원인에서 찾을 수 있다면서요?"

내 얼굴이 당연하다는 듯 되물었다.

나는 잠시 생각을 정돈했다. 확실히, 해답을 얻으려면 일이 이렇게 된 이유부터 아는 것이 순서였다. 기계가 왜 작동하지 않는지부터 파악해야 무엇을 어떻게 고쳐야 하는지 알 수 있는 것처럼. '왜 우리 두 사람인가.'를 풀어낼 수 있다면 '앞으로 어떻게 해야 하는가.'의 답 역시 나올지도.

"어디서부터 시작하죠? 어린 시절부터?"

"아뇨. 제가 궁금한 건 두 가지예요. 첫째, 한나 씨가 화재 현장에서 안 나온 건지, 못 나온 건지. 둘째, 안 나온 거라면 왜 그랬는지."

그날의 광경, 감각, 감정이 머리와 가슴에서 물씬물씬 되살아났다. 더불어 사고 전날, 전달, 전해, 10년 전, 어린 시절의 기억까지 모두. 한목에 떠오른 잔상들은 마치 고수의 주먹처럼, 어디서 뭐가 날아오는지 알아차리기도 전에 나를 때려눕히고도 남았다. 나는 기어들어가는 음성으로 대답했다.

"안 나온 거예요."

"이유는?"

저절로 터지는 탄식을 애써 참지 않았다.

"그즈음 힘든 일이 한꺼번에 일어났거든요. 제가 빚이 좀 있어요. 정확히는 가족의 빚인데 갚을 사람이 저밖에 없어요. 그런데 일주일 전, 빚이 1억 원 정도 더 늘었단 걸 알았어요. 우리 가족들이 좀…… 대책이 없거든요. 그다음 날에는 남자 친구와 헤어졌어요.

최근 몇 달, 업무 관련해서 괴로운 일도 있었고."

"업무?"

목소리가 궁금증을 머금었다. 내심 놀랐다. 우리가 만난 이후, 상대가 먼저 호기심을 내비친 적이 있었던가.

"얼마 전에 쓴 기사 하나가 좀…… 잘못됐거든요. 뭐, 남들은 다 잊은 일이지만."

이 주제는 이쯤에서 일단락 지어도 될 듯싶었다.

"이제 됐죠?"

"그 기사 말이에요, 한나 씨의 마지막 결심에 얼마나 큰 역할을 했나요?"

"글쎄요, 조금은."

"그럼 얘기해 줘요, 그 일."

나는 한동안 잠자코 있었다. 상대는 뒷이야기를 기다리고 있었다. 빚이 얼마인지 궁금해할 줄 알았는데 어째서 그 기사 건에 더 흥미를 두는 걸까.

***

『대한민국 자살 보고서』라는 5부작 기획 보도를 준비하던 중, 나는 구미가 당기는 건을 하나 발견했다. 약 2주 전, 15세의 여자아이가 자기 방에서 목을 맨 일이 있었다. 우울증을 앓다가 극단적인 결정을 한, 어찌 보면 특별할 것이 없는 사건으로, 대부분의 언론이 비슷한 내용을 보도했고 또 금방 관심에서 멀어진 건이었다. 그럼에도 나는 뭔가 부족하다고 느꼈다. 누구도 알아내지 못한 속사정이 있을 거라고 짐작했다. 몇 번의 설득 끝에 아이의 어머니를 인터뷰할 수 있었다. 바로 그 집에서.

그토록 특별한 선택을 한 아이가 지냈던 곳으로는 보이지 않을 정도로 방은 평범했다.

"우울증이 심했어요. 학교에 가는 것도, 병원에 가는 것도 전부 거부했고요."

역시 그것 말고는 없었다. 헛짚었구나, 할 때였다. 조화로운 듯 조화롭지 않은 장면에 눈길이 멎었다.

"약이 많네요?"

책상 위에 쪼르르, 약 통들이 놓여 있었다. 비타민, 홍삼환 같은 건강식품들이었다.

"우리 애는 약 먹는 걸 싫어했어요. 억지로 먹여보려고도 했는데 허사였죠. 저런 거라도 먹여보려 했는데, 처음엔 다 쏟아버리더니 언제부터인가는 저렇게 그냥 뒀더군요. 결국 상태가 나빠져서 또 입원을 시켜야 하나 고민하던 중에……."

파르르 떨리는 여자의 턱을 바라보다가, 나는 비타민 통을 집어 들었다. 뚜껑을 열었다. 안쪽 마개가 개봉돼 있지 않았다. 홍삼환도 마찬가지였다. 그녀의 말은 사실인 듯싶었다.

"그러네요. 어?" 종합영양제는 개봉이 돼 있었다. "이건 어머니께서 뜯으신 건가요?"

여자는 고개를 가로저었다. 의아했다. 삶의 의지가 없는 아이가 종합영양제는 먹었다고?

"이것 말고 처방약은 어떤 거였나요?"

여자가 거실로 나갔다. 나는 동그란 입구를 통해 안을 들여다보다가 통을 위쪽으로 몇 번 흔들었다. 가라앉아 있던 알약들이 밀려 올라왔다. 완전히 다르게 생긴 것 하나도 함께. 작은 물약병이었다.

이게 뭐지?

약봉지를 가지고 돌아온 어머니에게 딸의 자살에 의구심을 갖지 않았느냐고 물었을 때, 그녀는 고개를 저었다. 이어 책 한 권이 불쑥, 내 앞에 나타났다.

"우리 딸은 방에 틀어박혀서 그 책만 팠어요."

표지에는 『글루미 선데이』라고 적혀 있었다. 판타지가 일부 가미된 소설이었는데, 고된 삶에 지친 주인공이 어느 날 누군가와 몸이 바뀌면서 완전히 새로운 경험을 하게 된다는, 꽤나 익숙한 소재의 작품이었다. 주인공은 삶의 의욕을 되찾아가는 듯 보였다. 그러나 원래 자신의 삶으로 되돌아온 후 다시금 맞닥뜨린 난관을 극복하지 못하고 괴로워하다 스스로를 집에 가두고, 결국에는 자살한다. 줄거리 자체는 특별할 게 없었지만 결말이 예상 밖이었고(몸이 뒤바뀌는 이야기는 대부분 해피엔딩으로 끝나지 않는가), 더 큰 절망에 빠져드는 주인공의 심리묘사가 대단히 사실적인 게 문제였다. 어느 날 소녀는 책을 옆에 놓고 소설 주인공과 똑같이 문고리에 목을 맸다.

기삿거리가 되겠다는 감이 왔다. 어머니는 물약병의 존재를 모르는 눈치였다. 나는 혹시나 싶어 물어보려다가 단념했다. 대신 조용히 그걸 챙겼다.

며칠 후, 제약사 연구원인 친구를 만났다.

"이거 니코틴 원액이야."

어느 정도 예상은 했었다. 전자 담배에 들어가는 니코틴 원액. 잘 알려져 있지 않지만 청산가리 수준의 독성 물질로, 색깔도, 냄새도 없어서 실수로라도 섭취했다가는 사망에 이를 수 있었다. 아이 방에서 나온 물약병은 5밀리리터 용량. 치사량이었다.

아이가 전자 담배를 피우진 않았으니 이건 자살용으로 구한 게 틀림없었다. 그래놓고도 목을 맨 이유는 소설의 영향이었을까?

니코틴 원액에 대한 내용도 넣을까 하다가, 최근 비슷한 기사가 나간 적이 있었기에 최종에는 삭제했다. 기사는 청소년들의 자살에 영향을 주는 여러 매체에 대한 분석을 기본으로 구체적 사례를 곁들여 구성됐다. 그중에는 드물게 소설에서 영향을 받은 소녀의 사례도 포함됐다.

나름 괜찮은 기사라고 생각했다. 독특한 시각으로 다룬 의제에, 다른 언론사에서는 건지지 못한 정보까지 더해 유려하게 풀어놓았다. 목적의식도 뚜렷했다. 편집국에서도 만족했다. 반응도 빠르게 왔다. 조회 수가 매우 높았고 포털 사이트 메인에도 올라갔다. 댓글 수천 개가 달렸다. 하지만 그건 몹시 이상한 일이었다. 그 정도로 대중적인 흡인력을 갖춘 기사는 아닌데.

이유를 확인한 순간, 나는 내가 또 다른 한 면을 보지 못했다는 것을 깨달았다. 기사 때문에 소설가가 위기에 처해 있었다. 매체의 죄과를 논하고자 함이 아니었음에도 사람들은 그토록 희망마저 앗아가는 글을 쓰는 작가에 대해 이야기하고 있었다. 일부 과격한 이들의 비난은 대다수의 옹호보다 강렬했다. 하지만 양 진영 모두, 해당 소설을 청소년 유해 도서로 지정하라는 데는 목소리를 함께 했다. 나는 즉시 출판사로 연락을 넣었지만 기자와 대화하고 싶어 하지 않는다는 답변만 들었다. 겨우겨우 소설가와 통화할 수 있었던 건 며칠을 끈질기게 매달린 덕분이었다.

"정말 죄송합니다. 그럴 의도가 아니었어요." 수화기 너머는 잠잠했다. "읽어보셨겠지만, 잘잘못을 따지는 기사가 절대 아니에요. 그래서 따로 연락을 안 드렸던 거고요. 제가 생각이 짧았습니다. 『글루미 선데이』에 대한 새 기사를……."

전화가 툭, 끊어졌다. 나는 수화기를 귀에 붙인 채, 그대로 굳었다.

회의에 빠졌다. 제대로 하고 있는 것 같지 않았다. 주변에서는 사실을 전했을 뿐이라고, 누구나 한 번씩은 겪는 일을 너도 겪게 된 것뿐이라고 위로의 말을 건넸지만, 나는 나를 위로할 수 없었다. 욕심 때문에 배려 없는 기사를 쓴 사실은 변하지 않았다. 걱정이 지나치다는 건 스스로도 알았다. 누구나 할 수 있는 실수였다. 징계를 받거나 소송에 휘말릴 정도로 큰 사건도 아니었고, 내가 대단히 깨끗하거나 양심적인 인간인 것도 아니었다. 어디 가서 말은 못 하지만 솔직히, 그보다 더한 짓도 여러 번 해 봤다. 그런데도 이번에는 이상하리만치 마음이 쓰였다. 자신감이 곤두박질 쳤고 그 후유증이 꽤 오래 갔다.

글 쓰는 일이 두려워졌다. 내 직업이 발휘하는 영향력을 뼈저리게 느끼면서, 나는 간단한 기사를 쓰는 데도 망설였다. 같은 일이 또 벌어지지 않으리란 법은 없었다. 무엇을 쓰려고 해도 그와 이어지는 제2, 제3의 상황이 연상됐다. 매일이 괴로웠지만 어쩔 수 없었다. 나는 무엇이든 썼고 마감을 지켰다. 그것 말고는 딱히 할 줄 아는 게 없었고, 그 재주로 이 정도 대우를 받을 수 있는 곳은 없었다. 양심은 결국 돈 문제로 수렴했다. 나는 지쳐갔다.

***

"자, 됐죠? 달리 궁금한 거 있어요?"

듣는 내내 입을 굳게 다물고 있던 내 얼굴이 가만히 끄덕거렸다.

"『글루미 선데이』요, 그 소설."

의아했다. 어째서 또 『글루미 선데이』인가.

"샛별이, 걔 말이에요. 혹시 유서가 있던가요?"

뜬금없는 질문이었다. 일단 답은 했다.

"네. 그런데 보진 못했어요. 미안하다는 내용이었다고……."

"그래요?"라는, 담담한 어조의 말에서 쓴맛이 느껴졌다. 나는 뭔가가 심각하게 잘못됐다는 걸 깨달았다.

"잠깐만요. 그 이름은 언론에 보도된 적이 없어요. 그냥 최 양이라고만 나갔는데…… 어떻게 알고 있어요?"

"사람을 시켜서 알아봤거든요."

"네? 왜요?"

다음 순간, 맞은편 내 입술을 빠져나온 말이 엄청난 무게로 나를 덮쳤다.

"알아볼 수밖에 없었어요. 그 책을 쓴 사람이 바로 저니까요."

3

"같은 놈일까요?"

형사과장이 힘차게 도리질을 해댔다. 얼굴에 피가 몰렸지만, 모르는 듯했다.

"다른 점이 너무 많아."

예상한 답이라는 듯 몇몇이 크게 끄덕거렸다.

자리가 모자라 일부는 선 채였다. 당직이었던 2팀은 물론, 아닌 밤중에 출근하게 된 형사들은 연신 눈을 비벼댔다. 그 사이에는 남서울경찰서의 정 팀장도 끼어 있었다. 이전 두 사건을 수사했던 그는 중앙서의 연락을 받자마자 바람처럼 달려왔다. 평소에는 어땠는지 모르겠지만, 챙겨온 자료를 꺼내 놓는 지금의 그는 다크서클이 입술 근처까지 내려온 초췌한 모습이었다. 우리도 곧 저리되겠구나 하는 생각에, 선호는 우울해졌다.

강력2팀장이 말했다.

"일단은 동일범으로 가정해 보자고. 그렇다면 이번 일은 812 사건 중 세 번째 것으로 볼 수 있어. 첫 번째 홍인경. 두 번째 박연희. 두 건 다 남서울구에서 일어났어. 홍인경은 2012년 8월 13일 새벽에, 박연희는 2013년 8월 13일 새벽에 살해됐어. 두 사람 다 30대 중반으로, 홍인경은 미혼이었고 박연희는 혼자서 아이를 키우는 여성이었어. 모두 집 안에서 발견됐고."

정식 명칭은 '12·13년 남서울구 30대 여성 살인사건'이었지만, 사건은 발생 일자를 따 '812 살인사건'이라 불리고 있었다. 경찰은 극도의 긴장 상태와 전에 없던 순찰의 밤으로 작년, 그리고 올해 8월 12일과 13일을 보냈다. 다행히 아무 일도 일어나지 않았다. 그걸로 끝이구나 싶었는데 비슷한 사건이 다른 날짜에, 다른 관할에서 발생하며 경찰의 뒤통수를 후려친 것이다.

"피해자들에게는 공통적으로 나타나는 손상이 있었어. 하나, 왼쪽 가슴 자창. 둘, 왼쪽 머리 열창 및 두개골 함몰. 셋, 양 손목 절단. 사인은 과다출혈에 따른 저체온사. 왼쪽 가슴 자창이 치명적인 사인이야. 심장을 겨냥해 최대한 힘 줘서 찔렀어. 양 손목은 죽은 지 한 시간 이내에 잘린 걸로 추측되고."

남서울서의 정 팀장이 설명을 추가했다.

"두 사건에서 범인은 동일한 흉기를 사용한 것으로 추정됩니다. 2차 사건 현장, 침대 옆 협탁 아래에서 가죽 칼집이 하나 나왔는데요, 시중에 판매하는 제품은 아니었습니다. 직접 만든 건데요, 뜯어보니 안쪽에 핏자국이 있었어요. 그걸로 칼에 대해 어느 정도 파악할 수 있었습니다. 칼날 길이 약 17센티미터, 폭은 가장 넓은 부분이 약 2.4센티미터로 추정됩니다. 판매되는 제품 다 뒤졌는데 형태, 규격 다 맞아떨어지는 칼은 발견 못 했습니다. 아, 칼집에 지문은 없었고요, 혈흔의 주인은 확인했습니다. 1차 사건 피해자 홍인경 거였습니다. 찌를 때의 압력이나 뽑을 때 비트는 정도 때문에 두 피해자의 자창 크기에는 차이가 있었지만 모두 위 규격의 흉기에서 나올 수 있는 범위의 손상이었고, 두 자창 모두 흉기의 날이 양쪽일 때 나오는 형태였습니다. 법의학자, 과학수사팀과 면밀히 검토한 결과, 두 사건에 동일한 칼이 사용됐다고 잠정 결론을 내렸습니다. 양 손목은 톱을 이용해 자른 것 같습니다."

"그래. 손상과 흉기만 봐도 이전 두 사건은 빼다 박은 것처럼 똑같았어. 그런데 왜, 왜 이번에는 안 하던 짓을 했을까?"

이한나에게는 '복부 자창'이라는 새로운 손상이 하나 더 있었다. 형사과장은 연이어 지적했다.

"발견된 장소도 이상해. 1·2차는 피해자의 집이었는데, 이번은 하천 근처야. 왜 그런 걸까? 왜 이한나만?"

"그건 아마 범행 현장이 이한나의 집이 아니었기 때문일 겁니다."

실제로 경찰은 피해자의 신원이 밝혀지자마자 그녀의 집부터 뒤졌다. 그곳이 범행 현장이 아닌 것은 확실했다.

"그럼 질문을 바꿔 보자고. 왜 이한나만 밖에서 죽여야 했을까? 역시나 혼자 사는 여자였어. 이전과 똑같이 집에 침입해서 죽일 수도 있었다고."

모두들 묵묵부답이었다. 형사과장이 말을 이었다.

"그리고 날짜. 오늘, 아니 12시 지났으니까 어제군. 어제는 8월 12일이 아니야. 11월 6일이었다고."

"남서울서에서는 812 사건을 어떻게 보고 있습니까?"

윤 형사가 이야기의 방향을 틀었다. 정 팀장이 답했다.

"음…… 특이점이 많은 사건이었습니다. 일단 발견 당시 상황부터요. 홍인경과 박연희는 기이한 모습을 하고 있었습니다. 외출복 차림으로 머리가 정리됐고, 화장도 돼 있었습니다. 솜씨로 보아 피해자들이 한 건 아니었어요. 아, 목욕까지 돼 있었죠. 그 상태로 침대에 얌전히 누워 있었습니다. 범인이 집 안 물건에 손을 댄 흔적은 안 나왔습니다. 범행에 필요한 물건은 미리 준비해 왔다가, 사용 후 전부 챙겨간 것 같아요. 아까 말씀드린 칼집이 범인의 유일한 실수였습니다. 모든 면에서 계획 범죄였어요. 놈은 머리카락 하나도 안 남겼어요. 청소까지 하고 나갔죠. 바닥, 벽 모두 닦았습니다. 여기저기 물을 뿌려 증거를 훼손했고요. 기타 몇 가지 나온 건…… 보자…… 아, 두 피해자의 집 모두 현관 벽과 천장에 비산 혈흔 일부가 남아 있었습니다. 거실 소파에서 약간의 혈흔, 거실 바닥에서 피해자들의 발가락 지문 일부가 발견되기도 했고요. 그 외에는 깨끗했습니다. 흉기와 잘린 손은 발견되지 않았고요. 두 피해자 모두 성폭행을 당했지만 저항한 흔적이 없었다는 점 역시 동일합니다. 기절한 상태 혹은 사망 직후 당한 걸로 추정됩니다. 같은 남자의 DNA가 나왔는데, 데이터베이스에는 없는 놈입니다."

위 정황을 토대로 남서울서에서 추정한 범인의 행동은 다음과 같다. 현관에서 둔기를 휘둘러 피해자를 기절시킨다, 성폭행을 하고 깨끗이 씻긴 후 옷을 갈아입히고 침대에 눕힌다, 머리를 정돈하고 화장을 한다, 칼로 가슴을 찌른다, 톱으로 양손을 절단한다, 청소를 한다, 준비해 간 도구와 잘라낸 손을 챙겨서 집에서 빠져나간다…….

"물론, 현장 상황만으로는 설명 안 되는 점도 많습니다. 예를 들어 거실에 남은 흔적들이요. 거실에서 피해자의 발가락 지문 몇 개가 발견됐다고 말씀드렸죠? 이상한 건 발바닥 자국이 없었다는 점입니다."

발레리나처럼 발가락으로 서 있는 피해자들의 모습을 상상한 건 비단 선호만이 아니었다.

"흉기를 세 가지 준비한 것도 이상합니다. 칼과 톱은 어느 정도 이해가 됩니다. 칼을 이용해 피해자를 살해한 후 톱으로 신체를 절단할 계획이었을 거고, 실제로 그렇게 했습니다. 그런데 둔기도 준비했단 말이죠. 두부 손상과 비산 혈흔 형태로 미루어 보아 그 둔기는 천을 감싼 망치 같은 걸로 추정됩니다. 집에 들어가자마자 그걸로 피해자들의 머리를 가격했어요. 제압 목적이었던 것 같은데, 왜 그런 미숙하고 번거롭고 무식한 방식을 택했는지 모르겠습니다. 상대는 여자예요. 칼로 위협하거나, 약품을 이용해 기절시키는 게 훨씬 깨끗하고 수월했을 겁니다."

정 팀장은 차를 한 모금 마시고는 말을 계속했다.

"결정적인 단서는 나오지 않았습니다. 두 사건 통틀어 목격자는 단 한 명. 두 번째 피해자 박연희의 아이입니다. 현장 발견 당시 죽은 엄마 옆에 앉아 있었는데요, 안타깝게도 애가 지적장애 2급 장애

인입니다. 쓸 만한 진술은커녕 간단한 말조차 제대로 못 했어요. 이웃집 여자와 유치원 교사에 따르면 원래는 애가 말이 늦기는 했어도 곧잘 했답니다. 근데 그날 이후로 입을 다물어버렸어요."

"CCTV는요?"

"첫 번째 피해자 집 근처 CCTV와 두 번째 피해자 아파트 CCTV에 범인으로 추정되는 남자의 모습이 잡혔습니다. 택배 사원으로 위장하고 있었는데 얼굴은 못 건졌고요, 보통 체격의 남자라는 것만 파악됐습니다. 사진으로 만들어서 전국에 뿌리긴 했는데 흐릿한 전신사진 몇 장 가지고 뭐가 되나요. 차도 찍혔는데, 도난 차량이었습니다. 아, 근데 특이한 점이 있습니다. 놈이 피해자들의 집에 10시간가량 머물렀다는 사실입니다. 두 번째 피해자 쪽 CCTV 영상에서 좀 더 정확한 정보를 얻었는데요, 범인은 8월 12일 오후 7시경 피해자의 집에 침입해서 8월 13일 오전 5시경에 나왔습니다."

"왜 그랬죠?"

"굳이 그렇게 오래 머무른 이유는 범인에게 '특별한 의도'가 있었기 때문일 거라고, 저희는 추측하고 있습니다. 피해자들을 성폭행하고 치장하고 신체 일부를 절단하고 청소까지 하는 데 걸리는 시간은 길어야 다섯 시간 남짓. 나머지 시간에 뭘 했는지는 못 밝혀냈습니다. 특정 일자를 지정한 것, 완전히 똑같은 방식을 고수한 것, 피해자들을 치장한 것 등을 보았을 때 놈이 어떤 '환상'을 갖고 있는 게 아닐까, 그걸 나름의 방식으로 충족하는 데 시간을 쏟은 게 아닐까, 짐작은 하고 있습니다."

일리가 있었다. 단지 강간 목적뿐이었다면 범행 후 최대한 빨리 현장을 빠져나왔을 것이고 그 후로도 계속 범행을 저질렀을 것이다. 그런데 놈은 딱, 멈췄다. 처음에는 1년을 기다렸고, 그 다음에는 2년 넘게 모습을 드러내지 않았다. 몹시 드문 경우였다. 그건 범인이 대단히 참을성 있는 인물이며 긴 휴지기를 버틸 수 있을 정도로 강력한 환상 혹은 동기를 갖고 있단 뜻이었다. 반드시 그날이어야 하고, 그 방식이어야 하고, 그 여자들이어야 하는 이유를. 피해자들의 양손은 그 휴지기 동안 범행 순간을 상기시켜 줄 전리품 혹은 기념품으로 선택됐으리라.

"놈은 2차 사건 때 나름의 목적을 달성했고, 충분히 만족했을 겁니다. 물론 그걸로 끝은 아니죠. 살인으로 얻은 만족감이 서서히 사라지고 나면 다시 움직일 테니까요. 사실, 이번 건에서 희한한 요소들이 튀어나오지 않았다면, 드디어 놈의 휴지기가 끝났나 보다, 그리 생각했을 겁니다."

그간 남서울서는 다양한 방식으로 수사를 진행했다. 놈이 반드시 현장에 돌아오리라는 믿음으로 수개월 동안 주변을 지켰다. 기본적으로는 범인과 피해자가 면식 없는 사이일 것으로 판단했지만, 스토킹 혹은 치정 관계에 따른 살인일 가능성도 고려해 피해자 주위의 온갖 남자들을 만나 면담하고 입 속에 면봉을 집어넣었다. 여성 대상 범죄를 저지른 이력이 있는 정신이상자들도 찾아다녔다.

그러나 놈은 현장에 돌아오지 않았다. 두 피해자의 주변인들 모두 그녀들에게서 만나는 남자가 있다거나 데이트 폭력 혹은 스토킹을 당한다는 고민은 들은 적 없다고 했다. 현장에서 발견된 DNA의 주인은 나타나지 않았고, 정신이상자의 소행으로 보기에는 지나치게 계획적이라는 의문 역시 해결되지 않았다.

"동일 수법 범죄, 아니 조금이라도 비슷한 구석이 보인다 싶은 건들까지 검토했는데 아무것도 없었고요."

형사과장이 작게 한숨을 내쉬었다.

"그 와중에 세 번째 사건이 일어났다……. 이거 말이야, 들으면 들을수록 어제 사건과의 차이점이 두드러지지 않아?"

맞는 말이었다. 1차·2차 사건에서 범인은 매우 치밀했다. 확실한 목적을 가지고, 철저한 계획 하에, 여유만만하게 실행했다. 하지만 이번은 달랐다. 전에 없던 충동적인 면이 불거졌다. 엉뚱하게 배를 찔렀고, 피해자의 집이 아닌 곳에서 살해했고, 10시간에 걸쳐 했어야 할 중요한 행동도 포기했다. 달라도 너무 달랐다. 잠시 후, 선호가 입을 뗐다.

"또 있습니다. 다른 점." 모두의 이목이 집중됐다. "피해자 말입니다."

"맞아요. 저도 보자마자 이상했습니다."

거드는 칠범에게 임 형사가 물었다.

"어떤 게 이상해?"

"너무 예쁘잖아요."

남서울서의 정 팀장도 끄덕였다. 그가 홍인경과 박연희의 증명사진을 내어 보였다.

"맞습니다. 온갖 것들이 다 이상한 와중에도 '이것만은 분명하다.'라고 확신한 게 하나 있었는데, 바로 '놈이 원하는 타입'이었습니다. 확실히 공통점이 있습니다. 피해자들은 개성이 있지도, 외모가 눈에 띄지도, 성적 매력이 두드러지지도 않았습니다. 한 번 봐서는 기억에 남지 않을 정도로 인상이 흐렸다고 할까요. 성격도 그렇습니다. 내성적이어서 친구가 별로 없었어요. 눈에 띄지 않는 직업에 종사했고 금전·이성 관계로 인한 마찰도 전혀 없었습니다. 이웃과의 왕래도 뜸한 편이었고요. 아, 두 사람 다 쌍꺼풀이 진하고 키가 작고 마른 편인 데다가 긴 생머리였습니다. 피해자들 데이터를 양쪽에 놓고 보면, 무슨 복사본 같아요. 우연 같지는 않습니다."

듣고 있던 형사과장이 손가락으로 테이블을 톡톡 쳤다.

"그래. 이런 놈들은 말이야, 여자를 죽이면서 자기 환상 채우는 놈들. 이것들은 좋아하는 타입을 쉽게 안 바꿔. 절대로. 이놈은 특히 더 그래. 1차·2차에서 완전 쌍둥이 같은 여자들을 골랐잖아. 근데 이한나를 봐. 생김새, 신체 조건, 스타일 전부 달라. 직업은 언론사 기자이고. 적극적인 성격에다, 주변에 사람도 많았을 테지. 완전히 다른 세계의 여자야. 자, 원하는 게 확실한 놈이 어느 날 갑자기 전혀 다른 타입의 상대를 골랐다? 말이 안 돼."

"그렇다면 과장님은?"

"그래. 그놈이 아니야."

여기서 하나의 가설이 제기됐다. 누군가 물었다.

"모방 범죄일까요?"

"가능성 있지. 확신하기는 이르지만."

형사과장이 말을 이었다.

"여기서 막힌단 말이지. 딱 걸리는 게 있어. 이를테면 손상의 부위와 의도적으로 정돈된 자세 같은 거 말이야, 이건 언론에 발표된 적이 없어. 그런데 이번 사건은 세세한 부분이 이전 사건들과 일치해. 같은 놈이 아니고서야 이렇게 똑같이 만들어 놓을 수 있을까?"

일동은 단체로 고개를 주억거렸다. 812 사건과 일련 선상에 있음이 분명하다는 데는 대부분이 동의했지만 진범의 소행, 모방범의 소행 어느 쪽으로도 무게가 기울지는 않았다.

"만약 모방범의 짓이라면 놈은 사건 정보를 어떻게 알았을까요?"

"글쎄, 아직은 아무것도 알 수 없지."

웅성대는 형사들을 보며 형사과장이 턱을 쓰다듬었다.

"내 생각은 내 생각일 뿐이니, 일단은 모든 가능성을 열어두자고. 더 많은 사람들과 더 깊이 다뤄봐야 윤곽이 잡힐 테니까. 감식이랑 부검 결과도 필요하고. 아, 한 가지 미리 얘기하는데 오전에 수사본부 꾸려질 거야. 우리 서 2층 대회의실. 사건 나자마자 청장님 지시 떨어졌어. 강력팀 거의 전부에 형사팀 일부도 투입될 거야. 본청에서 인력 내려올 거고. 기자들 눈 때문에 남서울서와 수사본부를 합치지는 않을 거야. 방화 사건 끝난 지 얼마 안 됐는데 이렇게 돼서 나도 유감이다. 근데 어쩌겠어. 우리 팔자가 이런 걸. 이래저래 말 안 해도 다 알지? 한동안은 집에 못 들어가는 날이 많을 거야. 그러니 집에 연락들 하고, 준비 철저하게 하도록 해. 아, 그리고 명칭은 '중앙천 여성 변사 사건 수사본부'가 될 거야. 아직 812 사건 아니야. 보안 유지 철저히 해. 확실해지기 전에 연쇄살인이니 뭐니 언론에서 떠들면 더 고달파지니까."

곳곳에서 깊은 탄식이 흘러나왔다. 아직 오밤중이었지만 이후의 업무 분배는 대충 골격이 섰다. 피해자가 유기된 것으로 추정된 시점에 근처를 지나간 사람이나 차량이 있는지 확인하는 일이 급선무로, 대부분의 인력이 그쪽에 배치됐다. 강력2팀은 피해자 주변인들을 만나기로 했다.

"그간 힘드셨겠네."

형사과장의 위로에 남서울서 정 팀장이 우는 듯 웃는 얼굴을 했다.

"그렇죠. 몸도 그런데 마음은 더 그렇죠. 8월에는 두 사람 만나고 왔습니다. 홍인경 씨는 속초 근처 선산에 매장됐고, 박연희 씨는 성남 가는 쪽에 하늘추모공원이라고, 거기 납골당에 안치돼 있습니다. 가긴 갔는데, 할 말은 없더라고요."

즉시 달려와 준 남서울서의 정 팀장에게 감사를 표한 것을 마지막으로 형사과장이 자리에서 일어났다. 나머지 형사들도 한숨과 함께 엉덩이를 뗐다. 잠시 후 2팀장이 팀원들을 모았다.

"해 뜨면 움직이도록 하지. 이번 일이 812 사건이랑 진짜 관련 있는지는 두고 봐야 하니까, 일단은 평소 하던 대로 하자고. 1조, 회사 가서 뭐든 물어 와. 사이 나쁜 사람 있었는지, 피해자가 그 사건과 엮인 적 있었는지 알아봐. 최대한 티 내지 말고. 아, 피해자가 경찰 출입 기자였던 적 있지? 경찰 내부에 사이가 틀어진 사람 있는지도 파 봐. 2조, 가족이랑 친구들 만나 봐. 3조, 각 기관에 수사 협조 공문 보내고 남서울서에서 이전 두 사건 수사 자료 전부 받아서 뭐든 찾아. 통신 기록 요청하고 기타 아는 사람들도 만나 봐. 작은 거라도 무조건 물어 와. 알았지?"

그 전까지는 잠시 쉬어두라고 했다. 다들 뿔뿔이 흩어졌지만 선호는 그대로 앉아 있었다. 칠범도 움직이지 않았다.

"무슨 생각하냐?"

"뭐, 그냥."

그냥이라고 해놓고는, 칠범이 날름 덧붙였다.

"신기하지 않아요? 하필 비 오는 날, 우리 관할에서, 우리 팀이 당직인 날에 일어난 살인사건의 피해자가 박 형사님이 딱 한 번 만났는데도 기억해낼 수 있었던 사람이라니."

"그게 뭐?"

"혹시 이번 사건 배후에 박 형사님을 향한 모종의 힘이 작용하고 있는 건 아닐까요?"

선호는 "흠흠." 하고 목청을 가다듬었다. 이어, 실수했다는 표정을 지으며 달아날 자세를 취하는 칠범의 뒷덜미를 잡아챘다.

"아니지. 오늘 비가 안 왔으면, 사건이 옆 서 관할에서 일어났으면, 우리 당직이 내일이었으면, 이한나가 너랑 만난 적 있으면, 뭐가 달라지나? 도굴꾼과 댄스 가수도 아니고, 경찰이랑 사회부 기자가 만난 적 있는 게 뭐가 이상해? 하나하나 놓고 보면 전부 아무것도 아닌 것들이야. 그런 거 다 신기해하다가는 세상천지 다 묘해 보일걸. 세상에는……."

칠범이 말허리를 잘랐다.

"일어날 일만 일어난다고요? 아, 알았어요, 알았다고요."

선호는 싱긋 웃었다. "사람이 상상력이 없어도 너무 없어."라고 구시렁대며 사라지는 뒷모습을 바라봤다. 잠시 후 그의 미소가 바닥으로 툭, 떨어졌다. 실은 내심 뜨끔하던 참이었다.

'모종의 힘'이라고?

테이블 위 종이를 집어 들었다. 이한나의 운전면허증 사진을 출력한 것이었다. 얼굴을 보고 있자니 기이한 느낌을 떨칠 수 없었다. 범인보다 이쪽에 더 마음이 끌렸다. 1·2차 사건의 피해자들에게선 아무 단서도 얻지 못했다. 그럴 만도 했다. 두 여자는 사건에 어떤 빌미도 제공하지 않았으므로. 그저 운이 아주 나빠 휘말렸을 따름이므로.

그런데 이번은 다를 것 같았다. 이한나가 사건의 도화선이란 직감이 강하게 일었다. 운이 나빠 죽은 것 같지도 않았다. 그녀가 자신을 예기치 못한 방향으로 이끌 거란 예감과, 정체 모를 불안감이 덤으로 들러붙어 온몸을 찔러댔다. 하지만 거기까지였다. 선호는 선을 그었다.

다른 형사들과는 달리 그는 이런 순간을 좋아하지 않았다. 인정하건대 자신은 괜찮은 형사였다. 스스로도, 남들도 그렇게 생각했다. 그러나 감이 좋은 형사는 아니었다. 남들이 눈치챘는지는 모르겠으나 스스로는 확신하고 있었다. 선호는 난데없이 뚝 떨어지는 통찰이나 직관, 육감 같은 것에서 뭘 얻은 적이 별로 없었다. 아니, 잃지나 않으면 다행이었다. 그것들에 의지한 결과는 대부분 돈, 시간, 기력 낭비로 귀결됐다.

혹자는 '형사의 감'이란 경험에서 나오는 거라고 했지만, 그에겐 통하지 않았다. 이 생활 하루 이틀 하는 게 아님에도 그의 직관은 여전히 '비가 오면 사건이 일어난다.' 같은 허튼소리나 뇌까리는 수준이었으니까. 그렇다고 실적이 나쁘지는 않았다. 오히려 좋은 축에 속했다. 이번에도 그는 성실하게 움직이고, 단서를 모으고, 머리를 굴릴 작정이었다. 하나하나 모은 조각들을 차근차근, 논리적으로 조합하는 일에는 자신이 있었다. 이쪽이 확률도 훨씬 높았고.

그리 생각하면서도 사진에서 눈을 못 떼는 자신이 낯설게 느껴졌다.

"이한나…… 이한나……."

0

그녀가 『글루미 선데이』를 썼다는 사실에 나는 어찌할 바를 몰랐다. 언젠가 만나야 한다는 생각은 했었지만 이런 방식일 줄은 상상조차 못 했다. 그녀를 낭떠러지에 세운 게 나였다니. 세상이 새카맣게 물들었다.

“그럼 그 기사 때문에?”

묻는 목소리가 떨렸다. 그녀는 고개를 가로저었다.

“그 기사 덕분이라고 하죠.”

“네?”

“그 기사가 한몫한 건 맞아요. 부정적인 몫이 아니어서 그렇지.”

나는 죄인의 심정으로 그녀의 이야기를 들었다.

“아홉 살 때, 부모님이 돌아가셨어요. 이후 친척 집에 맡겨졌죠. 10대 시절부터 혼자 살았어요. 학교에서는 따돌림을 당했고요. 얼마 후부터는 정신과 진료를 받았고, 거의 집에서만 지냈어요. 철저히 혼자였죠. 아, 병명은 우울증, 불안증, 공황장애였어요. 병원 안 다닌 지는 몇 년 됐고요."

잠시 후, 그녀는 중얼거리듯 남은 말을 붙였다.

"그리고…… 시선. 난 시선이 싫었어요. 여기까지. 제가 죽으려고 한 이유요."

간략했다. 지나치게. 중요한 내용이 빠졌다.

"잠깐만요, 제가 쓴 기사는 왜 그 이유에 안 들어가는 거죠?"

"그건…… 용기를 줬으니까요."

"네?"

상황에 전혀 어울리지 않는 단어. 잘못 들은 줄 알았다.

"죽고 싶지 않은 날이 없었지만 용기가 안 났어요. 근데 어느 날, 그 기사가 나온 거예요. 누가 제 책을 읽고 죽었다고. 신기했어요. 신선했고요. 뭐, 그 애가 제 책을 읽었든 안 읽었든 그건 중요하지 않아요. 이러나저러나 올바른 선택을 한 건 동일하니까. 저도 그 애처럼 하고 싶었어요."

"올바른 선택…… 이라고요?"

나는 양손으로 팔을 감쌌다. 오돌토돌 무덤 같은 소름이 돋아났다. 온몸의 털이 비석처럼 섰다.

그녀가 날 바라봤다. 그게 올바른 게 아니면 도대체 뭐가 올바른 것이냐고 묻는 눈으로. 그게 더 기가 찼다. 이 여자, 어린애가 스스로 목숨을 끊은 일을 두고 별일 아니라고 하는 건가? 심지어 뭐? 잘했다고?

우리의 사고방식이 크게 다르다는 건 이미 파악했다. 그런데 그게 전부가 아니었다. 그녀는 보통 사람의 범주를 벗어나 사유하고 있었다. 통상적인 상식과 윤리 의식과는 거리가 멀었다. 솔직히, 미쳤다는 소릴 들어도 할 말이 없는 수준이었다. 하지만 이내 깨달았다. 지금은 그녀의 도덕성을 도마 위에 올릴 타이밍이 아니란 걸. 내 것이 우선이었다. 내겐 숙제가 남아 있었다.

"미안해요."

할 수 있는 말이 그것밖에 없었다. 해 놓고도 너무 진부해서 쥐구멍에라도 숨고 싶었다. 그녀가 고개를 저었다.

"전 후회 안 해요. 결과가 이렇듯 예상치 못한 것이긴 하지만, 제 선택이 옳았다는 생각은 변함없어요." 반드시 필요한 과정이었고 그게 어쩌다 내게서 시작되었을 뿐이란 투였다. "결정은 제가 한 거예요. 한나 씨를 원망할 이유가 없죠."

"미안합니다. 정말 미안해요."

"…… 됐어요."

믿어도 될까. 의심스러웠다. 괜찮다고는 하는데, 음성에서 감정을 찾기 어려웠다. 무엇보다 신경이 쓰였던 건 그녀의 시선이었다. 여전히 테이블 위에 못 박혀 있었다. 대화를 하는 동안, 처음 인사할 때를 제외하고는 단 한 번도 나와 눈을 맞추지 않았다. 상대를 바라보지 않고 말하는 사람이라……. 내 경험으로 그런 사람의 언사는 절대 믿을 것이 못 됐다. 그걸 알면서도 나는 눈앞에 놓인 달콤한 열매를 물고 싶었다. 그래, 분명 괜찮다고 했다. 방금 저 입으로 내 잘못이 아니라고 했다. 비록 거짓말일지라도 모른 척 곧이곧대로 받아들이면 안 될까.

아니, 거짓말이 아닐지도 몰랐다. 남다른 사고방식, 자살이 올바른 선택이었다고 보는 도덕성. 그런 비뚤어진 기준 덕에 그녀는 날 원망하지 않는 것이다. 내겐 차라리 잘된 일 아닌가.

마음 깊숙한 곳에서 이기심이 손을 내밀었다. 그래, 이미 지난 일이다. 더구나 당사자가 괜찮다질 않는가. 나는 이기심이 내민 손을 조심스레 잡았다.

"그럼 그 얘긴 그만하고, 미안하지만 향후의 일을 우선 논의토록 할게요." 그녀가 동의하자 내가 이어 물었다. "그런데 과연 우리 두 사람의 과거에 단서가 있을까요?"

"아마도요."

나는 동조할 수 없었다.

"전 모르겠어요. 어차피 사람은 다 자기 사정이 있어요. 우린 각자의 사정에 따라 여기까지 흘러온 것뿐이고."

"그럼 이렇게 생각해 봐요."

드디어 그녀가 눈을 들었다. 내 얼굴을 정면으로 마주하자 등골이 서늘해졌다. 이번에는 내가 눈을 피했다. 갈 곳 모르던 시선이 벽시계에 가서 붙었다. 11시가 넘어 있었다.

"아까 얘기했듯 해답은 우리가 죽기로 결심한 이유에 있어요."

말이 이어지지 않았다. 어느새 이 패턴에 익숙해진 내가 입을 열었다.

"정리해 볼게요. 전 가족에게서 벗어나고 싶었어요. 아버지가 끝도 없이 만들어내는 빚을 갚느라 넌더리가 났어요. 의도와는 달리 누군가에게 피해를 주는 글을 쓴 것에 좌절했고요."

그녀는 가만히 듣고 있었다.

"유진 씨는 늘 외로웠어요. 가족이 없고 친구도 없었어요. 사람이 싫었어요. 그래서 병을 얻었죠."

어두워지는 낯빛을 보며, 내가 말했다.

"공통점이 전혀 없잖아요."

잠깐만, 공통점이 없다고?

반대로 생각해 봤다. 각자가 가진 것들은 무엇인지. 내겐 가족이 있다. 전혀 도움이 안 되는 인간들이긴 하나 어쨌든. 친구들도 있다. 아픈 곳은 없다. 단지 외모 때문에 어딜 가도 처음부터 친절한 대우를 받았다. 반대로 유진은? 돌봐야 할 가족이 없다. 아까 그 집을 포함해 재산은 상당한 듯하다. 허구의 힘을 빌려 하고 싶은 이야기를 하며 살아왔다. 그녀의 글은 현실의 누군가를 조준하지 않는다.

눈앞이 환해졌다.

"우리는……." 나는 다 식은 커피를 한 모금 마시는 그녀를 바라보며 말했다. "원하던 걸 모두 얻었군요."

내가 갈구한 것. 가족으로부터의 자유, 경제적 여유, 누구의 삶과도 무관한 글을 마음 편히 쓰는 것, 쫓기지 않는 삶.

그게 전부 강유진에게 있었다.

그녀가 갖지 못한 것. 가족, 사회적 관계, 반듯한 외모, 건강.

이건 고스란히 내게 있었다.

믿기 어렵지만 믿을 수밖에 없는 답은 전율을 몰고 왔다. 완벽하게 대조되는 삶이었다. 내가 강유진이 되면 누리고 싶은 모든 것을 누릴 수 있다는 뜻이었다. 그녀가 이한나가 되어도 마찬가지이고.

"이거였군요. 우리 두 사람이어야 했던 이유."

컵을 내려놓으며, 그녀가 크게 한 번 끄덕였다. 오늘 본 중 가장 큰 제스처였다. 갑자기 힘이 쭉 빠졌다. 그간의 긴장이 한꺼번에 풀리는 기분이었다. 나는 얼굴을 감싸 쥐었다. 두 손을 통해 낯선 얼굴의 형상이 전해져왔다.

화제는 세 번째 의문점, '앞으로 어떻게 해야 하는가.'로 넘어갔다.

"달리 표현하자면 '영원히 이대로 살아야 하는가.'예요."

겉보기에 말을 많이 하는 쪽은 나였지만 실제로 대화를 이끄는 쪽은 그녀였다. 그녀는 나보다 한참 앞서 있었다. 내가 모르는 것을 알고 있었고, 짐작조차 못 한 부분을 이해하고 있었다. 그렇다면 이 문제의 해답도 이미 냈을까. 지나치다 싶을 정도로 차분한 모습을 바라봤다. 돌연 기억나는 게 있었다.

"아까 그랬죠? 기다리면 될 거라고. 그거, 무슨 뜻이죠?"

"제가 『글루미 선데이』를 썼잖아요."

"알아요. 그게 어쨌…… 설마, 1년이란 건가요?"

나는 그녀의 의중을 알아챘다. 『글루미 선데이』의 주인공은 마흔 살 생일에 다른 사람이 됐다가 이듬해 생일에 원래의 자신으로 되돌아온다. 이 때문에 그녀는 이 특이한 현상의 주기를 1년으로 보는 것이다.

"그러니까, 우리도 1년 후 원래대로 돌아간다?"

그녀는 그렇다고 했다. 애써 꾹꾹 눌러 치워놓았던 절망이 가슴

한구석에서 조금씩 새어나왔다. 이런 이상한 소린 듣다 처음이었다. 이런 이상한 사람은 보다 처음이었다.

인간은 사물, 사건 사이에서 연관성을 찾아내는 데 익숙하다. 그리 하도록 진화해 왔다. 질서 없는 현상에서 해를 입고, 예측할 수 없는 일로 죽음을 맞았기 때문이다. 실제로 가장 정확한, 그리고 가장 많은 연관성을 찾아낸 이들이 현재까지 살아남았다. 우리는 버섯의 색상과 독의 관계, 강우량과 산사태의 관계 등을 밝혀낸 이들의 후손이다. 문제는 전혀 무관한 것들을 가지고도 똑같은 짓을 한다는 점이다. 지금이 딱 그 경우였다. 소설 내용과 지금 우리 상황이 무슨 관련이 있다고……. 어이없게도, 그녀에게선 의심의 기색을 단 1퍼센트도 찾을 수 없었다. 심지어 세상에 이보다 더 깔끔하게 떨어지는 일이 어디 있느냐고 묻는 얼굴을 하고 있었다.

"우연이에요. 우연의 일치라고요."

"평범한 사건의 조합이라면 그렇겠죠."

"아무리 그래도……."

"게다가…… 혹시 알아요? 그 책에서 주인공 생일이 언제인지?"

"몰라요."

"11월 30일이에요."

"하아…… 그것도 우연……."

나는 말을 멈추고 한 발 물러났다. 그 다음엔 머릿속까지 강유진이 됐다고 상상해 봤다. '불가능하다고 알려진 일을 포함해 보통 사람은 일생에 한 번도 겪기 힘든 사건 몇 가지가 한꺼번에 일어날 확률은 0에 가깝다. 그런데 일어났다. 유일한 공통점은 어떤 소설이다. 한 사람은 이 소재로 소설을 썼고, 또 한 사람도 그 소설과 얽혀 있다…… 어떤 설정도 현실의 상황과 맞아떨어진다. 모든 일이 거기서 시작됐다는 것 말고 가능한 설명은 없다.'

한숨이 나왔다. 내가 속까지 강유진이 될 수는 없다는 걸 방금 확인했다. 나는 약간 짜증이 나서 물었다.

"그래요? 그럼 결말도 같겠네요?"

그녀는 아무 말도 하지 않았다.

나는 설득에 공을 들였다. 당장이라도 도움을 청해야 한다고. 갖고 있는 모든 정보와 펼 수 있는 모든 논리를 동원했다. 듣고 있던 그녀는 저 사람 머리는 목이 허전할까 봐 그 위에 얹어놓은 건가 하는 표정으로 나를 쳐다보다가 한마디 했다.

"그 사람들은 우울증도 못 고쳐요."

손잡고 병원에 가기는 글렀다. 그녀가 절충안을 내놨다. 1년을 이렇게 지내보고, 문제가 해결되지 않으면 그때 도와줄 사람을 찾아보자는 거였다. 그땐 무조건 내 의견에 따르겠다고 했다. 싫다는 답 자체를 봉쇄하는 제안. 그럼에도 나는 생각할 시간이 필요했다.

하루를 꼬박 고민하고서, 나는 그녀에게 전화했다.

"받아들일게요."

한편으로는 마음이 가벼워졌다. 어차피 확실한 대책이 있는 것도 아니었으니까. 누구 생각이 맞는지 확인하는 방법은 하나였다. 이렇게 1년을 살아볼밖에. 달라지는 게 없을지도 몰랐다. 우리가 나약한 인간들이어서 일이 이렇게 된 거라면 새로운 인생 역시 실패로 끝나리라. 그렇다고 어디 숨어 지낼 수도 없잖은가. 나는 죽었다 하고 모든 걸 포기하고 살기에 1년…… 그래, 그녀의 생각이 맞는다 치고, 1년……은 너무 긴 기간이었다. 부딪히는 수밖에 없다고 나는 스스로를 타일렀다. 실은 선택의 여지가 없다는 소리를 길게 늘여 놓은 것에 불과했지만.

어이가 없어서 웃음이 다 나왔다.

"이건 정말 말도 안 돼요."

다음 날부터 우리는 내가 살던 집에서 만났다. 유진에게 필요한 것들이 전부 그곳에 있었다.

"그럼 이제부터 제가 강유진, 당신이 이한나예요."

아무 일도 하지 않고 편히 지내면 된다고 했다. 언제나 꿈꿨지만 막상 자유가, 그것도 무한히 주어지니 당황스러웠다. 뭘 물어도 대충, 적당히, 원하는 대로, 라는 답만 돌아왔다. 나는 오히려 뭘 어떻게 하라는 건지 감을 못 잡는 지경에 이르렀다.

필요한 경비는 알아서 사용하면 된댔다. 그녀가 종이 한 장을 내밀었다. 입출금 계좌의 잔고증명서였다. 숫자의 동그라미가 8개였다. 가진 돈 중 일부를 새 계좌로 옮겨두었다고 했다.

"그 정도면 1년 동안 충분히 쓰겠죠?"

"와."

대답 대신 감탄사가 새어나왔다.

"감탄할 것 없어요. 그것 때문에 행복한 적은 없었으니까."

유진이 씁쓸한 미소를 머금었다. 나는 생각 없이 행동한 것을 후회했다.

그야말로 백지 인생을 건네받은 나와는 달리 이한나가 된 강유진에게는 고려할 사항이 많았다. 그녀에게 주어진 역할은 두 가지였다. '개인' 이한나와 '기자' 이한나. 나는 그중 후자의 역할은 버려야 한다고 판단했다.

"장기 병가가 가능한지 확인해 보고, 안 되면 직장을 그만두는 게 좋겠어요. 그렇게 해도 다른 사람으로 산다는 사실에는 변함이 없어요."

동의할 거라 예상했다. 그런데 아니었다.

"그건 이한나 인생의 절반을 버린다는 뜻이잖아요. 그럴 거면 상대가 당신일 이유가 없어요."

맞는 소리였다. 하지만 현실은 현실. 절대로 녹록지 않다. 정 그렇다면 다른 일을 찾아보자고 설득하려는데 그녀가 예상외의 소식으로 선수를 쳤다.

"실은요."

이어지는 말인즉, 신문사는 이미 이한나의 복귀 가능 여부를 물어왔고, 머뭇대는 그녀에게 원한다면 특별취재부로 인사이동 처리를 해주겠다는 제안까지 하더란 것이었다.

"그래서, 대답했어요? 그러겠다고?"

"네." 어안이 벙벙한 날 앞에 두고 그녀가 우물거렸다. "괜찮은 조건인 줄 알았는데……."

그래, 괜찮았다. 아니, 그 이상이었다. 복귀 안 하는 게 최선이지만 굳이 한다면야 이보다 도움 되는 일도 없으리라. 부서를 옮기면 경찰, 타 언론사 기자, 사회부 직원 등 이전의 나를 아는 이들에게서 어느 정도 멀어질 수 있으니까. 게다가 특별취재부라니. 회사마다 다르지만, 《신의일보》의 특별취재부는 당장의 화젯거리보다는 이미 뿌리 내린 문제를 깊게 다루는 부서이다. 힘들긴 매한가지이겠으나 사회부에 비해 취재 경쟁은 덜한 곳이니 순발력이 떨어지는 유진이 곤란에 처할 일은 많이 줄어들 게 분명했다.

"그나저나, 저 없이 다들 죽이 착착 잘도 맞았네요."

약간은 심란한 기분으로, '개인' 이한나의 인간관계 문제를 논의했다.

"같은 맥락이에요. 어렵긴 하지만 가능은 할 거예요. 대학 동기, 선후배, 일하면서 건너 알게 된 이들처럼 자주 만나지 않는 인물과의 자리는 최대한 피하거나 미루도록 해요. 피할 수 없는 이들, 이를테면 가족이나 친구 등에 대해서는 준비가 필요하긴 하지만, 별 말썽 없이 넘어갈 수 있을 거예요. 누가 상상이나 하겠어요?"

인물 사진을 꺼내 분류했다. 개인 그룹, 업무 그룹, 기타 그룹 등으로. 각자를 대하는 방식도 일러주었다.

"이쪽은 존대, 이쪽은 반말이에요."

"이 그룹은 모임이 있어요. 두 달에 한 번."

"성재는…… 그냥 적당히 지내세요. 만난 적도 없는 사람이랑 정리하라고 할 순 없으니."

그 후 수 주간, 교육과 실전이 이어졌다. 수습 시절부터 꾸준히 정리해 온 노트와 자료를 건네며 익히도록 했다. 이후, 온갖 종류의 기사를 써봤고 실제 취재도 나갔다. 이 과정에서 나는 꽤 여러 번 당황했다. 그녀는 놀라울 정도로 영리했다. 한 번 알려준 것은 잊지 않았고, 어떤 것은 아직 가르치지 않았는데도 이미 감을 잡고 있었다. 신기할 정도로 박학다식했고, 몇몇 사안에 대해서는 웬만한 기자들보다 더 예리하게 파고들기도 했다. 하지만 그 모든 장점을 상쇄하고도 남는 큰 문제가 있었다. 낯선 사람 앞에서는 고개조차 제대로 들지 못했던 것이다.

우리는 하루 여섯 시간을 인터뷰 연습에 할애했다. 나는 정보를 쉽게 내놓지 않거나 화를 내는 등 비협조적인 인터뷰 대상을 주로 연기했는데, 급격히 간결하고 건조해진 그녀의 글과는 달리 태도 변화는 더뎠다. 한편으로는 시간을 벌어두었다. 쓸 만한 아이템을 미리 선정했고 수십 건의 기사를 미리 작성해 두었다. 두어 달 정도, 급한 불을 끌 수 있는 분량이었다. 그럼에도 걱정은 줄지 않았다. 이런다고 과연 강유진이 이한나의 역할을 할 수 있을까. 복귀 일자가 다가왔을 즈음 그녀가 정서적으로 약간의 안정을 찾은 건 불행 중의 다행이었다.

그간의 준비 상황을 점검하다가, 우리는 몇 가지 합의를 했다. 그중 하나는 이번 일을 철저히 비밀에 부친다는 것이었다. 어머니나 동생에게는 귀띔해 줘도 되지 않겠느냐는 물음에, 나는 절대로 안 된다고 못을 박았다.

"아버지가 알면 어떻게 될 것 같아요? 당장 날 찾아올 걸요. 진위 여부 따질 것도 없어요. 그냥 돈 냄새가 나니까. 자, 당연히 소란이 일어나겠죠? 강유진에 대해 경찰부터 이웃 사람들까지 다 알게 되겠죠? 그런 걸 원해요?"

"비밀을 지켜달라고 하면 되잖아요."

나는 절레절레했다.

“그건 우리 가족을 몰라서 하는 소리예요. 아버진 눈치가 100단이에요. 돈 냄새를 맡을 때마다 1단씩 추가됐다고요. 미심쩍은 낌새가 보인다? 바로 다그칠 테고 맘 약한 두 여자는 즉시 실토해 버릴 거예요.”

여전히 이해 못 하는 게 확실했지만, 알겠다는 대답만은 잘하는 유진이었다. 안도와 동시에 불안이 밀려왔다. 이 사람, 진짜 믿어도 되나.

“최대한 마주치지 말고 지내요. 그래야 유진 씨가 편해요. 알았죠?”

잠시 후, 유진도 조건을 걸었다.

“혼자 지냈으면 해요.” 수긍 가는 설명은 이어지지 않았다. “이유는 묻지 말고 그렇게 해 줘요.”

“그게 말이 돼요? 어떻게 사람을 안 만나고…….”

“그럼 최소한으로. 딱 필요한 사람만 만나는 걸로. 부탁할게요.”

그 얘길 꺼내기까지 고민한 기색이 역력했다. 의도야 빤했다. 내가 예전처럼 온갖 곳을 돌아다니며 오만 사람들과 교제하거나, 하다못해 이웃과 가까워지기만 해도 차후에 자신이 꽤 곤란해지리라 여기는 것이다. 나는 어쩔 수 없이 끄덕였다.

조건은 그게 다가 아니었다. 하나가 더 있었다.

앞으로 자신을 이한나라고 불러달라는 요청에, 나는 정말로 황당했다. 단 1년 만이라도 자신이 강유진이란 사실을 잊고 싶어서라고 했다. 얼굴 보고 하기 어려우면 얼굴 안 볼 때, 그러니까 통화할 때

나 이메일 쓸 때만이라도 자기 이름 부르지 말아달라며 거듭 부탁했다. 그 정도로 스스로를 혐오할 줄이야. 하기야, 한창 새 인생을 즐기고 있는데 자꾸만 과거를 상기시키는 사람이 있으면 흥이 깨지기도 하겠구나 싶었다. 안쓰럽기도 하고, 어려운 부탁이 아니기도 해서 이번에도 받아들였다. 내 호칭에 대한 합의는 자연스레 이뤄졌다. 중요한 연락은 전화 통화로 하되 문자메시지, 휴대폰 메신저, 이메일처럼 글자를 사용하는 통신 매체를 이용할 경우에는 나 역시 강유진으로 불리게 됐다.

상대의 삶으로 들어가야 할 날이 결국 다가왔다. 앞으로의 어려움은 각자가 헤쳐나가야 할 몫이 됐다.

헤어지기 전, 우리는 두 가지를 약속했다.

첫째, 다른 인생을 살아봐도 결국엔 아무것도 달라지지 않는다는 사실을 깨닫는다고 해도, 상대에게 인생을 돌려주기 전에는 마음대로 죽지 않는다.

둘째, 상대방이 나중에 곤란에 처할 일을 만들지 않는다.

4

귀에 거슬리는 울음소리가 나를 현실 세계로 끌어냈다. 나는 소리의 근원을 향해 손을 뻗었다. 더듬대는 손끝에 닿는 매끈한 감촉. 휴대폰이 울리고 있었다.

토요일 아침부터 걸려온 전화라…….

낯선 남자의 목소리가 자신을 중앙경찰서 강력2팀의 송칠범 형사라고 소개했다.

"경찰이 왜요?"

잠이 달아났다. 그는 내가 그저께 이한나와 통화를 했기 때문에 몇 가지 물어보려고 연락을 한 것이라고 말했다. 대뜸 어떤 사이냐고 하기에, 나는 "친구인데요." 하고선 되물었다.

"그런 건 왜요?"

형사는 이런 소식을 전하게 되어 유감이라고 말했다.

"이한나 씨가 사망하셔서요."

나는 잠시 가만히 있었다.

"죄송한데, 뭐라고 하셨죠?"

"이한나 씨가 사망했다고 말씀드렸습니다. 정말 유감입니다."

"네? 지금 무슨 말씀을 하시는 거예요?"

남자는 같은 이야기를 반복했다. 이한나가 사망했다, 마지막으로 통화를 한 게 당신이다, 전후 상황 확인이 필요하다, 도움을 달라…….

"아, 저기…… 무슨 소린지. 한나 씨가 뭘 어쨌다는 건데요?"

"자세한 건 아직 말씀드릴 수가 없고요."

"그럼 말씀해 주실 수 있는 건 뭔가요?"

겨우 몇 초짜리였지만 몹시 긴 침묵이었다. 그가 나직이 말했다.

"어제 저녁, 중앙천 인근에서 사망한 채로 발견됐습니다. 주변분들 얘길 들어야 해서요."

"네? 어제…… 주, 중앙천…… 뭐요?"

형사가 무슨 말을 하긴 했지만, 잘 들리지 않았다. 내 맥박 뛰는 소리가 더 커서 묻혀버리고 말았다. 어느 순간 말소리가 아예 들리지 않았고, 나는 급기야 전화를 끊어버리고 말았다.

어제, 이한나가, 중앙천 인근에서, 죽은 채로 발견됐다고?

이게 무슨 얘기지? 무슨 일이 일어난 거지?

전화는 더 이상 울리지 않았다.

달력을 봤다. 오늘은 343일째 되는 날이었다.

팔을 뻗어 다시 휴대폰을 집었다. 다이얼 화면을 보며 잠시 그대로 있는데 전화가 울렸다. 고태경이라고 떴다. 나는 떨리는 손으로 버튼을 눌렀다.

"여보세요."

귀가 제 기능을 못 했다. 입도 마찬가지였다. 나는 겨우겨우 마음을 가다듬었다.

"오늘 약속 말이에요, 제가 일이 좀 생겨서. 다음에 만나죠."

대답을 듣는 둥 마는 둥 전화를 끊었다.

다시 고요가 찾아왔다. 나는 아연해서 한참을 굳어 있었다. 조금 전 그 전화는 뭐지?

"고객님의 전화기가 꺼져 있어……."

유진의 전화는 전원이 나가 있었다. 나는 잠을 깨운 번호로 연락했다. 두 번의 신호음 후, 아까와는 다른 남자의 목소리가 들려왔다.

"죄송한데, 무슨 일이 일어난 건지 대략 좀 알려주시겠어요?"

"아, 강유진 씨?"

"네."

"그건 만나 뵙고……."

"제발이요."

형사가 조심스럽게 '타살'이라는 단어를 꺼냈을 때, 나는 눈만 껌뻑이며 앉아 있었다. 타살이라니. 자주 생각하고 다뤘던 단어. 막상 들으니 이 세상 말 같지가 않았다. 순간, 환영이 달려들었다. 바닥 흥건한 피 위, 내가 누워 있다. 칼이 심장을 찢었다. 아니, 얼굴이 완전히 짓이겨져서 알아볼 수 없다. 아니, 중앙천이랬다. 나는 풀밭에 누워 있다. 눈이 뒤집히고 입은 벌어져 있다. 목에는 선명한 삭흔이 남아 있다. 아니, 흙바닥 위에 누워 있다. 머리가 깨졌고, 피와 뇌수와 흙이 뒤엉긴 지저분한 땅을 배경으로 하늘을 보고 있다…….

중앙천에, 내 시체가 버려져 있다…….

중앙천에, 내 시체가…….

"나오실 수 있나요? 박선호 형사를 찾아오시면 됩니다. 정 어려우시면 저희가 댁 근처로 가겠습니다."

형사의 목소리가 환영을 떨쳐냈다. 내가 답했다.

"아뇨. 제가 가겠습니다."

0

눈이 번쩍 뜨였다. 블라인드 사이로 미세한 빛이 새어들고 있었다. 손을 휙 뻗어 머리맡에 놓인 휴대폰을 집었다. 8시였다.

나는 이불을 걷어차며 자리에서 일어났다. 미쳤구나, 이 시간까지 자고 있다니. 곧이어, 내가 남의 침대에서 눈을 떴다는 사실을 깨닫자 여러 감정이 엉클어진 채 또르르 굴러왔다. 굳이 분석해 보자면 그 덩어리는 어이없음, 다행스러움, 해방감 등이 뭉쳐진 것이었다.

완전히 깨어났을 때는 11시가 다 돼 있었다. 배가 고팠다. 목발 포함 다리 세 개를 디뎌 부엌으로 향했다. 집이 커서 그런가, 다리가 불편해서 그런가, 넓은 집이 더 넓게 느껴졌다. 적당히 먹을 만한 것을 찾았다. 냉장고와 싱크대 선반 이곳저곳을 탐색했다. 간단하게 먹자 싶어 죽을 하나 데웠다.

그릇을 거의 비웠을 때, 나는 뭔가 달라졌다는 걸 알아챘다. 먹기 전보다 더 허기가 느껴졌기 때문이었다. 다시 선반을 뒤졌다. 죄다 가공식품뿐이었다. 레토르트 스파게티 소스가 손에 잡혔다. 5인분이라고 표기된 봉지 안에는 1인분이라고 적힌 소포장 5개가 들어 있었는데, 나는 그 숫자들을 들여다보다가 뭔가에 홀린 것처럼 면한 봉지를 다 삶았다. 소포장을 모두 뜯었다. 5인 분량의 스파게티를 품었던 프라이팬과 접시가 알몸을 드러낼 무렵, 나는 냉장고 안 과일통조림의 자태를 떠올렸다. 뒤이어 캔을 네 개나 열어젖혔지만 성에 차지 않았다.

궁금했다. 어째서 이렇게 속이 허한 걸까.

욕실에 들어갔다가 나는 움찔했다. 거울 속에는 어느 정도의 양을 먹어야 할지 가늠이 되지 않는 여자가 있었다. 아, 유진은 매일 이 과정을 반복했다고 말했었다. 끝없이 먹고, 그런 자신의 모습을 확인하는 일. 나는 맞은편을 뚫어져라 응시하며 이를 닦았다. 내 뜻대로 움직이는 걸로 보아 나인 듯도 하고, 여전히 낯선 것으로 보아 남인 듯도 했다. 현실감이 느껴지지 않는 어느 날 아침, 강유진으로서의 일상이 시작됐다.

뭔가 대단한 것을 기대한 게 우스웠다. 아무것도 없었다. 전혀. 반복되는 매일, 나는 똑같이 생활했다. 먹고 쉬고 자고 책을 읽었다. 다른 사람으로 사는 것은 생각과는 달랐다. 강유진. 통장에 잔고가 가득한 사람. 남는 게 시간인 사람. 그런 이가 된다면 뭐든 다 할 수 있을 줄 알았는데, 정작 무엇도 할 수가 없었다. 다리가 불편해서만은 아니었다. 이유 없이 불안했고, 속이 텅 빈 듯 배가 고파 견딜 수 없었다. 정신을 차리고 보면 산더미 같은 음식을 다 먹고 난 뒤였다.

그렇게 먹은 것은 전부 빵, 고기, 패스트푸드, 배달 음식이었다. 평소 좋아했던 오이는 한입 물었다가 비린내가 나 뱉어버렸다. 푸성귀 종류는 구정물에 절인 종이 맛이 났다. 나는 먹고 또 먹었다. 배가 차면 이상하리만치 피곤했고, 누가 뭐라고 하지도 않았는데 혼자서 풀이 죽었다. 그럴 때면 바로 쓰러졌지만 잠은 오지 않았다. 만사가 귀찮았고 집 안 꼴은 엉망이 되어 갔다.

이런 변화를 감지한 것은 강유진의 삶을 살기로 합의를 한 이후부터였다. 그 전, 그러니까 병원에서 깨어난 후부터 유진을 만나기 전까지는 갑작스레 처한 상황에 혼란스러운 나머지 신체 '변화'와 신체 '문제'를 구분하지 못했었다. 날이 갈수록 몸은 무거워졌고, 어느덧 집 안을 돌아다니기도 힘든 지경에 이르렀다. 100킬로그램쯤 되는 갑옷을 입고 생활하는 기분이랄까. 나는 그제야 유진이 먹으라고 했던 약을 먹지 않았다는 것을 기억해 냈다.

약은 주로 항불안제, 수면제 종류였다. 최근 몇 년, 유진은 치료를 받지 않았다고 했다. 처방받지 않은 약이라……. 이렇게 위험한 짓까지 할 정도로 집에서 나가기가 싫었던 건가. 나는 약병을 들여다보며 유진의 병에 대해 생각했다. 심리적 원인 때문만은 아닐 것이다. 스트레스, 신경계 기능 저하, 장기 투약, 잘못된 생활 방식, 사회적 관계 단절 등의 원인이 복합적으로 작용한 결과이리라. 그런 어려움을 오래 겪어온 유진의 몸과 뇌는 피곤과 무기력, 불안 등에 익숙해져 있었다. 그 속에 이한나가 들어앉은 지금, 심리적·사회적 원인은 해소되었을지도 모른다. 그러나 아무것도 모르는 신체는 여전히 강유진을 떠받치느라 고생 중인 것이다.

비타민만 한 알 삼키며 생각했다. 차차 나아지지 않을까.

엄밀히 말해 내가 마냥 노는 건 아니었다. 하루에 몇 번씩 유진의 전화를 받았다. 경험 부족에서 나오는 물음이 대부분이었고 나는 일일이 답을 해 줬다.

질문 외에, 그녀 자신의 이야기는 전혀 들을 수 없었다. 어떤 어려움을 겪고 있는지, 주변 사람들과는 잘 지내고 있는지 등등. 뭐, 서로 편하고 좋았다. 인터넷에 올라오는 이한나 기자의 기사는 매번 찾아보았다. 미리 준비해 둔 아이템과 글을 내어놓으며 시간을 버는 일은 순조로운 듯했다. 큰 문제는 없어 보였다.

사고가 있은 지 약 8주, 지긋지긋한 깁스를 떼어냈다. 그럼에도 바뀐 것은 3족에서 4족 보행을 하게 됐다는 점뿐이었다.

"왼쪽 다리로 디디셔도 되지만 한동안은 목발을 쓰셔야 합니다. 물리치료 꾸준히 받으면서 재활해야 하고요."

"언제부터 목발 없이 걸을 수 있을까요?"

"최소 한 달은 지나야 할 겁니다."

강유진으로 사는 삶 중 초반 석 달은 허공에 날리는 셈이었다. 사기를 당한 심정이었다. 내 마음을 아는지 모르는지, 의사는 예의 그 소리를 꺼냈다.

"정신과쪽 진료는 생각해 보셨습니까?"

"저한테 고통스러운 기억이 있었나 봐요. 되살리는 게 옳은 건지 모르겠어요."

그렇게 대충 겉대답만 하고 병원을 나왔다. 아마도 내 문제는 그가 해결할 수 없는 영역에 있으리라.

"많이 나으셨나 봅니다."

누군가 알은체를 했다. 바로 집에 들어가기가 싫어서, 빌라 앞마당에 조성된 정원 벤치에 앉아 햇볕을 쪼이고 있던 참이었다. 정원이라고 표현했지만 사실 사방이 높은 벽이란 것 외에는 도심의 작은 공원과도 별 차이 없는 규모였다. 불규칙적인 간격으로 선 나무들이 비록 빈 가지이나마 열심히 흔들어댔고, 벤치와 산책로도 인공미를 최대한 절제한 모습으로 곳곳에 자리했다. 어딘가에 둥지가 있는 듯 참새인지 뭔지, 이름 모를 새소리까지 들려오는 정원. 겨우 열 몇 세대를 위한 정성치고는 대단한 수준이어서, 나는 거의 매일 감복하고 있었다.

돌아본 곳에는 한 중년 남자가 서 있었다. 누군지 금방 알아봤다. 항상 바쁘게 이곳저곳 돌아다니거나 다른 사람들과 이야기하고 있던 남자. 이 빌라의 관리 직원이었다. 몇 번 마주친 적도 있었지만 그때마다 어쩐지 쭈뼛대는 모습이어서, 나는 그저 짧은 목례만 건네고 돌아서곤 했다.

얼굴을 마주하자 갑자기 두통이 일었다.

"401호 입주자분이시죠?"

"네."

급작스레 숨이 가빠졌다. 무슨 문젯거리라도 생겼나. 물어보려는 찰나, 그의 눈에 미소가 돌았다.

"그간 서로 인사도 안 하고 지낸 것 같고 해서."

"아."

나는 사무적인 웃음을 지어 보였다. 이런 식으로 사람들과 알고 지내게 되는 건가. 내 웃음을 친분의 허락으로 받아들였는지 남자가 말을 쏟아내기 시작했다. 전에 깜짝 놀랐어요, 많이 다치신 것 같았는데 어쩌다 그러신 거예요, 차는 멀쩡하던데 교통사고는 아니었나 봐요, 요새 외출 자주 하시네요, 빌라 편의 시설도 좀 이용하세요, 돈만 내고 안 쓰시면 아깝잖아요, 혼자 사시는 거죠, 무슨 일하세요, 대단하네, 젊은 분이 이런 곳에…….

처음엔 친절하게 답했지만 시간이 지날수록 그러기 어려웠다. 나중에는 "아, 네."로, 그 후에는 무언의 미소로 일관했다. 특이한 남자였다. 상대의 귀찮음을 알아차리는 능력이 전혀 없는 듯싶었다. 사람을 붙잡아두는 능력은 그야말로 탁월했다. '그만 가야겠어요.'의 '그'자를 꺼낼 틈조차 내게 주지 않고, 안내를 빙자한 수다를 늘어놓았다. 이 정도로 경우가 없을 수도 있다니. 나는 쉬지 않고 움직이는 남자의 입을 불쾌함 반, 경이로움 반으로 주시하며 앉아 있었다. 그때였다. 어디선가 또 다른 남자 목소리가 들려왔다.

"김 실장님."

약간 떨어진 곳의 나무 아래에 두 사람이 서 있었다. 남자 하나, 여자 하나. 남자가 턱짓을 하자 여자가 쭈뼛대며 우리 쪽으로 다가왔다.

"저…… 지난번에 부탁드렸던 거요."

"아, 챙겨뒀습니다. 금방 가져다 드리죠."

다시금 내게 관심을 돌린 김 실장은 아쉬움이 한가득 깃든 인사를 남기고는 총총거리며 사라졌다. 나는 고개를 돌렸다. 이번에는 한 번에 못 알아봤다. 아니, 알아보고 자시고 할 것도 없었다. 아예 모르는 사람이었으니까. 수수해 보이는 여자였다. 화장기 없는 피부, 단정하다 못해 개성이 전혀 없는 블라우스와 카디건, 염색하지 않은 중단발의 머리, 그 흔한 액세서리 하나 착용하지 않은 꾸밈새. 나는 유진의 이미지를 떠올렸다. 사람 눈을 제대로 보지 못하고, 쑥스러운 감정이 얼굴에 그대로 드러나는 것마저도 그녀와 닮았다.

여자가 조용히 물었다.

"저희가 괜히 끼어들었나요? 꽤 곤란해 보였는데."

"아뇨, 잘 보셨어요."

"김 실장님, 좀 수다스러워서 그렇지 좋은 분이에요."

남자는 핸드폰 화면만 응시하고 있었다. 두 사람 다 젊었다. 많아야 30대 중반? 남자는 모든 면에서 평범했다. 아니, 그 이상이었다. 보통 키, 보통 체형, 단조로운 차림, 무표정, 튀지 않는 이목구비와 헤어스타일, 흔한 디자인의 금속 안경테. 나는 잠시 다른 곳으로 시선을 돌렸다. 방금 전 본 사람의 이미지를 묘사하기 어려웠다. 다시 남자를 봤다. 진짜로 인상이 흐렸다. 일주일 후 밖에서 마주쳐도 못 알아보겠구나 싶을 정도로. 그는 단 한 번도 내 쪽에 관심을 주지 않았다.

남자의 얼굴 앞에 갑자기 까만 점이 생겼다. 움직이지 않는 점. 날벌레는 아니고, 나무에서 줄을 타고 내려온 거미인 듯싶었다. 남자가 불쾌하다는 듯 그걸 툭 쳐내더니 발로 밟았다.

여자가 말했다.

"아, 남편이에요."

"그렇군요. 오늘 감사했습니다."

대충 얼버무린 인사는 미소로 되돌아왔다. 그러거나 말거나, 나는 이만 가야겠다며 일어섰다. 심장은 여전히 빠르게 뛰었고 현기증마저 일었다. 얼른 목발을 챙겨서 돌아섰다. 강유진의 모습으로 다른 사람을 대하는 일은 아직 익숙하지 않았다.

두 사람을 향해 걷는 김 실장의 곁을 얼른 지나쳤다. 그의 손에는 큼지막하게 '402호'라고 적힌 봉투가 하나 들려 있었다.

집으로 올라온 나는 뒤에서부터 달력을 넘겼다. 끝에서 두 번째 장. 숫자 30이 붉은 동그라미 안에 갇혔다. 11월 30일. 유진과 내가 몸이 뒤바뀐 지 꼭 1년 째 되는 날이었다. 정말 그날이 되면 이한나로 되돌아가게 될까. 나는 여전히 비관적이었다.

마음속에 불안이 일렁였다. 그날 아무 변화가 없을 것 같아서만은 아니었다. 지금 내 상황 때문이었다. 그간 유진에게서는 계속 연락이 왔었다. 대부분은 일 때문에, 혹은 사람 때문에 도움을 구하는 간단한 전화였지만 무척 바쁘게 지낸다는 건 알 수 있었다. 목소리에 들뜨거나 기뻐하는 기운은 없었다. 혼란만이 역력했다. 힘든 게 분명했지만, 최소한 그녀는 뭐라도 하고 있었다. 그런데 난 어떤가. 이미 두 달이 넘게 지났건만 아무것도 한 게 없었다. 이대로 가다가는 남의 건강관리만 실컷 해주다가 약속한 1년을 다 보내게 생겼다.

조바심이 났다. 뭐라도 하고 싶었다. 마음 같아서는 당장 세계 일주를 떠나고 싶었지만, 현재 내 수족이 도합 6개라는 사실 앞에서 무릎을 꿇었다. 다리가 다 낫는다고 해도 이곳저곳 돌아다니며 즐길 체력이 될지도 미지수였다.

또 한 번, 사기를 당한 기분에 사로잡혔다. 유진과 나는 과거도 그랬지만 현재마저도 이토록 다르단 말인가.

방도는 없었다. 일단은 재활에 집중하는 수밖에.

그래서 푹 쉬었다. 원 없이 쉬었다. 이토록 아무것도 안 하고 지내본 적이 있긴 있었던가. 찾아오는 이도, 연락 오는 곳도 없었다. 휴대폰은 시계에 불과했다. 고지서 이외에 편지가 딱 한 통 오기는 했는데, 안에는 빈 종이만 들어 있었다. 장난기가 돌아 뒷면도 보고 불빛에도 비춰봤지만 당연히 보통 종이였기에, 잘못 온 것이겠거니 하고 그냥 버린 게 외부에서 온 연락의 전부였다.

몸이 좋지 않은 건 집에만 있기 때문이란 생각에, 나는 목발을 던져버리자마자 의도적으로 외출을 했다. 아직은 이곳저곳 혼자 돌아다니는 게 고작이었다. 건강도 건강이지만 일단은 친구가 없었으므로. 그래도 좋았다. 어차피 세상은 홀로 사는 것 아닌가. 쇼핑을 하고, 드라이브를 가고, 책을 사고, 좋은 음식을 먹었다. 돈 걱정, 일 걱정, 가족 걱정이 없는 것만으로도 지금의 세상은 얼추 천국 근처였다. 그 점을 위안 삼으며 나는 심심한 여유를 최대한 즐겼다.

그러던 중, 작은 사건이 생겼다.

"L13번……."

평일 오후 영화를 보러 갔을 때였다. 좌석에 앉으려던 나는 흠칫 놀랐다. 빨간 의자가 전에 없이 낯설었기 때문이었다. 극장 의자가 이렇게 좁았었나. 왼쪽 자리의 여자가 당혹스런 표정을 지으며 고개를 돌렸다. 그러고는 옆의 남자와 눈길을 주고받았다.

어째서 이 생각을 못한 걸까. 밖으로 나가려고 몸을 돌린 그때, 오른쪽 좌석에도 사람이 앉았다. 나는 애매한 장소에, 엉거주춤한 자세로 서서 어찌할 바를 모르는 입장에 놓이고 말았다. 좌석을 다시 내려다봤다. 아까보다 더 좁아 보였다. 흔들리는 시선이 방금 오른쪽에 앉은 사람에게 가 닿은 순간이었다.

"아, 안녕하세요?"

402호 여자였다. 나는 얼굴이 화끈거렸다. 좁아터진 빨간 의자보다 더 붉어졌을 것이다. 굳이 왜 이런 상황에서.

내 기분을 아는지, 여자는 말없이 눈을 피했다. 그 찰나의 만남 때문에 나는 밖으로 나갈 타이밍을 놓치고 말았다. 쐐기라도 박듯 상영관 내 조명이 꺼졌고, 나는 민망함을 극대화시켜줄 빨간 의자에 어쩔 수 없이 엉덩이를 붙였다. 양쪽 팔걸이가 옆구리에 닿았고 정작 그 팔걸이에 걸쳐져야 할 팔은 옆 좌석을 침범했다. 어깨를 최대한 안쪽으로 구부려 팔을 모았다. 난방이 과하지 않았지만 땀 때문에 얼굴과 등이 축축해졌다. 이 어정쩡한 자세로 두 시간을 있어야 한단 말인가.

오프닝이 어떻게 흘러갔는지도 모르던 나는 어느새 영화에 빠져들었다. 영화가 중반부에 다다랐을 때, 나는 내가 꽤 편한 자세로 앉아 있다는 것을 깨달았다. 오른쪽 여자가 자신의 왼팔을 몸통 쪽으로 살짝 붙이고 있었다. 팔이 닿는 것을 피하려는 모양새는 아니었다. 그건 자신의 공간을 다른 이에게 양보해 주는, 배려가 깃든 몸짓이었다.

사방이 다시 밝아졌다. 왼쪽 좌석이 모두 빈 것을 확인한 후 나도 일어섰다. 상영관 밖에서 402호 여자와 다시 마주치기 전까지, 나는 이 시간이면 차가 꽤 막히겠구나 하는 생각을 하며 주차장 가는 방향을 찾고 있었다.

어색한 분위기를 깨려는 듯, 여자가 별 의미 없는 말을 붙여왔다.

"혼자 영화 보는 거 좋아하시나 봐요."

"네, 뭐. 그쪽도 혼자시네요."

"아, 제가 친구가 없어서요."

내심 놀랐다. 겉보기와는 달리, 대단히 직설적인 여자였다.

"남편분은?"

"그 사람은 일밖에 몰라요."

여자가 쓸쓸한 미소를 지으며 귀 뒤쪽을 살짝 긁었다. 나는 그녀의 손목에 옅게 남은 멍 자국을 발견했지만 못 본 척했다. 쭈뼛대는 인사를 남기고 돌아서는 모습이 못내 안쓰러웠다. 아까 그녀가 베푼 친절이 마음에 걸렸다. 나는 그녀를 불러 세웠다.

"댁으로 가세요?"

"네."

"그쪽은 주차장이 아닌데."

"아, 차 안 가져왔어요. 택시 타려고……."

"같이 가실래요? 태워드릴게요."

여자의 얼굴에 반기는 미소가 번졌다. 순간 아차 싶었다. 이거, 괜한 오지랖 부린 건가. 나는 문득 유진이 야속해졌다. 이웃과 잠깐 얘기했을 뿐인데도 이토록 죄책감을 느껴야 한다니. 딱 이만큼의 일상도 무슨 사건사고처럼 취급해야 한다니.

그런데 그날의 진짜 사건사고는 따로 있었다. 시동을 거는데 뒤쪽에서 작은 충격이 밀려온 것이다. 누군가 창문을 두드렸다.

"괜찮으세요?"

중년 남자 하나가 서 있었다. 나는 차에서 내려 사고를 살폈다. 작은 접촉 사고였다. 유진의 차가 살짝 긁혔다.

"다치진 않으셨어요?"

"네, 뭐. 괜찮은 것 같네요."

두통이 약간 있긴 했는데, 사고 때문은 아닌 듯싶었다. 402호 여자도 괜찮다고 했다. 그럼에도 남자는 안절부절못했다. 사람은 안 다쳤지만 차가 다쳤다. 그가 급히 전화를 걸었다.

"아, 주임님, 이게 무슨……." 멀리서 젊은 남자 하나가 다가왔다. 그런데 나와 시선이 마주 닿은 순간, 그의 고개가 기우뚱했다. "어, 아…… 안녕하세요?"

나는 놀라서 "네?"라고 되물었다. 이건 또 무슨 상황이지? 나는 그가 누구인지 기억해 보려다가 부질없는 짓이란 걸 깨닫고는 대신, 누구이기에 날 아는 척하는 걸까 짐작해 보며 상대를 살폈다. 키는 지금의 나, 그러니까 유진보다 한 뼘 반 남짓 컸고, 머리는 진한 갈색이었다. 하얀 피부에 잡티가 많아 오히려 소년처럼 보이는 얼굴이었다. 쌍꺼풀 없는 큰 눈과 말끔하게 면도 된 턱에서 깔끔하고 세련된 느낌을 받았지만, 입고 있는 촌스러운 남색 점퍼가 그런 분위기를 모두 상쇄시키고 있었다. 문제의 점퍼 가슴팍에는 고태경이라고 적힌 사원증이 걸려 있었다. 이름 아래 H-Pol이라는 글자가 눈에 들어왔다. H-Pol이라면 보안 시스템 회사인데. 보이는 것을 모두 종합한 결과, 모르는 사람이라는 결론이 나왔다.

경계심이 발동됐다. 유진은 아는 사람이 없다고 했었다.

"저를 아세요?"

"아, 전에 한 번 봤는데." 그가 시선을 아래로 한 번 떨어뜨리더니, 다시 들어올렸다. "깁스 푸셨네요?"

나는 다시 '우리 아는 사이인가요.'의 의미를 담은 눈초리를 던졌다. 받았는지, 그가 유진이 사는 빌라 이름을 댔다.

"몇 주 전에 뵀는데. 저 따라 들어오셨잖아요. 저 그 목발에 맞을 뻔했어요. 그분 맞죠?"

그제야 기억났다. 빌라에 간 첫날 마주쳤던 사람.

"아, 전에는 실례가 많았습니다."

다시 살피니 옆의 남자도 유니폼을 입고 있었고, 차에는 H-Pol의 로고가 붙어 있었다. 우리가 구면이라는 걸 알아챈 순간, 주임이란 남자의 얼굴에 희망 같은 것이 비껴갔다.

"일 났네. 회사에는 뭐라고 하지?"

"제가 낸 사고라고 할게요." 내가 의아한 듯 쳐다보자, 젊은 남자가 당혹스러운 듯 변명했다. "아, 혼자 왔어야 하는데 여기 일이 많아서요. 괜히 저 때문에……."

주임이란 남자가 그럴 수는 없지 하며 손을 휘저었다. 그러더니 내게 부탁을 해왔다. 자기 선에서 처리를 할 테니 보험사에는 연락 말아달라고. 실은 바로 얼마 전에도 사고를 낸 적이 있어서 회사에 크게 눈치가 보인다고 했다. 젊은 남자가 거들었다. 꽤나 곤란해 하는 표정들이었고 별로 큰 사고도 아니었기에, 그리고 무엇보다, 두통이 점점 심해져 뒤통수까지 뻐근해 오고 있었기에 나는 대충 알겠다고 답하고는 주임이란 남자의 연락처를 받고 돌아섰다.

앞으로는 집에서 먼 곳으로 외출하리라 다짐하며 차에 올랐다. 시동을 걸려는데, 누군가 또 창문을 두드렸다. 아까 그 젊은 남자였다.

“댁으로 가세요?”

“네.”

“오늘 6시까지 근무라서, 저는 여기서 퇴근해요.”

안 물어봤는데.

무슨 말인가를 하려던 남자는 조수석에 앉은 402호 여자를 발견하고는 가만히 입을 다물었다. 나는 가슴이 죄어오기 시작했고 숨쉬는 것조차 불편해져서, “네, 잘 들어가세요.” 하고는 얼른 시동을 걸었다.

그날 저녁, 유진과 통화했다.

“402호 여자요, 미국 살다가 2년 전에 들어왔는데, 한국에 아는 사람이 없대요. 성격도 좀…….”

당신이랑 비슷하더라고 얘기하려다 그만뒀다.

“그 사람들, 두어 번 봤다고요?”

“네. 혹시 알아요?”

“작년인가. 그 여자가 우리 집 문을 다급하게 두드린 적 있었어요.

남편이 자길 죽일 거라나."

"그래서요? 어떻게 했는데요?"

"…… 집에 들일 수는 없잖아요."

알아서 살아남으라고 했단 말인가. 할 말을 잊은 내게 유진이 물었다.

"혹시 연락 온 곳은 없었나요? 전화나 편지 같은 거?"

"아뇨."

그녀의 목소리가 워낙 좋지 않아서, 나는 이웃과 알고 지내는 것도 안 되느냐는 물음조차 꺼낼 수가 없었다. 무료한 날들이 계속됐다.

며칠 후, 출판사에서 전화가 왔다.

"강 작가님, 12월에 통화한 후 처음이죠?"

유진에게 기자 생활을 한참 가르치고 있을 즈음, 연락이 한 번 왔었다. 다음 작품은 언제쯤 가능하겠느냐는 것이었다. 『글루미 선데이』 사건이 있었음에도, 아니 그 일로 유명해진 덕에 유진의 글을 기다리는 독자의 수가 상당했다. 그러나 상황이 상황인지라, 아마 내후년에나 가능할 것 같다며 얼버무렸었다.

"가을에 창간할 새 문예지요. 거기 단편을 하나 실었으면 하는데요."

글을 달라고? 반가웠다. 이내 우습고 허탈해졌다. 푹 쉬는 게 꿈이었다면서 막상 일거리가 들어온 것을 기뻐하다니. 그때, 새삼 깨달았다. 내가 하고 싶었던 일이 뭐였는지. 나는 글을 쓰고 싶었다. 누군가를 타깃으로 하지 않고, 누구의 검열도 받지 않고, 누구의 눈치도 보지 않으며, 누구에게도 상처주지 않는 글.

"6월 초까지 원고 주시면 돼요. 가능할까요?"

지금이 2월 말이니까, 시간은 충분했다.

"가능해요."

그날 저녁, 유진이 연락해 왔다. 만나자고 했다. 상대방의 삶으로 들어간 이후 첫 만남. 전화로는 해결 안 되는 용건이 있는 게 분명했다. 며칠 후, 나는 잔뜩 긴장한 채 약속 장소로 향했다.

"우리 가족들은 잘 있어요?"

"네."

"성재랑은 잘 지내고요?"

"뭐, 그냥."

"일은 어때요?"

"그냥 그래요."

그게 다였다. 그럼 그렇지. 늘 이런 식인 반응에는 내가 익숙해지는 수밖에 없었다. 뭘 물어도 단답형이겠거니 싶어서 일 얘긴 더 꺼내지 않았다. 만나자고 한 이유가 궁금했지만 나는 일단 그녀가 편히 대할 수 있는 주제부터 펼쳐 놓았다.

"원고 청탁이 들어왔어요."

나는 이번 청탁 건의 수락 여부와 상관없이, 남은 기간 글을 쓰기로 마음먹었음도 고백했다. 흥미롭게 듣던 그녀는 청탁 건도 받아들이라고 권했다.

"하지만 출판사는 강유진의 글을 원해요. 작품은 그 이름으로 나가야 한다고요. 지금 유진 씨가 쓴 기사가 제 이름으로 실리고 있는 것처럼요."

"그거야, 방법이 없으니까요. 이번 일엔 길이 있는 걸요."

그녀는 의뢰받은 건은 전에 써 둔 글을 보내면 되니, 내겐 앞으로 이한나의 이름으로 발표될 글을 쓰라고 했다. 필요하면 도움을 주겠다고도 했다.

"좋아요." 생각 이상의 수확이었다. 내심 원하던 답변을 들은 나는 흔쾌히 동의했다. "장편 소설을 하나 구상해 둔 게 있어요. 당장 시작해야겠어요. 아, 맞다. 만나자고 한 이유가 뭐예요?"

"아…… 전에 옆집 사람들 얘기했었죠? 402호, 맞아요?"

"아마 그럴 걸요."

그녀가 잠시 고민하는 듯하더니, 물었다.

"혹시…… 남편 이름이 크리스 강 아니던가요? 혹은 강지훈."

"그게 무슨 소리예요? 아는 사람이에요?"

"아뇨, 그게……." 내가 언짢아 보였는지 그녀가 당황한 듯 우물거렸다. "그 집 소유 관계를 좀 확인해 봤어요. 크리스 강이란 사람이……."

"유진 씨."

"네?"

"좀 너무하지 않아요? 꼭 그렇게까지 해야 돼요?"

"미안해요. 하지만…… 이웃이랑 안 친해졌으면 좋겠어요."

침묵이 내려앉았다. 잠시 후, 내가 화제를 돌렸다.

"그것 때문에 불러낸 거예요?"

그녀는 설레설레 고개를 저었다. 이후 그녀가 내어놓은 제안은 조금 전의 내 언짢음을 한 번에 날리고도 남는 것이었다.

"한나 씨, 빚을 갚지 않을래요?"

나는 귀를 의심했다. 그녀가 설명했다.

"실은 어제 유나한테서 전화가 왔어요. 채권자들이 집을 찾아왔다는 거예요. 이상하죠? 분명 며칠 전에 모든 금융기관과 대부회사에 이번 달 치 원금과 이자를 보냈는데. 알고 보니 당신 어머니 이름으로 돈을 빌린 곳이 더 있었어요."

"아……."

한 단어 한 단어 들을 때마다 온몸이 쪼그라들었다.

"제가 이해한 것보다 훨씬 더 무책임한 가족이던데요." 말이 끝나기 무섭게 그녀의 전화가 울렸다. 화면에는 '태양금융'이라고 떴다. 그녀가 한숨을 한 번 뱉었다. "여기저기서 자꾸……."

"미안해요."

"돈을 빌려줄게요. 빚을 갚아요."

"갑자기 왜요?"

"다른 일로도 벅차요. 알죠? 쓸데없는 데 얽매일 여유가 없어요."

"저야…… 고맙죠."

나로서는 손해 볼 게 없었고 유진으로서는 어려울 게 없었다. 이유야 어찌 되었건 그녀에게 정말로 고마웠다. 우리는 그 자리에서 차용증을 작성했다. 채권자와 채무자가 정확히 구분되지 않는 상황인지라 서류는 두 장 만들었고, 필체 때문에 내가 강유진, 그녀가 이한나라고 서명한 후 한 장씩 나눠 가졌다.

가벼워진 마음만큼 걸음걸이도 가벼웠다. 늘 끈덕지게 엉겨 붙던

골칫거리 중 하나가 잠시나마 해결됐고, 당장 내일부터 할 일도 생겼다. 마음이 달떴다. 나는 예전에 그토록 바랐던 것들의 목록을 순서대로 되뇌어봤다.

"가족으로부터의 해방, 경제적 여유, 쓰고 싶은 글을 쓰는 것. 꽤 성공적인데?"

현관문 앞에 웬 상자와 함께 쪽지가 남겨져 있었다. '무화과 파이 구웠어요. 402호'

둘 사이에서 좀 피곤하구나 하는 생각이 들었다. 그러나 곧, 모두 훌훌 털어버리고 자유로운 기분을 만끽했다.

5

"커피가 동났어요. 다들 사발로 들이붓더라니……."

그러곤 마실 것 좀 가져오겠다며 사라졌던 칠범이 결국 빈손으로 돌아왔다.

"많이 피곤하냐?"

"비품 부족 때문에 죽으면 순직 처리해 줘요?"

"그건 모르겠는데 아직 시작도 안 했단 사실은 내 잘 알지."

겨우 의자에 엉덩이를 붙이는가 싶더니만, 칠범은 부뚜막에 앉은 어린 송아지처럼 벌떡 일어났다.

"안 되겠어요. 어디 가서 좀 얻어올게요."

여기 뭐가 이렇게 열악해, 지구대에도 커피는 있었는데. 아, 그거 얼마 한다고 안 사 줘. 강력팀 괜히 왔어……. 중얼대는 소리와 함께 멀어지는 뒷모습을 보다가, 선호는 천천히 허리를 폈다. 잠을 제대

로 못 잤더니 온몸이 찌뿌듯한 것이 제때 기름칠을 해 주지 않아 관절마다 녹이 슨, 옛날 공상과학 소설 속 고물 로봇이 된 기분이었다. 몸통을 이리 틀고 저리 틀었다. 어디선가 삐그덕 소리가 들린 것도 같았다.

고물 로봇은 인류를 위해 뭘 해야 하나.

책상 위에는 두툼한 종이 뭉치가 쌓여 있었다. 책상 바로 옆 바닥은 박스들이 점령했다. 남서울서에서 보내 준 812 사건 수사 자료 사본. 무려 7000페이지가 넘는 분량이었다.

그래, 인류를 위해 저걸 봐야지.

예전에 선호는 경찰 기자였던 이한나를 만난 적 있었다. 사실, 만났다고 하기도 뭣했다. 둘은 한 번도 같은 관할에서 일한 적이 없었다. 선배를 따라 다른 경찰서에 갔다가 우글우글 모인 기자들 사이에서 딱 한 번 인사를 나눈 게 전부였다. 그런데도 기억하고 있었다니. 칠범에게 이번 사건에서 놀라운 요소는 하나도 없다고 핀잔을 먹이긴 했지만 이것만은 신기했다. 아닌가. 바글바글한 사람들 사이에서도 이한나는 유독 눈에 띄었었나.

피해자의 신원이 바로 밝혀진 덕에 이후의 절차도 빠르게 진행됐다. 밤사이 많은 일이 있었다. 가장 먼저, 가족에게 연락이 갔다. 어머니는 실신하여 구급차를 탔고, 어린 동생도 충격을 받아 제정신이 아니었다. 가족 중 유일하게 대화가 가능할 것 같았던 인물인 아버지와는 연락이 닿지 않았다.

회사로도 소식이 전해졌다. 사상 초유의 사태를 맞은《신의일보》는 한밤중에 간부들을 모았고, 경찰의 보안 유지 요청을 받아들이겠다고 통보해 왔다.

칠범이 프린터를 부여잡고 울컥한 일도 있었다. 피해자의 통화 기록이 조회되었는데, 그녀의 직업 특성상 엄청난 목록이 도착했기 때문이었다.

"아, 말도 안 돼."

새벽 회의 이후, 탐문이다 뭐다 다들 바쁘게 돌아다니는 와중에 선호와 칠범은 경찰서에 남았다. 기존 수사 자료에서 추가 단서를 찾고, 통화 목록의 인물들 인적 사항을 확인하고, 경찰서로 오겠다고 한 강유진이란 여성을 만나는 임무를 부여받은 까닭이었다.

"아이고."

선호는 대략적인 흐름을 한 번 훑던 중이었다. 자료 또 한 권을 집어 들자 앓는 소리가 절로 나왔다.

지난 3년, 남서울서는 열심히 일했다. 탐문수사, 과학수사에서 시작하는 일반적인 방식의 수사는 기본이었고, 범인 머릿속 '환상'이 무엇인지 파악하는 방식으로도 접근했다. 이런 신문기사 스크랩이 있었다.

밤하늘 별똥별 우주쇼! 13일 새벽, 하늘을 보라!

한국천문과학원은 오늘 밤 9시부터 내일 새벽 5시까지 지구 전역에서 페르세우스자리 유성우가 대거 관측될 것이라고 밝혔다. 페르세우스자리 유성우는 130년 주기로 태양주위를 도는 swift-tuttle 혜성이 남긴 잔해가 지구 대기권으로 떨어지며 발생하는 것으로, 매년 8월에 관측된다. 그중에서도 극대기인 8월 12일~13일에는 육안으로도 관찰할 수 있으며 올해는 시간당 60여 개 정도가 나타나 밤하늘을 화려하게 수놓을 것으로 예상된다. 이번 우주 쇼의 절정은 13일 새벽이다.

2차 사건이 있던 날의 기사였다. 남서울서에서 이 뉴스에 집중한 건 거의 같은 내용이 매년 반복해서 보도됐기 때문이었다. 1차·2차 사건이 발생했던 해에도 당연히 나갔다. 선호는 끄덕였다. 그래, 이런 데 이끌리는 미친놈이 있긴 있지.

남서울서는 천문대 방문자와 천문 마니아 클럽을 뒤졌다. 수확은 없었다.

비슷한 과정은 더 있었다. 천문에 이어 이번엔 음악이었다. 삶과 죽음, 그리고 영원한 사랑을 노래했던 해외 유명 뮤지션이 어느 해 8월 12일에 약물을 과다 복용했고, 다음 날 손목을 깊게 긋고 사망한 채 발견됐다. 매년 전 세계의 팬들이 그를 추모한다는 내용의 신문 기사가 스크랩되어 있었다. 1차 사건 피해자인 홍인경의 집에서 그의 CD가 여러 장 발견되면서 이쪽으로도 수사가 진행됐다. 선호는 또 끄덕였다. 비슷한 에피소드를 다룬 영화가 기억났다.

국내 최대 규모 팬클럽의 운영자를 만난 기록이 있었다. 광적으로 그 가수를 숭배하는 이가 있었는지 알아보기 위함이었지만 역시나 수확은 없었다. 곧 출산을 앞두고 있던 운영자는 자신 외에는 모두 평범했다고 진술했다.

감탄과 실소가 함께 나왔다. 이 이상 뭘 더 할 수 있을까. 선호는 절레절레하며 자리에서 일어나 한껏 기지개를 켰다. 사무실 풍경이 한눈에 들어왔다.

강력1-6팀은 넓은 공간을 함께 사용했다. 사무실은 긴 직사각형 형태로, 1팀부터 6팀이 일렬로 늘어서 있었다. 각 팀은 팀장 이하 6명이 2명씩 3개조로 꾸려졌는데 선호는 그중 2팀의 3조였다. 팀과 팀 사이의 공간은 충분했고 가슴 높이의 파티션으로 구분됐다. 안에서 보면 문은 두 개였다. 하나는 3팀 앞에 위치한 출입구, 또 하나는 1팀 옆에 위치한 작은 방의 입구였다.

분위기는 어수선했다. 형사들 대부분이 자리를 비웠다. 그래도 일부는 평소 하던 대로 일하고 있었는데, 특별한 사건이 발생했다고 해서 다른 강력 사건들이 "아이고, 경찰님들 바쁘시니 저희는 쉬어 드릴게요." 하지는 않기 때문이었다. 커피콩을 따러 간 건지, 가다가 서서 잠이 든 건지 칠범은 돌아오지 않았다. 다른 과 용의자 신문 현장에 또 가 있는 건 아닐까. 경찰서 옆 편의점에서 또 그 이상한 취미 생활 중인지도 몰랐다. 하지만 두 번째 생각은 금세 접었다. 설마하니 이렇게 바쁜데 그러고 있을라고. 녀석은 뭘 좀 사오라고 심부름만 시켰다 하면 5분씩, 10분씩 그 앞에 앉아 들고나는 사람들을 구경하다 돌아오곤 했다. 뭐가 그렇게 재밌는지 실실 웃기도 하면서. 그 모습을 수상히 여긴 편의점 업주가 칠범을 경찰에 신고한 일도 있었다. 녀석은 자기가 어딜 봐서 변태로 보이느냐며 우울해 했다.

선호는 재차 기지개를 켜며 가까운 곳, 먼 곳의 얼굴을 하나하나 관찰했다. 같은 사무실 안에서도 운명이 갈렸지만, 모두의 얼굴에 긴장한 기색이 역력한 것은 매한가지였다. 마음이 무거워졌다.

"박 형사, 여기 좀 도와 줘."

5팀의 심 형사가 부르는 소리에 정신이 들었다. 한 시간 후, '중앙천 여성 변사 사건 수사본부' 회의가 시작될 예정이었다. 수사본부로 옮겨야 할 짐이 있었다. 선호는 심 형사를 도와 자료와 집기들을 챙겼다. 그가 박스 하나를 들었을 때, 누가 다가왔다. 얼굴이 하얗고 머리를 동그랗게 틀어 올린, 제법 살집이 있는 여자였다.

선호는 다시 한 번 사무실을 둘러봤다. 믹스커피 한 상자를 획득한 칠범이 당당히 입장하고 있었다.

0

어느 날부터인가, 나는 알게 모르게 예민해져 있었다.

급한 빚을 갚게 되어 후련해진 마음과는 별개로, 몸은 여전히 좋지 않았다. 심각한 피로 탓에 오래 돌아다니는 것은 물론, 오래 앉아 있는 것조차 힘들었다. 하지만 그보다 걱정스러운 건 여전히, 꽤나 자주, 이유 없는 불안을 느낀다는 점이었다. 처음에는 새로운 환경에 적응하면서, 새로운 사람들을 만나면서 일시적으로 나타난 증세라고 생각했다. 하지만 그게 아닌 듯싶었다. 3월이었다. 모든 게 언제까지고 새롭지만은 않은 시점이었다.

다행히, 일은 순조로웠다. 나는 책을 읽고 필요한 자료를 찾고 병원에서 재활 운동을 하는 데 대부분의 시간을 보냈고, 답답하거나 집중력이 떨어지면 가벼운 외출로 기분을 달래곤 했다. 그런데 그즈음, 어떤 변화가 생겼다. 나름 평화롭다고 여겼던 그 일상이 실은 그다지 평화롭지 않다는 점을 깨닫게 해준 변화가.

뭔가 잘못됐다는 걸 알아차린 장소는 대형 마트였다. 외출 후 돌아오는 길, 집에 먹을 것이 떨어졌다는 데 생각이 미친 나는 무심코 대형 마트로 향했다. 나온 김에 충분히 사두기로 했다. 고기와 채소는 빨리 먹어야 하니 조금만 담았고 가공식품류는 많이 담았다. 어느덧 카트가 가득 찼다. 2주 정도는 장을 보지 않아도 될 양이었다.

그날따라 어딘가 부자연스러웠다. 딱 꼬집어내긴 어려웠지만 분명 달라진 게 있었다. 궁리하기를 한참, 나는 그 부자연스러움의 정체를 알아챌 수 있었다.

사람들과 눈이 마주치고 있었다. 이상하리만치 자주.

문제는 그게 전부가 아니란 거였다. 모여드는 시선들이 예사롭지 않았다. 카트 가득한 음식을 한 번 보고는 내 머리끝부터 발끝까지 훑는 사람이 있었다. 알 수 없는 표정을 짓는 이도, 모른 척 금세 고갤 돌리고는 뒤에서 속닥거리는 이까지.

이상한가? 그들 역시 나처럼 카트 가득 음식을 담았다. 뭐가 다른가. 장을 보는 건 귀찮은 일이다. 전에도 이런 식으로 먹을 것을 사다 쌓아두곤 했었다. 지금 같은 경험을 한 적 있는지 돌아봤다. 없었다.

그 순간, 기억 한편에서 작은 가시들이 돋아났다.

아니었다. 그간 잊고 지냈지만 나는 분명 비슷한 시선을 받은 적 있었다. 서점에서 그랬고, 극장에서 그랬다. 길거리에서도. 그 외에도 꽤 여러 곳에서 같은 눈을 봤다.

속에서 신 것이 올라왔다. 심장이 세차게 달리고 땀이 쏟아졌다.

도망치듯 그곳을 빠져나와 급히 집으로 돌아온 나는 현관문을 꼭 닫고서 한참이나 숨을 골랐다.

외출 후 기분이 나아지지 않은 것은 그날이 처음이었다.

꺼림칙한 느낌은 계속 이어졌다. 이번엔 집 안에서였다.

몹시 이질적인 장면 앞에서 돌이 된 기분을 느낀 건, 서재 문을 연 직후였다.

노트북이 닫혀 있었다.

나는 전원을 끈 후에도 항상 노트북을 열어둔다. 몇 년 전, 집에서 쓰던 녀석의 모니터와 본체 이음매가 부서져 여닫기가 어려워진 일이 있었는데, 수리하지 않고 사용한 이후 자연히 몸에 밴 습관이었다. 기억을 찬찬히 더듬었다. 어제는 외출을 했고 서재에는 들어오지 않았다. 녀석을 노려봤다. 그저께 밤, 작업을 하고 나서 내가 이걸 닫았던가? 확실하지 않았다.

달이 바뀌었고, 미묘한 사건은 계속됐다. 4월이 시작된 날, 이번엔 달력을 넘기다가 멈칫했다. 3월 다음이 5월이었다. 가운데 한 장이 사라졌다. 미궁 같은 기억 속을 다시 헤맸다. 내가 이 달력에 손을 댄 적이 있긴 했다. 11월 30일에 동그라미를 치려고. 불안한 마음으로 5월 달력을 바라봤다. 이것도 내 작품인가. 머리를 쥐어짜 보았지만 아무것도 생각나지 않았다.

그로부터 3주 후, 이번엔 책장 앞에서 입을 벌리고 서 있었다. 정체 모를 위화감이 몸을 찍어 눌렀기 때문이었다. 뭐가 문제인지 한참을 찾았다. 정답은 '순서'였다. 책의 순서가 섞인 것처럼 보였던 것이다. 유진과 몸이 뒤바뀐 이후 사두었던 책이 세 권 있었다. 『뇌 과학』, 『정신병리』, 『신경정신의학』. 읽은 후엔 『뇌 과학』, 『신경정신의학』, 『정신병리』 순으로, 즉 가나다순으로 꽂아둔 것 같았는데 이제 보니 『신경정신의학』, 『뇌 과학』, 『정신병리』 순이었다.

기분 나쁜 건 이것 역시 확실한 게 아니란 점이었다. 증거는 없었다. 저 책들은 몇 달 전에 딱 한 번씩만 읽고 처박아 둔 것들이니까. 나는 기이한 이질감을 느꼈던 순간들을 되새겨봤다. 공통점은 어느 두 지점 사이, 내가 기억 못 하는 장면들이 존재한다는 것. 영화 필름의 중간 부분을 잘라내고 남은 양쪽을 이어붙이는 이미지가 떠올랐다. 똑같이 한 번씩만 읽었음에도 저 중에서 『뇌 과학』의 내용이 유독 자세히 기억나는 건 그냥 우연이겠지?

하지만 그 순간, 나는 종소리를 들었다. 본능이 흔들어대는 종소리. 땡, 땡, 땡, 위험, 위험.

그간 두통이 계속 있었다. 통증, 불안, 망각이란 세 단어가 하나로 뭉쳐졌다. '부작용'. 덜컥 겁이 난 나는 유진에게 전화했다.

"간단한 게 기억 안 나거나 사물, 환경이 낯설게 느껴지는데 당신도 그래요?"

그렇지 않다고 했다. 그렇다면 달력은?

"당신이 그랬어요?"

전화기가 고장 났나 싶었다. 침묵 후에, "불량이 아닐까요." 하는 대답이 돌아왔다. 나는 보안실로 내려갔다. 도둑이 든 게 아닌가 하는 의심 때문이었다.

"CCTV 영상을 확인할 수 있을까요?"

CCTV는 입구, 엘리베이터, 주차장, 보안실, 로비, 정원, 비상계단 등을 비추고 있었다. 각층 복도에는 설치되지 않았다. 사람들은 누가 제 집을 들고 나는지 알리고 싶어 하지 않으므로. 꽤 오랜 시간을 들여 의심스러운 며칠의 기록을 살폈지만 수확은 없었다. 보안실을 나오며 생각했다. *나 바보인가. 고가의 물건들은 전부 그대로잖아.*

그 일련의 사건을 계기로 나는 더 예민해졌다. 일상생활이 불가능할 지경이었다. 책상 위 볼펜 하나 편히 놔두지 못했고, 며칠 전 읽은 책 내용을 기억하는지 시험하기 위해 억지로 한 번 더 읽기도 했다. 길거리에서는 열 걸음 걷고 주변을 한 번 살펴야만 겨우 마음을 놓는 지경에 이르렀다. 두통과 불안감 외에도 과다수면과 불면증이 번갈아 나타났다. 나는 이틀을 내리 잔 데 이어 요 며칠은 사흘을 내리 못 자고 말았는데, 겨우 눈을 붙이더라도 이유 없이 답답하고 식은땀이 나 한 시간 이상 잠들지 못하고 깨어나기 일쑤였기 때문이었다.

나는 오밤중에 일어나 몽유병 환자처럼 집 안을 돌아다녔다. 테라스에서 화초와 나무에 물을 줬다가, 부엌에 가서 이것저것 뒤적이다가 뭘 또 먹었다. 창가로 다가가 블라인드를 젖히고 양을 세는 심정으로 멀리 자동차 불빛 수를 세기도 했다. 꼬리를 문 오렌지색 양 떼에 집중하고 있을 때였다. 가까운 곳의 형상에 초점이 모아졌다. 처음 이 집에 들어와 이 창을 통해 만났던 침입자. 그 침입자가 그곳에 서서, 날 쳐다보고 있었다. 자꾸 꺼림한 기분이 드는 건 내가 아직도 강유진의 생활에 집중하지 못하기 때문일까.

그게 아니라면…….

나는 서재로 향했다. 아닌 밤중의 탐색이 시작됐다. 책장부터 살폈다. 여기, 지금의 내 의문을 풀어줄 단서가 있지는 않을까.

빼곡하게 꽂힌 책 곳곳에는 유진이 어떤 사람인지 고민하게끔 만드는 요소들이 포진해 있었다. 책장에는 소설이 가장 많았고 인문, 법, 역사 관련 서적도 많았다. 예술, 외국어, 과학 분야에는 별 관심을 두지 않은 듯했고, 최근 유행하는 자기계발서는 단 한 권도 없었다.

계속 둘러봤다. 정말 온갖 책이 다 있었다. 각종 사전과 도감 종류는 책장 구석진 곳에 자리했는데 유진에게 『곰팡이 도감』이 왜 필요했는지는 알 수 없었다. 집 안에서 관상용 식물만 키우는 사람에게 『야생화 도감』과 『농업 기술 도감』은 또 왜 필요했을까. 『농업 기술 도감』은 유독 눈에 띄기에 꺼내서 펴 봤다가 금세 닫아 도로 꽂아뒀다. 손에 묻어난 먼지를 턴 후, 다른 책도 몇 권 더 꺼내 이리저리 보다가 『세계 어류 도감』 내지에 손을 베이고서야, 나는 그것들을 전부 제자리에 되돌려놓았다.

손가락을 입에 물고 생각했다. 도대체 강유진은 어떤 사람이지. 나한테 무슨 일이 일어나고 있는 거지.

갈 곳 모르던 시선이 책장 더 외진 곳을 향하더니 이질적인 장면 앞에 멈춰 섰다. 책과 책 사이에 두꺼운 노트 몇 권이 끼어 있었다. 스프링이 없어서 얼핏 보아서는 책으로 착각할 만한 디자인. 뭔가 싶어 꺼내 열어본 순간, 나는 잠시 숨이 멎었다.

일기였다.

얼른 덮었다. 그러고선 보는 눈이라도 있는 듯, 두리번거렸다. 그걸 몰래 읽는 건 책 목록을 보고서 유진의 취향을 짐작하는 것과는 차원이 다른 일이었다. 내가 아무리 온갖 사건의 바닥, 사람의 치부까지 들추고 다니던 기자였어도 필요 이상의 사생활까지 캐고 들지는 않았었다. 그럼에도 불구하고 갈등이 일었다. 호기심 때문이었다. 유진은 간단한 인적 사항 외에는 자신에 관해 거의 말하지 않았다. 그녀가 꺼내놓지 않은 것들 중, 최근 내가 느끼는 이 괴이한 기분을 설명할 힌트가 있지는 않을까.

합리화 과정은 착착 진행됐다. 지금은 내가 강유진이니까 당사자에 대해 조금 더 알아도 되겠지.

손가락이 노트를 펼쳤다.

집 밖에 나가지 않은 지 몇 년째인지 기억이 나지 않는다. 의사 이외의 사람과 대화를 나눈 게 언제였는지도 기억 못 한다. 세상을 마주하는 유일한 일은 아침에 창을 열고 잠시 밖을 구경하는 것이다.

오늘도 날씨는 더할 나위 없이 청명하다. 고개를 위로 들고 목을 쭉 뺀는다. 얼굴 가득 와 닿는 온기가 기분 좋다. 바다 빛깔 하늘에 잡티 하나 없는 흰 구름이 몽실몽실한 모습으로 흘러가고 있다. 몸을 쓸어내리는 바람이 상쾌하다.

멀지 않은 곳에 한강이 보인다. 마지막으로 강가에 갔던 날이 떠오른다. 물소리, 바람, 함께 있던 사람들에 대한 기억이 뒤섞여 마음속에 이상한 울림으로 남아 있다. 다리 위, 점선처럼 일렬로 늘어선 차들이 보인다. 우리를 향해 달려오던 자동차가 기억난다. 나는 차가 무섭다. 아니, 안 무서운가? 잠시 운전을 한 적이 있다. 사고가 났으면 좋았을 텐데. 낼 걸 그랬나. 그땐 그 생각을 못 했다. 이제 와 안타깝네.

눈을 감는다. 고개를 젓는다. 창을 닫는다.

아스라이 들려오던 온갖 음이 뚝 끊어진다. 매일 아침, 이 세계에는 진공 상태가 되는 순간이 있다. 소리가 없고, 숨이 막히는 순간. 몸을 돌려 부엌으로 향한다. 냉장고를 열고 이것저것 주섬주섬 꺼내어 식탁 위에 올린다. 케이크 한 통, 파인애플 통조림 다섯 개, 바나나 한 묶음. 바나나는 두 묶음이 있었지만 너무 많을 것 같아 한 묶음만 꺼낸다. 선반에 있던 식빵 세 봉지와 빵에 발라 먹을 크림도 집는다. 탄산음료와 주스도. 칼로리를 따지지 않은 지 오래다. 무엇을 먹는지 물어보는 사람도 없고, 많이 먹는다고 핀잔 놓는 사람도 없다. 부스럭대는 소리와 먹는 소리만이 집 안을 채운다. 전부 다 입으로 깨끗하게 밀어 넣는다. 식탁 위 남은 것들은 한꺼번에 쓰레기 봉지에 쓸어 담는다. 자, 아침 식사 끝.

욕실로 간다. 치약을 듬뿍 짠 칫솔을 입에 집어넣고 규칙적인 팔운동을 시작한다. 그 3분 동안에는 팔을 움직이는 것 말곤 할 일이 없다. 거울만 들여다보면 된다. 감정이 느껴지지 않는 눈을 쳐다본다. 놀라우리만치 생동감이 없다. 거울 속 여자를 마주하고 있자면 가끔 섬뜩한 기분이 든다. 말을 걸어올 것도 같다. '지금 현관문을 열어. 엘리베이터를 타. 제일 위층 버튼을 눌러. 옥상으로 올라가. 그리고 뛰어내려. 그럼 다 끝이야.'라고. 그런데 어느 날부터는 아무렇지 않다. 차라리 얘기라도 주고받으면 덜 외롭지 않을까.

오늘은 뭘 할까. 멍청히 천장만 쳐다보며 째깍째깍 시계 소리를 듣는다.

언제나 나밖에 없다. 대화할 사람도, 전화 올 곳도 없다. 텔레비전을 켠다. 아침 방송에 출연한 여자 연예인이 피부 관리 비법이랍시고 물을 많이 마시고, 잠을 잘 자고, 마음을 편히 가지고 따위의 소릴 지껄이고 있다. 수천만 원짜리 피부 관리를 받고 있다는 얘긴 언제 할까. 기다려 봤지만 끝까지 모른 척. 지겹다, 저런 거.

홈쇼핑에서 트레이닝복을 판매하고 있다. 쇼호스트는 과장된 몸짓을 하며 거의 소리치고 있다. "몸매에 자신이 없어도 걱정 마세요! 라인을 탄탄하게 잡아주고, 군살은 쏘옥 숨겨주는 디자인!" 하지만 눈빛은 다른 말을 하고 있다. '아, 당신한테는 작아요.' 나는 눈을 감고 고개를 가로젓는다. 다시 화면을 본다. 쇼호스트는 여전히 웃으며 "누구에게나 잘 맞아요."라고 반복 선전을 해대고 있다. 저 직업은 거짓말에 능해야 할 것이다. 텔레비전 속 거짓말쟁이는 카메라가 아닌 진짜 사람을 앞에 두고도 계속 거짓 혀를 놀릴 수 있을까.

다른 채널에서는 자원봉사자의 삶을 다룬 다큐멘터리가 방송 중이다.

"매일 도시락을 배달해 줘서 너무 좋아요. 천만금과도 바꿀 수 없어요." 정말일까. 가난한 사람들은 뭘 원할까. 저기 저 이의 따뜻한 손길로 만든 도시락을 좋아할까, 누군가 턱 하니 내어놓은 현금 뭉치를 좋아할까. 후자겠지. 돈 앞에서 인정 따위는 힘이 없다. 봉사자는 형편이 넉넉해 보이는 행색이 아니다. "저도 부유하지는 않지만 더 어려운 사람들을 도우면서 마음의 행복을 찾았습니다." 거짓말. 가난한 사람이 더 가난한 사람을 돕는 이유는 자기 위로가 필요해서이다. '세상에서 제일 가난한 사람은 내가 아니야, 제일 불쌍한 사람은 내가 아니야.'라는 위로. 봉사자의 만면에 가득한 미소는 보람이 아닌 안도의 미소이다. 나는 곧, 거짓과 위선으로 가득

찬 네모상자의 전원을 꺼버린다. 그렇게 나의 공간은 다시금 진공상태가 된다.

나는 노트를 덮었다. 더 읽으면 안 될 것 같았다. 아마도 그 안의 내용은 내가 이미 어느 정도는 짐작하고 있는 것들일 터. 사람을 싫어하고, 두려워하고, 스스로 벽을 쌓았다……. 그래, 유진이 그런 사람인 건 이미 알고 있었다. 그럼 됐잖은가. 하지만 호기심은 그 말을 듣지 않았다. 몸집을 더 불리더니 어느 한 지점, 꼭 읽고 싶은 지점을 찍어주기까지 했다. 거기만, 딱 거기만 보면 안 될까. 호기심은 기어이 이성을 쫓아냈다. 양심은 덩달아 멀리 달아나버렸다.

내 손가락은 또다시 페이지를 넘겼다.

아마도 이건 유서가 될 것 같습니다. 읽어줄 사람은 없지만요.

두 번째 장편 소설을 끝낸 지 1년이 지났지만 아직 단 한 글자도 쓰지 못했습니다. 글을 쓰는 이유는 잘해서도, 좋아해서도, 돈이 필요해서도 아니었어요. 대화할 사람이 없어서였습니다. 흰 종이에 대고 말하면 누군가가 들어주는 게 좋았습니다.

하지만 얼마 전 그 일이 있은 후, 모든 것이 변했습니다.

어떤 소녀의 죽음을 다룬 기사를 읽었을 때, 저는 눈을 의심했습니다. 그앤 겨우 15세였어요. 부모의 이혼, 어려운 가정 형편, 학교 부적응으로 인해 우울증을 앓던 아이는 방에서 나오지 않고, 누구도 만나려 하지 않고, 제 책만 읽으며 수개월을 보내다가 제 방에서 목을 맸다 합니다. 《신의일보》에서 이 내용을 보도했고 소설은 유명세를 탔습니다. 반드시 책 때문만은 아니었을 텐데도 사람들은 누군가를 탓하고 싶어 했습니다. 어느새 저는 소녀의 자살을 부추긴 파렴치한이 되어 대중의 혓바닥 위에 올라가 있더군요. 그간 문체가 짜증 나네, 등장인물 성격이 엿 같네, 이런저런 말들이 많았지만 한 번도 신경 쓴 적 없었습니다. 좋은 평가를 받기 위해 글을 쓰는 게 아니었으니까요. 하지만 이번은 달랐습니다. 신경 쓰지 않고는 못 배기는 전개가 이어졌거든요. 사람들은 작가가 누군지 궁금해하기 시작했고, 왜 그런 글을 쓰는지에 관해 이런저런 추측을 내어놓았습니다. 틀린 소리가 많았지만, 정말로 절 아는 사람인가 의심될 정도로 제 심장을 정확히 찌르는 소리도 있었습니다.

앞으로는 아무도 제 이야기를 들어주지 않을 것 같았습니다.

기사를 쓴 기자가 출판사를 통해 연락해 왔습니다. 여러 번 거절했지만 상대는 고집을 꺾지 않았습니다. 변명이라도 들어볼까 해서 전화를 받았습니다. 정말 미안하다고, 그럴 의도가 아니었다는 소리만 하더군요. 진부했습니다. 어쩌자는 걸까요. 더 들을 이유가 없기에 전화를 끊어버렸습니다.

우스운 꼴이죠. 외로워서 쓰기 시작한 글로 인해 저는 더욱 철저히 혼자가 되었습니다. 사람에게 느끼는 두려움은 전에 비할 바가 아닙니다. 아예 집 밖으로 단 한 발자국도 내어놓지 못하게 되었습니다. 집 안에는 쓰레기가 쌓여갔습니다. 잠을 잘 수 없는 날이 이어졌습니다.

그러던 어느 날, 저는 정말로 제가 소녀의 죽음을 종용했는지를 고민하게 되었습니다. 만약 제가 그 책을 쓰지 않았다면, 그 애는 죽지 않았을까요? 제가 그 책을 써서 그 애가 불행해졌을까요?

아닙니다. 아니에요.

생각해 보니 그 애에게 미안해 할 필요가 없었습니다. 그 결정은 옳았으니까요. 어린 나이에 죽어서 불쌍하다는 건 살아있는 자들의 상상이고 비약일 뿐입니다. 어떤 이에게는 사는 것이 죽는 것보다 더 큰 고통입니다. 그건 누구보다 저 스스로가 가장 잘 아는 사실이죠. 죽음으로써, 그 앤 평화를 찾은 겁니다. 전 그 앨 도운 셈이고요.

제 인생을 돌아봤습니다. 하루하루 죽고 싶지 않은 날이 없었어요. 그런데도 용기를 내지 못한 것이 부끄럽습니다. 그 애는 제 책에서 용기를 얻었고, 전 그 애의 죽음에서 용기를 얻었습니다. 하나를 주고 하나를 받았으니 결과적으로 공평합니다.

그 아이의 선택은 옳았어요. 그렇다면 제 선택도 옳겠지요.

적절한 장소를 물색했습니다. 큰 피해를 주지 않으면서 적당히 빨리 발견될 수 있는 곳. 있더군요.

집 안을 꼼꼼히 청소했습니다. 이제 깨끗하게 씻고 단정하게 입고 집을 나설 생각입니다. 몇 년 만의 외출입니다. 사람도 만나야 합니다. 은행에서 돈을 조금 찾아야 하거든요. 떨립니다.

검은 허공에 발을 내딛는 기분은 과연 어떨까요.

손에서 힘이 빠져나갔다. 나는 바닥에 떨어진 노트를 하염없이 바라봤다.

확실히, 어린아이의 자살 사건에 유진이 들이댄 윤리 잣대는 보통 사람들의 것과는 달랐다. 하지만 중요한 건 그게 아니었다. 그녀는 부정했지만, 아무리 봐도 그날 밤 유진을 폐건물 옥상으로 이끈 존재는 바로 나였다. 이후 우리를 집어삼킨 사건. 모든 일의 시작점에는 분명 내가 있었다.

도대체 나에게, 우리에게 무슨 일이 일어나고 있는 걸까.

얼마의 시간이 지나 노트를 주워 제자리에 돌려놓았다. 여전히 잠은 오지 않았다. 뒤돌아서자, 잔뜩 어질러진 책상이 눈에 들어왔고 나는 그리로 가 마구 뒤섞인 책과 인쇄물을 정리하기 시작했다. 이리저리 움직이던 손에 떠밀린 노트북이 바닥으로 떨어지며 비명을 지른 것을 끝으로, 아닌 밤중의 서재 탐색은 종료됐다. 깨진 모니터 액정이, 쪼그려 앉아 한숨을 쉬는 내 모습을 까만 그림자로 담아냈다.

"하아…… 젠장. 되는 일이 없네."

여러모로 마음이 복잡한 밤이었다.

다음 날 오후, 잘 차려입고 집을 나섰다. 기사 쓰는 일과 마찬가지로 소설 쓰는 일에도 취재가 필요했기 때문이었다. 기자 생활을 하면서 알고 지냈던 이들과 만나게 해 달라고 유진에게 부탁해 놓은 덕에 이한나의 소개로 강유진이 그들을 만나는 형식이 됐다.

이후 2주 정도, 나는 바쁘게 돌아다녔다. 만나기로 한 사람 중 '여긴 주차할 곳이 없으니 대중교통을 이용해 달라.'는 이가 있었는데, 목적지 바로 앞에 지하철역이 있다기에 나는 지하철을 타기로 했다. 그리고 그곳, 승강장에서 드디어 명확히 알게 됐다. 외출할 때마다 느꼈던 언짢은 기분의 정체.

사람들이 나를 보고 있었다.

나와 그들 사이에 눈을 마주하는 행위와 같은 양방향 소통이 존재하는 게 아니었다. 그들만 날 봤다. 내가 일방적인 구경의 대상이 됐다는 뜻이다. 그 사실을 깨달은 순간 열차가 도착했다. 얼결에 발을 들이밀었고, 나는 곧 후회했다.

앉아 있던 이들의 시선이 한꺼번에 내게로 옮겨왔다. 두 남자가 손으로 입을 가리고 수군거리기 시작했다. 말소리가 들리지는 않았지만, 그들이 힐끔거리는 대상은 분명 나였다. 목 아래에서부터 열이 오르기 시작했다. 지하철 좌석은 극장 의자보다 더 좁았다. 팔걸이로 구역이 나뉘어 있지도 않았다. 한 시간 거리. 벽만 보며 버티는 그 한 시간이 마치 하루와도 같았다.

멍청하긴. 어째서 이 생각을 못한 걸까.

목적지에 도착하자마자 나는 빠른 걸음으로 승강장을 빠져나왔다. 1초라도 빨리, 답답한 그곳을 벗어나고 싶어서.

몇 분 후, 나는 빼곡한 계단을 올려다보며 잠시 얼어 있었다. 되는 일이 없는 하루란 이런 걸 두고 하는 말인가. 에스컬레이터 앞에 점검 중이라는 팻말이 붙어 있었다. 걸음은 물리적으로도, 심리적으로도 무거웠다. 납으로 만든 신발을 신었어도 그보다는 나았으리라. 예상 가능한 전개가 이어졌다. 땀이 쏟아지고 숨이 턱까지 차올라 결국 계단 중간쯤에서 주저앉고 마는 전개.

조금 쉬다 고개를 들었을 때, 나는 스무 개가 넘는 눈과 마주했다. 신기한 것을 보는 듯도, 불쌍한 사람을 보는 듯도 한 눈들 앞에서 멀미가 일었다. 토하고 싶은 것을 겨우 참고 쫓기듯 다음 계단에 발을 올렸다. 드디어 지상. 나는 물에 빠져 죽을 뻔한 사람처럼 격렬하게 공기를 빨아들였다. 살갗에 맺힌 땀은 곧 식었지만 뜨거워진 머릿속은 식지 않았다. 어지럼증과 메스꺼움은 시간이 지나도 사라지지 않았고, 목적지까지 가는 데만도 너덜너덜해진 심신은 취재고 뭐고 모든 일에 집중을 거부했다.

서럽고, 황당하고, 화가 났다. 유진이 말했던 시선의 실체를 최근 확인했다. 그리고 그에 따라오는 공황 상태를 오늘, 아주 정확히 확인했다. '나랑은 상관없어, 나는 이한나잖아.'라고 선을 긋기도 했지만, 곧 그 생각을 접었다. 강유진이 된 지 이제 5개월. 익숙해져야만 한다.

유진은 많이 바쁜 것 같았다. 연락 오는 횟수가 점차 줄었다. 그럴 수밖에 없었다. 나와는 달리 많은 역할을 해야 하니까. 문득 쓸쓸해졌다. 지금의 내겐 가족도, 친구도, 동료도, 연인도 없었다. 전에도 이렇게 외로웠었나. 앞으로도 이렇게 외로울까.

그때 생각했다. 402호 사람들을 못 본 지 꽤 오래됐다.

사실, 그간 402호 여자와는 자주 만났다. 그러려고 그런 건 아니었다. 집 밖에서 마주치는 일이 잦았고, 그쪽에서 날 찾아온 일도 여러 번이었다. 산책하다가 만났을 뿐인데 여자는 이산가족이라도 상봉한 양 반가워하며 내 곁에서 떨어질 줄 몰랐고, 카페에서 만나면 기어이 내 커피 값을 계산했다. 집에 찾아올 때는 항상 뭘 만들었다거나 좋은 선물이 들어왔는데 같이 나누면 좋을 것 같아서 왔다는 구실과 함께였다. 3분 만에 매진되는 공연 티켓은 어찌나 잘 구하는지.

나는 402호 여자가 무리하고 있다는 인상을 받았다. 시간이 지날수록, 그 인상은 점차 강해졌다. 우리는 우연히 마주치는 게 아니었고, 그녀는 번번이 호의를 거절당하면서도 다음 날엔 까맣게 잊었다는 듯 다시금 친근하게 다가왔기 때문이었다.

알고 보니 마냥 내성적인 사람은 아니었다. 내가 묻지도 않았는데, 여자는 자기 신상을 풀어놓곤 했다. 예전에 어디 살았었는지, 뭘 좋아하는지, 자신이 얼마나 외로운지…….

그러곤 내 얘기도 듣고 싶어 했다. 물론 난 할 말 없었고.

궁금증이 일었다. 이 여잔 왜 내게 이토록 관심을 보이는 거지? 나를 자신과 동류로 여겨서? 경험과 감정을 공유할 수 있는 상대가 바로 옆에 사는 게 기뻐서? 나 역시 무료하고 외로워 보여서?

수화기 너머 유진은 여전히 같은 말만 반복했다.

"이웃이랑 안 친해졌으면 좋겠어요."

"알았어요. 적당히 얘기할게요."

그런데 유진이 제시한 해법이 뜻밖이었다.

"아뇨, 그냥 솔직히 얘기할래요? 기억을 못 해서 할 말이 없다고?"

"네? 그 얘길 하라고요?"

별로 친해지고 싶지 않단 소릴 던지라고 할 줄 알았는데.

"나중에 제가 한 번 만나보고 싶어요. 지금은 솔직하게 얘기하고, 거리 두는 걸로 하죠. 부탁할게요."

이건 또 무슨 소린가.

며칠 후 여자가 "이사 오기 전엔 어디 사셨어요?"라는 질문을 던졌을 때, 나는 유진이 원하는 대로 해줬다.

"말도 안 돼."

여자는 진짜로 믿을 수 없다는 얼굴이었다.

"말 돼요. 뭐, 놀라는 거 이해해요. 의사도, 경찰도 그랬으니까." 나는 멍해 있는 얼굴을 향해 덧붙였다. "그간 이런저런 대답을 제대로 못 한 건 진짜로 몰라서예요. 제가 어떤 사람이고 어떻게 살아왔는지 저도 몰라요."

"……."

"예전 일 기억 못 하는 것과는 별개로, 제가 몸도 마음도 다 낫지 않았어요. 바쁘기도 하고요. 솔직히, 지금은 이웃과 친하게 지낼 여유가 없어요. 그래서 시간을 좀 더 두고 생각하고 싶네요. 이해하시죠?"

"아……."

"그러니까 앞으론 제가 움직이는 시간에 맞춰 일부러 나와 계시지 않아도 돼요."

여자는 어이가 없다는 듯한 표정으로 끄덕였다.

그게 3월 말이었다. 내 쪽에서 선을 정확히 그은 덕에 관계가 흐지부지된 게.

얼마 후, 나는 병원을 찾았다. 검사 결과를 본 의사는 신체의 문제를 지적했다. 현재의 내게 심리적 문제가 있고 없고를 떠나, 과거 오랜 기간 지속되어 온 질병과 스트레스 탓에 신경계와 뇌의 기능이 저하되어 종종 그런 불안, 공황 증세가 나타나는 것으로 보인다는 소견. 그 결과, 나는 항우울제, 항불안제 등을 정기적으로 복용하게 됐다. 나는 전년도, 즉 투신사건 때 입원했던 병원에도 방문했다. 당시 받았던 검사와 치료 과정에 관한 기록, 의사의 소견 등이 필요했기 때문이었다. 일부는 서류 형태로 받았지만 모두 스캔해 컴퓨터에 저장해 놓은 뒤 CD로 받아온 자료와 함께 수시로 들여다봤다.

미래를 설계하며 의욕을 불사르기도 했지만 집 안에서만 지내는 날은 점점 많아졌다. 취재고 뭐고 밖에 나가고 싶지가 않았다. 여전히 식욕 조절이 힘들었고, 구경거리가 되고 싶지 않았고, 필요한 모든 것은 집 안에서 해결이 가능했다. 그런 나를 계속 불러내는 사람이 있었다.

"일이 많은 건가요, 없는 건가요?"

"아, 많은 거죠. 오늘은 저기 옆 빌라 왔다 가는 거예요."

태경이 테이크아웃 커피를 내밀었다. 고맙다고 인사하며, 나는 주위를 살폈다.

접촉 사고 다음 날, H-Pol의 주임이란 남자에게서 연락이 왔었다. 만사가 귀찮았던 나는 그쪽에서 원하는 대로 사고 처리를 하도록 해주었는데, 그는 그 점을 몹시 고마워했다. 어린 김 실장 같았던 젊은 남자에게서도 전화가 왔다.

"며칠 후에 그쪽으로 다시 나가는데, 한 번 뵐 수 있을까요? 식사라도 대접하고 싶어서요."

모르는 사람과 무슨 밥을 먹는가 싶어서 거절했지만, 상대는 의외로 여러 번 권했다.

"드릴 것도 있고요."

"그럴까요, 그럼."

마지못해 수락하는 척을 했지만 뭐 어떠랴 싶기도 했다. 당시 사람을 거의 만나지 않는 날이 계속되던 까닭이었다. 솔직히 나는 사람이, 대화가 조금 고팠다. 생각보다 훨씬 갑갑했다. 하루 종일 한마디도 안 하고 지내는 생활이라니. 며칠에 한 번, 가게 점원과 대면하는 게 유일한 외부 접촉인 삶이라니. 가끔은 내가 고문을 당하는 건가 하는 의문도 들었다. 최대한 혼자 지내달라고 말하던 유진의 모습이 기억에 생생하긴 했다. 그러겠다고 답하던 내 목소리도. 하지만 아무리 생각해도 그건 너무 과한 요구였다.

그가 날 데려간 곳은 빌라에서 조금 떨어진 곳에 자리한 어느 일본음식점이었다. 대충 이것저것 주문하고서, 내가 말했다.

"강유진입니다. 그쪽은 고태경 씨죠?"

컵을 들던 그의 손이 멈췄다. 당혹감을 머금은 눈이 어떻게 알았느냐고 묻고 있었다.

"지난번에, 사원증에 적힌 이름 봤어요."

"아, 그렇구나."

그는 조용히 컵을 내려놓았다.

이미 아는 바, 그는 보안 시스템 회사의 직원이었다. 보안 자체야 빌라에서 책임지고 있지만 필요한 장비와 프로그램까지 만들어 쓸 수는 없으니 대기업 시스템을 설치했고, 그는 강남구 지역을 관리하는 일을 하고 있었다. 그 때문에 가끔 빌라를 드나들었다고 했다. 나이는 나와 같았다.

그가 주임의 심부름이라며 쇼핑백 하나를 내밀었다. 안에는 와인 한 병이 들어 있었다.

"사고 일은 진짜 감사했습니다."

"아뇨, 지난번에 저 때문에 놀라시기도 했고요."

재미없는 농담을 정말로 재미없게 하는 사람이었지만, 나쁘지 않았다. 간만에 누군가와 이야기하며 먹는, 식사다운 식사를 했던 그 한 시간이 꽤나 짧게 느껴졌다.

그로부터 며칠 후, 유진에게서 이웃과 친하게 지내지 말아달란 얘길 들었고 나는 그 요구를 최대한 수용했다. 얼마 후, 402호 여자와의 친분은 흐지부지됐다. 고태경이란 인물과의 관계는 예상 밖이었다. 다시 볼 일이 없을 거라 생각해서 유진에게 따로 언급하지 않았었는데, 상황이 조금 바뀐 것이다. 처음에는 이쪽과도 거리를 유지했었다. 하지만 4월과 5월, 내가 극심한 심적 변화를 겪는 과정에서 이 사람과는 가끔 보는 사이가 됐다. 그가 먼저 대화 상대를 자처했고, 나는 딱히 거절하지 않았다고 하는 게 정확하지만. 얼굴 맞대는 시간은 길지 않았다. 내가 담 밖으로는 절대 나가지 않겠다고 버틴 탓에 우리 둘은 주로 빌라 정원에서 만났는데, 그때마다 어디에선가 김 실장이 나타났기 때문이었다.

"미안해요. 오늘도 제가 좀 피곤해서."

"하아. 그래서 항상 이렇게 커피 사다 바치는 건데."

이 만남에는 변화가 필요했다. 나는 잠시 가늠해 보고는 물었다.

"다음부터는 밖에서 볼까요?"

그날 밤, 유진에게 전화했다.

"최대한 혼자 지내고 있어요. 대신, 찾아오는 사람까지 막지는 않아요. 이쪽은 이웃도 아니고요. 그 정도는 괜찮지 않을까요? 아무리 생각해 봐도 세상과 교류를 끊고 사는 건 불가능해요. 진짜 숨 막혀요. 아, 사고 때문에 과거를 기억 못 한다는 소리까지 할 일은 없었어요. 안 하는 낫겠죠?"

조용히 듣고 있던 유진은 주말에 시간을 내어 달라고 했다.

"이상한 사람은 아니죠?"

"어떻게 이상한 사람이요?"

"그러니까…… 한 번은 집, 한 번은 차 앞에서 만났다면서요."

"아." 그런 것 같지는 않았다. "걱정 말아요. 난 사기꾼 관련해서는 단련돼 있으니까."

"연락 온 곳은 없어요?"

"전혀요."

"402호는 어때요?"

"조용해요. 5월에는 아예 못 만났어요. 거의 한 달 됐네요."

끄덕이기는 했지만, 유진의 심기는 여전히 불편해 보였다. 설마, 내가 철저히 혼자이길 바랐던 걸까. 그건 좀 너무하지 않은가. 잠시 후, 그녀가 조용히 말했다.

"전엔 미안했어요. 제가 심했어요."

지난번 일로 내 마음이 상한 것이 신경 쓰였던지, 유진은 내가 사람을 만나는 문제에 대해 조금 누그러진 태도를 보였다. 그럼에도 한 가지만은 지켜달라고 강조하는 걸 잊지 않았다.

"그 대신, 거리를 유지해 줘요. 언제든 자연스레 관계를 끊을 수 있을 정도로요. 이웃이든, 친구든, 뭐든요." 나는 고개를 꼬박해 보였다. 그녀가 물었다. "H-Pol 직원이라는 그 사람, 이름이 뭐예요?"

"고태경."

"또 알게 된 사람 있어요?"

"음…… 김 실장이라고 알아요?"

"아, 행정 업무 보시는 분 같은데."

"그 사람이 저한테 엄청난 관심을 보이고 있어요. 그쪽은 최대한 무시하고 지내려고요."

화제가 바뀌었다. 늘 그렇듯, 유진은 말이 거의 없었다. 뭘 물어도 그냥저냥 넘기는 식이었다. 그럼에도 나는 그녀의 얼굴에 옅게나마 자리한 어떤 기색을 읽을 수 있었다. 그간의 신문 기사와 지금의 분위기로 미루어 그녀의 고민은 짐작하고도 남았다.

"혼란스러워요?"

그녀의 반응이 일렬종대로 늘어섰다. 흠칫하기, 어떻게 알고 있느냐는 듯 쳐다보기, 딱 한마디 꺼내기.

"'사람'은 제가 알던 것과는 좀 다른 것 같아요."

나는 더 묻지 않고 고개만 끄덕였다. 얼마 전 그녀가 쓴 기사가 하나 있었다. 의제는 '희생'. 유진은 평생 고생해서 모은 전 재산을 장학금으로 내놓은 할머니를 만났고, 공동주택 화재 현장에서 심한 화상을 입었음에도 불구하고 목숨을 걸고 다른 이들을 구해낸 남자를 만났고, 물에 빠진 아이를 구하려 강에 뛰어들었다가 목숨을 잃은 소년의 부모를 만났다. 할머니는 자신이 못다 한 공부를 다음 세대 아이들이 어려움 없이 할 수 있게 되어 기쁘다고 밝혔고, 남자는 다른 이들과 함께 살아서 다행이라고, 피부이식 수술비를 모금해 준 시민들에게 감사하다고 인사를 전했으며 소년의 부모는 어린아이를 구하고 떠난 자기 아들이 자랑스럽다고, 그 의로운 희생을 잊지 말아 달라고 부탁했다. 인터뷰의 주인공들은 자신의 희생 덕에 다른 이들이 행복해졌다는 점을 중요하게 생각했다. 그 앞에서 그녀는 자신이 알고 있던 '사람'의 틀이 흔들리는 걸 느꼈을 것이다.

몰래 훔쳐본 일기 내용이 떠올랐다. 유진은 이 세상엔 거짓말쟁이들이 가득하고, 겉으로 선해 보이는 사람도 자세히 들여다보면 위선으로 곱게 포장되어 있다고 여겼다. 모든 정황을 조합하며, 나는 그녀를 유심히 관찰했다. 그녀의 세상 전체에 물음이 떠 있었다. 가늠해 봤다. 아마도 그 물음은 이게 아닐까.

'그러면 그간 난 어떻게 살았던 걸까?'

누가 대신 풀어줄 수 있는 문제는 아니었다. 남에게 도움을 구할 필요도 없을 것이다. 유진 스스로가 해답을 찾아가는 중이란 걸, 나는 알 수 있었다.

정말 궁금해서인지, 그저 침묵을 깨고 싶어서인지는 모르겠지만 그녀가 물었다.

"어때요? 강유진으로 지내는 건?"

"솔직하게 말해도 되나요?"

"물론이죠."

"좋지만은 않네요."

그럴 줄 알았다며 그녀는 힘없이 웃었다.

6

날이 완전히 개어 있었다. 새벽까지는 비가 꽤 내렸었는데. 경찰서 마당에 우두커니 서서 하늘을 올려다봤다. 태양이 강하게 빛을 뿌렸지만 온기는 느껴지지 않았다. 나는 바람이 없고, 냄새가 없고, 온도도 없는 세계 한가운데에 존재하고 있었다.

"무슨 일로 오셨습니까?"

정복을 입은 경찰관이 말을 걸어왔다. 강력팀을 찾아왔다는 내게 그는 1층 왼쪽으로 가라고 안내했다.

"감사합니다."

답하는 목소리가 떨렸다.

경찰서는 익숙했지만 이곳은 처음이었다. 나는 1층 로비의 건물 배치도 앞에 잠시 섰다.

중앙경찰서 형사과는 형사지원팀, 통합형사팀, 실종전담팀, 강력팀으로 구성돼 있었다. 형사지원팀과 통합형사팀은 1층 오른쪽에, 실종전담팀과 강력팀은 1층 왼쪽에 위치했다. 주차할 자리가 없었던 것과는 대조적으로, 건물 안팎 모두 생각 이상으로 조용했다. 배치도를 다시 봤다. 2층 대회의실. 그곳에 수사본부가 설치됐을 것이다. 9층 기자실. 발 디딜 틈도 없으리라. 나는 두 장소에 펼쳐져 있을 풍경을 잠시 그려보고는 걸음을 뗐다.

슬며시 들여다본 강력팀 역시 조용했다. 책상 듬성듬성 사람들이 앉아 있었다. 전화를 받으며 뭔가 받아 적는 이도, 물건을 옮기는 이도 보였다. 누군가 박스를 들고 밖으로 나오기에 말을 붙이고 용건을 알렸다. 간단한 몸수색 후, 그가 이중으로 설치된 철창문을 열어주었다.

나는 주변을 둘러봤다. 경찰이 집 근처로 올 수 있다고 했음에도 내가 직접 경찰서를 찾은 건 마음이 급해서였다. 어차피 경찰은 내게 아무것도 알려주지 않을 것이다. 자신들이 필요로 하는 정보만 얻어 가리라. 나는 돌아가는 사정을, 이곳 상황을 보고서 조금이라도 더 파악하고 싶었다.

기대와는 다른 분위기. 통화 중인 형사 목소리에 귀를 기울여보았지만 강도사건 내용이었다. 한쪽에서는 꽤 심각한 대화가 진행 중인 듯했으나 거리가 멀어 목소리가 들리지 않았다. 실망은 접고, 마음을 다잡았다. 나는 박스를 하나 들고 서 있는, 덩치가 크고 턱부터 볼까지 수염 자국이 짙은 남자에게 다가갔다.

"오시느라 수고하셨습니다. 저쪽으로 가실까요."

형사가 나를 이끌었다. 길쭉한 사무실 끝, 문이 하나 있었다. 문을 열자 작은 방이 나왔다. 사건과 직접적인 연관이 없는 사람들이 취조받는 기분을 느끼지 않고 진술할 수 있도록 편안한 분위기로 만들어놓은 장소였다. 방에는 깨끗한 테이블과 의자 몇 개가 놓여 있었다. 젊은 남자 하나가 뒤따라 들어오다가 차를 가져오겠다며 사라졌고, 우리 둘은 테이블을 사이에 두고 마주앉았다.

"괜찮으십니까?"

내 얼굴이 괜찮아 보이지 않은 듯했다. 내가 답을 않자 형사는 화제를 돌렸다.

"경찰서에 와 보신 적 있으신가요?"

"아니요."

얼마 전까지도 경찰서를 들락거리는 게 직업이었는데도 나는 거짓말을 했다.

"너무 긴장하지 마십시오. 경찰서라고 별거 없으니까요. 그냥 편히 말씀하시면 됩니다."

전혀 편하지 않은 채로, 벽에 걸린 시계의 초침이 한 바퀴 도는 걸 지켜봤다. 차를 가지러 갔던 이가 돌아와 테이블에 컵을 내려놓고는 대각선 맞은편 자리에 앉았다. 박 형사와는 꽤 다른 느낌을 풍겼지만, 위험한 업계 종사자란 점은 동일하다는 걸 알리는 듯 한쪽 볼에는 빨갛게 쓸린 자국이 남아 있는 젊은 남자. 그는 자신을 송칠범 형사라고 소개한 후, 날 부른 이유를 재차 설명했다. 그저께, 피해자와 마지막으로 통화한 사람이 나라는 것이었다. 1년 가까이 주기적으로 연락했다는 사실도 파악했으리라. 박 형사가 바로 본론으로 들어갔다.

"이한나 씨 친구라고 하셨죠?"

"네."

"어떻게 아는 사이신가요?"

나는 대답 대신 질문을 했다.

"범인은 잡혔나요?"

"아, 아직입니다."

"용의자가 특정되긴 했나요?"

"그것도 아직입니다. 단서 얻으려고 주변분들을 뵙는 거고요."

"타살은 확실한가요?"

"네."

집에서 보았던 환영을 다시 떠올리자 감정이 요동치기 시작했다. 나는 화장실 위치를 물었다. 눈시울이 완전히 붉어져 있었다. 잠시 거울을 보다가, 나는 얼굴에 찬물을 몇 번 끼얹었다.

자리에 앉으며, 내가 말했다.

"취재 중에 알게 됐습니다."

"아."

아까 받은 질문의 답이었다. 유진과 알게 된 과정을 묻기에 대충 둘러댔다.

"제가 작가인데요. 한나 씨가 관련 내용을 취재한 적 있었어요."

"작가라면?"

"소설을 씁니다."

"네. 그럼 두 분은 언제부터 알고 지내신 거죠?"

바로 이 지점. 중요한 선택을 해야 할 지점이었다. 이후 어떤 진술을 할지, 이한나에 대해 어디까지 안다고 할지, 무엇을 말하고 무엇을 말하지 않을지. 이미 정하고 온 바였으나 나는 다시 한 번 생각을 정리했다.

"강유진 씨."

"……."

"강유진 씨?"

"아, 네."

흐트러진 집중력을 바로잡았다. 우리가 처음 만난 건 12월 중순, 몸이 뒤바뀐 후였다. 하지만 알게 된 건 그보다 전이었다. 나는 『글루미 선데이』 기사가 나간 즈음이라고 이야기하는 게 맞겠다고 판단했다.

"그때 처음 만나신 건가요?"

"아뇨. 당시엔 통화만 했고요, 얼굴 본 건 작년 12월입니다."

나는 우리가 그리 자주 만난 사이는 아니라고도 진술했다.

"그렇군요. 최근엔 언제 만나셨죠?"

이건 바로 대답할 수 있었다.

"두 달쯤 전이에요."

"그때 별다른 말씀은 없었나요? 누굴 만난다든지, 어딜 간다든지, 특별한 일이 있다든지."

나는 우리의 마지막 만남을 회상했다. 어머니와 유나의 안부를 들었다. 원래의 삶으로 되돌아가서 새로 시작하고 싶다는 대화도 나눴다. 그중 남에게 털어놓을 수 있는 내용은 없었다.

"없었어요. 일 때문에 바쁜 것 같았는데, 그것 말고는 평범하게 지내는 줄 알았어요."

"그저께 통화를 하셨죠?"

"네."

"무슨 일로?"

"소설 때문에요. 한 번 읽어봐 달라고 부탁하려 했었거든요. 첨엔 받지를 않더라고요. 회사에서는 쉬는 날이라고 하고……. 그래서 집으로 찾아갔었어요. 아무도 없던데요."

"그게 몇 시쯤이었죠?"

집 앞 도로에 방범용 CCTV가 설치돼 있다. 경찰은 이미 확인했거나 곧 확인할 것이다. 내가 차를 세우고 집 쪽으로 가는 모습, 얼마 지나지 않아 되돌아 나오는 모습 모두 찍혀 있을 것이다. 나는 거의 정확한 시간을 댔다.

"출판사 앞에서 다시 전화했을 때는 받았어요. 잠깐 통화했고요. 그냥 바로 넘기겠다고 얘기하고 끝냈어요."

그날 일에 관한 몇 가지 문답이 더 오갔다.

이어, 화제가 넘어갔다.

"이한나 씨가 만나는 사람이 있었죠?"

"네."

"어떤 사람인지 아시나요? 만나신 적은?"

"없습니다. 어떤 사람인지 잘 모르고요."

진실과 거짓이 교차했다. 나는 아는 것을 모른다고 해야 하고, 만났던 사람들을 못 만났다고 해야 하는 입장이었다.

의례적인 질문이 이어졌다. 최근 특이할 만한 이야기를 들은 적 없느냐, 누군가와 다퉜다는 얘길 들은 적 없느냐, 남자 친구와 갈등이 있다는 말을 들은 적 없느냐……. 대부분 못 들었다고 답변했다. 진짜로 못 들었으니까. 질문은 끝도 없이 계속됐고, 나는 할 수 있는 답과 할 수 없는 답을 계속해서 골라내야 했다.

"수상한 사람을 만났다거나 위협을 받은 적 있다는 말은요?"

"아. 그러고 보니."

몇 달 전 유진이 보내온 문자.

"딱 한 번이긴 했는데요, 불안하다고 했어요. 꼭 누가 자길 지켜보는 기분이라고……."

내용을 전하기 무섭게, 박 형사의 눈이 빛났다. 그러나 그 이상은 들은 게 없단 진술에 실망한 듯 빛은 금세 사라졌다.

마지막 질문은 11월 5일 목요일 17시 40분부터 11월 6일 금요일 새벽까지 어디에 있었느냐는 거였다. 사건은 그때 일어난 것이리라. 경찰은 주변인들에게 피해자에 대해 물어봄과 동시에 그들의 행적도 조사한다. 당연한 절차였다. 경찰은 나, 이한나를 아는 모든 사람들의 알리바이를 확인할 것이며, 그 당연한 절차에서 단서를 얻어낼 것이다. 강유진 역시 그 대상이고. 정직하게 응할 수 있는 부분이었다.

"그저께라면…… 출판사 사람들이랑 술을 마셨어요. 6시 좀 안 돼서 만났고 새벽 1시 넘도록 같이 있었어요. 그 후에는 집에 돌아와서 잤고요."

확인해 줄 사람이 있냐기에 나는 편집장, 빌라 보안실의 연락처를 적어줬다. 이를 마지막으로 나에 대한 조사는 마무리되는 모양새였다.

"장례식은 아마도……."

박 형사가 장례에 관한 간단한 내용을 알려주었다. 어머니와 유나의 얼굴이 눈앞에 나타났다. 어머니는 살해된 딸을 봤을까. 어떤 표정을 지었을까. 언니의 죽음 앞에서 유나는 어찌하고 있을까. 많이 울었을까. 상복을 입은 유나의 모습 위로 남자 목소리가 겹쳐졌다. 누군가 강유진의 이름을 부르고 있었다. 아니, 앤 유진이 아니라 유나인데. 남자는 계속 유진을 불러댔다. 아니, 강유진은 죽은 여자고요, 앤 유나라고요, 이유나, 내 동생. *강유진, 강유진 씨.* 남자의 목소리가 별안간 귓전에서 크게 울렸고, 나는 화들짝 놀라 현실 세계로 돌아왔다.

"강유진 씨?"

박 형사가 테이블을 톡톡 두드리고 있었다. 눈앞에서 동생의 얼굴이 사라졌다.

"괜찮으십니까?"

나도 모르는 사이, 눈물이 흘러내리고 있었다. 티슈갑이 어느새 내 앞에 놓여 있었다.

"아, 죄송합니다."

"저희는 밖에 나가 있겠습니다. 여기 좀 더 계셔도 됩니다."

"아뇨, 괜찮아요. 이만 돌아갈게요."

서둘러 눈물을 닦고 일어났다.

두 사람이 주차장까지 바래다주겠다고 했지만 나는 사양하고 돌아섰다. 그들은 그럼 로비까지만 함께 가겠다고 했다. 그것까지는 거절하지 않았다.

사무실을 나서는데 박 형사가 물어왔다.

"저, 근데 혹시 전에 뵌 적이 있던가요?"

기억을 더듬는 눈이 앞에 있었다. 긴장감에, 나는 짧은 숨을 삼켰다. 설마 이 형사, 유진과 만난 적이 있나. 뭐라고 대답해야 할까. 순간적으로 계산이 서지 않았다.

"글쎄요. 기억이 안 나는데요."

박 형사 역시 정확히 알고 물어본 것 같진 않았다. 그가 말없이 고개를 끄덕였다.

***

이한나의 동생과 연락이 됐다. 두 사람은 경찰서 야외 주차장으로 나갔다. 11월이었지만 햇살이 꽤 따뜻하게 내리쬐이는 날씨였다. 차를 타려다 말고, 칠범이 위를 올려다봤다.

"하늘이 파래도 너무 파랗네."

"응? 갑자기 왜? 싫으냐, 이런 날?"

"그게 아니라요, 슬프지 않아요? 죽은 사람들은 자기들이 저런 청명한 하늘을 다신 못 볼 거란 사실을 몰랐을 거잖아요."

"그래, 몰랐겠지."

"기분이 너무 이상해요."

축 늘어진 어깨 앞에서, 선호는 마음이 무거워졌다.

강력팀은 경찰서 내 최고의 기피 부서 중 하나였다. 업무가 힘들어서만은 아니었다. 하루가 멀다 하고 흉악한 사건들이 꼬리를 물다 보니 기본적인 개인 생활조차 누릴 시간이 없는 탓이었다. 한 달 중 쉬는 날은 2일. 나머지 28일 중 집에 못 들어가는 날이 10일이었다. 11시 넘게 근무하는 일도 비일비재했고 잠시 짬이 나 집에 가더라도 옷만 갈아입고 나오기 일쑤였다. "애들이 아빠 얼굴 잊어버렸대." 혹은 "누구세요? 누군데 이 시간에 들어오세요?"는 부부 사이의 평범한 인사가 됐다. 자연히 경찰서 내 이혼율 1위 타이틀은 늘 강력팀의 차지였고, 아무도 그 점을 놀라워하지 않았다.

젊은 경찰의 지원은 계속 줄어들었다. 본의 아니게 말뚝을 박게 된 기존 형사들은 묵묵히 자리를 지켰지만, 대부분이 마흔을 넘긴 탓에 팔팔한 10대·20대들을 쫓아다니는 일은 날이 갈수록 힘들어졌다. 그나마 2팀은 사정이 나은 편이었다. 10개월 전, 커피가 이렇게 자주 떨어질 줄 모르고 제 발로 걸어 들어온 송 형사가 있었고 석 달 전, 고향 선배인 윤 형사의 꼬드김에 넘어가 강력팀에 몸담게 된 1조의 임 형사도 있었기 때문이다. 2조인 김 형사와 강 형사는 동기지간이었다. 둘은 친구였고, 종종 네가 조장이네, 내가 조장이네 하며 티격태격하곤 했다. 이들 모두는 또다시 평화로운 생활과는 멀어질 판이었다. 그나마 마음이라도 다스릴 줄 알면 훨씬 나은데…… 선호는 파란 하늘의 무게에 짓눌린 사람을 바라봤다. *시간이 지나면 좀 익숙해질 거야.*

"어, 박 형사님. 저기 좀 보세요."

운전석 안전벨트를 당기던 칠범의 눈길이 한쪽에 고정됐다.

"뭐?"

"저기요, 저 차."

칠범은 손가락으로 좌측 맞은편 외제차를 가리켰다. 차 안에는 핸들을 잡은 채 고개를 숙인 사람이 있었다.

"저기, 강유진 씨죠? 아까 내려갔는데 아직 안 갔나 봐요."

부릉, 시동이 걸렸다. 칠범은 기어에 손을 올렸다.

"그러게. 아, 잠깐만. 출발하지 말고 좀 기다려 봐."

좀 기다리라 하더니만 박 형사의 입은 좀체 열리지 않았다. 칠범의 눈알이 또르르, 바쁘게 굴렀다. 옆 좌석, 맞은편 차, 옆 좌석, 맞은편 차.

"제법 친한 사이 같은데 아는 건 별로 없네요."

"그러게."

"그나저나 저 여자 꽤 부잔가 봐요." 뜬금없이 무슨 소리냐고, 박 형사가 눈으로 물어왔다. 칠범은 턱짓하며 답했다. "저거 벤츠 S65AMG이던가. 2억 좀 넘을 걸요. 자주 보이는 차는 아니죠."

말 그대로 억 소리가 나게 비싼 차였다. 경찰 월급으로는 1년을 모아도 문짝 하나 겨우 살 수 있을 정도였다.

"작가가 돈을 그렇게 많이 버는 직업인가?"

칠범은 휴대폰을 꺼내 요리조리 만졌다.

"강유진이란 이름으로 나오는 건 없는데요?"

"그래?"

"우리나라에서 소설 써서 저런 차 굴릴 만한 사람은 잘 없어요.

집에 돈 좀 있나 보죠. 아, 부럽다. 이제 출발할까요?"

"아니, 잠깐만."

박 형사가 갑자기 차에서 내렸다.

"어디 가세요?"

"위에 좀 올라갔다 올게. 넌 여기 있어."

울산바위가 또 성큼성큼, 걷는 듯 달려갔다. 차에 남아 있으라고 했지만 칠범은 저 형님이 또 무슨 꿍꿍이수작인가 싶어 뒤늦게나마 쫓아 올라갔다.

박 형사는 강력팀 사무실 앞에 있었다. 들어갔다 나온 건지 어쩐 건지, 지금은 출입문 근처에서 빈 벽을 마주하며 서 있었다. 비슷한 장면이 오버랩됐다. 사건 현장에서 이한나의 이름을 떠올리려 애쓰던 순간. 그때와 똑같이, 박 형사는 기억을 뒤지는 눈을 하고 있었다.

칠범은 아까 자신이 했던 말을 되새겨봤다. 꽤 친한 사이 같다, 그런데 아는 게 별로 없다, 부자인가 보다, 셋 중 하나가 틀리기라도 했을까. 언뜻, 박 형사가 끄집어내려는 기억이 그보다 이전 것은 아닐까 하는 데 생각이 미쳤다. 정말로 예전에 강유진과 만난 적 있다면? 강유진은 박 형사를 모른다고 했지만, 이 형님은 다를 법도 했다. 딱 한 번 만난 이한나를 바로 알아본 인간이란 점을 간과해선 안 됐다.

그나저나 앞으론 잘해야겠다 싶었다. 기억력이 좋다는 건 언제 어디서든 원하는 대로 뒤끝을 풀어놓을 능력도 갖고 있단 뜻이니까. '너 몇 년 몇 월 며칠에 나한테 이런 말 했었잖아!'라고 나오면 진짜로 피곤해진다. 칠범은 아주 조심스럽게, 예의를 갖춰 재촉했다.

"저, 박 형사님. 이따 오후 회의까지 들어가려면 서두르셔야 합니다."

"아, 미안. 어서 가지."

다시 주차장으로 내려갔을 때, 강유진의 차는 사라지고 없었다.

0

아침부터 심장이 두방망이질을 멈추지 않았다.

유진과는 오늘도 연락이 되지 않았다. 신문사로 전화했더니 쉬는 날이라고 했다. 외출 준비를 서둘렀다. 출판사에 가기 전, 예전에 살던 집부터 들르기 위해서였다.

가끔 메시지는 주고받았지만 우리가 만나지 않은 지는 꽤 됐다. 둘 다 여유가 없었다. 시간의 여유든, 마음의 여유든. 게다가 최근 우리 두 사람 모두 약간 불안정한 상태로 생활하고 있었다. 그럴 이유가 없어야 했지만 그럴 이유가 생긴 탓이었다.

사고가 있은 지 6개월가량이 지나자, 다리를 쓰는 데는 전혀 무리가 없었다. 언제까지 집에 처박혀서 지낼 수만은 없다는 생각이 점차 강해졌다. 움직일 수 없는 삶이 이토록 답답할 줄이야. 초조한 나날들이었다.

문제는 내가 하루를 움직이면 일주일을 쉬어야 하는 몸속에 들어앉아 있다는 거였다. 그간 나름 애를 써 봤다. 치료를 받았고 운동도 시작했다. 오락 프로그램을 즐겨 봤고, 별일 없어도 억지로 웃기도 했다. 약을 꾸준히 복용한 덕에 불안, 우울 증세가 많이 사라진 건 다행이었지만, 몸의 상태는 그다지 좋아지지 않았다. 그럼에도 나는 여름이 시작되었을 무렵부터 어떻게든 활동 반경을 넓혔다. 처음엔 하루나 이틀 정도, 지방 이곳저곳을 다녀왔다. 용건은 있기도, 없기도 했다. 특정한 곳을 찾아가기도 하고 계획 없이 돌아다니기도 했다. 가까운 나라 몇 군데도 다녀왔다.

무리한 활동 탓인가, 기어이 탈이 났다. 갑자기 코피가 쏟아지기 시작했다. 하루에도 몇 번씩, 30분을 넘기기도 했다. 결국 다시 병원행이었다. 의사는 속사포처럼 질병 이름을 쏘아 댔다. 고지혈증, 전당뇨, 관절염, 고혈압……. 간과 심장에서도 이상이 발견됐다. 그 순간 질병 리스트에 어지럼증이 추가됐다. 의사가 돌려 말한 소견을 종합하자면 다음과 같았다. *환자분, 이러다간 내일 당장 죽어도 안 이상해요.* 의사가 특화 진료 센터의 치료 프로그램을 권했지만, 귀에 잘 들어오지 않았다. 걱정이 또 한 보따리 늘었고, 진짜 곧 죽을 것 같은 착각마저 일었다. 강유진 인생의 위험이 또 하나 추가됐다.

나에 비해선 괜찮은 듯싶었지만 유진 역시 문제가 아주 없진 않았다. 힘든 업무 때문만은 아니었다. 언제부터인가는 가끔씩만 내게 도움을 청했으니까. 그녀에게 새로운 고민이 생겼단 사실은 어쩌다 우연히 알게 됐다. 내가 여전히 불안정하게 생활 중이란 얘길 할 때였다. 그날따라 수화기 너머 목소리에 미묘한 불안이 깃들었기에,

나는 무슨 일이 생겼느냐고 캐물었다. 그녀는 별일 없다며 얼버무렸지만, 내 보기엔 분명 뭔가가 있었다.

"저도 알아야 하는 내용인가요?"

만약 그렇다면 그걸 숨기는 건 부당하다는 내 지적을 끝으로, 통화는 끝났다. 그 대화가 영 마음에 걸렸는지, 그녀가 새벽녘에 문자 한 통을 보내왔다.

딱 꼬집어 말하기는 어려워요.

그럼 대충이라도 말해 봐요.

음…… 불안해요. 꼭 누가 지켜보는 것 같은 기분이랄까요. 물건도 가끔 제자리에 없는 듯하고.

나는 깜짝 놀라서 전화를 걸었다.

"우리한테 비슷한 일이 일어난다는 거예요?"

더 자세히 듣고 싶었지만 그녀는 기어이 얼버무렸다.

"아니에요, 괜한 소릴 했어요."

"하지만……."

"말했죠? 전 원래 시선에 예민했다고. 그 병이 다시 도지나 봐요. 또…… 집엔 어머니랑 유나가 드나드니까. 시간이 지나면 괜찮아질 거예요. 너무 걱정 말아요."

이후로 유진은 다시는 그 일을 입 밖에 내지 않았다.

초인종을 눌러도, 문을 두드려도 응답이 없었다. 유진은 집에 없었다.

불안감을 애써 누른 채, 나는 출판사로 차를 몰았다.

유진의 고민거리에 관해 얼핏 들은 지 얼마 후, 우리는 완전히 다른 선상에 서게 되었다. 나를 괴롭힌 건 현재 처한 문제, 미래에 대한 근심만은 아니었다. 과거까지도 나를 옭아맸다.

7월 중순, 그 뉴스는 한여름의 열기보다 더 뜨겁게 나를 덮쳤다.

'오산동 자살 중학생, 타살로 밝혀져. 범인은 母와 애인.'

나는 미친 듯이 인터넷을 뒤졌다. 뉴스를 최초로 보도한 건 '《신의일보》 이한나 기자'였다.

"말하자면 긴데, 그렇게 됐어요."

자초지종을 들었다. 앞이 깜깜해지고 다리가 후들거렸다. 후회, 자책감, 자괴감이 한꺼번에 밀려왔다가 서서히 빠져나간 후, 나는 우리 둘의 위치에 또 변화가 생겼다는 걸 알았다.

나는 또 한 번 뒷걸음질 쳤다. 그녀는 또 한 발 앞으로 내디뎠고.

이전의 그 기사로, 나는 유진에게만이 아니라 죽은 샛별이에게도 몹쓸 짓을 한 셈이 됐다. 경력에는 금이 갔다고도, 아니라고도 할 수 있었다.

그날 이후, 마음속에서 한 가지 의문이 서서히, 확신을 가지고 차오르기 시작했다.

혹시 나는 들러리인가?

이번 인생 바꾸기가 우리 둘을 위한 무대란 건 착각이었나. 처음부터 주인공은 단 한 사람, 유진이었던 건가. 기적은 유진의 삶을 무겁게 내리누르는 그 사건의 진실을 밝히기 위해 준비된 연극 공연 같은 건지도 몰랐다. 모든 일은 『글루미 선데이』에서 시작됐다. 그 책을 쓴 사람, 책의 주인공과 같은 경험을 하는 사람, 책과 관련된 죽음의 진실을 세상으로 끌어낸 사람. 모두 유진이었다. 이쯤 되면 나는 생뚱맞게 끼어든 캐릭터에 지나지 않았다. 잘 봐 주면 멍청이 역을 맡은 조연 정도로 이름을 올릴 수 있을지도. 그런 인물의 존재 이유는 단 하나다. '주인공을 빛나게 하라.'

궁금해졌다. 우릴 이렇게 만든 어떤 힘이 유진을 이끌고 있는 걸까. 그녀는 어떻게 생각하고 있을까.

"뭔가에 끌려가는 게 아니에요. 모든 걸 바꾼 건 저 스스로예요."

단호한 태도. 다시 한 번 놀랐다. 전에 알던 그녀가 아니었다. 지난 몇 개월간 놀라운 변화가 있었음이 분명했다. 갑자기 부끄럽고, 동시에 두려워졌다. 방금 나는 예전의 유진처럼 말했다. 유진은 예전의 나처럼 말했고. 뒤바뀐 건 몸뿐만이 아니었나. 변화의 종착지는 어디일까. 무대 위를 둘러봤다. 스포트라이트를 받으며 두 팔을 들어 흔드는 주인공, 유진의 뒷모습이 보였다. 그 뒤편, 어둠 속에 서서 나는 스스로에게 물었다.

진짜로, 나는 들러리인가.

퇴근 시간 전인데도 도로는 자동차로 가득했다. 시계를 확인했다. 5시 되기 직전이었다. 다행히도 6시 이전에 출판사에 도착하는 데는 무리가 없을 듯싶었다. 라디오 채널을 돌렸다.

"11월 5일, 딩동 라디오 제2부를 시작합니다. 어머, 11월도 한 주가 다 흘렀어요. 올해가 두 달도 채 안 남았네요."

진행자들이 새삼스레 호들갑을 떨었다. 연말도 이제 금방이라며.

뭐, 시간이 성실하긴 하다. 나도 성실하게 살았다.

유진을 마지막으로 만난 건 거의 두 달 전이었다. 8월 말. 언제나처럼 가족들 안부부터 전해 들었다. 역시나, 허탈하리만치 두 사람은 잘 지내고 있었다.

"어째 지금이 더 살 만한 것 같네요. 좀 슬퍼요."

여름이 끝날 때까지 나는 글을 쓰는 데 대부분의 시간을 보냈다. 크고 작은 용건이 있을 때를 제외하고는 별다른 외출을 하지 않았다. 글 쓰는 일은 생각 이상으로 어렵고 고됐다. 무거운 마음만큼 무거운 이야기가 풀어져 나왔다. 우울한 마음만큼 우울하게 풀렸던 유진의 글처럼.

남는 시간은 이런저런 궁리를 하며 보냈다. 11월, 아마도 우리에게 변화가 생길 것이다. 나는 그 전에 할 일과 이후의 계획을 구상했는데, 풀어야 할 매듭이 한두 개가 아니었다. 그중 하나는 '가족으로부터의 자유'라는 주제에서 비롯됐다. 솔직히 말해 강유진으로서의 삶에도 어려움이 많았지만 가족에게 괴롭힘당하지 않았다는 점만은 다행이었다. 가족들 역시 일시적이나마 자유를 누렸다. 채무로부터의 자유. 우리 가족 불행의 원흉은 아버지였다. 유진에게 듣기로 빚 일부를 갚은 건 큰 효과는 없었다고 했다. 형편이 어떠하든, 숨통이 막히든 뚫리든, 아버지는 변하지 않는 인간이란 거다.

더는 두고 볼 수 없었다. 나는 아버지를 어머니와 유나에게서 완전히 떼어놓기로 마음먹었다. 그에 더해 우리 가족이 현재 지고 있는, 앞으로 지게 될 경제적 부담도 덜어야겠다고 생각했다. 통장 잔고를 확인했다. 1년간 사용하도록 유진이 허락한 금액. 편히 움직일 수가 없어서 별로 쓰지 못했다. 그렇다면 내 생활이 아닌 다른 곳에 써도 되지 않을까. 지금 쓰든 나중에 쓰든 유진의 입장에서는 같은 결과가 아닌가. 어차피 내 앞가림이야 늘 내가 했으니 제쳐 두고, 어머니와 유나가 문제였다. 숫자를 재차 읽었다. 두 사람이 한동안은 돈 걱정 없이 지낼 수 있는 금액이었다. 내가 다 썼다고 우겨도 유진의 성격상 일일이 따지고 들 것 같지 않은 금액이기도 했다.

아버지 문제는 어느 정도 설계가 끝났다. 반면 돈 문제는 그렇지 않았다. 나는 어머니와 유나에게 돈을 쥐여 줄 방법을 모색해 봤다. 유진이든 아버지든, 그 누구의 오해도 받지 않는 방법이어야 했다. 좋은 수가 한 번에 떠오르지는 않았다.

혹시 몰라 일단은 현금을 조금씩 찾아두었다. 만에 하나, 진짜 만에 하나 유진의 말대로 우리가 한순간 원래 자리를 되찾게 될 일에 대비한, 내 나름의 준비였다.

유진이 머쓱하게 웃었다.

"가족들이야 앞으로도 계속 잘 지내면 되죠. 한나 씨 있으니까요. 우리, 이제 석 달도 안 남았어요."

"그러네요. 아, 어떻게 생각해요? 아직도 우리가 원래대로 되돌아갈 거라고 봐요?"

"네."

"안 돌아가면요?"

"아뇨, 분명히 돌아갈 거예요."

"11월 30일에?"

"만약 그날이 아니더라도 우린 원래 자리로 돌아가요, 반드시."

유진의 믿음은 확고해 보였다. 여전히 그 생각에 동의하지는 않았지만, 나는 그날 우리가 원래의 삶으로 되돌아갈 것에 대비해 현재 삶을 조금씩 갈무리해 두겠으며 향후 유진이 알아야 할 사항들도 정리해서 넘겨주겠다고 말했다. 그런 내 모습이 하루빨리 강유진의 삶을 벗어버리고 싶은 몸부림으로 이해된 듯싶었다.

"돌아가고 싶어요? 원래의 당신으로?"

나는 끄덕였다.

"네. 돌아가고 싶어요. 아니, 돌아가야 해요. 할 일이 많아요. 아니, 전부 다시 해야 해요. 그간의 실수들, 일에서, 사람과의 관계에서 저지른 실수들을 전부 바로잡아야 해요. 혼자 모든 걸 떠안지도 않을 거예요. 유나를 계속 저렇게 둘 수도 없어요. 아버지한테서 떼어놓을 거예요. 그러려면 제가 제자리로 돌아가야 해요. 저, 출발점부터 모든 걸 새로 시작할 거예요."

말없이 끄덕끄덕하는 유진에게 내가 물었다.

"유진 씨는 어때요?"

대답하는 그녀의 표정이 조금 묘했다.

"네. 저도 그래요."

내 원고에 대한 유진의 감상을 들었다. 고칠 부분이 많았다. 우리는 서로에게 몇 가지 부탁을 했다. 나는 원고의 미흡한 부분을 보완하는 데 필요한 도움을, 유진은 쓰다 막힌 기사를 마무리 짓는 데 필요한 도움을 구했다. 일 이외의 개인적인 부탁도 오갔다. 그것을 마지막으로, 그날의 만남은 끝이 났다.

우리는 다시금 각자의 생활로 돌아갔다. 이후, 유진과의 연락은 뜸해졌다. 특별히 서로를 필요로 하는 일도 없으니 자기 할 일이나 하며 지내는 것도 좋지 싶어서 억지로 만나자고는 하지 않았다. 이 시기부터 나는 이메일을 이용하기 시작했다. 보낸 편지함, 받은 편지함을 모두 차지한 유일한 주소는 hannah-lee@kmail.com이었다. 나는 요즘 뭘 하고 지내는지, 어떤 작업 중인지, 누굴 만나는지 등을 적어 보내곤 했다. 보통 하루나 이틀 후 답신을 확인했다. 모니터에 뜨는 건 주로 정신없이 바쁘다는 내용이었다. 유진이 어떤 변화를 겪고 있는지, 누굴 만나는지와 같은 세세한 내용은 적혀 있지 않았다.

같은 시기, 내 생활에 또 약간의 변화가 있었다. 이런저런 수다를 떨던 중에 태경이 그 변화에 관해 먼저 언급했다.

"아, 아까 요 앞에서 그 사람 봤는데."

"누구요?"

"저번에 봤던 그 여자분이요. 주차장."

"아, 우리 옆집? 그 부부, 얼마 전에 돌아왔어요."

"어디 멀리 갔다 온 거래요?"

"미국이래나. 남편은 일 때문에, 자긴 겸사겸사 친정에."

내 보기에, 여자는 좀 더 부드럽게 변해 있었다. 그녀는 "제가 그동안 너무 친한 척해서 불편하셨죠?"라고 말하면서도 날 더 편하게, 친근감 있게 대했다. 그래도 이웃이니까 가끔 안부 정도는 묻고 지내자고 하면서도, 여자는 기어이 "도움이나 친구가 필요하면 언제든 연락 줘요, 알았죠?"라는 사족을 붙였다. 볼수록 재미있는 여자였다. 태경이 물었다.

"둘이 곧 친구 되는 건가요, 그럼?"

사실, 누구에게도 말하지 못할 구상이 하나 있었다. 나는 소설 쓰는 일이 마음에 들었고, 좀 더 욕심을 내고 있었다. 해서 두 번째 이야기를 준비하던 중이었는데, 문득 거기에 그 여자의 캐릭터를 일부 포함시키면 어떨까 싶었던 것이다. 나는 첫 소설 때처럼 이번에도 경험담을 소재로 할 생각이었다. 차이점이라면 첫 원고가 기자의 경험에 기댄 글이었다면, 이번엔 개인적인 경험에 좀 더 기댄 글이 되리라는 것. 나는 402호 여자를 떠올렸다. 아직 구상 단계였지만, 아마도 이번 글은 첫 글보다는 수월하게 쓸 수 있으리란 생각이 들었다.

"글쎄요, 뭐 친구까지야."

집으로 돌아온 나는 이 내용도 이메일에 적어 보냈다.

출판사 앞에 도착했다. 가방에는 두 작품의 원고가 들어 있었다. 이메일로 파일을 보내도 됐지만 여러 일을 겸해 외출을 한 터였다.

10월 초, 작업은 막바지에 다다라 있었다. 내가 써서 그런 게 아니라, 생각보다 괜찮은 글이 나왔다. 그즈음 연락을 받았다. 문예지에 실렸던 지난번 단편 소설의 반응이 좋아 내년 1월 호에도 작품을 하나 싣자는 거였다. 이번에도 유진이 미리 써 놓은 원고 중 하나를 골라 보내기로 했다. 통화 말미에 나는 넌지시 물었다. 미스터리 소설 원고가 하나 있는데 봐 줄 수 있느냐고. 그러겠노라는 흔쾌한 답을 들었기에, 그 후 한 번 더 고쳐서 오늘 들고 나온 것이다.

혹시나 해서 출판사에 들어가기 전, 다시 한 번 유진에게 전화했다. 기대하지 않았는데 이번엔 통화가 됐다.

"아, 미안해요. 일이 좀 있어서."

"그렇구나. 많이 바쁘죠? 실은 소설 때문에 물어볼 게 있었는데, 됐어요. 그냥 넘길게요."

"네. 아, 그리고." 유진이 잠시 머뭇거렸다. "아니에요, 아무것도."

목소리가 좋지 않았다. 무슨 일이 있느냐고 물어보려다 말고, 나는 전화를 끊었다.

시계는 5시 40분을 가리키고 있었다. 입구 가장 가까이 앉은 남자가 자리에서 일어났다.

"어떻게 오셨습니까?"

"아, 저는 강유진이라고 합니다. 원고를 가져왔는데요."

"무슨 원고요?"

곧 상황을 파악했다. 이번엔 유진의 필명을 댔다. 남자의 눈이 접시만 해졌다.

"네? 어, 어떻게?"

정말로 처음 만나는 것 같았다. 그가 편집장에게로 나를 안내했다. 편집장의 눈도 접시가 됐다. 웬일로 직접 온 거냐는 둥, 미리 연락을 줬으면 같이 식사라도 할 수 있었을 거라는 둥 이런저런 소리로 횡설수설하는 그녀에게, 나는 외출 삼아 나왔다는 말과 함께 봉투를 내밀었다.

"출력본과 USB메모리가 들어 있어요. 두 작품인데, 하나는 의뢰하신 단편이고 또 하나는…… 전에 말씀드렸었죠? 제가 쓴 건 아니에요. 그래도 좀 봐주세요."

"그럴게요."라며 미소 짓는 그녀에게, 멀리서 한 직원이 말을 걸었다.

"편집장님, 이따가 회식 장소 어디라고 하셨죠?"

"거기, 내 자리에 약도랑 전화번호 있어. 다들 나갈 준비 하라고."

그녀가 내 눈치를 봤다.

"아, 저희 오늘 회식이 있어서요."

"네."

"같이 가실래요?"

"네?"

뒤에서 누군가 거들었다.

"같이 가시죠. 다들 한 번 꼭 뵙고 싶어 했어요."

나는 어찌할까 하다가 충동적으로 답했다.

"그럴까요, 그럼."

편집장의 어깨가 크게 한 번 들썩였다. 그리 대놓고 놀라는 모습을 보면 내가 진짜로 따라나설 줄은 몰랐던 듯했다. 셋 이상의 사람들과 둘러앉은 건 거의 1년 만이었다. 처음 본 이들과의 자리였지만 섞여들기는 쉬웠다. 직원들은 『글루미 선데이』의 작가가 그간 전해들은 것과는 다른 인물이라며 "편집장님, 그러시는 거 아니에요."라고 놀려댔고 그녀는 멋쩍은 듯 변명을 시작했다. 나는 못 들은 셈치겠다며 천연덕스레 받아넘겼다. 모두 떠들고 웃고 기분 좋은 밤이었다.

"자, 한 잔 더 드세요."

유진을 떠올렸다. 나중에 이 일을 어떻게 설명할까 생각하며, 나는 주는 술잔을 모두 받았다. 그러는 와중에도 심장의 두근거림은 멈추지 않았다.

7

이한나의 어머니에게는 인사조차 건넬 수 없었다. 중학생인 딸이 퉁퉁 부은 눈으로 형사들을 맞았다. 선호는 침대를 둘러쳐진 커튼에 붙은 '절대 안정'이라는 팻말을 보곤 밖으로 자리를 옮겼다.

본격적인 이야기를 듣기까지 꽤 긴 시간이 필요했다. 내내 떨기만 하던 유나는 한참 숨을 고르고 나서야 간단한 질문에 답을 하기 시작했다. 최근 언니를 찾아온 사람이 있었는지, 언니가 이상한 행동이나 말을 한 적이 있었는지 등을 물었을 때였다. 표정으로 보아 모르겠다고 할 줄 알았는데 의외의 대답이 돌아왔다.

"이상한 점 많았어요."

"어떤 게?"

"병원에 있을 때부터 좀 달라졌거든요."

선호는 기억을 더듬었다. 병원이라면, 화재 사건 때의 일을 말하는 건가.

"언니는 그때 죽을 뻔했어요. 다행히 구조가 됐는데요, 깨어난 후에 말을 안 했어요. 의사 선생님은 언니가 충격이 큰 데다, 폐랑 기도를 다쳐서 그런 거라고 하셨어요. 그런데 며칠 더 지나서 보니까요, 그거 말고도 이상한 게 또 있었어요."

"어떤 게?"

"뭐랄까…… 어쩐지 우릴 못 알아보는 것 같았어요."

"못 알아봐?"

"네. 엄마를 봐도, 저를 봐도 반응이 없었어요. 심지어 아빠를 보고도 그랬어요."

"아빠는 왜? 언니한테 아빠는 너나 엄마랑은 좀 다른 사람이니?"

유나가 크게 동요했다. 놀람과 자책의 기색이 역력했다. 사정이 있는 게 분명했지만 그 이야기는 잠시 미뤄두기로 했다. 여기서 아빠에 대해 더 캐고 들어가면 아이가 겁을 먹고 입에 빗장을 걸어버릴 수도 있었으므로.

"언니가 정말로 가족들을 못 알아본 거야?"

유나는 고개를 끄덕이는 것과 젓는 것 사이의 미묘한 동작을 해 보였다.

"모르겠어요."

"언니가 가족들을 모른다고 한 적은?"

"없어요."

"의사는?"

"아, 의사 선생님도 기억 상실증 같은 건 아니라고 했어요. 사고 때문이라고, 곧 좋아질 거라고 하셨어요."

하지만 그 소견대로 되지는 않았다. 시간이 지나도 이한나는 좀체 말을 하지 않았다고 했다. 뭘 물어도 "응."과 "아니."로 대꾸했고.

"퇴원하고서는 일단 우리 집으로 갔어요. 아, 언니는 따로 살거든요. 그러니까 본가? 네, 본가로 갔어요. 집에서도 달라진 건 별로 없었어요. 언니가 기억 상실증에 걸린 게 맞는데 우리가 걱정할까 봐서 숨기는 건 아닐까 하는 생각이 들었어요. 그래서 제가 일부러 옛날 사진도 보여줬어요. '언니, 우리 이때는 이랬었지, 이때 재미있었지?' 하면서요. 언니는 그냥 듣기만 했고요. 이상하긴 했는데 그때까지는 그냥, 언니가 불쌍하다고만 생각했어요."

선호의 귀가 쫑긋 섰다.

"잠깐만. '그때까지는'이라니?"

유나는 언제부터인가 불쌍한 것과는 별개로 묘한 느낌을 받았다고 했다. "그게요." 하며 머뭇거리는 모양새가, 이런 얘길 해도 되나 고민하는 눈치였는데 칠범이 나서서 괜찮다고 거듭 달랜 후에야 들을 수 있었던 그 고민의 실체는 상당히 예상 밖의 내용이었다.

"꼭 우리 언니가 아닌 것 같았어요."

그 말의 여운이 가시기도 전에, 유나는 필사적인 눈빛으로 자기 의견을 강조하려 들었다.

"언니 몸속에 다른 사람이 들어 있는 것 같았어요. 아니, 분명해요. 그 사람은 우리 언니가 아니었어요!"

선호는 멍해졌다. 이야기가 이상한 곳으로 흐르고 있었다. 힐끗 보는 칠범의 시선이 느껴졌다. 선호는 감정을 숨기며 최대한 부드러운 목소리로 물었다.

"왜 그런 생각을 했어?"

"그게요, 사람한테는 바뀌지 않는 게 있잖아요. 말투라든가, 습관이라든가. 자기도 모르게 하고야 마는 그런 것들이요. 그건 기억이랑은 상관없잖아요."

"맞아. 나도 그거 뭔지 알아."

칠범의 맞장구에 유나는 용기를 얻은 듯했다.

"되게 사소한 습관 중에서 달라진 게 있었어요. 예를 들어서, 언니는 원래 밥을 먹을 때 양손을 다 썼어요. 왼손에 숟가락, 오른손에 젓가락. 근데 병원에 있을 때부터는 오른손으로만 밥을 먹었어요. 하나도 안 불편해 보였어요."

어째 기분이 떨떠름했다. 모든 증언은 저마다의 가치가 있었다. 그중에서도 피해자의 갑작스러운 변화를 지적하는 내용은 수사에서 유용한 단서가 되기도 하는, 꽤 중요한 증언이므로 아무리 사소한 것이라도 잘 들어두어야 했다. 하지만 그것도 정도껏이었다. 밥을 두 손으로 먹다가 한 손으로 먹기 시작했다는 건 어떻게 봐도 사건과 연결 지을 수 없는 내용이었다.

선호의 마음을 아는지 모르는지, 칠범은 흥미롭다는 듯 귀 기울여 듣고 있었다.

"그것 말고도 더 있었니?"

"네. 언니는 물건을 쓸 때 잘 어질러 놨어요. 공부를 할 때도, 일을 할 때도, 요리를 할 때도 이것저것 엄청 늘어놓고 쓰다가 끝나면 한꺼번에 치웠어요. 그런데 퇴원 후에는 안 그랬어요. 첨부터 아예 어지르지를 않았어요. 물건 하나를 쓰면 바로 제자리에 두고, 다른 걸 쓰고 또 제자리에 두고 그랬어요."

그 외에도 이한나는 동네 길을 잘 몰랐고 아는 사람을 만나도 인사를 하지 않았다고 했다.

"정말이구나, 정말로 다른 사람처럼 행동했구나."

선호는 흘깃, 곁을 봤다. 칠범의 표정은 '밥을 오른손으로만 먹다니 참 흥미롭네.'에서 '어지르던 사람이 어지르지 않았다고? 그거야말로 요상하구나.'로 바뀌어 있었다.

"아, 근데 너무 사소한 것들이라서요. 제가 착각했는지도 몰라요."

자기가 말해놓고도 이상했는지, 유나는 한 발짝 물러섰다. 선호는 곰곰이 생각해 봤다. 유나의 표현이 어떠하든 간에, 이한나에게는 분명 어떤 변화가 있었다. 타인의 눈에 띌 정도로. 1년이나 된 일이지만 그 의미를 읽어봐야 했다. 문제는 범위였다. 어디까지가 사건과 관련 있을까. '밥을 한 손으로 먹었다.'와 같은 변화까지 모두 짚어봐야 하나. 그가 내린 결론은 '화재 사건 후 말수가 크게 줄었다.'는 부분까지는 고려 대상에 포함시켜야 한다는 것이었다. 이한나가 기억을 잃은 사실을 숨기고 지냈을 가능성은 충분했다. 어쩌면 그게 이번 사건에 영향을 줬을지도 모르고.

이 주제는 이쯤에서 마무리해도 될 듯싶었다. 이한나의 아버지에 대해 들어야 했다. 선호가 화제를 바꾸려 할 때였다. 칠범의 상체가 유나 쪽으로 살짝 기울었다.

"유나야."

"네."

"더 있는 거지? 언니가 다른 사람 같다고 생각한 이유가."

유나는 놀란 듯 눈을 껌뻑껌뻑하다가, 또 "그게요." 했다.

"우리 언니가 아닌 것 같았던 건요, 이상한 행동 때문만은 아니었어요. 눈이요. 언니 눈이 좀……."

"눈이라고?"

"네. 그것도 기억이랑은 상관없는 거잖아요. 언니 눈을 보고 있으면 가끔 무서운 기분이 들었어요. 말로 표현하기는 좀 힘든데, 음…… 가면 같았어요. 왜, 가면은 가짜 얼굴에 눈만 뚫어 놨잖아요. 꼭 누가 언니 가면을 쓰고 있는 것 같았어요. 코도, 볼도, 입도 언니였지만 구멍 속으로 보이는 건 언니 눈이 아니었어요. 전에는 그런 식으로 절 쳐다본 적이 없었어요. 근데 화재 사건 후에는 뭐랄까…… 그냥 보기만 하는 눈이랄까요? 네, 그거요. 감정이 하나도 안 담긴 눈을 자주 했어요."

처음에는 기분 탓으로 돌렸지만 기이한 그 느낌은 좀처럼 사라지지 않았다고 했다.

"한참 지나서는 언니가 다시 웃었어요. 저랑도 잘 지냈고요. 그래도 언니 눈만은 좀 낯설고 무서웠던 것 같아요. 근데 지금 생각해 보면……."

유나의 턱이 작게 떨렸다.

"언니는 그냥, 많이 아팠던 게 아닐까요? 그것도 모르고 저 혼자 오해하고 무서워하고 그런 게 아닐까요?"

기어이 울음이 터지고 말았다. 칠범이 다독였다.

"아니야. 언니는 그런 거 아무렇지 않았을 거야. 유나가 같이 있고, 웃어주는 것만으로도 좋았을 거야. 표현을 못 했을 뿐이지. 어른들도 자주 그렇거든."

작은 손이 맑은 눈물을 훔쳤다. 이어 알아들었다는 듯 유나는 끄덕끄덕했다. 선호의 얼굴이 달아올랐다. 미안한 마음과 안도감을 동시에 느꼈다. 칠범이 아이의 감정을 헤아리지 못했으면 어쩔 뻔했나. 유나는 평범한 아이였다. 누군가 가면을 쓰고 언니 행세를 했다고 진심으로 믿을 리는 없잖은가. 마음 한편에 억지스러운 믿음을 품고서라도 언니가 어딘가에 살아 있다는 희망을 갖고 싶은 건지도 모르잖은가.

한편으로는 궁금해졌다. 칠범은 왜 다 끝나가던 대화에 새 숨을 불어넣은 걸까. 유나가 모든 걸 다 털어놓지 않았다는 사실을 눈치챈 걸까. 아니면 마음의 짐을 내려놓지 못하는 걸 알고서 자신이 도움을 줄 수 있는 지점까지 이야기를 끌고 가려 한 걸까. 어느 쪽이어도 잘한 일이었다. 듣고 싶은 말을 들은 것만으로도 유나에게는 위로가 되었을 것이다. 칠범이 자신보다 훨씬 좋은 경찰인지도 모른다고, 선호는 생각했다.

"언니한테 그런 얘길 한 적 있니?"

"아니요."

"엄마도 그러셨어? 언니가 좀 이상하다고?"

"아뇨. 엄만 언니가 더 아프지는 않은가, 그 걱정만 했어요."

"다른 사람들은?"

"성재 오빠한테도 말한 적 있는데, 그냥 그러냐고만 했어요."

한성재. 이한나의 남자 친구였다. 그에 대한 조사도 이미 시작됐다. 윤 형사와 임 형사가 그를 만나러 갔다.

이한나의 아버지와는 연락이 안 됐다. 이런 일이 잦으냐는 질문에 유나는 그렇다고 했다.

"혹시 언니가 아빠나 엄마랑 싸운 적 있었어?"

작은 입이 꽉 닫혔다. 눈은 경계의 빛을 띠었다. 칠범이 또 한 번 달랜 후에야, 모기만 한 목소리의 "네."가 돌아왔다.

"돈 때문에요. 아빠가 빚을 졌는데 언니가 갚고 있어요."

"유나네 집에선 언니만 돈을 벌었어?"

"네. 아빠는 집에 안 들어오는 날이 많아요. 엄마 말로는 어디선가 일을 하고 있다는데 거짓말일 거예요. 아빠는 돈을 벌어온 적이 거의 없거든요. 가끔 돈이 생겼다고 집에 갖다 준 적이 있지만 며칠 후에 도로 가져가곤 했어요. 언니가 엄마를 다그친 적도 있어요. 아빠가 어디서 도박 같은 거 하지 않느냐고. 엄마는 일을 못 해요. 일을 갔다 오면 5만 원을 벌어서 10만 원을 병원비로 쓴대요. 아니면 돈을 물어줘야 하는 일이 많대요. 저는 중학교 1학년이고요. 그러니까 돈을 버는 사람은 언니밖에 없었어요."

채권자가 집에 찾아오는 일 때문에 다투기도 했고 이한나가 아버지에게 회사로 찾아오지 말라며 화를 낸 적도 있었다고 했다. 아버지는 딸에게 미안해하거나 고마워하지 않았다. 낳아주고 키워줬으니 당연히 그 몫을 해야 한다는 논리. 칠범이 아주 조심스럽게 물었다.

"유나야, 이런 말 미안하지만…… 그 정도면 언니가 가족을 등질 수도 있었을 것 같은데."

"그건요, 저 때문이었어요."

유나가 난감한 표정으로 답했다.

"언니가 몇 번이나 저한테 나가서 살자고 했었어요. 근데 그러면 엄마가 너무 불쌍하잖아요. 제가 떠나면 엄마 옆에는 아무도 없는 거잖아요. 그래서 안 된다고 말했어요. 엄마는 가족이 가족을 버리면 안 된다고 했고요. 결국 저 때문에 언니도 묶여버린 거예요. 엄마 아빠한테 빚이 있으면 제가 힘들어지니까 언니가 갚은 거고요."

솜털 보송한 두 볼에 다시 눈물이 흘렀다. 유나는 뭔가 기억났다는 듯 얼른 눈물을 닦고는 덧붙였다.

"아, 그런데요, 저번에 언니가 돈을 빌려서 빚을 많이 갚았어요. 일단 급한 빚부터 갚는 거랬어요. 그러면서 앞으론 자기한테 돈 얘기 말라고 했어요. 아빠는 언니가 유세를 떤다면서 화를 냈고요."

"언니는? 언니도 화냈어?"

"아뇨. 그냥 좀, 어이없어 하는 것 같았어요. 그러더니 제발 올해만이라도 이상한 사람들이 안 찾아오게끔 도와달라고."

채권자들이 찾아오는 일은 줄었지만 아버지의 태도는 변하지 않았다. 이한나는 체념한 듯했지만 작은 다툼 몇 번은 피하지 못했다. 그래도 어머니와 유나의 생활은 계속 지원해 주었다. 아니, 그 이상이었다. 특히 어머니와는 유례가 없을 정도로 잘 지냈다고 했다.

"돈은 언제 빌렸어?"

"음…… 설날 지나고 얼마 후였던 것 같아요."

"누구한테서? 얼마나 빌렸는데?"

"언니 집에 갔다가 서랍에서 우연히 봤는데요, 3억이었어요. 강누구였는데 이름은 기억 안 나요. 여자 이름이었어요."

두 형사는 눈을 맞췄다. 무언의 질문과 대답이 오갔다. *강유진인가요? 그렇겠지. 자기가 채권자라는 얘길 왜 안 했을까? 사건과는 관련 없다고 생각한 게 아닐까요.*

이후 십여 분, 들을 수 있는 모든 이야기를 들었다.

"힘들 텐데 이렇게 도와줘서 고마워. 정말 고맙다, 유나야. 아저씨들이 범인 꼭 잡을게."

유나는 고개를 크게 한 번 끄덕이고는 병실을 향해 힘없이 걸어갔다.

병원을 빠져나오며 선호가 물었다.

"피해자가 다른 사람처럼 행동했다는 거, 어떻게 생각해?"

그 진술이 크게 신경 쓰이는 건 아니었다. 칠범의 머릿속이 궁금했을 뿐. 기대와는 달리 싱거운 답이 돌아왔다.

"모르겠어요. 특이한 일이기는 한데 중요한 건지는 잘……."

역시, 그저 말하는 이의 비위를 맞춰준 것뿐인가. 하여간 사회생활 잘한다니까.

"일단 남자 친구를 한 번 더 만나보자고. 그럼 그게 중요한 건지 안 중요한 건지 좀 더 확실해지겠지."

즉시 연락했다. 잠시 망설이던 목소리는 지금 바로 만날 수 있다고 했다.

30분가량 차를 몰아 도착한 곳은 대학가 근처의 어느 아파트 앞이었다.

"형사님들 이미 다녀가셨는데, 또 뭐가 필요합니까?"

"아, 번거롭게 해 드려서 죄송합니다. 추가로 여쭤볼 게 생겨서요."

한성재는 편안한 인상의 남자였다. 긴장한 티가 또렷한 가운데서도 눈빛은 부드러웠다. 경황이 없었는지 옷매무새는 흐트러져 있었지만, 예의가 몸에 밴 듯 태도는 공손했다. 다른 날 만났다면 꽤나 호감 가는 이였으리라. 지금의 그에게선 섬뜩함도 조금 느껴졌다. 몹시 창백한 까닭이었다. 계속 서 있다가는 쓰러질 것도 같아서, 선호는 얼른 자리를 옮겼다.

"한나와는 대학 다닐 때 알게 됐습니다. 제가 곧 학위를 받을 예정이고, 연구를 지원해 주는 기업도 있어서요, 그리로 들어가면 바로 결혼하자고 할 생각이었습니다."

몇 가지 간단한 문답 후, 선호는 본론으로 들어갔다.

"유나가 얘기한 적 있었죠? 언니가 좀 이상하다고."

"화재 사건 이후를 말씀하시는 겁니까?"

"네."

한성재가 의아하다는 듯 눈썹을 세웠다.

"꽤 오래된 일인데, 중요합니까?"

선호는 대충 둘러댔다. 한성재 역시 이한나의 변화를 인지하고 있었다. 단, 유나와는 방향이 달랐다.

"유나는 언니가 좀 이상한 걸 넘어서 꼭 다른 사람 같았다던데요.

한성재 씨도 그리 느끼셨습니까?"

그는 동요 없는 표정으로 고개를 저었다.

"아니요. 분명 달라지긴 했지만 다른 사람 같다고는 못 느꼈어요. 말수가 확 줄긴 했는데 그거야 한동안은 저한테 화가 나 있었으니까요. 몇 달 지나서는 괜찮아졌습니다. 아, 예전의 한나 같다는 생각이 종종 들긴 했습니다. 저희는 꽤 오래 만났어요. 알 거 다 알고, 싸우기도 많이 싸우고, 지치는 일도 잦았던 사이죠. 그런데 최근에는 그런 일이 없었어요. 한나가 많이 부드러워졌습니다."

"이한나 씨가 부분적으로 기억을 못 하지는 않았습니까? 최근 몇 년의 일을 잘 몰랐다든가."

선호는 '예전의 한나 같았다'는 표현에 집중했다. 이한나는 정말로 기억 상실을 경험한 게 아닐까. 특정 시점 이후의 기억을 잃은 사람을 다룬 다큐멘터리를 본 적 있었다. 주인공인 50대 남자는 사고로 머리를 다친 후, 자신을 20대로 인식했다. 성격도, 행동도 그에 맞게 변했다. 이한나도 그랬던 게 아닐까. 어떤 이유로 그 사실을 숨긴 채 지냈고. 그러나 한성재는 또 고개를 저었다. 성격이 좀 바뀌긴 했지만 기억에 이상이 있다는 느낌은 못 받았다는 것이다. 하지만 단서는 있었다. 역시나, 정말로 소소한 부분에. 이한나의 친구들에 대해 이야기할 때였다. 한성재가 "아." 하더니 고개를 번쩍 들었다.

"전화가 오면 상대방 이름이 화면에 뜨잖아요. 최근에 '김해빈-친구/친밀도9' 이런 식의 메모가 함께 뜨는 걸 봤어요. 이게 뭐냐고, 사람들마다 친밀도 매겨놨느냐고 제가 놀렸더니 그냥 웃기만 하더라고요. 얼마 후 우연히 한 번 더 봤는데, 그땐 9라는 숫자만 남아 있었습니다."

선호는 "흐음." 하고 작은 신음을 내뱉었다. 밥을 오른손으로 먹고, 어지르지 않았고, 전화번호부 인물에 친밀도를 매겼다…….

한성재는 이런 걸 말해달라는 게 아니었나 하는 표정으로 선호를 쳐다봤다. 두 남자 사이에 이어지는 질문도, 답도 없자 칠범이 화제를 돌렸다.

"혹시 이한나 씨한테서 812 사건에 대해 들은 적 있습니까?"

"없어요, 한 번도. 근데 그건 왜요? 아까 다른 형사님들도 물어보셨는데, 절대 발설 말라고 신신당부하고 가셨단 말입니다."

선호는 적당히, 두루뭉술하게 받아넘기고는 얼른 말을 돌렸다.

"사건 바로 직전에 이한나 씨는 어땠나요?"

"별거 없었습니다. 똑같았어요."

얼마 후, 선호는 조심스럽게 물었다.

"두 분 사이는 계속 좋았습니까?"

한성재의 눈빛이 처음으로 날카로워졌다.

"무슨 생각하시는지 압니다. 어차피 한나 친구들한테 물어보면 아시겠죠. 한나가 헤어지자고 한 적 있었습니다. 화재 사건 일주일 전쯤이었죠. 고민이 있어 보였습니다. 아마 돈 때문이었을 겁니다. 한나는 자존심이 강해서 저한테 돈 얘길 한 적이 없어요. 그 마음을 알아서 저도 말 꺼낸 적 없고요. 그런데 그날은 제가 오지랖을 부렸어요. 그걸 힐책으로 받아들인 것 같습니다. 저더러 뭘 아느냐며, 뭘 할 수 있느냐며 화를 내더군요. 저도 화가 났습니다. 그래서 싸웠고 한나는 다신 절 안 보고 싶다면서 돌아갔어요. 서로 연락 없이 일주

일이 지났을 때 화재 사건이 일어났죠. 이후에 제가 노력해서 다시 만나게 된 겁니다."

한성재는 단호한 어조로 강조했다.

"하지만 1년이나 지난 일입니다. 그 후로는 계속 잘 지냈어요."

30분가량 더 대화를 나눴지만 그 이상 나오는 것은 없었다. 이한나가 사망한 것으로 추정되는 시점, 11월 5일 목요일 17시 40분에서 다음 날 새벽까지는 학교와 집에 있었다고 했다. 증인을 통해 그가 19시에 학교를 나선 것이 확인됐고, 이후 행적은 한성재가 며칠간의 휴대폰 통화내역서를 제출함으로써 일부 증명됐다. 21시와 23시 30분경 그는 친구와 두 번 통화를 했는데, 모두 집 바로 근처 기지국을 통한 것으로 확인됐다. 중간에 약간씩 비는 시간이 있었지만 집 컴퓨터에서 보낸 이메일 기록 등이 추가되면서 11월 5일의 알리바이에는 문제가 없는 것으로 결론이 났다. 6일 새벽 알리바이는 좀 더 확인해 봐야 했다.

강력2팀의 형사들은 외근으로 인해 수사 회의에 참석하지 못했다. 팀장이 요약된 내용을 전했다.

"수사 방향이 크게 바뀔 거야. 추정이 확신으로 바뀌었어."

법의학자의 소견은 경찰 검시관의 의견과 크게 다르지 않았다. 사망 시점을 추정하기 어려운 케이스였지만, 피해자는 발견 전날 23시 이전에 사망한 것으로 보인다고 했다. 마지막으로 목격된 게 13시경, 친구와 통화를 끝낸 시각이 17시 40분. 그 직후 휴대폰이 꺼졌다. 따라서 사망 시점은 11월 5일 목요일 17시 40분~23시 사이였다. 사망 원인은 자창에 의한 복부 대동맥 파열. 강한 힘으로 한 번에 찔렀다 뺀 것이라고 했다. 문제는 그 다음이었다.

"두부를 내리친 건 부드러운 천으로 감싼 둔기, 흉부와 복부를 찌른 건 예리한 날붙이. 찌른 흉기는 아마도 하나. 날은 '한쪽' 방향인 것으로 추정됨."

팀장이 특정 단어에 강세를 줬다. 팀원들이 술렁대기 시작했지만 그는 꿋꿋하게 말을 이었다.

"흉부와 두부의 손상은 '사망 후' 생겼을 가능성이 높단다."

낮은 탄식이 한꺼번에 터져 나왔다.

1·2차 사건의 피해자들은 머리, 가슴의 순서로 공격을 당한 것으로 추정됐다. 가슴을 찔린 것이 치명상으로, 이는 최후의 공격 때문에 사망했다는 뜻이다. 반면 이한나는 복부를 찔린 것, 즉 최초의 공격 때문에 사망했다. 심지어 가슴과 머리의 손상은 사후에 생기기까지 했다.

자창에서도 차이가 발견됐다. 자창은 흉기의 규격, 형태 등을 알려주는 중요한 요소였다. 이 사건의 경우, 흉기 날의 규격 쪽으로는 별다른 특이점이 없었지만 형태가 문제였다. 이전 피해자들의 자창은 날이 양쪽 방향일 때 나오는 형태였던 반면 이한나의 자창은 날이 한쪽 방향일 때 나오는 형태였던 것이다.

"성폭행 여부는 알 수 없고."

1·2차 사건의 경우 현장에서 범인의 DNA가 확보됐다. 그러나 이번에는 현장은 물론 부검에서도 타인의 DNA는 발견되지 않았다. 허벅지를 비롯해 의미 있는 신체부위 몇 곳에 사후에 생긴 것으로

보이는 상처가 있긴 했지만 성폭행의 증거로 확정 짓기는 어렵다고 했다.

"미세 증거도 거의 안 나왔어. 피해자가 유기되기 전 깨끗하게 씻긴 건 물론이고, 이후 꽤 오랜 시간 비를 맞는 바람에 증거란 증거는 남김없이 물에 쓸려간 듯해. 나온 건 대충 여기까지. 추가로 확인되는 사항이 있을 경우, 즉시 연락받기로 했어. 아, 나온 게 아주 없진 않아. 보고서 마지막 페이지."

종이 넘어가는 소리가 조용한 방 안을 훑었다.

"피해자 티셔츠 뒤쪽 허리 부분에서 아주 미세한 금속 부스러기들이 발견됐어. 분석 중이고."

김 형사가 보고서를 덮으며 말했다.

"확실하네요. 누군가가 피해자를 죽이고 812 사건처럼 조작했어요."

이제 쟁점은 '누가 사건을 모방할 수 있는가'였다.

그 인물은 1·2차 사건의 범인과 경찰만이 아는 내용까지도 알고 있었다. 가장 먼저 용의선상에 오른 것은 사건 정보에 접근할 수 있는 사람들이었다.

"경찰, 학자, 언론 종사자…… 일명 '전문가 그룹'이야. 개인적 원한에서 비롯된 살인을 연쇄살인사건으로 둔갑시키고는 그 뒤에 숨었단 거지."

"범위가 너무 넓은데요? 어지간한 경찰들은 이 사건, 다 알고 있잖아요. 게다가 기자들은 좀 많나요? 이전 두 사건 때 기자란 기자는 다 몰려갔었어요. 남서울서에 상주하는 기자만 해도 이십 명은 넘을 거고 그 외에 기사에 관여한 사람들까지 하면…… 세상에, 몇 백 명은 될 텐데요."

시신이 발견된 지 만으로 이틀. 경찰은 그중 피해자와 사이가 나빴던 사람을 아직 찾지 못했다. 이 그룹 명단부터 한시바삐 꾸려봐야 했다.

"그 다음은 '진범 쪽 사람'이야. 진범과 매우 친밀한 자 혹은 공범이 단독으로 저질렀다는 거."

1·2차 사건에서 공범의 흔적은 발견되지 않았다. 단, 진범이 누군가와 범행 내용을 공유했을 가능성은 있었다. 그렇다면 그 둘은 모방범을 잡으면 진범도 잡을 수 있고, 진범을 잡으면 모방범도 잡을 수 있는, 그런 사이일 것이다.

팀장이 회의의 결론을 읊었다.

"그 정도로 추려졌어."

선호는 정정해 주고 싶었다. 추렸다는 단어는 그럴 때 쓰는 게 아니라고. 쉽게 말해 이놈일 수도 있고, 저놈일 수도 있다는 이야기 아닌가. 잠재적 용의자만 수백 명. 하지만 2팀원들 사이에서 가장 유력한 용의자로 지목된 것은 의외로, 이한나의 가족이었다. 무엇보다 동기가 분명했기 때문이었다. 돈 문제로 자주 다툰 데다 그 아버지는 잠적 상태였다.

"피해자의 아버지 이정균 말입니다. 전과가 있습니다. 부친에게서 꽤 건실한 중소기업체를 물려받았는데요, 능력이 없었나 봅니다. 얼마 지나지 않아 부도를 냈습니다. 그런데 이후 취업을 한 기록이 없어요. 주변에 확인해 보니, 취직에 관해 물을 때마다 이정균은 자신이 누구 밑에서 일할 사람 같아 보이느냐며 호통을 쳤다고 합니다. 부도 후 어찌어찌해서 시작한 사업은 줄줄이 망했는데, 그 과정이 지저분해서 투자자들에게 여러 번 고소를 당했어요. 사기, 횡령으로 두 차례 복역했습니다. 그 외 몇 차례는 기소 전에 합의를 봤는데, 그 때문에 빚더미에 올라앉았고요."

"그 빚은?"

"이한나가 떠안았습니다. 법률 구제 가능한 부분 구제받았고, 그렇지 않은 부분은 많이 갚았는데요……."

"갚았는데?"

"작년에 이정균이 처, 그러니까 이한나의 어머니 명의로 주식에 투자했다가 또 깨끗하게 털어먹었거든요. 자금의 출처는 제3금융권에서 받은 대출입니다. 이 일로 이한나는 어머니와도 사이가 틀어졌었답니다."

"대단한 부모로군."

윤 형사가 혀를 찼다.

피해자의 금융 기록이 확인되면서, 가족의 혐의는 더욱 짙어졌다.

"5년 전에 가입한 보험에서 5억 나옵니다. 수령인은 어머니입니다. 그리고 올해 8월에 보험 하나를 더 들었어요. 근데 이건 실손의료비 위주라서요, 사망 시 받을 수 있는 금액은 앞의 것만큼 크지는 않습니다. 교통사고, 질병, 상해, 재해 등에 2억 보상합니다. 피해자가 설계사를 신문사로 불러서 서류에 직접 서명했고요, 이것도 수령인은 어머니입니다. 그 외 자잘한 보험 이것저것 해서 현재까지 확인되는 금액은 8억 2000입니다."

"가족들은 뭐래?"

"피해자 어머니는 모르는 일이랍니다."

칠범이 이의를 제기했다.

"하지만 최근 급한 빚을 갚았잖아요. 가족에게 혐의를 두기에는 설득력이 떨어지지 않나요?"

윤 형사는 아니라고 했다.

"피해자는 그 역시 빌린 돈이란 걸 확실히 밝혔어. 앞으론 자길 귀찮게 하지 말라고도 했고. 이정균은 그런 딸에게 고마워하진 못할망정, 건방지다며 화를 낸 말종이야. 자, 피해자가 죽음으로써 어떻게 됐지? 보험금 8억 2000이 손에 들어오게 됐다고. 하루아침에, 무려 8억 2000이. 그 돈이면 웬만한 빚은 해결할 수 있지. 뭐, 약아빠진 인간이니 그 빌린 3억을 비롯해 딸 명의의 빚은 어떻게든 안 갚을 방법을 찾아냈을 거고."

칠범은 여전히 말이 안 된다고 주장했다.

"그래도 그렇지, 피해자는 집안의 유일한 소득자예요. 빚을 청산할 수 있단 게 딸을 죽일 이유가 될까요?"

"아니지. 더 강한 동기가 존재할 가능성도 있어. 이한나 동생이 그랬다며? 아빠가 도박을 하는 게 아닌지, 언니가 엄마를 다그쳤다고. 자, 평소 견원지간이던 딸의 죽음으로 빚에, 도박 자금 혹은 도박 빚까지 해결됐어. 이 정도면 충분하지 않아?"

몇몇이 동조했다. 도박중독자는 한 치 앞의 카드 패밖에 못 본다면서.

"친딸은 맞겠지? 설마 알고 보면 남이고, 그런 건 아니겠지?"

"그런 얘긴 없었습니다. 게다가 동생이랑 똑 닮았고요."

"아니, 아무리 그래도……."

포기를 모르는 칠범을 향해 윤 형사가 인내심이 바닥난 듯 버럭 내질렀다.

"야 인마, 세상이 그렇게 아름답게 돌아가는 게 아니야. 너는 형사라는 놈이……."

칠범이 참으라는 듯 양 손바닥을 휙, 펼쳐보였다.

"하지만요, 그렇게 되면 엄청난 의문점이 하나 생기잖아요."

그 말을 팀장이 이어받았다.

"그래. 가족이 어떻게 현장을 꾸밀 수 있었을까?"

사건은 언론에 발표된 내용 이상으로 정교하게 모방돼 있었다. 이한나의 가족들은 모두 평범한 사람들로, 사건의 상세 정보를 손에 넣을 수 있는 이는 없었다.

"한성재는 어때?"

"혼자 집에 있었다는데, 맞는 것 같습니다."

잠자코 듣고 있던 선호의 뇌리에 언뜻 강유진의 얼굴이 스쳐 지나갔다. 그 여자에게 이한나를 해칠 동기는 없어보였다. 게다가 그녀 역시 사건의 세세한 정보를 알 길 없는 수많은 일반인 중 하나에 지나지 않았다. 이한나와 사이가 나빴던 것 같지도 않았고. 결정적으로, 알리바이가 있었다. 그럼에도 불구하고 선호는 사건에서 강유진이라는 인물을 쉬이 떼어놓지 못했다. 절대 분리하지 말라는 근거 없는 직감의 목소리가 끊이지 않았기 때문이었다. 어쩔 수 없이, 그는 한 발 물러섰다. 그래, 이번 사건과 직접 관련은 없을 거야. 범인도 아니고, 목격자도 아니고. 하지만 간접적으로 관련됐을 법은 하지.

선호는 강유진과의 만남을 돌이켜봤다. 어떤 진술을 했더라……. 특별한 얘긴 들은 적 없다고 했었고, 범인이 잡혔는지 궁금해했었고, 작가라고 했었고, 취재 과정에서 알게 됐다고 했었고…….

취재 과정?

그는 이한나의 직업이 기자였다는 사실을 새삼 곱씹다가 조용히 일어났다. 누군가 하던 말을 중단했다. 잠깐만 나갔다 오겠다고 양해를 구한 후, 선호는 서둘러 회사로 전화를 넣었다. 특별취재부, 그 다음은 사회부.

"네, 네. 감사합니다. 곧 찾아뵙겠습니다."

회의실로 돌아오자 모두의 이목이 집중됐다. 얼굴에서 열기가 느껴졌다.

"피해자 말입니다. 최근 812 살인사건을 취재했었답니다."

8

내가 그녀와 재회한 것은 집에 돌아온 직후, 2층 욕실에서였다.

거울 속에 유진이 있었다.

죽은 여자가 날 보고 있었다.

급히 얼굴에 찬물을 끼얹었다. 정신이 좀 들었지만 여전히 그녀가 보였다. 죽은 그녀, 살아 있는 나. 아닌가? 죽은 나, 살아 있는 그녀인가? 불안한 듯 눈을 깜빡이는 강유진의 얼굴 위로 눈을 감은 이한나의 얼굴이 겹쳐졌다. 나는 손을 뻗어 거울을 한 번 훔쳤다. 그러자 이한나는 사라지고 강유진만이 남았다.

어떻게 지났는지 모를 밤이 지나갔다.

다음 날, 매일 오전 9시에 자동으로 켜지도록 설정된 텔레비전이 나를 깨웠다. 몸이 무거운 건지 이불이 무거운 건지 분간되지 않는

몽롱한 아침이었다. 누운 채로, 텔레비전에서 흘러나오는 뉴스를 들었다. '시청해 주셔서 감사합니다.'라는 마지막 멘트를 들었을 때였다. 나는 심각한 위화감에 사로잡혀서 눈을 번쩍 떴다.

왜지?

왜 이렇게 조용하지?

살인사건이다. 젊은 여성이 변사체로 발견된 사건. 게다가 피해자는 언론사 기자. 이건 어마어마하게 큰 뉴스다. 그런데 왜 이렇게 조용하지? 텔레비전이, 기자들이 왜 가만히 있지?

나는 급히 컴퓨터를 켜고 관련 뉴스를 검색했다. 어제, 대부분의 언론에서 보도를 하긴 했다. 서울 중앙천 인근에서 여성의 변사체가 발견됐다고. 수상한 건 그게 전부란 사실이었다. 오늘, 신문은 어제와 크게 다를 바 없는 내용을 또 내보냈고 텔레비전 뉴스는 아예 보도를 하지 않았다. 어째서?

생각지도 못한 전개. 생각지도 못한 결론이 튀어나왔다.

경찰의 태도가 다르구나.

그 결론은 곧 새로운 물음으로 이어졌다. 왜? 사건에 특별한 뭔가가 있나?

일반적으로, 어떤 사건이 발생하면 경찰은 브리핑 혹은 보도 자료를 통해 기자들에게 일정 부분 정보를 제공한다. 국민의 알 권리를 보장하기 위함이기도 하지만, 언론이 나서서 온갖 추측 기사를 쏟아내지 않도록 보도 가능한 선을 제시하는 목적도 있다. 따라서 살인과 같이 세상의 이목을 집중시키는 주요 사건이 발생한 경우라면 자료 제공의 필요성은 더욱 커진다.

그런데 현재 양상은 어떠한가. 선정적이고 자극적인 뉴스에 목마른 언론이 살인사건 보도를 하루 뛰어넘었다. 경찰은 '중앙천 여성 변사 사건 수사본부'를 설치하긴 했지만, 이후 수사 진척 상황에 대해서는 거의 밝히지 않고 있었다. 보도 내용을 보건대, 기자들의 관심이 집중되었음 직한 사안에는 거의 응답하지 않은 것 같았다. 아주 좁은 범위를 설정하고, 그 범위를 넘어서는 정보는 철저히 차단했단 말인가? 이상하면 이상하고, 이상하지 않다면 이상하지 않은 일이지만 내게는 정말로 이상해 보였다.

경찰과 언론 사이에 합의가 이뤄진 듯 보이지는 않았다. 보도자제 요청이 있더라도 어떻게든 슬그머니 피해가려는 언론사가 한 곳은 있게 마련이건만, 모두 약속이나 한 듯 선을 넘지 않았다. 경찰이 일방적으로, 거의 완벽하게 정보를 통제하지 않고는 나올 수 없는 모양새였다. 어째서?

현재까지 보도된 기사들을 재확인했다. 내 판단은 옳은 듯했다. 사건의 내용, 수사 진행 상황을 알리는 기사는 대부분 단순한 사실 나열에 머물렀다. 거기서 몇 발짝 더 나간 언론도 있었지만 결과는 추측성 보도에 그쳤다. 내 신원은 철저히 비밀에 부쳐진 듯했다. 이건 그럴 만도 했다. 피해자가 누군지 알려지면 그야말로 전쟁의 서막이 오르는 셈이니.

'《신의일보》 기자 살해된 채로 발견돼.'

이 헤드라인은 일반적인 뉴스의 몇 배나 되는 파급력을 가진다. 그런데 언론이 내어놓길 '어떤 여자가 죽었다.' 딱 이것뿐이라고?

어제 받은 질문들로 미루어 경찰의 입장을 일부 추측할 수 있었다. 이한나를 묻지 마 살인이나 연쇄살인처럼 일면식도 없는 이의 광기에 휘말린, 운 나쁜 피해자의 포지션에 놓지는 않았다고. 상황을 다시 정리해 봤다. 다른 사건과 비슷하게 전개되는 듯했지만, 분명 퍼즐의 중간중간이 비어 있었다. 나는 하나의 질문에 집중했다. 이 사건에서 경찰의 태도가 유독 경직된 이유는 뭘까. 단지 내 직업 때문일까. 다른 이유가 존재할 가능성도 충분했다. 후자가 정답이라면 그 다른 이유란 것, 도대체 뭘까?

여러 의문이 남았지만 한 가지는 확실했다.

유진의 죽음에는 분명 어떤 '특이점'이 있다.

내가 상상하지도 못한.

조금 전까지와는 전혀 다른 이유로, 심장박동이 커지기 시작했다.

그날 오후, 컴퓨터의 바탕화면에는 폴더 하나가 추가됐다. 제목은 '이한나 사건'

경찰이 경찰의 일을 할 동안, 나는 내 일을 할 것이다. 일단 그 '특이점'이 무엇인지부터 밝혀내야 했다. 이후 어떻게 할지는 상황을 봐서 결정하게 될 테고.

제일 먼저, 어제 경찰서에서의 대화 내용부터 문서화했다. 그 다음에는 현재까지 알려진 사건 내용을 간단히 추려 정리했다. 이 과정 내내, 나는 완전한 타인이 되어야 했다. 스스로에게 암시를 걸었다. 내 일이 아니라고, 그간 다뤘던 수많은 사건사고들과 다를 바 없다고. 그 결과로, 기록은 사건과 인물에 대한 객관적인 사실만으로 채워질 수 있었다.

이후에는 일지를 하나 만들었다. 범인이 잡힐 때까지의 모든 과정이 기록될 사건 일지. 오늘 할 일은 만나볼 사람의 목록을 꾸리는 것이었다. 목록은 간단했다. 내게 그 '특이점'의 정체와 사건의 단서를 알려줄 수 있는 대상은 크게 두 그룹이었다. 전문가와 주변인. 전자는 경찰, 기자, 학자 등이었고 후자는 가족, 친구, 남자 친구, 채권자, 정보원, 친분이 있는 기자 등이었다. 현재의 내가 강유진이라는 일반인인 만큼, 또한 경찰이 사건 정보를 꽁꽁 숨기고 있는 형국인 만큼, 전문가보다는 주변인 쪽을 공략해야 할 듯싶었다. 그들 제각각이 받은 질문들을 모두 종합해 판세를 간접적으로나마 짐작하는 방식으로.

명단 분류를 시작했다. 최근 급한 빚 문제가 해결됐으므로 고려 대상 중 채권자를 가장 먼저 제외시켰다. 그 후, 대부분의 이름에 줄이 그어졌다. 남은 몇 개 대상들을 중요 순위대로 정렬하는 것을 마지막으로, 작업은 마무리됐다.

어느덧 저녁 시간이었다. 어두워진 하늘을 바라보며, 나는 목록 가장 위에 이름을 올린 영광의 인물들을 생각했다. 제일 먼저 만나야 할 사람들.

이한나의 가족.

경찰에 전화해서 물어봤다. 장례식장이 어디냐고. '가족 사정'으로 장례가 미뤄졌다는 답을 들음으로써, 나는 아버지의 행방이 묘연하다는 사실을 눈치챘다. 어머니와 유나는 어떻게 지내고 있을까. 지금 두 사람을 만나 이것저것 캐물어도 정말 괜찮을까. 고민됐지만, 마음을 굳게 먹었다.

유진과 1년을 함께 했고 사건 후에는 경찰이 제일 먼저 찾아갔을 두 사람. 만나볼 수밖에 없었다.

나는 휴대폰을 집어 들었다.

9

선호와 칠범은《신의일보》를 찾았다. 이한나는 특별취재부에 소속되어 있었지만 결정적인 정보를 준 것은 사회부의 황 기자라는 사람이었다. 사무실에 들어서자마자, 누군가 다가와 알은체를 했다.

"형사님들이시죠?"

황 기자는 나이를 가늠하기 어려운 타입의 남자였다. 팽팽한 피부와 살짝 높은 톤의 목소리에서 20대 같은 젊음이 느껴졌지만, 촌스러운 금색 안경테 너머로 세상 풍파 다 겪은 표정을 하고 있어서 한편으로는 나이가 들어 보이기도 했다. 키가 작고 배가 동글동글한 것이 약간 둔해 보이기도 해서, 흔히 상상하는 활동력 있는 기자의 이미지와는 거리가 멀다는 특징도 있었다.

곧, 조용한 회의실 안에서 마주 앉게 됐다. 선호는 말을 돌리지 않았다.

"더 자세하게 듣고 싶어 왔습니다."

"하아. 어디서부터 시작해야 할지 모르겠네요."

황 기자가 안경을 벗어 테이블에 올려놓았다. 이어 두 손으로 얼굴을 감쌌다가 풀었다. 한동안 말을 잇지 못했지만, 막상 본론으로 들어가자 그는 미리 준비라도 한 듯 막힘이 없었다.

"좋은 기자였어요. 취재거리가 있으면 어디든 마다 않고 달려갔죠. 마감 한 번 어긴 적 없고요, 기사도 늘 잘 나왔습니다. 최근에는 특종도 두 건이나 물었죠. 작년에 '대한민국 자살 보고서'라는 기획기사를 쓴 적 있는데요, 올 여름에는 당시 취재했던 사건 중 한 건이 자살이 아니었다는 걸 잡아냈어요. 그리고 작년에 저희 신문사가 동대문 제일빌딩 화재 사건 특종을 단독으로 보도한 거 아시죠? 그거 다 한나 공입니다. 운이 좋은 건지, 나쁜 건지 그날 한나가 현장에 있었거든요. 정말 대단했어요. 근 1년간 저희 신문사 최고 특종이었습니다. 그 기사 덕에 범인을 잡았고 재판에서도 큰 역할을 했을 정도니까요. 대신 한나는 두 달 가까이 회사에 못 나왔어요. 그 상처가 이제 겨우 회복됐는데……."

황 기자는 말을 맺지 못했다. 칠범이 머리를 갸우뚱했다.

"이상하네요. 화재 사건 기사에서 이한나 씨 이름을 봤는데요."

"아, 캡이 제안했거든요. 마지막으로 전화를 받은 게 우리 캡이었는데 충격이 컸던 모양이에요. 다들 동의했죠. 실적도 중요하지만 기자들한테도 동료애라는 게 있어요. 사경을 헤매는 동료의 공을 가로채고 싶은 마음은 없었어요. 그래서 한나의 성과에는 한나 이름을 붙인 겁니다. 한 네댓 건 될 거예요."

그제야 이해가 된다는 듯 칠범이 끄덕였다.

"업무 복귀 후에는 이상한 점이 없었나요?"

"예. 좀 이상하긴 했죠."

역시 같은 반응이었다. 선호는 입 안이 깔깔해지는 것을 느꼈다.

"자랑스러운 일인데도 화재 사건 기사에 관해 언급하는 걸 꺼렸어요. 뭐, 죽을 뻔했으니 그럴 만도 한가 싶었죠. 또 원래 말수가 많은 사람이 아니었는데 복귀 후엔 더 줄어 있었고요."

"그 외에는요?"

"글쎄요……. 한나는 복귀 후 특별취재부로 옮겼어요. 몇 번 찾아갔었는데, 책상에 앉아 있는 시간이 늘었더라고요. 복귀 후 한동안은 취재를 별로 나가지 않았고, 나갔다 와도 별다른 기사를 제출하지 않는 것 같았습니다. 건강 때문이겠죠. 위에서도 배려해 줬습니다. 그 정도 특종을 잡았으니 당연히 헤아려줄 만도 하죠. 사실 특별취재부는 다음 인사 때 사람을 하나 더 달라고 요청했었어요. 일정보다 이른 충원이라 한나를 크게 닦달하지 않았고요. 그거 말고는 잘 모르겠네요. 보시다시피 다들 워낙 바빠서……. 다른 사람까지 크게 신경 쓰지는 못하니까요."

선호는 바깥 풍경을 내다봤다. 이곳저곳 울리는 전화벨 소리가 유리를 통과해 희미하게 들려왔다. 한 곳에서 전화를 끊으면 또 한 곳의 벨이 울렸다. 누군가를 부르는 소리, 급박한 발소리까지 더해지며 사회부는 분주한 분위기를 이어가고 있었다.

"다들 정신없죠? 아직 안 밝혔습니다. 지금은 윗분들하고 특별취재부 직원들, 그리고 저만 알고 있습니다. 전 사정이 있어 자릴 비웠다가 소식 듣고 급히 돌아왔고요."

"이한나 씨는 왜 갑자기 특별취재부로 옮긴 거죠?"

"아, 그것도 캡의 제안이었어요. 장기 병가를 내도 괜찮지만 만약 복귀할 수 있다면 그쪽으로 가게 해 주겠다고요. 거기도 바쁘긴 하지만 여기보다는 나으니까요. 하루 생각하더니 그러겠다고 했답니다. 다행이죠. 사건팀의 업무 강도는 아무리 못 쳐줘도 신문사 내에서 세 손가락 안에 들어요. 언론은 저마다 국민의 알 권리를 위해 움직인다고 주장하지만, 사실 그보다 더 중요한 건 특종이고 저희 팀은 그 특종 경쟁의 중심에 있으니까요. 한나 역시 스트레스가 심했어요. 그러니 부서를 옮긴 건 잘된 일이었습니다."

경쟁이라……. 그 과정에서 이한나와 갈등을 빚은 이가 있을까. 그게 아니더라도 평소 사이가 나쁜 이라든가.

황 기자는 고개를 저었다.

"딱히 없었습니다. 한나는 친절하고 똑똑한 사람이었어요. 상황에 맞춰 어느 선에서 어떤 행동을 해야 하는지 정확히 알았죠. 회사 내에서 마찰을 일으킨 경우는…… 못 봤어요. 제가 모르면 다른 사람들도 모를 겁니다. 알고 지낸 지 오래됐어요. 한나 수습 시절부터니까요. 다들 '이 기자'라고 부르지만 저는 아직도 '한나, 한나' 할 정도로 친해요. 수습 끝나고 경제부로 갔지만 이후로도 가깝게 지냈고요. 뭐, 사실 벽은 있었습니다. 본인 얘기를 잘 안 했거든요."

회사 밖의 누군가와 다툼이 있다는 이야기도, 황 기자는 들은 적 없다고 했다.

"업무적인 것 외에 아주 소소하게 달라진 점은 없었나요?"

"예를 들면?"

"전에 않던 말이나 행동 같은 거요."

황 기자는 듬성듬성 수염이 올라오기 시작한 턱을 한참이나 쓰다듬었다.

"글쎄요……. 이런 것도 도움이 되려나. 올해 봄쯤이었어요. 한나가 로비에 멍하니 서 있더라고요. 무슨 생각을 그리 하느냐고 물었더니 대뜸 한다는 소리가 '운전이 서툰 두 사람이 똑같은 실수를 했다, 그런데 한 사람은 아무 일 없이 지나갔고 한 사람은 다른 운전자한테서 욕을 들었다, 왜 그런 걸까?'란 거였어요."

"그래서 뭐라고 답하셨나요?"

"답 말고 질문을 했습니다. 혹시 둘이 타는 차가 다르냐고요. 그랬더니 약간 놀란 표정으로 끄덕끄덕하는 겁니다. 한쪽은 억대의 고급차를 타고 한쪽은 고물 경차를 탄다더군요. 그러더니 농담하듯 슬쩍 던지더라고요. '상대방의 경제력, 외모, 직업에 따라 태도를 달리하는 사람이 아주 많은데 원래 그런 거죠?'라고. 안 그런 사람도 있지만 그런 사람이 훨씬 많다고 대답해 줬습니다. 좀 이상하죠? 너무 새삼스런 의문 아닌가요."

확실히, 이상한 질문과 반응이었다. 선호는 이유나와 한성재의 진술을 되씹어봤다.

"비슷한 일, 또 기억나는 건 없으세요?"

황 기자는 고개를 저었다. 화재 사건 후 이런저런 심적 동요가 있나 보다 정도로만 생각하고 넘겨버렸다는 것이다.

"그 심적 동요란 거, 오래 갔습니까?"

"글쎄요. 하지만 언제부터인가 활기를 되찾았어요. 그래서 저도 걱정을 접었죠."

이후 10분가량 더 대화를 나눴다. 기자 이한나는 '똑똑하고, 부지런하고, 친절하지만 속을 알 수 없는 면이 있는 사람'으로 정의되는 인물이었다. 선호는 화제를 전환했다.

"812 사건에 대해 말씀해 주시겠습니까?"

"아, 그거요. 준비하던 게 있었어요."

이상했다. 이틀 전 다른 형사들이 이미 사회부와 특별취재부에 다녀갔다. 분명 물어봤다. 혹시 이한나가 812 사건에 유독 관심을 갖지 않았느냐고. 아니라는 답을 들었다. 사회부 시절 그녀의 담당 구역에서 발생한 사건도 아니었고, 평소 이한나는 눈을 끄는 범죄 사건보다는 사회 병폐와 비리 관련 사안에 관심이 많았다고 했다.

황 기자가 당연하다는 투로 말했다.

"그야, 저 말고는 아무도 모르니까요."

"그게 무슨 뜻이죠?"

"제가 회사를 계속 비웠어요. 미국 갔다가, 제주도 갔다가, 어제저녁에야 돌아왔죠. 사실, 812 사건은 제가 꽤 오래 들고 있던 건이에요. 그런데…… 아, 맞다."

"왜 그러십니까?"

"그러고 보니…… 이거요, 아까 하신 질문의 답이기도 하겠네요. 한나한테 굳이 이상한 점이 또 있었다면 갑자기 그 사건에 흥미를 가졌다는 겁니다."

"갑자기요?"

황 기자가 머리를 크게 주억거렸다.

"네. 일단, 취재를 자청한 것부터요. 저희는 여러 주제의 기사를 동시에 준비하는데요, 당시 812 사건을 비중 있게 다룬 기자는 없을 거예요. 마지막 사건이 있은 지 꽤 지났고, 수사에 진전은 없고, 사람들 관심도 많이 수그러든 상태였으니까요. 딱히 기사 쓸 게 없는 시점이었어요. 그런데 한나가 갑자기 절 찾아와선 그 사건에 관심이 생겼다고, 도와달라고 하더란 말이죠. 전 거의 접은 건이라 자료를 넘겨줬습니다. 위에는 보고 안 했어요. 주변에도 안 알렸고요. 언급했다시피 그리 중요한 아이템이 아니었으니까.

특별취재부는 기사의 경계가 없어요. 사회, 경제, 정치, 문화 등 온갖 주제를 다 다루죠. 그런데 살인사건 심층 취재 같은 건 예외예요. 굳이 필요하면 저희랑 같이 준비하는 경우가 많고요. 근데 혼자 하겠다고 하더라고요. 미제 사건의 일상적인 경과를 알리거나 여론을 환기하는 기사를 쓰려나 보다 싶었죠. 언제 올릴 거냐고 몇 번 물어봤는데 그때마다 아직은 아니라고 했어요. 방향을 못 정했다나요."

"자료를 넘기신 건 언젭니까?"

"5월 중순쯤이었어요. 그 건에 집중하기 시작한 건 여름부터였던 것 같지만요."

"누굴 만났는지 아십니까?"

"아뇨. 취재를 열심히 하진 않던데요."

"취재를 안 해요?"

"네. 그보다는 이미 있는 자료를 보는 데 공을 들였어요. 중요하지 않은 부분에 대해서도 질문했고요. 제 자랑은 아니지만 그 사건, 제가 좀 깊이 팠죠. 모든 언론사 기자 통틀어 몇 손가락 안에 들 겁니다. 부족한 부분이 있어 한나가 추가 취재를 했는지는 모르겠네요."

"황 기자님은 사건에 대해 얼마나 자세히 알고 계시죠?"

황 기자가 멈칫했다. 말문이 막힌 듯 빠끔빠끔 하더니만, 이윽고 체념한 듯 털어놨다.

"남서울서 형사 중에 친한 형님이 있습니다. 기사를 내지 않는 조건으로 제가 좀 자세한 정보를 얻었죠. 당장 써먹지는 못해도 그런 정보를 갖게 되면 이후의 경쟁에서 남들보다 앞설 수 있으니까요."

"부검 보고서도 얻으셨나요?"

"사본은 못 얻었고, 한 번 보긴 했습니다. 아! 오해 마세요. 절대 기사로 쓰진 않았으니까요."

"그래도 그 내용, 기록은 해 두셨죠? 그것도 넘기셨나요?"

"네."

대화가 그쪽으로 흐르는 게 불편한 듯 황 기자가 화제를 다시 이한나로 바꿨다.

"근데 그게 다였어요. 포기했댔어요. 새로운 게 전혀 없다고."

"진짜로 포기했습니까?"

"아마도요. 이후로는 그 사건에 대해 전혀 언급 안 했거든요."

한동안 더 대화를 나눴지만 그 이상의 것은 없었다. 선호와 칠범은 황 기자와 헤어진 후 특별취재부로 향했다. 그곳에서 황 기자의 진술이 사실임을 확인했다. 부장은 이한나가 812 사건에 관심이 있었다는 사실조차 모르고 있었다.

10

"여보세요."

어머니 번호로 걸었지만 전화를 받은 건 유나였다. 차마 입이 떨어지지 않아 망설이다가 나는 용기를 냈다. 수화기 너머의 감정이 느껴졌다. 당혹, 불안, 의심. 몇 마디 나누는 소리가 들리고 얼마 후, 힘없는 목소리가 내게 말했다.

"오셔도 돼요."

그날 밤, 잠을 이루지 못했다.

내가 강유진이 되기 전에도 석 달 가까이 가지 않은 곳이었다. 일 년이 훌쩍 넘어 찾은 집은 여전했다. 허름한 반지하 다세대 주택. 가슴을 옥죄는 습기 냄새, 걷기만 해도 숨이 막히는 계단. 칠이 벗겨진 모양 그대로 녹이 슨 문 앞에서 나는 크게 심호흡을 했다.

열린 문틈으로 살짝 내다보는 얼굴은 내가 기억하는 것과는 사뭇 달랐다. 유나는 그사이 더 자랐고, 작년에 봤을 때보다 한층 더 나를 닮아 있었다. 생김만이 아니라 분위기도 그랬다. 해사한 웃음은 온데간데없었다. 보름달처럼 밝은 빛도 사라지고 없었다. 못 본 지 겨우 1년인데 마치 10년이나 된 듯 그립고 그리웠던 얼굴에는 슬프고, 지치고, 피곤한 기색만이 남았다.

"안녕하세요."

모르는 사람을 대하는 눈. 유나는 어색하게 인사를 하더니 어머니를 불러왔다. 내 기억보다 10년은 더 늙은 여자가 비틀대며 걸어 나왔다.

초췌했다. 죽을 날을 받아놓은 환자라고 해도 믿을 정도였다. 다 기어들어가는 목소리로 앉으라고 권하는 늙은 여인 앞에서, 나는 왈칵 올라오는 울음을 억지로 눌렀다. 그러고는 정말로 말도 안 되는 인사를 건넸다. 남의 상갓집에서 하는 위로의 인사.

시간이 약간 흐른 후, 나는 공통의 관심사를 이용해 대화를 시작했다. 주제는 '나'였다. 어머니가 처음 보는 여자를 딸의 친구라고 철석같이 믿게 되기까지는 채 몇 분이 걸리지 않았다. 상대가 자기 딸에 대해 자신보다 더 잘 알고 있었기 때문이었다.

하지만 거기까지였다. 그 다음부터는 쉽게 풀리지 않았다. 일이 어떻게 돌아가고 있는지, 혹시 유진이 어떤 단서를 남기지 않았는지 확인하는 데 필요한 질문들을 던졌지만 두 사람은 아는 게 거의 없었던 것이다. 질문을 바꿔보고, 넌지시 던지고, 대놓고 던지고, 유도 신문도 해 보았지만 정말로 나오는 게 없었다. 결국 이 부분은 포기하고 대화의 방향을 틀어야 했다. 그 다음으로 중요한 것. 아버지의 행적. 사건이 있던 날, 아버지는 어디서 무엇을 했을까.

"몇 주 전부터 연락이 안 돼요."

대부분의 질문에 잘 모른다고 대답하던 모녀는 어느덧 망설이기 시작했다.

"저기요, 그런 건 경찰이 다 묻고 갔어요."

갑자기 나타나 남편에 대해서까지 꼬치꼬치 캐물어 대니 불안해진 모양이었다. 어느새 유나 역시 수상쩍은 사람을 대하는 눈을 하고 있었다. 결국 나는 최근 이한나에게 큰돈을 빌려주었으며 친구이자 채권자로서 그 죽음에 의문을 갖게 됐다고 말할 수밖에 없었다. 두 여자의 얼굴에 놀람과 수긍의 빛이 동시에 어렸다.

"아, 돈을 갚으라고 찾아온 건 아닙니다."

난처한 표정에 안심하는 내색이 덧씌워졌다. 유나는 담담했다. 이제 겨우 중학생인데 벌써부터 이런 일에 익숙해지다니. 동생의 얼굴 위로 어릴 적 내 얼굴이 겹쳐보였다.

"한나 씨는 아버지와 사이가 나빠 고민하던데요. 그렇다면……."

"애 아빠랑은 상관없는 일이에요."

너무나 단호한 태도. 나는 무슨 말이든 더 하려고 했지만, 어머니는 더는 대화를 이어갈 마음이 없어보였다.

"죄송합니다. 제가 몸이 안 좋아서요. 좀 누워야겠어요."

구부정한 뒷모습이 방 안으로 사라졌다. 혼자 남은 유나는 난처해했다.

"엄마랑 저는 아는 게 별로 없어요. 엄마는 방금 퇴원했고, 아빠랑은 정말로 연락이 안 돼요."

나는 조금만 더 얘기하자고 유나를 설득했다. 경찰이 무엇을 궁금해했는지, 유나가 어떤 답을 했는지 알려달라고. 유진의 죽음에 존재하는 '특이점'의 정체를 밝혀내기 위함이었지만, 별 수확은 없었다. 낯선 이 앞에서 유나는 말을 아꼈다. 경찰이 아버지에 관해 물었고 찾고 있단 것만 겨우 알려줬을 따름이었다. 이후에는 엄마와 자신은 아는 게 없다는 소리를 반복하기 시작했다. 연신 미안하다고도 했다. 대화를 마무리 짓고 싶어 하는 것이다.

끄덕이며 고개를 돌리는데, 액자 하나가 눈에 들어왔다. 세 여자가 웃고 있었다. 처음 보는 사진이었다.

"저건 언제……."

"이번 여름에 찍은 거예요."

"다른 사진도 있지 않아?"

"그치만 셋이서 웃으면서 찍은 건 저거밖에 없어요."

나는 약간 충격을 받았다. 그랬던가. 나는 함께 웃는 사진 한 장 남기지 않았던가.

"우리 사진 전부 다 합쳐도 저 사진이 제일 좋은 거예요."

사진 속 언니를 바라보는 유나의 눈에 그리움이 비쳤다. 나는 할 말이 없었다. 앞으로도 어머니와 유나는 저 사진을 보며 딸과 언니를 기억하며 산다는 건가. 함께 웃으며 지냈던 지난 1년을 그리면서?

저게 제일 좋은 사진이라고?

마음을 추슬렀다. 만나야 할 사람은 또 있었다.

“한나 친구시라고요?”

성재의 해쓱한 얼굴에 의심이 빛이 섞여들었다.

“한나 씨가 제 얘기한 적 없었나 보죠?”

“전혀요.”

역시나 거짓말이 필요했다. 이번에는 『글루미 선데이』를 이용했다. 그는 그 사건 때 내가 얼마나 고민했는지 알고 있었다. 나는 그 신문 기사와 관련된 일련의 사건을 겪으며 최근 우리 두 사람이 마음을 나누는 사이가 됐다고 설명했다.

“아…… 그분이시군요.”

이후, 이한나와 아주 가까운 사이가 아니면 알 수 없는 내용들을 은근슬쩍 끼워 넣어가며 대화를 이어갔다. 어머니보다 오래 걸리긴 했지만, 그 역시 옅게 남아 있던 경계심마저 서서히 풀기 시작했다. 이때다 싶어 나는 유진이 어떤 단서를 남기지 않았는지 확인할 수 있는 질문을 던졌다. 실망스러웠다. 성재는 유나만큼이나 아는 게 없었다. 유진의 성격이야 익히 아는 바였으므로 주변에 이것저것 흘리지 않았으리란 예상은 했지만 이렇게 먼지 하나 남지 않았을 줄이야.

나는 질문을 바꿨다.

“경찰을 만나셨나요? 뭘 물어보던가요?”

“그건 왜 궁금해하십니까?”

되묻는 톤에 불쾌한 감정이 배어나왔다. 나는 얼른 수습했다.

“아, 각각 받은 질문을 합쳐 보면 어떨까 해서요. 한나 씨와 친한 사람들만 알아차릴 수 있는 단서가 있을지도 모르잖아요. 분명 수사에 도움이 될 거예요."

그가 묻지 않았음에도 나는 경찰서에서의 일을 꺼내놓았다. 감정도 조금 섞어서. 그가 약간은 안심한 듯 말을 받았다.

"아, 그러셨군요. 저도 비슷합니다."

경찰과 나눈 대화 내용에 이어, 그가 알리바이를 증명한 과정에 대해서도 간략하게나마 들을 수 있었다. 한데 그 말대로라면 11월 6일 새벽 그의 알리바이는 명확하지 않았다. 유진이 언제 죽었는지는 정확히 모르지만, 경찰이 참고인들의 11월 6일 새벽 알리바이를 확인하는 이유는 파악했다. 여기 오기 전 마지막으로 확인한 뉴스는 며칠 전 마포구의 야산 아래에서 전소된 승용차가 발견된 사건과 관련해, 11월 6일 새벽 1시경 수상한 사람을 목격한 경우 제보를 바란다는 내용이었다. 제보받는 곳은 마포경찰서와 중앙경찰서. 그렇다면 그 뉴스는 중앙천 여성 변사 사건에 관한 것이 분명했다. 내가 확인한 바, 현장은 큰길에서 꽤 멀리 떨어진 하천 쪽. 차량을 몰고 해당 지점까지 가려면 열에 아홉은 중앙대교 혹은 세종대교를 건너는 루트를 이용하게 된다. 경찰은 당시 두 다리를 지나간 차량들을 확인하는 작업에 즉시 착수했을 것이다. 수천 명의 차주에게 일일이 연락해 사건 당일의 차량 운행 이유와 시간대별 알리바이를 일일이 대조하는 작업. 길게는 몇 달이 소요되기도 하고, 그러고도 아무것도 건지지 못하는 일도 허다한 작업. 그런데 이번에는 단 사흘 만에 뭐가 나온 거다. 큰 수확 같지만 실상은 그렇지 않았다. 상황을 종합해 보면 범인은 대포 차량 혹은 도난 차량을 이용했고, 구 경계를 넘어 마포구 야산으로 가 증거를 인멸했으며, 그 직후 깨끗하게 증발했다는 뜻이 되니까.

경찰은 사건 해결의 유력한 루트를 하나 잃었다.

"저기요."

"네? 아……."

성재의 목소리에, 나는 다시 현실로 돌아왔다.

전후 사정으로 미루어 경찰이 그의 알리바이를 문제 삼는 것 같지는 않았다. 나 역시 그의 알리바이 자체보다는 그것을 입증하는 과정에서 경찰이 무엇을 요구했는지, 어떻게 반응했는지 등에 더 집중했다. 그 '특이점'의 정체, 경찰의 진짜 의중을 짐작할 만한 힌트가 그들의 언행 속에 숨겨져 있지는 않을까 해서. 하지만 없었다. 이후의 대화에서도 단서는 거의 안 나왔다. 사실, 입단속을 요구받은 느낌을 약간 받기는 했는데 더 캐묻지 못했다. 성재의 성격상 그 이상 파고들면 불안감을 느끼고 대화를 아예 중단할 가능성이 높았기 때문이었다.

들을 것은 다 들었다는 판단이 섰다.

"두 분, 만나신 지 오래됐다고 들었어요. 일은 이렇게 됐지만 좋은 추억이 많았으면 좋겠네요."

나름 마음을 쓴, 내 마지막 인사였다. 그런데 그의 반응이 조금 이상했다. 얼굴에서 표정이 서서히 사라졌고 눈의 초점도 조금 흐려졌다. 뭘 떠올리는 걸까. 이어진 반응에 나는 얼을 먹었다.

"오래 만났죠. 많이 싸웠고요. 하지만 최근에는 달랐어요. 아니, 한 번도 느껴본 적 없을 정도로 행복했어요. 지난 1년은요."

처음으로 내보인 따뜻한 감정. 나는 섭섭한 마음을 주체할 수 없었다. 이건 또 뭔가. 이 와중에도 유진과의 추억을 회상하면 웃을 수 있다는 건가. 지금 내 앞에서 나와의 5년이 아니라 유진과의 1년이 더 행복했다고 말하는 건가.

앞으로 그가 그리워할 이한나는 내가 아니라, 유진이라는 건가.

그와 헤어진 후, 나는 노트를 꺼내 목록에서 또 한 사람의 이름을 지웠다. 푸른색과 검은색이 뒤섞이기 시작한 하늘 아래 하염없이 앉아서, 나는 나와 유진에 대해 생각했다.

11

이한나가 사건에 대해 어디까지 팠는지는 알 수 없었다. 비밀리에 움직였다는 말은 사실이었다. 문제는 그 목적이 불명확하다는 점이었다. 사건 관계자들에게 연락했으나 그런 기자는 만난 적 없다고들 했다. 황 기자의 진술처럼, 이한나는 이미 확보된 자료 안에서 뭔가를 찾는데 중점을 둔 듯했으며, 만약 취재를 했다면 이전에 사건 관계자로 분류된 적 없는, 완전히 새로운 대상을 만난 것으로 추정됐다.

이상한 점은 그뿐만이 아니었다. 황 기자가 넘겨준 것을 포함해 812 사건 자료가 전혀 발견되지 않은 것이다. 집과 회사를 뒤엎고 개인용, 업무용 컴퓨터를 모조리 뒤지고 삭제한 자료까지 복구했지만 관련 기록은 거의 나오지 않았다.

"이거…… 애초에 없었던 거 아냐?"

"하지만 황 기자는 자료를 넘겼다고 강하게 주장하고 있습니다."

"거짓말 아니고? 그 사람, 812 사건 내용 제법 깊이 안다고 하지 않았나?"

"그렇기는 한데요, 사건이 있던 날엔 출장 때문에 제주도에 있었습니다."

현시점에 손에 잡히는 유일한 지푸라기인 만큼, 황 기자의 진술을 일단 신뢰할 수밖에 없었다. 그에 따라 경찰은 812 사건과 이한나의 행적을 연결시켜보려 부단히 애를 썼다. 이 일로 가장 크게 불똥이 튄 곳은 1팀이었다. 크고 작은 단서를 물어온 다른 팀들과는 달리, 피해자의 사건 당일 행적을 파악 중인 1팀은 시신 발견 4일째인 현재까지 단 하나의 수확도 거두지 못하고 있었다.

"11월 5일 목요일 13시 이후로 피해자를 본 사람이 없습니다. 통화는 딱 1건, 17시 37분에 친구 전화를 받은 건데 별 문제 없고요. 차량은 회사에 주차돼 있었고 교통카드 사용 기록은 없습니다. 택시, 버스 다 뒤지고 있는데 안 나옵니다. 집에도 안 갔고요. 공개수사로 돌려 제보를 받기 전에는 확인이 안 될 것 같습니다."

1팀장의 얼굴은 황태포처럼 누렇고 푸석푸석했다.

"집에서 쓰던 노트북에 812 사건을 검색한 기록이 있긴 한데요, 일반적인 뉴스들뿐입니다. 황 기자가 준 건 USB 메모리와 노트 사본입니다. 몽땅 사라졌어요."

"이건 좀 비약일 수도 있는데……." 새로운 가능성이 제기됐다. "피해자가 범인의 정체를 알아낸 건 아닐까요?"

까만 머리들이 빼곡하게 들어찬 회의실은 침묵에 휩싸였다. 선호는 황 기자와의 대화를 곱씹어봤다. 이한나는 한동안 그 건에 집중하는 것 같았지만 결국에는 포기했다고 했다. 그 과정에 뭔가 있지 않았을까? 사실, 그녀는 취재 중 기대 이상의 수확을 올렸던 게 아닐까? 하지만 전혀 예상치 못한 어떤 벽에 부딪혔고. 그 정도의 기사를 포기하게 만든 벽이라……. 뭐였을까?

한편에서는 가당찮은 소리 말라고 했다.

"장난하나? 영화도 아니고 말이야. 기자가 어떻게 범인을 밝히나? 경찰도 못 한 걸. 게다가 그걸 알았으면 왜 기사를 안 냈겠나. 세상을 뒤집어놓을 특종인데."

그때 광역수사팀장이 논점을 조금 바꿨다.

"그럼 이건 어떻습니까? 범인을 알아낸 게 아니라, 그 정체를 밝힐 수 있는 결정적인 단서 혹은 사람에게 닿았다는 거요. 심지어 피해자는 그 단서 혹은 사람이 범인과 직접 관련돼 있다는 사실을 몰랐을 수도 있습니다. 그저 어떤 진술을 듣거나 누군가를 만난 것뿐인데 '진범 쪽 사람'이 보기에는 큰일 났다 싶었던 거죠."

"뭔가를 들었거나 누군가를 만났기 때문에 살해됐다?"

이쪽은 수긍하는 사람들이 있었다. 광역수사팀장이 '진범 쪽 사람'이라고 발언한 이유는 부검이 끝난 시점에 이번 사건과 1·2차 사건은 동일인의 소행이 아니라는 잠정 결론이 내려졌기 때문이었다. '진범 쪽 사람'은 진범과 몹시 친밀한 인물, 이를테면 가족, 공범 등을 뜻했다. 피해자가 진범에게 접근할수록 그 인물 역시 불안해졌을 것이다. 그래서 나섰다고 하면, 말이 됐다. 범행 수법에서 공통점과 차이점이 함께 발견되는 이유도 어느 정도 설명이 가능했다.

그때 2팀장이 번쩍 손을 들었다. 수사가 진행될수록 양쪽 귀 위에 매달린 깜장 브로콜리는 점차 싱싱함을 잃어가고 있었지만, 줄기 상태는 아직 괜찮아 보였다.

"앞뒤가 안 맞는 점이 하나 있습니다. 진범의 정체가 드러나는 걸 두려워한 누군가가 피해자를 죽였다? 네, 그럴 수도 있죠. 그런데 이상하지 않습니까? 제가 그 '진범 쪽 사람'이라면 이런 식으로 처리하지 않았을 겁니다. 교살이든 사고사든 자살 위장이든, 이전 사건들과의 접점을 못 찾도록 꾸몄을 겁니다. 그게 안전해요. 지금 돌아가는 걸 보십시오. 잠잠해지고 있었는데 사서 경찰의 관심을 유도한 꼴이 됐습니다."

그 지적에 이견은 없었다. 자연히 토론 주제는 두 번째 가설로 넘어갔다.

"그렇다면 이쪽 가능성이 더 높지 않습니까? 피해자에게 원한을 품은 누군가가 살해 후 812 사건으로 위장했다는 거 말입니다. 경찰, 기자, 학자처럼 사건의 상세 정보에 접근 가능한 이들 중 동기를 가진 인물은 아직 나오지 않았습니다. 범위가 워낙 넓으니까 조사하다 보면 뭔가 나올지도 모르지만요."

"아뇨, 범위는 더 넓어집니다. 꼭 그 사람들이 아니라도 가능해졌잖습니까. 황 기자의 취재 기록이 깨끗하게 사라진 걸로 미루어, 관계자가 아닌 인물이 사건 정보를 훔쳐서 이용했을 소지도 충분합니다."

광역수사팀장의 의견에 대부분이 동의했다. 이는 서장도 마찬가지였다.

"맞아. 피해자가 그 사건을 취재 중이란 점을 이용해 마치 진범에게 당한 것처럼 꾸며놓고 본인은 뒤로 빠진다? 이 경우 역시 범행 수법에 공통점과 차이점이 공존하는 이유가 설명돼. 황 기자와 피해자가 사건을 아무리 깊이 파헤쳤다고 해도, 그래 봐야 기자야. 경찰이 아니라고. 극도로 세밀한 부분까지 밝혀내지는 못했을 거야. 또 아무리 많은 정보가 있어도 완벽하게 모방해내는 건 불가능하고. 그래서 약간의 틈이 생긴 거라면, 아귀 맞잖아."

이 때문에 이한나 가족의 혐의는 더욱 짙어졌다. 가족이라면 취재 기록을 몰래 볼 수 있었을 것이다. 어렵지 않게 훔쳐서 파기할 수도 있다. 어머니와 동생은 그녀가 없는 사이에도 종종 집을 드나들었다. 피해자 아버지의 행방이 묘연하다는 점 역시 수상했다.

뫼비우스의 회의가 계속됐다. 이쪽에서 시작하면 저쪽에 닿았고, 저쪽에서 시작하면 이쪽에 닿았다. 수사력을 한 방향으로 모으기에는 이른 시점이었으므로 팀을 나눠서 각 가설을 뒷받침할 추가 정보를 모으기로 했다. 문제는 수사 범위를 넓히고 의미 있는 제보를 기대하려면 이번 일이 812 사건과 관계있다는 사실과 피해자가《신의일보》기자란 사실을 밝혀야 한다는 점이었다. 특히, 점점 더 황태포를 닮아가는 1팀장은 이 정도면 할 만큼 했다, 당장 공개로 전환해야 된다며 목에 핏대를 세웠다.

"파장이 크겠지만 각오해야 합니다. 둘 다 터뜨리면 난리가 나겠죠. 그렇다면 피해자 신원만이라도 공개해 주십시오. '중앙천 여성 변사 사건'으로요. 812 사건과의 연관성, 경찰 내부 혹은 피해자 주변에 모방 범죄의 동기를 가진 자가 있을 수도 있단 점은 비공개로 가면 되지 않겠습니까."

이미 '중앙천 여성 변사 사건'은 적당한 선에서 언론 브리핑이 진행되고 있었다. 단, 가족의 요청, 수사 진행상의 필요성 등을 이유로 중요 정보는 철저히 비밀에 부쳐졌는데 1팀장은 그 선을 확대해 달라는 것이었다. 공개는 정해졌다. 그 범위에 대한 논의가 진행 중인 때였다. 별안간 회의실 문이 벌컥 열리고 형사팀 막내가 헐떡거리며 들어왔다.

"방송국에서 연락이 왔는데요. 뉴스를 좀 보셔야겠습니다."

새까만 눈동자 수십 개가 용감한 걸음으로 회의실을 가로지르는 막내를 따라 움직였다. 막내가 책상 위에 놓여 있던 리모컨을 움켜쥐었다.

"QNN 개국 30주년, 언제나 시청자와 함께 하는……."

짧은 광고 영상이 끝난 후 뉴스가 시작됐다. 모두의 입이 떡 벌어졌다.

"며칠 전, 서울 중앙천 인근에서 20대에서 30대로 추정되는 여성이 살해된 채 발견됐다는 소식을 전해드렸는데요, 저희 QNN의 취재 결과, 이번 범행의 수법이 지난 2012년과 2013년 남서울구에서 발생한 두 사건, 일명 812 살인사건의 수법과 매우 흡사하다는 사실이 확인됐습니다. 현재 경찰은 연쇄살인사건의 가능성에 무게를 두고 수사를 진행 중이라고 합니다. QNN이 단독으로 보도합니다."

서장이 벌떡 일어났다. 의자가 바닥에 나동그라졌다.

"저거 뭐야?"

그와 동시에 회의실 내 모든 휴대폰이 한꺼번에 울리기 시작했다.

기자실에서 항의가 빗발친 지 30분 후, 기자회견이 열렸다. 특종을 내보낸 기자는 맨 앞자리에 의기양양하게 앉아 손가락으로 볼펜을 튕기고 있었다. 그의 뒤로, 낙종한 기자들이 앞선 회견 내용에 관한 불만을 쏟아냈다. 결국 경찰은 보도 내용의 일부를 인정할 수밖에 없었다.

"저희가 해당 정보를 공개하지 않은 데는 이유가 있습니다. 사건 정황의 일부가 비슷한 것은 맞습니다. 하지만 동일범의 소행으로 단정 지을 수는 없습니다."

"모방 범죄란 뜻인가요?"

"상세 내용은 수사 기밀로, 아직 발표할 단계가 아닙니다."

"피해자 신원은요?"

"그 역시 비공개 사항입니다."

고성이 오갔다.

기자회견과 동시에 모든 매체에서 새로운 뉴스를 보도하기 시작했다.

'연쇄살인마, 2년 만에 돌아왔나?'

'연쇄살인범? 모방범?'

'세 번째 피해자인가, 첫 번째 피해자인가.'

언론에 여론이 합세했다. 맹렬한 비난이 쏟아졌다. 사건이 발생한 게 언제인데 왜 아직도 해결을 못 하느냐, 철밥통에 밥 해 먹으니 맛있더냐, 그러고도 니들이 경찰이냐. 윗선의 압박도 심해졌다. 도대체 어디서 정보가 샌 거냐, 폭주하는 언론을 어떻게 막을 거냐, 그 망할 놈은 대체 언제 잡을 거냐. 샌드백이 된 형사들을 향해 팀장은 하루 열 두 번씩 주문을 외웠다. 정신줄 놓지 마, 정신줄 놓지 마…….

그런데 엎친 데 덮친 격으로 더욱 기가 찬 일이 일어났다. 기자회견이 있은 지 단 하루 만에, 피해자의 신원이 세간에 공개된 것이다.

처음에는 인터넷을 통해 간단한 인적 사항이 알려졌다. 그 직후 한 방송사에서 피해자가 모 신문사의 기자라는 뉴스를 보도하면서 파장은 일파만파로 커졌다. 곧 피해자가 동대문 제일빌딩 화재를 특종 보도 했었다는 기사가 나왔고 온 국민이 그녀를 알게 됐다. 황 기자의 협조 덕에, 다행히도 피해자가 812 살인사건을 취재 중이었단 사실은 알려지지 않았지만, 기어코 그녀가 범인을 밝혀냈을 거란 추측이 네티즌 사이에서 불거졌고 그 역시 여과 없이 기사화됐다. 추측 보도였지만 곧 사람들 사이에서 진실로 받아들여졌다. 《신의일보》에서는 부인했다.

"당시 이한나 기자는 불법 체류자 범죄, 핵심 기술 해외 유출 사건 등을 다루고 있었습니다. 812 사건과는 무관합니다."

그럼에도 열기는 쉽게 가라앉지 않았다. 일개 기자가 범인을 알아내는 동안 경찰은 놀고먹었느냐는 비난이 거세졌다. 항의 전화와 거짓 제보 전화가 빗발쳤다.

그런데 뜻밖의 수확이 있었다.

다음 날, 인천남부경찰서에서 연락이 왔다. 꽤 신빙성 있는 제보가 들어왔다는 것이었다. 내용을 들은 모두가 어리둥절해했다.

"제보자는 특수 칼 전문점 사장입니다. 인터넷에서 피해자 얼굴을 보고 저희한테 연락했다고 하네요. 한 달 전쯤, 피해자가 가게에 들러 칼 8자루를 구입했다고 합니다. 매장 CCTV 영상을 확인했는데요, 모자와 머플러에 가려져서 구입자의 얼굴은 안 보입니다. 범위를 넓혀가면서 근처 CCTV 영상을 일일이 확인해 봐야 할 것 같습니다. 현금으로 계산했기 때문에 구입자를 특정하기는 어려운데요, 사장은 자기 기억이 정확하다고 주장합니다. 보통 칼을 여러 자루 구입하는 경우, 딱 보기엔 다 달라 보여도 용도는 한 가지랍니다. 요리사가 온갖 형태, 크기의 칼을 골라도 결국은 다 요리용인 것처럼요. 그런데 이번 경우는 좀 수상했답니다. 요리용, 등산용, 사냥용, 잠수용 등등으로 용도가 제각각이었대요. 그러면서 당시 판매했던 칼 모델을 전부 가져왔습니다."

인천남부경찰서는 칼 정보와 사진 자료를 보내줬다. 칼 실물은 국립과학수사연구원으로 보내졌다.

이한나로 추정되는 인물이 칼을 고른 기준은 명확해 보였다. 8자루의 칼 모두 칼날의 폭과 길이가 비슷비슷했다. 문제는 그 규격이 모두에게 익숙했다는 점이다. 보고서에서 본 적 있었다. 세 건의 살인에 사용된 흉기, 너나없이 찾아 헤매고 있는 그 날붙이의 규격으로.

12

터덜터덜 빌라로 돌아온 나는 무거운 팔을 들어 엘리베이터 버튼을 눌렀다.

"잠깐만요."

급박한 목소리였다. 나는 엘리베이터 안으로 한 발을 들였다가 멈칫했다. 김 실장이 다가왔다.

"강유진 씨 앞으로 뭐가 왔어요, 여기."

봉투 하나가 얼굴 앞으로 쑥 들어왔다.

좁은 상자 안에서 혼자가 되자마자, 나는 평소와 다른 점이 두 가지 있다는 것을 깨달았다. 첫째, 택배는 무인함에서 가져가면 되고 등기는 사인을 하고 찾아야 하는데 이번에는 그냥 받았다. 둘째, 봉투에는 소인도, 보낸 사람의 이름도 없었다.

집에 올라와 텔레비전부터 틀었다. 뉴스 시작 전 광고 방송 중이었다. 나는 가방을 던지듯 내려놓은 후 손에 들린 것을 이리저리 살펴봤다. A4용지 크기에 딱 맞는 노란색 종이봉투였는데, 시중에 파는 종류는 아니었고 사면이 투명테이프로 꼼꼼히 밀봉되어 있었다. 입구에 붙은 테이프를 떼려 할 때였다. 손에서 빠져나간 봉투가 툭, 하고 발등 위에 떨어졌다.

흘러나오는 뉴스가 귀를 사로잡았다. 나는 휙, 몸을 돌렸다.

지금 뭐라는 거야?

이한나가…… 연쇄살인범에게 살해당했다고?

숨을 쉴 수가 없었다.

앵커의 목소리, '연쇄'라는 단어, 지금까지 만난 사람들의 얼굴이 모두 뒤섞였다.

연쇄살인이라……. 예상을 완전히 벗어나는 전개였다. 이거였구나, 그 특이점. 섣불리 발표할 수 없는 내용이라 경찰이 그렇게나 꽁꽁 숨겼구나. 그렇다면 지금까지 경찰이 내 주변인들을 대한 태도는 어떻게 설명할 수 있을까? 주변인들 알리바이를 일일이 확인한 건 그야말로 의례적인 절차였나? 그게 아니라면…….

그런데 잠시 후, 나는 어딘가 앞뒤가 맞지 않는다는 걸 깨달았다.

모순이 있었다.

812 살인사건은 나도 아는 건이었다. 범인은 기이할 정도로 동일한 패턴에 집착했었다. 피해자의 경우, 외모가 매우 비슷했고 직업과 성격까지도 그랬다. 나는? 그들과 정반대의 타입이다. 경찰이 이토록 중요한 부분을 무시했을 리 없다. 저것, 신뢰할 수 있는 뉴스인가?

나는 보도 내용을 재확인했다. QNN이 독점으로 잡았다. 그러니까 딱 한 군데서 나온 뉴스란 거였다. 혹시 오보는 아닐까.

한 시간도 지나지 않아 경찰이 기자회견을 열고 보도 내용을 일부 인정함으로써 내 의문은 해결됐다. 하기야 QNN이 방송국 문을 닫으려고 작정하지 않고서야 이렇게 큰 뉴스를 제대로 된 확인 절차 없이 내보냈을 리는 없었다.

달이 넘어가고, 해가 다시 뜰 무렵까지도 열기는 식지 않았다. 불꽃 터지듯 올라오는 뉴스들을 밤새 읽으며 나는 또 선택의 기로에 놓였다. 꽤 오랜 갈등 후에야 결정을 내릴 수 있었다.

사건을 계속 쫓기로.

문제는 '어떻게?'였다.

유진의 죽음이 이전의 두 사건과도 얽혀버린 지금, 내 주변 사람들을 통해 사건 내부로 들어가려는 시도는 무의미했다. 그렇다고 해서 사건 안쪽에서 시작할 수도, 시작할 필요도 없었다. 그 방면에서 나는 경찰을 따라갈 수 없었다.

온갖 조건을 고려한 결과, 내가 선택할 수 있는 길 중 가장 적절한 길은 이거였다. 유진이 죽은 사건의 안쪽도, 바깥쪽도 아닌 그 중간에서 시작하는 길. 과거 두 사건을 조사하는 것이다. 1·2차 사건의 내용은 지난 몇 년간 어느 정도 공개가 됐다. 원래 내가 알고 있는 내용도 있고.

그러나 그것만으로는 불충분했다. 더 상세한 정보가 필요했다.

만나야 할 사람이 생겼다.

***

"경찰을 믿을 수가 없어서요. 직접 움직이고 있습니다."

황 선배는 난감하다는 투였다.

"마음은 알겠습니다. 하지만 아무리 친한 친구라고 해도, 그런 일로 한나 씨에 대해 시시콜콜 알려드릴 수는 없어요."

물론 그렇게 나올 줄 알았다. 그에게는 내가 낯선 사람이겠지만, 나에게 황 선배는 몇 년을 가까이 두고 본 사람이었다. 원하는 걸 얻어낼 방법이야 빤했다.

봉투 하나가 테이블 위에 놓였다. 내용물을 본 황 선배의 입이 떡 벌어졌다. 오만 원 권 100장 두 다발. 황 선배의 딸은 미국에서 혈액암 치료를 받고 있었다. 연봉이 상당함에도 그가 빚에 허덕이는 이유였다. 예상대로 황 선배는 금세 갈등하기 시작했고 나는 바로 쐐기를 박았다.

"정보를 주세요. 여기서 정보란 한나 씨에 관한 것, 812 사건에 관한 것 그리고 경찰의 움직임까지 포함이에요. 알려주실 때마다 그에 상응하는 비용을 지급하겠습니다. 물론 모두 현금이고요. 비밀은 철저히 지키겠습니다. 원하신다면 저에 대해 조사해 보셔도 됩니다."

"하지만 이렇게 큰돈을 내면서까지……."

도무지 이해할 수 없다는 기색. 내 말 한마디에 그 기색은 바로 사라졌다.

"저한테는 큰돈이 아닙니다."

뜨겁지도 않은지, 황 선배는 벌컥벌컥 차를 들이켰다. 흔들리는 시선은 나를 향했다가, 봉투에 붙었다가, 공중을 배회했다. 보는 눈이 있지는 않은가 불안한 듯 고개는 연신 이리저리 돌아갔다. 저래 보여도 머릿속에선 주판알이 튕겨지고 있을 터. 나는 그저 기다렸다.

계산이 섰는지, 어느 순간 황선배가 땀을 한 번 닦고는 조용히 입을 열었다.

"절대 발설 안 한다고 약속하세요. 정보를 준 사람이 저라는 거 말입니다."

"물론이에요."

이후로도 여러 차례 다짐을 받고서야 이야기가 시작됐다.

"이한나 씨는 최근 812 살인사건을 취재했었어요."

"네?" 유진은 그런 말을 한 적이 없었다. "그 사실, 누구누구 알고 있나요?"

"회사 내에서는 저뿐이었는데 이제 윗분 몇도 아십니다."

"경찰은요?"

"얘기했는데, 함구해 달라더군요. 아, 한나 책상을 통째로 들고 가다시피 했습니다."

그간의 일을 최대한 상세히 들었다.

"그랬단 말이죠." 현재로선 이게 최선이라는 확신이 들었다. "황 기자님은 812 사건의 정보를 꽤 가지고 계시죠? 그게 필요합니다."

황 선배의 눈이 튀어나올 듯 휘둥그레졌다.

나는 그에게서 812 사건 취재 자료 사본을 얻을, 아니, 구입할 수 있었다.

13

이한나가 칼을 구입한 것이 사실로 확인됐다. 특수 칼 전문점 근처에 주차돼 있던 차량의 블랙박스에 이한나와 그녀의 차가 찍혔다. 수사 방향이 바뀌었다. 드디어 한쪽에 무게가 실렸다. 주변인이 범행 후 812 사건처럼 꾸몄다는 의견은 기세가 꺾였고, 이한나가 생각 이상으로 사건에 깊이 개입한 것으로 예상됨에 따라 그녀가 범인에게 근접했기 때문에 살해됐다는 가설이 힘을 얻었다. 이로써 용의선상에서 전문가 그룹, 주변인이 제외됐다. 이제 '진범 쪽 사람'만이 남았다.

경찰의 관심은 과거로 거슬러 올랐다.

"사건 1개월 전인 10월 7일, 피해자는 취재차 인천에 갔었고, 돌아오는 길에 칼 8자루를 구입했습니다. 사장에 따르면 피해자는 모델명을 미리 적어왔고 행동 자체는 눈에 띄지 않았다고 합니다."

"칼은 왜 산 거야?"

"아직 모릅니다."

"호신용이었을까요? 살인범을 쫓고 있었잖아요."

"아니, 그럼 굳이 칼을 선택할 필요가 없어. 전기충격기, 가스총 같이 여자가 쓰기에 더 적합한 무기는 얼마든지 더 있으니까. 게다가 호신용이면 왜 8자루나 필요했겠나."

"범인이 어떤 흉기를 사용했는지 정확히 파악하기 위해서였을 수도 있습니다."

"아무리 사건에 큰 관심을 가졌다고 해도 기자가 그런 것까지 알 필요가 있습니까?"

"이건 어떻습니까? 범인의 정체를 밝혀냈는데 아는 사람이었던 겁니다. 그래서 취재 스톱, 기사도 못 냈고요."

"그러고는 사실 확인을 위해 상세 내용을 살피다가 발각되어 살해됐다? 황 기자 진술이랑도 맞아떨어지는데……. 증거가 있나?"

"범인의 정체를 밝혀낸 피해자가 진범 또는 진범 쪽 사람을 해치려 한 건 아닐까요?"

"왜? 본인이 그런 짓을 할 이유가 있나? 나라면 경찰에 신고하거나 기사를 냈을 거야."

"공범설은요? 이전 두 사건에도 피해자가 관여했는데 최근 진범과 다툼이 생겨 살해되었……."

"자네, 사직서 쓰는 법 알려줄까?"

회의가 끝날 무렵, 칼과 이번 사건을 연결 짓는 유력한 가설이 하나 나오긴 했다. 일명 '돌발 상황 이론'으로, '왜 이한나만 배를 찔렀는가?'라는 의문을 해결하려는 노력이 돋보였다. 요약하자면 이랬다. '이한나는 취재 중 어떤 이유로 칼을 갖고 있었다. 그런데 어느 순간 범인과 맞닥뜨렸고, 두려운 나머지 그 칼을 꺼내 들었다. 범인 역시 당황했다. 그래서 칼을 빼앗자마자 자신도 모르게 피해자의 복부를 찌르고 만 거다.'

상당한 호응을 이끌어냈지만 역시나 약점이 있는 가설이었다. 일단 흉기의 출처 때문에 태클이 걸렸다. 현재 경찰은 그 8자루 중 피해자를 찌른 칼은 없다고 판단하고 있었는데, 이유는 간단했다. 날의 규격이 1·2차 사건에 사용된 흉기의 것과 일치하는 제품은 단 하나도 없었기 때문이었다. 비슷하긴 했지만 전부 조금씩 차이가 났다.

피해자를 찌른 이후 범인의 행동 역시 문제가 됐다. 만약 정말로 그런 상황이었다면 범인인 '진범 쪽 사람'은 피해자를 그대로 파묻거나 유기해도 됐다. 배를 찔린 시체만으로는 812 사건과 연결되지 않았을 테니. 그런데도 굳이 무리해 그 사건의 표식을 남김으로써 경찰의 관심을 자극했다. '돌발 상황 이론'으로는 이 사족들을 설명할 수 없었다.

8자루의 칼은 자취를 완전히 감춘 상태였다. 4팀이 그 행방을 추적 중이었으나 사라진 녀석들은 어디에서도 나타나지 않았다. 주변 사람들도 들은 바 없다고 했다. 범위를 넓혀 추적하기로 결정한 것을 끝으로, 회의는 종료됐다.

이미 수색을 마친 곳이었고, 역시나 나오는 것은 없었다.

"누군가가 감시를 했다면 어떤 방법이었을까?"

한창 부엌을 뒤지던 중이었다. 잠시 기지개를 켜다가 박 형사의 질문에 돌아본 칠범은 물개 박수를 칠 뻔했다. 책상 아래, 박 형사가 그 큰 몸을 구겨 넣은 광경이라니. 이런 걸 두고 인간의 한계를 뛰어넘은 순간이라고 부르는 건가 싶었다.

이한나가 살인사건 취재 중 살해당한 것으로 추정됨에 따라 2팀의 업무에도 변동이 생겼다. 그간 주력했던 피해자 주변인 상대 수사를 통한 원한, 치정 등 범행 동기 파악의 중요성은 약해졌다. 다른 지시가 있기 전까지 2팀은 사라진 취재 자료의 행방을 찾는 데 집중하게 됐다.

"그거 찾으면 한 방인데……. 이한나가 황 기자한테서 얻은 자료를 읽기만 하진 않았겠죠. 분명 스스로 알아낸 정보를 정리해 뒀을 겁니다. 엄청난 힌트예요."

팀장은 큰 기대를 하지 않는 것 같았다.

"이렇게 뒤져도 안 나오는 건, 없는 거야. 너무 매이지 말라고."

강 형사와 김 형사가 이미 황 기자의 자료 사본을 열심히 뒤지고 있었지만 둘은 이한나가 그 안에서 뭘 찾아낸 건지 도무지 알 수 없다며 절레절레했다. 경찰이 모두 아는, 일반적인 내용밖에 없다는 것이었다.

"하지만 분명 거기서 뭔가 알아냈어. 계속 봐."

팀장은 또 하나의 방향을 제시했다. 마찬가지로 빙 둘러가는 길이었지만.

"자료가 사라진 과정 역시 중요한 열쇠야. 우리가 백방으로 뒤졌는데도 종이 한 장 안 나왔잖아. 살해된 시점과 경찰 수사가 시작된 시점은 길어야 하루 반 사이야. 그리 짧은 시간 안에 범인이 취재 자료를 찾아내서 모조리 없애는 일이 가능할까? 컴퓨터에 저장된 것, 노트 사본 전부? 집엔 침입했다 치고 회사에 있던 자료는 어떻게 없앤 거지? 피해자는 절대 허술한 사람이 아니었어. 그런데 어떻게 범인은 그런 피해자를 대상으로 유리한 고지를 점할 수 있었을까?"

윤 형사가 의견을 냈다.

"친구의 진술 말입니다, 사실이었습니다. 피해자가 보낸 문자 메시지에 누가 자길 지켜보는 것 같다는 내용이 있었어요. 물론 진짜로 시선을 알아챘다기보다는 설명하기 어려운 불안감을 그런 식으로 해석한 게 아닌가 싶습니다. 하지만 그 불안감에는 집중해 볼 필요가 있습니다. 누군가 주변을 맴돌며 남긴 미묘한 흔적이나 변화에서 영향을 받은 탓일 수 있으니까요. 피해자가 범인에게 다가간 것처럼 범인 역시 상대의 존재를 알아차리고 접근했던 게 아닐까요? 그러면서 위협이 되는 대상을 어떻게 처리할지, 자신을 가리키는 증거 자료를 어떻게 없앨지 미리 계획을 세워두었을지도 모릅니다."

그 길로 박 형사와 함께 이한나의 집으로 온 것이다. 실수로 놓친 작은 단서라도 있을까 해서. 그러나 취재 자료고 뭐고 아무것도 없었다. 당연한 일이었다. 이제 근방을 돌며 최근 몇 개월간 수상한 인물을 본 적 있는지 탐문할 차례였다. 마찬가지로 별 기대는 하지 않았다. 이미 한 무리의 형사들이 근처를 샅샅이 훑었으니까.

"미행이나 직접 감시는 한계가 있으니까 기기도 이용했을 것 같은데요."

칠범은 "하지만" 하면서 뒤를 달았다.

"여기 도청기나 감시 카메라는 없어요."

경찰은 이미 집 내부부터 외벽까지 모조리 확인했다. 박 형사가 물었다.

"사건 이후 떼어간 게 아닐까? 누가 그런 일을 할 수 있지?"

"범인이겠죠. 다른 사람이 들고 나갔을 리는 없잖아요."

박 형사의 눈이 커졌다.

"다른 사람이라고?"

"아뇨. 범인이 들고 나갔을 거라고요."

"다른 사람이 들고 나갔다고?"

"아니요. 저는 범인이……."

박 형사가 갑자기 허허 웃었다.

"그거다, 범아."

책상 아래에서 기어 나와 쪼그리고 있던 몸을 펴는 모습 역시 장관이었다. 물을 흠뻑 먹으며 커지는 스펀지 같았다. 인간 스펀지가 주머니에서 휴대폰을 꺼냈다.

"노트북 다시 좀 뒤져 줘. 어, 그거 분홍색."

이한나의 노트북 세 대는 증거물로 조사하고 있었다. 회사에서 쓰던 것 두 대, 집에서 쓰던 것 한 대. 시간이 좀 걸릴 거라고 했다. 통화를 마친 박 형사는 경찰수첩을 펼쳐 빽빽하게 쓰인 메모 아래 한 줄을 더 적었다.

"뭔데요?" 대답을 듣기도 전에 알았다. 칠범은 손가락 하나를 번쩍 들었다. "그거구나. 우리가 들고 나온 거예요."

탐문하며 돌아다닐 이유가 사라졌다. 둘은 경찰서로 복귀하기로 했다. 집을 나서는데 칠범의 전화가 울었다.

"국과수에서 연락 왔답니다. 티셔츠 뒤쪽 허리춤에서 발견된 금속 부스러기는 스테인리스강이라고 하네요. AUS-6 재질이고요, 깨진 게 아니고 갈린 형태랍니다."

좀 전에 잠시 밝아졌던 박 형사의 표정이 다시 어두워졌다. 칠범은 두 가지를 깨달았다. 그중 하나는 밝은 표정이 그나마 보기에 낫다는 사실이었다.

일단은 빈손으로 돌아온 두 사람과는 달리 윤 형사와 임 형사는 제대로 된 정보를 하나 물어왔다.

"여동생이 말하길, 언니 집에 노트북이 두 대였답니다. 최근 한 대를 새로 샀다는데요, 은색이요. 그게 없어졌습니다. 중요한 자료가 전부 거기 있었는지도 모르겠는데요."

그런데 잠시 후, 임 형사의 입에서 뜬금없는 이름이 튀어나왔다.

"아, 그리고 그, 강유진이란 친구 있잖아요. 피해자 가족이랑 남자 친구를 만나러 갔었다는데요? 사건에 대해 이것저것 물었답니다."

"왜? 가족들이랑 원래 아는 사이였대? 남자 친구랑도?"

"아뇨. 갑자기 나타났답니다."

"수상한데?" 팀장은 미심쩍은 표정을 지었다. "취재 자료는? 물어봤어?"

"전화를 안 받습니다. 찾아가 보려고요."

듣고 있던 박 형사가 자리에서 일어났다.

"제가 만나보겠습니다."

사무실을 나서기 직전, 박 형사는 칠범에게 잠시 기다리라고 하더니만 팀장에게 다가갔다. 20분쯤 지나 돌아온 팀장은 똥을 한 숟가락 푹 퍼 먹은 얼굴을 하고 있었다.

14

집에 돌아왔을 때, 상황은 극적으로 바뀌어 있었다. 내 신원이 세상에 공개돼 있었던 것이다. 이후 이한나와 812 사건을 관련짓는 기사가 올라오기까지는 채 몇 시간이 걸리지 않았다. 이제 온 국민이 나를 알게 됐다.

내가 연쇄살인사건의 피해자로 유명해지다니.

인터넷과 SNS 상에는 온갖 추측이 넘치다 못해 바다를 이뤘다. 누군가는 사건의 추이와 경찰의 움직임을 비교·대조한 표를 첨부해 가며 논리 정연하게 의견을 펼친 후 죽은 기자가 범인의 정체를 알아낸 게 틀림없다는 결론을 내렸고, 사람들은 열광했다. 솔직히 놀라웠다. 사건의 세부 정보를 모르는 사람의 의견 치고는 상당한 수준의 추리였기 때문이었다.

그렇다면 저 바다 어딘가에는 유용한 단서도 있지 않을까. 나는 관련 기사와 댓글을 하나하나 읽기 시작했다. 그간 경찰이 감춰놓은 요리가 뭔지 궁금해하며 군침만 흘려대던 언론은 이때다 싶어 기사를 쏟아내고 있었다.

얼마 후, 인터넷상의 정보를 참고할 수 있으리란 기대는 무너졌다. 언론과 여론 모두 지나치게 과열된 상태였기 때문이었다. 억측이 사실로 둔갑해 횡행했다. 별것 아닌 내용을 침소봉대해 보도하는 언론사가 한 둘이 아니었다. 거기에 또 살을 붙이는 네티즌은 셀 수 없이 많았다. 그걸 또 받아쓰는 기자까지 있었다. 루머는 빠른 속도로 확대 재생산됐고, 그들의 합작으로 이한나는 영화의 주인공이 돼 있었다.

나는 절레절레하며 인터넷 창을 모두 닫았다.

마음을 다잡고 다음 날 오전부터는 황 선배의 자료에 묻혀 지냈다. 분량이 어찌나 많은지, 대충의 흐름을 한 번 훑어보는 데만도 한나절이 걸렸다. 그 후, 나는 언론이 중점적으로 보도한 내용과 그렇지 않은 내용을 분류했다. 내게 필요한 건 후자의 기록이었다. 1·2차 사건 피해자의 소소한 신변, 중요도 면에서 뒤로 밀린 요소들.

거기서 다시 범위를 좁혔다. 3년이 넘는 기간 동안, 경찰은 온갖 단서를 캐내어 검증 절차를 거쳤다. 이미 분석 완료된 부분을 지금에 와서 또 확인해 봐야 큰 도움이 되지는 않을 것이다. 현시점에서 내게 가장 효율적인 방법은 지난 두 사건에서 경찰이 간과했을 부분을 잡아내는 것이었다.

하루가 지났다. 노트는 빽빽해졌지만 도움이 될 만한 정보는 크게 없었다. 반나절이 더 지나자 한글이 이집트 상형 문자처럼 보이기 시작했다. 온몸의 관절은 돌처럼 굳어서 기지개를 한 번 켰을 뿐인데도 비명이 절로 나왔다. 무심코 휴대폰을 들여다봤다가 놀랐다. 부재 중 전화가 5통이었다. 모두 같은 번호. 중앙경찰서였다.

국면이 바뀐 만큼 수사 방향도 바뀌었을 터, 새로이 필요한 정보가 생겼으리라. 궁금했다. 경찰은 뭘 찾고 있을까. 그걸 알면 나도 얻는 게 있을 텐데. 통화버튼을 누르려는데 대뜸 진동이 울려서, 나는 전화기를 떨어뜨릴 뻔했다. 아까와는 다른 번호. 박 형사였다.

"여쭤볼 게 있어서 연락드렸습니다."

"네, 어떤?"

"전화로는 좀 곤란한데, 혹시 뵐 수 있을까요?"

바라던 바였다.

"그럼 제가 경찰서로 가겠습니다."

"아, 지금 밖이라서요. 저희가 가도 될 것 같습니다만."

"그러세요, 그럼."

30분쯤 걸릴 거라고 했다. 나는 집에서 한 블록 떨어진 카페를 알려줬고, 두 형사는 시간 맞춰 도착했다.

"혹시 이한나 씨가 812 사건에 대해 얘기한 적 있었나요?"

"아니요. 한 번도 없었어요."

"어떤 자료를 맡긴 적은요?"

자료라고?

이 질문으로, 나는 현재 판세를 읽을 수 있었다. 이들이 찾고 있는 '자료'란 유진의 취재 기록을 말하는 것이리라. 경찰은 그중 일부, 혹은 전부를 확보하지 못하고 있다. 황 선배의 진술을 기반으로, 경찰은 유진이 황 선배의 자료를 이용해 독자적으로 알아낸 사실이 있으며 그것을 정리한 제2의 기록을 만들었으리라 짐작할 것이다. 전반적인 상황을 고려하면 그 판단은 옳았다. 그 다음은? 유진이 죽고 오래 지나지 않아 수사가 시작됐다. 그리 짧은 시간 안에 누군가가 자료를 훔쳐내는 일은 불가능하다.

자료는 유진 스스로 파기했다.

경찰은 곧 그 결론에 도달할 것이다. 어쩌면 이미 닿았는지도 모른다. 두 가지 이유를 가정하리라.

첫째, 기사를 쓰거나 경찰에 신고하지 않고 접어야만 하는 사정이 생겼다.

둘째, 취재 및 자료 수집의 목적이 기사를 쓰기 위한 게 아니었다.

어느 쪽일까. 내가 물었다.

“무슨 자료요?”

“그냥, 무엇이든요.”

하긴, 가르쳐줄 리가 없지. 나는 고개를 저었다.

“맡긴 물건은 없었습니까?”

“없었는데요.”

그 주제에 대한 대화는 이걸로 끝이었다. 때문에, 내 짐작도 여기서 끝났다.

이어진 질문은 실망스럽게도, 이전의 내 진술 내용을 재확인하는 것에 불과했다.

“누가 자길 지켜보는 느낌을 받았다는 얘기, 최근에는 전혀 못 들으셨습니까?"

"사건 당일 통화를 하셨는데, 정말로 더 들으신 거 없습니까?"

그렇다는 대답을 하면서 나는 박 형사가 왜 이 늦은 시각에 찾아와서 전에 했던 얘길 또 하는 건지 궁금해졌다. 험악한 얼굴과 큰 덩치에 어울리지 않는 친절한 표정을 짓고 있었지만, 또 그에 어울리지 않게 어딘가 의뭉스러운 사람이었다.

"그걸 또 물어보려고 이 시간에 찾아오신 건가요?"

박 형사가 살짝 웃었다. 나는 웃음이 나지 않았다.

"아뇨. 실은 이한나 씨에게 빌려주신 돈에 대해 듣고 싶어서입니다."

"…… 그게 왜요?"

"피해자의 금전 관계는 기본적으로 짚고 넘어가야 할 사안이니까요."

나는 상황이 바뀌었음을 감지했다. 유나에게 들어 알고 있었다. 사건 직후, 경찰은 나와 유진 사이에 차용 거래가 존재함을 파악했다. 유품 중 차용증도 발견되었을 것이다. 내게 연락하지 않은 이유야 짐작 가능했다. 강유진의 결백은 그 전에 이미 밝혀졌고, 겉보기에 나는 채무자가 죽으면 곤란해지는 채권자이므로. 그런데 그 '기본적으로' 짚어야 할 요소를 안 짚을 때는 언제고, 이제 와서 이러는 이유는 뭘까.

가능성은 하나. 수사에서 내 위치가 변했다는 거다.

나는 두 형사를 번갈아 봤다. 도무지 흉중을 읽을 수 없는 얼굴 하나. 아무 생각 없어 보이는 얼굴 하나.

“도와주고 싶었거든요.”

“이한나 씨가 빌려달라고 하던가요?”

“아뇨. 제가 제안한 겁니다.”

비록 우리의 비밀을 밝힐 수는 없지만 그 안에서 이루어진 거래는 분명 강유진에게서 이한나에게로 제시된 것이므로, 나는 그리 답했다. 박 형사는 잠시 생각하는 듯하더니 이어 물었다.

“상당히 큰 금액인데 왜 공증을 안 받으셨죠?”

“차용증은 올 봄에 쓰셨는데 변제 시작 시기는 내년 봄이더군요. 유예 기간을 두신 이유가 뭐죠?”

꼬리를 무는 질문에 답하며, 나는 그가 우리의 차용 거래에 특별한 가치를 매기고 있다는 것을 깨달았다. 지금 이건…….

날 의심하는 상황이다.

“그 돈이 연쇄살인사건과 관련 있습니까?”

“그건 아닙니다. 하지만 피해자에 관해서라면 아주 작은 것이라도 놓쳐서는 안 되니까요.”

틀린 소리는 아니었다. 문제는 매끈한 사과로 가장된 그 말이, 받아보니 밤송이였다는 점이다. 함의를 빙 둘러 빼곡하게 가시가 돋아 있었다. 어떻게 반응할지 잠시 헤아려 봤다. 협조하는 게 맞았다.

“맞는 말이네요. 혹, 제가 가진 차용증도 필요하신가요?”

그렇다고 하기에, 15분 정도 기다려달라고 부탁했다. 서둘러 집에 다녀온 나는 그들 앞에 차용증을 내놓았다. 경찰서에 가져갔다가 되돌려주겠다기에 그러라고 했다. 차용증을 안주머니에 넣으며, 박 형사가 넌지시 말했다.

"한 가지 더요. 이한나 씨 주변인들을 만나고 다니시더군요."

"네."

왜냐고 물어올 차례였다. 나는 이 사람에게 거짓말이 통할까 가늠해 봤다. 어머니와 성재처럼 내 거짓말을 곧이곧대로 믿어줄까.

"알아내신 게 있습니까?"

"아니요. 하지만 뭐든 잡히면 연락드릴게요."

상대를 살폈지만 역시나, 어떤 기색도 읽을 수 없었다. 기분 나쁜 남자였다.

돌아오자마자 나는 황 선배에게 전화해 물었다. 어제 오늘 경찰의 동향이 어떻게 변했는지, 경찰이 제공하는 내용 이상의 정보를 더 얻을 수는 없는지. 그러나 얼마 전 내부에서 정보가 새어나간 일 이후로 모든 경찰이 812의 8자도 언급하지 않는다고 했다. 친한 경찰에게 매달려보기도 했는데 이번만은 절대 안 된다고, 못을 딱 박았다는 것이다.

언론의 움직임으로 보아 그 말은 사실이었다. 일상적인 경과 이외에는 정보를 얻을 수 없게 되자 그들은 노선을 변경한 상태였다. 내가 어떤 사람이었는지를 감상적으로 포장해 전하거나, 기존 사건의 내용 중 특별히 흥미로운 부분을 재차 내어놓거나 하는 식. 정보가 없으니 보도도 수그러드는 형색이었다.

그쪽은 포기하고, 나는 황 선배가 준 자료에 매달렸다. 커피를 잔뜩 내려놓고 다시 작업을 시작했다.

시계의 초침이 돌았다. 분침이 달리고 시침이 다섯 걸음을 더 떼었다. 수십만 개의 활자들 사이에서 어느 순간 낯선 이야기 하나가 눈을 사로잡았다. 두 번째 피해자 박연희의 아이에 관한 기록을 읽던 때였다.

박연희는 싱글맘이었다. 사건 당시 아이도 집에 있었지만 무사했다. 아이는 지적장애 2급으로, 엄마 외의 사람과는 말을 거의 하지 않을 정도로 폐쇄적인 성격이었는데 그 덕에 해를 입지 않은 것으로 추정됐다. 즉시 보호에 들어갔지만 극심한 불안 증세를 보였고 어떤 진술도 하지 못했다. 여기까지는 보도가 된 내용이었다. 나는 그 이후의 이야기가 없다는 것에 주목했다.

아침이 되자마자 황 선배에게 연락했다.

"애가 입을 안 뗐어요. 가끔 한마디씩 하긴 했는데, 전부 다 알 수 없는 소리였고요. 뭐 좀 얻을 게 없나 해서 찾아간 기자들이 있긴 있었죠. 저도 몇 번 갔었는데 허탕이었습니다. 얼마 후부터는 아예 근처에도 못 가게 보호자가 막았어요. 엄마 얘기만 들으면 애가 발작을 한다고요."

아이에 관한 모든 기록을 뒤진 결과, 작은 단서 하나를 발견할 수 있었다.

"황 기자님, 아이를 만나러 가신 날 수첩 모서리에 조그맣게 단어 몇 개를 적어 두셨네요?"

"제가요? 뭐라고 적었던가요?"

"'1, 2 그리고 또 1', 그 다음에는 '후'"

"아, 그거요? 아까 말씀드렸죠? 걔가 가끔 한마디씩 하는데 못 알아들을 소리였다고요. 그거예요. '하나, 둘 그리고 또 하나', '후'. 다른 말도 한다는 것 같았는데 대부분 이런 식이라고 하더라고요."

아이는 외가 쪽 친척이 데려갔다고 했다. 정확히는 이모할머니였다. 형편이 넉넉하지 못해 할머니가 돈을 벌어야 했으므로, 아이는 낮 시간 동안 장애 아동 보호시설에서 지내고 있었다.

작은 물꼬가 트인 것 같았다. 이미 아는 두 마디 이외에 '다른 말'이라……. 뭘까. 아이에게서 그 '다른 말'이란 걸 들을 수 있는 방법을 고민해봤다. 자연스레 듣기는 무리이리라. 말을 유도해내야 할 것이다.

가능한 몇 가지 방식을 고려해 봤다. 이후, 나는 중앙서로 연락할까 하다가 마음을 바꿔 남서울서 번호를 눌렀다.

그날 저녁 태경이 날 불러냈다. 근처에 출장 나온 길이라고 했다.

그런데 빌라 아래로 내려간 내 앞에 의외의 광경이 펼쳐져 있었다. 402호 남자와 태경이 함께 있었던 것이다. 둘은 대화중이었다. 나는 거리를 두고 잠시 그들을 지켜봤다. 주로 말을 하는 쪽은 402호 남자였는데 여유 어린 표정의 그와는 대조적으로, 듣는 태경 쪽은 약간 언짢은 듯 보였다. 주변을 살피던 태경과 눈이 마주쳤다. 402호 남자도 시선을 돌렸다. 그리고 그 순간, 나는 두 얼굴 모두에 아주 잠깐이지만 미세하게 일었던 동요를 분명히 읽었다.

"두 분, 아는 사이세요?"

낯선 반응이 돌아왔다. 402호 남자가 미소했다.

"아뇨, 초면입니다. 여기 보안 관련해서 뭘 좀 여쭤봤어요."

"네."

"그럼 대화 나누십시오. 전 이만."

멀어지는 뒷모습을 한참 바라보다가, 나는 고개를 돌렸다.

"저 사람이 뭘 물어봤는데요?"

"그냥 이것저것?"

"…… 저에 대해서가 아니고요?"

왜 그렇게 생각하느냐고 되묻는 얼굴이 앞에 있었다. 두 사람이 내 눈치를 살피는 것 같더라고 말하려다가 나는 답을 바꿨다.

"그냥, 저 집 사람들이 좀……."

"아, 보안실에 알아봐도 되는 걸 굳이 날 붙잡고 물었어요. 여기 CCTV는 몇 대 있느냐, 사각지대는 없느냐, 동작감지기는 어떤 식으로 작동하느냐……."

나는 남자가 걸어간 방향을 돌아봤다. 그는 이미 사라졌다.

"근데 유진 씨, 왜 연락이 안 돼요?"

"아, 맞다."

우리는 지난주에 만나기로 했었다. 11월 7일. 그날 아침, 경찰의 전화를 받았고 약속은 흐지부지됐다. 나는 우선 그간의 일을 꺼내 놓았다. 이한나와 강유진의 표면적인 관계에 대해서도.

"죄송해요. 그래서 많이 바빴어요."

"나름대로 조사를 했다고요? 왜요?"

"그야…… 한나 씨는 저한테 중요한 사람이니까요."

"뭐, 그…… 돈 빌려준 것 때문에?"

"아니에요, 꼭 그런 것만은." 나는 적당히 뭉뚱그렸다. "남들은 이해 못 해요. 어쨌든 이한나는 저한테 아주, 아주 중요한 사람이에요."

태경은 마지못한 듯 고개를 끄덕 움직였지만, 내일 두 번째 피해자의 아이를 만나러 갈 거란 내 말에 다시금 갸우뚱했다.

"애가 말을 안 한다면서요?"

"시간이 지났잖아요. 혹시 모르죠."

"유진 씨가 나선다고 뭐가 달라질 것 같진 않은데. 경찰이 알아서 하겠죠."

그가 의심스러운 듯 쳐다봤다. 나는 눈을 피했다.

"어쨌든 가 볼래요. 가끔 한마디씩은 한다니까."

말을 유도해내는 방식을 연구해 보려면 일단 애를 만나봐야 한다는 내 얘기에, 그는 날 더 의심스러운 듯 쳐다봤다.

"유도라니, 그게 무슨……."

대화는 거기서 끊어졌다. 잠깐의 침묵이 돈 후, 나는 무거워진 분위기도 바꿀 겸 물었다.

"같이 갈래요?"

잠시 '내가 왜?'라는 표정을 하더니, 그가 작게 끄덕였다.

"그러죠."

15

"강유진이 빌려준 돈이요, 의미가 있을까요?"

"글쎄……. 하지만 단위가 워낙 크니까."

경찰서로 돌아오니 한밤중이었다. 박 형사는 갑자기 이한나 주변인들의 진술 자료를 꺼내 읽기 시작했다. 그러고는 다음 날 아침, 대뜸 한마디를 던졌다.

"범아, 강유진에 대해 좀 알아봐. 개인적인 것부터 작품, 평가까지 전부 다."

"왜요?"

"나중에 설명해 줄게."

칠범은 눈을 크게 뜨고 이리저리 눈동자를 굴렸다.

사실 칠범은 찜찜한 기분을 누르는 중이었다. 경찰은 여전히 취재 자료와 칼의 행방, 현장 주변 CCTV 영상, 사건 당일 이한나의 행적을 확인하는 데 역량을 집중하고 있었다. 그런데 어제 박 형사가 무슨 소릴 했는지, 오늘 팀장은 2조의 두 형사에게는 평소의 절반에 해당하는 업무를 배정했다.

게다가 난데없이 사건과 별 관련이 없어 보이는 인물에 대해 알아보라고 하고선 그 이유를 말해주지 않는 선배라니. 전에도 이런 일이 있었는지 되새겨봤다. 칠범이 보기에 박 형사는 꽤나 정형화된 인간이었다. 틀과 형식을 벗어나지 못하는 부류에 속한다고 할까. 눈에 보이는 증거가 없어도 여기저기 찔러보고 다니는 일이야 경찰이니까 당연히 하고 다녔지만, 단서가 나오기 전 혹은 여러 정황을 조합해 논리적인 의심을 제기할 수 있기 전까지 '특별히 이례적인 행동'은 절대 하지 않았다. 행동에 나서기 전에는 자신이 어떤 의문을 갖고 있는지, 어째서 이상하게 생각하는지를 반드시 알려주었고 칠범의 의견까지 들은 후에야 움직이곤 했다. 틀린 답을 내는 것을 매우 싫어했고 신중한 것을 넘어 소심한 면마저 있었다.

그런 그가 다른 중요한 일을 모두 물리고 강유진을 조사하기 시작했다. 이런 게 바로 그 '특별히 이례적인 행동'의 범주에 들어갔다. 잠시 헤아려본 후, 칠범은 혼자 실실거렸다.

얼마 후, 종이 몇 장을 들고 박 형사 앞에 앉은 칠범은 "에헴." 두 음절로 허두를 뗐다.

"강유진. 1986년 3월 10일생. 작가. 필명을 쓰고 있어요. 그래서 강유진이란 이름으로는 검색된 게 없었던 거예요. 장편 소설 두 권을 출간했어요. 문단의 평은 엇갈리지만 기본적으로는 긍정적인 의견이 많아요. 보자…… '모두가 숨기고 살지만 사실 누구나 가지고 있는 내면의 어둠과 나약함을 통찰력 있게 표현했다.'래요. 뭔 소리지? 아무튼 독자들 평은 완전히 극과 극으로 나뉘어요. 좋은 작품이다, 이걸 글이라고 썼냐. 작품 전반에 깔린 분위기, 문체, 등장인물의 성격 같은 게 지나치게 어둡기 때문이래요. 그런데 작품 관련해서 재미있는 사실이 하나 있어요."

"재미있는 사실?"

"작년에 오산구에서 15세 여자 애가 목을 매고 죽은 사건이 있었어요. 우울증이 심해서 학교도 안 가고 치료도 거부하던 애였는데 강유진의 두 번째 소설 『글루미 선데이』의 영향을 크게 받았던 것 같아요. 그 애 어머니의 인터뷰가 신문에 실렸고, 반향이 꽤 컸어요. 소설이 유명세를 탐과 동시에 강유진은 큰 곤욕을 치른 것 같아요."

"그게 이번 사건이랑 관련이 있어?"

"아마도요." 칠범은 씩 웃었다. "그 기사를 쓴 사람이 누군지 아세요? 바로 이한나예요."

적잖이 놀라는 박 형사의 모습에, 칠범은 이 상황이 갑자기 재미있어졌다.

"그렇다면 이거, 동기가 되지 않나? 강유진은 이한나가 쓴 기사 때문에 피해를 입었어. 거기에 원한을 품었다면……."

"그렇지만 알리바이가 확실한걸요. 게다가 둘이 꽤 친하게 지냈던 것 같고요."

박 형사의 미간이 구겨졌다.

"그것도 이상하잖아. 둘 사이에 그런 일이 있었는데 어떻게 친구가 됐을까? 원수면 그런가 보다 하겠는데 조건도 없이 큰돈을 빌려줄 정도로 각별한 사이가 됐다는 게 말이 돼?"

이 부분은 칠범도 이해가 안 됐다. 고개를 설레설레 흔들고는 설명을 이었다.

"전에 황 기자가 얘기한 거 있죠? 피해자가 쓴 '대한민국 자살 보고서'에 나온 사건 중 하나가 자살이 아닌 걸로 밝혀졌다는 거요. 이게 그 건이에요. 최샛별 사건. 새 출발을 하고 싶었던 어머니가 애인과 모의해, 아픈 딸을 죽였어요."

시간상으로 보면 강유진이 이한나를 알게 됐다고 진술한 시기와 최샛별 자살 기사가 나간 시기가 일치했다. 그 때문에 두 사람이 만나게 된 듯했다. 다음 해 3월, 돈이 오갔고 7월에는 최샛별의 죽음이 자살이 아니란 게 밝혀졌다. 칠범은 이렇게 이어봤다. 이한나가 기사를 썼다, 둘이 알게 됐다. 강유진이 최샛별의 죽음에 의문을 가졌다, 다시 취재한다는 조건으로 이한나에게 돈을 빌려줬다, 자살이 아닌 걸로 밝혀져 강유진은 누명을 벗었다…….

물론 꼭 이렇다는 증거는 없었다. 실제로, 강유진은 아무 조건도 걸지 않았다고 진술했다.

"하나 더. 우리 전산에 그 사람 기록이 있었어요. 작년 11월 30일에 있었던 일이에요. 자살을 시도했다가 미수에 그친 적 있어요."

"자살?"

"네. 내곡동 폐건물 옥상에서 투신했어요. 서초종합병원에서 신고했고요, 그쪽 서에서 혹시 다른 의혹이 있나 수사했는데 별게 없었나 봐요. 본인은 아무것도 기억 못 했대요. 자살 미수 사건으로 종결."

박 형사는 석상처럼 굳어 있었다.

"추가로, 당시 연락할 가족이 없었다고 기록돼 있어요. 그쪽 형사님한테 물어봤는데 부모는 강유진이 어릴 때 사망했대요. 아무래도 가족 사항이나 학창 시절, 주변 인물 등은 좀 더 알아봐야 할 것 같아요."

"그래, 고생했다."

고생했다는 말이 어째 고생문이 열릴 것 같다고 걱정하는 소리로 들렸다.

오후 3시가 조금 넘었을 때 선호의 전화가 울렸다.

"어우, 깜짝이야!"

사이버범죄수사팀의 최 경사가 놀란 척하며 펄쩍 뛰었다. 그는 선호의 동기로, 친구 놀려먹기에 둘째라면 서러워할 인물이었다.

"야, 너 칠범이 옆에 있으니까 더 무섭게 생겼다. 아이, 무서."

선호는 큰 손을 뻗어 최 경사의 얼굴을 비벼댔다.

"인마, 그만하고 알아낸 거나 빨리 불어."

눌린 얼굴이 이리저리 일그러지는 와중에도 최 경사는 사람 좋은 웃음을 지었다. 장난스럽게 시작된 대화였지만 이후의 내용은 기대 이상이었다.

"세 대 중에서 한 대가 해킹되고 있었어. 집에서 사용하던 오래된 노트북. 컴퓨터 안을 자유자재로 들여다볼 수 있었지. 게다가 이 프로그램의 특징이 하나 있는데 그게 완전 진상이야. 사용자가 시스템 종료를 명해도, 종료된 척만 하도록 조종한다는 거. 컴퓨터가 꺼진 것처럼 보이지만 배터리에 전원이 남아 있는 한 시스템은 조용히, 계속 작동하고 있어."

선호는 끄덕였다. 경찰 손으로 그녀의 집에서 들고 나온 분홍색 노트북. 그 안에 취재 자료가 있는지에만 신경을 쓰느라 그간 다른 것을 보지 못했다.

"노트북에서 자료를 빼낸 걸까요?"

칠범이 최 경사 곁에 쭈그리고 앉으며 물었다. 만약 피해자가 취재 자료를 집에서 정리했다면 해킹한 자는 그걸 손쉽게 훔쳐낼 수 있었을 것이다.

"그럴 수도 있지. 근데 알잖아. 이 노트북, 삭제된 자료까지 다 복구시켰는데도 사건 관련 자료는 거의 안 나왔다는 거. 노트북 하나가 없어졌다며? 취재 자료는 거기 있지 않았을까? 하지만 이 녀석도 무시 못 하게 중요한 놈이야. 왜냐? 여기 깔린 프로그램, 컴퓨터 속만 볼 수 있는 게 아니거든. 웹캠이랑 마이크를 원격으로 조종할 수 있어."

칠범이 놀라서 물었다.

"그럼 누군가가 피해자를 감시했다는 거예요?"

"아, 그래. 아마도. 카메라, 마이크가 작동하니까 피해자가 방 안에서 뭘 하는지, 무슨 말을 하는지도 다 알 수 있어. 이거 교묘하더라고. 전문가가 아니고서야 알아채기 어려울 거야."

최 경사가 노트북 상단 붉은 램프를 가리켰다.

"보통 웹캠이 작동되면 이렇게 불이 켜지거든. 근데 봐."

불이 꺼졌다.

“이 프로그램은 작동 중에도 램프가 안 켜지고, 작업표시줄에도 아무것도 안 떠.”

최 경사가 말을 이었다.

“프로그램은 보통 사람은 못 찾아내게끔 깊숙이 숨겨져 있었어. 이거 주로 광고나 메일에 코드를 심어서 배포하는 건데, 변태 새끼들이 여자들 사생활 훔쳐보는 데 많이 써. 그나마 요새는 많이 알려져서 웹캠을 종이나 테이프로 막아놓는 사람들도 있지만 안 그러는 경우가 더 많아. 이 정도로 교묘한 프로그램을 심었다면 그런 놈들 중에서도 악질이야. 하아, 요즘 변태 새끼들은 재주도 좋아요. 조금만 있으면 원격으로 팬티도 훔치겠어, 아주.”

“누가 설치했는지 알 수 있어?”

“꽤 오래 걸릴 것 같아. 스팸메일을 통해 설치된 게 아닌가 싶은데, 그마저도 공용 컴퓨터나 PC방, 해외에서 확인이 어려운 계정을 이용했다면 밝힐 수가 없어.”

“언제 설치됐어?”

“5월 8일.”

“꽤 오래됐군. 어떤 자료가 전송됐는지 알 수 있어?”

“그 기록은 안 남았어. 대신, 어디로 전송됐는지는 찾았어.”

최 경사가 다른 자료를 내밀었다.

“예상보다 금방 나왔어. 그럴 만한 이유가 있더라고. 혼자 사는 노인네가 쓰는 컴퓨터였어. 보니까 영감님 집에 수신기를 설치한 흔적이 있었어. 범죄 기술도 발전했지만 우리 추적 기술도 발전해서 이리저리 우회하고 요리조리 막아도 거의 잡거든. 근데 가끔 희한한 수신기를 쓰는 놈들이 있어. 이게 뭐냐면 작은 저장소라고 보면 돼. 녹화된 영상이나 빼낸 자료를 이 수신기로 보내서 차곡차곡 저장하는 거야. 목적 달성 후 기기를 수거하면 깨끗하게 끝. 되게 무식한 거 같지? 요즘 같은 세상에 뭐 하는 짓인가 싶지? 하지만 이거 은근히 골치 아파. 디지털 추적으로는 인터넷 고스톱 치는 할아버지밖에 안 나오니까. 결국 경찰도 놈이랑 똑같이 아날로그로 뛰어야 하는 거야. 이 새끼 이거, 실행력도 있는 변태야."

"그래도 수신기 수거하려면 몇 번 다녀갔겠지."

"근데 안 좋은 소식이 있어."

최 경사가 고개를 절레절레했다.

"거기가 좀 외진 동네야. 내가 갔다 왔는데 CCTV 설치가 제대로 안 돼 있어. 피하려면 피할 수 있겠더라고. 게다가 골목이 좁아서 주차가 안 돼. 블랙박스 영상 구하기도 힘들 거야. 한참 아래로 내려와야 큰 길이 나오는데 거기서 구할 영상이 소용이 있나 모르겠다. 이 새끼, 축구선수 했어야 해. 위치 선정이 기가 막히더라고."

"고생했어."

선호는 최 경사의 등을 툭툭 치고 돌아섰다.

"또 와! 다음번에는 내가 좀 덜 무서워해 볼게!"

그 목소리를 뒤로 하고 사이버범죄수사팀을 나왔다. 즉시 노인의 집으로 향했다. 노인은 아무것도 모른다고, 자기한테 사이버머니 60억이 있는데 이거 때문에 자꾸 오는 거냐며 울먹였다. 이 사실은 즉시 위에 보고됐고 십여 명의 경찰이 동원되어 근처를 이 잡듯 뒤졌다. 최 경사의 말대로 CCTV와 블랙박스 영상은 노인의 집에서 한참 떨어진 곳에서나 확인할 수 있었는데, 그마저도 시간이 흘러 많은 부분이 이미 삭제되고 말았다. 방범용 CCTV 영상 몇 군데에서 흰 마스크를 쓴, 보통 체격의 남자가 여러 차례 발견되기는 했다. 하지만 그가 노인의 집으로 갔는지, 다른 곳으로 갔는지는 알 길이 없었다. 또 다른 그룹은 전자 상가를 돌며 비슷한 수신기를 수소문했다. 대부분 사제라는 이야기만 들었다.

이후 수 일, 경찰은 그 이상의 수확은 올리지 못했다.

"젠장."

여기저기서 욕지기가 흘러나왔다.

"와, 장난 아니네요."

탐문 중 짬을 내어 선호와 칠범은 강유진이 사는 빌라를 찾았다. 칠범의 말투에는 놀라움이 묻어 있었다.

"어쩐지 차도 끝내주더라니."

도심 근처의 하늘 높이 뻗은 최신식 아파트 말고 지은 지 좀 된, 그래서 부지는 넓지만 세대 수는 적은 이런 곳이 진짜 살기 좋은 데란 대화를 나누며 들어가는데, 건물 입구에서 선호보다 조금 덜 무섭게 생긴 보안 요원이 두 사람을 제지했다. 경찰 신분증을 내어놓자 그는 보안실장을 호출했다. 낯선 이의 방문에 호기심이 동했는지 지나가던 누군가가 걸음을 멈췄다.

"저희는 드릴 말씀 없습니다. 필요한 게 있으면 영장 가지고 오십시오."

입주자에 대해 물어볼 게 있어서 왔단 얘길 듣는 보안실장의 얼굴에는 일말의 고민도 보이지 않았다.

“아니, 그러지 마시고…….”

“두 번 말 안 합니다.”

예상보다 더 딱딱한 대응에 두 사람은 발길을 돌릴 수밖에 없었다. 늦었으니 다른 방법을 찾아 내일 다시 움직이자는 말에, 칠범은 알겠다며 여기서 바로 퇴근하겠다고 했다. 선호는 혼자서 경찰서로 돌아왔다.

16

다음 날, 나와 태경은 박연희의 아이가 있는 장애 아동 보호시설로 향했다. 아이가 좋아할 만한 선물도 하나 챙겼다. 안을 솜으로 채운, 폭신한 토끼 인형이었다.

"형사님들은 바쁘셔서 같이 못 왔습니다."

어제, 나는 남서울서로 연락해 협조를 구했다. 박연희의 아이를 만나게 해 달라고. 무슨 미친 소리인가 하는 반응이었지만, 아이가 특이한 말을 한다는 사실을 알고 있으며 그 뜻을 일부 밝혀냈다고 하자 조금 혹하는 듯싶었다. 밀기 반, 당기기 반의 카드. 나는 아쉬울 게 없는 척했다. 경찰이 도와주지 않으면 어쩔 수 없다, 그 애 할머니를 찾아가면 된다는 태도로 밀고 나갔다. 내내 거부하더니만 어찌된 일인지, 어느 순간 경찰은 갑자기 태도를 바꿨다. 단, 함께 갈 인력은 없다고 했다. 상관없었다.

"오늘은 인사만 하고 갈게요."

아이를 돌보고 있는 이는 30대 초중반으로 보이는 젊은 남성이었다. 이질감이 느껴졌다. 아무리 교사라고 해도 성인 남성이 지적장애인 여자아이를 담당해도 되나. 나는 바로 고개를 저었다. 기삿거리를 찾으러 여기 온 게 아니건만.

나는 상대에게 집중했다. 남자는 시설 내에서는 '홍 선생님'으로 불리고 있었는데, 그 역시 한쪽 다리가 불편한 장애인이었다. 키가 작고 배가 동글동글한 체형이 황 선배를 연상케 했지만 성격은 확연히 달라 보였다. 아이들을 대하는 일을 해서 그런가 말투가 여성스러웠고 표정은 부드러웠으며 태도로 보아 이 일을 한 지 얼마 되지 않은 게 확실했다.

"그럼, 아주 잠깐입니다."

홍 선생님은 우리를 아이에게로 안내했다. 역시나 그는 일을 시작한 지 6개월가량 됐고, 지민이를 맡은 기간은 3개월이 채 안 됐다고 했다.

"말을 안 한다고 들었어요. 요즘도 그런가요?"

"그렇긴 한데, 가끔 한마디씩은 합니다. 알아듣기가 힘들어서 그렇지."

아이가 있는 교실 앞에 이르렀을 때, 홍 선생님은 한 가지를 당부했다.

"엄마 얘긴 하지 마세요. 특히 그 일에 대해서는 절대로요. 아무것도 물어보시면 안 됩니다. 경찰에서도 몇 번 왔었는데 그때마다 난리가 났었다고 하더라고요."

작고 마른 아이였다. 분홍색 원피스를 입고 머리를 양 갈래로 묶은 지민이는 크레파스가 이리저리 흩어진 커다란 책상을 앞에 두고 혼자 앉아 있었다. 나는 조심스레 다가갔다. 아이의 가슴 앞에 놓인 스케치북에는 이색 저색으로 그어진 선들이 가득했는데, 좋게 보아도 그림이라 부를 만한 건 아니었다.

"정말 잘 그렸는데?"

놀이에는 흥미를 잃은 듯 아이는 자기 그림에도, 그림을 칭찬하는 사람에게도 관심을 보이지 않았다. 나는 "안녕, 지민아."라고 인사를 건넸다.

반응이 없었다.

텅 빈 눈은 허공에 붙들려 있었다. 이런저런 말을 붙이고 선물도 건넸지만 소용없었다. 불쌍한 토끼 인형은 눈길 한 번 받지 못했다. 나 역시 마찬가지였고. 홍 선생님이 곁에 앉아 나와 지민이를 이어주려 애썼지만, 그 노력 역시 허사였다.

일방적인 대화가 이어졌다. 나는 꿋꿋이 말을 걸었고 아이는 꿋꿋이 반응하지 않았다. 조용히 고개를 젓는 홍 선생님의 얼굴에는 '거봐요. 헛수고라니까요.'라고 적혀 있었다. 나는 태경에게 신호를 보냈다. '나 좀 도와줘요.' 하지만 그는 우리들에게서 조금 떨어진 지점에 멀뚱히 서서 눈만 동그랗게 뜨고 있을 뿐이었다. 하긴, 도움을 받으려고 함께 온 건 아니니까. 난관을 헤치는 건 내 몫이었다.

"혹시 사탕 줘도 되나요?"

"네. 괜찮아요."

나는 가방을 뒤져 아이 얼굴만 한, 회오리 무늬 막대사탕을 꺼내 건넸다. 역시나 아무 반응이 없었지만, 나는 혹여 아주 작은 감응이라도 있을까 싶어 아이를 유심히 관찰하며 연신 말을 붙였다.

멀리, 전화벨 소리가 들려왔다. "잠깐만요." 하고는 밖으로 나가는 홍 선생님의 뒷모습을 쳐다보다가, 나는 이때다 싶어 나직이 물었다.

"지민아, 기억나니? 그날 말이야."

대답이 없었다.

"엄마랑 같이 있던 사람 봤니? 어떤 아저씨, 맞지?"

마찬가지였다.

"지민아, 그 아저씨가 엄마한테 뭐라고 했어?"

침묵이 방 안 공기를 전부 삼켜버렸다. 너무 조용해서 숨이 막힐 지경이었다. 다행히 선생님이 돌아오는 기척은 들리지 않았기에, 나는 슬며시 아이의 양 어깨를 잡았다.

"지민아, 여기 좀 볼래? 언니한테 집중해 보자. 그래, 엄마는……."

"그만 해요."

놀란 얼굴로 돌아본 내게로 태경의 시선이 날아들었다.

"하지만……."

그가 고개를 젓자 나는 입을 다물었다. 어색한 기류에 감싸인 세 사람 주위에선 시간만 조용히 흘렀다. 이윽고 홍 선생님이 돌아오자, 나는 주섬주섬 자리에서 일어났다.

"지민이가 오늘은 인사를 안 받아주네요. 다음에 다시 오겠습니다."

아쉬운 마음으로 문을 나설 때였다.

"지이."

작은 목소리가 가녀린 손을 뻗어왔다. 뒤를 돌아보니 아이가 공중을 올려다보며 중얼거리고 있었다.

"지이. 지이."

홍 선생님이 한 손을 가볍게 내저었다.

"아, 이거요. 가끔 '지이, 지이.'라고 해요. 별 뜻은 없……."

선생님의 말이 채 끝나지도 않았는데 나는 아이에게로 달려갔다. 여린 어깨에 다시 양손을 올렸다.

"지민아, '지이'가 뭐니?"

"으응……."

아이는 응석을 부리듯 몸을 배배 꼬며 고개만 저어댔다. 흥분한 나는 아이의 어깨를 잡은 채 계속 말을 걸었다. 아이가 버둥대기 시작했다.

"지민아, 방금 '지이'라고 했잖아. 그거 뭐야? 누가 한 말이니?"

돌연 손 안의 요동이 사라져서, 나는 멈칫했다. 죽은 호수 같던 눈에 파동이 일고 있었다. 천천히 이동하던 갈색 원은 수면에 돌을 던진 자를 발견하자마자 잠시 움직임을 멈추는가 싶더니 한순간에 사라져 버렸다. 하얗게 눈을 뒤집은 아이는 온몸을 바들바들 떨면서 낮게 으르렁대기 시작했다.

"어, 지민아!"

으르렁대던 소리는 어느덧 비명으로 바뀌었다. 아이는 격렬하게 움직였다. 가슴이 크게 부풀었다 꺼졌고 머리는 몸에서 뽑혀 나올 듯 양 옆으로 휘청댔다. 팔은 주인이 없는 것처럼 이리저리 흔들렸다. 나는 몸이 굳었다. 귀는 먹먹했고 시야는 아무것도 보이지 않을 만큼 밝아졌다. 나는 내가 주저앉아 있는지도 몰랐다.

한차례 폭풍이 지나간 자리. 다행히 아이는 진정됐다. 작은 등을 토닥이며 홍 선생님이 쏘아봤다.

"이러시면 곤란해요."

"죄송해요."

언제 그랬냐는 듯 아이는 기절한 것처럼 잠들었다. 홍 선생님은 아이를 수면실로 데려가 눕혔다. 그의 눈치를 살피며 조심스럽게 내가 물었다.

"또 있나요? 지민이가 하는 말이?"

홍 선생님의 눈초리가 다시 날카로워졌다.

"아, 어쩌면 제가 알아들을 수 있을지도 모른다고 생각해서요. 죄송합니다."

그는 망설이는 듯 보였다. 그 모습에, 조금만 더 하면 되겠다는 희망이 솟았다.

"실은 방금 상황을 보고 짚이는 게 하나 생겼는데, 다른 부분도 말씀해 주실 수 없을까요?"

여러 차례의 간곡한 부탁. 홍 선생님이 조용히 물었다.

"치료 때문에 녹음해 둔 게 있어요. 들어보실래요?"

나는 끄덕였다.

어른의 목소리가 달랐다. 아동심리치료사라고 했다.

"우리 지민이, 오늘은 뭐 하고 놀았어요?"

"……."

"할머니랑은 어떤 걸 먹었어요?"

"……."

"우리 지민이, 생각이 안 나는가 봐요?"

"오랜만이야."

"뭐라고? 오랜만이야?"

"응."

"선생님한테 말하는 거니?"

"후우."

"그래, 선생님도 오랜만이야. 지민이가 그렇게 말해줘서 정말 고마운데?"

"응. 이거, 하나, 둘, 그리고 또…… 하나."

"뭐라고?"

"하나, 둘, 그리고 또…… 하나."

"지민이…… 뭘 세고 있는 거니?"

"후우."

"응? 후우가 뭘까?"

"하나, 둘, 그리고 또…… 하나."

"그래, 우리 지민이, 어떤 걸 세고 있는 거예요? 선생님한테 가르쳐 줄 수 있어요?"

"응."

"그래, 그게 뭐니?"

"응. 그리고 지이."

홍 선생님이 재생 중지를 눌렀다.

"더 들으실 건 없어요. 뭘 물어도 이렇거든요."

상대도, 질문도 가리지 않았다. 경찰 앞에서, 할머니 앞에서, 그날 뭘 봤는지, 누가 찾아왔는지 물어도 지민이의 대답은 같았다.

"오랜만이야, 하나, 둘, 그리고 또 하나, 후, 그리고 지이. 그게 전부라……."

아이의 말을 따라해 봤다. 그중 '후'는 언어가 아니었다. 입으로 바람을 부는 시늉이었다.

"왜 그 몇 마디만 반복하는 거죠?"

"글쎄요. 의사 선생님은 아마도 아주 인상적인 순간의 기억이 아닐까 짐작하신댔어요."

"인상적인 순간이라……. 경찰은 뭐라고 하던가요?"

"저는 온 지 얼마 안 돼서 자세한 건 모르고요. 인계받기로는 그냥, 변동사항 생기면 연락 달라고 했대요."

"감사합니다."

슬쩍 곁을 봤다. 홍 선생님이 복지시설 앞뜰까지 우리를 배웅하고 사라진 후로도 한참, 태경은 입을 굳게 닫고 있었다. 싸늘한 기류마저 흘렀다.

"왜 화가 났어요?"

내 물음을 태경은 바닥만 쳐다보며 되받았다.

"이거였어요? 말을 유도해 낸다는 방식이?"

"어쩔 수 없었어요. 그거 말고는……."

"아무리 그래도 그렇지, 아이에게 심하다는 생각 안 해봤어요?"

"어쩔 수 없었다니까요. 범인을 찾으려면……."

"그건 경찰이 할 일이죠. 이미 다 물어봤다고 했고."

바람이 불고, 뭔가가 사각거렸다. 꽤나 스산하게 들렸다. 나는 위를 올려다봤다. 골격을 드러낸 나무. 몇 남지 않은 잎들이 부딪히며 내는 소리였다. 마치 나를 비난하는 목소리처럼 들렸다.

"그 말이 맞긴 한데, 우리가 논쟁할 문제예요, 이게?"

"도를 넘었으니까요. 왜 이렇게까지 하는지 전혀 이해가 안 되니까."

그래, 이해 못 하겠지.

그가 날 쳐다보지도 않은 채 말했다.

"먼저 갈게요."

그의 걸음이 멀어져갔다. 나는 바닥에 떨어진 낙엽을 응시했다. 늦가을, 발에 채여 산산이 부서진 낙엽. 그 죽은 잎에 집중하며 감정을 죽인 채로 서서, 나는 속도를 줄이지 않고 복지 시설을 빠져나가는 자동차 소리를 들었다.

빌라 주차장에 차를 대자마자, 나는 태경의 태도를 곱씹어봤다.

오늘 그는 무엇을 봤을까? 혼자가 된 아이, 그리고 지켜줄 이 없는 어린 아이를 괴롭히는 괴물을 봤을까? 어머니를 잃은 아이, 그리고 원하는 것을 얻기 위해서는 상대의 숨통을 조이는 짓도 서슴지 않는 잔인한 여자를 봤을까? 기억을 떨치지 못하는 아이, 그리고 자신이 알던 모습과는 다른 강유진을 봤을까?

집으로 올라왔다. 오늘 일을 일지에 기록하다가, 나는 휴대폰을 집어 들었다. 전화를 했지만 수화음만 이어졌다. 몇 번을 걸어도 마찬가지였다. 어쩔 수 없이 메시지를 남겼다. 길게 썼다가 다 지우고 딱 한 줄만 남겼다.

"미안해요. 제가 실수했어요."

가식이었다. 사실 그에게 미안하지 않았고 내가 한 일은 실수가 아니었다. 현재 이 방면에서 내 양심은 많이 무뎌진 편이었다. 상처 입은 이들을 찾아가 끔찍한 순간의 기억을 다시금 들추어내게 하는 건 기자였던 내게는 익숙한 일이었으니까. 이번 대상이 어린아이였던 점이 마음을 좀 무겁게 만들기는 했지만.

전화기를 내려놓고 탁상 달력을 집었다. 사건이 있은 지 9일이 지났다. 황 선배의 자료를 바라봤다. 저걸 가지고서 할 수 있는 일은 오늘 지민이를 만난 것처럼 이전 피해자들의 가족이나 찾아가서 경찰이 놓쳤음 직한 것을 물어보는 정도겠지. 실효성에 의문이 들었다. 이번엔 운 좋게 작은 단서를 얻었지만, 황 선배의 자료 안에 그 이상의 것이 더 있을 것 같지는 않았다.

나는 일단 소파에서 눈을 좀 붙였다.

다시 눈을 뜬 건 세 시간이 지나서였다. 엉망진창인 거실 모습이 앞에 펼쳐졌다. 겨우 며칠 청소하지 않았다고 바닥에는 벌써 먼지가 날리고 쓰레기가 쌓였다. 테이블과 소파는 신문 기사 등 각종 인쇄물에 점령당했다. 나는 그 난장판을 돌아다니며 뭔가를 찾기 시작했다. 출력한 신문 기사 하나를 집어 들었을 때, 드디어 그것이 모습을 드러냈다. 발송인이 적혀 있지 않은 배달물. 며칠 전 김 실장이 내게 건네준 것이었다.

몹시 얇고 가벼운 봉투. 열어보고서는 흠칫했다.

아무것도 없었다.

나는 당황해서 주위를 살폈다. 내용물을 흘렸나 했지만 눈에 들어오는 건 없었다. 다시금 봉투로 관심을 돌렸다. *비어 있다고?*

혹시 누가 중간에서…….

팔랑, 종이 한 장이 바닥으로 떨어진 건 내가 봉투 입구를 넓게 벌려 뒤집었을 때였다.

손바닥만 하고 하얀 종이. 뒷면이 위를 향하고 있었지만 뒤집어 보지 않아도 무엇인지 알았다. 사진이었다.

두 사람이 찍혀 있었다. 하지만 누가 봐도 주인공은 한 명이었다. 45도 각도로 상반신만 나온 남자. 50대 중후반, 흰색 반팔 셔츠 차림, 단정하게 정돈된 머리, 얕은 주름이 팬 이마, 살짝 올라간 입꼬리, 먼 곳을 바라보는 시선……. 남자는 전체적으로 특징을 잡기 어려운 외모였다. 체격은 크지도 작지도 않았고, 얼굴은 잘생기지도 못생기지도 않았으며, 어디서나 볼 수 있는 스타일로 꾸몄다. 그 나잇대 남자 10명 중 7명은 이렇게 생겼다고 해도 과언이 아닌 수준. 주목할 만한 점은 그의 모습이 아니라 사진 자체에 있었다. 화질이 깨끗하고 피사체의 생김새가 정확히 담겼지만, 전체적인 구도에는 몰래 찍은 사진의 특징이 그대로 나타났다. 이는 촬영한 사람의 의도가 드러나는 요소였다.

사진 속 또 하나의 인물은 주인공 뒤편에서 배경으로 등장했다. 이 사람도 꽤 선명하게 찍히긴 했지만 외모를 묘사하기는 어려웠다. 뒷모습이었기 때문이다. 옷차림과 체격으로 보아 성별이 남자란 것에는 의심의 여지가 없었다. 검은색 반팔 셔츠와 검은색 정장 바지를 입었고, 보통 키에 보통 체격이었다.

사진이 찍힌 장소를 알려주는 단서는 뒤편이 산이란 것뿐이었다. 팻말이나 이정표는 없었다.

나는 다시금 봉투에 초점을 맞췄다. 노란색 종이봉투. 우측 아래에 적힌 받는 이 인적사항은 출력해서 붙인 거였다. 그게 다였다. 앞뒷면 모두 살펴도 보내는 사람의 이름은 없었다. 소인이나 배달 업체 이름도 마찬가지였다. 메시지가 동봉되지도 않았다.

봉투와 사진을 한참 노려보다가, 나는 인터폰으로 눈을 돌렸다.

17

다음 날 아침, 한참이나 이른 시각에 출근한 칠범이 선호의 책상 위에 외장하드디스크 하나와 종이 한 장을 올려놓았다.

"뭐야?"

"아, 어제 그 빌라 CCTV 영상이에요. 보안실 출입부 내용 손으로 옮겨 쓴 것도요. 도움이 될 것 같아서요."

둘 사이에 침묵이 엉덩이를 들이밀었다. 선호는 잠시 생각하다가 물었다.

"너, 무단침입이라도 한 거냐?"

"어휴, 그런 재주는 없어요."

칠범이 미소를 흘렸다.

"스파이를 심었죠."

***

전날 박 형사를 먼저 보낸 칠범은 바로 퇴근하지 않았다. 그 대신 빌라 앞에서 무작정 기다렸다. 시계와 빌라 입구를 번갈아 본 지 거의 한 시간, 한 남자가 걸어 나왔고 그제야 칠범은 움직였다.

"선생님, 이제 퇴근하시나 봐요."

남자가 놀란 듯 돌아봤다. 부탁이 있으니 잠시 시간을 내어달라 청하는 칠범에게 의혹의 시선과 함께, 신분증을 내놓으란 요구가 대뜸 날아들었다. 경찰공무원증 앞뒤를 요리조리 살피고, 칠범을 위아래로 한 번 훑고, 주변까지 여러 번 둘러본 뒤에야 남자는 볼을 씰룩였다.

두 사람은 조용한 곳으로 자리를 옮겼다. 남자는 빌라의 행정 업무를 맡고 있었다. 경리, 우편물 수령 및 분류, 편의 시설 관리, 폐기물 처리 등이 주된 업무라고 했다.

"편히 불러요. 난 김 실장이라고 해요."

"네, 알겠습니다. 김 실장님."

김 실장이 말꼭지를 땄다. 그런데 사설이 길었다.

"제가 여기서 행정 업무를 보고 있지만 원래는 경찰이 꿈이었답니다. 근데 시험을 치러 가는 길에 교통사고가 났지 뭡니까, 게다가……."

교통사고의 참상에 대한 이야기가 이어졌다.

"세상에, 그런 일이 있었군요."

알고 싶은 건 그게 아니었지만 칠범은 잠자코 있었다. 필요한 정보를 줄 상대라면 그가 어떤 말을 하더라도 중간에 끊어서는 안 됐다.

"그다음 해에는 시험 이틀 전에 맹장이 터졌어요, 그래서……."

김 실장은 몸과 마음과 고통과 좌절의 상관관계에 대해 한참을 떠들었다.

"네네, 그러셨구나. 아, 네네네."

칠범의 "네."가 "네네."에 이어 어느덧 "네네네."로 길어졌다. 어떤 이들은 본인과 별 관련이 없는 사안을 논할 때조차 자신이 얼마나 중요한 사람인지부터 피력하곤 했다. 그를 위해 사건과는 전혀 무관한 개인사를 펼쳐놓는 경우도 많았는데, 심지어는 성장기부터 시작하는 사람도 있었다. 그래도 웬만하면 다 들어줬다. 진술에서 증거를 얻어내는 비결은 사실 단순했다. 진술하는 사람으로 하여금 자신이 존중받고 있음을 느끼도록 하는 것.

한바탕 장광설이 지나간 뒤, 김 실장이 명랑한 눈빛으로 물었다.

"근데 날 왜 불렀다고?"

칠범이 401호 입주자에 대해 알고 싶다고 하자 김 실장은 목소리를 줄였다.

"그분은 왜요? 뭐, 죄지었나?"

"아, 그런 거 아니에요."

"알았다, 참고인 알리바이 조사, 뭐 그런 거 아닙니까?"

"딱히 그런 건 아닌데, 비슷하다면 비슷……."

칠범이 대답이 끝나기도 전에, 김 실장이 검지를 세웠다.

"대한민국 경찰 분들이 일하시는 데는 시민의 협조가 반드시 필요하죠! 대신 제가 말했다고 하시면 안 됩니다. 절대로요."

"물론이죠."

칠범은 결연한 얼굴로 제꺽 답했다. 입가의 미소는 애써 눌렀다.

몇 시간 전, 빌라 안에서 주변 분위기를 살피던 칠범의 이목을 사로잡은 이가 있었다. 우편물을 한 아름 든 채로, 가던 걸음을 멈추고 경찰과 보안실장 사이의 작은 실랑이를 구경하는 중년 남자. 자세히 관찰할 필요도 없었다. 바로 알았다. 저 사람은 보통의 구경꾼이 아니구나. 오지랖이 박 형사님 등짝만큼 넓고 손발은 팀장님 머리카락처럼 오만 방향으로 뻗어야만 직성이 풀리는 사람이구나.

김 실장은 곧 아는 것, 모르는 것을 술술 털어놓았다.

"보안 업무 제외하고 자잘한 일들은 거의 제 손에서 돌아가서요. 입주자 분들 뵐 일이 잦아요. 저는 이 일이 좋아요. 꼭꼭 숨어 사는 부자들 사생활 들여다보는 거, 꽤 재미있거든요. 근데 401호 분은 좀…… 특이했죠. 집에만 계셨지 싶어요. 재작년까지는 그분 차가 들고난 기록이 아예 없을 정도니까."

"작년이나 올해는요?"

"작년엔 거의 비슷했고 올해부터는 자주 나가더라고요. 며칠 만에 들어오는 경우도 있었고. 제가 보기에, 그분은 변했어요. 나쁘게 변한 게 없어서 다들 신경 안 쓰는 것 같지만 분명히 변했어요. 일단 집 밖으로 나오는 것부터가 그렇고, 얼굴도 많이 좋아졌어요. 딱 목례뿐이긴 하지만 먼저 인사도 하고."

"친하게 지내는 사람은 없었나요? 이웃이라든가."

"없을 걸요. 아, 옆집 여자분이랑은 인사 정도 주고받는 것 같았는데."

칠범이 옆집 사람들에 대해 물어볼 기미를 보이자 김 실장은 고개를 휙휙 내저었다. 다른 입주자에 대해선 말 안 하겠다는 뜻이었다.

"외부에서 찾아오는 사람은요?"

"글쎄요, 전혀 없었던 것 같은데. 요새는 음…… 아, 그 친구인가?"

"누구요?"

"보안 시스템 점검 때문에 오는 직원들 중 하나 같던데."

친구인지 뭔지는 몰라도 말은 트고 지내는 사이 같더라고 덧붙인 김 실장은 한동안은 둘이 빌라 안에서 종종 만나더니만 요샌 잘 모르겠다며, 새삼 궁금하다는 표정을 지었다.

"아, 근데 형사 양반."

돌연 김 실장의 눈이 반짝였다. 순간 칠범의 가슴이 고동치기 시작했다.

"네, 김 실장님."

"이제 말해 줘요."

"뭘요?"

"무슨 사건이야?"

"아…… 사건은 아니고요……."

"에이, 나 한 번 믿어 보라니까요. 내가 말이지, 예전에 경찰이 되려고……."

"다, 달리 특이한 점은 없었나요? 401호 분, 작년까지요."

김 실장은 피식거렸다.

“그거 말고 뭐 있나. 고지서 아니면 생사 확인도 안 되는 사람이었다니까 그러네. 2, 3주에 한 번씩 내려와서 우편물 챙겨가는 게 전부였어요.”

그마저도 아침에 출근해서 보면 우편함이 비어 있었다고 했다. 새벽녘에 살금살금 내려왔다 간 것 같다고. 예상대로 별로 얻을 게 없구나 실망하고 있을 때였다. 김 실장이 손뼉을 짝, 쳤다.

“아, 우편물 하니까 생각나네.”

“뭔데요?”

“일전에 그분 앞으로 웬 봉투가 하나 왔거든요? 어제 저녁에 연락이 왔어요. 전달한 사람이 누구냐고 묻던데요.”

“그건 왜요? 우체국이나 배달 업체 직원 아니었나요?”

“아뇨. 등기, 택배, 퀵 서비스 전부 아니었어요. 그냥 웬 총각이었는데.”

처음 본 사람이었다고 했다.

“보낸 사람이 누구였습니까? 수령 목록을 볼 수 있을까요?”

“그게 말이죠, 받는 사람 이름 말고는 아무것도 안 적혀 있었어요. 게다가 그 사람이 401호 강유진 씨한테 직접 전달해 달라고 나한테 부탁하고 갔거든요. 얇은 봉투 하나였는데 위험한 물건 같지는 않아서 내가 잘 갖고 있다가 직접 드렸죠.”

“내용물이 뭐였다던가요?”

“몰라요. 물어봤는데 끝까지 대답 안 하더만. 나한테 뭘 엄청 캐묻기만 했지.”

강유진은 남자가 방문 기록을 작성하지는 않았는지, 다른 입주자 앞으로도 물건을 전달하지는 않았는지, 유니폼을 입지는 않았는지, 메시지를 남기지는 않았는지, 기타 눈에 띄는 특징은 없었는지 등을 물었다고 했다.

"뭐라고 답하셨는데요?"

"그 사람은 딱 그 봉투만 전하고서는 바로 돌아갔고, 그냥 평상복 차림이었고, 아무 메시지도 안 남겼다고 대답했죠."

"다른 특징은요?"

"뭐, 딱히. 그냥 평범한 배달 기사 같았는데."

칠범은 한 단어에 집중했다.

"왜 배달 기사라고 생각하세요? 사적으로 전한 걸 수도 있잖아요."

김 실장이 재미있다는 듯 미소했다.

"신기하네. 둘이 똑같은 걸 짚네."

"아, 그래요?"

"뭐, 나는 그냥 느낀 대로 답했어요. 물건을 건네는 모습이 사적인 부탁이라기보다는 기계적인 느낌이었거든요."

봉투가 전달된 날짜와 시간을 확인한 것을 마지막으로, 강유진은 전화를 끊었다고 했다. 칠범이 물었다.

"날짜와 시간이라……. CCTV 영상 확인했겠네요?"

"아마도요. 바로 봤을 걸요?"

"전에도 그런 적 있었습니까?"

김 실장의 눈이 허공을 향했다. 시선이 천장을 한 번 훑었다.

"아, 그러고 보니…… 예전에도 보안실에서 나오는 거 본 적 있어요. 무슨 일이냐고 물으니까 '별거 아니에요.' 하던데요. 그래도 CCTV 자료 확인하러 간 거 맞을 거예요. 그거 아니면 입주자들이 보안실에 들어가는 일은 거의 없으니까."

올해 봄쯤이었다고 했다. 정확한 날짜는 보안실 출입부를 보면 된댔다.

"당시의 자료가 남아 있긴 합니까?"

"글쎄요. 그분이 언제 것을 봤는지에 따라 다르겠죠. 다른 곳에서는 보통 15일치 자료를 보관하지만 저희는 입주자들의 안전과 편의를 위해 3분기 분량의 자료를 보관하고 있거든요."

"CCTV 자료라……." 보안실장이 내어줄 리 없었다. "구할 수 없겠습니까?"

김 실장은 "어렵죠." 하며 고개를 저었다. 칠범은 미련이 남은 표정으로 구부정하게 반쯤 일어났다가 도로 앉았다.

"어쩔 수 없죠. 아, 근데 정말 아쉽네요. 김 실장님 같은 분이 경찰 조직에 계셨어야 하는데. 이렇게 뛰어난 관찰력과 직관을 동시에 가진 사람은 흔치 않거든요. 아님 최소한 저 보안실에 김 실장님처럼 정의롭고 적극적인 분이 한 명만이라도 있었으면 얼마나 좋았을까요."

김 실장의 입이 헤벌쭉해졌다. 그러더니 CCTV 자료를 구해다주겠다는 소리를 자진해서 뱉었다. 두 사나이는 뜨거운 악수를 나눴다. 칠범은 헤어지기 전, 이번 일은 무조건 비밀에 부쳐야 한다는 당부를 잊지 않았는데, 그 순간 김 실장에게서 후광 비슷한 어떤 것을

봤다. 감개무량해 마지않는 얼굴이 말하고 있었다. '경찰이랑 비밀을 공유하다니, 나 첩보원 된 것 같아.'

출근 전, 칠범은 김 실장과 다시 접선했다. 비장한 표정으로 건네는 두툼한 봉투를 마찬가지로 비장한 몸동작으로 받아왔다. "이제 우리 둘은 한 배를 탔습니다. 무슨 뜻인지 아시죠?"라는 물음에 김 실장은 결의에 찬 눈빛으로 끄덕였다.

***

"그래서, 아침으로 이걸 얻어오셨다?"

"네."

칠범은 '사회생활 오래 하신 분이 왜 이러시나'의 의미를 담은 미소를 한 번 날려준 후, 물었다.

"그 사람, 한 번 만나볼까요?"

아직 안 된다는 대답. 그럴 줄 알았다. 가서 뭘 물어보겠는가. "강유진 씨 요즘 수상하지 않습니까?"라고? 김 실장이야 입주자에 대해 경찰에게 이런저런 얘길 했다는 게 알려지면 곤란해지니까 입단속하면 되지만, 어느 정도 친분이 있는 사이라면 경찰이 뒤를 캐고 있단 사실을 강유진에게 전할 게 뻔했다. 402호 거주자 역시 마찬가지였다. 그러면 그 여자는 태도를 완전히 바꿔버리겠지.

"혹시 모르니까 한 번 알아는 보죠."

칠범은 H-Pol에 연락을 넣었다. 정확히는 얼마 전 주거침입 사건 때 도움을 주고받은 직원에게로였다. 그에 따르면 고태경은 서른 살의 젊은 남자로, 회사 내에서는 약간 아웃사이더의 위치에 있는 인물이었다. 성격이 좀 특이하다고 했다. 너무 해맑고 아무 데나 끼어든다나.

"11월 5일에는 오후 6시부터 다음 날 오전 6시까지 근무했답니다."

"그 회사 기술 담당은 혼자 일하지 않나?"

중간에 빠져나왔을 법도 했다.

"네. 당일 어디어디를 출장했는지까지는 모른다는데요. 정식으로 공개 요청해야 한답니다."

어떻게 하는 게 좋을까 생각하는데 박 형사의 목소리가 들려왔다.

"범아, 잠깐 나가서 얘기 좀 하자."

혼자 김 실장 만난 것 때문에 그러나? 혼날 짓을 했나 싶어 멈칫했지만 이내, 그게 아니라는 걸 알았다.

경찰서 마당 한편, 큰 손이 뿌옇게 변색된 자판기에 동전을 집어넣었다. 커피 두 잔을 뽑아 한 잔을 내밀며 선호가 물었다.

"너, 왜 가만히 있어?"

진짜 궁금했다. 이 자식 왜 입 다물고 있지.

"제가요? 가만히 있다니요. 그게 무슨 말씀."

칠범은 뜨거운 커피를 후후 불었다. 이어 "감사히 잘 마시겠습니다." 인사하고는 홀짝홀짝 들이켜기 시작했다.

"아니, 그거 말고, 내가 그 여자에 대해 들쑤시고 다니는 이유를 말 안 해줬는데 너 어째서 잠자코 있느냐고."

"거 참 답답하네. 저 잠자코 안 있었다니까요."

칠범의 입가에 의미심장한 미소가 걸렸다. 선호는 허허허, 웃음이 났다.

"너 혹시, 집에서 작두 같은 거 타고 그러냐?"

"뭔 소리예요."

"읊어 봐. 한 번 들어보자."

늦은 가을, 흩어지는 햇살 아래 차례로, 나란히, 마주 보고 선 자동차들을 청중 삼아 말단 형사 칠범은 중대발표를 앞둔 간부처럼 폼을 잡았다.

"좋아요. 들어보세요. 이 사건에서 특히 이상한 점은 네 가지예요. 첫째, 피해자가 갑자기 812 사건을 파기 시작한 것. 평소 흥미를 가지고 있던 건도 아니고, 특별취재부에서 잘 다루는 소재도 아니고, 새로운 뉴스거리가 생긴 것도 아니었는데 말이죠. 게다가 남몰래 진행했어요. 그래놓고는 어느 순간 딱 접어버렸고요."

"그래."

"둘째, 칼에 얽힌 미스터리. 왜 칼이 필요했을까, 그것도 8자루나. 그때 산 칼은 다 어디 갔을까. 셋째, 취재 자료가 깨끗하게 사라진 점. 범인이 자료를 모조리 찾아 없애는 게 가능할까. 넷째, 누군가에게 감시를 당하고 있었다는 점. 이건 뭘 의미하는 걸까."

여기서 말을 멈추고 눈만 깜빡거리기에 선호는 설마 이놈이 다섯째, 여섯째까지 짚으려고 이러나 싶었다. 다행히 칠범의 손가락은 더 펴지지 않았다.

"피해자의 행적이 이토록 미스터리인데 박 형사님은 이것들을 종합한 후 대뜸 '강유진이 수상하다.'라는 결론을 내렸단 거잖아요."

한 번에 이어지지는 않았다고 했다.

"그럼 어떻게 이은 거야?"

"다 방법이 있죠. 어, 팀장님, 출근하세요?"

돌아보니 초췌한 몰골로 경찰서 마당에 들어서던 2팀장이 손을 들어 까딱하고 있었다. 선호는 얼른 목례하고는 다시 몸을 돌렸다. 하지만 남이야 다음 이야기를 기다리든 말든, 칠범은 빈 종이컵을 구겨 쓰레기통 농구를 하더니 이어 "박 형사님, 파스 있어요?" 따위의 잡소리를 해댔다. 선호가 그 뒷덜미를 잡아 억지로 앉힌 건 절대 폭력이 아니었다.

의심이야 그 전에 들었지만 할 말 다하는 칠범으로서도 쉽게 입 밖에 낼 수 없는 내용이었다고 했다. 마음속에 진짜로 확신이 선 건 이한나의 집에서였다. 정확히는 티셔츠 뒤쪽 허리 부분에서 발견된 금속 부스러기의 정체가 밝혀졌다는 소식을 선호에게 전한 직후였다.

"스테인리스 스틸이랬죠? 공업용부터 가정용까지, 온갖 용도로 쓰이는 흔한 소재이지만 살인사건과 연관돼 있다면? 정답은 하나, 칼이죠. 분석 결과는 분명 그 8자루의 칼 중 하나와 완전히 동일한 소재라고 나올 걸요? 여기서 중요한 건 그 금속 부스러기가 깨진 게 아닌, 갈린 형태였다는 점이에요."

칠범은 질문 하나로 대화를 이었다.

"박 형사님은 이한나가 칼을 가공했다고 생각하시는 거죠?"

"똑똑한 놈."

“뭐, 이 정도야.” 칠범은 어깨를 으쓱했다. “812 사건의 특이한 점 중 하나는 흉기가 발견되지 않았음에도 흉기의 날 규격이 밀리미터 단위까지 거의 정확히 파악됐다는 거예요. 1·2차 모두 동일한 흉기가 사용됐고요. 이한나의 티셔츠 뒤쪽 허리춤에 붙어 있던 금속 부스러기는 칼의 모양이나 크기를 변형시키는 과정에서 나온 찌꺼기일 거예요. 정전기 때문에 칼이나 칼집에 붙어 있었겠죠. 상대방 몰래 칼을 뽑는 과정에서 옷에 붙은 거고요.”

“그래. 백번 양보해서 피해자가 호신용으로 칼을 선택했다고 치자고. 하지만 가공이 필요하지는 않아. 가공을 했다는 건 사용할 생각이었다는 뜻이지. 더 쉽게, 깊이 들어가도록 하기 위해서, 혹은.”

“손상의 크기와 형태를 조작하기 위해서.”

“그래.”

칠범이 말이 빨라졌다.

“이한나를 찌른 칼이 범인 거였다는 추측은 틀렸어요. 흉기의 주인은 이한나였어요. 그래도 반은 맞았어요, 그 ‘돌발 상황 이론’ 말이에요. 범인이 전에 없던 행동을 한 건 이 칼 때문이었어요. 이한나를 대면한 순간, 눈앞에 웬 칼이 딱, 나타난 거죠.”

“그럼 이한나가 그런 준비를 한 이유가 뭐겠어?”

한껏 잘난 척을 하더니만 선호의 물음 앞에서 칠범은 자못 진지해졌다.

“이한나는 누군가를 죽이려고 했어요.”

선호의 목소리에서 무게가 느껴졌다.

“그래. 그거면 아까 네가 말한 네 가지 의문이 한꺼번에 해결되지.”

“네. 이한나의 목적은 기사를 내는 게 아니었어요. 누굴 해치려던 거였죠. 그 때문에 812 살인사건 정보가 필요했어요. 연쇄살인범의 짓으로 위장하려고요. 아무도 모르게 칼을 준비했어요. 현장에 진범의 표식들을 남길 계획이었고, 이것도 그중 하나였겠죠. 근데 칼이란 게 드라이버나 싱크대나 밧줄 같은 용품과는 달리 규격이 딱 정해져 있지는 않잖아요. 모양도 제각각이고. 아, 게다가 오래 사용하거나 가공을 하면 크기가 변하기도 하죠. 실제로, 계획적으로 살인을 저지른 놈들 중에는 흉기를 직접 만들거나, 모양이나 규격을 일부러 변형시켜 사용한 경우도 종종 있었잖아요? 이런저런 이유들 때문에, 시중에 나와 있는 수천 가지 모델 중 특정 규격에 딱 맞는 걸 찾아내는 건 아주 어려운 일이에요. 우리도 못 찾았죠. 해서 이한나는 일단 적당히 비슷한 것들을 여러 자루 구입한 후, 이전 사건의 흉기와 가장 비슷한 하나를 최종으로 선택한 거예요. 피해자가 얼마나 치밀했는지가 여기서 드러나요. 대충이란 게 없었어요. 완벽한 규격의 칼을 갖기 위해 가공도 마다하지 않았을 정도로. AUS-6는 경도가 낮아서 가공이 쉬운 재질이래요. 그러니 강도가 높은 숫돌이나 칼갈이를 이용하면 몇 밀리미터 줄이는 건 그리 어렵지 않았을 거예요.

근데 문제가 있었어요. 취재 과정에서 얻은 칼에 대한 정보가 온전하지 않았던 거예요. 증거물 관련 기록에는 칼집에 대한 설명으로, 거기에 맞는 칼날의 길이와 폭이 정확히 나와 있었지만 날 방향에 대한 내용은 없었어요. 그럼 어디 있었느냐? 황 기자의 노트. 근데 거기 뭐라고 적혀 있었느냐? 칼날이 외날이었다고 돼 있더라고요. 황 기자는 부검 보고서 사본을 못 얻었댔어요. 한 번 읽어만 봤다고 했죠. 잘못 기록한 것 같아요. 이게 결정적인 증거가 됐어요.

황 기자가 넘겨준 걸 포함해 취재 자료가 하나도 안 남은 이유는 이한나가 스스로 없앴기 때문이에요. 새로 산 노트북으로만 812 사건 자료를 검색·처리했고 범행 직전 폐기했죠. 그런데 계획과는 달리 역으로 당하고 만 거예요. 눈치를 챈 상대방이 이한나를 감시했으니까. 사라진 새 노트북 말이에요, 그것도 분명 해킹되고 있었을 걸요? 결국 싸움에서 진 이한나가 연쇄살인의 세 번째 피해자로 위장됐어요."

선호의 얼굴이 환해졌다. 감탄하는 빛까지 어렸다. 형사들 틈에서 형사 같지 않게 하고 다니면서 여기저기 싱거운 소리나 늘어놓으며 돌아다니는 놈인 줄 알았건만. 자신이 가진 의구심을 한 줌도 꺼내놓지 않았는데 녀석은 이미 다 알고 있었다. 선호는 칠범과 함께 일한 지 얼마나 됐는지 헤아려봤다. 올해 초부터였으니까 딱 11개월. 그 정도 기간에, 저 정도 눈치면 선호가 꼭꼭 숨기고 살았던 징크스까지 간파 당한 것도 이상할 게 없었다.

'저 천잰가 봐요.' 할 줄 알았건만 정작 칠범은 걱정이 있는 듯 말했다.

"그런데 이렇게 되면 지금까지의 전개를 통째로 뒤집는 의문이 하나 생겨요."

"그래."

"이한나가 해치려 한 사람은 누구죠?"

일단 그간 경찰이 의심해 온 '진범 쪽 사람'은 그 대상이 아니었다. 그쪽이라면 이제 와 경찰의 이목을 끄는 방식으로 현장을 꾸미지는 않았을 테니. '전문가 그룹'도 아닌 듯했다. 열심히 찾았지만 이한나가 812 사건으로 위장해 죽일 만한 사람은 없었다. 칠범은 유력한 용의자 그룹으로 세 번째, '피해자의 주변인'을 꼽았다.

"살해 후 812 살인사건처럼 꾸미려 했다면 가족이나 남자 친구는 그 대상이 아닐 거예요. 이전 피해자들은 모두 30대 여성이었어요. 가족이나 남자 친구는 위장이 통하는 타입이 아니죠. 상대방 역시 '비슷한 타입의 여성'이어야 설득력이 있어요. 사건 조사를 하면서 만난 사람들 중 그런 인물은 없었어요."

여기서 강유진이 등장한다. 상대가 그녀일 가능성을 고려해 봐야 했다. 이전 피해자들과 다른 점이 많았지만 비슷한 점도 더러 있었다. 혼자 사는 점, 사람들과 왕래가 거의 없이 생활한 점, 눈에 띄지 않는 직업에 종사한 점 등이었다. 무엇보다 동기가 있었다. 강유진이 죽으면 이한나는 빚을 갚지 않아도 됐다.

"근데 바로 접었어요. 강유진은 사건이 있던 날 밤, 출판사 사람들과 함께 있었어요. 자길 죽이러 온 이한나를 역으로 죽이고 유기하는 건 불가능하죠." 칠범이 검지로 관자놀이 부근을 톡톡 두드렸다. "여기까지예요. 여기서 생각이 딱, 끊어져요."

더는 새것이 아닌 운동화가 심하게 까딱거리기 시작했다.

"범아, 내 생각엔 말이야, 두 여자가 엮이는 상황은 이한나가 강유진을 죽이려 하는 경우만이 아니야. 하나가 더 있어."

"뭔데요?"

"이한나는 누군가를 죽이려고 했어. 그런데 그 상대가 반드시 이한나 본인이 살의를 가진 인물이어야만 할까?"

"이한나 자신이 죽이고 싶어 한 사람은 아니다?"

"그래."

"죽이고 싶은 사람은 아니었다. 그런데 죽이러 갔다……."

까딱거리던 발이 멈췄다.

"자의가 아닐 수도 있다는 뜻이에요?"

칠범의 말이 더 빨라졌다.

"의문의 인물 X는 A를 죽이고 싶어 했다. A는 812 살인사건 피해자와 비슷한 타입의 인물이다. X는 이 점을 이용하기로 한다. A를 죽이고 812 사건처럼 위장하면 되겠구나! 본인이 직접 나서는 건 위험하다. 그래서 이한나를 매수한다. 그런데 A를 죽이러 갔던 이한나가 반대로 당하고 말았다. A는 이미 모든 걸 간파한 상태였으니까. 보란 듯이 이한나를 812 사건 피해자처럼 꾸며 놓기까지 했다. X는 경찰에 신고할 수가 없다. 살인 청부 협의가 드러날 것이기 때문이다. 그 X가 바로 강유진이라는 거죠?"

"그래."

이한나 매수는 여러모로 아귀가 맞는 선택이었다. X가 누군가에게 812 사건으로 가장해 A를 살해하라고 지시하려면 그 누군가는 그 사건의 상세 정보를 이미 갖고 있거나 손에 넣을 능력이 있는 인물이어야 한다. 무슨 일이든 할 수 있을 정도로 궁지에 몰려 있으면 더 좋다. 이한나는 두 조건 모두에 적합했다. 그런 그녀에게 최근 조건도 없이 3억 원이라는 큰돈을 빌려준 사람이 있었다. 강유진. 돈

거래는 어설프게 숨기느니 차라리 드러내자고 판단했으리라. 차용 거래라는 합법적 수단 아래 감추는 깔끔한 방식으로.

강유진은 알리바이가 확실해서 지금껏 용의자에서 제외되었다. 하지만 만약 이한나가 실행범에 불과하다면? 사주한 사람이 따로 있다면? 사건의 본질은 완전히 달라진다.

"단, 한 가지 걸리는 게 있어. 그 위험한 일을 직접 나서서 했다는 점."

칠범의 걱정거리가 순식간에 곱절이 된 듯 보였다.

"이거, 정식으로 조사해야 하는 거 아닌가요?"

선호는 고개를 저었다. 의심을 뒷받침할 증거가 전혀 없었다. 전혀. 팀장은 일단 비밀로 하라고 지시했다. 자칫하면 피해자의 명예를 심각하게 훼손할 수 있는 문제이기 때문이었다. 강유진을 제대로 조사하려면 이한나가 누군가를 죽이려 계획했다는 사실부터 밝혀야 했는데, 언론에라도 나가면 온 나라가 뒤집히고도 남을 이슈였다. '피해자를 살인자로 만드는 황당한 경찰'이라는 헤드라인이 대문짝만 하게 걸릴 것이다. 이미 외부로 정보가 새어나간 전적이 있으므로 은밀히 다뤄야 했다. 강력2팀원들에겐 팀장이 전달하기로 했고 어느 정도 윤곽이 드러나면 그때 모두와 공유할 계획이었다. 일단 간부들은 모두 알고 있었다. 단 타인의 사주가 아닌, 피해자 본인의 원한을 동기로 보는 시각이 강했다. 그쪽으로도 형사 몇이 투입됐다.

"그렇구나. 그래서 이렇게 바쁜 와중에도 우리 둘을 따로 빼 주신 거군요."

그제야 이해가 된다는 듯 고개를 주억대던 칠범이 대뜸 물었다.

“근데요, 언제부터 강유진을 의심하신 거예요? 차용증 나왔을 때부터?”

“딱히 그런 건 아닌데…….” 선호가 나지막이 되물었다. “그 여자, 처음부터 좀 수상하지 않았어?”

“어디가요?”

칠범도 같이 목소리를 낮췄다. ‘나한테만 털어놔 봐요.’라는 신호를 눈으로 뿜어대며.

“뭐, 이건 너무 근거 없는 거라.”

머쓱해서 웃음이 나왔다.

“아, 답답해. 뭔데요?”

“그게 실은…… 그냥, 직감이야.”

칠범이 눈이 동그래졌다. ‘내가 참 오래 살았구나, 이런 소릴 다 듣고.’ 하는 표정이었다. 민망함에, 선호는 입맛을 다셨다. 시계로 관심을 돌린 후 “어이쿠, 팀 회의 시간이네.” 하면서 얼른 일어섰다. 쫄랑쫄랑 따라오던 칠범이 선호를 추월해 걷기 시작했다.

“박 형사님, 요 며칠 낯설어요. 꼭 다른 사람 같아요. 뭐, 나쁘단 건 아니고.”

그러더니 “어?” 하면서 휙, 돌아봤다.

“방금 저요, 피해자 주변인들하고 똑같은 말 했죠? ‘꼭 다른 사람 같다.’라고. 그 사람들 기분이 지금 제 기분이랑 비슷했을까요? 그렇다면…….”

“너, 또 뭔 개소릴 하려고?”

자신을 바라보는 눈초리에서 묘한 호기심이 느껴졌다.

"지난 1년의 이한나와 지금의 박 형사님도 비슷하단 뜻인가?"

선호는 우뚝 멈춰 섰다. "생긴 건 영 다른데."라며 돌아서는 모습을 멀거니 바라봤다. 실없는 저 소리가 영 실없게만 들리지 않는 건 왜일까. 사람들의 음성이 사방에서 자신을 끌어당기고 있기 때문일까. *이상했어요, 갑자기 변했어요, 다른 사람처럼 행동했어요……*. 사실 지금까지의 추리는 이 부분을 고려하지 않은 것이었다. 그대로도 말이 되긴 했지만 퍼즐 조각 하나가 빠졌다는 느낌을 지울 수는 없는 이유였다. 사라진 조각에 대한 의문은 좀처럼 흐트러지지 않고 그의 머릿속에 굳건히 뿌리를 내린 채였다. 그리고 시간이 흐를수록 그 의문의 뿌리는 특정한 지점, 아니 특정한 사람을 향해 뻗어나가고 있었다.

선호는 용기를 냈다. 가 보자. 까짓 것, 틀리면 어쩔 수 없는 거고. 마음속에서 출처 모를 자신감이 윙크를 날렸다. *걱정 말아요, 맞을 거예요, 설명 가능한 가설도, 설명 불가능한 직감도, 모두 그 여자를 가리키고 있잖아요.*

하지만 곧 의기소침해졌다. 경험도 목소리를 냈기 때문이다. *저기요, 지금껏 들어맞은 적 없는 그 직감이란 놈이 왜 이번에는 맞을 거라고 생각하세요, 언제부터 그렇게 낙천적인 분이셨다고.*

칠범이 계단을 올라가는데 박 형사가 불러 세웠다. 돌아보니 대뜸 한다는 소리가 "범아, 가위바위보 한 번만 해 보자."였다.

어리둥절했지만, 칠범은 그 용기를 높이 사 도전을 받아들였다.

"가위, 바위, 보!" 칠범이 주먹을 내고 박 형사는 가위를 냈다.

"한 번 더." 칠범이 가위를 내고 박 형사는 보를 냈다.

"하, 한 번만 더." 칠범이 주먹을 내고 박 형사는 가위를 냈다.

앞서 걷는 박 형사의 등이 약간 굽은 듯 보였다. 뭐 저런 걸로 다 풀이 죽고 그럴까. 힘 빠진 걸음걸이를 보니 조금 미안해졌다. 져 줄 걸 그랬나.

이제 두 사람은 강유진이 죽이고 싶어 했던 대상이자 이한나를 살해한, 그 미지의 인물 A를 찾아야 했다. 정면 돌파는 불가했다. 강유진의 집을 수색하자니 현재로서는 압수수색영장을 청구할 근거가 부족했고, 의심스러운 정황만 가지고 그녀를 신문하자니 얻는 것보다 잃는 것이 더 많을 게 빤했다. 결국 빙 둘러가는 수뿐이었다. 이한나가 노린 대상이 실은 강유진이 살의를 품은 인물이라면 해답은 강유진의 과거에 있을 것이다. 꽤나 굴곡 있는 과거인 듯싶었다. 큰 사건들을 타고 올라가면 답이 나올 가능성이 있었다.

선호가 아는 한, 첫 번째 굴곡은 1994년의 사고였다. 칠범이 빌라 일을 처리하는 사이, 그는 강유진의 가족 사항을 확인했고 아홉 살 때 교통사고로 부모를 잃었다는 사실을 알게 됐다. 가장 최근의 굴곡은 작년 말의 자살 미수 건이었다. 그 둘 사이, 거의 20년이 비었다.

불길했다. 그 공백이 절대로 공백이 아닐 것 같은 예감이 들었다.

사무실로 돌아가니 택배가 와 있었다. 강유진의 책 두 권이었다. 작가 이력을 읽어보는데 팀장이 몸을 이리저리 꼬아대며 물었다.

"박 형사, 파스 좀 있나?"

칠범이 히죽이 웃었다.

18

CCTV 영상 속 남자는 평범했다. 흰색 티셔츠에 청바지, 키는 175 남짓, 20대 중후반. 얼굴과 차림만으로는 알아낼 수 있는 게 거의 없었다. 남자는 정문으로 걸어 들어왔다. 빌라 앞 CCTV에는 그의 자동차나 오토바이가 찍히지 않았으므로, 나는 누가 차를 긁고 갔다는 핑계로 주변 상가를 돌며 도움이 될 영상을 찾기 시작했다.

허사였다. 자료를 삭제한 곳이 많았다. 그나마 남자를 포착한 영상 안에서도 그는 뚜벅이였다. 나는 계속 좇았다. 하늘에서 뚝 떨어진 게 아니라면 꽤 먼 곳에서부터 걸어왔을 터였다. 편의점 CCTV 영상을 확인한 것을 마지막으로, 나는 이 방식의 조사를 그만뒀다. 남자는 지하철 출구로 걸어 나왔다. 지하철공사나 경찰의 도움이 없는 한, 그가 어디에서 왔는지 되짚어 나가는 건 불가능하리라.

나는 물건을 건네는 모습이 기계적이었다는 김 실장의 말을 믿어

보기로 했다. 그렇다면, 직업으로 전달자의 역할을 하는 사람일 확률이 높았다. 그중 택배, 우편, 퀵 서비스가 아니라면…….

나는 남자의 사진을 들고 서울 시내에 있는 심부름 업체를 돌기 시작했다. 이번에는 태경에게 도움을 구하지 않았다. 여러 번 전화했지만 그는 받지 않았다. 나는 기다리기로 했다. 언제고 연락이 오겠지 하면서.

사진 몇 장 들고 사람을 찾는 건 쉬운 일이 아니었다. 그 사진이란 게, 빌라 내 CCTV 영상을 캡처한 것이니 더욱 그랬다. 장소, 배경, 다른 등장인물 등 사람 찾는 데 써먹을 수 있는 간접 단서가 하나도 없다는 뜻이었으니까. 시간이 흐를수록 내 생각이 틀렸나, 이쪽이 아닌가 하는 의심이 강해졌다. 하지만 달리 뾰족한 수가 떠오르지도 않았기에, 나는 마냥 발품을 팔 수밖에 없었다.

그로부터 이틀, 허탕의 연속이었다. 남자를 아는 이가 없었다. 종일 운전을 하고 돌아다닌 대가는 꽤나 혹독해서 아침에는 누구한테 두들겨 맞은 양 머리끝부터 발끝까지 전부 아팠고, 저녁에는 날 빼고 온 세상이 다 도는 듯 어질어질했으며, 밤에는 누가 업혀 있는 것처럼 몸이 무거웠다. 나는 한 움큼의 약에 기대어 또 하루를 버텼다.

늦은 시간, 집에 돌아온 나는 극도의 인내심을 발휘해 인터넷 뉴스부터 확인했다. 역시나 별 소식 없었다. 답답한 듯 홀가분한 기분으로, 소파에 드러누워 텔레비전 뉴스를 틀었다. 달력을 봤다. 사건이 있은 지 11일. 아나운서는 방송이 끝날 때까지 사건 소식을 전하지 않았다.

"QNN 개국 30주년! Happy Together, Happy QNN!"

뉴스가 끝나고도 한참, 나는 그대로 앉아 있었다. 텔레비전 화면에 고정돼 있던 시선은 다시 한 번 달력으로 옮겨갔다.

19

선호는 시계를 봤다. 짧은 바늘은 이미 6을 넘어갔지만 오늘은 퇴근이 가능하려나 재볼 필요조차 없었다. 중앙서는 물론 다른 경찰서 분위기도 비슷할 터였다. 그간 812 사건과 관련 없던 관서들은 어제 아침부로 급작스레 관련이 됐다. 지금쯤이면 하늘에서 뚝 떨어진 일거리를 떠안은 이들이 자기 팔자와 개 팔자 중 어느 쪽이 나은가 저울에 달아보며 저녁밥을 기다리고 있으리라.

일이 그리 된 시작점에는 또 그 여자가 있었다.

"좋은 소식이 있습니다."

어제 아침이었다. 수화기 너머 남서울서 정 팀장의 음성이 시리우스별처럼 밝았다. 아침 댓바람부터 강유진이 다녀갔다고 했다.

무슨 수를 쓴 건지, 그녀는 아이가 종종 던지는 이상한 말 중 두 마디를 알아냈다. 이후 아이를 만나서 두 마디를 더 들었다. 그중

'오랜만이야'에 대해서는 살인범과 박연희, 그 두 사람이 아는 사이이긴 하지만 자주 만난 건 아니란 의미로 해석했는데, 그건 너무 당연한 소리여서 남서울서 측은 설마 그걸 가르쳐주러 왔느냐고 물어볼 수밖에 없었다. 하지만 강유진은 그럼 '하나, 둘, 그리고 또 하나'의 뜻을 아느냐는 되물음으로, 자신을 무시하는 분위기를 뒤집었다. 남서울서는 거기까진 몰랐다. 범인이 한 말로 추정되지만 어른의 말투는 아니었기에 그간 아이들 놀이나 노래 쪽을 뒤져보았지만 아무것도 찾지 못했던 것이다. 강유진은 절레절레했다. 어른들도 그런 식으로 수를 세는 경우가 있다면서.

그녀가 뱉어낸 건 '기념일'이라는 단어였다.

케이크에 꽂는 초. 짧은 것으로 10단위를, 긴 것으로 1단위를 센다. 21만큼 꽂는다고 생각해 보란 말에 형사들 머릿속에는 초 세 개가 섰다. 더구나 어른들도 기념일 케이크 앞에서는 몇 살, 몇 주년의 의미를 강조하며 아이처럼 소리 내어 수를 세는 경우가 많다는 덧붙임에, 형사들은 상상 속 케이크에 초를 꽂아 보았다. 맞는 소리이긴 했다. 그럼에도 당혹스러웠다. 기념일이라니. 너무 갑작스럽잖은가.

강유진은 또 절레절레했다. 전혀 갑작스럽지 않다며 눈을 동그랗게 뜨고 물었다. 그 '후'가 뭐겠느냐고, 짧게 '후'가 아니라 길게 '후우'였다고.

입으로 바람을 부는 시늉. 그제야 이해가 된 남서울서 측은 무릎을 쳤다.

그 길로 남서울서는 홍인경과 박연희의 기념일을 확인했다. 생일은 각각 1월 26일과 4월 7일. 가족 관련 기타 기념일도 확인했지만 8월 12일이나 13일은 없었다. 그렇다면 역시나, 그날은 범인 입장에서 특별한 날일 소지가 컸다. 더 정확한 시기도 꼽아봤다. 박연희가 죽은 날 초를 21개 꽂았다면 그것이 가리키는 시기는 1992년이었다.

그날 바로 포착하지는 못했지만 지민이와의 만남이 내내 신경 쓰였노라고, 강유진은 털어놓았다. 궁리하고 또 궁리하다 보니 어느 순간 퍼뜩 깨달았기에 급히 찾아왔다고, 도움을 주어 고맙다고도 했다. 남서울서 측은 그녀가 '지이'의 의미도 알아냈을까 싶어 기대감에 부풀었다. 하지만 돌아온 건 처음으로 보여준 자신 없는 모습과 "그건 모르겠어요." 한마디였다.

소식을 전해 듣는 동안, 선호는 아무 말도 하지 않았다.

그 정보가 공유된 후, 남서울서와 중앙서 경찰들은 조금 들떴다. 언제부터인가 새로이 나오는 단서가 없었고 수사는 슬슬 답보 상태로 접어드는 형국이었다. 사건을 미제로 남긴 경험이 있는 고참들은 그때와 똑같은 궤적을 따라 걸으며 불안해했고, 후배들은 흔들리는 선배들을 보며 더 불안해했다. 이런 난국을 타개하는 것은 의외로, 작지만 창의적인 아이디어 하나였다. 남서울서와 중앙서의 형사들은 다시금 영차, 영차 기합을 올렸다.

"다정한 분위기 만들어놓고 기념일을 축하했단 말이지? 그렇다면 놈은 박연희의 예전 애인이거나 과거에 거부당한 남자일 수도 있겠어. 아마도 1992년쯤에."

지난날의 여자들을 찾아가 죽인다, 충분히 있음 직한 이야기였다. 남서울서에서 홍인경, 박연희가 알고 지냈던 남자들을 샅샅이 조사했었는데 그렇게 오래된 관계까지는 포함하지 않았었다. 두 여자의 가족, 친구, 동료 전부 다시 만나 봐야 했다. 더 이전의 관계까지 싹 훑어서 공통으로 나오는 이름이 있으면 그가 유력한 용의자가 되는 것이다. 잘하면 이한나 사건까지 통으로 해결될지도 모른다는 기대감이 힘 빠진 모두의 등짝에 보이지 않는 채찍질을 가했다.

그와 동시에 경찰은 1992년 8월 12일과 13일에 발생한 사건을 찾아 검토하기 시작했다. 살인사건만이 아니었다. 폭행, 강도, 방화는 물론, 사기처럼 강력 범죄가 아닌 분야까지 범위를 넓혔다. 기어이 교통사고까지 포함됐다. 전국 모든 관서의 직원들이 동원됐다. 의미를 부여할 만한 건이 나오지 않자, 오늘 오전에는 1992년 사건 '전체'를 확인하라는 명령이 떨어졌고 오후에는 1995년까지 범위가 늘어났다. 크든 작든 해당 날짜와 관련 있는 모든 건을 취합하라는 것이었다. 결국 여기저기서 그냥 죽여 달라는 성토가 쏟아져 나오기에 이르렀다.

선호는 별다른 불만이 없었다. 어차피 중앙서는 일이 넘쳐났으니까. 바다에 맹물 한 바가지 더 붓는다고 싱거워지지는 않는 것과 같은 이치. 그래도 피곤했다. 쉬고 싶긴 했다. 다행히 저녁은 맛있게 먹었다. 엄청나게 예쁜 여자가 칠범이 고생한다며 도시락을 바리바리 싸들고 온 덕이었다. 전에 왔던 여자는 아니었지만 다들 약속이나 한 듯 모른척하며 우걱우걱 잘도 먹었다. 좀 부럽다는 생각을 하는데, 종이 몇 장을 들고 다가오는 칠범의 모습이 보였다.

급히 '지금 안 보여줘도 돼, 저리 가, 훠이, 훠이.'라고 텔레파시를 보냈지만 칠범은 정확히 선호 앞자리로 날아와 사뿐히 착륙했다. 선호는 아무렇지 않은 척 허리를 곧추 폈다.

"알았어요. 지금 보기 싫으시면 나중에 보셔도 돼요."

"뭐?"

"그래도 보고 싶으실 걸요?"

칠범이 들이민 건 일종의 수기였다. 지난 7월, 최샛별 사건의 진상을 밝혔던 특종 기사가 탄생한 과정이 상세히 기록된 수기.

내용은 평범했다. 수기는 이한나가 그 집 근처를 배회하는 장면으로 시작되어, 샛별이 엄마가 애인과 모의해 아이를 살해했음을 자백하기까지의 약 한 달간의 과정을 기록하고 있었다. 수기 속 이한나의 행동은 익숙했다. 쓰레기를 뒤지고, 학교와 이웃을 돌아다니고, 잠복하고, 버려진 컴퓨터를 손에 넣고, 현장에 최초 출동했던 구급대원을 만나고, 이 사람 저 사람에게 매달리기도 하는 등 선호도 밥 먹듯이 하는 일들. 목적을 위해 합법적인 협박을 서슴지 않는 것까지도 빼닮았다.

처음 그 집을 찾아갔을 때만 해도 살인사건의 가능성을 생각조차 못 했었다는 점이 인상 깊기는 했지만 정작 선호의 눈길을 사로잡은 것은 다른 어떤 요소였다.

칠범은 자기가 주먹이라도 날린 줄 알았다. 박 형사는 한 대 얻어맞은 표정을 짓고 있었다. 왜 저러나 싶은 찰나, 질문이 날아왔다.

"이 글, 굉장히 이상하지 않아?"

"네? 어디가요?"

박 형사가 손가락으로 몇 군데를 짚었다. 그 부분들은 이한나의 심경 변화를 기록한 곳들이었다. 수기는 '이전 취재 자료에서 샛별이의 집 주소를 찾아냈다. 무슨 얘길 할지는 아직 결정 못 했다. 그냥, 안부 인사차 왔다고 하면 되지 않을까. 이 얼굴을 잊지 않았겠지.'라는 망설임으로 시작해서 '살면서 그렇게 적극적으로 일을 해본 적도, 강력하게 주장을 펼친 적도, 욕심을 부리고 원하는 것을 쟁취한 적도 없었다. 극복하지 못할 거라고 여겼던 것들이 사실은 극복 불가능한 게 아닐지도 모른다.'라는 깨달음으로 끝나고 있었다.

"그게 왜요?"

"마치……." 맺지 않은 말은 물음으로 변했다. "혹시 다른 것도 이렇게 해 뒀어?"

그렇지는 않았다. 모든 취재 과정이 날짜별로 정리돼 있긴 했지만 '이런 증거 나옴, 누굴 만남, 인터뷰 내용 이러이러함'처럼 핵심 위주로 적혀 있었다. 수기는 그거 하나였다. 간략하긴 해도 특별한 기록을 남긴 걸 보면 그 사건이 이한나에게 상당히 큰 의미가 있었던 게 아닌가 짐작됐다.

"대신, 이런 것도 나왔어요."

칠범은 또 다른 종이다발을 내밀었다.

"교통사고 건이네? 1994년, 음주운전……. 어, 이건?"

그것도 회사 컴퓨터에서 찾은 거였다. 이한나는 강유진 부모의 교통사고를 조사하고 있었다. 박 형사가 눈에 띄게 동요하더니만 크게 숨을 골랐고, 이후 달팽이관이 어딘가로 기어가버렸나 의심될 정도의 적막이 시작됐다. 방해되지 않도록 연체동물처럼 조용히 움직여 자리로 돌아온 칠범은 컴퓨터로 파일 하나를 열었다. 방금 출력해서 박 형사 손에 쥐여 준 바로 그 파일.

1994년 4월 11일. 고속도로에서 무리하게 추월을 시도하던 음주운전 차량이 강유진의 아버지가 운전하던 승용차를 들이받았다. 4중 추돌로 번진 큰 사고였다. 다행히 뒷좌석은 피해가 적어서 강유진은 살아남았다. 상대 차량 운전자는 50대 남성으로, 현장에서 사망했는데 만취상태로 추정됐으며 동승자는 없었다. 그 일 때문에 강유진이 복수극을 벌였을 것 같지는 않았다.

문제는 이한나의 의중이었다. 아무래도 그녀는 그 사고가 일반적인 교통사고가 아니라고 추측한 듯싶었다. 강유진 삼촌과 숙모의 당시 행적이 함께 조사되어 있는 것으로 미루어 그들의 개입을 의심한 게 분명해 보였다.

그러나 삼촌 부부와 교통사고의 연결점은 발견되지 않았고, 결국 관심의 방향이 바뀌었다. 칠범은 상대 운전자에 관한 기록을 읽어 내려갔다. 전과 유무, 인간관계, 장기적인 재무 상태가 꼼꼼히 조사돼 있었다. 그뿐만이 아니었다. 이한나는 상대 운전자의 가족 중 사고 이후 어떤 경로로든 큰돈을 쥔 사람이 있는지도 살폈다. 차량 전문가의 도움을 받아 누군가 차에 손을 댔을 가능성이 있는지까지 점검했다.

나온 건 없었다. 전혀. 완벽하게 깨끗했다. 어떻게 봐도 불운한 교통사고였다.

칠범은 궁금했다. 어째서 이한나는 그렇게까지 했을까. 그녀의 일

거수일투족이 의문투성이였지만 한 가지는 확실했다. 지금에 와서 그 교통사고 기사를 낼 생각은 아니었을 것이다. 분명 개인적인 이유 때문에 집요하게 쫓았다. 이것도 돈 때문이었을까. 대가를 약속받고 자세히 파헤친 걸까.

귓가에 한숨 소리가 들려와 돌아보니 박 형사가 땅을 꺼뜨리려 하고 있었다. 칠범은 문득 기억났다. 이 비슷한 광경을 아까도 봤었다. 점심시간 끝나고, 옥상에서. 그 때 박 형사의 손에 들린 물건이……

『글루미 선데이』였지, 아마?

20

황 선배에게 전화했다.

"진전 좀 있나요?"

"경찰이 정보 줄을 놔주질 않아요. 어제 뉴스 보셨죠? 대기업 후계자 폭행사건도 있고 해서 한나 씨 건은 조용해지는 추세예요."

"그렇군요."

"아, 맞다. 그 대신 경찰이 어제, 각 언론사에 자료 제공을 요청했어요. 1992년에 보도된 모든 기사가 필요하다고요. 아시는지 모르겠는데 경찰 역시 중앙지와 지방지 기사를 매일 스크랩해서 파일로 보관하긴 하지만 어디까지나 경찰 관련 내용이나 취급 사건에 한정해서거든요. 오래돼서 검색 안 되거나 경찰에 신고될 만한 내용이 아닌 사건까지 최대한 긁어모아야 할 때는 언론사의 도움을 받아요."

황 선배가 의미심장한 목소리로 말을 이었다.

"게다가 아무래도 돌아가는 분위기가…… 한쪽에선 1·2차 사건 피해자들의 과거 남자를 찾는 모양새예요. 해서 저도 그 쪽으로 한 번 파 보려고요."

"아, 그런가요."

그 후로는 움직임이 없다고 했다.

발품을 판 지 6일째. 많은 줄은 알았지만 이렇게 많은 줄은 몰랐다. 서울에는 체인과 그 지부부터 소규모 개인사업체까지, 배달 대행과 심부름 대행 업체가 수백 곳이나 됐다. 물론 신고가 된 것만. 보낸 사람이 미신고 업체 또는 서울 인근 다른 지역의 업체를 통했다면 나는 열심히 헛수고를 하고 있는 셈이었다. 하지만 새로운 정보가 없는 현재로서는 이 명단의 목록을 하나씩 지워나가는 것 말고는 방법이 없어서, 나는 계속 묻고, 실망하고, 또 물을 수밖에 없었다.

채 반도 돌지 못한 시점, 지친 몸으로 또 다른 업체 문을 열었다. 동작구에 위치한 한 심부름 대행센터였다. 40대 후반쯤으로 보이는 인상 좋은 남자가 나를 맞았다. 손님이 아니라는 걸 알고도 실망하는 기색이 없는, 아주 친절한 사장이었다. 그는 내가 내민 사진을 요리조리 들여다보며 말했다.

"보자…… 응? 우리 아르바이트 직원 같은데? 잠깐만요. 맞네, 우리 직원. 무슨 일이신데요?"

지난 며칠간 차곡차곡 쌓였던 피곤이 싹 가시는 순간이었다. 나는 만세라도 부르고 싶은 심정이었다.

"이걸 보낸 사람을 찾고 싶은데요." 나는 휴대폰을 꺼내 발신인이 없는 봉투가 찍힌 화면을 들이밀었다. "저한테 온 건데요, 보낸 사람을 도무지 알 수가 없어서요. 꼭 찾아야 합니다. 가능한가요?"

"잠깐만요."

사장은 컴퓨터 앞에 앉아 마우스를 움직이기 시작했다. 그동안 나는 사무실을 둘러봤다. 사장 뒤로 사업자등록증이 걸려 있고, 벽을 빙 두르며 '결혼식 하객 대행', '각종 배달 심부름 대행', '줄서기 대행' 등 알록달록한 글과 그림이 가득한 포스터들이 줄지어 붙어 있었다. 내 시선을 알아챘는지 사장이 빙긋 웃었다.

"저희는 심부름 대행업체입니다. 단어 그대로 심부름을 해드리는 곳이죠. 하객 대행은 기본이고, 장 봐 달라고 하시면 봐 드리고, 어떤 집 음식을 먹고 싶은데 배달을 안 해 준다 그러면 저희가 사다 드리고요. 약국 심부름은 물론이고 사인회, 음악방송 줄서기도 해 드립니다. 장기 여행 가신 동안 정원에 물도 대신 뿌려 드려요. 흔히 말하는 심부름센터와는 다르니 오해 마세요. 미행이랑 뒷조사는 못 하거든요. 하하하."

나도 같이 웃었다.

"대신 저희 업체는 모든 업무가 투명하게 이뤄집니다. 나중에 받은 분이 찾아오셨을 때 당연히 편의를 제공할 수 있고요. 받는 사람이 강유진…… 아, 여기 있네요."

사장은 모니터에 뜬 내용을 읽었다.

"보자…… 11월 2일 A4 사이즈 봉투 1건이네요. 보관했다가 11월

9일에 강유진 씨한테 가져다주라고 하셨어요."

"보낸 사람이 누군가요?"

"최시연 씨예요."

"최시연이요? 혹시 연락처가 있나요?"

"아, 남기긴 하셨는데……." 사장은 난처해했다. "심부름 전에 확인 전화를 했는데, 다른 사람 번호더라고요. 잘못 받아 적었나 봐요. 그렇다고 이제 와 심부름을 안 할 수는 없어서……."

"다른 사람 번호라……. 사장님, 신분증 확인은 안 하시죠?"

"당연하죠. 우체국에서도 안 하는데. 여긴 그냥 잔심부름 해드리는 데예요."

"흠…… 그럼 혹시, 이 분을 좀 뵐 수 있을까요?"

나는 사진 속 남자를 가리켰다.

"다녀왔습니다."

업체 문이 열리고 한 남자가 들어왔다. 딱 봐도 사진 속 남자는 아니었다. 얼굴과 체형이 모두 달랐다. 그는 돌고래 그림이 여기저기 그려진 노란색 점퍼를 입었는데, 등에는 업체 상호가 큼지막하게 적혀 있었다. 사장이 입구 근처 탁자 쪽으로 턱짓했다.

"챙겨 놨다."

"네." 하고 우렁차게 대답한 남자는 탁자 위 공구함을 들고는 금세 되돌아나갔다. 사장이 마우스를 조작하며 말했다.

"걔는 아무것도 몰라요. 그냥 심부름만 한 거라서."

물러났던 피곤이 도로 밀려왔다. 하지만 사장은 사람을 들었다 놨다 하는 재주가 있었다.

"근데 어떤 분인지 기억나요. 그분은 저희 어플 이용 안 하시고 여기 직접 나오셨고, 제가 접수했거든요."

"그래요?"

듣던 중 반가운 소리였다. 목적지가 눈앞이었다.

"몇 가지 요청을 하셨어요. 방금 보셨죠? 저희 유니폼. 뭐, 광고도 할 겸해서. 근데 그분은 이 건 처리할 때는 유니폼 입지 말라고 하셨어요. 대중교통을 이용해 달라고도 하셨고요. 꼭 그렇게 해야 되느냐고 물었더니 추가 비용을 내겠다고 하시더라고요. 뭐, 불법도 아니고 그것도 심부름의 일환이니까 그리 해드렸죠."

사장은 평소에도 유니폼 입지 말라는 요구는 종종 들어온다고 덧붙였다. 주인공 몰래 이벤트를 준비하는 경우나, 주변 눈총이 싫은 경우에 주로 그런다고.

"흠…… 이번엔 왜 그래야 한다던가요?"

"물었더니 웃으면서 누굴 좀 놀래 줄 거라고 하셨어요. 서프라이즈 선물 같은 거라고. 받는 분이 집에 없으면 다른 사람한테 맡겨도 된다기에, 경비실인가 어딘가에 맡기고 마무리했어요."

"놀래…… 준다고요? 어떤 사람이었죠?"

"음, 여자분이었어요. 서른 살쯤 됐나? 키가 크고 미인이었어요."

사장의 기억과 맞물리는 정답이 있었다. 나는 휴대폰 화면에 사진 한 장을 띄워 내밀었다.

"혹시…… 이 사람인가요?"

사장의 얼굴에 화색이 돌았다.

"네. 맞아요. 이분이에요. 맞아요, 맞아."

"그럴 리가요……. 다시 한 번만 봐주세요."

"진짜예요. 이분 확실해요."

자동차로 돌아온 나는 봉투 안에 들어 있던 남자 사진과, 휴대폰 화면 속 여자 사진을 번갈아 봤다. 한참을 그러고 있다가 시동을 걸었다. 고민할 필요는 없었다. 이 상황에서 내가 할 일은 딱 하나였으니까.

21

선호와 칠범을 태운 차는 서울을 빠져나오고 있었다. 두 사람은 강유진이 2학년까지 재학했었던 대전의 한 초등학교로 가는 길이었다.

"박 형사님, 강유진이 시킨 거 맞을까요?"

선호는 꿀 먹은 벙어리가 됐다. 기분이 달지는 않았다.

그는 강유진이 이한나에게 살인을 교사했다는 가설을 세우고 꽤 무리한 수사를 해왔다. 눈에 보이지 않을 뿐, 분명 구린내가 난다며 심증만으로 한 사람의 사생활을 파고들었다. 그간은 강유진의 최근 행적에 집중했지만 이한나의 컴퓨터에서 강유진 부모의 교통사고 자료가 나온 후 급히 조사 범위를 넓혔다. 성인이 되기 이전의 그녀에 대해 알아야 했으므로. 1994년 교통사고 수사 자료에는 사고 직후 강유진이 삼촌에게 맡겨진 것으로 기록돼 있었다. 선호는 즉시 삼촌과 그 가족들을 찾아 나섰다. 하지만 삼촌은 15년 전에 사망했고 그 가족들은 모두 이민을 떠나버렸다. 찾으려면 찾을 수야 있겠지만 시간이 걸릴 터였다. 어떻게 된 게 쉬운 길이 없다며, 칠범이 절레절레했다.

두 사람은 강유진이 다녔던 학교와도 연락했다. 교통사고 당시 다녔던 초등학교에 가 보는 것이 급선무였으나 그때와 현재 모두 재직 중인 유일한 인물인 교감 선생님이 제주도에서 연수 중이어서 이 일은 조금 미뤘다. 중학교가 가장 가까워 이쪽부터 시작했다. 생활기록부는 열람할 수 없었지만 동창회 명부를 얻어낸 덕에 강유진과 함께 재학했던 여성 둘을 만날 수 있었다. 그들의 말에 따르면 강유진은 눈에 띄는 학생이었다. 입학 직후부터 학교생활에 전혀 적응하지 못했는데, 지나치게 내성적이고 비사교적인 성격 탓이었다. 한순간 급격히 살이 찐 것도 부적응에 한몫했다. 동물 이름이 들어간 별명이 붙자, 안 그래도 말수가 적던 강유진은 아예 입을 닫아버렸고 이후로는 누구와도 교류하지 않았다. 강유진에 대한 동창들의 마지막 기억은 두 가지였다. 그녀가 중학교 2학년이 된 해의 어느 날부터인가 아예 학교에 나오지 않았다는 것, 그리고 그녀의 보호자, 아마도 이모나 숙모로 추정되는 여성이 학교에 다녀간 후 강유진이 자퇴 처리되었단 소문이 잠시 돌았다는 것.

정보가 모일수록, 1994년의 교통사고가 그 모든 일의 발단이라는 확신이 굳어졌다. 이한나는 제대로 조사했다. 경찰 수사 자료를 꼼꼼히 검토해 봤지만 이한나의 조사 결과와 모순되는 내용은 없었다. 말인즉 사고가 아닌, 사건으로 의심할 만한 부분이 없었다는 뜻이다. 그럼에도 불구하고 선호는 이번 사건의 도식에서 1994년의 교통사고를 배제하지 못했다. 강유진 인생에서 가장 큰 비극이고 전환점이었다. 만약 누군가를 죽이고 싶었다면 분명 그 교통사고 때문이었을 것 같았다. 이한나도 죽기 전 거기 매달리지 않았던가. 사실과 진실은 다르다. 한 사람은 피해자이고 또 한 사람은 피해자의 친구라는, 겉으로 드러난 사실의 이면에 '두 사람만이 공유한 진실'이 존재할지도 몰랐다.

선호와 칠범은 이 모든 작업을 밤낮 구분 없이 진행했다. 그사이 교감 선생님의 연수가 끝났고, 그녀에게서 1994년 당시의 일을 기억한다는 얘기까지 듣자 선호는 조금 힘이 났다. 대전에 다녀온 후 어떤 단서가 손에 들려 있기를 바랐다. 그도 아니면 새로이 개척해야 할 길의 방향만이라도 짚을 수 있게 되길 바랐다.

한데 그 와중에 일이 예상치 못하게 전개된 것이다.

머릿속이 뒤죽박죽이었다. 상황은 그가 잘못 판단했다고 인정해야 하는 방향으로 흐르고 있었다.

강유진은 CCTV 영상을 두 번 확인했다. 봄에 한 번, 사건 이후 한 번. 왜 그랬는지 알아내려 했는데 두 번째 건은 생각지도 못한 방식으로 해결됐다. 본인이 제 발로 찾아와 이유를 밝힌 것이다.

"왜 말씀 안 하셨습니까? 이런 게 배달됐다는 거요."

"죄송합니다. 사건과 관계있단 확신이 없었어요."

"사진 속 남자, 누군지 정말 모르십니까?"

"몰라요."

"이한나 씨가 그쪽한테 왜 이런 걸 보냈습니까?"

"모르겠어요."

"왜 전부 모른다고만 하십니까?"

"진짜 모르니까요!"

답답해 죽겠다는 듯, 그녀는 조금 과격해졌다.

"정말이에요. 정말 몰라요. 보세요. 발신인 이름도, 제대로 된 메시지도, 아무것도 없었다고요. 뭘 보낸다는 얘길 들은 적도 없어요."

"그럼 보낸 사람은 왜 찾아다니신 겁니까? 장난일 수도 있잖아요."

강유진은 마뜩잖은 기색이었다.

"보세요. '정체를 알 수 없는 누군가'가 '이상한 사진'을 보냈다고요. 친구가 죽은 '이 시점'에요. 사건과 관계있다는 확신은 없었지만 장난 같지도 않았어요."

그녀는 말의 특정 부분에 강세를 줬다.

김 실장을 통해 강유진의 진술이 사실임이 증명됐다. 심부름 대행업체 사장은 배달을 요청한 이가 이한나라는 사실을 재차 확인해줬고, 당시 받았던 추가 요구 사항에 대해서도 상세하게 설명했다. 피해자가 배달을 의뢰하고 강유진이 경찰을 찾아오기까지의 과정이 영 석연치 않았지만 그렇다고 수상한 점을 콕 집을 수도 없었으므로, 경찰은 대놓고 강유진을 추궁할 수는 없었다. 팀장은 교사범 가설을 섣불리 공개하지 않은 것을 다행으로 여겼다.

"네? 어떻게 생각하세요?"

채근하는 목소리에 정신이 들었다.

"뭐가?"

"어, 박 형사님, 제 말 안 듣고 계셨구나."

"아니야. 그 여자 얘기잖아. 다 듣고 있었어."

"아, 네. 믿어드릴게요."

지난 며칠, 선호는 스스로에게 여러 번 물었다. 강유진이 이한나에게 살인을 교사한 게 맞을까. 그게 사실이라면 범인의 정체가 드러났을 때 가장 곤란해질 사람은 강유진 본인이었다. 하지만 돌아가는 모양새는 완전히 반대였다. 강유진은 분명 경찰을 돕고 있었다.

"다른 목적이 있어서 우릴 교란시키려는 건 아닐까?"

남서울서의 연락을 받았을 때도 선호는 이 점을 의심했다. 박연희의 아이를 만나게 해 달라는 청을 거절하긴 했는데, 그 애가 한 말의 의미를 일부 알아냈단 소리가 영 맘에 걸린다는 정 팀장의 전화. 강력2팀장은 이산화탄소와 의심이 혼합된, 불순한 콧김을 뿜어내며 주절댔다. 수상하다고, 진짜 수상하다고, 이건 아니지 않느냐고. 하지만 선호는 한 번 다녀오게 하자는 의견을 밝혔고, 결국 중앙서의 조언을 받아 남서울서가 만남을 주선한 것이다.

수사는 교란은커녕 돌파구를 찾았다.

칠범이 고개를 저으며 말했다.

"그건 너무 의심을 위한 의심 같은데요. 그 사진은 이한나가 보냈어요."

의심을 위한 의심이라……. 맞는 소리였다. 선호는 그 의심이 시작된 순간으로 되돌아갔다. 처음 만났을 때 느낀 묘한 심상이 마음속에서 되살아났다. 누군가는 그것을 형사의 감이라고 포장하겠지만 그의 기준에서 그 심상은 근거 없이 품은 의혹에 불과했다. 겨우 그런 까닭으로 온갖 단서들을 결론에 끼워 맞춰 해석한 게 아니냐고 누군가 묻는다면, 부정하기 어려웠다.

강유진의 결백을 뒷받침하는 증거는 객관적이고 명확했다. 이한나가 살해되고 유기된 것으로 추정되는 시점 내내 다른 사람들과 있었다. 둘은 사이가 특별히 좋지도, 나쁘지도 않았다. 채권자와 채무자 관계였지만 그들 사이에 오간 돈이 살인 교사의 대가라는 증거는 없었다.

반면 그가 강유진을 의심하는 근거는 애매한, 심하게 애매한 것들뿐이었다. 증거라고 부를 수도 없었다. 뭔가를 숨기는 듯해서, 수사에 자꾸 개입하려는 게 수상해서, 이한나가 강유진 부모의 교통사고를 집요하게 조사한 게 이상해서. 수상해서, 이상해서…….

헛웃음이 나왔다. 어쩌다 내가 여기까지 온 거지.

선호는 점선으로 깜빡이는 중앙선을 바라봤다. 단어 두 개가 나타났다 사라졌다 했다. 맞다, 틀리다, 맞다, 틀리다……. 이한나의 행적과 인간관계를 조사 중인 팀에서도 강유진은 친구이면서 채권자, 그 이상도 이하도 아니라고 했다. 이대로라면 하늘에서 증거가 뚝 떨어지지 않고서야, 살인 교사 의혹에서 시작된 수사는 머지않아 그 동력을 잃을 것이다.

그는 아래를 내려다봤다. 그의 손에는 강유진의 첫 소설책이 들려 있었다.

맞다, 틀리다, 맞다, 틀리다…….

물론, 상황이 예기치 못한 방향으로 흐르고 있다고 해서 그의 마음이 약해진 건 아니었다. 강유진에 대한 의심을 버릴 생각도 없었다. 외려 그 반대였다. 그토록 적극적으로 나서는 이유가 뭔지 더 궁금해졌다. 단, 시각을 바꿀 필요는 있었다. 증거를 기본으로 직감은 믿되 선입견을 버린다면…….

내가 너무 앞만 보고 달리느라 중요한 다른 것을 놓쳤을까.

그는 두 여자의 관계를 다시 그려봤다. 유력한 선택지가 힘을 잃어가는 지금, 기댈 건 이쪽이라는 생각이 들었다. 한 사람은 상대방 인생의 중요한 사건들을 발 벗고 나서서 조사했다. 또 한 사람은 조건도 없이 큰돈을 빌려줬다. 거래처럼 보였다. 하지만 정말 그뿐일까. 지금 강유진은 살인범을 잡겠다고 뛰어다니고 있다. 놈에게서 돈을 받아낼 수 있는 것도 아니건만. 거래보다는 유대감으로 이어졌다고 보는 게 맞을 듯싶었다. 두 사람이 보통의 친구 사이보다 훨씬 깊이 서로를 이해했다면, 그래서 상대의 일을 마치 자기 일처럼 여겼다면…….

상대의 일을.

마치 자기 일처럼.

그 순간, 선호가 전부터 갖고 있던 의문, 수차례 대면했던 위화감, 의미를 알 수 없던 진술들이 모두 합쳐지며 어떤 가능성 하나가 수면 위로 떠올랐다. 그러나 이내 지워버렸다. 고려할 가치조차 없었다.

내가 피곤하긴 한가 보군.

생각의 미끼를 덥석 문 대가는 시공간의 변화였다. 정신을 차려보니 어느새 대전이었다. 머리가 희끗한 중년 여성이 두 형사를 맞았다. 그녀는 경찰이 1994년의 교통사고에 관해 묻기 위해 자신을 찾아온 것으로 알고 당시의 기억을 풀어놓았는데, 선호는 대화 사이사이에 강유진에 대한 질문을 섞었다. 이곳에서 교사 생활을 시작해서 지금은 교감으로 재직 중이라는 선생님은 다행히도 사고는 물론, 제자도 잊지 않았다.

"명랑한 아이였죠. 친구도 많았어요."

"명랑…… 친구……요?"

생각지도 못한 단어에 칠범이 되묻자, 교감 선생님은 온화한 미소를 지었다.

"애들 사이에도 일종의 계급이 존재해요. 그러다 보니 예쁜 아이, 공부 잘하는 아이, 부유한 집 아이 중심으로 뭉치는 경우가 꽤 있죠. 간혹 그룹에서 이탈하는 아이도 생기고요. 유진이는 그런 친구들까지도 잘 챙겼답니다. 예를 들어 그 반에 누구더라……. 아, 죄송합니다. 저는 유진이 2학년 때 담임이어서요. 1학년 다른 반 아이들 이름까지 다 기억나지는 않네요. 아무튼 같은 반에 다리가 불편한 남자애가 하나 있었는데 또래 사이에 끼지 못한 일이 있었죠. 종종 괴롭힘을 당하기도 했는데 그걸 본 유진이가 다른 친구들을 혼내고 그 아이와 친구가 돼줬어요. 유진이는 사교성이 좋고, 부잣집 아이에, 공부까지 잘해서 인기가 많았는데 덕분에 그 남자애를 괴롭히는 아이들은 없어졌죠. 그 정도로 또래 사이에서 영향력이 있었어요."

부드러운 미소는 곧, 안타까움으로 변했다.

"2학년이 되고 나서 부모님이 돌아가셨죠. 그 후 내성적으로 변하더니 눈에 띄게 어두워졌어요. 친구들과도 어울리지 않았고요. 말수가 줄고 공부에도 관심 없는 성격으로 변했습니다. 면담을 했지만 유진이는 묵묵부답이었어요. 보호자였던 친척분께서는 엄마 아빠가 갑자기 사라진 충격을 떨치지 못해서 그런 거라고 말씀하셨죠. 안타까웠어요."

"친척이라면?"

"숙모였어요."

"삼촌이 아니고요?"

"아, 학교 일은 숙모가 주로 처리하셨어요. 삼촌은 사업 때문에 바쁘셨거든요. 당시의 일이라면 그분들이 더 잘 알고 계실 텐데."

교감 선생님이 의아한 듯 쳐다보기에 선호가 답했다.

"그게, 뵙기가 어렵게 돼서요."

선호는 전날 받아 읽은 수사 자료의 내용을 떠올렸다.

강승명. 강유진의 아버지인 강승호의 동생. 2000년 4월 17일, 한강에서 투신자살했다. IMF 구제금융 시기는 여차저차 넘겼지만 당시 그의 사업은 상당히 기울어진 상태였고 사기 피해까지 더해져 완전히 코너에 몰려 있었다. 그럼에도 유족은 자살이 아니라고 강력하게 주장했다. 그는 위기 앞에서 한 번도 굴복한 적 없는 강인한 사람이었다는 이유였다. 이후 경찰 조사 방향이 바뀌었는데 그 과정에서 의외의 사실이 밝혀졌다. 강승명이 조카의 재산을 불법으로 유용했던 것이다. 당시 중학생이었던 강유진은 그 사실을 전혀 모르고 있었다.

강승명의 불법행위에 위축된 유족측은 고인이 자살했다며 말을 바꿨다. 이 정도로 힘든 적이 없긴 없었다면서. 그리고 얼마 후, 경찰이 결정적인 목격자—리어카를 끌고 다리를 건너던 노부부—를 찾아내 그가 강으로 뛰어내리는 모습을 봤다는 증언을 들음으로써 소동은 싱겁게 마무리됐다.

강승명은 평판이 좋았다. 그 사람이 나쁜 짓을 했을 리 없다고 편드는 이웃이 많았다. 그래도 형이 남긴 재산에 손을 댄 건 분명했다. 자수성가한 개인투자자였던 강유진의 아버지는 사망 당시, 마흔도 안 된 나이에 부동산, 주식, 현금 등 200억 원이 넘는 재산을 남겼는데, 강승명의 죽음을 조사하던 시점에는 그 재산이 절반으로 줄어 있었기 때문이었다. 사실, 문제는 처음부터 있었다. 강승명 부부가 조카를 보살핀 형식이 좀 특이했는데, 홀로 된 조카를 집으로 데려온 것이 아니라 그들이 조카의 집에 들어간 것이다. 주변 환경까지 한꺼번에 바뀌면 어린 유진이 더 혼란스러워하리란 이유였다. 반년 후, 대전 집과 땅의 명의가 부부에게로 이전되자 그들은 그 즉시 서울로 이사했고, 강유진이 중학교에 들어가던 해에는 작은 집을 구해 조카를 독립시켰다. 이번엔 사춘기라 예민하니 혼자 있을 시간이 필요하다는 이유를 달아서. 이후로는 조카와의 왕래가 거의 없었던 듯했다.

그때 칠범의 전화가 울렸다. 번호를 보더니 칠범은 "죄송합니다." 하고는 밖으로 나갔다. 선호는 대화를 이어갔다.

"숙모님은 어떤 분이셨죠?"

"음…… 좀 딱딱한 분이셨어요. 이런 말하기 뭣하지만, 갑자기 떠

맡게 된 유진이를 귀찮아하는 느낌이었다고 할까요. 면담이 필요해서 연락해도 잘 오시지 않았고 준비물도 제대로 챙겨주지 않았어요. 자기 애들만 신경 썼죠. 아, 그 집 애들, 그러니까 유진이 사촌들도 이 학교를 다녔거든요."

삼촌 사망 후 누가 강유진의 후견인이 됐는지는 알 수 없었다. 먼 친척들이 서로 후견인이 되겠다고 다퉜다는 내용만 있었다. 여기서 새로운 질문을 던질 수 있었다. 강유진이 노린 인물은 그 수사 자료에 등장하는 누군가가 아니었을까. 삼촌은 예전에 죽었으니 제외하고, 나머지 친척들 중 누군가.

"강유진 씨 부모님은 어떤 분이셨죠?"

"보통의 부모였죠. 딸에 대해서라면 누구보다 적극적이셨고요."

어느새 돌아와 앉아 있던 칠범이 물었다.

"직접 만나셨나요?"

"아버지는 뵌 적 없고요, 어머니는 몇 번 뵀어요."

"어떤 분이셨나요?"

"글쎄요……. 좀 특이한 분이셨던 기억이 나네요."

"특이해요?"

그간 강유진 아버지에 대한 정보는 약간 얻었지만 어머니에 대한 건 처음이었다. 선호는 귀를 세웠다.

"네. 유진이 어머니는 딸의 일에는 항상 발 벗고 나서셨어요. 그게 좋지만은 않았던 게, 모든 면에서 지나치게 적극적이었다고 할까요. 학업 성적은 물론, 학교 환경, 교우 관계까지 아주 민감하게 관리하셨거든요. 시설 교체 요구는 예삿일이었고 1학년 2학기에는 퇴학 문제에 관여하신 적도 있어요. 몸이 아파 수업을 못 듣는 유진이를 데리러 오셨다가 불미스런 현장을 보셨다면서. 양호실에서 옆 반 남자애가 잠든 유진이의 치마 안에 손을 집어넣고 있었다고요. 하필 또 그 애가 어머니 보시기에는 마음에 안 찰 수밖에 없는 조건이었어요. 오래 전에 아버지가 돌아가시고 직전 해에는 어머니도 돌아가셔서 친척집에 맡겨진 애였거든요. 아, 우리말이 약간 어눌했는데 그것도 맘에 안 드셨겠네요. 뭐, 전학시키는 걸로 마무리 됐습니다. 사실, 같이 있던 양호 선생님은 정확히 못 봤다고 하셨거든요. 하지만 어머니가 너무 단호하셔서……. 이후엔 딸에 대한 단속이 더 심해졌어요. 좀 심하다 싶을 정도로."

그 모든 과정에서 강유진이 느꼈을 감정을 떠올리는 듯, 교감 선생님은 안타깝다는 표정이었다.

"많이 답답했을 거예요. 하지만 그 후가 더 문제였어요. 유진이의 보호자는 극에서 극으로 단숨에 바뀌어버린 셈이잖아요. 그런 변화가 어린 유진이를 더 혼란스럽게 한 것 같아요."

그때 전화가 울렸다. 교감 선생님이 자리를 비웠을 때, 선호가 물었다.

"무슨 전화였어?"

칠범은 어이없다는 투였다.

"아, 이정균 씨 찾았답니다. 피해자 아버지요. 서에 제 발로 걸어 들어왔다는데요?"

"뭐? 그게 무슨 소리야."

교감 선생님이 돌아오는 바람에 두 사람의 대화는 거기서 끊어졌다. 전학 가기 전까지의 학교생활에 대해 더 자세히 들었다. 대부분 같은 맥락이었다. 어린 강유진은 삶의 변화에 전혀 적응하지 못했다.

헤어지기 전, 선호는 문득 궁금해져서 물었다.

"그런데 선생님, 오래 전 일인데도 상당히 자세하게 기억을 하시는군요. 덕분에 도움이 많이 됐습니다."

교감 선생님은 쑥스러운 듯 웃었다.

"아뇨, 이제 저도 나이가 많아서 옛날 일은 흐릿한걸요. 실은 제가 글을 배운 후로 계속 일기를 쓰고 있어요. 50년 가까이 썼죠. 종종 읽고요. 얼마 전 그때의 일기를 다시 읽었어요. 그 덕에 기억하는 거랍니다."

두 사람은 감사 인사를 마지막으로 학교를 나왔다.

선호와 칠범은 의견 일치를 봤다. 경찰서로 돌아가지 않고 바로 귀가하기로. 서울로 올라오는 길, 선호는 조금은 가벼워진 마음으로 강유진의 첫 번째 소설을 끝까지 읽었다. 그리고 집에 돌아와서는 『글루미 선데이』를 한 번 더 읽었다.

잠들기 전, 그는 자신이 곤란에 빠졌다는 사실을 깨달았다.

22

태경은 소식이 없었다. 어제까지도 하루도 빠짐없이 사과의 메시지를 보냈지만 답장은 없었다.

나는 완전히 지친 상태였다. 유진이 죽은 후부터 전혀 쉬지 못한 탓이었다. 마지막 남은 기력은 컴퓨터를 켜고, 사건 일지를 기록하는 데 썼다. '다시는 관여하지 말라는 경고를 받음, 또 나서면 그땐 수사방해에 대한 책임을 묻겠다고 함, 현재 수사는 전혀 진척되지 않는 듯함…….'

나는 기록 마지막에 한 단어를 적어 넣었다.

'끝.'

태경에게도 미안하다는 말과 함께 이제 진짜 다 끝났다는 메시지를 적어 보냈다.

진짜로, 여러 가지가 마무리됐다.

사진을 전해주고 경찰서를 나온 나는 빈손이었다. 경찰의 모든 질문에 답했지만, 정작 내 질문은 허공으로 흩어졌다. 무엇을 해도, 뭘 갖다 바쳐도 그들에게 난 일개 시민에 불과했다. 딱 한 사람은 그리 생각하지 않는 듯했지만. 사건 정보를 가지고 신경전을 하는 와중에도 박 형사의 눈빛이 따가우리만치 피부에 와 닿았다.

402호는 또 비게 될 것 같았다. 집으로 돌아오던 길, 빌라 주차장에서 402호 남자를 봤다. 그는 커다란 여행 가방을 끌고 내 쪽으로 다가오고 있었다.

내가 차에서 내리자 그가 눈에 띄게 멈칫했다. 여행 가방에 내 시선이 붙자 그의 얼굴에 불쾌한 기색이 내발렸다. 냉랭한 분위기. 그는 내 목례를 받아주지 않았다. 애써 감정을 지운 표정으로 가방을 트렁크에 싣더니 사람을 본 척도 않고 차에 오를 뿐이었다.

그의 자동차가 주차장을 빠져나간 후로도 한참, 나는 그대로 서 있었다.

"여행이 잦으시네."

나는 그 자리에서 튀어 올랐다. 김 실장이 옆에 서 있었다.

"어, 깜짝이야."

"죄송해요. 놀라셨구나. 그나저나 어째 옆집이 자주 비어서……."

"제가 좀 피곤해서, 이만."

다시 시작될 것 같은 수다를 뒤로 하고, 얼른 집으로 올라왔다.

쓰러지다시피 한 나는 기절 같은 잠을 잤다. 이틀 뒤 늦은 오후, 잠을 깨운 건 어머니의 전화였다.

"저…… 사망보험금이 나왔는데, 그게……."

돈 얘길 하다가 말끝을 흐리는 것. 익숙한 패턴이었다. 무슨 일인지 짐작이 갔고 그 짐작은 빗나가지 않았다.

“한나 아버지가 가져갔는데 연락이 안 돼요.”

가관이었다. 어머니는 아버지를 찾다 찾다 포기하고, 스스로 상주가 돼 장례식을 치렀다. 장례식 이틀째, 아버지는 자진해서 경찰서를 찾아가 그간 지하도박판에 있었다고 당당히 밝혔고, 같이 있던 사람들이 그 알리바이를 입증했다. 전화기는 언제 어디서 잃어버렸는지 알지도 못한 채 세상과 완전히 단절된 곳에서 포커 게임에 심취해 있던 그는 결정적인 순간에 등장해 세상과 재결합했다. 아니, 세상의 돈과 결합했다.

나중에 알게 된 사실이지만 아버지에게 뒤통수를 맞은 건 어머니뿐만이 아니었다. 경찰도 맞았다. 아버지는 알리바이가 증명되긴 했지만 혐의가 완전히 풀린 상태는 아니었는데, 그를 계속 잡아둘 근거가 없었던 경찰은 사정을 몰라 장례 이틀을 놓쳤으니 마지막 날 발인식에 참석하게 해달라는 아버지의 청을 못 이긴 척 들어줬다. 딸의 장례식이 진행 중인 상황을 ‘도주의 우려가 없다’는 판단의 근거로 삼은 것인데 그건 상대를 너무 얕본 처사였다.

발인이 끝나자마자 아버지는 다시 행방이 묘연해졌다.

별안간 생각나 물었다.

“조의금은 잘 챙겨두셨죠?”

“그게…….”

헛웃음이 나왔다. 아버지다웠다. 늘 내 머리 꼭대기에 앉아 있더니만 마지막까지 날 이겨 먹었다. 아무리 그 인간이 쓰레기이기로

서니 자식의 죽음 앞에서 잠시나마 슬퍼할 줄 알았건만. 경제적 능력이 없는 처자식이 앞으로 뭘 먹고 살지 조금은 헤아려볼 줄 알았건만. 하루도 안 지나서 그 돈을 다 챙겨 달아날 줄이야.

"천천히 갚으면 안 될까요. 어떻게든 갚을게요. 부탁해요."

보험금도, 조의금도 곧 날리게 될 것이다. 아버지의 창의력이라면 주식이든 도박이든, 방식이야 무궁무진했다. 물론 법의 힘을 빌려 그 돈을 빼앗아 올 수도 있지만 포기하기로 했다. 잘못한 것도 없으면서 세상 모든 죄를 다 지은 듯 기어들어가는 목소리로 부탁하는 어머니에게, 죽은 딸의 빚을 갚지 않을 수 있단 사실을 알려줄까 하다가 그만뒀다. 나는 이 일로 어머니가 또 한 번 마음고생을 하기를 바랐다. 그리고 아버지를 버리게 되기를 바랐다.

"그렇게 하세요."

나는 남은 두 사람이 어떻게 지낼 것인지를 물었다. 다행히 변화가 느껴졌다. 어머니는 더 이상 아버지 편을 들거나 보호하려 하지 않았다. 무슨 일이 있어도 아버지 곁을 지키는 어머니에게 "내가 죽어야 엄마 마음이 바뀔 거야?"라고 물은 기억이 났다. 정말로 그렇게 되고 있었다. 나는 어머니와 유나가 행복하기를 빌었다. 그리고 언제고 기회가 되면 두 사람에게 모든 사실을 털어놓는 것은 어떨까 생각했다.

하루의 경계를 또 넘어왔다. 거대한 창 앞에 앉아 밤을 가르는 불빛들을 바라보며, 나는 사람들을 떠올렸다.

검은 창 위, 유진이 나타났다. 완전히 떠난 한 사람. 이한나의 모습을 한 유진인지, 지금 내 모습을 한 유진인지 구분 짓지는 않았다. 둘 다 유진이었다. 죽은 이한나와 죽은 강유진의 모습이 형체를 찾고, 교차하고, 차례로 스러졌다.

그리고 다른 이들. 이한나로서, 강유진으로서 만났던 모든 이들의 얼굴이 점점이 그려졌다가 하나씩 사라졌다. 그리고 마지막에는…… 아무도 남지 않았다.

나는 혼자가 되는 과정을 착착 밟고 있었다.

그간 힘들게 얻어내 제공한 단서들은 경찰에게 도움이 될까. 이제 뭘 어떻게 해야 할까. 나는 경찰을 믿고 지켜보기로 했다.

멈춰야 할 시점이었다.

23

며칠 만에 돌아온 집. 엉망인 집 안 꼬락서니와 텅 빈 냉장고조차 반가웠다. 선호는 일단 씻고, 침대에 걸터앉아 맥주 한 캔으로 목을 축였다.

그래. 이게 사람 사는 거지.

차가운 기운이 식도를 따라 흘러 내려가자 지난 며칠의 피곤도 함께 내려가는 듯 느껴졌다. 마지막 한 방울까지 살뜰하게 털어 넣고는 다시 한 번 '이게 사람 사는 거야.' 하며 혼자 감동하고 있을 때였다. 가방 밖으로 삐져나온 책 귀퉁이가 눈에 들어왔고, 그의 기분은 순식간에 다시 가라앉았다.

책. 강유진의 첫 번째 소설.

그간 교통사고 보고서다, 투신자살사건 보고서다, 읽을거리가 하도 많아서 이 책에는 관심조차 못 주다가 아까 대전 오가는 길에 모두 읽었다. 칠범의 물음이 기억났다. “재미있어요?”라는. 느낀바 많은 책이었지만, 솔직한 감상을 털어놓기는 힘들었다. 잠시 고민하다가, 선호는 “내 스타일은 아니었어.”라며 대충 얼버무리고는 고갤 돌렸었다.

책을 꺼내들었다. 사진에 관한 이야기였다. 사진을 찍히면 영혼이 빠져나간다고 믿는 어떤 남자가 주인공이었다. 소설 중반부, 그는 세상이 자신을 버렸다고 믿고는 카메라를 한 대 구입해 사람들의 모습을 필름에 담기 시작한다.

희망을 이야기할 줄 알았다. 하지만 완전히 예상을 빗나가는 전개와 결말.

소재나 그것을 풀어가는 방식이야 작가의 취향이고 개성이었다. 나름 신선했고, 재미도 있었기에 소설 전체를 휘감은 암울한 분위기나 중간중간 잔인한 묘사들도 크게 신경 쓰이지 않았다. 그렇다고 평범한 작품이었다는 뜻은 절대 아니었다. 그 책을 읽는 내내 선호를 자극한 요소가 하나 있었으니까.

이질감.

선호는 『글루미 선데이』를 먼저 읽었고, 그때도 동일한 이질감을 느꼈다. 책을 쓴 이와, 자신이 만난 강유진 사이에는 어떤 틈이 존재한다는 느낌. 심지어 꽤 넓은 틈이었다. 강유진은 기운이 없어 보이기는 했어도 날카롭고 신경질적인 면이 있었으나, 책을 쓴 이에게선 그 정도의 날카로움은 찾아볼 수 없었다. 공통적으로 경계심 강한 모습을 보여주었지만, 책을 쓴 이의 경계심은 사람에게서 얻은 상처와 열등감에서 비롯된 느낌인 반면, 현실의 강유진이 내보인

경계심은 내면 문제가 아닌, 상대에게 끌려가지 않으려는 주체성에서 기인했다는 느낌 역시 지울 수가 없었다.

단순한 과민반응일 수도 있었다. 글이 반드시 쓴 사람의 현실 성격을 반영하는 건 아니니까. 그럼에도 불구하고 선호는 그 이질감을 쉬이 무시하지 못했다. 그럴 이유 하나가 더 있었던 탓이다.

이런 게 늘 '두 번' 튀어나온다는 점.

쌍둥이를 연상케 하는 우연.

이게 벌써 몇 번째더라…….

선호는 손에 들린 책을 내려놓고는 『글루미 선데이』를 다시 집어 들었다.

마음은 가벼운 듯 무거웠다. 어쩌면 강유진 뒤를 졸졸 따라다니는 수준의 수사는 오늘로 끝일 수 있었다. 분위기로 보아, 아마도 내일부터는 3조의 두 사람도 팀 전체에 부여되는 업무에 다시 투입될 듯싶었다. 잠시 갈등이 일었다. 그럼 이제 이쪽은 신경을 덜 써도 되지 않을까. 하지만 막상 책을 놓고 돌아서도 마음은 함께 돌아서지 않았다. 그는 다시금 책에 손을 뻗었다. 수사가 앞으로 어찌 진행되든 간에 자신이 짚을 건 짚고 넘어가는 게 맞는다는 생각이 들었다. 눈에 보이지 않는 것인 만큼, 그 이질감과 우연의 정체를 확실히 해둘 필요가 있었다.

맥주 한 캔을 더 들고 와 소파에 앉았다.

축하해 주는 이 하나 없는 쓸쓸한 생일 아침. 하루하루 죽지 못해 사는 주인공은 예상치 못한 선물을 받는다. 잠에서 깨어 보니 다른 사람이 되어 있었던 것이다.

다시 봐도 평범한 도입부였다.

주인공은 낯선 인생을 경험하게 되고, 이런저런 시행착오들을 겪는다. 그는 작은 어려움부터 하나씩 극복해 나가는데, 그 과정에서 점차 삶의 의욕을 되찾아 간다.

역시나 평범하긴 했다.

주인공은 그간 자신이 너무 많은 것들을 포기하고 살았음을 깨닫는다. 하지만 원래의 삶으로 되돌아갈 날이 다가올수록 점차 불안해진다. 벌써부터 목이 죄어오고, 악몽이 잦아진다.

음…… 이 소설, 이런 느낌이었나?

이듬해 생일, 주인공은 원래의 자신으로 되돌아온다. 그는 야심차게 자기 인생을 재정비하기 시작하지만 쉽지 않다. 작은 어려움부터 헤쳐나가고 자시고 할 것도 없다. 실패가 계속된다.

……?

주인공은 허탈해한다. 난관을 극복한 건 자신이 아니었다. 다른 사람이었다. 그 사람의 껍데기를 쓰고 있었기 때문에 가능한 일이었다. 그 사람의 배경으로, 그 사람 주변인들의 도움으로, 그 사람의 힘으로 해낸 일이었다.

…….

…….

이후의 내용은 주인공이 더 큰 절망에 빠져드는 과정을 그리고 있었다. 소설의 클라이맥스였지만 줄거리가 더는 머리에 들어오지 않았다. 이질감? 여전했지만, 이제 그건 문제 축에도 못 꼈었다. 지금 선호를 사로잡은 것은 주인공의 심리 상태였다. 위기감. 처음 그 책을 읽었을 때, 주인공은 그저 허구의 인물에 불과했고 그의 감정은 오로지 활자로만 존재했었다. 하지만 이번에는 달랐다. 소설 속 주인공이 느끼는 위기감이 현실의 누군가가 느끼는 위기감과 오버랩됐다. 아니, 현실에 존재하지 않는 누군가라고 해야 하나.

이게 무슨…….

문득 기억났다. 교감 선생님 만나러 가는 길에 잠시 떠올렸던 가능성 하나.

아니, 내가 지금 뭔 생각을 하고 있는 거지?

갑자기 눈앞이 깜깜해졌다.

뭔가가 부서지는 소리가 들려와서, 그는 고개를 들었다. 소리가 나는 쪽으로 돌아보니 생각의 한편에서 작은 빛이 흘러들어오고 있었다. 그는 그 빛을 향해 더듬더듬 걸음을 옮겼다.

자신을 둘러싼 세상의 벽에 미세한 균열이 나 있었다. 그 틈으로 이유나, 한성재, 황 기자의 얼굴이 삐져나왔다. 손가락으로 막았는데 역부족이었다. 균열은 점점 커지더니 이한나의 컴퓨터에 남아 있던 수기와, 강유진 역시 변했다는 김 실장의 진술을 함께 쏟아냈다. 주먹으로 막았지만 안 될 일이었다. 그간 이해되지 않았던 피해자의 기이한 행동들과, 늘 두 번 일어나는 기분 나쁜 우연의 목록도 이어 터져 나오며 어느덧 몸 전체로도 막을 수 없는 거대한 구멍이 아가리를 벌렸다. 한 발 물러서고야 그 구멍의 정체를 알 수 있었다. 경찰서에서 처음 만난 순간, 자신을 응시하던 강유진의 눈동자.

선호는 마음을 굳게 먹었다. 달아나지 않겠다고 다짐하고는 커다란 눈을 정면으로 주시했다. 그러자 주변이 다시 밝아졌고, 모든 것이 선명하게 보였다.

차가운 손 하나가 등과 뒷목을 훑으며 올라왔다. 지금 이것들이 그간 자신을 괴롭혔던 직감의 정체를 밝혀준 건가 자문해 봤다. 그렇다는 답이 돌아왔다. '그게 가능한가?'라는 질문을 던졌다. 모르겠다는 답이 돌아왔다.

마지막으로, '혹시 내가 미친 건가?'라고 물어봤다. 아무 답도 돌아오지 않았다.

비워낸 맥주 캔 두 개를 바라봤다. 저것 때문인가?

살면서 해본 것 중 최고로 기분 나쁜 망상이었다.

술은 죄가 없었다. 선호에게 들러붙은 망상은 이후로도 떨어져 나가지 않았다. 뜨는 해를 보고, 출근을 하고, 현실의 사람들과 부대끼는 중에도 그의 뒤를 졸졸 따라다녔고 태산 같은 할 일 앞에서는 집중을 방해하며 입산을 막기까지 했다. 얼토당토않은 상상에 사로잡혀 이 바쁜 와중에 하루를 다 허비하다니. 그는 웃음조차 나지 않을 정도로 스스로가 우스웠다.

노트를 펼쳐 몇 가지를 정리해 봤지만 허사였다. 아니, 안 하느니만 못한 짓이었다. 기분이 몹시 나빠진 그는 찢어낸 페이지를 거칠게 구겨 쓰레기통에 던져 넣고는 자리에서 일어났다.

듣고 싶은 말을 들려줄 사람이 필요했다.

같이 가겠다고 달라붙는 칠범을 겨우 떼어놓고, 그는 혼자서 경찰서를 빠져나와 차를 몰았다.

강유진은 사건 당일 알리바이가 확실하고, 다만 피해자와 가까운 인물들은 이렇듯 형식적인 확인 절차를 거치게 되어 있단 얘길 듣고서야 편집장은 안심하는 얼굴을 했다.

이윽고 선호의 머릿속이 얽히기 시작했다.

"이상하다면 이상했죠. 뭐랄까…… 마치 다른 사람을 만난 것 같았다고 할까요? 강 작가님은 모든 일을 컴퓨터와 전화, 우편으로 해결하셨어요. 이건 뭐 다들 그렇게 하니까 그런가 보다 하는데, 꼭 만나야 하는 경우에도 대리인을 보내셨어요. 첫 작품이 잘 돼서 여기저기서 연락이 많이 왔는데 대면은 물론이고 서면 인터뷰도 일절 안 하셨고요. 무슨 일이 있어도 자기 인적 사항이 공개되지 않게 해 달라고까지 하셨어요. 엄청나게 내성적인 분이죠. 그런 성향을 가진 작가들이 꽤 있어서 익숙하긴 합니다만 그래도 좀 심한 편이긴 했어요. 근데 말이에요, 얼마 전 '다음 작품 얘길 좀 할까요.' 했더니 출판사로 나오셨더라고요. 놀랐죠. 얼굴 처음 보는 거였어요. 말씀 많이 안 하시고 조용한 분이셨지만 의외로 술도 좀 드시고 사람들과 어렵지 않게 어울리셨어요. 역시 사람은 직접 만나 봐야 되는구나 싶었죠."

"그런 변화는 이번에 처음 느끼신 건가요?"

"그렇진 않아요."

"그럼 언제부터?"

"글쎄요…… 작년 말인가. 아, 맞아요. 작년 말에 연락이 아예 안 된 적이 있었거든요? 몇 주간 전화, 메일 다 불통이었어요. 얼마 있다가 다시 연락이 닿았는데, 그때부터였던 것 같아요. 여전히 말을 아끼기는 하셨는데, 그래도 전보다는 친근감이 있었다고 할까요. 사람이 밝아진 느낌도 들었고요. 해서 그 기간 동안 뭔가 좋은 일이 있었나 보다 했죠."

밝아졌다고? 작년 말 즈음?

아…… 이러면 안 되는데…….

이한나의 주변인들도 비슷한 진술을 했다. 작년 12월부터 그녀가 조금 달라졌다고. 이쪽은 말수가 줄고 내성적으로 변했다. 11월 30일 화재 사건이 계기였던 게 분명했다. 강유진은? 자살 미수가 계기였을 것이다. 그녀가 겪은 일은 편집장의 예상처럼 즐거운 게 아니었다. 그런데도 이쪽은 '밝아져서' 나타났다고?

인터뷰 대상자 몇과 연락이 닿았다. 이한나가 신문사에 복귀한 후 쓴 첫 기사에 협력한 사람들이었다. 한 축산업자가 말했다.

"그때 한 분이 같이 오셨어요. 깁스하신 여자분. 기사를 도와주는 분이시라고……. 동물 관련 일 하는 분이신가 했죠. 아, 명함은 기자분 것만 받았어요. 근데 좀 이상했던 게, 어째 기자분이 말을 잘 못하시던데……. 외려 같이 오신 분이 청산유수더만요."

어느 유통업자는 이렇게 말했다.

"기자분이 좀 헤매는 것 같았달까요. 그때마다 옆의 여자분이 저한테 말을 거는 느낌이 들었어요."

선호의 머릿속이 조금 더 얽혔다.

당시 강유진을 치료했던 의사나 간호사의 이야기를 듣고 싶었다. 하지만 영장 없이 환자 정보를 내어놓는 이는 없을 터였다. 고민하던 그는 방법을 하나 생각해냈다. 건물 7층에서 떨어졌다면 적게 다

치진 않았을 것이다. 당시의 수사 보고서에 따르면 그녀는 다리에 골절상을 입었는데, 돌봐 줄 가족이 없는 형편상 간병인을 썼을 가능성이 컸다. 그 예상이 맞았다. 병원은 몇 개 업체와 연결돼 있었고 그곳들을 뒤진 결과, 강유진의 간병인을 찾아낼 수 있었다.

"당연히 기억나죠. 그 환자 여기 오고 며칠 지나서부터 제가 맡았어요. 그 전에는 중환자실에 있었고요. 저 진짜 힘들었어요. 아가씨가 머리끝부터 발끝까지 다쳐서 아예 움직이지도 못한 건 그렇다 치고, 체중이 꽤 나갔거든요. 자세 바꿔주는 거, 옷 갈아입히는 거, 부축하는 거 다 힘들었어요. 근데 아마 그 아가씨, 정신도 좀 이상했을 걸요? 정신과도 왔다 갔다 했으니까."

"거긴 왜요?"

"왜인지는 저도 모르죠."

"특이한 일은 없었습니까? 아주 사소한 거라도요."

간병인은 삭신이 쑤시는지 어깨며 다리며 한참 두드리고 주무르고 하더니만, 어느 순간 작게 손뼉을 쳤다.

"아, 하나 기억나네. 의사 선생님이 저한테 환자 이름 부르지 말라고 했어요. 간호사들도 그렇고요. 나중에 간호사들이 하는 얘기 들으니까 환자가 자기 이름은 그게 아니라고 했대요."

머릿속이 하얘졌다. 도대체 이게 무슨…….

"그럼 이름이 뭐라고……."

"뭐랬더라……. 하나인가, 한나인가…… 뭐, 그랬다던데요."

***

오후 3시 50분. 좀 쉬라고 말하듯 핸드폰 알람이 울렸다.

"저 진술녹화실 잠깐 갔다 올게요."

"거긴 왜?"

"아, 중앙동 강도 사건이요, 범인 신문한대서요."

임 형사가 피식 웃었다.

"알았어. 폰 챙겨 가."

"네. 4시 15분…… 아니, 20분까지만 보고 올게요."

칠범은 얼른 사무실을 나섰다.

오늘 하루, 그는 경찰서에서 대기했다. 말이 대기지 차라리 밖에 나가 뛰는 게 낫겠다 싶을 정도로 할 일은 많았다. 서류 작업하고, 자료 검토하고, 전화받고……. 대전 다녀오기 전까지는 의자에 엉덩이 붙일 새도 없더니만, 오늘은 어째 앉자마자 엉덩이를 떼고 싶은 마음만 드는 하루였다.

그럼에도 그가 순순히 의자와 합체돼 있었던 건 어떤 목록 때문이었다. 사이버범죄수사팀에서 작성한 것으로, 인터넷상에서 1992년을 8월 12일, 8월 13일과 교차 검색한 결과였다. 분량이 상당했다. 대단한 일부터 아무것도 아닌 일까지 모두 인터넷에 올라오는 세상이란 게 새삼 실감이 날 정도로.

사실, 그해의 사건 수사 자료 검토는 거의 완료됐다. 자잘한 건들을 확인 중이지만 이번 사건과 관련된 건은 없다는 결론이 나기 직전이었다. 홍인경와 박연희의 과거 남자들에 대한 조사도 끝났다.

당시 그녀들은 중학생이었고, 이성 교제 때문에 문제를 겪은 적은 없었던 걸로 밝혀졌다. 둘을 모두 알고 지낸 남자도 나타나지 않았다. 언론 보도 자료에서도 별다른 건 안 나왔다. 이건 어찌 보면 당연한 일이었다. 애초에 그날은 범인 개인 입장에서의 기념일일 가능성이 컸으니까. 어떤 여자를 만난 날이라든가, 어떤 여자에게 차인 날이라든가. 범인이 할리우드 스타가 아니고서야 그런 게 보도가 됐을 리 없잖은가.

그래서 칠범이 이 목록에 관심을 갖게 된 거였다. 인터넷 상의 개인 공간에 감상평, 일상 이야기, 추억 등을 기록해 두는 사람도 많으니까. 그 바탕에는 경찰이 추측하고 있는 범인의 심리 상태를 염두에 둬야 한다는 판단이 깔려 있었다. 놈은 긴 휴지기를 버틸 수 있을 정도로 강력한 환상 혹은 동기를 갖고 있으며, 거기엔 반드시 '그날'이어야만 하는 이유가 포함되어 있을 거란 추측. 그 환상이나 동기는 남이 보기에는 뜬금없거나 소소한 것일 수도 있었다.

목록에는 이런 것들이 포함되어 있었다. 1992년 설립된 어느 식품회사가 2007년 8월 12일부로 부도를 맞았고, 사장이 다음 날 자살했다. 이건 소소하지 않았다. 사건 몇 년 전의 일인데다 얼핏 봐도 관련 없어 보이기도 했고. 1992년생 전도유망한 피아니스트가 2010년 8월 12일 교통사고로 사망했다. 안타까운 죽음이었지만 역시나 살인사건과 연결하기는 어려웠다. 1992년 8월 13일, 세계왼손잡이협회는 이 날을 왼손잡이의 날로 지정해…… 이건 확실히 아니었다. 어느 부부가 블로그에 올린 멘트. 2011년 8월 13일 늦둥이 낳았습니다, 저흰 1992년에 결혼했어요.

음…….

점심시간 직후, 박 형사는 칠범을 버리고 달아났다. 그 형님이 아침부터 좀 이상하긴 했다. 회의 시작 전, 팀장이 소식을 전해왔었다. 윗선의 판단에 대해서. 그들의 의견은 '피해자 단독 행동'으로 모아졌다고 했다. 누구의 사주도, 도움도 없이 그녀의 의지로, 혼자서 행동했다고. 박 형사는 실망하지 않았다. 반박을 하지도 않았다. 자기 생각도 그렇다는 듯 고개를 주억거릴 따름이었다. 이상한 건 그래 놓고도 여전히 날을 세우고 있었다는 점이다. 강유진의 '강' 자만 나와도 귀를 쫑긋했고, 회의 중 그 이름이 언급되면 눈을 빛냈다. 요상한 메모를 남기기도 했다. 박 형사가 경찰서를 나간 후 쓰레기통 속 구겨진 종이 하나가 칠범의 눈에 들어왔는데, 꺼내어 펼쳤더니 이런 내용이 적혀 있었던 것이다.

1. 사고 : 11월 30일 / 11월 30일
2. 성격 변화 : 이유나, 한성재, 황 기자 진술 / 김 실장 진술(확실치 않음)
3. 기억 상실 : 이유나 진술 / 자살 미수 사건 보고서
4. 이질감 : 최샛별 사건 수기 / 소설
5. 파혜친 사건 : 상대방 부모 교통사고, 상대방 소설 관련 자살 사건 / 상대방 사망 사건

〈기타〉 두 사람이 친구가 된 이유(친해질 수 없는 사이?), 사고 직후 성치 않은 몸을 이끌고서 서로를 만난 이유(최샛별 사건으로 난리가 났을 때조차 통화만 했다.) …… '한쪽은 억대의 고급차를 타고 한쪽은 고물 경차를 탄다.', 전화번호부 인물에 친밀도를 매긴 이유, 경찰의 의심을 사면서까지 범인을

잡겠다고 뛰어다니고 있는 이유, ……이유, ……이유, ……

그 종이는 곱게 펴졌고, 현재는 진술녹화실에서 강도사건 신문을 참관 중인 칠범의 주머니 속에 들어 있었다.

4시 20분. 칠범은 단방향 유리 너머의 두 사람을 뒤로 하고 돌아섰다. 딱 두 걸음 걷고는 한 번 돌아봤다. 5분만 더 보자.

4시 25분. 문을 향해 가던 칠범은 걸음을 멈추고 다시 돌아봤다. 진짜로 5분만 더.

4시 30분. 칠범은 드디어 진술녹화실을 빠져나왔다. 설마 10분 늦었다고 뭐라고 하진 않겠지.

강력팀 사무실로 향하던 칠범의 발이 다시 멈췄다. 이번은 5분 어쩌고 해서가 아니었다. 휙, 하고 몸을 돌린 그는 가만히 눈을 감고 정신을 집중했다. 생각은 긴 복도를 걸어가 진술녹화실의 문을 열었다. 마주앉은 두 사람의 모습이 보였다. 김 형사 앞에서 고개를 푹 숙이고 있던 강도 사건 범인이 얼굴을 들더니 칠범과 시선을 맞췄다. 그의 입술이 열리려던 찰나였다.

"서서 자냐?" 칫솔을 든 임 형사가 칠범의 얼굴 앞에 손을 휘휘 젓고 있었다. "괜찮아?"

"네, 괜찮아요."

사실, 별로 괜찮지 않았다. 등에 업혀 강력팀 사무실 안까지 따라 들어온 어떤 의문 하나가 기분 나쁜 입술을 칠범의 귀에 대고 속닥거리고 있었기 때문이었다.

'그때, 어땠더라?'

24

사무실에 돌아오니 칠범이 재촉을 해댔다.

"최 경사님이 빨리 오래요."

최 경사가 꼬마 요구르트에 빨대를 꽂아 박 형사에게 내밀었다.

"이거 물고 있으면 좀 덜 무서울 것 같아서."

도와줬으니 맞장구 쳐준다는 심정으로 선호는 빨대를 입에 물었다. 달짝지근한 음료에서는 오늘따라 쓴맛이 났다. 최 경사가 칠범을 쿡 찔렀다.

"칠범아, 얘 오늘따라 왜 더 죽상이냐?"

"글쎄요, 저도 잘……."

"두통이 좀 있어."

사실이었다. 실제로 그것 때문에 병원 로비 의자에 한동안 앉아 있다가 온 참이었다. 아직도 머리가 울리는 느낌이었다.

병원을 오가는 사람들 사이에서, 선호는 자신이 어떤 종류의 환자인지 확인해 봐야 하는 게 아닌가 하는 생각이 들었다. '들어야 할 답을 정해놓고 여기까지 왔는데 못 들었습니다, 선생님.' '무슨 답이었나요?' '강유진과 이한나는 서로 위치가 뒤바뀌지 않았다는 거요.' '당연한 소리군요. 너무 당연해서 개소리랑 동급이에요.' '그렇죠? 근데 저는 왜 해프닝이었다고 웃어넘기지 못한 채 이러고 있는 걸까요?'

사건 다음 날 자신이 칠범에게 먹였던 핀잔이 기억났다. '하나하나 놓고 보면 다 아무것도 아닌 일들이야.' 하나하나 놓고 봐도 의심스러운 것들이었지만, 그럼에도 각각의 상황에 적절한 설명을 붙여 보라고 한다면야 이번에도 어떻게든 할 수 있었다. 가족이 없는 강유진은 자신이 의지하던 친구를 죽인 범인을 제 손으로 잡아내려고 저리 뛰어다니는 것일 수 있었다. 하지만 그게 병원에서 깨어난 직후 자신을 이한나라고 소개한 사실과 동시에 설명되지는 않았다. 충격적인 사건을 겪은 후 발생한 정신의학적인 어떤 문제 때문에 강유진이 자신을 이한나라고 말했을 수도 있었다. 하지만 그 사실이 이한나가 연쇄살인사건을 위장해 누군가를 살해하려 시도하고, 그 때문에 강유진이 경찰의 의심을 받게 된 점과 바로 이어지지는 않았다. 표면적으로, 두 사람은 작년 11월 30일 이후 기억 상실로 의심되는 변화를 겪은 듯 보였다. 혹시 그것을 이용해 한쪽이 다른 한쪽을 조종했다면? 강유진이 이한나로 하여금 사람을 해치게 만들었다면? 하지만 그게 가능하려면 조종당하는 쪽은 상대를 절대적으로 신뢰하고 의존해야 한다. 또 공간적 혹은 사회적으로 고립되어 상대방 외에는 의지할 사람이 없고, 정상적인 판단을 할 수 없는 상태에 있는 것이 보통이고. 더구나 그건 상당한 시간과 정보와 접촉을 요하는 일이다. 이한나는 현실을 합리적으로 판단하고 정리하는데 익숙한 사람이었다. 게다가 고립은커녕 매우 넓은 수준의 사회관계를 유지해왔으며, 독립적이었고 다른 사람에게 자기 얘길 거의 하지 않는 성격이었다. 아무리 기억에 문제가 생겼기로서니 이런 사람이 남의 술수에, 그것도 사람을 해치게 만드는 수준의 술수에 쉽게 넘어갔을 리 없다. 둘은 그리 자주 만난 사이도 아니었다. 차라리 그 반대 방향으로 조작이 이뤄졌다면 고려해 볼 법하겠으나, 위험한 일을 한 쪽은 이한나였다. 역시나 앞뒤가 맞지 않았다.

역시 교사 쪽인가……. 하지만 그것 역시…….

고민을 하면 할수록, 선호의 기분은 심각한 수준으로 가라앉기만 했다.

지금 그의 머릿속에서 춤추며 생각을 방해하고 있는 망상은 두 여자를 둘러싼 이상한 우연을 비롯해 소소한 의문까지, 십수 개에 이르는 수수께끼를 자신이 한 방에 설명해줄 수 있다며 그를 유혹하고 있었다. 하나하나 놓고 봐도 특별한 조각들을 모아 당신 앞에 멋진 퍼즐을 완성해 줄 수 있다며 떠벌리고 있었다. 그 제안을 받아들일 수는 없었다. 그게 몹시 기분 나쁜 그림을 그려낼 퍼즐이란 걸 알고 있으니까.

선호는 남의 사무실 바닥이 꺼져라 한숨을 내쉬었다. 자신이 아는 세상의 절반이 뚝, 하고 부러져 나간 기분이었다.

"이거라도 얼른 먹어."

최 경사가 타이레놀 한 알을 꼬마 요구르트와 함께 내밀었다. 선호는 약을 삼키고는 물었다.

"저거, 성과는 좀 있었어?"

모니터에는 빌라 CCTV 영상이 떠 있었다.

대전에 가기 전, 선호는 최 경사에게 빌라 CCTV 자료를 맡겨뒀다. 오지랖 넓은 김 실장의 눈부신 활약 덕에 구한 거였다. 최근 강유진은 CCTV 영상을 두 번 봤는데, 그중 두 번째는 정체 모를 배달물 때문이었음이 밝혀졌지만 첫 번째인 4월 22일 건에 대해선 아직 확인된 바가 없었다. 언제 것을 봤는지도, 왜 봤는지도. 그간 선호와 칠범이 짬짬이 시간을 내어 돌려보았지만 이상한 장면은 찾지 못했다. 만약 그녀가 본 것이 현재로부터 9개월 이전의 자료라면 이미 폐기되었을 테지만, 혹시나 싶어 최 경사에게 다시 한 번 부탁을 한 것이다. 사실, 최 경사는 CCTV 자료 분석은 자기 분야가 아니라며 손을 휘휘 저어댔었다.

"이거 곽 경사 갖다 주면 되잖아. 악플러 잡으면서 잘 살고 있는 사람 왜 자꾸 살인사건에 끌어들이는 거야."

"야, 곽 경사 지금 눈알이 노란색이야. 넌 아직 흰색이네. 그러니까 좀 해줘. 너 이런 거 잘하잖아."

자기도 바쁘다며 의자를 돌려 앉는 최 경사에게 선호는 술 한 잔 거하게 사겠다며 반 사정을 했다. 얼마간 고민하던 최 경사가 내어놓은 대답은 '그래' 혹은 '싫어'가 아니었다. "한우"였다. 그러고는 알겠다며 등을 툭툭 치는 선호를 향해 씩 웃으며 "콜"이라고 외쳤다. 자기도 꼭 끼워달라는 칠범과 짝짜꿍을 해대며.

최 경사는 고기 약속을 받아낸 그때와 똑같은 얼굴로 히득거리고 있었다.

"응. 있어."

"뭐가 찍혔는데?"

"아무것도 안 찍혔어."

"뭐? 근데?"

"이거 자료가 좀 이상하더라고. 연속으로 녹화된 게 아니야. 덮어씌운 흔적이 있어. 분량이 너무 많아서 다 보진 못했고 4월 22일 기준으로 앞뒤 1개월 정도만 돌렸는데, 일단 3월 20일, 4월 30일 자료는 확실히 각각 20분 분량이 덮어씌워졌어. 입구, 비상계단, 로비, 정원을 찍은 자료까지. 다른 날의 화면을 잘라붙인 것 같아."

"복구 돼?"

"원본 봐야 알겠지만, 아마 안 될 거야."

선호는 한숨을 내쉬었다. 이것도 쓸모가 없는 건가.

"근데, 그게 가능해요?"

칠범의 물음에 최 경사가 답했다.

"H-Pol이랬지? 내가 알기로 이 보안회사의 프로그램은 원격으로 건드리기가 아주 어려워. 수준 있는 해커라면 훔쳐보고 훔쳐내는 정도는 가능하겠지만. 자료에 손을 쓰려면 원본을 직접 만져야 했을 거야."

세 사람은 목록을 꾸렸다.

"보안실에서 상시 근무하는 직원이 가능했겠고, 보안실장도 가능했겠지. 이거 넘겨준 김 실장? 그 사람도 그렇고. 허락을 얻어서 보안실에 들어갔던 사람도 가능하고."

"그럼 강유진이?"

"한 사람 더 있어."

"음, 알겠어요. 보안회사 직원 중에 강유진과 알고 지내는 사람이 있었죠."

칠범이 덧붙였다.

"보안실 직원이나 보안실장의 경우 동기가 없어요. 김 실장도 그렇고요. 근데 7개월이나 된 일이라서요, 그사이 다른 입주자 몇도 보안실 드나들었어요. 그래도 역시, 그 둘이 제일 수상하긴 하네요. 아니, 그 보안회사 직원도 동기는 없어요. 누구한테 부탁받았다면야 얘기가 달라지겠지만요."

"강유진이 범인이네. 그 여자 말고 그런 부탁할 사람이 또 있어? 없잖아."

"3월 20일, 4월 30일은 어떤 날이지?"

칠범이 수첩을 뒤적이고는 머리를 갸우뚱했다.

"딱히 이번 사건과 관련이 있지는 않아요."

"뭘 고민해? 이러나저러나 강유진이 범인이라니까."

최 경사의 말은 맞는 듯 맞지 않았다. 선호는 생각에 빠졌다. 그의 짐작, 아니 망상대로라면 강유진은 사실 이한나였다. 그렇다면 교사범 가설은 폐기돼야 했다. 강유진이 시킨 게 아니었으니까. 직접 실행한 거였으니까. 강유진의 얼굴을 한 이한나는 상대가 그런 짓을 했단 사실을 모르는 듯했다. 굳이 가족과 주변인들을 직접 만나고 다닌 이유는 그 때문일 것이다. 기자의 경험으로, 가까운 사람들을 제일 먼저 의심했거나 그들에게서 단서를 잡아낼 수 있다고 여겼을 테니. 죽은 이가 연쇄살인사건에 연루된 것으로 밝혀지면서 그 노력은 물거품이 됐지만.

그런 이한나에게 숨겨야 할 일이 있었다는 뜻인가. 강유진으로 살면서 알려져서는 안 될 일이 그 이틀간 일어났다는 건가.

"H-Pol에 연락할까?"

최 경사의 물음에 선호는 고개를 저었다. 대신 칠범을 재촉했다.

"이쯤 되면 그 사람, 만나봐야겠어."

하지만 수화기 너머 고태경은 비협조적이었다. 무슨 일 때문인지는 모르겠지만 자신은 강유진에 대해 할 말이 없다고, 본인한테 직접 물어보란 딱딱한 반응과 함께 전화를 끊어버렸다. 이후 회의에 참석했지만 선호는 영 집중이 되지 않았다. 이대로는 안 되겠다는 생각이 계속 머릿속을 헤집은 까닭이었다.

그 모든 게 우연히 다 들어맞았다는 쪽이 그나마 낫긴 한데.

해가 질 무렵, 그는 결심을 굳히고 전화기를 들었다.

25

여느 때처럼 같은 집, 같은 이불 속에서 깨어난 아침이었지만 많은 것이 달라져 있었다. 바쁘게 뛰어다녔던 지난 2주와는 달리, 이제 나는 할 일이 없었다. 간밤에 새로 올라온 뉴스가 있는지 확인하는 게 유일한 일과였다. 역시나, 별 소식 없었고.

그간 쌓인 피로를 한꺼번에 풀듯 나는 내리 잤다. 침대 밖으로 나온 건 해가 질 즈음이었다. 나는 놀라우리만치 시시콜콜한 텔레비전 프로그램을 보며 첫 끼를 먹었다.

식사를 다 끝냈을 무렵, 휴대폰이 울었다. 박 형사였다.

"여쭤볼 게 좀 있는데 댁 근처로 가도 되겠습니까?"

나는 망설였다. 며칠 전까지만 해도 달랐을 것이다. 유력한 증거나 용의자라도 나왔을까 싶어 얼른 달려 나갔을 것이다. 만만하지 않은 상대에게서 어떻게 해야 작은 단서라도 얻어낼 수 있을까 고민했을 것이다. 하지만 상황이 바뀌었다. 더는 관여하지 말라고, 경찰이 협박에 준하는 요구를 한 지 3일이 채 지나지 않았다. 내가 경찰의 질문에서 사건 추이, 단서를 뽑아낸다는 걸 알아차렸을 텐데. 또 그러도록 내버려둘 그들이 아니었다. 그런데 지금 와서, 전화로는 안 되고 굳이 만나야 한다고? 다른 의도가 있지 않고서야…….

경찰의 전화가 반갑지 않은 이유는 또 있었다. 내 입장에서도, 내 손발을 묶겠다고 선언한 그들을 만날 이유는 이제 없었다. 그래도 나가기로 했다. 이제 와 협조 안 하는 것도 부자연스러울 것 같아서였다.

삼십 분 후, 약속 장소인 카페에 들어서자 두 사람이 자리에서 일어났다. 송 형사도 함께였다.

"시간 내 주셔서 감사합니다."

나는 커피가 찰랑찰랑한 머그컵을 사이에 두고 두 사람과 마주앉았다. 불필요한 인사치레가 잠시 오갔다.

"오늘은 무슨 일로?"

"수사 때문이죠. 여쭤볼 게 또 있어서."

나는 들으라는 의미의 한숨을 내쉬었다.

"어지간한 건 다 말씀드린 것 같은데요. 이번엔 또 뭔가요?"

"너무 긴장하지 마십시오. 간단한 거니까. 아, 근데 고태경 씨는 잘 지내시나요?"

"네?"

나도 모르게 목소리가 커졌다. 이한나가 아니라, 고태경이라니. 나는 그 이름이 가지는 의미를 가늠해 보았다. 물어본다고 냉큼 대답을 할 문제는 아니란 결론이 나왔다. 진짜 의도는 명확히 파악 안 되지만, 그가 날 떠보고 있다는 인상을 지울 수가 없었으므로.

"아는 사이세요?"

"아직 뵌 적은 없습니다."

"그 친구에 대해선 어떻게 아셨죠?"

"뭐, 직업이니까요."

"제 인간관계를 조사하셨단 뜻인가요?"

"죄송합니다. 이한나 씨와 금전 관계로 얽힌 분이시라, 어쩔 수 없었습니다."

"박 형사님."

"네."

"이거 연쇄살인사건 아닙니까?"

"맞습니다."

"그런데 왜 저를……."

"아, 아직 확실한 게 없던 시점에 알게 된 내용입니다."

거짓말. 나는 단도직입적으로 물었다.

"그래서, 저에 대한 의심은 풀렸습니까?"

"네. 거의요."

"거의라……."

확실했다. 그는 날 떠보고 있었다. 내가 물었다.

"언론에서 모방범에 관해 떠들던데…… 그거 맞죠? 그래서 주변 사람들을 조사하시는 거죠?"

"답변 드리기가 어렵군요."

"아, 그래요. 그럼 제 얘기를 해볼까요. 남은 의혹은 제가 누굴 시켜서 한나 씨를 죽였다, 이건가요? 고태경 씨를 제 조력자 역할로 배치하니 딱 떨어지던가요?"

"아닙니다."

"언행이 전혀 일치되지 않는 분이시군요."

"그렇게 보입니까?"

"네." 나는 휴대폰을 꺼냈다. "불러 드릴까요?"

"그러실 필요까진 없습니다."

"…… 그건 그 친구에 대해서도 이미 다 알아보셨다는 뜻인가요? 역시나 뒷조사로?"

"……."

"알리바이 없던가요? 아, 있었다면 저한테 이러실 이유가 없군요. 저희 둘이서 모방 범죄를 꾸몄다?"

"거기까진 말씀드리기가 어렵네요."

"어렵다라……. 어떻게 해야 쉬워질까요."

"아무것도요."

"의도를 확실히 하시는 게 어떨까요, 박 형사님. 사람 놀리러 오신 게 아니라면요."

그가 짐짓 민망한 척 웃어보였다.

"의도 같은 건 없습니다. 기분 나쁘셨다면 죄송합니다. 저희 일이 어쩔 수 없이 상대를 불편하게 만드는 경우가 종종 있어서요. 다른 용건 때문에 왔다가 안부부터 여쭙는다는 걸, 제가 그만 실수를 해 버렸네요."

머릿속이 조금 복잡해졌다. 이 사람, 뭘 얻으려고 이러지?

"그래요? 그럼 이제 진짜 본론으로 들어갔으면 합니다. 뭔지는 모르지만, 도와드릴게요."

"아, 그럴까요."

그 이상 무슨 용건이 있는지는 짐작되지 않았다. 또 고태경 어쩌고 하려나. 조금 전에는 허풍을 떨었다. 그는 내 전화를 받지 않을 것이다. 나는 잠시 고민했다. 내가 사건 조사에 매달리다가 몇 되지도 않는 인간관계 중 하나를 말아 먹었다고 이야기할까 말까…….

잠시 차를 홀짝이던 박 형사는 가슴께에서 양손을 비비다 조용히 내려놓고는 입을 열었다.

"1년 전 제일빌딩 화재 사건 아시죠? 퇴원 후 이한나 씨를 만나셨을 때, 혹시 기억에 이상이 생겼단 말씀을 하시던가요?"

사고와 행위가 모두 정지했다. 생각은 머릿속에서 헛돌았고, 말은 입 속에서 헛돌았다. 난데없이 왜 그때 일을 끄집어내는 걸까. 어느 순간, 본능이 경계경보를 울렸다. 주의, 주의, 주의. 나는 얼른 마음을 가라앉혔다.

"그게 이번 사건과 관계있습니까?"

"확인 중입니다. 대답해 주시겠습니까?"

"한나 씨는 그런 말 한 적 없어요."

"그래요? 그럼 질문을 바꿔보겠습니다. 강유진 씨가 보시기에는요? 정말로, 화재 사건 이전과 달라진 점이 없던가요?"

"음……."

나는 커피를 한 모금 마셨다. 단 일 초라도 생각할 시간이 필요했다. 이 사람들은 이한나에게 변화가 있었다는 진술을 분명 들었다. 어쩌면 여러 명에게서. 내가 모른다고 하면 이 형사는 그 말을 믿을까. 달라진 게 전혀 없었다고 하면 그걸 믿을까.

눈을 들었다. 음흉한 속내를 무표정 뒤에 숨긴 얼굴이 앞에 있었다. 의도가 읽혔다. 내게서 듣고 싶은 이야기가 있는 것이다.

"실은 제가 작년 말에 사고를 당해서요. 그 전 일을 기억 못 합니다."

"아, 그렇습니까."

박 형사는 놀라지 않았다. 역시, 거기까지 알고 온 것이다.

"그럼 전에 경찰서에서 하신 진술은?"

나는 『글루미 선데이』 사건 즈음, 그러니까 사고 몇 달 전에 우리 둘이 알게 됐다고 얘기했었다.

"사고 후에 한나 씨가 찾아왔었어요. 일기장 뒤져보니까 전에 연락 주고받은 내용이 있더군요. 진술 내용에는 문제가 없는 것 같습니다만."

"왜 말씀 안 하셨습니까?"

"제 불행까지 밝혔어야 하나요?"

"뭐, 그건 아니죠."

가시덩굴 같은 적막이 우리를 휘감았다. 이쯤 되자 그의 저의가 몹시 궁금해졌다. 이 사람, 뭘 알아내려고 이 얘길 꺼낸 걸까.

잠시 후, 그가 말했다.

"화재 사건 후 이한나 씨의 언행이 변했다고 진술한 분들이 꽤 있습니다. 누군가는 아예 다른 사람 같았다고까지 표현했죠. 종합해 보건대, 그 사건을 계기로 피해자는 어떤 정서적 변화를 겪은 것 같습니다. 과거를 기억 못 하거나, 기억을 부정해야 하는 수준의 변화였음에도 피해자는 그걸 숨기려 했어요. 사건과 직접적으로 관련됐다는 증거는 없어서 중요하게 다뤄지지 않았습니다만, 저는 바로 그 일이 이번 사건을 이해하는 열쇠라고 믿습니다. 해서 화재 사건 전부터 알고 지낸 분들을 뵙고 있는 건데, 아쉽습니다. 강유진 씨는 비교를 못 해주신다니. 그런데 놀랍네요. 비슷한 시기에 두 분 다 기억에 문제가 생기다니요. 대단한 우연입니다."

움직임이 느껴졌다. 떨림은 손끝에서 손목으로, 팔로 옮겨가려 하고 있었다. 나는 테이블 위에 있던 손을 내려 허벅지에 올렸다.

"그러게요. 별일이네요."

가식적인 얼굴이 미소를 짓고 있었다.

"이제 가 봐도 됩니까?"

"네. 나와 주셔서 감사합니다."

나는 가볍게 인사를 하고 뒤돌아섰다.

생각이 소용돌이를 일으켰다.

세상에, 완전히 잘못짚었다. 1년 전 일에 집중하고 있을 줄이야. 그간 나는 이번 사건을 어떻게 해결할 것인지에만 몰두해 왔다. 누군가 이번 사건에 그 사고를 연관시켜 의미를 부여할 수 있다는 점은 간과했다. 준비했어야 하나? 아니, 예상을 못 했는데 준비를 할 수 있었을 리가. 후회해 봐야 소용없는 일이다. 그나저나 저 형사, 어디까지 아는 걸까. 유진과 나 사이의 일을 알게 되면 어떤 변화가 생길까. 별거 없지 않을까. 아니, 두 여자의 몸이 뒤바뀌었다는 결론을 내릴 일 자체가 없을 것이다.

솔직히, 괜한 트집을 잡히지 않을까 싶어 모르는 척했지만 그가 왜 날 신경 쓰는지는 이미 짐작하는 바였다. 취재는 눈속임일 뿐, 피해자가 812 사건과 얽힌 데는 다른 동기가 있다고 짐작했으리라. 그 동기는 강유진이란 인물에서 비롯됐다 여겼을 테고. 그가 맨 처음 세운 가설은 '강유진이 이한나에게 812 사건과 관련된 어떤 요구를 했고, 이한나는 실행 중에 살해당했다.'일 확률이 높았다. 박 형사가 우리 사이의 차용 거래에 대해 캐물은 날 대충 눈치챘었다. 그럼에도 무시했었다. 경찰의 헛발질까지 내가 어떻게 해줄 수 있는 건 아니었고, 난 내 할 일로도 바빴으니까.

그런데 저 사람은 오늘, 내가 작년 말 이전의 강유진에 대해 잘 모른다는 사실을 내 입으로 털어놓게 만들었다. 이건 무슨 의미일까? 음…… 모르겠다. 분명 나는 오해받을 위치에 있고, 어느 정도 각오도 한 바였다. 한데 괜히 나섰다가 예상보다 큰, 훨씬 큰 오해를 산 상황이 되고 말았다. 저 사람, 본격적으로 끼워 맞추기를 하려는 듯한데 어떤 식일까. 별거 없지 않을까. 잠깐, 그 전에…… 나, 말실수한 건 없나? 일관되지 않은 진술이 있었을까. 있었다면 저 남자는 분명 눈치를 챌 것이다. 실적 올리겠다고 증거를 조작할 쓰레기 경찰 같아 보이진 않지만, 집에 가서 지금까지의 대화를 되짚어볼 필요는 있을 듯하다. 뭘 어떻게 할지는 그 다음에…….

어느덧 출입구 앞이었다. 나는 손을 뻗었다. 손끝에 닿은 유리에서 냉기가 옮겨왔다. 문이 열린 후 맞닥뜨리게 될 추위에 대비하듯 몸이 움츠러든 순간이었다. 등 뒤에서 누군가가 나를 불렀다.

"이한나 씨!"

"네?"

나는 반사적으로 대답했다.

26

강유진이 카페에서 나간 후, 칠범은 박 형사를 빤히 쳐다봤다.

"왜 그러셨어요?"

"실수였어."

거짓말이었다. 칠범은 방금 박 형사가 자신의 의지로, 특별한 의도를 갖고, 타이밍까지 맞춰서 그 이름을 불렀다는 데에 한 달 월급을 걸 수도 있었다. 아니, 석 달. 그런데도 박 형사는 재차 부정했다.

"진짜야. 실수였어."

문어가 된 기분이었다. 이게 무슨 일인가, 나한테 왜 이러나, 누굴 바보로 아는 건가 하는 물음이 시커먼 머릿속을 휘저었다. 덧붙여, 방금 "네."라고 대답한 사람은 또 뭔가 하는 물음까지. 그중 무엇도 언어로 바꾸지 못하고 "아……."만 하고 있는 칠범에게 "방금 전 강유진, 어떻게 생각해?"라는, 완성된 문장이 날아왔다. 가출하려는 이성을 얼른 잡아들이고는 허공을 응시했다. 머릿속 먹물이 서서히 걷히며, 아까의 상황이 생생하게 되살아났다.

오늘 강유진에게서 전에 없이 당황한 모습을 봤다. 하지만 경찰 앞에서 당황한다고 해서 그 사람이 죄를 지었다는 뜻은 아니었다. 무고한 사람도 추궁을 당하면 긴장하고 두려운 나머지 그런 모습을 보이게 마련이니까. 문제는 그녀가 스트레스를 받은 주제와 받지 않은 주제가 너무나 명확하게 갈렸다는 거다. 강유진은 박 형사의 도발에 넘어오지 않았다. 당신 뒤를 캤다고 대놓고 알렸음에도, 당신에 대한 의혹이 다 풀리지 않았다고 알렸음에도 꽤 침착했다. 경찰이 자신과 친구를 뒷조사했다는 사실에 살짝 짜증을 낸 게 그때까지 보여준 감정의 전부였다.

그녀의 침착함은 특정 주제가 나온 이후 급격히 무너졌다. 1년 전 화재 사건에 대한 질문을 받았을 때부터. 기억 문제를 지적받은 후엔 조금 더. 그리고 마지막 한마디는 결정적이었다. 이한나를 부르는 목소리에 "네." 하며 돌아보고선 얼굴에서 핏기가 완전히 가셨다. 남의 이름에 실수로 반응했을 수도 있었다. 하지만 그런 경우엔 날 부른 거 아니었느냐고 되묻거나, 웃거나, 불쾌해하는 게 보통인데…… 희한하게도 그 순간의 강유진은 완전히 정곡을 찔린 사람의 전형적인 반응을 보여줬다.

"두 번째 상황이 훨씬 곤란하단 거예요. 뭔가 숨기는 게 있어요."

목이 탔는지, 박 형사는 식은 커피를 단숨에 들이켰다. 이어 조심스레 물어왔다.

"너한테 궁금한 게 하나 있는데."

이한나의 최샛별 사건 수기에 어린 미묘한 부조화에 대해서였다. 글을 쓴 이가 이한나가 아니란 느낌을 받은 적 없었느냐는 질문.

"글쎄요……."

"전혀? 난 그거 읽자마자 느꼈는데."

"다른 사람이 썼다는 뜻이에요? 누가? 아, 강유진이?"

쓰레기통에서 꺼낸 메모의 내용이 기억났다. 그중 객관적 사실이 아닌 항목은 하나. 4번. 이질감. 박 형사는 그걸 확인하려 들고 있었다.

"대필을 했다고요? 아니다, 그건 외부에 나갈 글이 아니었어요. 개인적인 감상도 적힌 수기였다고요. 남이 써줄 이유가 없…… 잠깐, 혹시 그 취재를 강유진이 했다고 보시는 거예요? 그게 이번 사건이랑 관련 있어요? 1년 전 사고, 강유진 씨 기억 상실증, 그것도 이번 일과 관련 있고?"

"없……지."

"뭐예요, 사람 놀리는 것도 아니고."

"미안. 그냥 이것저것 찔러보는 거야. 자, 일어나자."

칠범은 돌연 섭섭한 마음이 들었다.

"뭐예요, 진짜. 아세요? 지금 둘이서 저 왕따시키고 있는 거?"

"미안. 근데 그런 거 아냐." 박 형사가 난처해하는 어투로 덧붙였다. "내가 요새 컨디션이 안 좋아서 그래. 일부러 숨기고 그런 거 절대 아니야. 진짜야."

"흠……."

그러고 보면 그간 박 형사가 수사 중에 뭘 숨긴 적은 한 번도 없었다. 늘 자신의 생각과 계획을 먼저 설명해 줬고, 칠범이 10가지 질문을 하면 12가지를 대답해 줬다. 신참이라고 무시한 적도, 곤란한 일만 쏙쏙 빼내어 맡긴 적도, 가르치려는 태도로 칠범을 대한 적도 없었다. 이것저것 캐묻지 말고 무조건 따르라고 명령한 적은 더더욱 없었고. 그런 사람이 지금 이렇게까지 하는 건 그 누구에게도 말 못 할 사연이 있다는 뜻이었다. 칠범은 박 형사에게 시간을 줘야 한다는 생각이 들었다.

“알았어요. 아, 맞다, CCTV 자료 조작은 어떡하실 거예요?”

“그거? 하루만 더 생각해 보자.”

“명분이 없어서 그래요?”

아침에 팀장이 한 말 때문일 것이다. 간부들은 피해자의 단독 행동으로 본다고 했으니까. 이런 상황에서, 뒷구멍으로 얻어온 증거로 하는 수사에는 한계가 있다.

“명분……. 그래, 그게 문제지.”

끄덕이며 일어나는 박 형사를 따라 칠범도 자리에서 엉덩이를 뗐다. 퇴근시간이 훌쩍 지났지만 두 사람은 경찰서로 복귀하기로 했다. 그들에게는 각자 해야 할 일이 있었다.

27

다음 날도 세상은 똑같았다. 나는 강유진이었고, 살인범은 잡히지 않았다. 사건이 있은 지 18일 째. 조간신문과 텔레비전 아침 뉴스는 독감 환자 급증, 유명 배우의 스캔들 소식을 전하느라 바빴다. 강원 산간 단풍과 어우러진 눈꽃의 절경, 허위 과장 블로깅의 폐해 뉴스가 뒤를 이었다. 세 여자가 죽은 사건은 대중의 관심에서 빠르게 멀어지고 있었다. 이한나의 존재도 언젠가는 사람들 사이에서 완전히 잊힐 것이다. 몇 년 후 시사 프로그램에서 만나는 게 전부일지도.

뉴스가 끝난 후 욕실로 향했다. 퀭한 두 눈을 바라보며 물었다.

이제 뭘 어찌해야 하나.

잠을 제대로 못 잤다. "아, 죄송합니다. 헷갈렸네요. 강유진 씨라고 부른다는 게 그만."이라는 기분 나쁜 목소리가 자꾸만 날 흔들어 깨운 탓이었다. 머릿속은 여전히 뒤죽박죽이었다. 그사이 "알았어요."라는, 그간 계속 기다렸던 메시지가 왔었다. 나는 연락해 줘서 고마우며 지금은 사정이 있어 움직이기 어려우니 조만간 내가 다시 연락하겠다는 내용으로 형식적인 답장을 보냈는데, 머리가 어찌나 안 돌아가던지 그 짧은 메시지를 쓰다가도 몇 번을 쉬어야 했을 정도였다.

나는 얼굴에 찬물을 몇 번 끼얹었다. 물기를 닦기도 귀찮아서 그대로 거실로 나오며 또 물었다.

이제 뭘 어찌해야 하나.

그간의 일을 여러 번 되짚어봤다. 일단, 믿기는 어렵지만 카페에서의 일은 박 형사의 실수가 아니었다는 결론을 내렸다. 그 눈빛과 미소가 모든 걸 말해주고 있었다. 그는 나에 대해 정확히 알고서 내 이름을 부른 거였다. 뭐 저런 인간이 다 있나 하는 감탄과, 애초에 눈에 띄게 나서지 말았어야 했나 하는 후회와, 박 형사가 그 정도의 상상력을 발휘할지 미리 알았더라면 그 사람 앞에서 어떻게 행동했어야 하는 걸까 하는 의미 없는 의문이 서로의 꼬리를 물고 돌았다.

나는 "조심해서 들어가시라고요."라며 민망한 척 목례하던 얼굴을 몇 번이나 지워가며 같은 물음을 던졌다. 이제 뭘 어찌해야 하나.

이제 뭘 어떻게…….

한순간, 나는 멈칫했다. 어떤 생각이 뇌리에서 반짝였다.

지금 나, 잘못된 질문을 하고 있는 거 아닌가?

'무엇을, 어떻게'가 아니라 '왜'에서 시작해야 하는 거 아닌가?

얼른 물음을 바꿨다.

왜?

그는 왜 내 이름을 불렀을까?

자기 생각이 맞나 확인하기 위해서? 단지 그뿐일까?

어제의 그 순간을 되돌려봤다. 소리와 사물과 공기와 흐름이 사라진 세상 한가운데에서 반짝이던 두 눈이 기억났다. 나는 그 눈을 정면으로 응시했다.

얽힌 머릿속이 순식간에 풀렸다.

식사를 하면서, 청소를 하면서, 샤워를 하면서 다시 따져봤다. 새 옷을 입고, 벗은 옷은 뭉쳐 세탁기 안에 던져 넣으며 또 따져봤다. 그 후, 거실로 나가 텔레비전 뉴스를 보며 한 번 더 따져봤다.

나는 집에 틀어박혔다.

28

아침 회의 분위기는 무겁게 가라앉아 있었다. 요 며칠, 성과라고 부를 만한 실적이 거의 없는 날이 반복되고 있는 탓이었다.

"열심히들 뛰고 있긴 한 거지?" 침묵이 깔렸고, 서장은 말실수를 바로 잡았다. "미안하네. 방금 그 얘긴 다들 못 들은 걸로 해."

오늘 조간신문에 '또 미해결 조짐? 시민은 불안'이라는 헤드라인을 걸려는 기자 하나를 형사과장이 억지로 달래 막았다. 하지만 일시적인 조치였다. 범인이 잡히지 않는 한, 그 기사는 내일이고 모레고 결국 보도가 될 테니. 상황은 좋지 않았다. 제보는 뜸해졌고, 그마저도 중복이거나 거짓이거나 무의미한 내용뿐이었다. 증거도, 증인도, 정보 제공자도 추가로 나오지 않았다.

현 시점에서 기대를 걸어볼 법한 단서는 겨우 몇 가지. 그중에는 그 사진이 포함되어 있었다. 서장이 물었다.

"나온 거 있나?"

없었다. 사진의 의미, 중년 남자의 정체, 보낸 이의 의중. 아직 무엇 하나 밝혀지지 않았다. 하물며 그 사진이 이번 사건과 연관 있는지조차 불명확했다. 실제로, 경찰 내부에는 그 사진에 큰 의미를 둘 이유가 없다는 의견도 일부 있었다. 하지만 대부분은 그리 생각하지 않았다. 피해자는 죽기 얼마 전, 꽤 수상한 과정을 통해 꽤 수상한 인물에게 꽤 수상한 사진을 보냈다. 그게 단지 두 여자 사이의 재밌는 놀이만은 아니었으리라.

사진과 사건이 엮여 있다고 보는 쪽의 관심사는 단연 사진 속 남자의 정체였다. 피해자가 보내온 것인 만큼, 남자는 사건에서 중요한 위치에 있는 인물일 가능성이 컸다. 주요 단서를 가진 사람일 수도, 심지어는 범인일 수도. 하지만 피해자의 주변인들 중에는 그를 아는 이가 없었다. 칠범은 사진 속 또 다른 남자에게도 주목했지만 그가 누구인지는 더더욱 알 길이 없다며 선호에게 투덜대기도 했다. 보통 체형이고, 머리숱이 많은 편이고, 어깨 쪽이 강조된 스타일의 셔츠를 입었고, 심지어 사진을 확대하면 귀 뒤로 걸쳐진 선 두 개가 보이는 것으로 미루어 안경을 꼈다는 점까지 파악이 됨에도 왜 신원만 알 수가 없느냐며.

사진과 사건을 별개로 보는 쪽도 나름의 근거를 갖고 있었다.

"그게 정말로 사건과 관련된 사진이라면 어째서 경찰이 아닌, 안 지 얼마 되지도 않은 친구에게 보냈을까요? 일반인이 뭘 할 수 있다고요."

선호는 끄덕였다. 후자의 의견도 수긍 가는 면이 있기 때문이었다. 하지만 그는 이제 사건을 보는 시각 하나를 더 갖고 있었다. 뒤집어 생각해 보면 사진은 강유진이 이한나에게 보낸 거였다. 그렇다면 의도 하나를 짚을 수 있게 된다. 받는 이는 평범한 시민이 아니라 기자다. 죽은 강유진은 혹시 기자의 경험으로 이한나가 사진에서, 혹은 그 사진이 배달되는 과정에서의 뭔가를 알아차려 주길, 나아가 어떤 역할을 해주길 바란 게 아닐까.

뭐였을까.

결국 이렇다 할 성과 없이 또 한 번의 회의가 종료됐다.

결정적인 실마리는 의외의 발상으로부터 튀어나왔다.

팀장의 업무 지시가 끝나고 선호가 자기 자리로 돌아와 앉는데, 칠범이 쪼르르 따라 붙었다. 눈이 퀭했다.

"박 형사님, 제가 생각을 좀 해봤는데요."

선호는 움찔했다. 그러고 보니 지난밤, 피해자의 기이한 행동에서부터 빌라 CCTV 자료 조작 문제에 이르기까지 온갖 세부사항들을 뒤집어서 재조립해 보느라 머리를 싸맨 선호 옆에서 칠범도 자릴 지켰었다.

설마, 알아챘나?

"박 형사님."

"……."

"박 형사님."

"어, 그래. 왜? 뭐? 무슨 얘기하려고? 다 말해 봐."

"그…… 날짜 말이에요."

"날짜?"

칠범은 뜬금없이 8월 13일이 어쩌고 했다.

"왜, 그 기념일 말이에요, 범인이 챙긴다는. 제가 좀 다른 각도에서 찾아봤거든요. 그랬더니." 칠범이 종이 뭉치를 내밀었다. 뉴스 기사를 출력한 것이었다. "여기요. 2013년 8월 12일자. 《신의일보》 과학면 기사예요."

"과학면이라고?"

밤하늘 별똥별 우주쇼! 13일 새벽, 하늘을 보라!

한국천문과학원은 오늘 밤 9시부터 내일 새벽 5시까지 지구 전역에서 페르세우스자리 유성우가 대거 관측될 것이라고 밝혔다. 페르세우스자리 유성우는 130년 주기로 태양주위를 도는 swift-tuttle 혜성이 남긴 잔해가 지구 대기권으로 떨어지며 발생하는 것으로, 매년 8월에 관측된다. 그중에서도 극대기인 8월 12일~13일에는 육안으로도 관찰할 수 있으며 올해는 시간당 60여개 정도가 나타나 밤하늘을 화려하게 수놓을 것으로 예상된다. 이번 우주 쇼의 절정은 13일 새벽이다.

선호는 칠범을 빤히 바라봤다.

"왜요?"

"음…… 아니야. 이게 왜?"

칠범은 이 뉴스가 매년 반복해서 보도된다는 점, 최초 보도는 1993년이어서 그간 언급이 되지 않았다는 점, 혜성은 지구 공전 주기와 맞물려 매년 같은 시기에 떨어진다는 점 등을 연이어 설명했다.

“놈이 기다리는 게 이거라고?”

“천문 마니아인지도 모르죠. 살인의 동기는 남이 보기에는 이해가 안 가는 것일 수도 있잖아요.”

“매년 8월 12일과 13일에 떨어지는 유성우라……. 좀 황…….”

황당하다고 말하려다 얼른 입을 닫았다. 자신이 품은 것에 비하면 훨씬 덜 황당한 생각이었으므로. 그 유성우가 어떤 방식으로 범인의 환상 혹은 동기를 뒷받침하는지는 알 수 없지만, 칠범은 한 번 확인해 볼 가치가 있지 않느냐고 했다. 녀석은 남서울서에서 이 건을 이미 조사했다는 사실을 몰랐는지, 전국 천문대의 매년 8월 방문자 명단까지 요청해 둔 후였다. 선호는 조심스레 입을 열었다.

“실은 말이야…….”

자신이 뒷북을 쳤다는 사실을 알게 되자, 칠범은 놀라더니 이어 시무룩해졌다. 하지만 문득 선호는 다른 방향으로 검토해볼 가치가 있지 않나 하는 생각이 들었다. 머릿속으로 정리를 좀 해봤다. 유성은 8월 내내 떨어졌으니 그 기간 중 천문대를 방문한 사람이 연간 수백 명은 될 터였다. 2012년과 2013년의 경우, 8월 12일 밤부터 13일 새벽까지 놈은 피해자의 집에 있었다. 굳이 천문대를 찾았다면 다른 날일 것이다. 매년 방문한 사람 중 저 조건에 딱 맞아떨어지는 사람은 몇 없었고, 이미 조사가 끝났다. 나머지 방문자들도 다 만나봐야 하나? 아니, 그걸로는 부족했다. 천체 망원경을 소유한 사람도 상당히 많았다. 심지어 육안으로도 볼 수 있다고 하니…… 범위를 특정할 수 없었다.

이게 진짜 살인사건과 관련이 있을까. 812 사건의 특성상, 매해 그 날 반복되는 일에 주목하는 건 당연했다. 하지만 여러 가지 일이 있는데 그중에서도 왜 하필이면 이걸…….

문구 하나에 시선이 사로잡힌 건 기사를 두 번 더 읽었을 때였다.

"잠깐만, 기사에는 이 혜성이 130년을 주기로 태양을 돈다고 돼 있어. 제일 최근에 지나간 게 언제지?"

"결국 그게 문제예요."

칠범이 종이를 뒤적거리더니 한 장을 뽑아들었다. 받아든 선호는 칠범이 왜 이 뉴스를 골라냈는지 알게 됐다.

혜성은 1992년 태양을 지나갔다. 그해 겨울, 12월 11일에.

혹시나 하는 마음에, 두 사람은 1992년 12월의 사건 기록을 훑었다. 이번 일이 반드시 과거의 범죄와 연결된다는 보장은 없지만, 그럼에도 이 방향부터 제대로 짚는 것이 순서였다. 812 사건이나 혜성과 연관 지을 만한 건은 나오지 않았다. 하지만 선호가 보기에, 기록이 없다고 해서 틀린 가설이란 법은 없었다. 1992년은 수사 자료의 대부분이 종이로 관리되던 시기였다. 전산화 이전에 파일이 없어진 사건이 존재한다면? 경찰 내부에서 누가 마음먹고 손썼다면야 불가능한 일도 아니었다. 어쩌면 실수로 잃어버렸을 수도 있고. 아니, 애초에 만들어지지 않았을지도. 자료가 처음부터 없거나, 중간에 사라져도 아무도 모를 법한 사건이라……. 살인은 아닐 것이다. 어떤 건일까. 단순 폭행? 단순 절도? 동물 학대? 재벌이나 권력의 힘이 개입된 사건? 아니면 역시, 개인적인 일이 출발점인가. 그럼에도 뭔가 빠뜨렸다는 느낌이 선호의 신경을 긁어댔다. 누락, 누락…….

달려가던 생각이 어느 지점에서 멈췄다.

"남서울서는 해외 사건도 다 확인했나?"

"아마도요?"

"우리한테 자료가 없을 수도 있잖아?"

"주요 사건 아니고서야 충분히 가능하죠. 근데 그거 다 못 받을 텐데요?"

"흠…… 1992년, 해외…… 이상해. 어딘가 이가 안 맞아."

수사 진행 과정이 기록된 노트가 선호의 머릿속에 나타났다. 노트를 한 장씩 넘기던 손은 생각지도 못한 페이지에서 멈췄다. 강유진이라는 페이지. 거기였다. 거기에 뭔가 잘못 기록된 게, 혹은 기록되지 않은 게 있었다. 선호는 내용을 다시 읽었다. 이윽고, 답이 보였다.

강유진과 812 사건.

단지 우연이었을까.

이한나가 강유진의 사주를 받아 실행한 것이든, 강유진이 직접 실행한 것이든, 일단은 상관없었다. 한 가지만은 확실했다. 강유진이 범죄 은폐의 눈속임으로 812 사건을 선택했다는 점. 그게 그저 우연에 불과했을까. 진행 중인 사건은 더 있었다. 그런데 왜 하필 그 사건이었을까? 만에 하나 반드시 그 사건이어야만 하는 이유가 있었다면? 강유진과 812 사건은 이전부터 관련 있었다면? 혹은 그녀에게 살인의 아이디어나 정보를 제공한 사람이 있었다면? 강유진, 812 사건, 1992년, 누락, 정보 제공자, 해외…….

"잠깐만, 1992년…… 그때 강유진한테 뭔 일이 있지 않았어?"

"강유진이요? 그 교통사고는 1994년인데요?"

"아니, 분명 뭔가가……."

선호는 기억을 뒤졌다.

1992년, 1992년…….

교감 선생님의 음성이 귓전에서 메아리쳤다.

'직전 해에 어머니도 돌아가시고…….'

강유진. 1986년생이다. 그렇다면 초등학교 입학연도는 1993년. 양호실의 그 아이. 1992년은 그 아이의 어머니가 사망한 해였다. 게다가…….

"교감 선생님은 그 아이가 '말이 약간 어눌했다'가 아니라 '우리말이 약간 어눌했다'고 했어."

서둘러 교감 선생님의 명함을 찾았다. 생활기록부에 적힌 가족 사항을 전해들은 선호의 큰 손이 살짝 떨렸다.

"정지희. 1992년 12월 11일, 필리핀에서 사망했어."

***

정지희가 어떻게 사망했는지는 아직 알 수 없었지만, 선호의 예상이 맞는다면 그녀는 범죄에 연루되었을 것이다.

재외국민이었음에도 불구하고 정지희의 사건 기록은 없었다.

"필리핀에 연락할게요."

칠범이 움직였다. 선호는 팀장에게 도움을 청했다. 그 아들을 찾아달라는 거였다. 도움을 받기 위해서라고 말하긴 했지만, 강유진이 그에게서 살인에 대한 아이디어나 정보를 얻었을 가능성도 있었다. 팀장은 김 형사와 강 형사에게 만사 제쳐놓고 그를 데려오라고 지시했다. 선호와 칠범은 정지희 건에 계속 매달렸다.

몇 시간 후 돌아온 강 형사가 보고했다.

"차동욱. 1993년 봄에 입국했습니다. 1986년 12월 25일생. 양친 모두 필리핀에서 사망했고요, 범죄 기록은 없습니다. 친가 쪽 친척한테 맡겨져서 자랐다는데요, 현재는 소식 모른답니다. 신고 된 주소지를 찾아갔는데 빈 집이었습니다. 본인 명의이긴 한데요, 실제로는 다른 데 사는 것 같습니다. 시간 좀 걸리겠는데요."

답신이 왔다. 살인 사건의 재판 기록이었다. 피해자는 정지희. 1961년생. 남편 사망 후 혼자서 아들을 키우던 여성이었다.

그런데 기대와는 달리, 해당 사건은 이번 사건과 연결되는 내용이 아니었다. 피해자는 목이 졸려 사망했다. 시신에 다른 외상은 없었고, 범행 수법에서 성적인 동기는 보이지 않았으며, 정돈되지 않은 범죄 현장은 감정과 흥분으로 가득 차 있었다. 계획성을 찾아볼 수 없는 수준을 넘어, 전형적인 우발범죄의 예시로 거론될 법한 사건이었다.

단 3일 만에 범인을 체포할 수 있었던 건 정지희의 아이 덕분이었다. 연락이 안 되는 것을 이상하게 여긴 직장동료가 피해자의 집을 찾아갔다가 현장을 발견했고, 신고를 받고 출동한 경찰이 싱크대 개수대 아래 칸에 웅크리고 있던 아이를 찾아냈다. 당시 만으로 5세, 우리나이로 7세였던 아이는 원래 1박 2일 일정으로 유치원 캠프에 갈 예정이었으나 비 때문에 일정이 취소되어 집에 있었는데, 범행 때는 숨어 있던 덕분에 발각되지 않았다. 경찰이 몇 명의 용의자를 찾아냈고 다행히도 아이가 범인의 얼굴을 기억하고 있었다. 체포된 남자는 평판이 꽤 좋은, 젊은 사업가였다. 범행을 순순히 인정한 그는 자신이 왜 그런 짓을 저질렀는지 기억나지 않는다고 진술했으며, 조사와 재판 기간 내내 크게 혼란스러워하는 모습을 보였다.

"찾았다!"

강력팀 사무실 문이 벌컥 열리며 빨간 성냥이 들이닥쳤다. 그 뒤에는 조금 전 형사과장에게 다녀오겠다며 나갔던 2팀장이 감정을 숨기지 못한 채 서 있었다. 씰룩대는 볼에는 특진, 승진, 귀가, 해결, 유명세 등이라고 적혀 있었다. 어수선하던 분위기는 두 사람의 등장으로 깔끔하게 정리됐다. 쩌렁쩌렁 울리는 과장의 목소리가 모두의 고막을 때렸다.

"한국계 일본인이야. 한국식 이름은 김수양. 필리핀 여성 살인미수 건이 추가로 밝혀져 현지에서 재판을 받았고, 정신 이상을 이유로 치료감호 처분을 받았어. 근데 이 새끼가 지 이름으로는 한국 못 들어오니까 위조 여권을 썼네?"

2012년 3월, 중국에서 입국한 조선족 장 씨. 입국 당시 그가 제공한 지문이 필리핀에서 받은 자료 속 김수양의 것과 일치했다.

"근데 놈이 이번 사건 범인 맞습니까? 내용을 보면 딱히……."

"아냐. 이 새끼 맞아."

코리안 데스크로 나가 있는 형사가 당시 현장 발견자를 찾아가 만났다. 목격자의 진술은 필리핀에서 온 자료의 내용과 판이하게 달랐다. 현장은 처참했다. 침대와 바닥은 피로 붉었는데, 외출복을 입은 채 침대에 반듯하게 누운 모습이었던 피해자는 머리가 깨지고, 가슴에서 피가 흘러넘쳤으며, 양 손이 없었다고 했다.

경찰을 매수한 게 틀림없었다. 아예 없던 일로는 못 만든 것 같지만, 사건은 조작되고 축소됐다. 우리 쪽으로 통보가 오지 않은 것도 그쪽에서 손을 쓴 탓인 듯했다. 심지어 필리핀 경찰에는 해당 사건 수사 자료가 아예 없었다. 재판 기록의 일부가 법원에 남아 있을 따름이었다. 당시의 수사 책임자를 만나게 해달라는 우리 측 요청은 불가능하다는 답변을 달고 되돌아왔다. 그는 김수양 사건 2년 후 지하 사업에 손을 댔다가 총격전에 휘말려 사망했기 때문이었다.

자료는 펄럭펄럭 소리를 내며 힘차게 넘어갔다. 마지막 장에서 과장의 손이 멈췄다. 사진이 있었다. 20여 년 전, 김수양의 얼굴이었다.

"법무부에 사진 요청했지? 여기 옛날 사진도 같이 해서 전국에 뿌려."

과장은 당장에라도 화르르 불이 붙을 것 같았다. 그러거나 말거나, 그는 계속 열을 올렸다.

"그럼 그 '지이'는 정지희의 이름이었군. 박연희를 앉혀놓고는 지희라고 부른 거야."

누가 범인인가, 왜 똑같은 행위에 집착했는가 등의 의문이 한꺼번에 해결되는 순간이었다. 김수양은 1992년의 그 밤을 재현하려 했다. 치밀하게 준비했으면서도 왜 세련되지 않은 수법을 썼는지도 증명됐다. 당시와 똑같은 방식을 고집한 것이다. 미숙함과 익숙함이 동시에 보인 것도 이 때문이었다.

"에라이, 개새끼. 이제 잡았다."

과장이 돌연 손을 거둬들였다. 사진을 재차 들여다보는 얼굴에서 붉은 기가 점차 사라졌다.

"왜 그러십니까?"

묻는 선호에게 과장이 망연한 표정으로 사진을 건넸다. 칠범이 옆으로 다가가 섰다.

두 형사의 얼굴에 놀라움이 번졌다.

김수양은 피해자 이한나가 남긴 의문의 사진 속 중년 남자와 닮아 있었다.

29

김수양의 행방은 묘연했다. 전국에 공개 수배가 내려지고 동원 가능한 모든 인력이 투입됐다. 그런데도 머리카락 하나 봤다는 사람이 없었다. 만약 그가 은둔 생활 중이거나, 사람들 사이에 있으면서도 눈에 띄지 않게 처신하고 있다면 찾는 데 적지 않은 시간이 걸릴 터였다.

"이 자식 왜 안 나오는 거야!"

프로젝터 화면에는 김수양의 사진 세 장이 떠 있었다. 1992년 필리핀에서 찍힌 것, 2012년 입국 시 찍힌 것, 피해자가 친구에게 보낸 것. 칠범은 곁을 봤다. 열기와 답답함이 공존하는 수사 회의 분위기 속에서 박 형사는 볼펜을 잘근잘근 씹으며 앞만 보고 있었다. 정확히는, 김수양의 세 번째 사진에 꽂혀 있었다.

칠범은 고개를 외틀었다. 그런데 웬걸, 팀장도 그 사진을 노려보고 있었다. 이 분은 또 왜 이러시나 싶은 찰나, 짤따란 팔이 갑자기 번쩍 올라갔다.

"저, 의견이 있습니다." 자리에서 일어난 팀장이 사진의 요소 하나를 지적했다. "포커스 말입니다."

"포커스?"

"네. 저 사람이요."

그의 손가락이 김수양 얼굴에서 약간 벗어난 지점을 가리켰다.

배경의 남자. 그는 뒷모습으로 등장한 데다, 그마저도 매우 평범했으므로 수사에는 도움이 되지 않았다. 김수양의 존재감이 너무 강해서 관심을 받지 못한 면도 있었다. 남자의 모습에 포커스라는 단어를 더한 순간, 칠범은 깨달았다. 자신도 그 남자에게 주목한 적이 있었다. 머리숱이 많고, 안경을 꼈고, 그 외 세세한 정보들을 뽑아낼 수 있는데 어째서 신원만은 알 길이 없나 하고 답답해했었다. 하지만 정작 그의 모습이 왜 그토록 선명하게 찍혔는지는 생각하지 못했다. 사진의 포커스가 김수양만을 향한 게 아니었던 것이다. 다른 배경 요소들과 비교해, 뒷모습의 남자는 이유 없이 등장해 이유 없이 선명하게 찍혀 있었다.

배경의 남자가 찍힌 부분이 확대되어 화면에 나타났다. 상당수가 호응했다.

"피해자가 보여주고 싶었던 건 김수양 얼굴만이 아니었다는 뜻인가?"

"파악할 수 있는 건 성별, 체형, 옷차림 정도인데요."

"옷차림이라……."

남자는 검은색 반팔 셔츠와 검은색 바지를 입었다. 어깨 부분이 약간 각진 느낌이었지만 결국은 흔한 셔츠, 아무 개성 없는 정장 바지 차림이었다. 그때 1팀장이 "어, 그 각 말입니다."하더니 덧붙였다.

"유니폼 같지 않습니까?"

모두의 눈이 가늘어졌다.

과거와는 달리 최근의 유니폼 디자인은 딱딱하고 획일적이지만은 않았다. 회사의 이념을 나타내는 색상이나 로고 정도만 들어간, 거의 일상복에 가까운 디자인이 선호되고 있었다. 그럼에도 여전히 힘과 권위, 전문성, 격식 등을 나타내기 위한 조형성을 가진 경우도 많았는데, 사진 속 남자가 입은 옷이 바로 그랬다. 얼핏 보기에 평범한 셔츠 같았지만 자세히 보면 분명 특징이 있었다. 어깨가 넓어 보이도록 일부러 각이 들어가 있었고, 전체적으로 곡선보다는 직선의 느낌이 강했다. 완전하다고는 할 수 없지만 분명히, 유니폼의 특징을 약간 찾을 수 있다는 데는 많은 이들이 동의했다.

"그리고 저기, 어깨에는 무늬가 없는 작은 견장도 달려 있습니다."

"저게 어디 유니폼이지? 경찰은 아니고, 파일럿도 아니고."

3팀장이 말했다.

"사설 경호업체나 경비업체, 보안업체에서도 유니폼을 입습니다. 흔히 보는 경비복은 아니고요."

이가 맞는 듯 맞지 않았다. 누군가 지적했다.

"그렇다고 하기에는 뭐랄까, 지나치게 단정하지 않아? 위아래 모두 검은색에, 여름옷치고는 원단이 힘 있고 단단해 보여. 사설 경호

업체나 보안업체에서도 이런 옷을 입을 수 있어. 하지만 힘과 권위를 나타내는 디자인, 그런 걸 넘어서 매무새가 너무 예의를 차린 느낌이야."

"어디서 이런 옷을 입지?"

"사진 배경은 산입니다."

"종교 쪽 아닐까요?"

"일리 있군. 자넨 어찌 생각하나?"

모두의 이목이 다시 이 아이디어의 발생지로 향했다.

"장례 계열은 어떻습니까?"

2팀장의 말이 끝남과 동시에, 누군가가 자리에서 벌떡 일어났다.

"저 옷, 제가 본 것 같습니다."

남서울서의 정 팀장이었다.

"하늘추모공원, 거기 직원들 여름 유니폼 같습니다."

칠범은 짧은 숨을 들이켰다. 두 번째 피해자 박연희의 유골이 그곳에 있었다.

공개 수배 사흘 후 오전 10시 21분, 김수양은 박연희의 뼈 앞에서 체포됐다. 그는 당황하지 않았다. 고분고분히 경찰차를 탔고, 순순히 두 차례의 범행을 인정했다. 듣는 사람이 어이없을 만큼 아주 당연하단 얼굴로, 자기가 그랬다며 끄덕였다. 단, 이한나의 이름 앞에서는 달랐다.

"그런 여자는 모릅니다."

안 죽였다 정도가 아니라 아예 모른다는 주장이었다. 모든 정황과 증거가 두 사람이 직접 관련은 없음을 증명하고 있었으므로 경찰은 1·2차 사건에 집중해 그를 추궁했다.

"홍인경, 박연희는 왜 죽인 거야?"

"이유를 밝혀야 합니까?"

김수양은 한참 뜸을 들였다. 묻는 족족 곧바로 대답하던 조금 전의 모습과는 달랐다. 이제 와 경찰과 줄다리기를 하려는 것 같지는 않았다. 시간을 벌려는 수작도 아닌 듯했다. 그는 다른 것을 재고 있었다.

탁한 눈이 미소를 머금었다.

"이젠 뭐, 말해도 되겠지."

그가 고개를 돌렸다. 눈길이 머문 곳은 텅 빈 벽이었지만, 김수양은 거기서 뭔가를 보고 있었다. 영사기에서 쏘아져 나온 옛날 영화라도 감상하는 사람처럼 만면에 생기를 띠고서.

"기억. 기억 때문에 죽였소."

***

김수양과 정지희가 조금만 더 일찍 만났더라면, 아니, 만나지 않았더라면 그 둘은 물론 홍인경, 박연희를 비롯한 몇몇 사람들의 인생 역시 달라졌을지 모른다.

둘의 첫 만남은 정지희가 결혼을 한 지 얼마 지나지 않아서였다.

"혹시 한국말 하세요?"

그는 아버지가 밖에서 낳아 데리고 들어온 아들이었다. 아버지는 소심하고 지질한 인간이었다. 물려받은 유산 덕에 그나마 사람 구실을 하며 살았는데, 주제에 바람을 피웠다. 어머니는 술을 파는 여자였다고 하는데 얼굴은 기억나지 않았다. 뭐, 술만 판 건 아니었으리라. 웃음이며, 몸이며 다양한 것들을 팔았겠지. 수양이 네 살이 되던 해, 아들을 아버지에게 떠넘긴 후 갑자기 사라진, 저 하나밖에 모르는 여자였으니 아들까지 팔았다고 볼 수 있으려나. 아버지의 부인이라는 여자는 수양만 보면 몸서리를 치며 소리를 질러댔다. 더러운 어미의 몸에서 났으니 천한 새끼라고 부른다고 했다. 아버지는 말리지 않았다. 그 역시 수양을 사랑해서 집에 들인 건 아니었다. 아이가 생길 수 없는 집에 갑자기 뚝 떨어진 아이였기 때문에 억지로 떠안은 것이었다. 여자의 히스테리는 날이 갈수록 심해졌다. 아버지와 아버지의 부인이란 여자 사이에서 수양은 늘 웅크리고 지냈다. 밥도 제때 못 먹고 잠도 제대로 못 잤다. 조금만 잘못해도 여자에게 매를 맞았다. 수양은 여자의 그림자만 봐도 떨었다. 여자는 키가 컸고 힘도 셌다. 손도 발도, 수양보다 훨씬 컸다. 그 입에서 악다구니가 쏟아지면 어린 수양은 다리가 후들거렸고 하늘이 핑핑 돌았다. 그러고 나면 바지가 흥건히 젖어 있곤 했다. 그 이유로 또 매를 맞았다.

여자들은 수양을 싫어했다. 어머니도, 아버지의 부인이란 여자도. 할 수 있는 한 최선을 다해 그를 미워했다. 어린 수양은 또래들보다 몸집이 많이 작았고, 외도로 태어난 아이라는 소문까지 더해져 따돌림과 괴롭힘의 대상이 됐다. 여자아이들은 수양과 옷깃만 닿아도 기겁하며 달아나기 일쑤였다. 수양은 집 안에서도 집 밖에서도 여자만 보면 눈을 피했다.

그렇게 13년이 지난 어느 날, 열일곱 살 수양은 축 늘어진 가슴 위에 올라앉아 있었다. 여자가 손에 든 회초리를 필사적으로 흔들어댔지만 목을 누르는 단단한 두 손 앞에서 이내 잠잠해졌다. 수양은 죽은 여자의 부릅뜬 눈을 내려다보며 "더러운 건 내가 아니라 바로 네 년이지."라고 내뱉은 후, 벌어진 입 속에 소변을 봤다. 곧 후회가 밀려들었다. 내가 왜 그랬지. 아, 왜 그랬지. 망할 계집, 이렇게 약한 줄 알았으면 진즉에 죽일걸, 내가 왜 참았지. 그간 권력이랍시고 매를 휘두르던 꼴사나운 모습이 떠오르자 절로 비웃음이 흘렀다.

집에 돌아온 아버지는 상황을 파악한 후, 서둘러 강도의 짓으로 꾸몄다. 놀랍게도 그 계획은 성공했고 아버지는 두둑한 보험금까지 챙겼다. 하지만 그는 이미 움이 튼 파멸의 싹을 밟지도, 자르지도, 지켜보지도 못했다. 수양이 열아홉이 되던 해의 어느 날, 텔레비전에 정신이 팔려 있는데 아버지가 별안간 친한 척을 하며 말을 걸어왔다. 유학을 가라고 했다. 미국, 프랑스, 독일 어디든 보내준다고 했다. 이건 또 뭔가 싶었다. 어느덧 아버지는 거의 사정하고 있었다. 제발 떠나달라고. 수양은 작은 자비를 베풀기로 했다. 이 지질한 새끼의 소원을 한 번은 들어주자고. 뭐, 그간 먹여준 은혜는 있지 않은가. 하지만 공부는 싫었다. 그리고 언제든 돌아올 수 있다는 사실로 아버지를 괴롭히고 싶었다. 그는 여행을 떠나겠노라고 했다.

수양은 세계를 돌아다녔다. 그러다 몇 년 후부터는 동남아시아에 주로 머물렀다. 그중에서도 자유롭게 도박을 할 수 있는 지역 몇 곳을 골라서.

그가 필리핀에서 지내고 있던 어느 날이었다. 이제 슬슬 일본으로 돌아가 아버지 속이나 긁어볼까 생각하며 거리를 걷고 있을 때, 뭔가가 그의 상상을 방해하기 시작했다. 작은 빗방울이었다. 채 몇 분 지나지 않아 빗방울은 폭우로 변했다. 우산을 가져오지 않았기에, 수양은 버스 정류장에 앉아 비가 잦아들기를 기다렸다.

모두에게 갑작스러운 비였다. 사람들은 이리저리 뛰어다녔고 버스 정류장으로 뛰어 들어왔다가 거리로 뛰쳐나갔다. 짙은 감색 양복을 입은 중년 남자가 수양 곁으로 달려와 섰다. 그가 조심성 없는 손길로 어깨를 털자 물방울이 수양에게 튀었다. 입 속으로 욕을 굴리며 남자를 노려보는 순간이었다. 수양의 시야에 돌연, 개나리가 피었다.

고개가 반대쪽으로 돌아갔다. 노란색 원피스를 입은 여자가 머리에 얹었던 가방을 내리고 있었다.

수양의 마음에 바람이 일었다. 산들대는 바람이 오감을 일깨웠다. 여자가 작은 손으로 젖은 얼굴을 한 번 훔쳤다. 반짝이는 눈과 발그레 상기된 볼이 시선을 앗아갔다. 한참을 달려온 듯 여자의 가슴이 크게 오르내렸다. 살랑대는 바람이 쌔근대는 숨소리를 싣고 날아왔다. 여자가 젖은 머리를 톡톡 털었다. 남실대는 바람이 물방울 몇 개와 함께 향기를 전해왔다. 따뜻한 갈색 눈동자가 움직이다 자신에게 멈춘 순간, 수양은 정신이 번쩍 들었다. 그는 여자에게서 보일 듯 말 듯한 미소를 읽었다. 얼른 고개를 돌렸지만, 여전히 모든 감각은 한곳을 향해 있었다. 조금 전 자신을 보며 웃던 얼굴. 약간 처진 눈과, 반대로 살짝 올라간 입꼬리를 떠올렸다. 수양의 마음이 구름을 밟고 섰다. 닿은 적 없지만 그 입술의 맛이 저절로 느껴졌다. 만진 적 없지만 그녀의 살갗이 얼마나 부드러운지도 알았다. 본 적 없지만 그녀의 벗은 몸이 시야에 한가득 들어찼다. 아랫도리가 묵직해지고 꼴깍, 침이 넘어갔다. 한 번, 두 번, 세 번, 심장은 뛸 때마다 두 배씩 커져서 어느덧 가슴을 가득 채웠다.

양복 입은 남자는 더 참지 못하고 두 손으로 머리를 감싸고는 달려나갔다. 수양은 여자의 옆에서 비가 그치기를 기다렸다. 아니, 그치지 않았으면 하고 바랐다. 난생처음으로, 매춘부가 아닌 여자에게 말을 붙였다. 근처에 우산 살 곳이 있는지 궁금한 척을 하며. 길을 알려주던 여자는 수양의 말이 서툴다는 걸 알아챘고, 어디에서 왔느냐고 물었다. 일본에서 오긴 했는데 속은 한국인이라는 말에 그녀가 반색했다.

일이 이렇게도 되는구나. 수양은 몹시 기뻤다. 대화가 이어지려는 찰나, 그의 마음에 소슬바람이 불었다. 부르르, 몸이 떨렸다. 그녀가 어느 지점을 보며 환하게 웃었기 때문이었다. 우산 두 개를 든 남자가 다가왔다. 여자는 남자에게서 우산 하나를 받아서는 수양에게 건넸다. 그때, 보드라운 손끝이 수양의 손에 닿았다. 아까와는 다른 격렬한 떨림이 찾아들었다. 두 사람의 뒷모습이 사라진 후에도 떨림은 계속됐다. 비가 그친 후에도 수양은 버스정류장을 떠나지 않았다.

생각해 보면 그리 중요한 문제는 아니었다. 그토록 아름다운 여자 곁에 남자가 없는 게 더 이상하니까. 물론 아름다움이란 주관적인 것이었다. 그날 버스정류장을 오간 다른 이들은 그녀에게 관심을 갖지 않았다. 그러니 더 운명적인 게 아닐까. 수양에게는 새로운 세계가 열렸다. 그날 밤, 그녀의 미소가 방을 가득 채웠다. 그녀의 향기가 공기를 삼켰고 청아한 목소리가 밤새 귓가를 울렸다. 수양은 잠을 설쳤다.

수양은 필리핀에 눌러앉기로 했다. 수화기 너머 아버지는 기쁜 기색을 감추느라 노력하고 있었다. 어쩐지 억울한 기분이 들었지만 그걸 따질 겨를이 없었다. 그의 인생은 지희를 중심으로 돌아가기 시작했다.

두 사람은 종종 마주쳤다. 수양이 지희가 사는 곳 근처에 집을 구하기도 했고, 귀찮음을 참고서 한국사람 여럿과도 친분을 텄기에 가능한 일이었다. 물론 대부분의 만남은 철저한 계산에 따른 결과였다.

처음에는 보는 것만으로도 좋았다.

"하지만 사람 마음이란 게 참, 그렇지 않소? 하나를 얻으면 둘을 갖고 싶은 법이지."

욕심이 생겼다. 점점 커졌다. 가까이 지내고 싶고 손을 잡고 싶고 곁에 있고 싶고 만지고 싶었다. 수양은 아침에 깨어나면 지희를 생각했다. 식사를 하면서도 생각했고 거리를 걸으면서도 생각했다. 개나리를 보면 노란 원피스를 연상했고 지는 노을을 보면 발그레한 볼을 떠올렸다. 하지만 어느 날은 웃는 얼굴이 기억나지 않았고 어떤 날은 햇살 아래 찌푸린 표정이 그려지지 않았다. 수양은 카메라를 샀다. 그녀의 순간순간을 갖기 위해. 비디오카메라도 구입했다. 움직이는 그녀를 손에 넣기 위해. 몰래 찍을 수밖에 없었으므로 아쉬움이 컸지만 일단은 그것으로 만족했다. 지희의 얼굴을 떠올리려 애쓰지 않아도 됐다. 몸짓을 기억해내려 노력하지 않아도 됐다. 수양의 밤은 지희와 함께 깊어갔다. 그때는 주로 알몸이었다. 사진을 만지고, 영상을 보고, 이름을 부르며 자위를 했다. 그녀가 옆에 누워 있다고 상상했다. 그리하면 잠시나마 함께 있는 것도 같았다. 하지만 곧, 그녀의 곁을 지키는 남자는 자신이 아니란 절망감에 울기도 했다.

"프레임 속 지희는 날 안 봤어. 이름을 불러도 대답을 안 했어. 가짜였으니까."

그러던 어느 날, 지희의 남편이 죽었다. 교통사고였다. 몹시 슬퍼하는 모습을 보니 가슴이 아팠지만, 힘내라는 거짓 위로 한마디 건네는 게 그가 할 수 있는 전부였다. 그날 처음으로, 악수라는 명목하에 그녀의 살을 만져봤다. 5초도 안 되는 시간. 정신이 아뜩해졌지만 수양은 그 가녀린 손을 부드럽게 토닥이는 것을 잊지 않았다.

1년이 지났을 때, 수양은 마음을 고백했지만 보기 좋게 거절당했다. 남편이 죽은 지 얼마 되지 않았고, 다른 남자를 만나고 싶지 않다는 게 거절의 이유였다.

"내가 싫다는 얘긴 안 했소."

미안하다는 말을, 수양은 진심으로 받아들였다. 예상은 했지만 마음은 수천 갈래로 찢어졌다. 고통스러운 밤이 이어졌다.

그 후로 4년을 더 지켜봤다. 다친 마음은 치유되지 않았다. 그보다 더 그를 괴롭힌 건 욕망이었다. 시간이 지날수록 참기 어려워졌다. 수양은 매춘업소에 가서 지희와 가장 닮은 여자를 골랐다. 그녀처럼 정숙한 옷을 입히고 똑같은 색깔의 립스틱을 바르게 했다. 자신의 한국 이름, 수양을 부르게 했다. 처음 몇 번은 그런대로 좋았다. 사진이나 영상을 보며 혼자 하는 것보다 훨씬 나았다. 그러나 지희가 사랑하는 남자가 수양이 아니듯, 매춘부 역시 지희가 아니었다. 그 한계를 받아들이는 데는 그리 오랜 시간이 필요하지 않았다.

수양은 다시 용기를 냈다. 반지도 준비했다. 그리고 또 거절당했다. 이번에는 달랐다. 가슴이 아픈 게 아니었다. 찢긴 마음의 틈 사이로 분노가 솟구쳤다. 남편이란 작자가 죽은 지 5년이나 지났다. 다른 남자를 만나도 한 트럭은 더 만날 수 있는 시간이었다.

"게다가 이번에는 '당신을 좋아하지 않아요.'라고 말했소."

오래 참았다. 스스로도 매우 신사적이라고 생각했다. 그저 지켜보고 혼자 상상이나 하는 게 전부였지만 수양에게는 고통스러운 시간이었다. 그걸 다 버텼는데 뭐라고? 곱씹을수록 화가 났다. 나를 좋아하지 않는다고? 이러는 게 부담스럽다고? 내게 감히 그런 표정을 지어? 다른 놈에게는 웃어줄 거면서?

착각했다는 생각마저 들었다. 하긴, 그 여자가 뭐라고 내가 사랑을 하고 말고 하는가. 그쪽이 먼저 날 향해 웃었잖은가. 먼저 꼬리를 쳤고, 난 그 마음을 받은 것뿐이잖은가. 그렇다면 그쪽이 먼저 배신한 지금, 내가 뭘 어떻게 해도 상관이 없는 거잖아.

수양은 더 이상 저자세로 나가지 않기로 했다. 올려다보지 않기로 했다. 지희는 그의 발밑에 있을 것이다. 영원히, 그렇게.

그러나 억지를 부려서는 죽도 밥도 되지 않으리란 걸 수양은 잘 알고 있었다. 고민했다. 셈하고 따지고 연구했다. 결국 방법을 찾아냈다. 영원히 함께 할 수 있는 방법. 오롯이 자신만의 것으로 묶어둘 수 있는 방법.

"내 것이 아니면 다른 누구의 것이어서도 안 되지."

준비를 시작했다. 가장 먼저, 지희의 어린 아들을 어찌할지 정해야 했다. 그녀를 많이 닮은 아이. 역시 죽여야겠다고 마음먹었다. 계획에 방해만 될 테니까. 그러던 중 유치원에서 1박 2일로 캠프를 가는 날이 있단 사실을 알았다. 아들놈은 살 운명이다 싶었다. 수양은 그날을 거사일로 정했다.

우선 필리핀 여자 하나를 골라 연습했다. 나쁘지 않았지만, 보완할 점이 있었다. 원래 도구로는 망치를 준비했었다. 머리를 때려서 죽인 후 나머지 과정을 진행할 생각이었는데, 예상 외로 여자가 바로 죽지 않았다. 목을 조른 건 피치 못한 선택이었다. 그런데 다음 날, 뉴스에서 여자가 병원에 있다는 소식을 들었다. 믿을 수 없었다. 전에 그 여자는 분명 쉽게 죽었는데.

도구를 바꿨다. 이후의 일에 대해서도 궁리하게 됐다. 경찰에 잡혀도 무방하지만 기왕이면 안 잡히는 게 좋을 것 같았다. 구입처를 통해 추적되지 않도록 필요한 물건은 직접 만들었다. 계획도 조금 수정했다. 처음부터 죽이지는 말고 일단 기절만 시킨 후, 마지막에 칼을 써서 끝내기로. 기절시키는 데는 약물을 이용할까 했지만 역시나 추적될 위험이 있어 포기했다. 대신, 망치를 쓰기로 했다. 지난번 그 필리핀 여자 때처럼 하면 기절만 하지 않을까. 머리가 한 번에 깨지지 않도록 망치에는 부드러운 천을 여러 번 감아두었다.

마침내 그날이 왔다. 수양은 마지못해 문을 열어준 지희에게 고맙다는 인사를 건네는 대신 망치를 휘둘렀다. 생각보다 세게 때렸구나 싶었다. 따뜻한 피가 얼굴에 튀었다. 그래도 좋았다. 지희는 피마저도 예뻤으니까.

소파에 앉아 곁을 봤다. 지희는 수양의 어깨에 기대어 편안히 눈을 감고 쌔근쌔근 숨을 쉬고 있었다. 얼굴을 그리 가까이서 본 것은 처음이었다. 가슴이 뜨거워졌다. 수년간 혼자만의 상상이 현실로 이루어진 순간. 카메라 따위는 필요 없었다. 수양은 그녀의 모습을 오래오래 바라보며 눈에 담았다. 손을 꼭 잡고서 이야기도 했다. 처음 만난 날 우산을 건네주어 얼마나 고마웠는지, 남편의 장례식장에서 손을 잡은 순간 얼마나 황홀했는지, 좋아하지 않는다는 말을 듣고서 얼마나 슬펐는지.

잠시 후, 수양은 그녀를 위해 식탁을 차렸다. 준비해 온 요리와 와인을 꺼냈다. 서약의 촛불을 밝히고 붉은색 장미로 이곳저곳 장식했다. 사실 장미는 눈에 들어오지도 않았는데, 마주 앉은 지희가 너무나 아름다웠기 때문이었다. 그녀와 함께 한다는 사실만으로 수양은 시간 감각을 잃었다. 자신이 서툰 솜씨로 만든 음식은 감탄이 나올 정도로 맛있게 느껴졌다. 두 사람을 둘러싼 공기의 흐름이 읽혔다.

식사가 끝난 후 옷을 갈아입혔다. 춤을 춰 본 적 없어 긴장했지만 뭐 어떠한가. 함께 한다는 점이 중요했다. 예상대로 그녀는 부드럽게 따라왔다. 거실을 빙글빙글 도는 수양의 품에 안긴 지희는 음악에 맞춰 발가락으로 유려한 선을 그렸다.

밤이 깊었다. 수양은 피곤했다. 지희도 피곤할 것 같았다. 그녀의 목에 얼굴을 갖다 댔다. 체온이 높았고 맥은 약해져 있었다. 그녀를 안고 침대로 갔다. 곁에 누운 모습이 너무나 사랑스러워서 왈칵 울음이 올라왔다. 하지만 서두르지 않았다. 원피스 단추를 하나씩 끌렀다. 옷을 내리자 가냘픈 어깨가 드러났다. 부드러운 손길로 어루만지다가 그 둥근 어깨에 입술을 갖다 댔다. 혀끝에 감기는 살결의 맛에, 수양의 온몸에 전율이 일었다. 원피스를 벗기고 속옷을 들춘 후 천천히, 아주 천천히 그녀의 체취를 빨아들였다. 머리끝부터 발끝까지 정성을 쏟았다. 온몸으로 기억하고 싶었다. 지희 몸의 단 한 곳도 놓치지 않았다. 만지고 냄새를 맡고 맛을 봤다. 머리카락, 가슴, 허리, 종아리, 손끝, 귀, 발가락. 하나하나 그가 상상한 그대로였다. 부드럽고 따뜻하고 향기로웠다. 의식은 클라이맥스를 향해 나아갔다. 수양은 그녀가 자신에게 몸을 여는 것을 기쁘게 바라봤다. 지희는 지난 6년 동안 그가 매일 갈망했던 느낌 그대로 수양을 맞았다. 한 번, 두 번, 세 번. 움직일 때마다 수양은 그날의 감각을 다시 맛봤다. 버스정류장에서, 숨을 쉴 때마다 심장이 점점 커지며 가슴을 채워가던 그 감각. 어느덧 그는 그날과는 비교가 안 될 정도의, 아니, 살면서 한 번도 느껴본 적 없는 황홀경에 도취됐다. 절정의 순간, 포효와 같은 신음을 토하며 그녀 위로 쓰러진 후로도 아주 오래. 정신이 들자 후회가 밀려들었다. 아버지의 부인이란 여자를 죽였을 때처럼.

진즉에 이렇게 할 것을.

경찰은 수양에게 신체적인 문제가 있어서 여자를 기절시킨 채 일을 진행할 수밖에 없었을 거라 지껄였지만, 그게 아니었다. 수양이라고 왜 지희의 눈을 보고 싶지 않았겠는가. 나비처럼 팔랑대며 반짝이는 그 두 눈을. 왜 지희의 음성을 듣고 싶지 않았겠는가. 맑은 바람에 몸을 맡긴 풍경 소리 같은 그 음성을. 다만, 겁박해서 원하는 걸 얻어내고 싶지 않았을 뿐이었다. 자신을 두려워하는 지희를 보고 싶지 않았다. 이성의 한편은 멀쩡했다. 그녀가 진심으로 웃어 주지 않으리란 건 당연히 알고 있었다. 결과적으로 수양은 싫다는 말을 듣지 않았고, 몹시 만족스러웠다. 그 즉시 이성의 멀쩡한 부분은 밑바닥으로 끌어내려져 깨끗하게 묻혀버렸다. 그는 아름답게 왜곡된 기억을 갖게 됐다.

수양은 몇 번이고 반복해서 그녀를 탐했다. 정신없이 사랑을 나누고 나니, 마취에서 풀리듯 꿈에서 깨는 순간이 왔다. 마지막을 가장 예쁜 모습으로 보내주기 위해 옷장에서 제일 근사한 옷을 골라 입히고 정숙한 여인의 포즈를 잡아줬다. 작별을 고할 시간. 칼을 꺼냈다. 왼쪽 가슴 깊숙이 꽂아 넣었다가 한 번에 뽑았다. 또 한 번 얼굴에 피가 튀었다. 흡족했다.

"피. 피가 나야 현실감이 있지."

붉은 배경 위에 누운 지희는 마치 거대한 꽃 같았다. 농염한 그 자태에, 수양은 몸서리를 치며 다시 한 번 바지를 내렸다.

양손은 일종의 기념품이었다. 처음 만난 날 우산을 건네다 수양에게 닿은 게 어느 쪽인지 확실치 않아서 둘 다 챙겼다. 잘라낸 손을 쓰다듬고 있자니 가슴이 벅차올랐다. 박제를 해두면 정말로 예쁠 것이다. 집 안 전체가 환해지리라. 전에 주려다 못 준 반지에 생각이 미쳤다. 왼손 넷째 손가락에 잘 끼워두면 좋을 듯싶었다. 그로써 그녀의 생명도, 몸도, 마음도 영원히 자신과 함께 하게 되리라.

그렇게 그날 밤이 끝났고, 며칠 후 수양은 체포됐다. 체포된 날, 그는 순순히 조사에 응하면서도 단 한 가지 물음에만은 대꾸하지 않았다. '정지희를 왜 죽였는가.' 말 안 하겠다고 여러 번 밝혔는데도 자꾸만 물어봐서 짜증이 날 지경이었다. 뭐가 그리 궁금한가. 남의 추억을 왜 자꾸 공유하자는 건가. 이 사람들은 사생활이란 단어를 아예 모르는 건가. 변호사가 오기 전까지, 그들은 이렇게 물었다. '마음을 받아주지 않아서 죽였지요?' 한심해서 웃음이 다 나왔다. 여기 경찰이나 저기 경찰이나 그놈이 그놈이었다. 죽은 여자들이 왜 죽었는지 감조차 못 잡았다. 하긴, 수양이 무엇을 이야기하건 세상은 기어이 본질을 왜곡할 것이다. 지희의 죽음이 사랑의 맹세였다는 것을 인정하지 않을 것이다. 놈들의 멍청함에 새삼 놀랐다. 사랑을 죄 취급하다니. 각자 방식이 다른 것뿐이거늘. 어차피 이해 못 할 거, 그저 피라미들끼리 물고 뜯도록 놔두는 게 나을 듯도 싶었다.

오랜 시간이 지나 당시의 일을 다시금 꺼낼 수 있게 된 건 어쩌면 이 피라미들도 그간 배운 게 있지 않을까 하는 기대 때문이었다.

수양은 이번에도, 23년 전에도 쉽게 잡혔다. 준비는 철저히 했지만 범행 이후에는 별다른 노력을 하지 않은 까닭이었다. 자수하지 않았지만, 체포를 피해 달아나지도 않았다. 자수하지 않은 이유는 잘못이 없다고 자신하기 때문이었다.

여자 좀 죽인 게 뭐 대수라고.

체포를 피해 달아나지 않은 이유는 막상 원하는 걸 얻고 보니, 체포돼도 상관이 없을 정도로 만족스러웠기 때문이었다. 세상은 너무 시끄러웠고 조용히 추억을 음미하기에 교도소는 나쁘지 않을 것 같았다. 아버지는 일본에 소문이 돌까 봐 벌벌 떨었다. 하지만 이보다 더한 짓을 저지를지도 모를 아들을 세상에 다시 풀어놓을 수도 없었다. 그는 중간점을 택했다. 아들을 정신병자로 만든 후 치료감호소에 처박아버린 것이다. 아버지가 뿌린 돈 덕분에 지희는 성범죄의 피해자로 기록되지 않았다. 수양이 실수로 떨어뜨리고 온 칼집은 증거물 목록에서 깨끗하게 사라졌다. 변태적이고 잔혹한 수법은 수사에서도, 재판에서도 언급되지 않았다. 아버지가 비싼 변호사를 구하고 경찰과 의사를 매수하고 돈으로 여기저기 입을 틀어막느라 전전긍긍한 것과는 달리, 수양은 편히 지냈다. 아무도 자신을 쫓지 않았고 치료감호소에는 여자가 없었다. 수양은 매일 밤 지희를 만났다. 오롯이 그와 그녀, 둘뿐인 세상이었다.

"별로 나오고 싶지 않았는데 석방을 해주더라고."

다시 발 디딘 세상은 몹시 분주했다. 어찌나 시끄러운지, 사람은 또 어찌나 많은지. 도무지 집중을 할 수가 없어 갑갑한 날들이 이어졌다. 그런데 어느 순간, 그의 마음에 또 한 번 바람이 일었다. 세상의 소음과 인파, 그 안의 뭔가가 오감을 깨우고 있었다. 비의 냉기, 분 냄새, 여자 목소리…….

사방에 지희가 있었다.

눈이 밝아지고, 속이 트이고, 영혼이 맑아지는 기분이었다. 문득 깨달았다. 인생에서 가장 황홀했던 순간의 기억은 세월에 풍화됐다. 지희의 숨결과 살결은 이제 희미한 심상으로만 남아 있었다. 하지만 단 하나, 모든 것이 흐릿한 와중에도 어떤 감각 하나만은 기억 저편에서 강렬한 존재감을 빛내고 있었다. 그 콧대 높은 여자가 수양의 소유가 되었다는 만족감. 그녀가 영원히 수양의 발아래 있다는 정복감. 그 감각을 한 번 더 느끼고 싶었다. 그날의 쾌감을 또 맛보고 싶었다. 지희를 다시 만나고 싶었다. 여자가 필요했다.

헤매고 또 헤맸지만, 일본에서는 마음에 차는 여잘 발견하지 못했다. 한국, 한국으로 가야 했다. 그곳엔 분명 지희가 있을 테니까.

오랜 목마름 끝에 한 여자를 찾았다. 그런데 달랐다. 달라도 너무 달랐다. 홍인경이 지희와 닮은 건 외모뿐이었다. 만족의 ㅁ조차 써내지 못했다. 그 누구의 것도 될 수 없게 됐지만, 수양의 것이 되지도 않았다. 어째서일까. 답은 나오지 않았다.

수양은 새로운 목표물을 찾아 나섰다. 또 한 여자가 눈에 들어온 건 그로부터 거의 10개월이 지나서였다. 박연희. 혼자서 아이를 키우는 것까지 지희와 똑같았던 그 여자는 '살아있는' 지희였다. 똑같은 향기가 났고 똑같이 아름다웠으며 이번에도 수양의 손에 들어왔다. 수양은 심혈을 기울여 모든 요소를 정확히 배치했다. 1992년의 그날 밤, 지희의 아들이 집 안에 있었다는 건 몰랐지만 그때와 똑같이 박연희의 아이로 하여금 엄마의 마지막을 지켜보도록 해주었다.

그의 기념일이 12월 11일에서 8월 13일로 바뀐 것은 그가 의도한 바 아니었다. 자연스럽게 정해졌다. 지희의 집에서 나와 세상을 다 얻은 마음으로 집으로 돌아가는데 라디오에서 떠들어댔다. "바로 지금, 혜성은 태양 곁을 지납니다." 세상에, 너무나 감동적이었다. 이토록 특별한 날, 이토록 특별한 순간이라니. 하늘도 우릴 축복하는구나, 참으로 기쁘구나 하며 크게 박수를 치며 웃었다. 보이지는 않았지만, 수양은 혜성의 축하 인사를 감사히 받았다.

그 후 매년 8월이 되면 그날 자신을 축하해 준 혜성이 남긴 잔해가 지구로 떨어지며 유성우가 내렸다. 유성우, 문자 그대로 유성의 비였다. 이쯤 되면 운명이 확실했다. 지희를 처음 만난 날, 비가 왔었다. 지희가 그의 발아래 엎드린 날에도 그랬다. 그리고 매년 8월 13일, 지희가 자신을 잊지 말라고 비를 내리고 있었다.

***

"와, 저거 완전 미친놈인데, 다른 진술 믿어도 될까요?"

김수양이 이한나 살해를 부인함에 따라 경찰은 그의 주변을 조사하며 범행 수법을 모방할 수 있는 사람을 찾았다. 필리핀에서 자료가 하나 더 도착한 건 누구에게도 자신의 과거를 밝힌 적 없다는 김수양의 주장이 사실로 확인될 즈음이었다. 지친 형사들 앞에 놓인 물건은 수감기간 중의 면회 기록과 녹취록이었다. 그 안에는 2001년, 2002년 매년 네 번씩 그를 찾아간 이의 이름이 있었다. 김수양은 그 인물을 기억하고 있었다.

"왜 죽였느냐고 끈질기게 묻더군. 아무한테도 얘기 안 했다고 했지만, 사실 그 남자는 예외였소. 아주 간절해 보였거든. 그래서 가르쳐줬소. 그날 내가 느낀 감정, 원하던 것을 손에 넣었을 때의 황홀

함, 지희의 마지막 모습까지. 뭘 했는지, 왜 그랬는지까지 죄다. 심지어 매년 8월마다 그녀가 날 찾아온다는 비밀도 알려줬소. 근데 놀라운 게 뭔지 아시오? 화를 낼 줄 알았는데 그러지 않더라고. 오히려 공감하는 눈을 하고 있었지. 그 후론 찾아오지 않았소."

김수양이 미소하며 혀를 찼다.

"아까워. 그놈, 내 아들이 될 수도 있었는데……. 지희가 날 받아줬다면 말이지."

30

차동욱이 이한나 사건의 유력한 용의자로 떠올랐다. 20년 넘는 시간 차이가 있지만 수법은 변하지 않았다. 김수양에게서 동기와 방식에 대해 직접 들었고, 그의 행동을 목격했고 기억하고 있다면 모방도 가능했을 것이다.

"이한나의 목표는 차동욱이었어. 마치 김수양이 자신의 정체를 알고 있는 사람을 죽인 것처럼 꾸미려 한 거지. 그러다 역으로 당했을 거야."

"동기는요?"

"역시, 사주 받은 거 아닐까요? 강유진한테."

"그치만 어린 시절의 일에 앙심을 품었다면 살의는 차동욱에서 강유진을 향해야 맞는 건데요."

김 형사와 강 형사가 차동욱의 행방을 계속 쫓고 있었지만 오리

무중이었다. 잠시라도 그를 알고 지냈다는 사람조차 찾을 수 없다고 했다.

"사진 뿌려야 할까요?"

칠범은 회의실 화이트보드에 붙은 사진 속 차동욱을 응시했다. 20대 초반에 찍은 운전면허증 사진. 10년쯤 지났으니 얼굴이 좀 바뀌었을지도 몰랐다. 바꾸었을 수도 있고. 지금껏 만난 사람들을 하나하나 떠올려봤다. 이어 사건을 아는 이들과 관련된 공간도 떠올렸다. 병원, 고급빌라, 반지하 아파트, 대학원 연구실, 신의일보, 장애인 보호시설, 심부름 대행센터, 도박장, 납골당……. 그때 박 형사가 슬그머니 일어났다.

"전화 한 통만 하고 오겠습니다." 잠시 후, 돌아온 박 형사가 말했다. "어딜 가면 만날 수 있는지 알겠습니다."

그가 주소를 불러주었다. 칠범도 아는 곳이었다.

선호는 다른 형사들과 함께 출동하지 않았다. 칠범도 남았다.

"비도 안 오는데 얼굴이 왜 그래요?"

절로 한숨이 나왔다. 사건이 거의 해결됐는데 전혀 기쁘지 않았다. 마치 수험 번호를 기입한 기억은 있는데 답을 마킹한 기억은 없는 대학 삼수생이 된 기분이었다.

"나 뭘 잊은 것 같아."

"뭘 잊었는데요?"

"그걸 알면 이러고 있을 리가 없지."

"하긴, 그러네요."

"이거 진짜 기분 나빠. 넌 뭐 없냐, 찜찜한 거?"

칠범이 잠시 미간을 일그러뜨리더니, 바로 풀었다.

"아, 하나 있기는 한데."

"뭔데?"

"근데 아직 누구한테 얘기하기가……."

"뭔데? 응?"

"음…… 박 형사님, 제가 박 형사님 비 싫어하시는 거 어떻게 알았는지 아세요?"

또 뜬금없는 소리였다. 하지만 이번엔 당황하지 않았다.

"응."

선호가 티를 내서가 아니었다. 칠범의 직감이 뛰어나서도 아니었다. 평소의 박 형사와 비 오는 날의 박 형사 사이에 존재하는 미묘한 차이를 잘도 구분해 내기 때문이었다. 대부분의 경찰은 교육과 경험을 통해 사람의 몸짓, 표정, 말투 등을 보고 상대의 의중을 파악하는 법을 체득하게 되고, 그것은 '형사의 감'을 구성하는 중요한 요소가 된다. 물론 다른 여느 능력처럼 여기에도 개인차가 존재한다. 주로 상대의 작은 반응을 얼마나 민감하게 알아채는가에서 비롯되는데, 그건 머리로 안다고 해서 되는 건 아니었다. 꾸준한 훈련과 연습이 바탕이 되어야 했다. 운동을 하던 시절부터 현재까지, 칠범은 꾸준히 그 바탕을 다지고 있었다.

문제는 늘 그렇듯 현실이었다. 칠범이 만화나 영화의 주인공이었다면 멋진 심리학자나 동작학 전문가의 모습으로 등장했겠지만, 현실의 그는 이제 갓 걸음마를 시작한 형사였다. 사건 관련자의 의중을 파악하는 일은 자주 만나는 사람의 생각이나 습관을 알아채는 일과는 차원이 달랐다. 관찰의 기회는 적고, 오답의 부담은 컸다. 관련 교육이 있을 때마다 참석하고, 시간을 쪼개 공부를 해도 경험 부족은 메워지지 않았다. 당연히, 칠범은 그에 대한 자기 의견을 남들 앞에 잘 내어놓지 않았다. 그러기에는 일러도 너무 이르다는 판단 때문이었다.

"그래서 신문 현장마다 따라다니는 거였군."

"하하하, 네."

"근데, 그게 뭐 어쨌다고?"

"아…… 뭐였더라? 맞다, 거짓말 말이에요."

능란한 거짓말쟁이가 아니고서야 말을 꾸며낼 때 다들 조금씩은 티가 난다. 보통은 앞뒤가 약간 어긋난 소리를 하는데, 사실 이외에도 단서는 더 있다. 말이 갑자기 빨라진다든가, 상황에 어울리지 않는 표정을 짓는다든가, 작은 움직임이 많아진다든가. 물론 그러한 변화들을 무조건 거짓말의 단서로 해석하는 건 절대 금물이었다. 그럼에도 고려해 볼 가치는 있었다. 상대의 감정에 영향을 준 일이 발생했을 가능성은 높으므로, 무엇이 그 사람에게 자극을 줬는지 궁리하면 실마리가 나오는 경우가 꽤 있었던 것이다. 칠범은 말투, 표정, 몸짓 중 가장 유용한 힌트로 '몸짓'을 꼽았다. 표정이나 말투에 비해 다른 감정으로 위장하기가 훨씬 어렵기 때문이었다.

경찰 교육에서 배운 지식과는 별개로 칠범이 자신의 경험에 기대어 설명한 바로는, 몸짓이란 크게 두 가지로 나뉘었다. 분명한 몸짓과 미묘한 몸짓. 놀라거나 두려움을 느낄 때 눈이 커지거나 숨을 크게 들이쉬거나 손을 떠는 건 누구나 다 알아챌 수 있는 분명한 몸짓이다. 미묘한 몸짓은 이런 것이다. 평소와 다른 방식으로 눈을 깜빡이거나, 자연스럽게 얼굴을 한 번 만지거나, 가뜩이나 움직임이 작은 어떤 몸짓을 아예 정지하거나, 테이블 아래서 발을 살짝 움직이거나 하는 것들.

대충 다 아는 내용이었고 사건과 무슨 관련이 있는 얘긴지는 몰랐지만 선호는 조용히 들었다. 사실, 마음의 절반은 여전히 콩밭에 가 있었다. 내가 뭘 잊은 걸까.

"아시다시피 이게요, 전체 행동에 자연스레 녹아든 경우 보통 사람들은 전혀 눈치를 못 채잖아요. 우리야 많이 신경 쓰지만 상대에게 믿음이나 선입견을 가지면 역시 못 보곤 하고요."

선호는 갑자기 궁금해졌다.

"그 몸짓 어쩌고 하는 거, 역으로도 이용하잖아?"

"물론이죠. 그 경우는 대부분 분명한 몸짓을 쓰죠."

"너도 자주 해? 예를 들어 다른 사람들이, 특히 여자들이 널 좋아하게끔 만드는 표정이나 몸짓이 뭔지 미리 알고서?"

사람은 자신과 닮은 상대에게 무의식적으로 호감을 느끼므로 상대방의 행동을 조금씩 모방함으로써 호감을 이끌어낼 수 있다는 연구가 있었다. 선호는 그런 답을 예상했다.

"아뇨. 사람들이 절 좋아하는 건, 그냥 제가 잘생겼기 때문이에요."

"아."

괜히 끼어들었구나 싶었다. 선호는 다시 '내가 뭘 잊었지?'로 돌아갔다. 칠범이 손을 홰홰 저었다.

"아, 박 형사님, 중요한 건 그게 아니라니까요. 제발 제 얘길 좀 진지하게……."

"알았어, 알았어. 그 여자가 뭔가 했다는 거지? 그 뭐…… 몸짓을?"

"아뇨."

"뭐?"

"안 했어요."

선호는 칠범을 물끄러미 응시했다. 칠범이 미소했다.

"그게 함정이에요. 다들 '하는 것'은 보지만, '안 하는 것'은 안 본다는 거. 강유진이 처음 경찰서에 왔던 날에요. 많이 놀란 상태였잖아요. 중간중간 한 번씩 집중력을 잃어버리기도 했고요. 어색한 반응 아니었고, 또 첫 대면에서는 그 사람이 평소 어떤 식으로 움직이고 반응하는지에 대한 비교 기준이 없어서 제가 미처 캐치를 못 했는데요, 나중에 몇 번 더 만나고 나니까 알겠더라고요. 그날 그 여자, 어느 순간부터는, 그러니까…… 울 듯 말 듯 하다가 화장실에 다녀온 후부터는 긴장과 두려움에 대한 분명한 몸짓만 하고 미묘한 몸짓을 거의 하지 않았어요. 이거 좀 특이한 경우예요. 난생처음 경찰서에 온 소시민이, 그것도 살인사건 때문에 형사와 마주했다면 온갖 종류의 크고 작은 행동들을 다 하게 마련이잖아요. 본인 의지와는 상관없이요."

칠범은 다시금 스트레스 주제에 대한 이야기를 꺼냈다. 그러니까 그녀에게 '사인이 타살'이라는 점은 스트레스를 줬지만, 이후 경찰

앞에서의 진술은 크게 두렵거나 긴장되지 않았다는 뜻이었다.

머릿속을 가린 안개가 조금 걷히는 것 같았다.

상대가 살해당했다는 것에 스트레스를 받았다…….

하지만 경찰을 대하는 일은 크게 어렵지 않았다…….

경찰서를 제집 들 듯 드나들었던 사람……. 우리가 무슨 질문을 할지도 예상 가능했을 테니 특별히 두렵거나 긴장될 일은 없었을 것이다. 거짓말도 좀 했을 테니 큰 제스처가 섞였을 테고. 그리고…… 그리고…….

선호는 눈을 감았다. 간과한 부분이 있는지 되짚어보던 그는 두 가지를 깨달았다. 첫째, 피해자가 김수양 사진을 경찰에게 보내지 않은 이유. 둘째, 자신이 초등학교 교감 선생님에게 한 가지를 묻지 않았다는 사실.

31

지난 나흘, 진전을 목격했다.

텔레비전에서 아는 얼굴을 마주했을 때, 나는 내 판단이 옳았음을 알았다. 그 사진 속 중년 남자의 얼굴이 온 세상에 도배됐다. 수사에 큰 진전이 있었다. 기다림의 끝이 머지않아 보였다.

또 하루가 끝나가는 시간. 나는 창가에 기대앉아 있었다. 어느 순간부터 김수양 개인에 대한 소식보다 812 사건에 대한 시민 반응을 더 많이 다루기 시작한 뉴스를 들으며, 나는 바깥세상 돌아가는 모습을 바라봤다. 빌라 정원에서 두 여자가 유모차를 앞세워 걸으며 수다를 떨고 있었다. 추운 듯 팔짱을 꼭 낀 연인이 빌라 앞을 유유히 지나가는 중이었다. 조금 떨어진 도로 가장자리에는 차량 몇 대가 불법 주차되어 있었고, 잘 차려입은 여자 둘이 자기들 몸만큼이나 큰 여행 가방을 끌고 그 옆을 지나치고 있었다. 두 여자를 따라가던 시선은 돌연 집 안으로 되돌아왔다. 검푸른 저녁 배경이 짙어질수록 점차 선명해지는 유리 위 실루엣 하나. 그 실루엣을 잠시 응시하다가, 나는 천천히 자리에서 일어났다.

무릎 위에 올려두었던 노트가 툭, 하고 바닥으로 떨어졌다.

유진의 일기장이었다.

10권이 넘는 일기장 옆에는 책도 여러 권 쌓여 있었다. 대부분은 유진과 몸이 뒤바뀐 이후 구입한 것들이었다. 책 더미 맨 위에는 유진의 소설 두 권도 있었다. 나는 일기장을 주워 들고 잠시 내려다봤다.

그간 나는 집 안에서 거의 로봇처럼 지냈다. 책을 읽고, 텔레비전을 보고, 어머니와 유나를 떠올리고, 야경을 바라보고, 청소를 하고, 창가에 앉아 사람들을 구경하고, 식사를 하고, 약을 먹고, 유진의 일기를 읽고, 그녀를 생각했다. 의사들이 활동하는 의료포털 사이트에서 진료 상담을 받고, 내게 필요한 내용이 담긴 자료와 논문 등을 찾아 읽고, 인터넷으로 병원을 예약한 게 외부 접촉의 전부였다. 그렇게 나흘. 기분이 가라앉을 일이 생긴 건 아니었지만, 나는 꽤 무기력하게 지냈다. 이 노트 때문이었다. 유진의 일기.

일기장을 책 더미 위에 올려두고서, 나는 크게 기지개를 켰다. 이어 서재로 가 서랍을 열고 책장도 살폈다. 침실에선 이불을 뒤적이고 주방에선 냉장고와 선반을 차례로 열고 닫았다. 제일 마지막은 세탁실이었다. 방치돼 있던 세탁물을 뒤지는데 딱딱한 감촉이 손에 와 닿았다. 나는 힘 빠진 한숨을 한 번 뱉었다.

"하아……."

구겨진 옷 사이에서 휴대폰이 나왔다. 주머니에 넣어둔 채 갈아입은 까닭이었다. 그간 집 안을 다 뒤졌지만 세탁기 안은 살피지 않았다. 전원이 나가 있기에, 나는 휴대폰을 충전기에 연결시킨 후 최근 통화목록을 확인했다. 황 선배, 태경 말고는 연락 온 곳이 없었다. 나는 통화버튼을 눌렀다.

"황 기자님, 전화하셨네요?"

"소식 있어서요. 김수양이 체포됐습니다."

"네? 진짜요? 언제요?"

"어제 오전에요. 몇 번이나 전화 드렸는데……."

"죄송해요. 핸드폰을 잃어버려서요."

"이러다가 뉴스 보고 알게 되시려나 했습니다. 여하튼 현재는 추가 확인 절차 때문에 보도자제 중이지만, 곧 소식 나갈 겁니다."

황 선배의 목소리는 열기를 머금고 있었다. 나는 가슴이 뛰기 시작했고, 그간의 무기력감은 완전히 해소됐다. 부재 중 전화 목록을 다시 불러온 후, 또 한 번 통화버튼을 눌렀다. 두 번 전화했지만 받지 않기에, 나는 경찰이 김수양을 잡았단 사실, 곧 속보가 뜰 거란 사실을 메시지로 남기고는 외출 준비를 시작했다. 양치를 하고 나오니 답장이 와 있었다.

며칠 만에 받은 연락이 그 내용이라니.

미안해요. 핸드폰 잃어버렸어요. 세탁물 속에서 찾았어요.

아하.

경찰서에 가봐야겠어요.

지금이요? 늦었는데.

오늘 다들 퇴근 안 할 거예요.

그래요? 잘됐네요. 같이 갈까요? 제가 차 가지고 갈게요. 한 20분 걸릴 거예요. 아니다, 30분.

좋아요. 그럼 빌라 입구에서 만나요.

서둘러 씻고 옷을 갈아입었다. 외출 준비는 생각보다 일찍 끝났다. 5분 정도 시간이 남기에, 나는 다시 창가로 향했다.

높은 담과 대문 너머는 보이지 않았다. 태경은 아직 안 온 건가. 불법 주차된 차에서 내린 사람들이 위험천만하게 무단횡단을 하는 모습을 바라보며, 나는 박 형사를 생각했다.

그 사람, 경찰서에서 또 만나게 되려나.

다시 시계를 봤을 때는 약속 시간에서 5분이 지나 있었다. 나는 집을 나섰다.

32

차동욱 역시 모든 질문에 순순히 답했다.

유진을 처음 만난 건 초등학교 1학년 때, 전학 간 학교에서였다. 첫눈에 반한다는 말의 뜻을 한순간에 이해했다. 그에 더해 기적적으로, 유진은 어머니가 사라진 후 혼자가 된 동욱이 마음을 터놓을 수 있는 유일한 상대가 됐다. 동욱은 다른 아이들에게 놀림을 받고 괴롭힘을 당하고 있었다. 그 나잇대 아이들이 대개 그렇잖은가. 보통과 조금 다른 것을 받아들이는 교육이 덜 돼 있었다. 유진은 달랐다. 다른 아이들을 혼내줬고, 엄마, 아빠가 없는 건 동욱의 잘못이 아니라고 말해줬다. 어느 날 그는 처음이자 마지막으로 어머니 얘길 다른 사람 앞에 꺼내놓았다. 계속 그렇게 행복할 줄 알았다. 그 일이 있기 전까진.

인기척에, 동욱은 반짝 눈을 떴다. 머리가 아파 양호실에 누워 있다가 설핏 잠이 들려던 참이었다. 소리는 옆 침대에서 들려왔다. 조용히 다가가 커튼을 걷어보니 유진이 잠들어 있었다. 동욱은 나직이 속삭였다. '너도 아프구나.'

방해되지 않도록 살금살금 몸을 돌리려는 찰나, 새까만 어떤 것이 눈에 들어왔다. 거미였다. 손톱만 한 거미 한 마리가 유진의 종아리에서 무릎 쪽으로 움직이고 있었다. 그 앞에 대고 휘휘 손을 저어봤지만 소용없었다. 녀석은 순식간에 유진의 허벅지까지 기어갔다. 동욱이 두 손가락을 뻗었지만 다리 여덟 개짜리 걸음이 더 빨랐다. 치마 속으로 숨어버린 녀석을 잡으려는데 등 뒤에서 문이 열렸다. 어른들이 서 있었다.

그날부터 시간은 멈춘 듯도, 흐르는 듯도 했다. 동욱은 전학을 거듭했지만 어디에서도 적응하지 못했다. 하루 종일 한마디도 안 하는 날이 많았다. 사람들과 눈을 마주치지도 않았다. 선생님이든 아이들이든, 누군가와 가까워지는 일을 극도로 꺼렸다. 그가 마음을 준 사람들은 전부 상상조차 못할 일로 자신을 떠나는 것 같았다. 동욱은 매일 밤 꿈을 꿨다. 수십 개의 얼굴이 자신을 둘러싸고 빙빙 돌았다. 나쁜 아이라고 다그치는 음성이 세상을 채웠다. 큰 손바닥이 뺨을 때리고 나면, 수천 마리 거미 떼가 몰려와 온몸을 기어 다녔다. 작은 다리를 움직이며 입으로, 코로, 귀로 마구 기어들어왔다. 살려달라고 버둥거렸지만 아무도 도와주지 않았다. 멀리서 그 모습을 바라보던 엄마마저 아들을 외면했다.

동욱은 열다섯 살이 된 새해의 어느 날을 똑똑히 기억하고 있다.

길 한복판에서 온몸이 굳어 갑자기 멈춰 섰던 그 순간도. 헛것을 보는 건가 싶었다. 눈앞에 유진이 서 있었다. 모습은 많이 변했다. 예전 같은 웃음은 없었고 사람들 사이에서 위축돼 보였다. 그래도 한눈에 알아봤다. 유진 역시 동욱을 알아봤다. 인사가 오간 건 아니었다. 말없이 응시하는 두 눈이 예전 양호실에서 자신을 쳐다보던 어른들의 눈과 같았다. 그래서 알았다. 아, 유진이가 날 잊지 않았구나.

생각해 보면 그건 유진의 잘못이 아니었다. 그에게 나쁜 아이, 가정교육을 제대로 못 받은 아이란 딱지를 붙인 건 어른들이었다. 유진은 어른의 말이라면 다 옳다고 믿는 어린아이였고. 그래도 시간이 지났지 않은가. 나이를 한참 더 먹었지 않은가. 그럼 깨달아야 했다. 자신이 잘못 알았다는 걸. 여전히 7년 전의 어린아이에 머물러 있는 유진이 원망스러웠다. 하지만 그때까지만 해도 희망은 있었다. 어쩌면 유진이 마음을 바꿔먹을지도 모른다는 희망. 다시금 가까워질 수 있을지도 모른다는 작은 희망. 유진은 동욱이 종종 집 앞을 어슬렁댔다는 사실을 몰랐을 것이다. 예상 밖의 상황에서 다시 조우하기 전까지.

그날, 동욱의 희망은 분노로 바뀌었다. 눈을 맞댄 순간 깨달았다. 두 사람 다 예전과는 다르다는 걸. 둘의 관계가 절대로 회복되지 않으리란 결론을 얻은 건 당연한 전개였다. 한순간 어떤 목표 같은 것이 생겨났다. 벌을 주고 싶었다. 유진이 잘못을 뉘우칠 수 있도록. 동욱은 다른 방식으로 유진의 곁에 있기로 마음먹었다. 그날부터, 그는 더 이상 꿈을 꾸지 않았다.

스토킹이라 불러도 반박할 말은 없었다. 동욱은 틈만 나면 유진을 찾아갔다. 아예 옆집에 살기도 했다. 유진이 엄청나게 비싼 빌라로 이사하고 거기 완전히 틀어박힌 후로는 그도 방식을 바꿨다. 공부를 했고 전자기기와 컴퓨터 프로그램의 힘을 빌렸다.

유진이 누군가를 만날라치면 편지를 보냈다. "아무도 만나면 안 돼. 왜냐하면……."으로 시작하는. 처음엔 구구절절 이유를 적었다. 이웃과 인사만 주고받아도 "아무하고도 얘기하면 안 돼. 왜냐하면……." 하고 적었다. 시간이 지날수록 편지 내용은 간결해졌고 언제부터인가는 그냥 빈 종이만 보냈다. 그걸로 충분했다. 늘 그랬듯 유진은 편지를 갈기갈기 찢어서 휴지통에 버리고는 동그란 몸을 더 동그랗게 옹크리고 울었다.

'강유진 씨는 자신이 감시당했다는 사실을 알고 있었습니까?'라는 질문을 받았을 때, 동욱은 아마도 그랬을 거라고 답했다. '그렇다면 강유진 씨는 왜 경찰에 신고하지 않았습니까?'라는 질문에는 보복이 두려워서 참았을 거라고 답했다. 걔가 원래 겁이 많고 소심하다는 얘길 덧붙이면서. 스스로는 말이 안 되는 소리라고 생각했는데, 경찰은 말이 된다고 판단했는지 어느 순간부터 그에 관해선 크게 몰아대지 않았다.

동욱이 만든 질서는 작년 말, 돌연 무너졌다. 그것도 단 한 번에.

어느 날, 유진이 사라졌다. 몰래 집을 나가서는 몇 주 동안이나 돌아오지 않았다. 동욱은 불안했다. 유진이 어딜 간 건지 궁금해서 밥도 못 먹고 잠도 못 잤다. 유진의 출입국 기록부터 조회했다. 외국으로 달아난 건 아니었다. 동욱은 하루도 빼먹지 않고 빌라 근처를 배회했다. 믿을 수 없어서. 매일매일 애정을 쏟은 인형을 한순간에 잃어버린 어린아이가 된 기분이어서. 한편으로는 오장이 뒤집혔다. 감히 내 허락 없이…….

그런데 그 인형이 다시 나타났다. 난데없이 등 뒤에서 짠, 하고. 동욱은 하마터면 유진의 어깨를 붙잡고 어디 갔다 온 거냐고 캐물을 뻔했다. 그 충동을 잠재운 건 유진의 몰골이었다. 얼굴 여기저기엔 찢어지고 터진 흔적이 남아 있었고 다리엔 깁스까지 둘렀다. 이어진 전개에 동욱은 완전히 얼이 나갔다. 유진이 건넨 첫 마디가 "죄송합니다."라니. 기절할 것 같은 정신을 겨우 붙잡았다. 눈에 띄게 두리번대며 걷는 뒷모습이 낯설었다.

이후 많은 것이 달라졌다. 유진은 의미 모를 통화를 하고 외출을 하고 김 실장의 수다를 가만히 듣고 있었다. 도대체 어찌된 영문일까. 그 지경에 이르자 움직이지 않을 수 없었다. 얼마 후, 동욱은 빈 종이를 넣은 편지를 보내봤다. 유진은 종이를 뒤집어보고 조명에 한 번 비춰보고는 잘 접어서 버렸다. 그 후엔 쇼핑을 하고 드라이브를 하고 서점에도 갔다. 동욱은 한 번 더 따라가서 사고를 위장해 대면했다. 의심을 덜기 위해 가짜 동료를 연기할 사람 하나를 고용해 대동하고서. 유진은 또 그를 못 알아봤다. 세상에, 밥을 먹자고 연락했더니 그러자는 대답까지 돌아왔다.

횡재인지 재앙인지 분간되지는 않았지만, 동욱은 상황을 즐기기로 했다. 일방적으로 벌을 주고 벌을 받는 관계에도 슬슬 질리던 차였다. 새로운 형태의 관계가 시작됐다. 알고 보니 유진의 이상 행동은 예사롭지 않은 부상 덕이었다. 사고로 기억을 잃은 거였다. 머릴 다쳐서 과거를 통으로 잊은 거였다. 동욱은 쾌재를 불렀다. 그간의 의문이 단숨에 풀린 순간이었다. 성격까지 바뀐 이유는 알 수 없었지만.

평화를 깨뜨린 건 그 망할 이한나였다.

몇 달 전, 그 이름을 접했다. 유진이 연락을 주고받는 유일한 친구. 사고 후 친분을 튼 사이 같았다. 문득 기억나 찾아봤다. 세상에, 전에 그 기사를 쓴 기자였다. 둘이 어쩌다 친해졌는지는 듣지 못했지만 상관없었다. 동욱은 오랜 기간, 유진의 모습은 물론 생각까지 훔쳐봤다. 무엇에 관심을 가지는지, 어떤 글을 쓰는지, 혹시 그의 손에서 벗어날 계획을 세우는지 감시 카메라, 도청기, 컴퓨터를 이용해 주시했다. 초여름, 유진이 며칠씩 여행을 다녀왔던 시기를 제외하고는 올해도 예외 없었다. 최근 들어 두 여자는 자주 이메일을 주고받았다. 잘된 일이었다. 동욱은 유진의 전화는 도청하지 않았다. 유진은 식사 주문을 할 때만 전화를 걸었고 출판사에서 걸려오는 전화만 받았으니까. 지난 몇 달, 동욱은 그 기자가 신경 쓰여 기사를 찾아 읽고 어떤 사람인지 알아보고 그 움직임을 주시하기도 했지만, 이메일을 훔쳐본 이후로는 점차 관심을 끊었다. 두 사람은 서서히 멀어질 게 뻔했으니까. 유진 쪽에서 거의 일방적으로 연락하고 있었고 상대의 답장은 항상 늦고 성의가 없었다. 그 여자가 모든 걸 망쳐놓을 줄은 정말로, 상상조차 못 했다.

11월 5일 저녁이었다.

집 앞에 그 여자가 와 있었다. 빠끔 문을 열고 내다보는 그를 "차동욱 씨."라고 부르면서. 동욱은 궁금했다. 어떻게 날 알았을까. 왜 온 걸까. 내가 여기 사는 건 아무도 모르는데 어떻게 찾아왔을까. 그 입에서 어머니의 이름이 튀어나온 순간, 순식간에 머릿속이 복잡해졌다. 의문이 더해졌다. 유진이 가르쳐준 걸까. 아니, 그 애는 그 일, 기억 못 하는데.

짜증나는 여자였다. 가라고 해도 가지 않았고 밖에서 얘기하자고 해도 기어이 집에서 하겠다고 우겼다. 동욱은 남들 앞에 어머니를 내어놓고 싶지 않았다. 당연히, 기자와 말 섞을 생각은 눈곱만치도 없었다. 그럼에도 불구하고 떨쳐내기 어려웠다. 이한나의 태도에서 야릇한 자신감 같은 게 느껴진 까닭이었다. 묻고 싶은 게 있어서 왔다는 말이 다 알고 왔다는 뜻으로 들렸다. 그러다가…… 문을 열었다. 호기심이 저지른 일생일대의 실수였다.

그의 예상이 맞았다. 심지어 이한나는 김수양의 존재까지 이미 짚어낸 듯했다. 더 들을 것도 없었다. 하지만, 많이 아시는 것 같으니 그만 돌아가라는 냉랭한 대우에도 아랑곳 않고 여자는 계속 떠들어댔다. 최초 피해자가 어쩌고 유족이 어쩌고 하는 소릴 듣고 있자니 동욱은 간에 불이 붙는 것 같았다. 어찌나 끈질기게 들러붙던지, 이 여자가 어떻게 여기까지 왔는지 따위는 궁금하지도 않은 지경에 이르렀다. 이만 돌아가겠다며 물 한 잔 달라는 부탁을 받았을 때에야, 동욱은 겨우 속이 가라앉았다.

긴장이 살짝 풀린 채 부엌으로 걸어가는데, 이상하게 신경이 다시 곤두섰다. 감각기관이 한꺼번에 깨어나 사방에서 화살을 쏘아대는 느낌이었다. 별생각 없이 뒤돌아본 찰나였다. 얼굴 옆에서 뭔가가 공기를 갈랐다. 이어, 단단한 물체가 바닥에 부딪힌 후 길게 미끄러지는 소리가 귓전에 닿았다. 시선이 그리로 가 붙었다. 소리가 멈춘 곳에는 나무 막대기 같은 게 떨어져 있었는데, 끝을 천으로 둥글게 감싼 것이, 꼭 징 채와 비슷한 모양이었다. 멍해 있는데 시야 언저리에 작은 움직임이 얼핏 보였다. 동욱은 고개를 돌렸다.

여자가 서 있었다. 그와 팔 하나면 닿는 거리에, 당황한 기색이 역력한 채로. 가슴이 서늘해졌다. 언제 여기까지 온 걸까. 왜 이러고 있는 걸까. 여자의 손이 뒤춤을 향하더니 이어, 쭉 뻗어 나왔다. 반사적으로 몸을 틀어 피했지만 별안간 옆구리가 불에 덴 듯 뜨거워져서 동욱은 헉, 소리를 내질렀다. 허리 옆을 스치고 지나간 물건이 눈을 사로잡았다. 보면서도 표현할 수가 없었다. 순간이 영원처럼 흐른 후, 단어 하나가 나타났다.

칼.

현재가 슬로비디오처럼 펼쳐졌다. 반짝이는 금속도, 여자의 손도, 자신의 몸도 모두 느릿느릿 움직였다. 겨우 고개를 들어 바라본 곳에는 노려보는 두 눈이 있었다. '왜?'라는 물음도 잠시, 그 눈이 기억났다. 오래 전에 보았고 익숙한 것이었다. 흡사 유진이 그를 대하던 눈과 같았다. 처음 만난 사람이 왜 그런 악감을 뿜어내는 건지 의아해서 아픈 것도 잊었다. 칼끝이 다시 동욱을 향했고, 그제야 통증이 느껴졌다. 시야 가장자리에서부터 밤이 시작되더니 곧, 죽음 같은 어둠이 세상을 뒤덮었다.

시간이 얼마나 흘렀을까. 정신이 들었지만 제정신으로 돌아온 건지는 확신이 서지 않았다. 환영을 보는 게 아닌가 싶었다. 여자가 누워 있었다. 붉은 피로 그린 동그라미를 후광 삼은 듯 기괴한 모습으로. 동욱은 조심조심 다가갔다. 치뜬 두 눈은 미동조차 없었다. 더 가까이 다가가 여자의 목에 손을 댔다. 온기가 남아 있었지만 동욱은 한기에 휩싸였다. 여자의 눈을 가만히 들여다봤다. 부옇게 흐려진 눈동자가 서서히 팽창하더니 한순간 훽, 하고 다가왔다. 그는 비명을 지르며 피 웅덩이 위에 주저앉았다. 공포가 쥐 떼처럼 주변을 파고들었다. 무서웠다. 상자 속에 웅크린 채 떨었던 그 순간만큼이나.

신문은 순조로웠다. 경찰은 물었고 동욱은 응했다. 묵비권 행사도, 꾸며낸 진술도 없었다. 후회한다는 답도 몇 번 했다. 단, '당신의 진술이 사실이라면, 정당방위가 될 수도 있었는데 어째서 어리석은 짓을 했느냐.'라는 질문에 대해서는 아니었다. 동욱은 그 순간을 되돌려봤다. 하지만 자신은 같은 결정을 했을 터였다. 그는 경찰을 만나고 싶지 않았다. 사건과 아예 관련되고 싶지가 않았다. 처음에는 트렁크에 시체와 돌을 넣어 강에 던질까 했다. 그 다음엔 산에 매장할까 했다. 둘 다 괜한 구상이었다. 이한나가 누군가에게 동욱을 만나러 간다는 말을 남기기라도 했다면 크게 곤란해질 터였다. 차라리 812 사건의 세 번째 피해자로 보이도록 드러내는 게 낫다는 판단이 섰다. 미제로 남은 사건의 상당수가 미흡한 초동 수사 때문이라는 뉴스를 본 기억이 났다. 사건 초반에 경찰을 현혹시킬 수 있다면, 김수양에게 정신 팔리도록 만들 수 있다면, 자신의 평화는 지켜질 것 같았다. 만에 하나 경찰이 찾아온다고 해도 김수양에 대해 알려줬다고 진술하면 될 것 같았다. 아쉽게도 완벽한 재현은 불가능했다. 예컨대 이한나를 본인 집에 데려다놓을 수 없는 점. 어디 사는지 몰랐고, 안다고 해도 못 할 행동이었다. 요즘은 어디에나 카메라가 널려 있어 촬영이 될 염려가 있었다. 얼굴을 가린다 해도 체형이나 걸음걸이 등이 다르다는 사실이 밝혀지면 곤란했다.

중앙천 인근은 전에 몇 번 가봤다. 생각하기 좋은 곳이었다. 외지고, 산책로나 운동로가 조성되지 않아 사람이 거의 없고, 카메라도 없었다. 그래서 거기에 유기했다. 그 외에도 812 사건과 다른 부분이 더 있다는 건 동욱도 잘 알았다. 하지만 그보다 좋은 방법은 떠오르지 않았기에, 범인만 아는 표식을 남기면 충분히 통할 거라며 애써 스스로를 달랬다.

차량과 물품은 모두 여자의 것을 사용했다. 여자가 끌고 온 차에는 비닐, 커다란 여행 가방, 휘발유, 성냥 등이 있었다. 흉기와 양손은 며칠 후 바다 한가운데에 던져버렸다. 지금 뒤져봐야 발견되지는 않을 테지만, 동욱은 빠져나갈 수 없다는 걸 알았다. 여잘 죽인 곳은 그의 집이 아닌, 남의 명의로 대충 빌린 곳이었고 사건 후 다시 한 번 거처를 옮기기는 했지만, 경찰이 작정하고 들면 그가 범인이란 증거를 못 찾아낼 리 없었다. 그래서 술술 털어놨다. 선처를 바라서가 아니었다. 모든 게 끝났음을 깨달은 까닭이었다. 그 깨달음은 언론에서 모방 범죄에 관해 떠드는 걸 본 순간, 계획이 이미 수포로 돌아갔다는 걸 알아차린 순간 동욱의 뇌리에 자리 잡았다. 이후 가슴으로 옮겨가 마음의 준비를 하게 했고, 그 다음엔 온몸으로 퍼져 나가 그간의 고민을 구체적 계획으로 발전시키게끔 했다. 이제 와서 미련이 남는 건 그 계획을 실행에 옮기지 못했다는 점이었다. 경찰이 너무 빨리 도착했다.

말하기도 지칠 무렵, 동욱은 '이한나가 왜 당신을 죽이려 들었느냐.'라는 질문을 또 받았다. 이미 모른다고 대답한 항목이었다. 사실이었다. 본의는 아니었지만 그래도 사람을 죽였으니 스스로도 반복해 묻고 되새기고 고민했다. 형사는 논점을 조금 바꿔보자고 했다. 그러고는 대뜸, 유진이 이 사건에 관여했다고 의심한 적이 없느냐는 소릴 던졌다.

동욱은 처음으로, 끝에 물음표가 붙는 문장을 뱉어냈다. *왜 그런 걸 묻는 겁니까?* 동기를 명확히 하기 위해서라고 했다. 동욱의 진술을 믿으려면 이한나가 칼을 휘두른 연유부터 밝혀져야 한다는 것이었다. 그는 모른다고 되풀이할 수밖에 없었다. 거짓말 아니었다. 진짜 몰랐다. 진술을 안 믿는 건가 싶었는데 그건 또 아니라고 했다. 혼란스러웠다. 어쩌자는 걸까. 답답해지려는 찰나, 형사가 그거 아느냐며 엄청난 비밀이라도 귀띔해 주는 양 목소리를 낮췄다. *거기 강유진 씨가 개입되면 얘기가 달라져요.*

동욱은 기가 찼다. 머리통 안이 어떻게 생겨먹은 작자이기에 인생이 아작 난 젊은이 앞에서 개소리나 치고 있나 궁금했다. 윤 형사라고 했던가. 나이깨나 먹은 주제에 아직 관리직에 못 앉은 걸 보면 제대로 된 경찰은 아닌 듯싶었다. 형사의 입이 계속 나불거렸다. 최근 두 여자가 가깝게 지낸 사실을 알았느냐는 둥, 유진이 이한나에게 돈을 빌려준 사실을 아느냐는 둥. 의아했다. 그게 어쨌다고. 돈을 빌려준 건 이한나가 부채 때문에 곤란에 처한 까닭이었건만. 형사는 집요했다. 오, *그래요? 그 이유는 어떻게 알았습니까?*

멍청하긴. 그야 당연히 유진이 말해줬으니까 알…… 일순 동욱은 뭔가가 잘못됐음을 알았다. 정확히 무엇이 잘못됐는지는 몰랐다. 형사의 어조가 달라졌다. *저희는 그 차용 거래의 성격을 조금 달리 봅니다. 강유진 씨가 어떤 조건을 걸고 빌려주었을 거라고요. 더 나아가, 차용을 가장했지만 실제로는 특정한 작업의 대가로 '지급'했을 가능성도 염두에 두고 있죠. 기억나는 거 있으면 털어놔 보십시오. 그 돈 얘길 할 때, 강유진 씨가 부자연스런 기색을 내비치진 않던가요?*

속에서 불덩이가 올라왔다. 이 작자는 상대가 알아듣도록 말하는 법을 못 배운 건가 싶었다. 조건은 뭐고 대가는 또 뭔가. 입 속으로 그 두 단어를 잠시 씹다가, 어느 순간 동욱은 형사의 말뜻을 읽어냈다.

유진이 사주라도 했다는 건가? 아니, 그건 불가능했다. 그 앤 예전 일은 전혀 기억 못 한다. 차동욱이 누군지도 모른다. '맞다, 그랬었죠.'라고 할 줄 알았는데 예전 일을 기억 못 한다는 건 어찌 확신하느냐는 질문이 대뜸 날아왔다.

이 작자가 진짜. 그야 당연히…….

주변에서 많은 것이 사라졌다. 열기도, 떨림도, 시간도. 추웠고, 움직일 수 없었다. 동욱이 맺지 못한 문장을 형사가 맺었다. *당신의 짐작 아닙니까?*

동욱은 원점으로 돌아갔다. 녹슨 추억부터 선명한 각인까지 남김

없이 훑었다. 사라졌다가 다시 나타났을 때, 이한나의 이름을 입에 올릴 때, 빌려준 돈 얘길 할 때 유진에게 이상한 점은 없었다. 동욱을 볼 때, 이름을 부를 때 미워하는 기색은 없었다. 형사에게 그 점을 상기시키려 할 때였다. 귓가에 누군가의 외침이 날아들었다.

"내가 속았다는 거야? 혼자서는 아무것도 못하는 그 바보 같은 년한테? 머릿속에 솜뭉치밖에 안 든 그 곰 같은 년한테? 개소리하지 마. 얼굴 봐야겠어. 그 년 데려와. 내가 직접 물어볼 테니까. 당장 데리고 와! 당장!"

잘 들어보니 그건 동욱 자신의 목소리였다.

1시간 후, "12·13년 남서울구 30대 여성 살인사건 범인 검거. 사건 일체 자백"이라는 뉴스가 전국의 모든 언론을 통해 속보로 발표됐다.

33

"차동욱 씨 때문에요. 몇 가지 얘길 해주셔야겠는데요."

"누구요?"

지난 하루, 여러 가지 일이 한꺼번에 일어났다. 태경은 증발했고 나는 혼자서 빌라를 나섰다. 경찰서는 아수라장이었고 아무도 날 거들떠보지 않았다. 세상은 812 사건 범인을 검거했다는 뉴스로 뒤덮였다. 범인은 55세 김수양. 떠들썩한 와중에 중앙경찰서에서 연락이 왔다. 강력2팀장이었는데, 처음 하는 소리가 "차동욱 씨 때문에요."였다.

경찰의 출석 요구에 나는 즉시 응했다. 그 과정에서 경찰은 고태경의 본명이 차동욱이고, 김수양과는 오래 전 나쁜 인연으로 얽힌 사이란 얘길 내게 해 주었다. 이후 나는 태경과 유진이 어떤 관계였는지, 유진이 어떤 계획을 세웠는지, 일이 어떻게 틀어졌고 태경이 어떻게 대응했는지 등도 대략 들을 수 있었다.

나는 반 정도는 용의자 취급을 받았다. 경찰의 입장은 이해가 갔다. 나는 죽인 자와 죽은 자의 유일한 접점이었다. 무엇보다도, 외부에서 보기에 나는 그중 한 사람에게는 큰돈을 건넸고, 또 한 사람에게는 오랜 기간 위협을 당해온 사람이었다. 나도 몰랐던 사실 한 가지 때문에 경찰은 최근 그 위협이 더는 위협에 그치지 않는 수준에 이르렀다고 판단하고는 강유진의 범행 동기를 더욱 구체화했다. 체포 당시 고태경, 아니 차동욱의 차에서 칼과 여행 가방, 삽 등이 발견됐다는 얘길 들었을 때, 나는 현기증을 느꼈다.

어쩌다 사건에 휘말린 보통 사람 취급을 조금이라도 받을 수 있었던 건 기타 정황 덕분이었다. 경찰은 강유진의 진료 기록을 정식으로 확인했다. 거기엔 1년 전, 과거 기억을 완전히 잃었다는 내용이 있으리라. 차동욱의 진술과도 맞아떨어질 것이다.

유진과 나 사이에 오간 돈의 대가성을 입증하려는 시도는 계속될 듯했다. 멀리 가지 말라고 했다. 알겠다고 답했다. 언제고 다시 부르겠노라 했다. 그러라고 답했다. 완전히 진이 빠진 채로 집에 돌아왔을 때는 어느덧 한밤중이었다. 이한나는 김수양이 아닌, 제3자에게 우발적으로 살해됐다는 뉴스가 보도되고 있었다. 수많은 사람들이 그 죽음을 애도했다.

잠들지 못한 밤. 나는 창가로 다가갔다. 검은 유리가 한 여자의 모습을 비추고 있었다.

나는 유진과의 약속을 떠올렸다.

다른 인생을 살아봐도 결국엔 아무것도 달라지지 않는다는 사실을 깨닫는다고 해도, 상대에게 인생을 돌려주기 전에는 마음대로 죽지 않는다.

상대방이 나중에 곤란에 처할 일을 만들지 않는다.

두 가지 약속은 모두 깨졌다.

34

선호는 차동욱이 자길 찾고 있단 얘길 들었다. 경찰 중 강유진을 가장 잘 아는 사람을 만나고 싶다는 것이었다. 체포된 지 이틀, 마주 앉은 남자는 감옥에서 20년은 보낸 사람처럼 모든 걸 체념한 모습이었지만, 선호는 체념의 힘으로도 떼어낼 수 없는 혼란이 그를 내리누르고 있음을 알 수 있었다.

동욱이 뭘 궁금해하는지는 이미 짐작한 바였다. 그 마음을 아는 듯, 상대는 단도직입적으로 나왔다.

"박 형사님도 유진이가 날 죽이라고 시켰다 봅니까?"

"아뇨, 전혀요."

놀라는 눈치였다. 예상한 대답이 아닌 건가.

"하지만 윤 형사는 유진이가 이한나를 사주했다고…… 돈을 주고……."

"강유진 씨는 그 돈이 사건과 무관하다고 다시 한 번 진술했습니다."

"당연히 그렇게 말하겠죠."

옅은 비웃음을 흘리며, 동욱은 붉은 눈자위 부근을 살짝 긁었다.

"그 말은 진실일 겁니다."

그 한마디에 동욱이 움직임을 멈췄다. 손가락은 여전히 눈가에 있었다.

"확실히 밝혀졌습니까?"

"아뇨, 제 판단입니다."

마주한 얼굴에 실망의 그림자가 드리워졌다. 본의 아니게 사람을 들었다 놓은 꼴이 됐다. 테이블에 시선을 박은 채 꿈쩍도 않는 동욱을 지켜보다가, 선호가 말했다.

"두 사람, 아니 세 사람에 대해 궁금한 게 있습니다."

"또 신문을 받으려고 댁을 부른 게 아닙니다."

"가는 게 있으면 오는 것도 있어야죠."

"거래인가요?" 동욱이 의자에 등을 기대앉았다. 얼굴에 생기가 약간 돌았다. "좋습니다."

"지금부터의 대화는 비공식적인 겁니다. 기록되거나 수사에 이용되는 일은 없을 겁니다. 자백 내용이 인상 깊더군요. 대단히 상세했어요. 하지만 내어놓지 않은 게 있습니다. 그렇죠?"

"무슨 소립니까, 그게?"

"당신은 오랜 기간 강유진 씨의 일상과 생각을 훔쳐봤습니다. 왜 그랬는지는 또 묻지 않겠습니다. 제가 궁금한 건 강유진 씨가 왜 잠자코 있었느냔 겁니다."

동욱이 의아한 듯 눈썹을 세웠다.

"그건 이미 답했습니다. 보복이 겁나서 참았나 보죠."

선호는 목소리를 낮췄다.

"아니죠. 누군가 자신의 일거수일투족을 감시한다? 엄청나게 끔찍한 일이에요. 그간의 생활 방식, 행동 양식 등을 고려했을 때, 강유진 씨는 타인의 이목을 극도로 두려워했던 것 같습니다. 그런데 당신만은 언제나 자신을 볼 수 있도록 놔뒀다고요? 아무리 보복이 무섭기로서니 그걸 십수 년 참았다고요? 그럴 리가요."

"더는 모릅니다."

굳게 다문 입. 제대로 짚었다는 확신이 섰다.

"아뇨. 분명 이유가 있어요. 저는 당신이." 선호는 잠시 말을 멈췄다가 이었다. "강유진 씨의 약점을 잡고 있다고 생각합니다." 동욱은 뺨을 맞은 사람 같았다. "맞죠?"

당황한 두 눈에 한줄기 망설임 같은 것이 스쳤다. 선호는 한쪽 벽에 작게 자리한 단방향 거울 저편에 있을 칠범을 떠올렸다. 녀석도 읽었으리라. 진실을 들을 수 있을지도 모른다는 기대감이 솟았다.

"동기 때문입니까?"

기대는 무너졌다. 조금 전의 내밀한 감정은 어느새 사라지고, 맞은편에는 다시금 비웃음을 머금은 눈만이 남아 있었다.

"이한나가 왜 날 죽이려 들었는지 궁금해서요? 아까는 유진이가 사주한 게 아니라더니, 이제 와서 그 앨 끼워 넣은 스토리를 엮어 보시겠다? 내가 유진이의 약점을 잡고 있었고, 그것 때문에 이한나가 움직였다고요? 나도 법은 좀 압니다. 돌아가는 형편도 들었고요. 나는 살인범이 될 것 같더군요. 정황만 그럴듯하지, 진술을 입증할 증거가 전혀 없다나요. 뭐, 내 손으로 깨끗하게 없애버렸으니까."

그가 허탈한 듯 웃고는 덧붙였다.

"게다가 차용 거래 당시의 일을 아는 건 당사자들뿐이죠? 이한나가 죽었으니 이제 유진이만 남았습니다. 즉, 내가 같이 죽자는 심산으로 이런저런 소릴 해댄다고 해도, 나만 미친놈 취급 한 번 더 받고 끝난다, 이겁니다. 당신네들은 그 돈이 날 죽이는 대가란 걸 증명 못 해요."

"맞습니다. 그래서 약점 얘긴 아직 아무한테도 안 했습니다. 어디까지나 제 추측이죠."

"그럼 왜 물어보는 겁니까?"

"호기심 때문입니다." 선호가 덧붙였다. "말해줄 수 있습니까, 그 약점?"

대답거리가 적혀 있기라도 한 양, 동욱은 선호의 얼굴 곳곳을 살폈다.

"그런 건 없습니다."

"아, 그렇습니까."

그런데 잠시 후, 동욱이 억양 없는 투로 뒤를 달았다.

"만약 있다고 해도, 더는 약점이 아닐 겁니다."

"무슨 뜻이죠?"

그의 입가에 씁쓸한 미소가 돌았다.

"유진이는 변했습니다. 내가 알던 사람이 아니에요. 과거의 강유진은 말입니다, 누구든 약점 같은 거 잡지 않고도 쉽게 휘두를 수 있는 대상이었어요. 지금의 그 앤 완전히 다른 영역에 있습니다. 형사님이 뭘 들이대도 흔들리지 않을 겁니다."

그 말은 맞았다. 강유진이 변했단 것도, 전에 알던 사람이 아니란 것도. 누가 뭘 들이대도 흔들리지 않으리란 것도. 왜 그렇게 생각하느냐는 물음은 필요 없었다. 차동욱 역시 숲의 일부는 제대로 본 것이다.

그 후, 이 주제에서 동욱은 완전히 발을 뺐다. 더는 뭘 묻지도 답하지도 않았다. 순전히 저 궁금한 걸 알아낼 요량으로 날 찾았구나 생각하며, 선호는 방금 자신이 돌이킬 수 없는 짓을 저지른 건 아닐까 헤아려보았다. 사실, 여기 오기 전에 무진 고민했었다. 강유진이 이한나를 사주했다고 말할까. 배신감을 자극해 속내를 털어놓게 만들까. 그러나 이내 마음을 고쳐먹었다. 이미 다른 형사들이 할 만큼 했다. 그런 자극에 반응할 차동욱이었다면 진즉에 결판이 났으리라. 게다가…….

아마도 거짓말은 필요 없을 것이다.

그리 생각하기 무섭게 동욱이 질문을 해왔다.

"두 사람이 이메일 주고받은 거, 압니까?"

"네."

"양쪽 계정, 언제 만들어진 겁니까?"

역시나……. 선호는 질문에 순순히 응해줬다. 그러지 않을 이유가 없었다.

"강유진 씨 계정은 오래 전부터 쓰던 거고, 이한나 씨 계정은 8월에 새로 만들어진 겁니다."

잠깐의 침묵 후, 동욱이 짐짓 의연한 듯 입을 뗐다.

"한 가지 더요. 유진이 말입니다. 정말로 예전 일을 기억 못 합니까?"

"글쎄요. 본인은 그렇다고 합니다. 차동욱 씨가 보기에는요?"

"네?"

"저보다 자주 만나셨으니 더 잘 아실 것 같은데요."

"못 한다고 확신했습니다."

"과거형이네요."

동욱이 주춤했다. 방금 자신이 한 말이 무슨 뜻인지 자각한 듯이. 선호는 당황, 불안, 분노, 절망 같은 감정이 엉켜돌다 굳어지는 모습을 지켜봤다. 역시, 거짓말은 필요 없었다. 이제 모든 건 동욱이 결정할 것이다.

"그렇군요." 하며 끄덕이는 얼굴에 희미한 미소가 스쳤다. 처음 내보인 미소다운 미소는 금세 사라졌다. 동욱은 손을 떨다가, 손끝을 잡았다가, 고개를 들었다가 숙였다가, 눈을 감았다가 떴다. 잠시 말이 없더니 난데없이 배를 잡고 웃기도 했다. 한참을 그러고는 조용히 손을 내밀었다. 짧은 악수 후 마지막으로 남긴 목소리에는 깊은 피로가 배어 있었다.

"부탁이 하나 있습니다. 이건 꼭 댁이 내 궁금증을 풀어줘서 하는 말은 아닙니다. 만나게 해 달라고 요청했을 때 이미 결심한 겁니다. 유진이한테 전해주세요. 두 번째 사진은 처음부터 없었다고요."

"두 번째 사진? 그게 뭡니까?"

동욱은 돌아보지 않고 밖으로 걸어 나갔다.

"왜 신고 안 했을까요?" 유리병 커피 입구의 비닐을 떼어내며, 칠범이 물었다. "김수양이 범인인 거, 차동욱은 알았잖아요."

박 형사가 받아든 커피를 한 모금 홀짝였다.

"김수양이 그랬었지. 모든 얘길 듣고도 차동욱이 화를 안 냈다고. 오히려 공감하는 게 아닌가 싶었다고. 그거, 진짜 아니었을까?"

이해가 되지 않았다. 그게 가능한가? 이미 집착, 분노 같은 감정에 완전히 잠식돼 있었다고 해도, 자기 어머닐 죽인 사람에게 공감할 수 있었을까? 칠범은 이리저리 머리를 갸웃거렸다.

"놈이 자기 아버지까지 차로 치여 죽였다는 사실을 알았어도 그랬을까요?"

"글쎄."

박 형사가 목을 뒤로 쭉 젖혔다. 칠범은 손을 내밀어 빈 병을 받아들었다.

"모르겠어요, 미친놈들의 세계는."

천천히 복도를 걷는데 질문이 날아왔다.

"어땠어? 연극하는 것 같진 않던데."

칠범이 보기에도 그랬다. 차동욱은 숨기는 게 있을지언정, 없는 이야기를 지어낸 듯 보이진 않았다. 단, 의도를 짐작하기 어려운 소리는 했다. 이메일이 어쨌다는 거지? 박 형사가 칠범의 질문에 혼잣말하듯 답했다.

"이메일 상대방이 피해자가 아니었다는 뜻이지."

“뭐라고요?”

칠범이 되물었지만 박 형사는 반응이 없었다. 생각에 아주 깊이 빠져서, 자기가 방금 대답을 한 줄도 모르는 눈치였다.

이메일 상대방이 피해자가 아닌, 다른 사람이었다고?

다음 날, 구치소에서 전화가 걸려왔다.

35

"박 형사님, 계속 그러고 계실 거예요?"

차동욱과의 면담 후 이틀이 더 지났는데도 박 형사는 강유진을 만나러 갈 기미조차 보이지 않았다. 대신 경찰서 안을 바쁘게 돌아다니고 있었다. 사이버범죄수사팀에 있다고 해서 가보면 과학수사팀 갔다고 하고 과학수사팀에 가보면 방금 나갔다고 했다. 동에 번쩍, 서에 번쩍, 아주 홍길동이 따로 없었다. 이한나의 어머니, 친구들과 꽤 긴 통화를 하기도 했고 신문사에 다녀온 후에는 조금 화가 나 있는 듯도 보였다. 답답함에, 칠범은 채근하기 시작했다.

"전해야 할 소식이 있잖아요."

구치소 CCTV에 그날 밤의 일이 고스란히 촬영됐다.

모두 잠든 시각, 동욱은 깨어 있었다. 그는 상의 아랫단을 쭈욱 찢어내어 끈 하나를 손에 넣었다. 남은 옷은 도로 입었다. 이어 그 끈을 목에 두르고는 강한 힘으로 여러 돌려 감은 후, 의식을 잃기 전에 재빠르게 매듭을 지어 고정했다. 경동맥이 폐쇄됐고, 목에 압력이 가해진 상태가 지속됐다. 같은 방에 있던 다른 이들은 잠들어 있었고 밖에서 보기에 그도 잠을 자는 모습이었으므로 시간이 꽤 지나서야 발견됐다. 구급대원이 달려왔을 때는 사망한 지 오래였다.

"그 소식은 강 형사가 전화로 알리기로 했어."

칠범의 답답증이 심해졌다.

"그거 말고요. 차동욱이 한 말은요? 두 번째 사진 어쩌고 한 거요."

"그건……." 입이 열리는 데는 시간이 약간 필요했다. "안 전할 거야."

"왜요?"

"무슨 속셈인지 모르잖아. 의도를 알기 전엔 전할 수 없지."

맞는 소리이긴 한데, 구린내가 풀풀 나는 소리이기도 했다. 뭔가 있구나 싶어 째려보는 찰나, 박 형사가 잠시 나갔다 오겠다고 했다. 칠범은 무조건 따라가겠다고 우겼다.

선호는 혹 두 개를 달고 운전대를 잡았다. 옆자리에 하나, 가슴 속에 하나.

지금이라도 털어놓으면 어떨까 싶어 곁을 흘겨봤다. 문득 아쉬워졌다. 카페에서 이한나의 이름을 불렀던 그날, 그 자리에서 속을 터놓았더라면 어땠을까. 상황에 전혀 어울리지 않는 반응을 보였던 그녀의 모습에서 칠범이 약간의 위화감이라도 느꼈을 그 시점, 그 장소에서 자신이 두 여자의 관계에 대해 언급했더라면 어땠을까. 칠범이라면 내가 미치지 않았다는 사실을 믿어주지 않았을까.

이내 고개를 저었다. 배후에 모종의 힘이 존재하네 마네 헛소리를 해대긴 했지만 그거야 고리타분한 선배를 놀리느라 그런 거고, 이 녀석이 평소 그런 허무맹랑한 소릴 믿는 건 아닐 테니.

하지만 상상은 해볼 수 있었다. 선호에게서 두 여자의 관계에 관해 들었다면, 그래서 선호와 비슷한 감정과 혼란을 나눌 수 있었다면, 아마도 칠범에게는 이런 마무리가 펼쳐지지 않았을까.

***

어딜 간다는 소리도 없이 차만 모는 박 형사 옆에서, 칠범은 가만히 창밖 풍경을 살폈다. 익숙한 루트. 목적지가 어딘지 알아차린 순간 다시금 머릿속이 산란해졌지만, 따져 물을 분위기는 아니었다. 칠범은 조용히 기다렸다.

도착한 곳은 지난번 그 빌라 앞이었다.

박 형사가 창문을 내렸다. 12월이 시작됐음을 알리듯 날씨는 꽤나 쌀쌀했다. 내심 긴장이 되기에 칠범은 찬 공기를 한껏 들이마셨지만 외려 신경만 곤추서고 말았다. 까딱대는 왼발만 쳐다보는데, 박 형사가 조용히 운을 뗐다.

“범아, 너. 알아, 몰라?”

"뭘요?"

"내 머릿속."

"사람은 행복을 손에 쥐기 위해서 뭘 할 수 있는가, 맞아요?"

박 형사가 피식거렸다.

"역시. 근데, 아는 놈 얼굴이 왜 그래?"

"그거야 뭐, 아는데 모르니까?"

'누가'와 '왜'는 그럭저럭 해결됐다. 하지만 '무엇을'과 '어떻게'는 여전히 어지럽게 엉킨 채였다. 박 형사가 조심스레 전제를 재확인했다. 우리가 만난 강유진은 실은 이한나고, 살해당한 사람은 실은 강유진이라는 전제.

"일단은 조용히 내 얘길 들어줘."

"알았어요."

이유를 알 수 없는 사건이 있었다. 둘의 동의가 있었는지 없었는지는 모르겠으나, 사고 후 여차저차 해서 두 여자의 위치가 뒤바뀌었다. 그간의 행동으로 보건대 강유진 쪽은 바뀐 삶이 시한부임을 알고 있었거나 확신한 것 같았다. 이한나 쪽은 잘 모르겠고. 이한나가 어떻게 생각했는지, 실제로 되돌아가긴 하는 건지 따위는 어차피 상관없었다. 여기서 중요한 건 강유진이 그리 확신했다는 점이었다.

두 사람은 여러 경험을 했을 것이다. 그 경험들이 각자의 가치관을 어떻게 변화시켰는지까지 명확히 알 수는 없지만, 그 때문에 파국을 맞은 건 분명했다. 그간의 상황을 종합해 보면 강유진은 이한나로 살면서 삶의 의욕을 되찾은 것 같았다. 한데 그게 전부가 아니었다면? 한편으로는 두려웠다면? 원래의 자신으로 되돌아갔을 때 다시 써야 할 멍에 때문에.

"그래서 사건을 일으킨 거고요."

"그럼 이한나는?"

"흠…… 그쪽도 고민이 많았겠죠."

"그래. 두 사람 모두 고민했어. 단, 방향이 달랐지. 한 사람은 원래의 자신으로 되돌아간 이후의 인생을 구제하고 싶었어. 또 한 사람은? 아예 돌아가고 싶지가 않았고."

박 형사가 말을 이었다.

"어느 날 기회가 찾아왔어. 집 안에서 무슨 일이 벌어지고 있음을 감지했지. 침입 흔적을 발견했거나, 물건이 옮겨졌거나, 뭐 그런 일 아니었을까? 이한나는 증거를 찾기 시작했고 차동욱의 존재를 알게 됐어. 정황을 보아하니, 몰래 설치돼 있던 감시 카메라를 발견한 게 계기였지 싶어.

최 경사가 발견한 CCTV 자료 조작 기록은 3월 20일, 4월 30일의 것이었어. 이미 자백했듯, 그걸 건드린 사람은 차동욱이었고. 그거, 대단히 위험한 짓이야. 한데 차동욱은 왜 겨우 한 달 만에 그 위험한 행동을 또 해야 했을까? 서재 카메라는 책장의 두꺼운 책 중 『농업 기술 도감』 속에 설치돼 있었어. 그런데 어느 날, 그게 다른 책에 가려졌다고 해. 예전 같았으면 강유진에게 문을 열라고 해서 자기가 직접 처리를 했겠지만 이번엔 그럴 수가 없었다더군. 나는 그 시기, 이한나 역시 감시 기기를 몰래 들여놓았으리라고 봐. 그 다음은? 계속 외출하는 거야. 침입자가 찍히길 바라면서. 결국 알아냈지.

고태경이 강유진을 감시하고 있다……. 이한나는 이 점을 잘 이용하면 뭔가 얻어낼 수 있으리라 직감했어."

칠범은 조용히 들었다.

"먼저, 고태경의 본명이 차동욱이란 사실을 밝혀내. 어렵지 않아. 사진과 가짜 이름으로도 사람을 찾아주는 곳은 널렸으니까. 하지만 풀리지 않는 의문이 두 가지 있었어. 첫째, 두 사람은 무슨 관계인가. 왜 차동욱은 강유진 곁을 맴도는가. 둘째, 강유진은 자신이 감시당하는 걸 알고 있었을까. 그렇다면 왜 그대로 두었을까. 여기서부터는 직접 나섰어. 더 이상 외부인의 개입은 위험하다 판단했기 때문이야. 강유진의 과거에 해답이 있다고 추측한 이한나는 강유진이 성인이 돼서는 정상적인 사회생활을 하지 않았다는 데 주목했어. 그렇다면 둘의 접점은 학창 시절, 혹은 그 이전 시기에 있을 가능성이 크지. 이후, 이한나는 예전 일을 기억하지 못한다는 핑계로 이곳저곳 다니며 강유진의 과거를 캤어. 차동욱이 한 말 기억나? 이한나가 초여름부터 여행을 다녔다고 한 거. 그건 일반적인 여행이 아니었어. 강유진의 삶을 따라 움직이며 정보를 모으는 과정이었지. 초등학교를 찾아간 것도 그 때문이었어. 바로 거기서 두 사람의 최초 접점을 찾은 거야. 나 어제 교감 선생님한테 전화해서 물어봤어. 거의 20년 전에 잠시 맡은 제자인데도 강유진을 그리 정확히 기억하는 이유가 뭐냐고."

"당시의 일기를 최근에 읽었기 때문이라고 하셨잖아요." 말을 마치기 무섭게, 칠범은 깨달았다. "타이밍이 너무 절묘하군요."

"그래. 또 그렇게 답하시기에, 내가 더 자세히 물어봤지. '혹시 몇 달 전에 강유진이 다녀갔었느냐.'라고. 근데 교감 선생님이 답을 주저하는 거야. 알고 보니 어여쁜 제자한테서 당부를 들으셨더라고. 자길 만났단 얘긴 다른 사람에게 하지 말아달라는 당부. 이게 그저 우연일까?"

칠범은 있는 힘껏 고개를 내저었다. 박 형사의 목소리가 좌우로 흔들리는 세상을 비집고 들어왔다.

"그 다음 궁금증. 강유진은 자신이 감시의 대상이란 사실을 아나, 모르나. 만약 안다면 어째서 가만있었나. 이한나는 '안다'에 무게를 싣고 두 사람의 또 다른 접점을 찾아 나섰어. 그리고 성공했지. 짐작대로, 강유진은 차동욱에게 약점을 잡혀 있었어. 강유진은 항상 두려웠을 거야. 지금은 차동욱이 그 약점을 이용해 자신을 압박하는 정도이지만 언젠가는 그걸 세상에 터뜨려버릴지도 모른다고."

칠범은 궁금했다. 이한나는 온갖 공을 들여 상대의 과거와 비밀을 캤다. 한데 상대의 '현재' 고민이 뭔지는 어찌 알았을까. 당사자에게서 들었을 리는 없다. 그저 추측이었을까. 과연 이한나는 추측만으로 움직였을까.

반짝, 떠오르는 답이 있었다.

"노트북. 맞죠?"

"그래. 강유진과 차동욱의 관계를 조사하기 시작한 시점, 이한나는 강유진을 관찰하기 시작했어. 몰래 집을 뒤지고, 뒤를 캐고, 컴퓨터를 이용하고……. 그 후 이한나는 강유진이 뭘 검색하는지, 어떤 고민을 하는지 모두 훔쳐봤고 급기야는 '다시 시작하려면 차동욱이 사라져야 한다, 가장 확실한 해결법은 그를 없애는 것이다.'라는 생각까지 읽어냈어. 꽤 괜찮은 살인 아이디어를 떠올렸다는 것까지. 바로 그 지점, 거기서부터 둘의 폭탄 돌리기가 시작됐어."

"하아……."

"자, 어쩌면 뭔가 얻을 수 있겠다 싶어서 시작한 일이지만 정보를 다 모으고 보니 할 만하겠다 싶었어. 두 사람의 행적으로 미루어 계산해 보니까 이한나가 결심을 완전히 굳힌 건 여름이 끝날 즈음이었던 것 같아. 그 전까지는 계속 갈등했으리라고 봐. 강유진으로 살기 위해 잃어야 할 것, 치러야 할 대가 역시 작지 않았을 테니. 과거, 환경, 성격, 동일한 상황을 대하는 태도 등 이 둘은 신기할 정도로 모든 면에서 대조적이었지만, 딱 한 번 같은 결정을 내린 순간이 있었어. 바로 이때. 두 여자 모두 최대한 이기적인 선택을 했지.

강유진은 인생 최대의 도박을 하기로 결심했어. 어차피 이대로 돌아가 봐야, 자기 소설 주인공이랑 똑같은 결말을 맞을 거라 생각했을지도 모르겠어. 제일 먼저 고민한 건 시기와 방식이었어. 그중 '원래의 자신으로 되돌아간 후 직접 살해'와 '원래의 자신으로 되돌아간 후 전문가를 고용해 살해'라는 방식은 제외했어. 작은 실수만 해도 자신의 남은 인생이 통째로 날아가 버릴 테니. '원래의 자신으로 되돌아가기 전에 전문가를 고용해 살해'란 선택지가 실은 최고지만, 이건 애초에 불가능했어. 이한나의 재정 상태는 바닥이었으니까."

"그래서 '원래의 자신으로 되돌아가기 전에 직접 살해'란 선택을 했군요. 이한나의 얼굴을 한 채 살인을 저지르기로."

"그래. 여기서 강유진이란 인물의 바닥이 드러나."

"만약 잘못돼도 그 대가는 자신이 치르는 게 아니다?"

"그래."

박 형사는 고갤 몇 번 끄덕이고는 얘길 이어갔다.

"다시 주인공 얘길 해 보자고. 난 이한나가 '강유진이 차동욱을 죽이는 경우'는 물론, 그 '반대의 경우'까지 모두 고려했을 거라고 봐. 아, 근데 그 '반대의 경우' 즉, 차동욱이 강유진을 죽이는 쪽은 일어나기 매우 어려운 일이야. 차동욱에게는 '기자 이한나'를 해칠 동기가 없으니까. 그래서 확률이 높은 쪽에 집중해 대비하기로 했어. 만반의 준비를 한 강유진이 차동욱을 살해하는 쪽. 자, 강유진이 차동욱을 살해했다고 쳐. 이한나는 어떻게 할 생각이었을까?"

칠범은 잽싸게 머리를 굴렸다.

"강유진을 없애야죠. 최대한 빨리요. 만에 하나, 진짜 만에 하나라도 두 사람의 몸이 다시 뒤바뀌는 일이 벌어지기라도 하면 자신이 폭탄을 떠안고 살아야 하니까요. 아니, 더 서둘러야 해요. 일이 잘못돼서 경찰이 예상보다 빨리 '기자 이한나'에게 닿을 수도 있어요. 일단은 이한나의 얼굴을 한 강유진이 체포되긴 하겠죠. 하지만 시간이 지나면……."

하루아침에 둘의 입장이 뒤바뀌게 되리라. 혹은 언제라도 그리 될 수 있다는 불안감을 안은 채 살아야 하리라.

"그래. 그에 대비한 몇 가지 계책이 있었을 거야. 결과적으로 강유진이 차동욱을 죽이는 일은 발생하지 않았기 때문에 이한나는 이 경우를 위해 마련해 둔 대비책을 실행에 옮길 필요가 없었어. 해서 그 계책들이 어떤 것이었는지는 알 수가 없어. 자살보다는 사고사로 위장하는 방식이었을 것 같긴 해. 그간 많은 죽음을 봐왔을 테니 중독사, 교통사고, 추락사고 등등에서 어떤 경우에 자살로, 어떤 경우에 사고사로 처리되는지도 잘 알았겠지. 아, 딱 한 가지는 어렴풋이 짐작해 봤어. 사건 당일, 출판사에 가기 전에 상대방의 집에 갔었다고 한 진술 기억하지? 단지 연락이 안 되어서가 아니라 다른 목적이 있어서가 아니었을까? 상대의 습관이나 생활 방식을 정확히 파악하고 있다면 독극물 쪽을 우선 고려해봄직 하지. 물론 이제 와 그런 걸 구하는 의심 살 짓은 절대 안 했을 거야. 해서 혹시 예전에 구한 적이 있었나 조사를 좀 해 봤는데, 작년에 이한나한테서 정체불명의 물약병을 받아서 내용물의 성분을 확인해 줬다고 진술한 친구가 나오더라고. 안에 든 건 니코틴 원액이었대. 아, 꼭 그걸 썼다는 소린 아냐. 증거는 없어. 살던 집은 장례식 직후 완전히 정리됐거든. 하지만 업무 도중 자연스러운 방식으로 위험 물질에 접근하고, 구입 흔적 없이 손에 넣을 기회가 있었던 건 분명 사실이잖아. 조사나 취재 명목으로 그보다 더한 것도 수중에 넣었을지 모르지."

그러한 방식, 즉 과거의 자신 선에서 꼬리가 잘리는 수단을 이용해 사건 당일 상대방을 처리하는 게 제일 깔끔하긴 했다. 박 형사는 이한나가 그 이상을 준비했으리라고 했다. 강유진이 치밀하게, 성실하게 마련해 놓은 812 사건이라는 위장 덕에 경찰은 '기자 이한나'까지 쉽게 도달 못 할 것이므로 시간은 어느 정도 확보되어 있다면서.

여기서 칠범은 좀 더 근본이 되는 의문을 제기했다.

"잠깐만요. 이상해요."

"뭐가?"

"그 위장이란 거요. 강유진 말이에요, 애당초 위장이 꼭 필요했을까요? 아니, 안 하는 게 더 유리해요. 보세요. 자, 차동욱이 죽었어요. 시간이 지나 강유진은 원래의 자신으로 되돌아왔어요. 이때, 본인이 용의자가 될 수는 있죠. 하지만 거기까지예요. 좀 시달리긴 하겠지만, 결국은 무혐의로 밝혀진다고요. 이한나에게 죄를 뒤집어씌우기로 결정한 이상, 그토록 위험하고 복잡한 작업을 할 필요 없이, 차동욱을 죽인 후 바로 자수하거나 체포되는 게 나을 수도 있어요."

"맞아. 나라도 그랬을 거야. 돌이킬 수 없는 실수를 저지른 후가 아니었다면."

박 형사가 설명을 이었다.

"강유진은 이한나가 체포되지 않도록 최선을 다할 수밖에 없었어. 원래의 삶으로 못 돌아갈 가능성을 고려했는지는 모르겠지만, 확실한 문젯거리 하나는 있었어. 돈. 두 사람이 뒤바뀐 초기에 빌려준 돈, 그게 엄청난 족쇄가 돼버렸거든. 자, 네가 이한나라고 생각해봐. 어느 날 눈 떠보니 감옥이야. 자기가 살인범이란 증거는 완벽해. 빠져나갈 길은 없어. 가만히 있겠어?"

칠범은 곧 수긍했다. 말과 한숨이 동시에 나왔다.

"휴…… 절대 가만 안 있죠. 배신감에 치를 떨겠죠. 저라면 강유진이 돈을 주며 시켰다고 주장할 겁니다. 물귀신 작전으로."

결국 강유진 입장에서 최상의 시나리오는 차동욱이 피해자, 김수양이 범인이 되고 자신과 이한나는 빠져나가는 것이었다. 김수양의 짓이 아닌 걸로 밝혀지더라도, 혼선된 초동수사로 인해 사건이 미제로 남는 결말도 좋았다. 이한나는 최후의 안전망으로 배치됐다. 그땐 좋은 변호사를 구해 싸울 작정이었겠지만, 필시 아주 힘든 싸움이 되었을 터였다. 조건 없이 빌려준 거액의 돈, 강유진 본인도 모르는 최근의 강유진을 가장 잘 알고 있는 이한나. 이번 일이 차라리 쉬웠으리라. 칠범이 물었다.

"그 반대는요? 그 돈 말이에요, 강유진의 얼굴을 한 이한나의 입장에서도 약점이 돼요. 남들이 보기엔 자기가 채권자니까. 실제로, 그 돈 때문에 교사범으로 지목되기도 했어요. 알리바이야 24시간 카페만 가 있어도 만들 수 있는 거지만, 그것만 가지고 살인 교사 의혹까지 벗을 순 없다고요."

"당연하지. 근데 그건 걱정할 필요가 없지. 왜냐하면……."

칠범은 아차 싶었다.

"하아…… 교사한 적이 없군요."

"그래. 경찰이 아무리 살인 교사에 무게를 싣고 수사해도 증거는 안 나와. 애초에 존재하지 않으니까. 즉, 그 돈이 약점으로 작용하는 건 둘 다 살아있는 경우에 한해서야. 열 받은 한쪽이 거짓 진술을 하는 경우 말이야. 강유진은 이한나를 죽일 수 없으니 상대의 거짓 진술을 걱정해야 했지만 이한나는 달랐어. 강유진을 죽일 생각이었으니까. 남은 일은 경찰 수사에 성실히 응하는 착한 시민이 되는 것뿐이었지."

"아이고……."

"자, '강유진이 차동욱을 살해하는 경우에 대비한 이한나의 계획'은 대충 여기까지."

"그런데 그게 안 됐죠."

"맞아. 예상과는 달리, 실현성이 아주 낮다고 여긴 일이 발생해 버렸어. 우리 전화 받고 충격이 컸을 거야. '그저께, 집, 사고사' 같은, 자신이 세팅해둔 결말을 예상하고 전화를 받았는데 '어제, 중앙천, 타살'이라니. 심지어 시신이 공공장소에 버려져 있다니. 예측을 훨씬 뛰어넘는 전개였지. 그래도 큰 무리 없이 움직일 수는 있었어. 당초 모든 걸 계획하면서 이 상황도 약간은 고려했으니까."

강유진이 죽는 경우, 이한나가 제거해야 할 대상이 바뀐다. 차동욱으로.

"원래 이한나는 국면을 지켜보다가 적절한 타이밍에 준비된 행동 몇 가지를 할 계획이었어. 그런데 변수가 생겼어. 사건 초기, 경찰의 움직임이 일반적인 살인사건 때와는 다르단 걸 눈치챈 거야. 즉시 가족, 남자 친구 등을 만났어. 상황이 어떻게 돌아가고 있는지 최대한 빨리 알아내야 했으니까. 강유진이 남긴 단서가 없는지 확인도 할 겸. 이후, 언론이 그 죽음을 812 사건의 세 번째 건으로 보도했고, 이한나는 또 한 번 놀랐어. 차동욱이 그렇게 나왔을 줄이야. 결국 계획을 전면 수정했지."

칠범은 사건 이후 이한나의 행적을 짚어봤다. 수개월에 걸쳐 세운 계획을 모두 접고 원점에서 다시 진행하려면 골치깨나 썩었으리라. 아니, 잠깐. 결과적으로 그 여자는 성공했다. 매번, 적시에 필요한 행동을 했다. 높은 곳에서 판을 내려다보지 않고선 불가능한 일이었다.

"사건의 상세 내용은 어떻게 알았을까요?"

박 형사가 피식 웃었다.

“황 기자를 추궁했더니 털어놨어. 돈을 받고 자료를 넘겼다더군.”

“네?”

“자료만이 아니라 경찰 동향까지 넘겼어. 이한나는 거기에 맞춰 움직였고. 최우선 과제는 새로운 상황에 맞는 새로운 단서를 찾아내는 거였어. 이 단계에서 발견한 게 ‘하나 둘 그리고 또 하나’, ‘후’라는 힌트.”

그냥 봐서는 뭔 소리인지 모호하지만, 사건의 진상을 아는 사람의 눈에는 그 의미가 선명하게 보였을 터였다. 그리고 적당한 시기, 이한나는 그것들을 이용해 경찰에게 1992년이라는 키워드를 제시했다.

“근데 우리 데이터에 정지희 사건이 없었어요.”

“그래. 그 덕에 홍인경, 박연희가 1992년 즈음에 만났던 남자나 찾아다녔지. 언론사 자료를 받아다가 뒤지기나 하고. 조작된 채 통보된 사건 자료라도 있을 줄 알았겠지만 오산이었어. 황 기자한테서 우리 동향을 전달받고는 일이 별나게 돌아간다 싶었을 거야.”

“그러면 해외 쪽을 제대로 살피도록 유도하면요?”

“그건 경찰이 지금 뭘 놓치고 있는지 너무 정확하게 짚는다는 인상을 주지 않아?”

“아…….”

칠범은 뒷머리를 긁적였다.

“그래서 추가 힌트를 주기로 했어. 거 참, 자꾸 도와줘서 고맙다고 해야 하나? 여기서 그 사진이 등장해. 원래는 차동욱 체포가 늦어질 경우 경찰이 자연스럽게 그에게 닿을 수 있도록 준비한 거였는데, 사건이 예상과는 완전히 다르게 전개되는 바람에 기존에 준비한 계책 대부분을 못 쓰게 된 상황에서도 이거 하나만은 써먹을 수 있었지. 둘은 같은 루트를 타니까. 보낸 사람이 피해자라면 경찰은 그 사진에 엄청난 가치를 부여할 거고, 사진 속 남자를 찾아 나설 게 뻔해. 신원을 알아내면 그의 1992년도 행적을 조사할 테고, 결국 정지희가 나온다, 이한나는 그걸 원했어."

칠범은 의아했다.

"잠깐만요. 이 과정에서 이한나는 필요 없는 행동을 했어요. 집근처 CCTV 영상을 뒤졌고, 서울 시내 심부름 업체를 일일이 찾아다녔어요. 왜 그랬죠?"

"배달한 남자가 누군지 몰랐으니까."

"아니, 그게 아니라 처음부터 보내는 사람 이한나라고 적어뒀으면 그 고생을 할 필요가 없었다고요."

"이한나의 목표는 강유진의 인생을 손에 넣는 것만은 아니었어. 굳이 사건 이후의 자기 역할과 그에 필요한 단서들까지 미리 마련해둔 걸 보면 말이야. 이한나는 상대의 의도를 파악하고, 상대를 부추기고, 그에 맞게 대응을 준비하는 것만으로도 원하는 걸 가질 수 있었지만, 어떤 이유에선가 그 이상을 원하게 된 것 같아. 지난 1년간 두 사람의 상황 차이가 영향을 미친 게 아닐까 싶어. 사건 이전에 주도적으로 움직인 건 강유진 쪽이었어. 바뀐 역할을 충실히 수행하고, 마음을 짓누르던 사건을 해결하고, 삶의 의미를 찾고, 심지어 상대의 인생을 담보로 자기 행복을 손에 쥐려고까지 했지. 그에 비해 이한나는 거의 갇힌 생활을 하며 상대의 눈부신 발전을 지켜 봐야만 했어. 정확하진 않지만 이와 관련된 심리적인 이유가 이한나를 살인사건 속으로 직접 뛰어들게 만든 게 아닐까?

이한나가 선택한 방법은 일종의 무대를 만드는 거였어. 강유진, 차동욱은 물론 경찰까지 거기 올려놓고는 각자에게 숙제를 주고 그 셋이 어떻게 나오나 관찰했어. 자신이 원하는 방향으로 가게끔 조종도 했고. 그래 놓고는 그 무대에서 스스로는 대단한 배역을 맡았어. 피해자 본인이면서, 피해자의 친구이면서, 범인의 주변인이면서, 경찰의 협력자이면서, 용의자이기까지 한."

"사건이 쉽게 풀리든 어렵게 풀리든, 자신은 무조건 의심을 받게 되어 있어요. 그럴 거면 대놓고 사건의 한가운데에 서겠다, 이건가요?"

하지만 그 행동들은 대외적으로도 쓸모가 있었다. 당사자가 그 고생을 해서 단서를 물어다 준 덕에 경찰은 상당히 헷갈렸기 때문이었다. 저런 사람이 교사범일 리가 없다고. 절반은 아직도 그러고들 있었다.

박 형사는 사진 이야기나 계속 하자고 했다.

"보낸 사람 이름을 왜 안 적었느냐고 물었지? 그건 강유진에게 일을 부탁할 구실을 만들기 위해서였어. 생각해 봐. '이거 갖고 있다가 발신인 당신, 수신인 저로 해서 보내주세요.'라니. 희한한 부탁이지. 왜 그래야 되는데? 게다가 '보관했다가 나중에 제가 지정하는 날짜에 맞춰서 보내주세요.'란 요구까지 붙어 있다? 더 수상해. 하지만 '소설 쓰는 데 필요한 실험이다, 익명으로 발송된 배달물을 역으로 추적할 수 있는지 알아보려 한다.'라는 핑계를 붙인다면? 출판사에 확인해 보니, 최근 '강 작가'한테서 미스터리 소설 원고를 하나 받았다더군. 다른 사람이 쓴 건데 좀 봐달라고 했다나. 혹시 배달물 관련 에피소드가 있는데 보완이 필요하지 않았느냐고 물었더니, 꽤 놀라더라고. 나더러 어떻게 그 원고를 읽어봤느냐면서. 소설 내용을 강유진도 알았다면 별 의심 안 했을 거야.

대충 아무거나 넣어서 배달받은 후, 돌아가는 상황에 알맞은 단서로 바꿔치기 해서 우리한테 전달하면 좋았겠지만 그럴 수 없었어. 그 배달물에는 배달 과정을 알 수 없게 해 달라는 수상한 요구 사항이 붙어 있으니까. 업체든, 동네 고등학생이든, 돈이 필요한 노숙자든, 중간 과정에 개입하는 누구든 호기심에 혹해서 뜯어볼 수 있지. 해서 애초에 내용물로 김수양 사진을 선택한 거야. 제3자가 봐서는 무슨 상황인지 전혀 알 길이 없고, 좀 빙빙 돌아 놈에게 닿아야 하긴 하지만 그래도 경찰에게는 단서가 될 수 있고.

강유진 쪽에는 미리 손을 써 뒀을 거야. 만나는 자리에서는 평범한 엽서 같은 내용물을 보여줘서 의심 자체를 못 하게 만든 뒤, 나중에 봉투를 바꿔치기 한다거나, 아니면……."

이어지는 이야기를 들으며, 칠범은 딱히 반박을 하진 않았다. 박 형사의 추리 중 특별히 이가 어긋나는 부분이 있는 건 아니었다. 이건 '전제'의 문제였다. 전제가 맞으면 세부사항도 들어맞는 것이고, 전제가 틀리면 세부사항도 틀리는 거였다.

"계속할까?"

"네."

"강유진 쪽 포석은 얼추 이렇게 놓았고…… 차동욱 쪽에도 미리 기반을 닦아 놨겠지?"

"네. 저 이건 알아요. 이메일." 박 형사가 고개를 까딱했다. 칠범이 덧붙였다. "이한나는 두 여자의 계정을 이용해 이메일을 주고받았어요. 즉, 1인 2역."

"맞아. 꽤 훌륭하게 소화했지. 그 메일들에는 차동욱에게 호의적인 감정을 가진 듯한 내용이 곳곳에, 티 안 나게 심어져 있었어. 사실 그건 부수적인 수단이고 진짜 초석은 예전에 깔아뒀어. 정확히는 지난봄에. 병원에서 각종 의료 기록을 다 받아갔더라고? 투신사건 당시에 받았던 치료 내용과 의사 소견, 진료기록 등등. '강유진'의 기억 상실증이 사실임을 입증하는 객관적이고 확실한 자료이지. 일부러 스캔까지 해서 집 컴퓨터에 저장해 두고 봤고. 그렇게 수개월, 차동욱은 자신을 대하는 상대방의 태도가 거짓이 아니라고 자연스레 받아들이게 됐어."

이걸로 이한나는 차동욱이 살아있는 모든 경우에 시간을 벌 수 있었다. 여기에는 강유진이 차동욱을 죽이는 데 실패하고 둘 다 살아있는 상황도 포함된다.

"둘의 관계는 최근 새로운 국면으로 접어들었어. 그리고 많은 것들이 달라진 만큼, 예전 같은 폭력적인 관계로 돌아갈 수도 없지. 이대로 쭉 가거나 완전히 끊어지거나, 이젠 그 둘 중 하나뿐이야. 그런데 이런 상황에서 아무리 피해자이기로서니 살인 미수 사건에 연루되면? 자신이 고태경이 아닌 차동욱이란 사실, 그간 저지른 짓, 숨기고 싶었던 과거까지 죄다 상대에게 알려지게 돼. 피하고 싶었겠지, 무조건. 해서 이한나는 강유진의 계획이 실패하더라도 차동욱이 신고를 망설이거나 포기하리라고 예상했어. 실제로 그는 정당방위를 주장할 수 있었음에도 불구하고 그 기회를 버렸지."

어느덧 땅거미가 까만 발을 움직이며 내려앉기 시작했다. 칠범은 귀가 중인 사람과 차를 하나하나 살폈다. 이한나는 나타나지 않았다. 머릿속이 얼키설키 엉클어졌지만, 한 올 한 올 뽑아낸 악의로 거미줄을 친 여자와, 보이지 않는 함정에 걸린 줄도 모르면서 서로를 잡아먹는 데만 정신이 팔린 두 사람의 모습만은 확실히 그려졌다. 칠범은 화제를 돌렸다.

"그 정도였다니. 그럼 좀 의외예요. 차동욱이 던진 질문을 보면요, 그 사람, 분명 깨닫고 있었어요. 자기 손바닥 위에서 갖고 놀던 대상이 뒤통수를 쳤다는 걸. 근데 왜 가만있었죠? 상대의 약점을 밝혀서 복수하면 됐을 텐데요."

박 형사는 그 얘기가 나올 줄 알았다는 투였다.

"그 약점 말이야. 내 생각엔 이미 해소된 것 같아. 차동욱의 말 속에 뼈가 있었어. '만약 있다고 해도 더는 약점이 아니다.' 처음엔 상대방의 성격이 바뀌어서 더 이상 그런 것에 휘둘리지 않는다는 뜻인 줄 알았어. 시간이 지나니까 생각이 바뀌더군. 확실히 해소된 게 아니라면 이한나가 그리 자신 있게 움직였을 리가 없어. '만약 있다고 해도 더는 약점이 아니다.'란 건……."

칠범은 설마 하면서도 단어 하나를 뱉었다.

"공소시효?"

박 형사가 끄덕였다. 칠범은 눈을 가늘게 떴다. 방금 자신이 한 말을 박 형사가 제대로 알아들었나 의심스러웠다. 공소시효가 끝났다면 강유진은 더 이상 차동욱을 두려워하지 않아도 된다. 그 손아귀에 놀아날 필요가 없다. 그런데도 죽이려 했다고?

박 형사가 유리메기를 보는 듯한 시선을 던졌다.

"너 무슨 생각하는지 다 보여. 차동욱의 손에 있던 패는 강유진의 삶 전체를 틀어쥘 수 있는 힘을 가진 거였어. 즉, 그 약점이란 범죄, 혹은 사회적으로 크게 지탄받거나 회복할 수 없는 수준으로 명예가 실추되는 일이란 거야. 뭐, 그 둘 다겠지. 법적 처벌과 사회적 처벌. 강유진에게 그 둘은 다르지 않았어.

강유진은 외로움에 시달렸어. 사람을 그리워했지만 두려워했고, 세상에 나서고 싶었지만 역시나 무서웠지. 따돌림, 협박, 시선, 비난…… 오랜 기간 그것 때문에 뼈저리게 고통 받았어. 그게 대수냐고? 사람을 자살로 내몰 정도의 고통이었어. 『글루미 선데이』 사건 때는 자기 잘못도 아니었고, 이름이나 얼굴이 세상에 알려진 게 아니었는데도 강유진은 많이 괴로워했던 것 같아. 그런데 자신의 범죄 사실이 공개된다면 어떻겠어? 게다가 누군가 적극적으로, 악의적으로 퍼뜨린다면? 지금까지 당한 건 아무것도 아니야. 모두의 입에 오르내림과 동시에 모두에게서 매장당하겠지. 큰 사건이든 작은 사건이든, 공소시효 이후 범인이 밝혀진 사례는 드물어. 그러니 공소시효 논란이 있을 때마다, 처벌을 피한 채 잘 살고 있는 인물의 예시로 거론될 법하지. 죽을 때까지 혹은 죽은 후에도 온갖 책에 등장하게 될 거고. 아, 강유진의 소설은 다른 의미로 또 유명해질 거야. 정신의학자, 심리학자, 범죄학자 들의 좋은 먹잇감이 될 게 뻔해. '범죄자의 심리가 문학 작품에 미치는 영향' 이런 제목을 달고서. 문장 하나, 단어 하나에 의미가 붙고 작품은 너덜너덜하게 해부당할 거야. 인터넷에는 학교 동창들의 증언이 줄줄이 공개될 테고, 사람들은 거기에 또 살을 붙이겠지. 강유진의 부모는 강승호, 최미영, 성공한 투자자, 주부 이전에 범죄자의 부모로 기억될 거야. 외국에 나가 살면 된다? 똑같아. 차동욱이 평생 따라다니며 강유진을 고립시켰을 테니. 강유진이 이한나의 인생을 담보로 도박을 한 것도 이것과 관련 있을 거라고 생각해. 최악의 상황이 닥치더라도 최소한 자신의 명예는 지킬 수 있을 테니까.

이한나는 달랐어. 법적 처벌만 받지 않는다면 자신이 저지르지 않은 죄도 뒤집어쓸 각오가 되어 있었어. 오명도, 외로움도 모두 감내할 만하다 여겼지. 차동욱이 보기에도 그랬어. 현재의 강유진은 세상의 눈 따위를 두려워할 인물이 아니었어."

박 형사가 갑자기 의미심장한 미소를 지어 보였다.

"근데 진짜 재밌는 사실이 뭔지 알아? 진실을 파악하게 해준 또 한마디. 차동욱이 예전의 강유진을 어떻게 표현했지? '약점 같은 거 잡지 않고도 쉽게 휘두를 수 있는 대상'이었다고 했어. 이거 무슨 뜻이겠어? 두 번째 사진은 없다고도 했잖아."

칠범은 알아들었다는 뜻으로 고개를 꼬박해 보였다.

"가짜 패로군요."

"맞아. 강유진은 자신의 범죄 사실이 담긴 사진이 차동욱 손에 있다고 믿었지만, 사실 그런 건 애초에 없었어. 네 말대로 가짜 패였지. 그러니 이제 와서 무슨 수를 쓰고 싶었더라도 차동욱이 경찰에 내놓을 카드는 없었어."

이한나가 거기까지 꿰뚫었을 것 같진 않다고 했다. 어차피 그녀에겐 별로 중요한 문제도 아니었을 테고. 칠범도 같은 의견이었다. 박 형사가 화제를 돌렸다.

"자, 이제 마무리만 남았어. 수사는 지지부진했고, 우리 경찰은 이한나가 열심히 차려준 밥상을 제대로 못 받아먹었고, 이한나 본인은 고생에, 의심까지 다 떠안았지. 우리한테 김수양 사진을 전달한 이후, 그 여잔 별다른 움직임을 보이지 않았어. 일단 거기서 멈추고 수사 추이를 지켜볼 계획이었지. 그때 한 가지 변수가 생겼어."

"박 형사님."

"그래. 나. 바로 이 몸. 나한테 정체를 들킨 거야. 솔직히 그날 이한나의 이름을 부른 건 내 추측이 옳은지 확인하려는 목적도 있었지만, 이후 그 여자가 어떻게 나올지 보고 싶어서이기도 했어. 태도를 바꾸는 과정에서 실수를 할지도 모르니까. 사실, 뭐가 더 있을 것 같은 예감이 들었거든. 어떻게든 그 여잘 압박해 보고 싶었어."

박 형사가 갑자기 웃기 시작해서, 칠범은 깜짝 놀랐다.

"근데 내가 졌어. 아무것도 안 하는 방법을 택할 줄이야. 심지어 그 여잔 그 상황을 이용하기까지 했어. 조급한 마음에, 사건을 빨리 끝낼 방법을 쓸 수도 있었지만 잘 계산해 보니 그럴 필요가 없었던 거야. '박 형사가 나에 대해 알았다면 강유진의 실체도 알았겠구나. 그렇다면 차동욱에게 닿는 건 시간문제다.'란 결론에 도달했지. 그래서 모든 계획을 취소하고 기다렸어. 나를 믿고."

박 형사는 영화로 치면 누구나 클라이맥스를 기대하며 두근대는 심장을 부여잡는 부분에서 허망하게 엔딩 자막을 보게 된 기분이었다고 했다.

"이제 이한나에게 남은 과제는 딱 하나. 차동욱을 곁에 잡아두는 일이지. 뭐, 놈이 해외로 달아나는 것도 나쁜 마무리는 아니야. 잡히는 건 시간문제이니까. 애초에 차동욱이 바로 달아났다면 이한나도 사건을 쉽게 풀었겠지만 차동욱은 도주하지 않았고, 이한나는 그가 어떻게 나오나 지켜보기로 했어. 지민이를 통해 그의 어린 시절을 보여주고는 반응을 살폈어. 경찰이나 황 기자와 접촉한 후에는 수사가 전혀 진전되지 않는다는 내용으로 일지를 기록했어. 더는 움직이지 않기로 결심한 후에는 집에 들어앉아서 할 수 있는 일을 고안해냈지. 환자 연기. 별것 아닌 것 같지만, 의외로 이 환자 연기란 게 차동욱을 당황하게 만들었어. 이한나는 강유진의 일기를 여러 번 읽었어. 『뇌 과학』, 『정신병리』, 『신경정신의학』 같은 전문 서적은 덤이었지. 동시에, 의료포털 사이트에서 기억에 대한 진료 상담을 받았어. 한 의사는 사고 당시 뇌손상을 전혀 입지 않은 경우엔 정신, 심리적인 충격이 기억 상실에 영향을 미쳤을 가능성이 있으며 병원을 찾아가 제대로 된 검사와 상담을 받을 것을 권유했더군. 그 답변을 받자마자 이한나는 그에 딱 맞는 내용이 담긴 자료와 논문 등을 검색하기 시작했고, 실제 기억이 회복된, 그야말로 희망적인 사례들을 하나하나 찾아나갔어. 진료 예약도 했지. 차동욱은 지금이라도 해외로 달아나 후일을 도모해 볼까 고민도 하고 있었는데, 이쯤에서 좀 더 갈등하게 됐어. 자신이 없는 사이 상대방이 기억을 되찾아버리면 후일을 도모하고 자시고 그냥 끝이잖아. 상대방은 아무도 못 찾는 곳으로 숨어버릴 테니까. 이한나는 이렇게 예상했어. 평생 한 사람에게 집착한 인간은, 상대의 약점을 세상에 공개하지 않는 대가로 자기만의 방식으로 괴롭히며 망가지는 모습을 보는 데서 희열을 느꼈고 거기서 삶의 의미를 찾은 인간은 그 상대를 쉽게 놓지 못할 것이다. 역시나, 차동욱은 선뜻 움직이지 못했어. 고민하는 사이, 김수양 얼굴이 전국에 깔렸고 차동욱은 파국이 가까워졌음을 느꼈어. 그러다 연락을 받은 거야. 김수양이 체포됐고 그 일로 경찰서에 가려 한다는 메시지. 차동욱은 지금이 모든 걸 끝낼 마지막 기회라고 생각했어. 이한나가 집에 있는 내내 창밖을 관찰한 행동에 어떤 의도가 숨어 있었단 걸 눈치챘다면 빌라에 안 갔을지도 몰라. 그 여잔 경찰을 기다렸어. 근처 도로에 잠복 중인 경찰을 발견한 순간, 드디어 이 여정에 마침표를 찍겠구나 싶어 기뻤겠지. 그 길로 황 기자에게 전화해 김수양 체포 사실을 확인했고, 바로 차동욱에게 연락했어. 할 얘기가 있으니 이리로 와 달라, 뭐 그런 부탁을 할 계획이었는데 차동욱 쪽에서 먼저 빌라로 가겠다고 제안했지. 이한나는 바로 수락했고."

"그걸로 깨끗하게 끝내버리려 했군요."

"그래. 상대가 자길 죽이려 계획한 것까진 예상 못 한 것 같지만. 뭐, 결과적으론 잘 끝났어. 아마 지금쯤 승리감을 만끽하고 있을지도."

칠범은 궁금했다. 이한나는 가족까지 버리면서 새 삶을 찾은 건가. 그때 똑똑똑, 하고 깨달음이 노크했다.

이한나는 가족을 내팽개치지 않았다.

사건 초반, 그녀는 가족을 찾아갔다. 일이 어떻게 돌아가고 있는지 파악하기 위해서. 자신이 유리하게 이용할 만한 단서를 강유진이 남겼는지 확인도 할 겸. 그런데 꼭 그뿐이었을까. 어머니와 동생을 사고뭉치 아버지에게서 떼어낼 기회라고 생각한 건 아닐까. 아버지에게 혐의점이 조금이라도 있다면 그걸 물고 늘어질 작정이었을지도 모른다. 아버지가 범인으로 밝혀지지는 않겠지만, 그 과정에서 어머니가 깨달음을 얻길 바랐을 것이다. 아까 박 형사가 그랬었다. 이한나는 강유진을 없애야 하는 경우에 대비한 계책을 몇 가지 마련해 놓았을 것이며, 그것들은 최대한 사고사로 보이게끔 하는 방법이었으리라고. 보험 하나를 더 가입한 것으로 미루어 이는 타당한 추측이었다. 아마도 화재 사고 때 느낀 바가 있다며 실손보험이 필요한 척 설계를 한 후, 거기에 사망 특약을 슬쩍 끼워 넣어 가입을 부탁했으리라. 그즈음 이한나는 원래 인생으로 되돌아가 어머니와 동생을 보살필 준비를 하는 척 연기를 했을지도 모른다. 칠범은 뉴스를 검색해 봤다. 올해, 모든 손해보험사는 9월 이후 신규가입자에 대한 실손보험 보장을 크게 축소했다. 그래서 이한나가 이쪽을 선택한 것이다. 생명보험에 비해 받을 수 있는 금액이 적긴 하지만, 상대의 의심을 피하면서 서명을 부탁할 수 있는 좋은 핑계가 되었을 테니. 그 보험은 8월 말에 가입됐다. 뭐, 그래도 아버지가 한 수 위였다. 그 돈까지 들고 날라버렸으니까.

박 형사도 같은 생각이었다.

"그래도 반은 얻었어. 그 일로 어머니가 아버지를 멀리하게 된 것 같으니까."

만약 원래 계획대로 강유진이 사고사로 처리되었다면 어머니를 찾아가 가짜 유서 같은 걸 내밀면 되었으리라고 박 형사는 말했다. 아버지 때문에 괴로워하다가 죽는다고 적어서. 사고로 위장해 어머니와 동생에게 보험금을 남긴다고 적어서. 아버지를 떠나 이 돈으로 둘이 작은 집이라도 구해 새 출발을 하라고 적어서. 마음만 먹으면 언제든 두 사람을 보살펴 줄 수 있음에도 불구하고 이한나가 굳이 사건 직전 보험 하나를 더 가입한 건 아마도 그 유서의 신빙성을 뒷받침하기 위해서였으리란 설명도 덧붙었다.

박 형사가 긴 숨을 내쉬었다. 말이 더 이어지지 않는 것으로 보아 이야기가 끝난 듯싶었다. 칠범은 목 뒤를 살살 문질렀다. 온기가 돌자 긴장이 풀리는 게 느껴졌다. 매일 보던 얼굴이 낯설었다.

"어떻게 하실 거예요, 이제?"

"뭘?"

"그 여자요. 그대로 두실 거예요?"

"그대로 안 두면 뭐, 방법이 있나?" 무서운 얼굴에 쓴웃음이 어렸다. "어쩌겠어. 이 추리를 입증하려면 두 사람이 뒤바뀌었다는 게 전제돼야 하는데 누가 믿어주겠어. 게다가 이한나는 살인을 실행하지도, 공모하지도, 교사하지도 않았어. 모든 일은 죽은 강유진, 그 여자가 저질렀어. 이한나는 사건과 무관한 몇 가지 행동을 한 것에 지나지 않아."

"하지만……."

"그래서 안 전하려는 거야. 두 번째 사진은 없다는 말. 차동욱이 참회의 의미로 그 말을 남겼다고 생각해? 아니, 그게 강유진에게 먹일 수 있는 마지막 엿이었어. 근데 어째. 상대는 이한나이고, 그 말을 듣는 순간 완전한 자유를 얻게 되는 인물인데. 난 엿도, 자유도 배달 안 할 거야. 대신……."

"대신?"

"경찰이 할 수 있는 일을 해야지." 무서운 얼굴에 웃음이 붙었다. "그 약점이란 거, 너도 대충은 알겠지?"

"그럼요. 강유진의 불행, 범죄, 공소시효, 기자 이한나로서 파고든 사건. 이 모든 키워드에 들어맞는 건 하나뿐이에요."

"그래. 해서, 누굴 곧 만나게 될 거야. 강유진과 삼촌의 관계를 눈치챈 사람이 한 명 더 있거든. 크리스 강."

"크리스 강? 그건 또 누군데요?"

"한국 이름 강지훈. 강유진의 사촌이야. 이민 간 데다, 오지에 의료봉사를 나가 있어서 어제야 연락이 됐어. 몇 가지 물어봤더니 그 사람 깜짝 놀라서 두 사람을 찾아달라고 하더군. 바로 402호에 살던 김상진과 백은영.

강승명 사망 당시, 강지훈은 아버지의 죽음에 강유진이 관련됐을 거라고 열게나마 짐작하고 있었는데 증거가 전혀 없었어. 이후 잊고 지냈지만 시효가 다가올수록 조급해졌지. 4년 전쯤 돈과 인맥을 동원해 보긴 했지만 아무 수확도 못 올렸다더군. 남은 방법은 딱 하나, 강유진의 자백뿐이었지. 구체적인 내용을 들을 수 있다면, 물증이나 증인을 찾는 데 큰 도움이 될 테니까. 근데 뭐, 만날 수가 있어야 말이지. 해서 그는 3년 전, 402호를 구입한 후 자기 사람들을 들여보냈어. 그게 강유진에게 접근 가능한 유일한 방법이었다더군. 돈도 많이 들었대. 매물이 나오지 않으니 시세보다 훨씬 높게 쳐서 사는 수밖에 없었다나. 근데 이것도 실패. 뭔 수를 써도 강유진의 머리카락 하나 볼 수 없었거든. 처음에는 부모를 연상시키는 노부부가 접근을 시도했는데 무시당했대. 이후 강지훈의 친구인 김상진이 '가정폭력에 시달리는 여자'를 제안했고, 직접 빌라에 들어갔어. 근데 이것도 실패. 심지어 백은영이 살려달라고 다급히 문을 두드린 적도 있었는데 강유진은 경찰만 불러주고는 본 척도 안 했다더군.

강유진을 대면한 건 그들이 거의 포기할 무렵이었어. 이때부터는 이한나이지만, 일단 호칭은 강유진으로 통일하자고. 김상진과 백은영은 작전을 변경했어. 그리움, 동정심 다 실패했으니 이번엔 외로움을 자극해서 다가가기로. 상대가 의심이 많고 경계심이 강한 인물이었기 때문에, 극적인 상황을 만들어 접근하는 것보단 평범한 이웃의 가면을 쓰는 게 낫겠다고 판단했지. 그럼에도 강유진은 이상하리만치 그들을 경계했고, 무엇보다 시간이 너무 부족했어. 엎친 데 덮친 격으로 강유진한테서 사고로 과거 기억을 잃었단 얘길 들었고, 경찰 쪽 인맥을 통해 그게 사실임을 확인했다더군. 결국 시효가 지났고 강지훈은 철수를 명했어. 그 사람이 아는 건 여기까지였어.

자, 지금부터 하는 이야기는 오늘 오후 실종전담팀이 찾은 단서와 내가 아는 사실을 섞어서 추측한 내용이야.

일은 거기서 안 끝났어. 김상진과 백은영은 포기하지 않았거든. 간만에 잡은 돈줄이었으니까. 빌라에서 철수한 후 별다른 수입이 없자, 둘은 새로운 돈줄로 강유진을 선택했어. 그래서 다시 접근했지. 경계가 심한 상대이니만큼 시간을 두고 다가가는 계획으로. 그러던 중에 의외의 상황이 발생했어. 강유진이 돌연 심각하게, 분주하게 움직이기 시작한 거지. 알고 보니 그건 어떤 살인사건 때문이었고. 뭔가 있구나 싶어 강유진의 뒤를 캐던 두 사람은 최근의 빌라 CCTV 영상이 일부 조작됐음을 파악했어. 돈을 향한 지름길이 보였지.

그들은 차동욱이 이 조작에 개입했다고 판단하고 그에게 접근해 자극했어. 당신이 뭐하는 사람인지는 모르겠지만 일단 고태경이 아니란 사실은 알고 있다고. 전부 모른 척해 줄 테니 같이 손잡고 한몫 크게 해 보자는 제안도 했지. 차동욱이 자신들과 동류라고 착각한 나머지, 둘은 제 무덤을 판 거야.

김상진은 차동욱을 계속 협박했어. 당신이 신분을 조작했다고 강유진에게 알리겠다, 경찰에 알리겠다……. 몰릴 대로 몰린 차동욱은 백은영을 쫓아가 사로잡았어. 김상진은 일이 잘못됐으니 짐과 그동안 모은 자료를 챙겨서 나오란 백은영의 전화를 받고는 그렇게 했고. 결말을 보아하니 그중 차동욱에게 도움이 될 만한 자료는 없었던 것 같네."

사라진 두 사람은 어떻게 됐을까. 그때, 멀리서 나타난 낯익은 실루엣 하나 때문에 칠범의 생각은 흐트러졌다. 여자는 한 손에 작은 쇼핑백을 들고 천천히, 아주 천천히 빌라를 향해 걷고 있었다.

박 형사의 휴대폰이 짧게 울었다. 문자 메시지였다.

"강 형사야. 좀 전에 차동욱 사망 소식을 전했다는군."

칠범의 눈은 그녀의 발을 좇았다. 생각이 많아 보이는 것도, 긴장한 것도, 일부러 신경을 쓰는 것도 아닌 걸음이었다. 망설임 없이 사뿐사뿐 땅을 밟고 있었다. 그 모습이 빌라 안으로 사라졌을 때, 칠범은 박 형사에게로 고개를 돌렸다.

"박 형사님, 진짜 마지막으로 딱 하나만 더 물어볼게요."

"뭔데?"

"제가 전에, 언제부터 저 여잘 의심했느냐고 물었었죠? 답 안 해주셨어요."

"아, 그거?"

박 형사가 시트 깊숙이 몸을 기댔다. '맞혀 봐라.' 하는 눈빛을 보내며.

"그날, 저 없을 때 뭔 일 있었죠?"

"빙고."

대답 대신 질문이 날아왔다.

"너는 익숙하지 않은 장소에서 누굴 처음 만나기로 하면 어떻게 하냐?"

"근처에 가서 그 사람한테 전화를 하거나, 주변에 물어보고 찾아가죠. 약속 장소에 가서 상대의 연락을 기다리거나."

"시신 발견 다음 날, 그 여자가 경찰서에 왔을 때 어떻게 했는지 알아? 강력팀에 들어와서 사무실을 천천히 한 번 둘러보더니 나한테로 바로 걸어왔어. 사무실에 다른 사람들도 있었는데 말이야. 밖에서 내 자리가 어딘지 안내받았을 수도 있어. 하지만 너는 커피 얻으러 간다며 사라졌고, 나는 심 형사님이 도와달라고 해서 5팀 쪽에 가 있었어. 사건 전날, 좌석 배치도 박살난 거 기억하지? 네 얼굴에 반창고 붙은 사건. 다들 정신없어서 배치도 다시 붙일 겨를도 없었어. 그런 상황에서 강력2팀의 박선호 형사를 한 번에 찾아내는 건 쉬운 일이 아니야. 그래서 혹시 이 사람이 전부터 나를 알고 있었던 게 아닐까 싶었어. 그런데 왜 모른다고 하는 걸까 궁금했고."

단 한 번 만났음에도 박 형사가 이한나를 기억하고 있었던 것처럼, 이한나 역시 딱 한 번 인사를 나눈 박 형사를 기억하고 있었다. 칠범은 각자 다른 셈으로 머릿속이 복잡했을 두 사람의 첫 만남을 상상해 보았다. 의심은 작은 씨앗에서 싹텄다.

"실수를 했군요."

"그래. 집 근처에서 봐도 되는데 굳이 경찰서로 나온 건 우리 분위기를 살펴보고 수사 추이를 조금이라도 더 파악하고 싶어서였겠지. 거기 신경 쓰다가 작은 실수를 한 거고."

칠범은 끄덕였다.

***

"왜 혼자 웃어요?"

묻는 목소리에 정신을 차렸다. 선호는 자신도 모르는 사이 실소를 머금고 있었다.

"그냥."

"강유진을 한 번 더 보려고 여기 오신 거예요?"

현실의 칠범이 선호를 응시하고 있었다. 상상 속에서 대화할 때와는 조금 다른 얼굴이었다. 재도 수상하고 너도 수상하다 하는 얼굴. 선호는 자신의 생각 중 일부는 내일 칠범에게 내어 보이리라 결심했다. 그래야 칠범도 답답하고 꺼림칙한 기분을 조금 내려놓을 수 있을 테니까. 물론, 현실에 맞게 내용을 좀 변형시켜야 할 것이다.

선호는 "응." 대답하고는 "으쌰." 하며 기지개를 켰다.

"이만 돌아가자고. 할 일이 많아."

시동을 걸려는데 칠범이 "잠깐만요." 하더니 자신이 운전대를 잡겠노라고 했다. 조수석으로 옮겨 앉은 선호는 불이 들어온 401호를 올려다봤다. 그런데 문득, 시동 걸리는 소리가 들리지 않는다는 사실을 깨달았다. 곁을 보니, 칠범이 의미심장하게 선호를 주시하고 있었다.

"왜?"

"박 형사님, 혹시나 해서 여쭤보는 건데요."

"응."

"설마 강유진이 이한나고 이한나가 강유진이다, 뭐 그런 생각하시는 건 아니죠?"

선호는 자동차 지붕을 뚫고 튀어오를 뻔했다. *뭐야, 얘.*

"너, 왜 그런 소릴 해?"

칠범은 뭘 그리 놀라느냐는 투였다.

"아니, 툭 까놓고 얘기해서, 한 달 내내 박 형사님답지 않게 구셨잖아요. 요 며칠은 특히나 더요. 거기다 이상한 걸로 따지면 강유진도 만만찮고. 둘이 그러는 거 전부 합쳐서 보면…… 답은 이건데?"

선호는 기가 막혀서 입만 뻐끔뻐끔하다가, 조용히 물었다.

"만약 그렇다고 하면, 믿어줄 거야?"

"아니, 뭐, 꼭 그렇다기보다는……." 칠범이 시선을 피하더니 룸미러를 만지작거리기 시작했다. "에이, 세상에 그런 일은 일어날 수가 없잖아요. 성형수술도 그렇게 완벽하게는 안 될 거고. 하아…… 저도 답답해서 일단 던져본 거예요."

"아…… 그래?"

선호가 조심조심 깊은 숨을 내쉬며 고갤 돌리려는데, 돌연 칠범이 다시금 눈을 맞춰왔다. 덜컥 긴장이 됐다. 두 번 답답했다가는 큰일 낼 놈이 또 무슨 소릴 하려고…….

"그치만 박 형사님이 그렇다고 하면 그런 거겠죠. 둘을 둘러싼 모종의 음모가 있었다고 하시면 그런 거고, 그래서 뭐 이상한 수술 같은 걸 받았다고 하시면 것도 그런 거고요. 여기가 매트릭스 속이라고 하신다면야, 음…… 이건 좀 생각해 볼게요. 여하튼 마음 바뀌면 언제든 얘기하세요. 아셨죠? 다 들어드릴게요."

선호는 피식, 웃음이 터졌다.

"아이고, 차암 고맙다."

"진짜예요. 저 지금 되게 진지해요."

"알았어. 고맙다고."

구시렁대는 소리와 함께 시동이 걸렸다.

"희한하네. 그거 말고 다른 게 뭐가 있지?"

선호는 다시 피식거렸다. 그래도 조금 전의 상상이 현실이 되는 일은 없을 것이다.

경찰서로 돌아가는 길, 선호는 답답했다. 대부분의 사건에는 피해자가 있고 경찰은 그들을 보호하고 쓰다듬어줘야 한다. 이번은 달랐다. 피해자도, 선량한 사람도 없었다. 그는 망연히 창을 바라봤다. 검은 유리에 세 사람의 얼굴이 나타났다. 이한나, 강유진, 차동욱. 모두 가해자였고 비열한 인간들이었다.

문득 이번 사건은 마치 거울 같다는 생각이 들었다. 그들은 서로를 비추고, 모방하고, 깨뜨리고, 그 과정에서 진짜 자신의 모습을 보았으리라.

얼른 고개를 돌렸다.

박선호 형사 인생에서 최고로 기분 나쁜 살인사건은 해결되었지만, 해결되지 않았다.

36

따르릉.

입구에 매달아 놓은 종이 맑은 울음소리를 냈다. 한 여자가 들어섰다. 가게의 벽과 유리는 날씬한, 아니 비정상적으로 마른 여성의 실루엣을 디자인화한 무늬들로 채워져 있었다. 그곳은 죽과 샐러드를 주로 판매하는 포장 식품 전문점으로, 꽤 비싸기는 했으나 근방에서 상당히 유명한 곳이었다. 몸매 관리 열풍 덕에 방송에도 몇 번 나온 적이 있었다. 7시. 가게 안은 음식이 포장되어 나오길 기다리는 여성들로 가득 찼다.

조금 전 거기 들어선 여자는 죽이나 푸성귀 따위를 즐겨 먹는 식성 때문에 이 가게를 찾은 걸로 보이지는 않았다. 얼핏 봐도 100킬로그램 정도는 되어 보였고 사실이야 어쨌거나, 세간의 편견을 반영한 시선으로 보자면 고기와 패스트푸드, 고열량의 음식을 좋아할 것으로 분류될 외모였다. 손님들의 관심이 여자를 향했지만 정작 본인은 그들에게 관심이 없다는 듯, 채소와 닭가슴살로 만들어진 샐러드 두 통을 주문하고 빈 테이블에 조용히 앉았다.

잠시 후 갓 만들어진 샐러드가 포장되어 여자의 손에 들렸다.

"배달도 해주시나요?"

"네, 저희 어플로 주문하시면 됩니다."

여자는 "고맙습니다." 하고는 가게를 나왔다.

그녀는 천천히 걸음을 뗐다. 맞은편에서, 옆에서, 뒤에서 걷는 사람들이 있었지만 앞만 보며 사뿐히 걸었다. 목적지는 5분 거리의 빌라였다. 넓고 조용하고 반기러 나오는 이가 없는 곳. 여자는 잠시 집 안을 둘러보았다. 작년 이맘 때 두 여자가 나눴던 대화 중 한 대목이 떠올랐다. "그리고…… 시선. 난 시선이 싫었어요. 여기까지. 제가 죽으려고 한 이유요."

사실, 지난봄까지만 해도 그녀는 자신을 괴롭히는 '시선'이 집 밖에서 비롯된 것인 줄 알았었다. 자신의 모습이 남들과 조금 달라서라고. 하지만 그건 착각이었다. 진짜 시선은 이 집 안에 있었고, 집 밖의 것들은 진짜에서 번져나간 얼룩에 불과했다. 뭐, 모두 다 해결됐다. 이곳은 이제 포근한 보금자리였다.

그녀는 텔레비전을 켜고, 샐러드 포장을 열었다. 연두색, 붉은색, 노란색이 어우러진 색 배합이 예뻤다. 포크에 압력을 가하자 손끝에 전해지는 느낌이 좋았다. 한입 살짝 물고 천천히 씹었다. 아삭 부서지는 양상추, 터지며 쌉쌀한 물기를 내뱉는 토마토, 오독 씹히는 고소한 땅콩, 퍽퍽한 듯 부드러운 닭가슴살. 평소 싫어했던 맛과 식감이었지만 오늘은 조금 다른 느낌이 들었다.

나쁘지 않네.

앞으로 하루 한 끼쯤은 이렇게 먹어도 되겠다고 생각하며, 여자는 매장에서 받아온 빳빳한 전단지를 찬찬히 훑어봤다. 광고 문구가 맘에 들었다. 『아름다운 내일을 위한 오늘의 선택!』 테이블 한편에는 종합병원 특화 진료 센터의 안내 책자가 놓여 있었다. 여자가 앓는 질병 이름을 속사포로 쏘아 댔던 그 의사가 추천해 준 곳으로, 2주 후 예약이 잡혀 있었다.

전화가 울렸다. 여자는 얼른 받았다.

"네. 정말요? 괜찮아요? 다행이네요."

이어, 난처한 듯한 목소리로 덧붙였다.

"아…… 그게 실은, 제가 썼어요. 죄송해요. 시도 안 해본 장르잖아요. 별로라고 하면 어떡하나 걱정돼서……. 네, 다음에도 이쪽으로 써볼까 해요. 내용이요? 음, 글쎄요……. 일단은 『글루미 선데이』에서 영감을 받은 이야기라고만 해 두죠."

아주 천천히 샐러드 한 통을 비우는 사이, 시계의 짧은 바늘이 8에 가 닿았다. 텔레비전 뉴스가 시작됐다.

"12월 1일, QNN 8시 뉴스입니다. 첫 소식입니다. 살인범 김수양이 내일 오전 검찰로……."

뉴스는 검은색 챙이 달린 모자와 흰 마스크를 쓴 남자의 모습을 내보내고 있었다. 앞으로 모은 양손에는 흰 수건이 덮여 있고 건장한 형사 두 명이 양쪽에서 그의 팔을 잡고 함께 걷고 있었다. 수십 명의 기자들에게 둘러싸여 연신 카메라 플래시 세례를 받는 남자는 고개를 숙이지 않았다. 모자와 마스크 사이로 드러난 눈에서는 분노, 후회, 부끄러움 같은 것은 보이지 않았다. 익숙했다. 얼마 전 사진에서 본 눈이었다. 그리고 매일 보는 거울 안에서도 같은 눈을 볼 수 있었다.

"김수양, 내일 오전 검찰로 송치."라는 자막이 떴다.

김수양. 김수양. 김수양…….

그 이름을 곱씹던 여자는 문득 생각했다.

어머, 벌써 12월이네.

시선이 작은 달력으로 옮겨갔다. 달력은 아직 11월이었다. 붉은 동그라미 속에 갇힌 30을 응시했다. 11월 30일. 11월 30일.

지난 11월을 회상했다. 누구의 뒤치다꺼리도 하지 않았고, 누구의 들러리도 아니었던 한 달.

예상치 못한 판이 깔렸고, 심지어 그 판을 완전히 벗어나 움직인 말도 하나 있었지만 나쁘지 않았다. 게다가 아직 판은 끝나지 않았다. 내후년 혹은 그 이듬해쯤, 그 말은 소설 하나를 읽게 될 테니까. 첫 소설에 비해 쓰기 수월할 것이다. 등장인물들이 무엇을 선택하고 어떻게 행동하는지에 대해서는 실제로 충분히 관찰했다. 그걸 보고 그 말이 어떤 얼굴을 할까 상상하니 웃음이 났다.

잠시 후, 여자는 자리에서 일어나 달력에 손을 뻗었다. 한 장을 넘기고는 되돌아와 앉았다. 오늘을 가리키는 1이란 숫자에 한동안 눈이 팔려 있던 그녀는 어깨를 한 번 으쓱하고는 다시금 뉴스에 집중했다.

에필로그

"삼촌이 우리 유진이 얼마나 예뻐하는지 알지?"

탁한 목소리가 등 뒤에서 물었다. 목덜미에 느껴지는 입김이 인두처럼 피부를 지졌다. 머리카락을 쓰다듬던 남자의 손이 허리를 넘어왔다. 소녀는 커다란 뱀의 먹이가 된 심정이었다. 천천히 몸을 휘감고 숨을 쉬지 못하도록 옥죄다가 먹잇감의 힘이 빠지면 한입에 꿀꺽, 삼켜버리는 뱀. 더러운 혀가 소녀의 귀에 닿았다. 꼭 감은 눈꺼풀이 파르르 떨렸다.

남자의 이름은 강승명이었다. 형 부부가 교통사고로 죽은 후, 그는 어린 조카를 맡게 됐다. 아홉 살, 만으로는 여덟 살인 아이에게는 돌봐줄 어른이 필요했다. 아이와는 가장 가까운 친척이었고, 경제적으로도 여유가 있었으므로 누구도 이의를 달지 않았다. 사실 형과 사이가 좋은 편은 아니었다. 1년에 한 번 볼까 말까한 수준이었으니.

승명은 형 승호와는 다른 길을 걸어왔다. 형은 부모의 자랑이었다. 초중고를 거치며 단 한 번도 1등을 놓친 적이 없었고, 이딴 건 시시하다는 듯 아무 어려움 없이 서울대학교에 들어갔다. 운동도 잘했고, 침착하면서도 시원시원한 성격에 훤칠한 외모까지 갖췄기에 여자들에게도 인기가 많았다. 승명은 달랐다. 그는 부모의 기대를 한 번도 충족시킨 적이 없었다. 정확히는, 기대 자체를 받아본 적이 거의 없다고 하는 게 맞았다. 처음에 부모는 승명 역시 형 승호처럼 자랄 것이라 믿었다. 그러나 작은아들이 똑똑하지도, 건강하지도 않다는 사실을 알고서는 이내 포기했다. 물론 승명을 사랑하지 않은 것은 아니었다. 기대할 게 없는 아이로 분류했을 뿐. 승명이 보기에 부모는 최소한의 도리라고 할 만큼만 자신을 사랑했다. 어차피 부모님이 원하는 건 형이 다 이뤄주니까 상관이 없다고 생각했지만 부모와의 관계는 점차 소원해졌다. 그때부터였다. 문제가 생긴 건.

승명은 혼자 할 수 없는 일이 많았다. 객관적으로 보았을 때, 그건 승명이 못나서가 아니라 그 또래 아이들에게는 자연스러운 일이었다. 그럴 때는 부모에게 도움을 청하곤 했는데 처음에는 당연하다는 듯 웃으며 도와주던 부모에게서 언제부터인가 다른 얼굴을 보게 됐다. '얘는 왜 지 형이랑은 다른 걸까? 이런 거 하나 혼자 못하고.', '한배에서 나온 자식인데 얘는 왜 이런 걸까?'라는 의문을 숨기지 못한 얼굴. 그러고 보니 학교 과제도, 친구와의 문제도 형은 집으로 들고 온 적이 없었다. 이후 승명은 부모와 고민을 나누지 않게 됐다. 그래 봤자 또 바보 취급을 받을 게 뻔했으니까. 형에게 부탁하는 것은 더 싫었다. 형은 대놓고 핀잔을 놓기까지 했다. "이게 뭐가 어려워?", "네가 알아서 좀 해."

그즈음, 신경을 쓰지 않는다고 생각했지만 형을 보면 마음속에서 뭔가가 끓어올랐다. 분노 혹은 질투라 표현 가능한 것이었다. 물론 질투를 하기에 형과 자신의 간극은 너무 넓었다. 그는 당장은 아니라도 언제고 형을 한 번은 밟고 일어서리라는 막연한 오기를 다졌다. 그러나 어른이 될 때까지, 그 오기는 단 한 번도 가시화된 성과로 나타나지 않았다. 못내 분했다. 애초에 비교 대상이 아니었으면 좋았을 텐데. 아니, 최소한 앞으로는 비교 대상이 안 되었으면 좋겠는데. 하지만 두 사람은 분명히 함께 존재하고 있었고, 형제라는 불가분한 관계로 묶여 있었으므로 어떻게든 비교가 될 수밖에 없었다. 그 말인즉, 형제 관계가 아니라면 비교를 당하지 않을 거란 뜻이다. 불가능한 가정이었다. 그렇다면 또 한 가지 방법이 있었다. 둘 중 하나가 세상에 존재하지 않으면 되는 것이다. 생각해 봤다. 형이 죽으면 어떨까. 승명은 상실감 가득한 부모의 얼굴을 보고 싶었다. 그 곁에서 못내 고소해하고 싶었다.

물론 그런 일은 일어나지 않았다. 잘난 아들을 잃은 부모의 얼굴을 볼 기회는 없었다. 그들이 먼저 죽어버렸으므로.

부모 사망 후, 형과는 더욱 소원해졌다. 아버지, 어머니의 기일 두 번만 만나는 사이가 되었으나 그마저도 몇 년 후부터는 형 혼자서 알아서 하라고 내버려뒀다. 부모가 물려준 얼마의 유산으로 승명은 작은 요식업체를 차렸다. 의외의 수완으로 사업은 번창했다. 형만큼은 아니었지만, 그래도 경제적으로 꽤 성공한 인생이었다. 그즈음 국내 최고의 투자회사에서 고액의 연봉을 받던 형은 회사를 그만두고 고향인 대전으로 내려갔다. 부모님과 살던 곳에 다시 돌아가고 싶어서라고 했다. 뭔가 사고라도 쳐서 그리된 것이기를, 승명은 내심 바랐다. 형에게는 쪽박을, 나에게는 대박을! 얼마 후 최단기간에 성공한 개인 투자자로 소개된 형의 인터뷰가 실린 잡지를 읽으며, 승명은 크게 실망했다. 돈을 버는 일로도 형을 이기지 못하는 걸까. 이러다가는 정말로 형이 죽기 전에는 그를 밟아줄 기회가 없을 것 같았다. 설상가상으로 사업이 기울기 시작했다. 요식업은 유행을 타는 분야였다. 체인점이 하나씩 문을 닫기 시작했다. 형과의 격차는 더욱 벌어지고 있었다.

그러던 중에 형이 죽은 것이다. 사고로. 동생 승명과는 전혀 무관한 교통사고로. 깨끗하게.

그리고 그날, 아홉 살 유진이가 승명을 향해 걸어왔다. 형과 똑같은 눈을 한 아이에게서, 승명은 형을 떠올렸다.

소녀에게는 잊히지 않는 기억이 몇 가지 있었다. 어느 날, 남자의 아내는 친정어머니의 생일이라며 두 아들을 데리고 집을 나섰다. 남자는 다음 날 아침 일찍 중요한 업무가 있다는 이유로 함께 가지 않았고, 소녀는 감기 기운이 있어 집에 남았다. 도착했다는 전화를 받은 직후, 남자는 소녀를 앉혀놓고 "놀자." 하며 웃었다.

"우리 유진이, 이제부터 삼촌이랑 게임을 할 거야. 병원 놀이 같은 거란다. 아침에 병원 갔다 왔지? 그거랑 비슷해. 자, 내가 의사 선생님이고 너는 환자야. 진찰을 해야 하니 블라우스를 위로 걷어 올려 보렴."

남자는 여린 몸 이곳저곳을 꼼꼼히 만졌다. 정확히 뭐라 표현해야 할지 몰랐지만 소녀는 그 손길이 조금 이상하다고 생각했다. 끈적끈적하고 기분 나빴다. 잠시 후 남자는 소녀에게 치료가 필요하며, 그를 위해선 치마를 걷어야 한다고 했다.

"왜냐면 여기는 진짜 병원이 아니고 우리는 놀이를 하는 거니까. 놀이에서는 다 이렇게 한단다. 처음에는 좀 아플 거야. 하지만 아주 재미있을 거야."

뭘 하는지 정확히는 몰랐지만 막연히 무서웠다. 그래서 "싫어요." 하고 뿌리쳤지만, 남자는 막무가내였다. 이후 그날의 기억은 한 번에 이어지지 않았다. 조각조각 부서진 단편으로 떠오를 뿐이다. 마지막 기억은 "계속 하다 보면 덜 아플 거야."라는, 건조한 목소리였다.

같은 일이 반복됐다. 그때까지도 소녀는 무슨 일이 일어나고 있는지 정확히 몰랐다. "싫어요."라든가 "이상한 것 같아요."라고 할 때마다 남자는 달래듯 속삭이곤 했다.

"이건 세상의 모든 아빠와 딸이 하는 놀이이니까 안심해. 사랑한다는 표현은 이렇게 하는 거란다. 너는 아빠가 없잖아. 그러니 삼촌이 대신하는 거야."

"그럼 숙모도 오빠들한테 해주는지 물어봐도 돼요?"

"아니. 다른 사람한테는 절대 얘기하면 안 돼. 숙모한테도 안 되고, 오빠한테도 안 돼. 그럼 너는 고아원으로 가게 된단다."

어린 마음에, 고아원이란 말에 덜컥 겁이 난 소녀는 그대로 입을 다물었다.

시간이 지나자 어린 계집이 조금씩 반항을 하기 시작했다. 자기가 어떤 상황에 놓였는지 알게 된 것 같았다. 종종 말대꾸를 하거나 반론을 하기도 했다. 그렇다면 자신도 자세를 바꿀 필요가 있었다.

"그래. 네 아빠는 이런 거 해준 적 없었겠지. 이유가 뭔지 알아? 형은 나쁜 놈이었거든."

"거짓말하지 마. 네가 이상한 거야. 이건 다들 좋아하는 거야. 너도 좋아하잖아. 자, 좋다고 해 봐. 어서."

어느덧 거짓말은 필요 없게 됐다. 솔직하게, 단호하게 태도를 바꿨다.

"다른 사람한테 말할 거라고? 고아원으로 가게 된다니까."

"오늘은 좀 다르게 해 보자. 뒤로 엎드려 봐. 왜 울어? 할 수 있어."

"네가 잘못 알고 있는 거야."

"아무도 안 믿을걸."

"감옥이라고? 그런 얘긴 누구한테 들었어? 난 감옥에 안 가. 왜냐면 판사님은 겨우 이런 놀이를 했다는 이유로 나처럼 좋은 사람을 감옥에 보내지는 않거든."

"사진 봐. 여기 너 벗고 있는 거. 예쁘지?"

"소리 좀 내 봐."

"그래, 해. 여기저기 떠벌리고 다녀 봐. 그럼 네 사진을 온 세상 사람들이 다 보게 되겠지."

"숙모한테 말하지 마. 죽여 버린다. 내가 못할 것 같아?"

"몰랐니? 너 정신병 있어."

"너 미쳤어."

"너, 완전 미쳤다고."

기댈 어른이라고는 하나 없는 여자아이는 다루기가 쉬웠다. 어르고, 달래고, 겁박하고, 수치심을 자극하면 됐다. 승명 밑에 깔려 울지도, 웃지도 않는 얼굴을 보고 있으면 형이 떠올랐다. 형과 똑같은 눈을 가진 아이. 지금 자신이 지배하고 있는 대상은 소녀이면서, 형이었다.

이런 식으로 형을 괴롭히고, 넘어설 줄은 몰랐지만.

털어놓을 곳이 없었다. 아무나 잡고 이야기하면 될까? 하지만 남들이 알게 되는 게 과연 좋은 일일까? 무섭고 부끄러웠다. 무엇보다도 자신을 믿어줄 사람이 없다는 것이 가장 두려웠다. 남자는 평판이 좋았다. 아내는 남편을 사랑했고, 두 아들은 아버지를 존경했다. 이웃들도 죽은 형의 아이를 맡아 보살피는 좋은 사람이라고 그를 칭찬했다. 그들 사이에서 거짓말쟁이로 몰리는 것은 한순간이었다. 텔레비전에도 나왔다. 자신과 비슷한 일을 겪었다는 여자는 걸레, 거짓말쟁이, 창녀라는 욕과 함께 손가락질을 받았다며 울었다.

소녀는 매일 밤 남자를 죽여 달라고 기도했다. 사고, 부모님에게 너무도 쉽게 일어났던 그런 사고 같은 게 일어나게 해달라고 빌었다. 하지만 남자는 살아 있었고 아내와 아들들이 없는 시간이면 어김없이 소녀의 방을 찾았다. 참다못한 소녀는 침대 머리에 칼을 가져다 놓은 적도 있었다. 남자가 한눈을 판 사이 뒤에서 찌르면 될 것이다. 그러나 차마 칼을 집어 들지도 못했다.

남자가 어린 여자아이를 좋아하는 취향이라면, 자신은 곧 관심에서 멀어질 거라 여겼다. 조금만 더 참으면 되지 않을까? 빨리 어른이 되기를 간절히 바랐다.

끔찍한 상황은 아무리 반복되어도 익숙해질 수 없음을 체념해가던 어느 날, 소녀는 텔레비전을 보다가 뚱뚱한 여자는 남자들에게 인기가 없는 것을 넘어 혐오의 대상으로 취급된다는 걸 알게 됐다. 소녀는 거울 앞에 섰다. 열넷. 2차 성징이 진행되어 어느새 여자에 가까워진 얼굴과 몸. 큰 눈, 오뚝한 콧날, 매끈한 피부, 잘록한 허리와 봉긋한 가슴, 곧게 뻗은 다리. 그가 몹시 좋아했던 것들.

'이런 게 다 없어지면 더 이상 날 안 찾을지도 몰라.'

결심을 곧 실행에 옮겼다. 처음에 '그가 싫어했으면'에서 시작된 행동은 평소 자신을 내리누르던 스트레스와 합쳐지며 예상을 뛰어넘는 상승효과를 가져왔다. 45킬로, 55킬로, 75킬로. 몸은 급속도로 불었다. 먹는 일은 즐거우면서도 고통스러웠다. 자신에게서 남자를 떼어 낼 희망이었지만 분량 이상을 집어넣는 건 힘든 일이었다. 그러나 어리고 건강한 신체는 빠르게 적응했다. 언제부터인가는 많이 먹어도 힘들지 않았고, 먹지 않고서는 스트레스를 풀 수 없게 되었다. 음식은 위장만이 아니라 마음까지 채워주었다. 상실감을 느낄 때면, 뭔가를 잃어버린 만큼의 음식을 먹어야 한다는 생각에 손과 입이 급해졌다.

사춘기 예민한 아이라 혼자 있는 시간이 필요하다며 남자가 소녀를 독립시켰을 때, 소녀는 계획의 성공을 기뻐했다. 하지만 그게 오산이었음을 깨닫는 데는 며칠 걸리지 않았다. 남자는 누구의 눈치도 보지 않고 더욱 노골적으로 몸을 요구했다. 소녀가 몰랐던 게 하나 있었는데 그에게는 소녀가 예쁘든 예쁘지 않든 상관없다는 사실이었다. 일시적인 성욕을 해소하기에, 돌봐주는 어른이 없는 어린 여자아이는 세상에서 제일 쉬운 먹잇감이었으니까. 게다가 겁 많고 말 잘 듣는 아이로 만들어놓지 않았는가. 소녀가 85킬로그램에 이르렀을 때, 그로서는 조금 불편한 것 외에는 달라진 것이 없었다. 바비 인형이든 동글이 인형이든 주인 뜻대로 다룰 수 있단 건 변하지 않았으므로.

살이 찐 건 아무런 문제가 되지 않는다는 말에 크게 낙담한 날, 소녀는 처음으로 부탁 하나를 들어달라고 했다.

"강바람을 쐬고 싶어요."

두 사람을 태운 차는 어두운 다리 위를 달렸다. 기분이 좋은지, 남자는 핸들 위에 올린 손가락을 연신 까딱거렸다. 이상했다. 얼마 전 불량 식재료 사기 사건에 얽혀 사업이 곤란해졌다고 들었는데. 얼굴에 근심 따위는 보이지 않았다. 믿는 구석이 있는 사람처럼.

차는 다리 중간에서 멈춰 섰다. 문을 열자 아렴풋이 찰랑이는 물소리가 들려왔다. 소녀는 홀린 듯 그 소리를 따라갔다. 난간 아래, 검은 물이 귀신의 머리칼처럼 감기며 노래하고 있었다.

'여기서 뛰어내리면 더 이상 고통스러운 일은 없겠지.'

히죽대며 곁으로 다가오는 남자의 모습. 가증스러운 저 웃음.

'내가 여기서 죽으면, 이 사람이 의심을 받게 될까?'

주변을 둘러봤다. 인적 드문 곳. 지나가는 차는 아예 없었고, 근처에 과속 탐지 카메라도 보이지 않았다. 결심을 굳히고 다시 아래를 봤다. 까치발을 들고 난간에 기대어 깊은 숨을 들이쉬며 생각했다. 그래, 하자. 하자.

그 순간 놀랍게도, 마음 깊은 곳에서 살고 싶다는 욕망이 끓어올랐다. 급기야 남자도, 소녀도 예상하지 못한 일이 벌어졌다. 자신도 모르는 사이, 소녀는 상체를 숙였다. 그리고 남자의 발을 잡아들었다. 그의 몸이 거꾸로 섰고 짧은 비명과 함께 그대로 난간을 넘었다. 소녀의 눈앞이 번쩍, 또 번쩍, 두 번 빛났다. 이어, 먼 듯 가까운 듯 펑, 하는 소리가 귀를 때렸다. 그 소리에 비로소 소녀는 자신이 방금 무슨 짓을 저질렀는지를 깨달았다.

다리가 후들거렸다. 난간을 잡았지만 마치 지진이 일어난 듯, 차가운 쇳덩이는 심하게 출렁거렸다. 결국 손을 놓치고, 주저앉았다.

"하아…… 하아……."

잠시 후, 자신의 운명을 틀어쥔 물음 하나가 뇌리에서 이렇게 튀어 올랐다.

'누가 본 건 아닐까?'

차는 한 대도 없었다. 다시 확인해도 카메라 같은 건 보이지 않았다. 먼 곳부터 자신이 있는 곳까지 모두 살폈을 때, 소녀의 시선은 가까이에서 마주 보는 두 눈에 붙박였다.

소년이 서 있었다. 흰색 이어폰을 끼고 폴라로이드 카메라 끈을 목에 두르고 한 손에 검은 종이를 든 소년. 전혀 놀란 기색 없이 그림처럼, 귀신처럼 서 있었다.

"봤어?"

"응."

"어디까지?"

"전부 다."

"어떻게 왔어, 여긴?"

소년이 조금 전 지옥으로 떨어진 남자의 차를 가리켰다.

"저 차. 매주 널 찾아오던 차. 트렁크에 몰래 탔어."

"그래서, 신고할 거야?"

"아니."

"…… 왜 안 해? 내가 방금 사람을 죽였는데?"

"몰라, 이유는."

불길한 대답. 불안감이 소녀의 배 속에서 역류했다. 소년이 이렇게 말했다.

"대신, 조건이 있어."

"뭔데?"

"다시 친구가 돼 줘."

순간, 소녀의 눈에 어떤 빛이 어렸다. 한쪽은 숨기지 못했고, 한쪽은 못 본 척 하지 못할 정도로 강렬한 경멸의 빛이.

"싫어."

바람이 우두커니 선 두 사람 사이를 갈랐다. 침묵과 함께 서 있던 소년이 왼손에 들고 있던 검은색 종이를 내밀었다. 소녀는 쭈뼛대며 다가갔다.

받아든 종이 위에 서서히 인각이 새겨지고 있었다. 희뿌연 형체는 점차 선명해지며, 남자의 발을 잡고 있는 소녀의 모습으로 서서히 변해갔다.

"협박하는 거야?"

"아니, 제안하는 거야."

그 둘이 뭐가 다른 건지 잠시 가늠하고는, 소녀가 답했다.

"싫어."

"왜 싫어?"

"네가 싫으니까. 이렇게 잠시 같이 있는 것조차 끔찍하니까. 쳐다보는 것조차 소름 끼치니까!"

감정 없는 눈동자가 소녀를 응시했다. 무슨 답을 들을지 미리 알고 있었던 것처럼 작은 동요도 없는 까만 눈동자를 보자 뱃속이 뒤틀렸다.

"내 생각이 맞았어. 너도 아까 그 남자랑 똑같아. 둘 다 괴물이야. 똑같다고!"

일단 이곳을 벗어나야겠다고 마음먹었다. 본 사람이 아무도 없을 때 최대한 빨리. 10분이면 다리를 벗어날 수 있으리라. 사진은 자신의 손에 있었다. 이걸 버리면 저도 별 수 없을 것이다. 바보 같은 놈이라 다행이었다.

비틀린 웃음을 지으며 돌아서는 소녀를, 소년의 목소리가 불러 세웠다.

"우리가 이렇게 된 건, 꼭 나 때문만은 아니잖아."

"뭐?"

소년이 오른쪽 주머니에서 작은 종이를 꺼냈다.

"여기, 사진 한 장이 더 있어. 이쪽이 조금 더 잘 나왔고."

꼭 깨문 입술이 찢어졌다. 소녀는 그제야 깨달았다. 아까 눈앞이 번쩍, 하고 빛났던 것. 환상이 아니었다. 카메라 플래시였다. 빛은 두 번 번쩍였다. 그렇다면 저 사진도 진짜일 것이다.

"네가 한 장을 가져. 내가 한 장을 가질 테니까."

머릿속에서 단어가 사라졌다. 소녀는 앵무새처럼 했던 말을 되풀이했다.

"너도 똑같아."

그 순간, 소녀는 처음으로 소년에게서 감정을 봤다. 미소에서 슬픔을, 잔인한 말에서 행복을, 미동 없는 몸짓에서 분노를 읽었다. 한꺼번에 밀려든 감정이 엉클어져 제자리를 이탈한 모습은 섬뜩하리만치 비현실적이었다.

"알아. 하지만 나한테 너는 다른 사람들이랑은 달라. 어떻게 해도 예전처럼 지낼 수 없으리란 건 알아. 그렇다면 다른 방식으로 네 곁에 있을 거야."

다른 방식이라고? 그게 무엇을 뜻하는지는 이어지는 얘길 듣고 알았다.

"쳐다보는 것조차 소름 끼친다는 말, 안 잊을게. 난 언제나 널 보고 있을 거야.”

“그러지 마.”

“그럴 거야.”

다시금 담담해진 눈빛. 상대의 마음이 읽히는 착각이 들었다.

‘이제 네 차례야. 넌 철저하게 혼자가 될 거야. 그리고 네가 끔찍해하는 이 눈으로, 난 언제고 그런 모습을 지켜볼 거고. 재미있겠지?’

뒤돌아선 소년은 천천히 걸었다. 입 안 서서히 퍼져나가는 붉은 절망의 맛을 느끼며, 소녀는 그 뒷모습을 바라봤다.

〈끝〉

암보스

1판 1쇄 펴냄 2018년 4월 5일
1판 3쇄 펴냄 2019년 3월 26일

지은이 | 김수안
발행인 | 박근섭
편집인 | 김준혁
펴낸곳 | 황금가지

출판등록 | 2009. 10. 8 (제2009-000273호)
주소 | 06027 서울 강남구 도산대로 1길 62 강남출판문화센터 5층
전화 | **영업부** 515-2000 **편집부** 3446-8774 **팩시밀리** 515-2007
홈페이지 | www.goldenbough.co.kr

도서 파본 등의 이유로 반송이 필요할 경우에는 구매처에서 교환하시고
출판사 교환이 필요할 경우에는 아래 주소로 반송 사유를 적어 도서와 함께 보내주세요.
06027 서울 강남구 도산대로 1길 62 강남출판문화센터 6층 민음인 마케팅부

ISBN 979-11-5888-266-2 03810

㈜민음인은 민음사 출판 그룹의 자회사입니다.
황금가지는 ㈜민음인의 픽션 전문 출간 브랜드입니다.

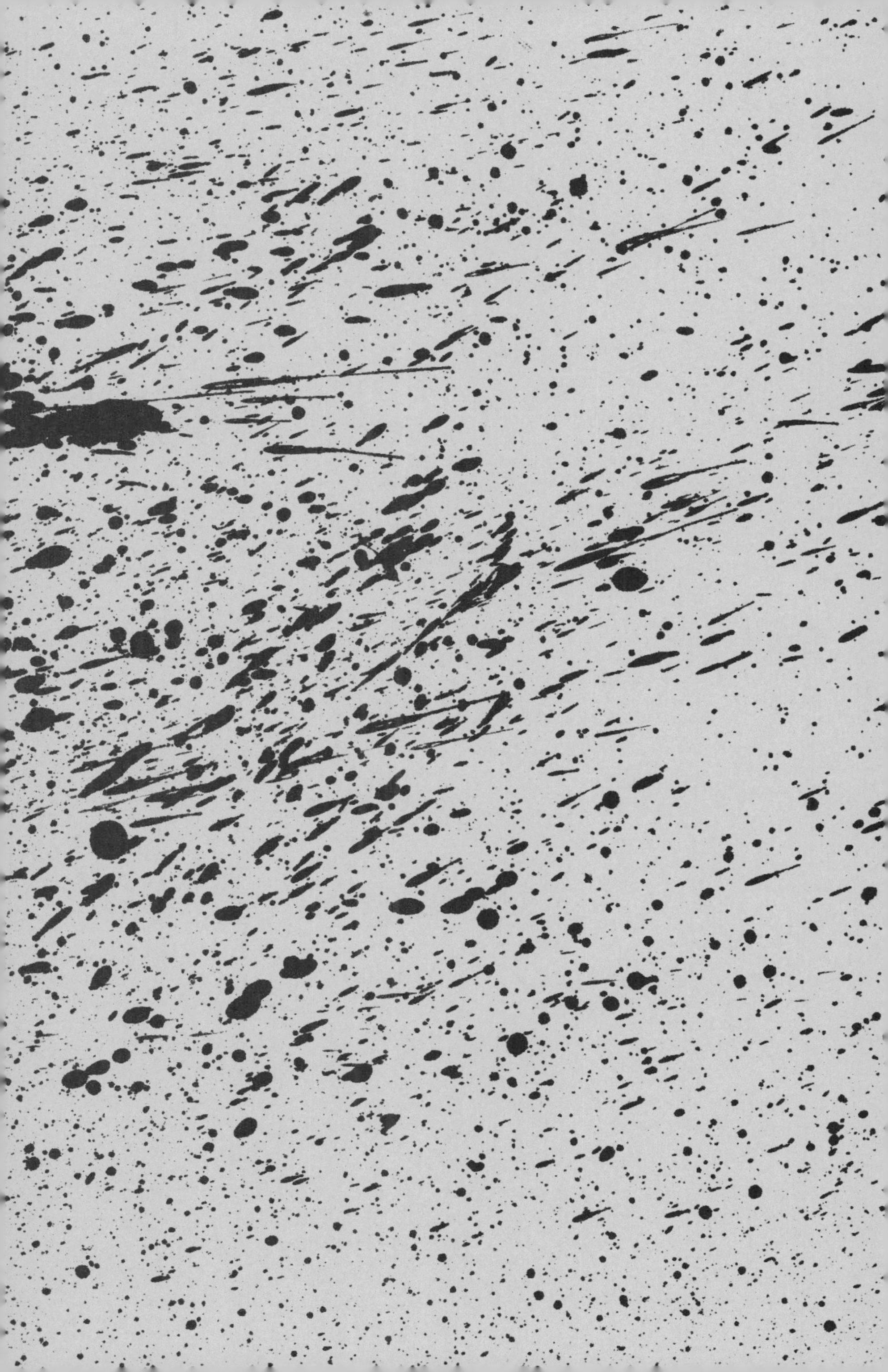

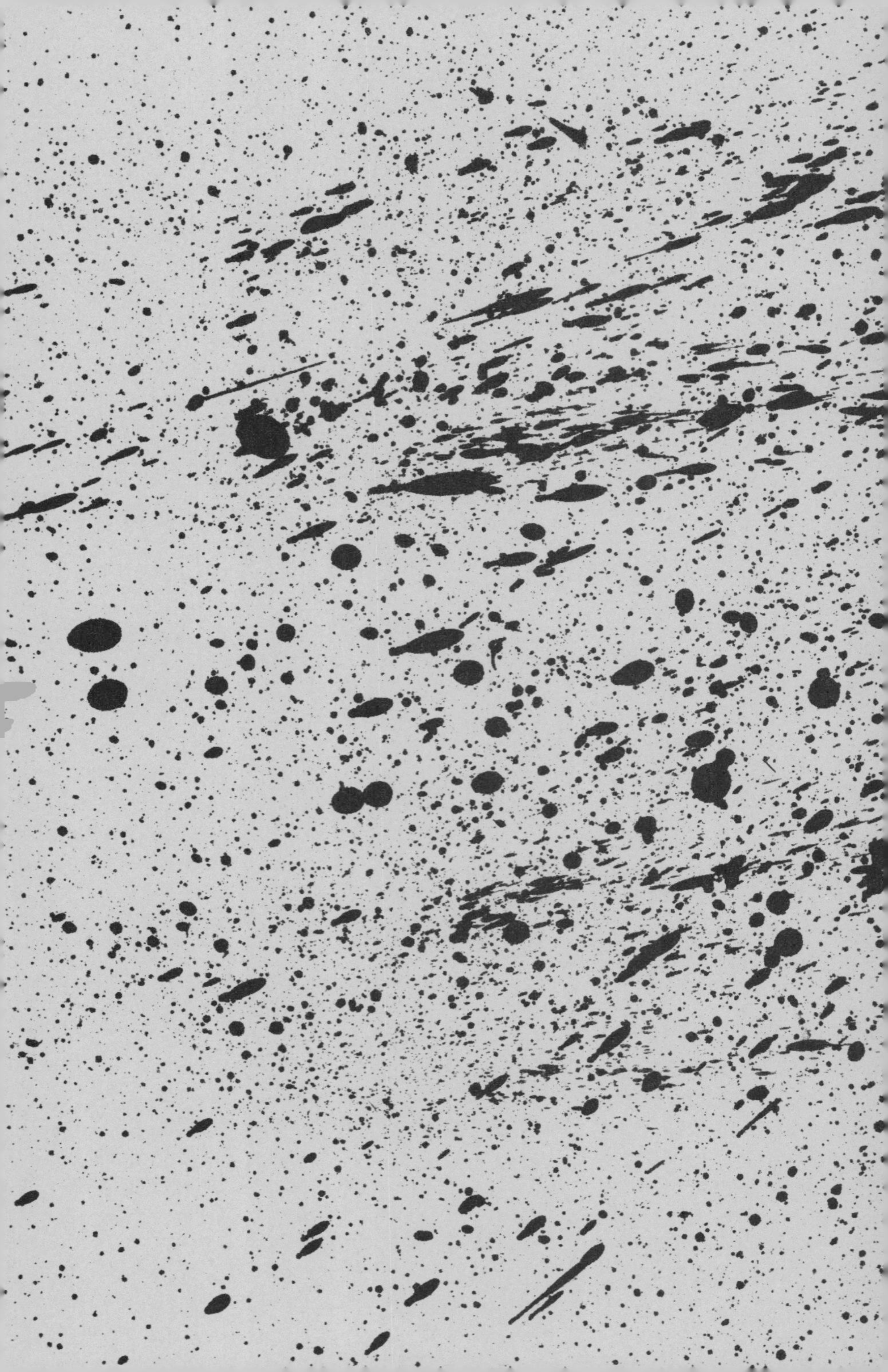

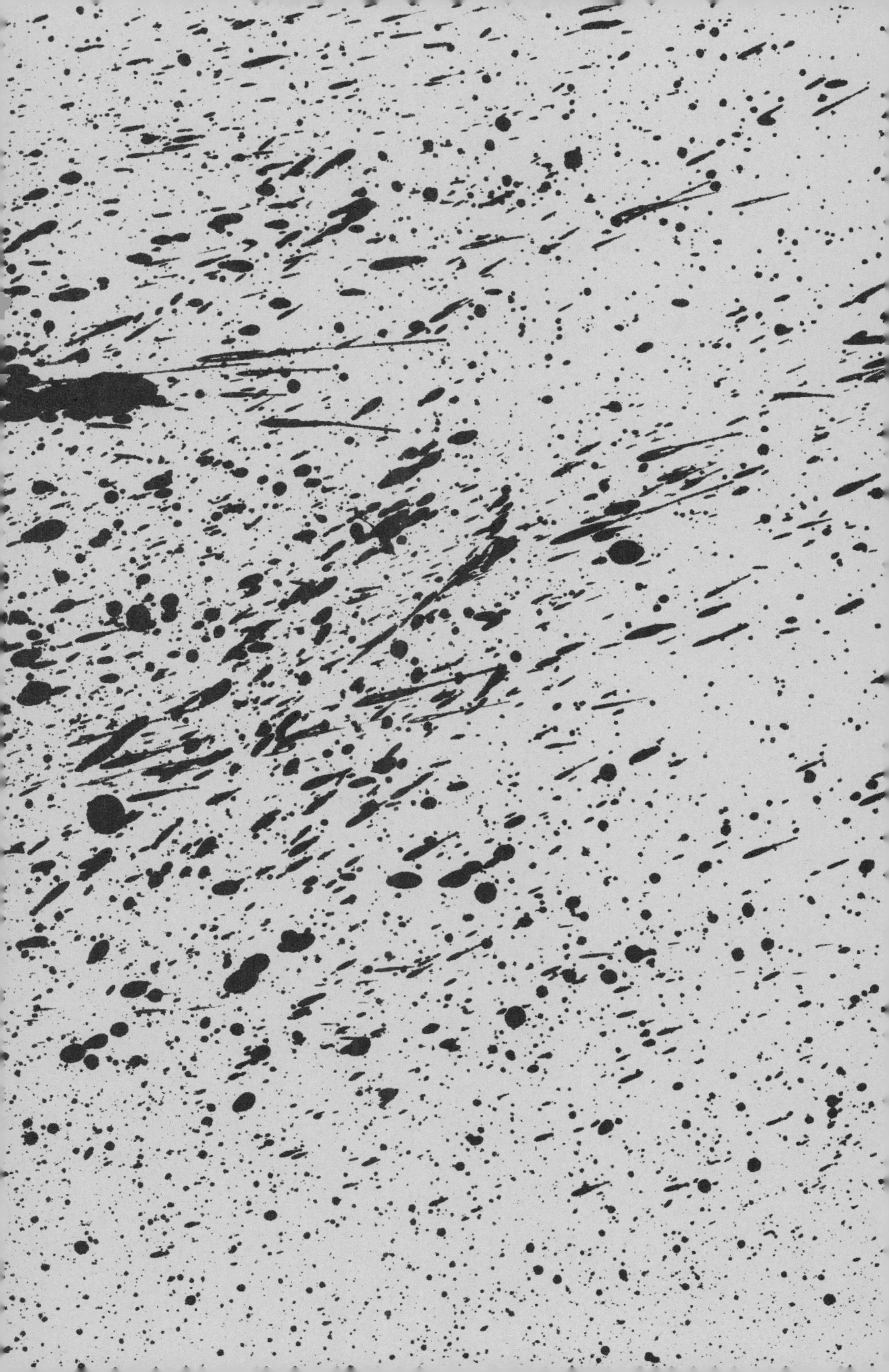

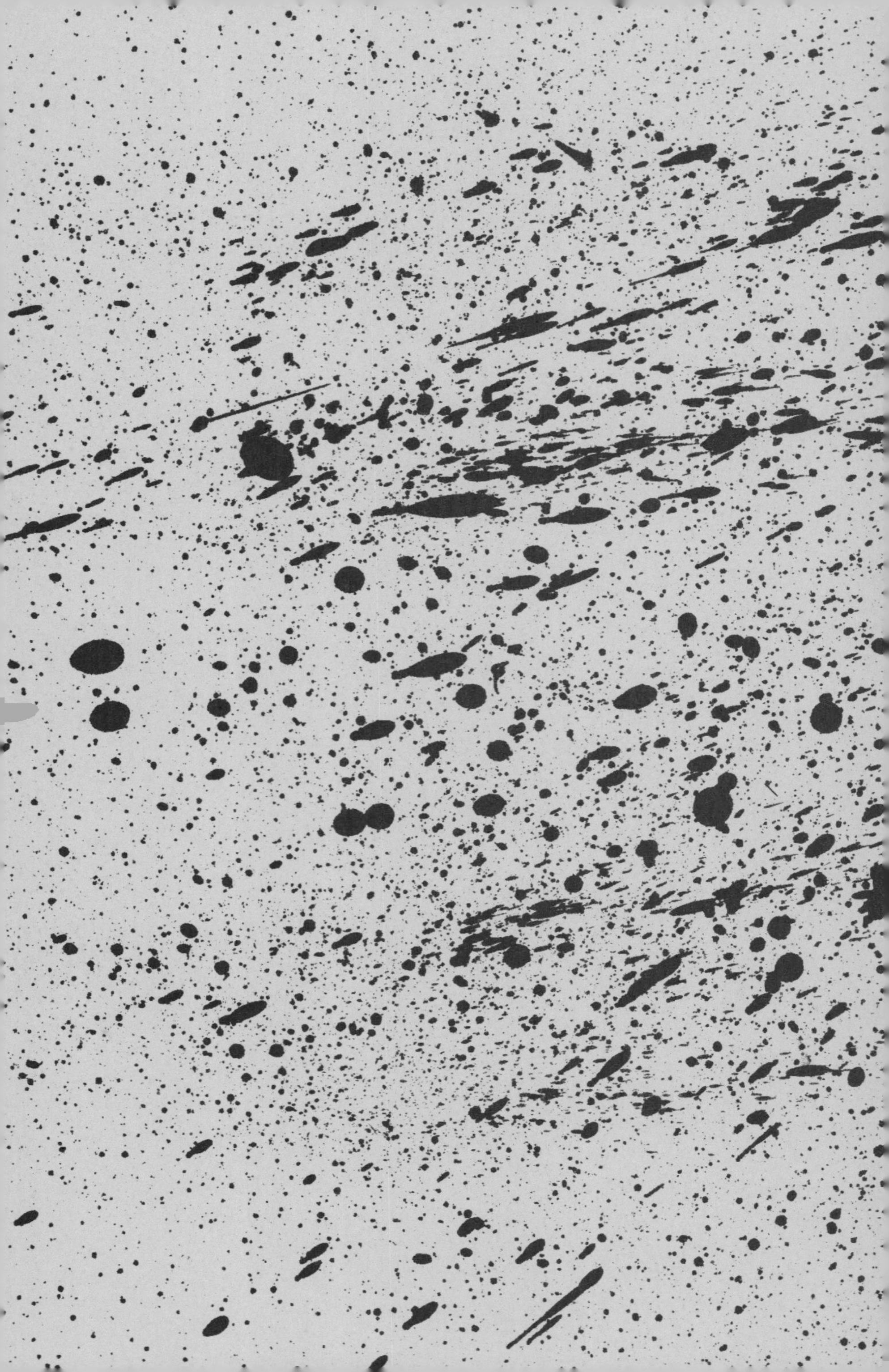